魅丽文化 花火工作室

叶非夜
著

时光和你都很美 3

江苏凤凰文艺出版社
JIANGSU PHOENIX LITERATURE AND ART PUBLISHING, LTD

图书在版编目（CIP）数据

时光和你都很美.3 / 叶非夜著. -- 南京：江苏凤凰文艺出版社，2019.10
ISBN 978-7-5594-4026-6

Ⅰ. ①时… Ⅱ. ①叶… Ⅲ. ①长篇小说 - 中国 - 当代
Ⅳ. ① I247.5

中国版本图书馆 CIP 数据核字 (2019) 第 207134 号

时光和你都很美.3

叶非夜 著

出 版 人 张在健
责任编辑 张 倩 王 青
特约编辑 朵 爷 肖云梦
装帧设计 黄 梅 李 娟
出版发行 江苏凤凰文艺出版社
南京市中央路 165 号，邮编：210009
网 址 http://www.jswenyi.com
印 刷 湖南新华精品印务有限公司
开 本 710mm × 1000mm 1/16
印 张 20
字 数 459 千字
版 次 2019 年 10 月第 1 版，2019 年 10 月第 1 次印刷
书 号 ISBN 978-7-5594-4026-6
定 价 42.00 元

目 录 C O N T N T S

第一章
现在是，以后也是 001

第二章
你知道一见钟情的感觉吗 023

第三章
和平时的他截然不同 044

第四章
不见不散，小可爱 066

第五章
时瑶是我未婚妻 086

第六章
林嘉歌不高兴了 107

第七章
逼婚大队来临 127

第八章
我的初恋是你呀 145

目录 CONTNTS

第九章
这下你如愿以偿了 168

第十章
我的初恋是你呀 186

第十一章
没人能替她做决定 205

第十二章
他和她解除婚约了 221

第十三章
不愿谢谢他的成全 239

第十四章
数字先生就是林嘉歌 262

第十五章
吃了我的糖，你就是我的人 277

第十六章
是一辈子的那种真心吗 302

第一章

现在是，以后也是

【荒年】可能是正在喝水，被林嘉歌这句话呛到了，传来了猛烈的咳嗽声。

时瑶这边发出“啪”的一声，像是什么东西摔到地上发出的声响。

林嘉歌神情极其从容淡定地抬头，往时瑶那里扫了一眼——是她的手机落在了地上。

【荒年】终于停止了咳嗽，带着几分怀疑人生的语气开口：“妈……妈？”

时瑶捡起手机，听到他这话，出声说：“如果站在游戏世界的角度来说的话……他说得没、没错……”

说完，时瑶又简单补充了一句：“他和我在游戏里是恋人关系，我们也是网友，打游戏的时候随机匹配到的……”

为什么介绍【荒年】的时候那么隆重，到了他这里就这么敷衍？

林嘉歌心底的醋坛子打翻了一排。

【荒年】：“哦，原来你们现实中也不认识啊……”

【瑶兮爱吃冰激凌】：“是啊，是啊……”

呵呵……现实中认不认识关你什么事，再说，他和软包子在现实中何止是认识，在还没出生之前，就已经是一家人了，好吗？

想着，林嘉歌就在屏幕上又打了一句话：“夫君，可以开始游戏了吗？”

【荒年】那边再次传来被呛到的咳嗽声。

时瑶的手机又落在了地上，又发出一道“啪”的声响。

相较于他们两个人的失态，罪魁祸首林嘉歌淡定地掀起眼皮，瞄了一眼弯身捡手机的时瑶。

还好她坐的地方铺了地毯，否则这么摔下去，她的手机都要报废了吧？

在林嘉歌思考期间，【荒年】开了口：“夫、夫君？你、你们真……真会玩，刺、刺激！”

【瑶兮爱吃冰激凌】紧接着也开了口：“可、可以了。”

听到两个人磕磕绊绊的声音，林嘉歌扫了一眼手机屏幕，看到进入房间后，到现在都还没准备游戏的【荒年】，在屏幕上又打了几个字：“儿子，准备。”

【荒年】那边再度传来咳嗽声，旁边的时瑶手一哆嗦，还好拿稳了手机，没摔在地上。

林嘉歌姿态闲适地靠着床头，不紧不慢地继续点着屏幕：“不好意思，叫顺口了。”

缓过劲儿来的【荒年】结结巴巴地回：“没、没关系。”

然后，屏幕上显示【荒年】做好了准备，林嘉歌没再打字，直接点了开始游戏。

【瑶兮爱吃冰激凌】：“我们跳哪里？”

【荒年】：“当然是跳进你心里啦……”

时瑶没说话，却轻轻地笑了。那笑声很甜很柔，却听得林嘉歌心脏猛地哆嗦了一下。

和501那两人描述的一模一样，果然说的话够带劲！

林嘉歌强稳着心态，退出游戏，登录豆芽TV，搜了一下【荒年】，看见他在直播。

【荒年】开了语音，他和时瑶刚刚的对话都被他直播间的粉丝听见了，不少人在疯狂地刷弹幕：

——年年，你又在撩我女神！

——年年，你变了，变得更土味了！

——年年，快点让我女神多讲几句话，她的声音真的好好听，我觉得我耳朵已经怀孕了……

——哈哈，跳进你心里，年年这是想当【瑶兮爱吃冰激凌】的心上人吗？难道我们的年年长大了，要娶媳妇了？

——不不不，不是娶媳妇，是娶爸爸。

——哈哈哈，忘记了，瑶兮可是年年的爸爸！

——我的天，这个关系有够混乱的啊，我已经脑补出了一场大戏……

弹幕刷得很快，但林嘉歌还是火眼金睛地抓住了几个关键词——

又在撩，心上人，娶媳妇……

果然是什么样的主播，便有什么样的粉丝！他们置他“这个妈”何在？！

林嘉歌心底的醋坛子打翻了一片，酸得他牙疼。他努力地维持着面上的淡定，不动声色地重新回到游戏里。

系统已经匹配好了队友，他们三个人已经坐在飞机上，正在沿着航线往前飞。

许是因为一直都没确定好要跳哪里，【瑶兮爱吃冰激凌】再次出了声：“你们要是不确定跳哪里，那我标点了哈。”

【荒年】：“好的，爸爸。”

【荒年】：“最好标点标到我身上，然后你就可以飞到我身边了。”

好！

很好！

林嘉歌看似什么都没听到一般，专注地盯着手机屏幕，但心底却已是冰天雪地，一片寒凉。

三人落地后，过了没一会儿，【荒年】又开了口：“爸爸，我有四倍镜和八倍镜，我给你四倍镜好不好？”

【瑶兮爱吃冰激凌】好像很开心的样子：“好啊，好啊……”

【荒年】：“你知道我为什么不给你八倍镜吗？”

【瑶兮爱吃冰激凌】：“为什么？”

【荒年】：“因为我要用八倍镜瞄准你，这样我才能更容易看清楚你的心。”

刀呢？他那四十米的大刀呢？他要教训这个不孝子！

林嘉歌冰天雪地的心底，燃烧起熊熊烈火。

当着他的面和他的女孩眉来眼去……这是赤裸裸的打脸啊！

【荒年】可以和他林嘉歌眉来眼去，但是不能和他的女孩眉来眼去！此仇不报非男人，【荒年】你给我等好了……

十五分钟后，三个人完好无损地进入了半决赛圈，然后在毒圈周围碰上了一队人。

【荒年】：“爸爸，躲好了，看我如何吊打他们！”

【瑶兮爱吃冰激凌】：“好的。”

然后，时瑶就躲在一块大石头后，爬进草丛里，把自己藏得严严实实。

因为两队距离较近，【荒年】抱着 M416 直接干脆地冲着那一队中的一个人扫去。

林嘉歌没着急开枪，而是等【荒年】冲着那边开了好几枪，在那人快倒地时，及时抬手一枪，抢先将那人打倒。

然而成功抢走【荒年】战绩的林嘉歌，又不开枪了。

然后，在【荒年】持枪去打那一队的第二个目标时，林嘉歌和刚刚一样，等【荒年】打中了几枪，在心底估测着对方血量剩余不多时，又抬手一枪，再次成功抢走了战绩。

就这样，那一整队被团灭了。

林嘉歌成功斩获了，哦不，从【荒年】手里抢走了四个目标。

不是口口声声说要吊打敌方吗？现在呢……一个都没有打成，丢不丢人？

林嘉歌早已“神装”，不缺任何装备的他在心底暗暗地嘲讽完【荒年】后，就切出游戏，偷偷溜去豆芽 TV【荒年】的直播间了。

不出他所料，【荒年】的直播间里，弹幕又爆炸了。

——哇，年年这次拉的队友是谁啊？居然这么厉害？

——是的是的，这个叫【111111】的队友，一个人拿了四个人头，年年要躺鸡（轻松胜利）了。

——哈哈哈，这个小哥哥是真的 666666……

——咦？我怎么觉得，这个名字这么熟悉呢？

——顶楼上，我也觉得很熟悉，好像在哪里见过……

——哦哦哦，我知道，我想起来了，排行榜第二啊，仅次于 Legend 大神的存在……

——天，我刚刚去看了一眼，还真是排行榜第二啊，这是名副其实的大神啊，拜大神，大神，我爱你……

——我也爱你，拜大神 +1

——拜大神 +2

——拜大神 +10086

看到弹幕成功地转移到自己的身上，林嘉歌十分满意地切回到了游戏页面。

不是很能耐吗？想抢他的软包子吗？那好啊……他就先抢走【荒年】在粉丝心目中的风头……

接下来，他就让【荒年】见识下，什么叫作真正厉害的操作！

不过，在开始表演技术之前，他得先让【荒年】凉凉……

想着，林嘉歌就开镜四面八方地看了起来。

正东方向有两个人，东南方向有三个人……

林嘉歌收起枪，在地图上看了一眼【荒年】的位置，然后就操控着游戏里的人物，跳到了【荒年】的身边。【荒年】和时瑶两个人趴在草丛里，正在捡刚刚被他收走的那四个人的包。

尽管直播间里的弹幕已经全都围绕着林嘉歌转了，但是【荒年】嘴里依旧没停："爸爸，要不要三级包？"

【瑶兮爱吃冰激凌】："要！"

【荒年】："那三级头呢？"

【瑶兮爱吃冰激凌】："要要！"

【荒年】："那药包呢？"

【瑶兮爱吃冰激凌】："要要要！"

【荒年】："那……"

随着【荒年】声音响起，林嘉歌忽然冲着东南方向的三个人连开了三枪。

他这三枪，每次都是只打中对方一枪，但都不击倒，就换了下一个人。

【荒年】："我……"

随着【荒年】第二个字的吐露，撩完东南方向三个人的林嘉歌起身，操控着游戏人物跳到了后面的山坡下。

而东南方向的那三个人补完血后，抱着枪开始往林嘉歌刚刚开枪的位置，也就是此时此刻【荒年】和【瑶兮爱吃冰激凌】所待的位置瞄。

因为【荒年】和时瑶趴在草丛里捡包，压根不知道林嘉歌已经暴露了他们的位置，所以没有任何防备。

完全不知道发生了什么情况的【荒年】，还在接着刚刚的话往下说："呢……"

【荒年】的"呢"字音，只发了一半就变成了："什么情况！"

紧接着，手机屏幕上就出现了一行字：【发型不乱】用 98K 击倒了【荒年】。

继续那我呢？不是很能说吗？继续说啊……

早就逃离到东南方向那三个人看不到的地方的林嘉歌，望着被自己坑了的【荒年】暗暗幸灾乐祸。

【瑶兮爱吃冰激凌】：“有人？！”

【瑶兮爱吃冰激凌】：“人在哪里打你？我怎么看不到呢？我现在该怎么办？”

随着时瑶惊慌的声音不断响起，手机屏幕上再次出现了一行字：【发型还是不乱】用 AWM 击倒了【瑶兮爱吃冰激凌】。

看到时瑶倒下的林嘉歌将枪收了起来，他选了个烟幕弹攥在手里。

【瑶兮爱吃冰激凌】：“我也要凉了……”

时瑶话音刚落，林嘉歌就将手中的烟幕弹准确无误地丢在了时瑶的身上。

很快，时瑶的周身冒起了白烟。

【荒年】：“给我也扔个烟幕弹……”

林嘉歌听着【荒年】的请求，没反应。

【荒年】：“他们现在开始打我了，哥们你快点扔烟幕弹啊……”

林嘉歌不紧不慢地抬起手，开始打字。

【荒年】：“快点……”

【荒年】又一次催促的话还没说完，他就变成了一个盒子。

三个人的手机屏幕上出现了一句：【发型始终不乱】用 SKS 淘汰了【荒年】。

林嘉歌将早就打完的消息，发送了出去：“不好意思，我就捡了一个烟幕弹。”

【荒年】被他成功淘汰，现在轮到他登场了……

林嘉歌抽出身上的 98K，从山坡下走了上来，然后一边开镜，一边对着东南方向，微微一个抬手。

随后，屏幕上出现了一行字：【111111】用 98K 击倒了【发型不乱】。

【荒年】看到林嘉歌发到屏幕上的文字，急忙回：“没关系，没关系。”

他说话间，林嘉歌的手又抬了一下，屏幕上又冒出了一行字：【111111】用 98K 击倒了【发型还是不乱】。

【瑶兮爱吃冰激凌】周身的烟雾慢慢散去，担心被人补死的她又开了口：“烟幕弹没烟了，我是不是要……”

她后面的话还没说出来，屏幕上接连冒出好几行字：【111111】用 98K 淘汰了【发型始终不乱】。

【111111】用 98K 淘汰了【发型不乱】。

【111111】用 98K 淘汰了【发型还是不乱】。

清理掉危险的林嘉歌，下一刻就收起枪，他控制着游戏里的人物连蹦带跳了好几下，然后就落在了时瑶的身边，弯身，伸出手放在了她的脑袋上，开始救她。

时瑶见数字先生来救自己了，仿佛真实生活中死里逃生般的她，长松了一口气：“还好，还好，我没死……”

很快，时瑶被救起来了，她趴在草丛里开始打药。

等时瑶喝完饮料，发现救活自己的数字先生居然蹲在自己身边，迟迟没有离开。

时瑶下意识地想要开口问，他是不是掉线了？结果，她的话都还没到嗓子眼，屏幕上就出现了数字先生发来的文字消息：“夫君……”

夫、夫君……数字先生这是……喊上瘾了？

时瑶本能地又想开口问他，这个梗能不能过去，她上次只是纯粹闹着玩而已……

和刚刚一样，她的话还是没机会说出口，屏幕上又出现了数字先生发来的文字消息：“我是不可能让你死的。”

时瑶定住。

盯着屏幕上的这句话，她瞬间忘记了数字先生刚刚打的“夫君”二字带给她的违和感。

我是不可能让你死的……

过了大概三秒钟的样子，时瑶将数字先生打的这句话，在脑海里重新过了一遍，然后她清晰地感觉到，自己的心脏很轻很轻地颤抖了两下。

尽管只是游戏，尽管现实中她和数字先生不认识，可她不得不承认，他的这句话……戳中了她……

她定定地望着屏幕，半晌都没反应。

直到屏幕上又跳出了一句话。

【111111】：“走了，毒来了。”

时瑶“哦哦”了两声，从地上爬起来，抱着一支长长的枪，跟在数字先生的身后，东倒西歪地往安全区里跑去。

林嘉歌比时瑶在游戏里灵活许多，他跳进安全区里时，她还在安全区外约莫一百米的地方。

林嘉歌找了间房子，蹲在里面，一边等她，一边切出游戏，又去了【荒年】的直播间。

比起之前他看的那两次，这次【荒年】直播间里的弹幕可以说是炸开了。

——不行不行，我要脱粉年年，去爱榜单第二大神了！

——受不了了，怎么办？我被【111111】给撩到了！他刚刚那句话，真的是太太太勾魂了——夫君，我是不可能让你死的……嘤嘤嘤，我也好想这样被人喊夫君啊……

——是我的错觉吗？我竟然觉得刚刚【111111】在打这句话的时候，充满了霸道的宠溺和温柔的维护！

——楼上的，你是在写霸道总裁爱上小娇妻的小说吗？

——不得不说，【111111】榜单第二的排名实至名归啊，刚刚那三枪，灭了一队，枪枪爆头，一点多余操作都没有。这才是厉害操作，这才是大神，这才是牛！

——不过，话说回来，你们没发现一个问题吗？那就是【111111】喊女神夫君，也就是说【111111】是女神的娘子，那年年就是大灯泡？

——哈哈哈，所以年年其实只是一个吃狗粮的主播？年年，你太过分了！自己吃狗粮就算了，还要带着我们一起吃！

——过分 +1

——过分 +2

——过分 +10086

奸计达成的林嘉歌，心满意足地退出了【荒年】的直播间，返回了游戏。

林嘉歌并没有因为【荒年】的死而放松，反而更加认真地打起了游戏。

在最后决赛圈，林嘉歌以一敌四，成功地在保住时瑶存货的情况下，灭了对方队伍，并且带领时瑶和【荒年】成功吃鸡。

在手机屏幕上弹出“大吉大利，今晚吃鸡”这八个字后，林嘉歌指尖飞快地从游戏中再次切到了【荒年】的直播间。

毫无疑问，【荒年】的直播间，又是一连串纷纷为他打 call（应援）的弹幕。

林嘉歌觉得，作为一个主播，尤其是像【荒年】这样靠着粉丝吃饭的主播，在被一个不认识的人抢尽了风头的情况下，接下来肯定是不会再一起玩了。

可他怎么都没想到，切回到游戏房间后，他看到时瑶和【荒年】早已经准备好了。

【荒年】甚至还在催他：“开始啊？”

“哥们，你怎么还不开始啊？掉线了吗？”

这么厉害吗？

林嘉歌合了合眼皮，不动声色地点了开始游戏。

既然【荒年】这么执着，那林嘉歌就让他……执着地撞南墙撞个头破血流吧！

和时瑶足足有两个月没见面，也没在一起玩过游戏的林嘉歌，是真的很想快点把【荒年】这个超级无敌亮的大灯泡踹走，所以第二局游戏开始后，他并没有像第一局游戏那样，很有耐心地慢慢折腾【荒年】，而是一落地就直截了当地开始给【荒年】挖坑。

情况是这样的——

林嘉歌带着【瑶兮爱吃冰激凌】和【荒年】直接落在了基地。

等时瑶藏好后，林嘉歌就跳进一个房间，选了一支枪开始观察局势。

等他大概摸清楚了哪里有人后，就打了一句话，发了出去：“正北方向的屋子里只有一个人，【荒年】你从后面绕，我从前面帮你架枪，我们一起把他灭了吧？”

【荒年】毫不犹豫地答应：“好的。”

事实上，在【荒年】从后方杀入敌军阵营后，林嘉歌完全没有半点团队精神地直接点了退出游戏。

果不其然，十秒钟后，林嘉歌听见了时瑶的声音：“【荒年】，你怎么死了？”

林嘉歌看一切尽在自己的掌控中，这才点了微信，给时瑶发了一条消息：“我手机没电了，刚刚自动关机了。”

【瑶兮爱吃冰激凌】：“哦哦，我就说呢，你怎么忽然掉线了？”

【瑶兮爱吃冰激凌】：“【荒年】死了，现在就我一个人活着，那我退出来，我们重新开始吧？”

林嘉歌回了一个“好”字，重新登录了游戏。

林嘉歌见【荒年】居然又准备了，他便也装作没事人的样子，继续点了开始游戏。

作为直播，频繁地落地成盒，会很跌人气的。第三局游戏一开始，林嘉歌直接将一队人引到了【荒年】身边，然后在【荒年】冲过来帮自己的时候，装作有人打电话过来的样子，再次坑了【荒年】。

就在林嘉歌飞速转动着大脑，想着万一【荒年】还不自动离开，他到底要在第四局游戏里找个什么样的借口，既能坑得【荒年】落地成盒，又能不让时瑶发现破绽时，【荒年】下直播了。

林嘉歌暗暗松了一口气。

还好，这个【荒年】没有傻到不顾自己事业的地步……

要不然，【荒年】要是再不走，在游戏里拿【荒年】实在没有办法的林嘉歌，接下来要做的就是毁掉软包子的手机了。

不过，【荒年】虽然下直播了，但没有立刻退出游戏房间，而是依依不舍地在跟时瑶道别。

【荒年】："瑶，我不能玩了，我朋友喊我去喝酒，我得撤了。"

【瑶兮爱吃冰激凌】："好的，拜拜。"

呵，理由找得挺不错的啊，不敢继续玩就不敢继续玩，还朋友喊你去喝酒……

林嘉歌满心不屑地想着，然后就"妇唱夫随"地敲了下屏幕，发送了个"8"出去。

电灯泡总算要走了，他和软包子的二人世界终于来了……

然而，林嘉歌还没来得及高兴，耳边又传来了【荒年】的声音："对了，瑶，今晚喊你去吃消夜，你不去，那回北京有时间我们再聚好吗？"

瑶？回北京，再聚？

林嘉歌的心再次狠狠地提起，他猛地抬头看向了时瑶。

时瑶面露为难。

所以，软包子这是要拒绝的意思？

林嘉歌心情稍稍淡定了一些。

【荒年】大概是见时瑶迟迟没开口，又出了声："是这样的，你们不是9月1号开学吗？我有个老乡，就在你们学校上学，我不清楚你认不认识，她叫宋甜甜，是英语系的……"

【瑶兮爱吃冰激凌】："咦？她是我同学，就住在我隔壁的隔壁宿舍……"

不是吧？这个世界有这么小吗？

这个【荒年】的老乡，居然是软包子的同学？

林嘉歌的心，就仿佛坐过山车一般，再次狠狠地提起。

【荒年】："这么巧吗？我和她约了你们开学的那天，在你们学校大食堂吃饭，你要是有时间的话，就跟她一起过来呗？"

大概是有熟人的缘故，时瑶没拒绝，但也没完全答应，答案很模棱两可："那好吧，我到时候看看，如果有时间的话，就跟甜甜一起过去……"

林嘉歌的心，瞬间沉到了谷底。

这个【荒年】，临走之前，还给他埋了雷……

【荒年】语气明显开心了很多："那好吧，我就先撤了，你们玩，到时候我们再联系。"

【瑶兮爱吃冰激凌】："好的好的，再见。"

林嘉歌暗自咬牙切齿地想了一会儿，然后发现【荒年】离开了，而房间里只剩下自己和时瑶两个人。

林嘉歌急忙收起被【荒年】弄乱的心思，想着回头再对付他，接着打字："还要玩吗？"

时瑶"嗯"了一声，林嘉歌点了开始游戏。

林嘉歌不能语音，时瑶一个人也没什么可说的，所以游戏里瞬间安静了下来。

过了大概一分钟的样子，林嘉歌和时瑶登上了游戏里的飞机。

沿着航线飞行时，林嘉歌打了句话："跳哪里？"

时瑶迟迟没理他。

他以为她没看到，又发了一遍："夫君，我们跳哪里？"

依旧没得到回应。

林嘉歌忍不住抬头，望向了时瑶。

女孩手里握着手机，脑袋歪靠在沙发上，已经睡着了。

林嘉歌忍不住失笑了一声，然后放下手机，下床冲着时瑶走去。

靠得近了，他看她也就看得更仔细了一些。

她旁边是一盏落地灯，暖黄色的灯光静静地照在她的身上，仿似在她细致白皙的肌肤上，加了一层滤镜，嫩得像是能掐出水来……

那一刻，林嘉歌的脑海里冒出了四个字：肤如凝脂。

他想，这四个字，就是为软包子量身定制的吧……

林嘉歌立在沙发旁，低着头望了时瑶好一会儿，才缓缓地弯下身，动作很轻柔地将她戴在脑袋上的耳机摘下，然后把她的手机从她的指尖抽走，抱起了她。

林嘉歌用了很大的力道，可把她抱入怀里，他才发现她真的很轻。

林嘉歌的眉心，不经意地蹙了一下。

她那么能吃，那么好吃……怎么一点重量都没有？说她是熊猫，还真是熊猫，怕不是和熊猫一样，吃的东西，都没怎么吸收……

暗自嘟囔间，林嘉歌抱着时瑶，走向属于她的那张床。

他的步子走得很缓慢，若是可以的话，他真的有点希望时光就此静止，抑或是这条路无尽漫长……

走至床边，林嘉歌小心翼翼地将时瑶放在床上，然后温柔地替她盖了被单。

床头灯亮着，有点微微刺眼，林嘉歌怕影响时瑶睡眠，伸手关了。然后，他起身想要离开时，视线不由自主地又落在了她的脸上。

她的睫毛很长，就像是两把小扇子，挺翘的鼻子下面，是颜色美到恰到好处的唇。

他细细地打量起来，是真的很漂亮，比他当初在SKP电梯里，惊鸿一瞥的那一次还要漂亮……

林嘉歌一动不动地盯着时瑶看了许久，嘴角缓缓地扬起了一抹弧度。

有点温情，还有点宠溺。

这就是他喜欢的女孩啊……

这么乖巧，这么漂亮，还这么……勾魂。

以前不是没想过，他若是有一天，对一个人心动了，那个人会是什么样？

那个时候，他幻想过那个女孩或很明艳，或很干净，或很可爱，或很妖娆……

可如今，他在想到这个问题，脑海里出现的，却只有两个字——时瑶。

明艳、干净、可爱、妖娆……不管多好的修饰词，在"时瑶"这两个字面前，也都是黯然失色的。

想着，林嘉歌微微低头，凑到了沉睡的时瑶耳边，语气很轻很淡地出声说："幸会啊，我喜欢的女孩……"

说完这话，他并没有着急离开，而是微垂着头，在她耳边待了会儿，然后忽地轻笑了一声，转头看了一眼她的睡容：“你知道吗？我今天见到你，一直有句话想问你……”

房间里安静了几秒钟，林嘉歌又出了声，声音还是那种很淡的语调：“想我没？”又安静了几秒钟，他又动了唇，“没想也没关系……反正，我很想你。”

这次话音落定后，林嘉歌没在时瑶身边停留太久，而是站直了身子，他刚准备回到自己那张床上时，瞄见了不远处沙发上时瑶的手机。

他刚刚抱她过来时，看见她屏幕上弹出电量不足的提醒。

他想了想，便走到自己床边，拔了时瑶的充电线，然后走到落地窗前，捡起了时瑶的手机。

她的手机没锁屏，还停留在游戏页面上。

林嘉歌本能地想退出游戏，结果在他指尖差点碰上屏幕的那一刹，他忽然停了下来。

过了大概三秒钟，他转头看了一眼床上的时瑶。

他见女孩睡得正沉，然后就迈着很轻的步子，走到床边，捡起了自己的手机。

他解锁了屏幕，点开短信，找到时瑶，给她发了一条短信：“想我没？”

随着短信的发送成功，他另一只手里拿着的时瑶的手机，屏幕上方弹出了一条消息提醒，他顺势点了进去，毫不犹豫地回：“想。”

再然后，他又举起自己的手机：“喜欢我吗？”

紧接着，他又拿起时瑶的手机：“喜欢。”

尽管只是在自问自答，可林嘉歌的嘴角还是露出了一抹笑。

“有多喜欢？”

“特别喜欢。”

“那还要和我解除婚约吗？”

“不了。”

林嘉歌跟不要钱一样，拿着两部手机来回发了好一会儿消息，才将自己的手机丢回床上，然后将时瑶手机里刚刚发出去的和接收到的短信，一条一条地删掉。

他确定没残留什么破绽后，这才拿着时瑶的手机，蹑手蹑脚地来到时瑶的床边，把她的手机放在了床头柜上，然后顺便帮她连接上了电源。

回到自己的床上，林嘉歌靠在床头柜上，拿着手机把刚刚自己发过的那些短信，一条不落地从头到尾看了一遍。

——想我没？

——想。

——喜欢我吗？

——喜欢。

——有多喜欢？

——特别喜欢。

——那还要和我解除婚约吗？

——不了。

看到最后的时候，林嘉歌嘴角原本带着几分欣喜的笑，渐渐凝滞。

现在的她，心底想的是不是还是要和他解除婚约？

林嘉歌垂眸，遮掩住眼底的暗淡，过了一会儿，他扭头看向了熟睡的时瑶。

他盯着她看了好久，然后微抿了一下嘴角，收回了视线。

后来，他在看手机屏幕上的那些消息时，没了刚刚那些窃喜和激动……

夜很静，林嘉歌一个人待了许久，然后像是想起什么一样点进通讯录，将时瑶的名字更改成了“软包子”；过了一会儿，他又更改成了“大白圆”；又过了一会儿，他仿佛还是觉得不满意一样，更改成了“熊猫”……

再然后，从“熊猫”变成了“大白圆”，“大白圆”变成了“软包子”，“软包子”变成了“瑶瑶”，“瑶瑶”变成了“520”……

最后，林嘉歌还原了最初的名字，重新变成了“时瑶”，然后就将手机丢在一旁，闭上了眼睛。

他躺了没一会儿，就忽然睁开了眼睛，然后略带几分激动地拿起手机，将“时瑶”的备注改成了“21”。

21……

林嘉歌看着这个数字，越看越满意。

深爱的笔画是21，幸福的笔画是21，时瑶的笔画也是21……

21的意思，就是说，时瑶是幸福，时瑶是深爱。

想着，林嘉歌就忍不住转头看向了睡着的时瑶：“喂，21……”

没人理他。

他却一点也不觉得无聊，继续开口：“喂喂，21……”

“21，21，21……”

他喊了好几声，然后就盯着时瑶的唇静止不动了。

他的呼吸，慢慢变得有些急促。

他的心跳，忽而快，忽而慢，忽而停。

他的喉结，上下滚动了两下，然后他就像是被操控的傀儡一般，不受自己控制地、慢慢地靠近时瑶的身边。然后，他目不转睛地锁着她的唇，一点一点地凑了上去。

他在距离她的唇约莫还有一厘米的时候，停了下来。

他屏着呼吸，盯着她近在咫尺的睡容看了片刻，然后缓缓地闭上眼睛，微抖着唇，贴上了她的唇。

他撑在她耳边的胳膊，在微微地发抖。

他维持着动都不敢动弹一下的僵硬姿势过了好一会儿，才轻轻地啄了一下她的唇，就依依不舍地别开了头。

他感觉到自己的体内，有一簇火在急促地燃烧着。

他清楚地察觉到了自己身体的变化，他清晰地读懂了自己此时此刻想要做点什么的心思……

可是，他更知道，他不能。

他忽然觉得，自己拜托姐姐设计软包子这一招，真不算是绝招……毕竟，这样的夜里，她在身边，那简直就是甜蜜的折磨啊……

他闭上眼睛，强迫自己冷静了一会儿，然后就飞速地起身，逃命一般逃去了浴室。

前一秒，浴室的门关上。

后一秒，时瑶睫毛微抖了抖，睁开了眼睛。

她早上醒得早，到深圳后没睡觉，在匹配队友时，她实在困得一时没留意便睡着了。

不过，她在他抱起自己的那一刻，就被他很轻微的举动吵醒了。

那样亲密的场景，让她有点羞怯，没敢乱动，继续保持着装睡。

时瑶本以为他把她放在床上，这一切就过去了，可她没想到，他竟然凑到她耳边，说起了话。

“幸会啊，我喜欢的女孩……”

静静的夜里，他的这句话，仿佛被施了魔法一般，带着十足的蛊惑，让她的心在那一刹彻底乱了。

她更不敢乱动了，甚至连呼吸都不敢了。

她努力地把自己变成僵尸，一动不动直挺挺地躺着。

直到他把话全都说完离开，她的大脑依旧是一片空白。

她虽醒了，可她根本听不见房间里任何动静，她也不知道他究竟做了点什么，她更不清楚到底过了多久，她只知道后来林嘉歌跟个傻瓜一般，喊她“二姨”。

二姨？

他神经病啊！

她正想着，自己要不要装成梦游的样子，呼他一巴掌的时候，她忽然感觉到他靠近了自己。

她本能地收起了脑海里的胡思乱想，身体一僵，整个人一下子紧张了起来。

虽然闭着眼睛，时瑶却能感觉到他的眼神，在热烈地注视着自己。

她的心脏在那一刹就像是脱缰的野马，不受她控制地疯狂跳动着。

漆黑安静的夜里，让人的感官无限放大，她依稀察觉到他的脑袋离自己越来越近，越来越近……到了最后，她都能清晰地感受到他的气息。

她隐约知道他接下来要做什么。

她也清楚地知道，自己应该躲开或者推开他。

可她……不知道自己到底是怎么了，什么反应都做不出来，只能呆愣地由着他的唇缓缓地贴上了自己的唇。

时瑶的指尖紧张地抓紧了被褥，她觉得自己全身的血液都停止了流淌，她所有的感官和思绪，全都在他的唇上，很软很烫，就像是刚出锅的年糕，糯糯的……却又像是会吃人的野兽……让她很慌，很无措……

还好，他的唇没有在她的唇上停留太久，很快就挪走了。

她不敢乱动，可她却又不舒服。就在她想着自己要不要装作睡醒的样子，不经意间动一动身体时，林嘉歌离开了……

回想起刚刚种种的时瑶，脸有些发烫。

她轻拍了拍面颊，刚准备深吸几口气，让自己缓缓神，结果浴室的门就被拉开了，她猛地闭上眼睛，整个人瞬间又不敢乱动了……

旁边的床，传来窸窸窣窣的声响，她知道，是林嘉歌躺在床上的声音。

房间里很快就彻底安静了下来，可时瑶却没了睡意。她脑海里一会儿晃过他的那句“幸会啊，我喜欢的女孩”，一会儿晃过他贴到她唇上的唇，一会儿又想到他压在她身上的重量……

第二天，林嘉歌醒来，酒店里空荡荡的，只剩了他一个人。

时瑶不见了，随着她不见的还有她的东西。

软包子居然招呼都不打一声就走了？呃……这更像是溜啊……他昨天也没做什么啊，她溜什么溜？

林嘉歌想着，伸了个懒腰，然后抬起手，碰了碰自己的唇。

昨晚，他偷吻她了呢……

林嘉歌是下午一点的飞机回北京，他落地开机后，第一件事就是给时瑶发了条短信，约她吃晚饭。

十分钟后，他收到了时瑶的回复：“我今晚约了冷暖。”

冷暖？陆本来喜欢的那个女孩？

哦，是个女生……林嘉歌没多想，很淡定地回了一句“好的”，就直接让司机送自己回了家。

没约到时瑶，林嘉歌也没约别人，一个人在家里特别乖地等时瑶晚上上线打游戏。

然后，他就想到了【荒年】……

那个【荒年】，昨晚被他逼走之前，很阴险地埋了一颗雷……现在软包子又没有时间理自己……要不然自己先扫扫雷？

想着，林嘉歌就点开豆芽 TV，进了【荒年】的直播间。

【荒年】正在直播，直播的内容是带粉丝上分。

“是男人就跳军事基地……我是男孩，我选择 N 港……”

“想打我？那得先追上我啊，追呀追呀追我呀，追上我，我就让你‘嘿嘿嘿’……”

“兄弟，卖挂了，买不买？不买，我就拳打脚踢侮辱你……”

“大大大哥别杀我，我我我把枪都给你……”

和昨晚玩游戏时一样，【荒年】的嘴就没有停过。

林嘉歌一边略带嫌弃地掏掏耳朵，一边十分不屑地在心底嘲讽【荒年】技术真渣，一边观察着他的直播内容。

一个小时后，林嘉歌发现，有一个叫【荒年的小仙女】的女生，每一把游戏都能成功上车。而另外两个队友，则是【荒年】将游戏房间 ID 分享到粉丝 QQ 群里，谁手快谁抢先进来，谁就有机会和【荒年】一起打游戏。

【荒年的小仙女】……她哪里来的特殊技能，让【荒年】每把游戏都带着她上分？

林嘉歌实在是好奇，就看了一眼【荒年】直播间的公告，发现打赏一块钱，就可以加入他的粉丝群，于是林嘉歌申请了一个小号，给【荒年】打赏了一块钱，成功地打入【荒年】的 QQ 粉丝群。

群名很直白，就叫“【荒年】的粉丝群”。

群主是【荒年】，群管是【荒年的小仙女】，而群里的其他人名字前面也都加了“荒年的”这三个字……

林嘉歌一进群，立刻有管理员私聊他修改群名片。

林嘉歌回了一个“好”字，然后又问：“【荒年的小仙女】为什么可以一直跟荒年打游戏？”

管理员回：“小仙女今天给年年打赏了一千块钱，年年特意和群管打了招呼，然后还保证她今晚可以一直不下车。”

林嘉歌面无表情地回了个“哦”，心底却在想：原来，接近【荒年】是要花钱的？

随着这个想法划过林嘉歌的大脑，他的眼睛忽地亮起。

他不是正愁着，怎么扫雷吗？

这不方法已经送上门来了吗？

若是有个说话比软包子还要好听的女生出现，把【荒年】成功撩走，那不就没软包子什么事了吗？

想着，林嘉歌就毫不犹豫地上网搜了一下，然后下载了一个变声器。

安装好后，林嘉歌对着变声器说了两句话，确定声音酥麻勾魂到让自己都浑身起鸡皮疙瘩后，这才返回到自己刚刚申请的QQ上，将原本随手打的“1234567”这个名字改成了“其叶蓁蓁”，顺便还把性别改成了女。然后林嘉歌又去了群里，把群名片改成了“荒年的小可爱”，再然后他切回到豆芽TV，将随机给的一串数字的名字也修改成“荒年的小可爱”。最后，他充了一千块钱，打赏给了荒年。

“谢谢【荒年的小可爱】打赏的一千块钱……非常感谢小可爱，万分感谢小可爱……”

在【荒年】的感谢声中，林嘉歌也成了房管，而刚刚通知他改名的管理员，又给他发了一条消息：“小可爱，这把游戏结束后，下把游戏，年年会带你上车的。”

林嘉歌很是林嘉歌作风地打了个“哦”，在他发出这个字之前，他想到自己此时此刻扮演的是一个女生，于是就将“哦”删掉，改成了时瑶经常用的“嗯嗯”，后面还附赠了一个可爱的笑脸。

在等【荒年】这局游戏结束的过程中，林嘉歌去网上搜了一批超卡哇伊超萌的女生头像，分别发给了夏商周和陆本来：“这些头像，你最喜欢哪个？”

陆本来最先回的微信：“除了我媳妇暖暖，我谁都不喜欢。”

比起陆本来，夏商周要可靠多了：“第三个，可爱，喜欢，想约会……”后面还加了一个流着口水的表情。

想约会？

【荒年】看到这头像，会想……和自己约会？

林嘉歌打了个寒战，忽然有种这雷扫不下去的感觉……

不过，在把软包子栽进花盆之前，为了能神不知鬼不觉地屠掉围绕在她家周围的桃花……林嘉歌决定咬牙忍忍，于是便将夏商周选的那个“可爱喜欢想约会”的头像，换成了自己小号QQ和豆芽TV的头像。

当然，林嘉歌没忘记用这个刚申请的新QQ号，去游戏里创建了个新的角色，名字依旧叫【荒年的小可爱】。

等林嘉歌折腾完这些后，【荒年】那边的游戏已经结束了。他在开始新的一局之前，先将游戏房间分享给了林嘉歌。

林嘉歌毫不犹豫地用【荒年的小可爱】这个号进入了游戏房间。

【荒年】看他进来，立刻开了口："小可爱，你好，小可爱，你能听到我讲话吗？"

林嘉歌没说话，打字回了一句："可以的。"

为了让自己看起来更可爱更萌妹，林嘉歌在消息发送成功后，还发了个微笑的表情。

很快，另外两个【荒年】的粉丝，进入了游戏房间。

然后，游戏开始了——

林嘉歌和【荒年】的另外两个粉丝跟随【荒年】落地后，开始捡东西。

比起【荒年】和另外两个粉丝各种聊天，林嘉歌自始至终都没说过一句话，直到他们开车跑毒，在偶遇一整队，林嘉歌佯装成游戏菜鸟被人打死后，他才开了游戏语音以及变声器，装成惊慌无措仿佛被人吓到一般，可怜巴巴地说："小哥哥，有人打我，在哪里打我呀？我怎么看不到？我这样算不算落地成盒？"

林嘉歌经过变声器加工的声音又软又甜，瞬间点炸了【荒年】的直播间。

——哇，这个妹子的声音好软萌啊，我的菜！

——好想把这个妹子娶回家啊……

——听声音，就感觉这一定是个乖巧甜美的萌妹子！

就连【荒年】都禁不住夸赞了他的声音。

林嘉歌知道，第一步成功了，【荒年】已经入坑了，然后他开始筹备第二步。

若是说第一步只是一个小心机，在关键的时刻忽然开口，用声音引起【荒年】注意的话，那第二步真的算是一个大心机了。

林嘉歌原本想去网上找一张照片，但他又怕被人上网搜索后认出来照片是假的，所以决定用原创照片。

他有想过用林嘉仪的，甚至就连母亲江晚归的都想了，但是他觉得那两个女人一个太过于张扬，一个太过于女王，都不太适合，所以他最后决定亲自上阵拍张照片，PS成女的。

在拍照片之前，林嘉歌先去了林嘉仪的房间，趁她不在家，偷了她的假发、衣服和首饰，然后跟做贼似的，抱着偷溜回了自己的房间，反锁上门，开始穿衣服戴首饰。为了让自己照片拍出来后，PS得比较逼真，林嘉歌还暗暗咬着牙，涂了粉粉嫩嫩的口红。

一切准备就绪后，林嘉歌不忍直视地照了一下镜子，然后就拿起手机开始自拍。

他很少拍照，更别提自拍了，导致他对着镜头拍了好几十张照片，要么是冷着一张脸，要么是木着一副表情，总而言之，即便PS软件很强大，但是他这副架势也很难PS出萌妹子的感觉。

眼看【荒年】那边，这一局游戏已经进入决赛圈了。

林嘉歌知道留给自己的时间不多了，他上网查了下那些网红少女的照片，然后带着难以言语的心理阴影，对着镜头嘟嘴比剪刀手，拍下了这张让他终生难忘到做噩梦的照片——也是今晚所有照片里最让他满意的一张照片。

林嘉歌丢下手机，脱掉林嘉仪的假发、衣服和首饰，换回自己的衣服后，又跟做贼般偷偷地溜去林嘉仪的房间，将她的东西归放原位，然后折回自己的卧室，拿着手机开始P照片。

大功告成后，林嘉歌没着急直接实行自己的第二步计划，而是将照片发给了夏商周和陆本来："你们觉得这个……"

他想说女生的，但是他想到，"这个女生"是在他的基础上诞生的……

于是，他直接忽略了称呼，补了几个字，发了出去："怎么样？"

夏商周最先回消息，一连串流口水的表情："好看啊，老大，这是谁啊？求介绍！"

陆本来："好看！不过，没我媳妇好看！"

呵呵……林嘉歌忽略掉陆本来的消息，切去夏商周那边："老大，这个妹子是我的菜，你能不能告诉我，她的联系方式？爸爸……嘤嘤嘤……"

陆本来："其实，这个妹子真的还不错，就是胸小了点……"

废话……胸大了，就有问题了好吗？！

林嘉歌继续忽略掉陆本来的消息，然后扫了一眼夏商周还在频繁发过来的"喊爸爸，求联系方式"的消息，心想着"醒醒吧二货，这一辈子你都不可能联系到这个人的"，然后就彻底无视掉了这两人直接去了QQ。

和他朝夕相处了三年的两个人，都没认出来这是他……他放心了……

想着，林嘉歌就将这张象征着他耻辱的照片发到了"荒年的粉丝群"里。

为了软包子……他真的牺牲了很多很多……不过，这照片的事，天知地知他知，也不是说不能接受……只要能和软包子在一起，这些都是浮云……

但是话又说回来，这个世界上，也就只有他，喜欢一个人喜欢到如此豁得出去的地步吧？

照片发送成功后，大概过了三秒钟的样子，群里炸开。

"哇，美女啊，请问这是小可爱本人吗？好漂亮啊！"

"没想到小可爱除了声音好听外，还长得这么好看啊！"

"是谁说的，声音好听的人一般都长得一言难尽，小可爱简直就是专门打脸说那种话的人！"

"你也说了，是一般，小可爱是非一般的存在啊！"

"……"

林嘉歌见群里越来越多的人冒泡，知道已经有很多人看过自己发的照片了，便装作不小心手抖发出来的样子，将照片撤回，然后发了句："那个，我刚刚不小心点错了。"

"怎么撤回了呢？我还没看清楚……"

"我有，我保存了，我发给你看。"

"这张照片是假的吧？网上偷来的吧？"

"不是，我在照片出现的第一时间，就去网上搜了，没搜到……"

"这么说，小可爱的照片是真的了？求交往……"

伴随着群里的消息唰唰唰地往外冒，林嘉歌的QQ收到了很多添加好友的提醒。

其中，就有刚刚结束了一局游戏，来群里看了一眼的【荒年】。

等的就是你！

林嘉歌忽视掉其他所有的人，只同意了【荒年】一个人。

好友添加成功后，林嘉歌为了让自己扮迷妹扮演得成功，主动发了个“可爱”的笑脸表情过去：“小哥哥……我好喜欢你的直播的……”

【荒年】：“小可爱……”

林嘉歌：“嗯。”还不忘记补了一个“脸红”的表情。

【荒年】：“群里的那张照片，是你本人？”

林嘉歌：“嗯嗯。”后面继续跟了一个“脸红”的表情。

【荒年】：“长得还蛮好看的……”

【荒年】：“来，继续带你打游戏。”

说着，【荒年】分享了一个链接过来。

林嘉歌没急着进游戏，而是又发了一条消息过去：“我很笨的，不怎么会玩，可能会连累到你……”

【荒年】：“没关系，带躺！”

前一秒刚刚收到【荒年】的QQ消息，后一秒林嘉歌就收到了时瑶的微信消息。

【瑶兮爱吃冰激凌】：“打游戏不？”

林嘉歌本能地想回时瑶“打”，只是他还没切到微信里，他就又收到了【荒年】发来的QQ消息：“你有微信号吗？我微信那边有个朋友喊我打游戏，我们一起换到微信区可以不？”

微信区？有个朋友……

软包子前一秒问他打游戏不，后一秒【荒年】就要换区……该不会他所谓的朋友就是软包子吧？

林嘉歌沉思了两秒，回了一句：“好的，小哥哥。”然后就用iPad注册了一个新的微信号，依旧取名为【荒年的小可爱】。

添加了【荒年】好友后，林嘉歌登录游戏，果然看到【瑶兮爱吃冰激凌】也在房间里。

还真被他猜中了！

软包子在喊他打游戏的同时，还喊了【荒年】……哦，不，现在他多了一千粉丝，是36.1W野男人。

他在家乖乖等了她一晚上，她居然不是独宠他一人！

林嘉歌感觉自己的醋坛子，打翻了一排又一排……

他就不信了，他还争不过一个野男人！

林嘉歌盯着屏幕上的【瑶兮爱吃冰激凌】，眉眼闪烁了一小会儿，然后就切回到微信，给时瑶回了一条消息：“我有点事，等会儿玩可以吗？”

【瑶兮爱吃冰激凌】：“好的，你等会儿喊我……”

林嘉歌回了个“嗯”字，就切去了游戏，然后他发现，【荒年】已经开始了游戏。而游戏里只有三个人，【荒年】【瑶兮爱吃冰激凌】【荒年的小可爱】。

搭乘上飞机后，林嘉歌用变声器开口：“年哥哥，这个是？”

【荒年】：“我一个朋友。”

【荒年的小可爱】：“是小姐姐吗？”

【瑶兮爱吃冰激凌】：“是的。”

然后，就没再聊天了。

落地后，附近有一队，时瑶被人发现追着打时，【荒年】看到后立刻去帮她。林嘉歌见状，顿时惊慌失措地对着变声器开口说：“年哥哥，我好怕，这里有人在打我……”

然后，【荒年】毫无节操地跑来帮【荒年的小可爱】了，【瑶兮爱吃冰激凌】被人用平底锅活生生地捶死。

再然后，第二局游戏，依旧是在时瑶被人打倒后，【荒年】准备去救时瑶时，林嘉歌拿了一个手榴弹，把自己炸死了：“年哥哥，年哥哥，你快来救我啊……”

再再然后，【荒年的小可爱】被【荒年】救活了，【瑶兮爱吃冰激凌】因为失血过多变成了一个“盒子精”。

第三局，第四局……第六局，时瑶又一次死了后，林嘉歌的手机忽然响了起来。

是微信提示声，“叮咚叮咚”了好一会儿，才安静了下来。

林嘉歌切到微信看了一眼，是时瑶发来的消息。

【瑶兮爱吃冰激凌】：“你忙完了吗？”

【瑶兮爱吃冰激凌】：“你知不知道，我快郁闷死了！”

【瑶兮爱吃冰激凌】：“我遇到了一个好作好作的‘白莲花’，我真的不想说她……”

好作好作的白莲花……说的是谁？

尽管游戏里的【荒年的小可爱】还活着，但林嘉歌还是第一时间选择回了时瑶的微信：“？”

他从微信消息里能感觉出来，时瑶是真的很生气……

林嘉歌想了想，觉得那个问号不够热情，于是又敲了两下手机屏幕：“怎么了？”

前几天，他无聊刷朋友圈的时候，看到501宿舍唯一的男人宋潮汐发过一段话：

如果你的女朋友来找你，告诉你她被谁惹得不高兴了，原因是什么根本不重要，重要的是，只要她来找你，告诉你她被人惹不高兴了，你要做的事情就是毫无理由地站在她这一边，帮着她能多疯狂就有多疯狂地喷惹她不高兴的人。如果你做不到这些，那么你的下场会是……

这段话的下面，配图是宋潮汐大半夜可怜巴巴地蹲在马路边喂蚊子。

虽然软包子还不是他女朋友，但他应该吸取宋潮汐血和泪的教训，先帮着软包子能多疯狂就有多疯狂地喷那个好作好作的白莲花……

想着林嘉歌又动起指尖，开始打字。

【111111】：“不要生气，为这种人生气不值得！”

打着打着字，林嘉歌忽然想到，软包子虽不是自己女朋友，但她是自己未婚妻啊……

于是，他飞快地动着指尖，又发了两条微信。

【111111】：“毕竟有句话是这么说的，狗咬你一口，难不成你还要趴到地上反咬回去？”

【111111】：“我们当然不能做这种掉身份的事情，狗咬我们一口，我们肯定是选择乱棍打死啊……”

【瑶兮爱吃冰激凌】：“你说的道理，我都懂，而且我也很支持你的说法，可我还是好生气，呜呜呜……”

紧接着这句话的是，一排“流泪”的表情。

这么多哭的表情？

林嘉歌毫不犹豫地继续打字。

【111111】："不要哭，你的眼泪是珍珠，为这种走过南闯过北、厕所后面喝过水的人掉眼泪，真的是太浪费了！"

【瑶兮爱吃冰激凌】："她不只是厕所后面喝过水，她脑子里还灌满了水……"

【111111】："是是是，而且还是臭水沟里的水。"

【瑶兮爱吃冰激凌】："呜呜呜……我是真的好郁闷，我从玩这个游戏开始，除了第一天一直落地成盒外，就是今天了。你知不知道，我刚刚等你打游戏的这段时间里，我玩了不过四十分钟，我连续六把落地成盒，我心态炸了……呜呜呜……"

呃？

玩游戏玩得心态炸了……

林嘉歌正准备继续打字帮着时瑶喷人的动作，蓦地停了下来。

过了大概十秒钟的样子，他的手机屏幕上又出现了一串很长很长的文字。

【瑶兮爱吃冰激凌】："就那个【荒年】，他拉了个粉丝，叫什么小可爱。每次在我被人追杀或者被人杀死的时候，她就娇滴滴地喊：年哥哥，你快来保护我；年哥哥，我好怕怕；年哥哥，人家要死了。然后，她就这么坑死了我……"

年、年哥哥……娇滴滴……这、这、这不是自己吗？

所、所以……软包子说的那个好作好作的白莲花，是、是自己？

林嘉歌忽然有点接受不了，自己有朝一日会被人用"好作好作"和"白莲花"来形容。

他一个堂堂正正的男人，怎么就成白莲花了？

林嘉歌觉得自己的心头仿佛被什么东西堵住一般，极其憋闷。

【瑶兮爱吃冰激凌】："我拿我所有的零食发誓，那个小可爱，她绝对是存心的！"

【瑶兮爱吃冰激凌】："我又没有招惹她，我连认都不认识她，就被她这么无缘无故地针对，我真的是委屈啊，呜呜呜……"

望着时瑶再次发来的新消息，林嘉歌勉强吐出一口气，舒缓了一下心头的郁闷，然后抬起指尖，开始打字。

【111111】："那个，你不要太在意了……"

打完这句话，林嘉歌才后知后觉地想到，自己刚刚义愤填膺、毫无底线地帮着时瑶要多疯狂有多疯狂喷的那些话。

他的手，蓦地一晃，险些没把手机甩出去。

自己、自己刚刚说的那些话，其实喷的都是他自己？

狗咬你一口……狗？自己才不是狗！

厕所后面喝过水……

林嘉歌绞尽脑汁地想了许久，也圆不过去这句话。

脑子里灌了臭水沟里的水……

林嘉歌继续绞尽脑汁地想了许久，还是没圆过去这句话。

最后，他的脑海里只剩下一句话：这操作，他只想说 666666……服服服服服服……

林嘉歌在心底，反手就狠狠地给了自己一嘴巴。

没事干，那么嘴贱做什么？现在报应来了吧……爽不爽？美不美？舒服不舒服？

比起刚刚毫不客气的毒舌，此时的他再回复的消息里用词温柔了许多。

【111111】：“可能她也没别的意思，就是真的菜，赶巧了而已。”

【瑶兮爱吃冰激凌】：“怎么可能？一次可以说是巧，两次也可以，三次也可以，就算是四次也能勉强接受，那五次六次呢？巧合太多必有鬼！”

【瑶兮爱吃冰激凌】：“再说，我又不是傻瓜，你没玩游戏，你是不知道，她的借口有多搞笑，开始的时候，还好说，后来，她居然说，她一个人在房子里害怕，让【荒年】去陪她……游戏里哎，怕个冰激凌球啊怕……”

林嘉歌眨了眨眼睛。

这么恶心弱智的理由，真的是自己想的吗？

【瑶兮爱吃冰激凌】：“你说，她是不是故意的？”

这……他可不可以选择不回答？

此时此刻的林嘉歌，忽然有点后悔刚刚毫不犹豫地抛弃活着的【荒年的小可爱】，跑来找软包子了。

【瑶兮爱吃冰激凌】：“你怎么不说话呀？”

【瑶兮爱吃冰激凌】：“你该不会是和那个【荒年】一样，也觉得这种莫名其妙的白莲花可爱吧？”

【瑶兮爱吃冰激凌】：“我就知道，你们男人都喜欢这种娇滴滴的女生……”

后面跟了很长很长的一串“哇哇大哭”的表情。

这……这个喜欢这种娇滴滴的女生这顶帽子扣得有点莫名其妙不讲道理啊！

可她是软包子啊，他也没辙……祸是他闯出来的，就算是跪着也得解决掉啊……

林嘉歌咬着牙，在心底默数了“三，二，一”，然后就用力地按了几下键盘，闭着眼睛发了一条消息出去。

【111111】：“作。”

【瑶兮爱吃冰激凌】：“真敷衍……”

这还叫敷衍？

有谁能敷衍一个人，敷衍到自己骂自己的地步？

林嘉歌心底有千万个意见，却不敢发表出来，最后只能咬紧牙关，自取其辱地又打起了字。

【111111】：“一个字，作！两个字，真作！三个字，太作了！四个字，太太作了！五个字……”

【瑶兮爱吃冰激凌】：“我就知道你不会喜欢那种作来作去的女生！你比那个【黄年】好太多了！”

这算是……夸赞吗？

可是拿他跟那个36.1W野男人比，他怎么看怎么觉得是在侮辱他啊……

林嘉歌委屈，林嘉歌不说，只是将她话里的错别字，标了出来。

【111111】：“黄年？”

【瑶兮爱吃冰激凌】：“对！黄年！你说他见小可爱声音好听，就那么围着小可爱转，不是黄，是什么？”

比起骂【荒年的小可爱】，林嘉歌当然更喜欢骂【荒年】……

【111111】：“是，你说得太对了，他就是黄，是满脑子不良思想的色情狂！”

【瑶兮爱吃冰激凌】：“不过，我还是更讨厌那个小可爱……谁让她坑死了我好多次……”

【瑶兮爱吃冰激凌】：“如果以后上天给我一个机会，安排我和她在游戏里见面，我一定要乱棍打死她！”

【瑶兮爱吃冰激凌】：“呃……可是我的枪法不准，打不中她怎么办？你帮我好不好？”

？？？

他为了她，自己骂了自己还不够，还要自己乱棍打死自己？

林嘉歌突然有点期待全程断网，这样他就可以躲过一劫。

【瑶兮爱吃冰激凌】：“帮我打死她，好不好？”

怎么办？面对软包子的请求，他毫无抵抗力……林嘉歌觉得自己仅存的底线在崩塌。

【瑶兮爱吃冰激凌】：“好不好嘛……”

林嘉歌在脑海里幻想了一下时瑶用她那又软又甜的声音说这三个字的场景，他的心顿时柔软成了一摊水，毫不迟疑地回了时瑶。

【111111】：“好。”

【瑶兮爱吃冰激凌】：“我就知道你最好了！”

最好了……这三个字成功地取悦了林嘉歌。

他的底线不但崩塌了，而且崩塌得支离破碎。

【111111】：“帮你打死她十次！”

【瑶兮爱吃冰激凌】：“嗯嗯嗯。”后面跟了三个“可爱”的表情。

【111111】：“现在不生气了吧？”

【瑶兮爱吃冰激凌】：“不了，不了。”

【111111】：“那……打游戏？”

【瑶兮爱吃冰激凌】：“好啊，好啊……”

【111111】：“就我们两个人？”

【瑶兮爱吃冰激凌】：“当然啦，我暂时才不要跟【黄年】玩！”

暂时？

林嘉歌觉得这两个字很碍眼，极其希望把这两个字从时瑶发的消息里涂抹掉。

不过，暂时，总比没有暂时好……看来，【荒年的小可爱】革命尚未成功，同志还需努力……

林嘉歌在去和时瑶玩游戏之前，没忘记看一眼QQ消息，果然收到了【荒年】发来的信息。

【荒年】：“小可爱，你怎么掉线了？”

【荒年】：“小可爱，你去哪里了？”

【荒年】：“小可爱？”

【荒年的小可爱】：“年哥哥，我妈妈刚刚来看我了，让我睡觉，不让我打游戏了。所以我今天不能跟你玩了，明天再玩，好不好？”

林嘉歌想了想，然后将时瑶刚刚发给自己的消息，原封不动地照搬给了【荒年】。

【荒年的小可爱】：“好不好嘛？”

【荒年】：“好的，二十四小时随喊随到，晚安哦，小可爱。”

“晚安”这两个字，可不是随便都能跟人讲的……林嘉歌只是回了一个“微笑”的表情，就没再理【荒年】了。

和时瑶打完游戏，已差不多晚上十二点了。

跟时瑶道完“晚安”，林嘉歌去洗了个澡。回来后，他躺在床上却没着急入睡，而是拿起手机，在游戏里登录了【荒年的小可爱】。

进去后，他直接点了开始游戏。

第一局，从飞机跳落后，他直接任由自己飘进了海里，然后眼睁睁地看着自己淹死。

第二局，从飞机跳落后，他捡了个手榴弹，活生生地把自己炸死。

第三局，他直接落在最边缘的地方，将手机丢在一旁，拿着遥控器看了一会儿电视，然后再看屏幕时，自己已经被毒死。

第四局，林嘉歌落地后，找了辆摩托车，开始花样飙车，然后自己撞死了自己。

第五局，林嘉歌跳伞的时候，直接找了最高点落定，然后从上面跳下去后，摔死了自己。

第六局、第七局、第八局、第九局、第十局，林嘉歌分别参考了第一局、第二局、第三局、第四局、第五局的死法。

成功地自己弄死了自己十次后，林嘉歌才退出游戏，放下手机，关掉电视，平躺在床上准备入睡了。

真不是他喜欢虐自己……而是，他答应她的事情，他必须要做到。

哪怕，他很清楚，她那会儿和自己的聊天，其实纯粹是心里憋屈发泄而已。

可是即便如此，即便她没当一回事，可是他承诺了她，就不能食言。

因为对他来说，在这个世间，最重要的不是我爱你，而是答应你的我都会做到。

想到这里，林嘉歌将手臂枕在脑后，眉梢微弯了弯，脸上露出一抹温柔的笑。

软包子，21……你知不知道，答应你的，我都会做到，你不想做的，我都不会逼你，现在是，以后也是。

第二章

你知道一见钟情的感觉吗

第二天，时瑶醒来，已是上午十点钟。她刷完牙的第一件事，就是奔去厨房。

坐在餐桌上，时瑶兴高采烈地吃着早餐时，她的手机“叮咚”响了一声，进来了一条短信。

时瑶很随性地扫了一眼屏幕，在看到发短信的人是谁后，她嚼着东西的动作停了下来。

是林嘉歌……

短信的内容是：“今天有时间吗？北京大饭店那边给我打了电话，厨师学了几道新菜，想邀请我过去尝一尝，你有没有兴趣，我们一起？”

北京大饭店……新菜……一个是她最喜欢的餐厅，一个是她最喜欢吃的东西……

时瑶的眼睛，根本不受自己控制地发光。

真的好想去啊……可是……

时瑶不由自主地想到，她和林嘉歌共处一室的那一晚，他说的话。

——幸会啊，我喜欢的女孩。

——想我没？没想也没关系……反正我很想你。

即使已经过去了两天，可是时瑶一想到当时的场景，她的心脏还是忍不住怦怦怦地乱跳起来。

“瑶瑶，你怎么了？脸红得跟猴屁股一样？”听见外面有动静，从主卧出来的时母看见女儿拿着一个肉包子，盯着面前的一碗小馄饨一动不动，忍不住开口问。

时瑶被母亲的话惊回了神，她摇了摇头，连忙低下头继续吃东西。

“是不是发烧了？”时母说着，走到了时瑶跟前，抬起手摸了摸她额头，“没发烧，你脸怎么红得跟猴屁股一样？”

时瑶噘了噘嘴，不知道自己是第多少次怀疑自己不是亲生的。

她太了解自己的母亲了，她怕母亲等会儿围着自己没完没了地追问，胡乱地将剩下的早餐吞进肚子里后，就溜回了自己的卧室。

关上门，她躲去洗手间洗了个脸，冷却了一下因为收到林嘉歌短信而混乱的心情。

时瑶擦完脸，刚从洗手间出来，被她丢在床上的手机传来了悦耳的铃声。

她走过去看了一眼，是林嘉歌打来的电话。

他这样，会不会有点太阴魂不散了？

时瑶没接听，任由着手机一直响到自动挂断。

她以为自己耳边终于可以清静了，谁知没一会儿，林嘉歌又打来了电话。

卧室门外的母亲听见她的手机铃声一直响，忍不住推开了她的门：“瑶瑶，你电话，你怎么……你在看你手机啊，你看你手机，怎么不接电话……谁打来的啊……”

还没等母亲走近，时瑶抢先一步将手机拿起来，按了接听。

母亲见她接电话了，便没再打扰她，退出了房间。

时瑶等到门被母亲关上后，才开口对着手机那边的林嘉歌“喂”了一声。

“你看到我给你发的短信了吗？”没等时瑶回答，林嘉歌又开了口，“算了，我给你再重复一遍吧，北京大饭店那边给我打了电话，厨师学了几道新菜，想邀请我过去尝一尝，你有没有兴趣？我去接你，我们一块去……”

随着林嘉歌的声音在耳边响起，时瑶不知这两天自己是第几次想到了那一晚的场景。

她的脸蓦地一红。

许是她迟迟没说话，电话那头的林嘉歌又开了口：“瑶瑶，你听到我说话了吗？”

“我……”时瑶本能地对着手机张口，只说了一个字，她就停了下来。

过了一小会儿，她才继续出声：“……我、我今天可能没时间哎……”

林嘉歌：“嗯？”

时瑶听到林嘉歌略带几分疑惑的反问声，指尖下意识地用力抠了两下手机。

她很少撒谎的，可她真的不知道该怎么面对林嘉歌，更或者说，她有点害怕面对林嘉歌，尽管她不知道自己到底在怕些什么。

她在心底稍稍组织了一下语言，才有些心虚地接着开口说：“我前段时间，答应了我妈妈，今天要陪她逛街的，所以可能会没时间……”

林嘉歌：“这样啊，那还真是不巧了……”

他的语气听起来和平时没太大的差别，可说了谎话的时瑶，心底莫名有点没底气，所以再开口的声音，略显得有些干涩：“是啊，太不巧了……”

对比时瑶的紧张，林嘉歌再开口的声音依旧轻松平常：“没关系，今天不行，可以改天，反正我可以让他们先不要上新菜，等带你尝过后，再让他们将新菜加入菜单里……”

顿了顿，林嘉歌又开口问：“明天呢，你有没有空？如果没有空，也可以后天或者大后天……”

在她的印象里，林嘉歌是一个高高在上的人，对什么事都不屑一顾，很少这么有耐心的……

时瑶被林嘉歌搞得有点不知所措，她纠结了好一会儿，也没找到合适的拒绝词，最后只是说了句：“我……还不能太确定……”

随着她话音的落定，时瑶明显地感觉电话那边的气氛沉默了许多。

林嘉歌这是被她频繁拒绝得……不高兴了吗？

可是，他高不高兴，她为什么要这么在意？以前她拒绝别的男生时，那些男生喝醉酒跑到宿舍楼下站了一整夜，她不也挺无动于衷无比淡定吗？

时瑶胡思乱想时，电话里的沉默被打破了，林嘉歌开了口，声音清淡得和平时没任何差别：“没关系呀，等明天或者后天我再来问你……”

时瑶忽地愣住。

他……居然没有生气？

依照她对他的了解，他应该没有这么好脾气啊。

他好像变得和她记忆中的那个他，有点不太一样了。

过了十多秒钟，时瑶才回神，迟缓地回了声：“哦。”

林嘉歌：“那我不打扰你了，你好好陪你妈妈逛街，回头联系。”

时瑶有点不敢相信，电话那边的人是林嘉歌，她再次愣愣地“哦”了一声，然后在听到林嘉歌说了“再见”后，回了声“再见”，便挂断了电话。

真的就像林嘉歌说的那样，第二天，他又给时瑶打来了一个电话。

时瑶用今天要陪妈妈去亲戚家的理由，拒绝了。

第三天，林嘉歌继续给时瑶打来了一个电话。

时瑶用今天要陪顾南墙去博物馆的理由，拒绝了。

第四天，第五天，第六天……林嘉歌孜孜不倦地约时瑶，时瑶绞尽脑汁地想着借口拒绝林嘉歌。直到第七天，临近开学的前两天，林嘉歌再给时瑶打电话，时瑶拒绝的理由是：今天她们宿舍的人都返校了，她们相约下午逛街、晚上聚餐。

林嘉歌约时瑶的七次里，只有最后一次，时瑶拒绝的理由是真实的。

除了冷暖暑假在北京打工，时瑶和她见过几次外，与何田田和江月整整两个月都没见面。

今天是冷暖最后一天打工，所以中午是时瑶去机场接的何田田和江月。

时瑶是真的挺想何田田和江月的，在机场和她们见面后，三个女孩抱在一起你一言我一语地聊了好久，才上车往学校走。

一路上，江月和何田田叽叽喳喳地聊了很多暑假趣事，使得原本被林嘉歌这几天穷追不舍约吃饭、搞得有点心烦意乱的时瑶，心情好转了许多。

下午是时瑶、何田田和江月三个人逛的街，到晚上六点钟的时候，冷暖下班了，四个女孩找了冷暖上班附近的一家还不错的川菜餐厅碰了面。

用完晚餐，刚不过晚上八点钟。

因为太长时间没见面，何田田提议去唱歌。

刚领了工资的冷暖表示她可以请客，江月见有人买单，毫不犹豫地附议。

然后没人询问时瑶的意见，直接拖着她拦了一辆出租车，去了就近一家还算是比较高档的KTV。

因为时间还早，KTV里的人并不算多。开完包厢后，冷暖去了洗手间，江月开始点歌，而时瑶和何田田一人拎着一个篮子去KTV的超市里选酒水和零食。

时瑶在选薯片时，手里的篮子不小心撞到了一个人。

她本能地转头，说："对不起。"

那男生被撞后，恰好也回头看了过来，和时瑶对视了一眼。

那男生打扮得有点中性，耳朵上戴了一个钻石耳钉，头发是奶奶灰色。

时瑶总觉得这个男生有些眼熟，像是在哪里见过，可她一时半会儿又没想起来。

时瑶和那男生两个人互望了一会儿，然后那个男生说了句"没关系"，就从高处抽了两罐啤酒，走开了。

时瑶见他走了，没当一回事，就拿了两包薯片，选了几瓶酸奶，跟着何田田结账一起回了包厢。

时瑶走出超市的一路上，完全没注意到，那个头发染了奶奶灰颜色的男生，靠在楼道的墙壁上，举着手机，对着她的背影在录像。

直到时瑶的身影，彻底消失在包厢的门口处，那男生才收起了手机，然后低着头对着屏幕按了几下。过了会儿，他的手机铃声响了，进来了一个电话，他飞速地按了接听，将手机举到耳边，开口就喊了句："梁大小姐，我没认错人吧？刚刚给你看的那个人，是那次在酒吧你带过来的那个女生吧？"

电话那边的梁暮暮目光凌厉地盯着自己刚刚接收到的视频里的时瑶的背影看了好一会儿，才仿佛藏了十足的恨意般开了口："是的，就是她。"

奶奶灰颜色头发的男生，皱了皱眉心："梁大小姐，她不是你朋友吗？怎么听你的语气，你好像很恨她的样子？怎么，你们闹别扭了？你们女生啊，就是这样，动不动因为一点小事就能闹矛盾……"

"我和她之间可不是普通的矛盾或者别扭那么简单！"梁暮暮仿佛受了什么刺激一般，忽然尖着嗓音打断了男生的话，"我和她是深仇大恨，不共戴天，总有一天，我会把我现在受的这些苦，统统都还给她的！"

男生更不解了："等等，梁大小姐，你把话说清楚点，到底是怎么回事？她欺负你了？她看起来瘦瘦弱弱的，而你反而张牙舞爪的，不太像啊……"

"你懂什么！我现在之所以被我姑父姑妈丢在乡下，就是拜她所赐！你知不知道，小的时候，嘉仪姐对我是最好的，直到她出现，也不知道她用了什么手腕，嘉仪姐再也不像小时候那样，一见我就很高兴地喊我暮暮。反而见了她，嘉仪姐热情得就像是她是自己的亲妹妹……"

电话那头，原本还很张牙舞爪的梁暮暮说到这里，忽然就像是受了天大的委屈一样，哽咽起来："……还有林爷爷，小的时候，林爷爷也很疼我的，可是后来她出现了，林爷爷一口一个瑶瑶，再也没看过我一眼……还有嘉哥，你是知道的，我喜欢嘉哥。我一直以为，她抢走了嘉仪姐，抢走了林爷爷，都不重要，嘉哥她是抢不走的，可是你知不知道，现在嘉哥都是护着她的……

“要不是她，我根本不会来到这种破地方，我每天吃不好睡不好，蚊子多得咬得我浑身都是包。你是不知道，我有多想回北京，我有多想再见到你们，我根本不想在这里待着……”

奶奶灰颜色头发的男生，听到梁暮暮的控诉，神情渐渐变得阴狠了起来：“所以，你这么惨，都是她搞的鬼？你为什么不早点告诉我？她居然敢欺负你，你等着，我今晚就帮你出这口恶气！”

“你别胡闹，我怕你吃亏……”梁暮暮边说，边发出轻轻的抽泣声。她了解他，他这个人最大的优点也是他最大的短板，他很讲义气，所以她越是表现得这么委屈，他越是会想办法对付时瑶。

她是因为时瑶，才落到如今这个地步的，凭什么她在鸟不拉屎的乡下受苦，而时瑶在北京和朋友唱歌玩耍……

想着，梁暮暮的眼底浮起了一抹狠厉，再开口时声音中的哭腔更明显了：“你看看我现在，所以你还是不要招惹她了……”

“开什么玩笑，就她，还能让我吃亏！暮暮，你放心，作为你的朋友，我是不可能看你就这么白白受委屈的，你等我的好消息！”说完，奶奶灰颜色头发的男生，就恶狠狠地挂断了电话。

回到包厢。

江月抱着话筒，闭着眼睛，摆出深情款款的模样，唱着全程不着调辣耳朵的歌：“往后的余生，我只要你。往后余生，风雪是你，平淡是你……”

“江月，我求你还是唱你的《千年等一回》吧，我的耳朵都快被你弄聋了……”何田田一边毫不客气地吐槽，一边跑到点歌台，开始兴致勃勃地点歌。

时瑶则是将自己刚刚和何田田买的那些吃的，一样一样拿出来，堆在了桌子上。

时瑶落座后，刚刚想拿一包薯片吃，在看到自己面前堆得仿佛跟小山一般的零食后，拿出手机拍了一张照片发到了朋友圈，文案内容是：

——问：你知道一见钟情的感觉吗？

——答案：零食。

朋友圈前一秒发送成功，后一秒时瑶便撕开了薯片的包装。

连续约了时瑶七次，也被时瑶拒绝了七次的林嘉歌，情绪低落到了极致。

从深圳回来的当天，他约她吃饭，她拒绝，他没察觉到有什么问题。但是第二天、第三天，她频繁地拒绝他后，就算他是个蠢货，他也能知道，她这是在故意躲着自己。

他对她表白后，她没接受，那他肯定是要追她，可她连面都不肯跟他见，这让他怎么追？

上午打完电话，第七次被拒绝的林嘉歌，心情郁闷到没胃口吃午饭，一个人躺在楼上卧室的床上，翻来覆去了一下午。

越想林嘉歌越心塞，从最初每隔半个小时叹一口气，到了最后，变成了每隔五分钟，他就会重重地叹一口气。

窗外的天色越来越暗了，直到窗外黑成一团时，在床上躺了将近一天的他，依旧没想出来一个可以接近时瑶的方法。

最后，被逼到走投无路的他，只好死马当活马医地给陆本来发了一条微信："你当初看的那些言情小说，都有哪些？"

隔了大概十多分钟后，林嘉歌收到了陆本来的回复："咦？老大，看那些书干什么？要追小学妹吗？你不是最鄙视那些书了吗？"

答非所问……林嘉歌懒得跟陆本来浪费时间，直截了当地回了一个"3"，然后又点了一下"2"发了出去……

他都没来得及点"1"，就收到了陆本来发来的一长串的书名："老大，你要的书单，全都在这里了。"

目的达成的林嘉歌，没再搭理陆本来，而是直接按照他的书单，将那些小说全都勾选了，然后一键下载。

下载的过程中，林嘉歌去微信看了一眼未读消息，然后见朋友圈有红点提醒，就顺手点了进去，结果看到【瑶兮爱吃冰激凌】三分钟前发的朋友圈。

——问：你知道一见钟情的感觉吗？

——答案：零食。

下面的配图，是一桌子的零食。

陆本来给她点了赞，林嘉仪评论道：

——问：你知道一见钟情的感觉吗？

——答案：钱。

林嘉歌看到林嘉仪的答案，不屑地呵笑了一声，刚准备退出朋友圈，就像是想到了什么一样，将时瑶发的那张图片放大，然后盯着里面的场景看了会儿，就分享给了成天浪到飞起的梁久思："能知道这是哪里吗？"

梁久思应该正在玩着手机，消息回得飞速。

【九九乘法表】："？？？"

【九九乘法表】："对不起，您这问题问得太刁钻，对方无法回答。"

【九九乘法表】："真不是我废话多，黑漆漆的一个屋子、一堆零食和一张桌子，除了这是 KTV，怕是只有鬼才能知道这是哪里……"

林嘉歌面无表情地动了动指尖，屏幕上多了一条他发出去的消息。

【111111】："嗯？"

三十秒后，手机屏幕亮起。

【九九乘法表】："嘉哥，我就是鬼！"

【九九乘法表】："所以，我知道这是哪里，请等我一段时间……"

林嘉歌没回梁久思的消息，他重新进了朋友圈，盯着时瑶更新的那条朋友圈动态看了一会儿，然后在心底默默地补了句：

——问：你知道一见钟情的感觉吗？

——答案：时瑶。

虽然他和她六年多以前就已经认识了，但是他从没真正地正眼瞧过她，直到年初SKP的那一场遇见……就是从那时起，她走进了他的眼睛，然后慢慢地走进了他的心……那惊鸿一瞥的惊艳和震撼，就是一见钟情的感觉吗？

不过比起一见钟情，他也很喜欢日久生情啊……

林嘉歌白皙的脸上，慢慢地爬上了一抹浅红。

他这是怎么了？是单身太久了吗？忽然有了喜欢的女孩，居然……动不动就会冒出一些暧昧的想法。

以前，陆本来和夏商周几乎每晚都会聊些荤段子，他那会儿觉得他们低俗，还嘲讽他们来着，可如今……他自己居然也没能免俗。

果然，人和人都是一样的，你没能俗气，只是没有遇见那个让你俗气的人而已。

在林嘉歌走神的时候，他的手机在掌心里振动了一下——是梁久思发来的语音微信。

【九九乘法表】：“嘉哥，我已经帮你找到了，你是不知道，我有多厉害，单单凭着那张图，就这么生生地把地点给挖出来了！”

【九九乘法表】：“嘉哥，我简直是人才啊，要不然我跟你说，换成第二个人，绝对找不到这是哪里！”

【九九乘法表】：“那张图片，你看到右上角那个广告栏了吗？我就是根据那个找到的，因为我之前，跟人打赌……”

林嘉歌连放了三条语音都没听到自己要听的内容，于是不耐烦地按了几下屏幕。

【111111】：“说重点。”

【九九乘法表】分享了一个地点过来。

【九九乘法表】：“就是这个KTV。”

【九九乘法表】：“那个，现在我可以继续刚刚的话题了吗？嘉哥，幸好那天……”

【111111】：“你不是鬼吗？”

【九九乘法表】：“好好好，要不然鬼爷我的清白，真的不保啊……”

鬼爷？小鬼还差不多吧……

林嘉歌随手将手机往床上一丢，忽视掉了梁久思接连不断发来的微信消息，任由着手机“叮咚叮咚”作响，翻身下床，去洗澡了。

二十分钟后，林嘉歌从浴室里出来，拐去更衣室，精挑细选了一身衣服套在身上，然后对着化妆镜举着吹风机，左一下右一下折腾了好一会儿，才对着镜子转着脸仔细地打量了几眼。确定没什么问题后，他才拿了手机和钱包，往车库走去。

以往，林嘉歌出门都是开爷爷那辆车的，但是今天他绕着车库逛了一圈，最后选了自己十八岁生日那一年，父亲送的那辆跑车。

坐进车里，林嘉歌在发动车子之前，忽然想到自己就这么杀去软包子所在的KTV好像有点太突兀……

万一软包子以为自己在监视和跟踪她，就糟糕了！

想着，林嘉歌就掏出手机，给陆本来和夏商周分别发了条微信：“唱歌去吗？”

陆本来："去去去。"

夏商周："想去，但是去不了，被女魔头扣下了……"

林嘉歌顺手给夏商周回了句："女魔头？"

随后，林嘉歌将梁久思分享给自己的KTV地址转发给了陆本来："十分钟后见。"

夏商周："哦哦哦，打错字了，是女王大人，被她扣下当司机，现在她和客户在里面听着音乐会喝着小酒，而我在马路边站着汗流浃背……"

"同情你一秒钟。"林嘉歌回了夏商周消息后，切去陆本来那边，看他回复的一个"OK"表情，这才将手机放下，发动了车子。然后在用人们诧异的视线中，极其拉风地开着格外引人瞩目的跑车，驶出了院门口。

冷暖家庭条件不算是特别好，但也不缺钱，她暑假打工纯粹是因为要积累社会经验，所以拿到工资的她，今晚格外大方地点了几杯鸡尾酒。

鸡尾酒口感很好，和汽水差不多，几个女孩一边聊天一边唱歌，不知不觉中倒也喝了不少酒。

冷暖平时看着冷静干练，但是酒量一般，虽然鸡尾酒度数很低，但她喝到后面还是有些醉了，靠在沙发上，精神蔫蔫的，一副快要睡着的样子。

江月和何田田酒量差不多，没到醉的程度，但有点微醺。兴许是在酒精的催化下，两个人的情绪变得有些亢奋，吵吵闹闹地唱了一首又一首歌。

四个人中，唯独时瑶一个人清醒得很。

在江月和何田田唱完一首歌，拉着冷暖和时瑶再次干杯时，冷暖摇摇晃晃地从沙发上站了起来："我、我得去趟洗手间……"

说着，她就迈着踉跄不稳的步子，冲着包厢门口走去。

时瑶有点不放心这样的冷暖，下意识地起身，留了句"我陪暖暖一起去"，然后就加快了步伐，跟上了冷暖。

冷暖的步子很飘，好几次险些摔倒，还好时瑶及时搀扶住了她。

进了洗手间，时瑶看着冷暖进了隔间后，她才进了隔壁的隔间。

等她出来后，旁边的隔间门敞开着，冷暖人已经不见了。

时瑶连忙快步走出洗手间，在看到冷暖站在洗手台前正洗手时，她才松了一口气，然后走过去，站在冷暖旁边，也打开了水龙头。

洗完手，时瑶抽了两张纸巾，一张递给冷暖，一张留给自己擦干了手，然后才挽了冷暖的胳膊，冲着洗手间外走去。

只是她和冷暖走了还没两步，有几个流里流气的男生出现在了她们的面前。

时瑶以为那几个男生也是来上洗手间的，没太在意，甚至看都没看一眼，拉着冷暖往旁边靠了靠，将路让了出来。

谁知那几个男生并没有井水不犯河水地经过她和冷暖的身边，而是在她和冷暖面前停下了脚步。

一种不好的预感爬上了时瑶的心头，她微蹙了蹙眉心，转头往那几个男生身上扫了一眼。

为首的人是一个顶着一头奶奶灰颜色头发的男生，时瑶记得，就是她刚到KTV时和何田田在超市里买东西时撞到的那个人。

他该不会是，因为那么一件小事……现在来跟她秋后算账吧？

“瑶瑶，我想喝水……”冷暖小声嘀咕完后，整个人往前栽了一下。

时瑶连忙收了脑中的思绪，伸出手拉了冷暖一把，避免她撞到她们身前站着的那些男生。

“瑶瑶，我要喝水，水……”醉得整个人都迷糊的冷暖，根本没察觉到周围的情况，嘴里还在碎碎念着。

时瑶将她往自己身后藏了藏，然后才小声哄了冷暖一句：“等下给你拿水喝……”

冷暖瞬间安静了下来，整个人软绵绵地靠着时瑶，没再说话，也没再乱动。

时瑶这才看向了面前的几个男生，因为她和冷暖离开的路都被他们挡住了，所以她只好开口说：“能不能麻烦你们让一让？”

几个男生没有任何要让开的迹象，时瑶皱了皱眉心，刚准备继续开口讲话，那个奶奶灰颜色头发的男生就出了声，语气恶劣到了极致：“就是你欺负了我暮姐？”

暮姐？

时瑶有点没反应过来他指的是谁：“我不知道你在说什么，不过，能不能麻烦你让一让，我朋友不太舒服……”

“你朋友舒不舒服，关我什么事？我只知道，你欺负了我朋友！”奶奶灰颜色头发的男生凶神恶煞地打断了时瑶的话，“你知不知道，你欺负我朋友，就等于是欺负我！”

他这是认错人了吧？别说欺负人，就连和人拌嘴，她都很少去做的……

时瑶抿了抿唇：“我真不知道你在说什么，我想，你可能是认错人……”

“认错人？你是真不懂，还是装不懂？该不会你对自己做过的事不想认账，现在装失忆吧？”奶奶灰颜色头发的男生，像是懒得跟时瑶继续废话一般，紧接着就又开了口，“梁暮暮，梁家大小姐，知道吗？”

梁暮暮……

伴随着这三个字钻入时瑶的耳中，她忽然后知后觉反应过来，刚刚在KTV超市，她为什么会觉得眼前的这个男生面熟了。

在运动会结束，梁暮暮约自己去酒吧的那天，时瑶遇见过他。

那晚，除了梁暮暮一直不断地找各种理由给她灌酒之外，另外一个一直要扯着她喝酒的人就是他……

“不要告诉我，你已经不记得梁暮暮是谁了？”奶奶灰颜色头发的男生，见时瑶迟迟不说话，再次径自开了口，“暮姐可是被你害得很惨呢，要不是你，她现在能被她姑父送去乡下？你知不知道，她现在在乡下过得有多惨，这些可都是拜你所赐呢！”

这都什么跟什么啊，最基本的道理和三观都不讲了吗？

时瑶的表情，也跟着严肃起来：“我并不想跟你扯这些有的没的，如果你非要跟我讲道理，那我只能说，种什么因得什么果，梁暮暮她有今天，是她咎由自取，跟我没有任何关系。我自始至终都没做丝毫对不起她的事情，作为朋友，一直以来，‘对不起’这三个字，都是贴在她身上的，而我，问心无愧！”

“好一个问心无愧啊，好一口伶牙俐齿，亏我还怀疑你这么弱不禁风的样子，不像是能欺负人，现在我算是明白了，暮姐为什么会这么惨……”奶奶灰颜色头发的男生，越说嘴里的话越狠，“实话告诉你，我今儿就是来给暮姐讨公道的！”

“公道？”时瑶向来温软的脸上，浮现出一抹冷笑，“你要真想讨公道，那你现在需要做的，是买张高铁票或者火车票，奔去乡下找梁暮暮！”

和这种人讲道理，一辈子都不可能讲通的，说再多的话，也不过是浪费口舌、对牛弹琴。

冷言冷语地将自己想说的话说完，时瑶片刻都不愿意多逗留地拉着冷暖，准备强势点离开。

“想走？”奶奶灰颜色头发的男生，被时瑶怼得心情不悦到了极点，他见时瑶就这么打算离开，下意识地就伸出手，抓住了时瑶的手，将她整个人往墙上一甩，“你觉得你走得了吗？”

陌生人的碰触让时瑶心底充满了厌恶，她用力地皱了皱眉心，下意识地开始挣扎。

男生握着她的力道，随着她的反应越来越用力，到了最后，将她手腕抓得生疼。

时瑶一只手要护着冷暖，挣扎不掉钳制的她，本能地抬起脚去踹男生。

男生被她踹中了，暴躁地往前踏了一步，伸出另一只手掐住了她的脖子。

男生那样的举动落在旁边醉醺醺的冷暖眼中，像极了去扯时瑶的衣领。

在那一瞬间，她分不清是现实还是做梦，她的脑海里忽然闪过漆黑的夜里，她被人抵在墙上，撕破衣服的画面……

她像是受到了极大的刺激一般，忽然尖叫了起来，随后就不管不顾扑到了奶奶灰颜色头发的男生面前，开始奋力地扯他胳膊。

男生明明禁锢的是时瑶，可冷暖口里喊的却是：“放开我，放开我！”

她的力道很大，可她没能将男生的手从时瑶的脖子上扯开，她整个人变得更激动了，嘴里喊的声音也更尖锐了：“放开我，放开我，放开我……”

她一边喊，眼角一边有大滴大滴的眼泪滚了下来。

“暖暖，暖暖……”本是担心自己的时瑶，看到冷暖这样的情况，一下子紧张了起来。

然而不管她怎么喊冷暖，冷暖始终都没反应，只是一味地、拼命地扯那个男生的胳膊。

随着她脸上的眼泪越来越多，她嘴里凄厉的嘶喊声，变成了无助的求饶声：“求你放开我，放开我……求你……求你……放开我……”

到了最后，冷暖的嘴里，只剩下呜咽的哭声。

哭着哭着，她突然撕心裂肺地尖叫了起来。

时瑶更担心了，挣扎得也更厉害了：“暖暖，暖暖……”

也不知道冷暖到底是听见了时瑶的声音，还是没听见，她叫着叫着，忽然停了下来，随后就直直地盯着她眼前那条掐着时瑶脖子的胳膊，然后疯了般张嘴咬了上去。

她咬得很用力，就像是一个疯子，疼得奶奶灰颜色头发的男生浑身一抖，下意识地就松开了时瑶的脖子，然后反手一巴掌甩在了冷暖的脸上：“居然敢咬我！”

冷暖被打得摔倒在地上，喝了酒的她本就无力，这下连站都站不起来了。

那奶奶灰颜色头发的男生却没有半点要罢休的意思，他捂着自己疼得厉害的胳膊，抬起脚就冲着冷暖的身上踹去。

挣脱掉束缚的时瑶看到这样的场景，想都没想就上去拦那个男生。

奶奶灰颜色头发的男生被两个女生一前一后惹得暴躁到了极致，对着身边跟来的那些人吼道：“你们都愣着做什么？没看到？还不快来帮忙，把这个欺负暮姐的人给我弄男厕所去，等会儿我再收拾她。至于这个，敢咬我……”

他话音刚落，其他那些被冷暖突如其来的反应吓到的人，一个接着一个缓过神来，下一秒就扑到了时瑶的跟前，抓着她的胳膊，将她往男洗手间里带。

在洗手间的门被关上的那一刻，时瑶看到那个奶奶灰颜色头发的男生，弯身掐了冷暖的下巴，抬起手冲着她的脸上又挥去，他的嘴里还在骂骂咧咧着。

何田田和江月，在时瑶跟冷暖离开后，两个人举着话筒，一个歌声动听地、一个五音不全地合唱了一首《今天你要嫁给我了》，然后发现都过了好一会儿了，冷暖和时瑶还没回来。

江月拿着手机，给冷暖和时瑶挨个打电话，然后发现两个人的手机都留在了包厢里。

“她们该不会掉在洗手间了吧？”

“或者暖暖不想付款，带着瑶瑶潜逃了？”

江月和何田田嘻嘻哈哈地调侃了几句，然后想上洗手间的江月，嘱咐何田田看好包厢里的东西，便出了包厢门。

时瑶几个人开的包厢，离洗手间有一段距离。旁边的包厢里，不断地传出歌声和欢笑声，所以江月往前走了好长一段距离，直到快到洗手间门口时，才听见了一道尖叫的女声。

那声音很凄厉，吓了江月一跳，她本能地停在原地，好一会儿才后知后觉地发现……那声音还很熟悉。

随着这个想法闪过江月的大脑，时瑶的声音传来：“暖暖，暖暖……”

江月蹙了蹙眉心，很快就反应过来，刚刚那道尖叫声是冷暖发出的。

暖暖这是……怎么了？

江月下意识地加快步伐，冲到了洗手间门口，然后她发现，那里不单单只有时瑶和冷暖两个人，还有好几个她根本不认识的男生，从穿着打扮上来看，和他们学校那些男生大不相同，流里流气的，像是那种混社会的败类。

她们宿舍四个女生，冷暖冷静，时瑶能吃，何田田没心没肺，而江月……大家都说她傻。

江月也承认自己不是那么聪明的人，说话做事直来直去，就连考上G大，也是挑灯夜读再加复习一年勉勉强强达到了录取分数线。

但江月觉得，自己在这一晚，不能傻。

她承认，她看到那一幕场景的第一个想法是冲上去，可是在她抬脚的那一刹那，她低头看了一眼自己，又收了回来。然后她为了避免被那些男生发现，当作从没出现过一样，轻手轻脚地往后退，直到那些人彻底消失在她的眼中，她才转身撒腿冲着包厢跑去。

江月推开门的时候，何田田正戴着一次性手套啃鸭脖。

何田田看到江月风风火火地闯了进来，嘿嘿一笑：“干吗？后面有鬼呀？”

江月没理何田田，甚至连包厢的门都没关，她走到沙发前，翻出手机，一边开始解锁屏幕，一边走到点歌台，将包厢里的背景音乐关掉。

“江月，你这是在干吗啊，这歌我听得好好的……”何田田不满地嘀咕了一句。

江月没理她，低头对着手机按了“110”。

许是因为夜深了，也许是因为她太担心时瑶和冷暖了，时间具体过了多久，江月并不知道，可她却觉得漫长得像是过了一个世纪那么久，因为迟迟没人接电话，她忍不住着急起来：“怎么回事呢？怎么一直占线？”

“110？”何田田猛地抬起头，“你干吗打110，到底怎么了？”

江月：“是瑶瑶和暖暖啊，她们出事了……”

“你说什么？”随着江月话音的落定，包厢门口传来了一道男生的声音。

江月和何田田被这突如其来的声音搞得互相对望着愣了一会儿，然后两个人才转头冲着声源处看去。

只是她们都还没看清楚来人是谁，来人已经站在了江月的面前，清淡的口吻中，夹杂着十足的紧张和明显的焦急：“你说什么？瑶瑶？时瑶是不是？”

何田田和江月再次被搞得一愣。

三秒后，何田田率先看清了来人，顿时带着几分诧异和惊奇地出了声：“男……”

她只说了一个字，就反应过来自己嘴快了，然后急忙将后面的“神”字改成：“林学长……”

江月依旧有点没反应过来，听见何田田的声音，就愣愣地望着林嘉歌也跟着开口：“林、林学长……”

林嘉歌眉心微蹙了蹙，刚想继续开口追问到底是不是时瑶出了什么危险，慢了半拍的江月终于缓过神来，她没等林嘉歌开口，就抢先出了声：“林学长，是瑶瑶，是瑶瑶出了事，她和暖暖被几个男生堵在了洗手间……”

“暖暖？冷暖？”江月的话音都还没完全落定，林嘉歌的身后就又传来了一道声音。

在江月和何田田冲着又开口的人望去时，站在江月身前的林嘉歌已经转身，大步流星地奔出了包厢。

时瑶和林嘉歌分属两个班级，一起上过半学期的体育课，虽然课堂上两个班没什么交集，但江月和何田田因为陆本来的名字，也因为陆本来给冷暖要过电话号码，所以是记得陆本来的。

两个女孩在看到陆本来后，何田田立刻点头：“是的，暖暖就是冷……”

“暖”字音都还没发出来，陆本来也转了身，快步蹿出包厢。

江月和何田田的醉意，早就因为时瑶和冷暖出事消散得一干二净，现在见林嘉歌和陆本来冲出了包厢，知道他们是去了洗手间，两个人也急忙收拾了包厢里的重要物品，一前一后地跟了上去。

林嘉歌是最先奔到洗手间入口的，除了蜷缩在地上、瑟瑟发抖的冷暖外，江月说的几个男生已经不见了，随着他们不见的还有时瑶。

林嘉歌的心忽地用力收缩了一下，他还没来得及去细想时瑶会被人带去哪里，陆本来就已经扑了过来：“老大，怎……”

随着陆本来话音的响起，出现在洗手间入口的他一眼就看到了不远处缩成一团、躲在墙角的冷暖，他的话蓦地消失在了嘴边。下一秒，他几乎没有任何迟疑地就冲到了冷暖的面前：“冷、冷暖……”

说着，陆本来伸出手，想去将冷暖从地上拉起来。

可他的指尖都还没碰到冷暖的胳膊，感觉到有人靠近和碰触的冷暖，便反应格外强烈地往后挪了挪：“别碰我！”

陆本来被冷暖激烈的反应吓得手一哆嗦，顿在了半空中。

“别碰我，别碰我！”冷暖接连喃喃重复了好几遍这三个字，然后就将脑袋往膝盖上用力埋了埋，又安静了下来。

她虽不说话了，也不动了，但陆本来还是清晰地看见她的肩膀在发抖。

他的心仿佛被什么东西狠狠地握住拼命地蹂躏着一般，他难受得忽然就那么愣在原处，呆呆地望着冷暖，没了反应。

直到何田田喊着“暖暖”冲到冷暖旁边，伸出手抓了冷暖的胳膊，惹得冷暖再次激动地尖叫时，陆本来才回过神来。

在何田田的印象里，冷暖一直都是那种很冷静的女生，这样的冷暖，是她第一次见。

何田田兴许是被这一幕吓到了，手抓着冷暖的胳膊，迟迟没有放开。

冷暖尖叫得更厉害了，甚至就连身体都抖得有点吓人，何田田这才后知后觉地反应过来，然后急忙松开了冷暖的胳膊，小声地对着冷暖开了口：“暖暖，你怎么了？暖暖，我是田田啊，暖暖……”

冷暖没讲话，但她兴许是听到了熟悉的声音、熟悉的名字，整个人的情绪渐渐地安静了下来。

“暖暖，我是田田，你的舍友，现在你没事了，乖啊，没事了……”何田田见自己刚刚的话起了效果，一边继续小声地轻哄着冷暖，一边尝试着再次伸出了手。

她这次碰到冷暖的胳膊后，见冷暖只是身体狠狠地抖了抖，没再抗拒，也没再尖叫，这才放心大胆地将手落到了冷暖的后背上，轻轻地拍着：“暖暖，没事了……没事了……”

随着何田田一遍又一遍地念着“没事了”，她明显地感觉到冷暖的身体开始变得柔软，不再僵硬。然后，她这才抬起头，望了一圈四周，发现林嘉歌和江月已经不在洗手间入口了。

何田田刚想开口问，他们两个人去了哪里，楼道里就传来了重重的脚步声，紧接着林嘉歌和江月两个人就又出现在了洗手间入口。

何田田下意识地开口：“瑶瑶呢？瑶瑶人怎么不见了啊，她被他们带去哪里了……”

林嘉歌脸色低沉得让人有点害怕。

他没开口说话，而是江月接了何田田话：“我们刚刚去找瑶瑶了，瑶瑶没离开KTV，我们也挨个包厢找了，没她的……”

江月的话还没说完，林嘉歌已经踏着步子，走到了男洗手间的门口。

他伸出手，推了推，没能推开洗手间的门。

洗手间是公用的，门是不可能无缘无故被锁上的……随着这个想法闪过林嘉歌的大脑，他忽然像是懂了什么一样，更加用力地推了推门。见门始终纹丝不动，他这才彻底确定了自己的想法，然后转头看了一眼陆本来和三个女生……

软包子的舍友说了，有好几个男生……

对他来讲，几个男生不是重点，重点是，软包子的这几个舍友。

这里只有他和陆本来两个男生，若是他真的踹门而入，那几个男生一股脑地冲出来，他和陆本来一人护一个女生还好说，一人护两个……

只是短短的几秒钟，林嘉歌就做出了决定：“陆本来，你带她们三个走！”

听到这话，陆本来眉眼闪过一抹担忧：“老大，让她们三个先走，我留下来陪你……”

“就她们仨，两个喝了酒，一个神志不清，你确定？”林嘉歌扫了一眼旁边的三个女生，轻飘飘地反问了陆本来一句。然后没等陆本来再开口，他就继续出了声，“让你走你就走，我要是连自己喜欢的女孩都护不住，我还当什么男人！”

林嘉歌说这句话的时候，语气不重，但清俊的眉眼间，有着一抹桀骜划过。

陆本来和林嘉歌认识三年，了解他、理解他，所以明白他这样的安排，此刻对他们来讲，是最好的安排。

他没再纠结，直接妥协：“那好吧，老大，我先带她们走，你自己小心。”

林嘉歌微点了点头，没说话。

陆本来知道，时间对于此时他们每个人来说很重要，尤其是洗手间里还不知情况的时瑶。所以他没再浪费时间，直接弯身，想要背起冷暖离开。

然而，陆本来刚一碰冷暖，被何田田安抚得原本已经温顺下来的她又变得激动了起来。

“暖暖，这是我们学长，不是坏人，别怕……”何田田连忙伸出手，继续轻拍冷暖的后背，“你看，真的是学长，他还和你要过电话号码呢……不是坏人……”

随着何田田耐心地轻声细语，冷暖慢慢地抬起头，望了一眼蹲在自己眼前的陆本来。

这是大家赶来之后，她第一次抬头。

陆本来这才看清楚，她脸肿得很厉害，嘴角还破了皮，有着血迹流淌下来。

“我……”陆本来一时没忍住，脱口而出了一连串的脏话。

望向他的冷暖，被他恶狠狠的语气吓得浑身哆嗦了一下，往何田田怀里靠了靠。

陆本来看到冷暖的反应，连忙压下心头的火气，脸上重新挂起平时那种无所事事的笑。

“你看，真的是我们的学长……”

随着何田田的轻哄声再次响起，陆本来冲着冷暖咧着唇粲然地一笑。

冷暖眼中的防备，慢慢开始松懈，陆本来这才一点一点地冲她伸出了手。

他的手快碰到她的手时，他看她没抗拒，这才放心地牵了她的手，然后转了身，将她背在背上。

陆本来背着冷暖站起身后，对着林嘉歌开口说：“老大，我先带她们走了……”

说着，陆本来就背着冷暖，冲着楼道走去。

何田田和江月，一人对着林嘉歌留了句“林学长小心”，就急忙跟上了陆本来。

“老大，你一个人小心点，我一离开这儿，就立刻报警……”边离开，陆本来还边对着林嘉歌讲着话。

原本看他们离开，往后退了几步，准备踹门的林嘉歌，听到这话，他眉心忽然蹙了下：“晚一会儿报警。”

“哈？”已经走到楼道处的陆本来，停下脚步，疑惑地看向了林嘉歌。

晚一会儿报警？这个情况，不是越早报警越好吗？

陆本来盯着林嘉歌看了两秒钟，然后开口说：“老大，我真佩服你的心态，都这个时候了，你还有心情讲冷笑话……”

他满心都是软包子，哪里有什么闲情逸致跟陆本来讲冷笑话……

听到陆本来的话，林嘉歌淡淡地扫了他一眼，然后就直视着正前方的洗手间门，一边摆出一副准备助跑的样子，一边漫不经心地丢了句："这样我能多揍一会儿他们！"

陆本来："……"

晚点报警的理由是，为了多揍那些人一会儿……

老大，这回答，他除了只想给100分以外，再也没有别的想法了……

陆本来无语了几秒，然后稳了稳自己被林嘉歌刺激到的小心脏，背着冷暖，带着何田田和江月两个跟屁虫走了。

前一秒，陆本来几个人的身影消失在林嘉歌的视野里；后一秒，林嘉歌忽然往前猛跑了两步，然后抬起脚踹在了面前的男洗手间门上。

随着"砰"的一声巨响，门板摇晃了两下，开了。

林嘉歌一眼就看到了时瑶，她被人压在洗手间的窗台上，其中一个男生在逼着她说什么"对不起"。

他刚刚那一脚踹得太突兀，打断了他们的话，所有人都看向了门口处。

包括时瑶。

许是因为她正被人逼迫着做她不愿意做的事情的缘故，她的嘴角紧抿得厉害，一脸的倔强，但是眉眼间，还是有着丝丝缕缕的惊慌和无助流淌了出来。

时瑶刚刚应该是和他们发生过争执，头发有些凌乱，衣服肩膀处被扯开了一个口子，露出一小片白皙的肌肤。她脸上有好几个红肿的手指印，像是被人用力捏过面颊……

尤其是她的眼角，在看向他的那一刻，是他熟悉的漂亮。她眼底没有任何潮湿和雾气，但是在看了他几秒钟后，眼眶瞬间红了，像是受到了天大的委屈一般，眼珠一下子变得湿漉漉的。

看到这样的时瑶，林嘉歌一下子气红了眼睛，他觉得自己胸口像是被人点了一把大火一样，腾腾地燃烧着，烧得他口腔像是呛了浓烟似的辛辣难受。

林嘉歌目不转睛地望着眼前的这一幕，抬起脚，一步一步地靠了过去。

兴许是他的气场太强大，也许是那些人没从他的忽然出现中缓过神来，大家直愣愣地盯着他看了好一会儿，直到他人走到他们跟前的时候，其中一个人才凶神恶煞地开了口："你谁啊？"

随后，就有其他的人也跟着开了口："对啊，你谁啊？这里没你事，趁早滚……"

他后面的话都还没说出来，嘴里的声音就变成了惨叫，随后他壮硕的身子就躺在了地上。

然后，在所有人都没反应过来刚刚那一刹究竟发生了些什么时，被他们围住的时瑶突然被林嘉歌抓到了身后。旁边的隔间门被人用力拉开，时瑶只是觉得一道力道顺着自己的胳膊往前一带，然后她整个人就被林嘉歌塞进了隔间里。

时瑶身子都还没站稳，她身后隔间的门就被关上了，然后随着"哐啷"的一声响，她听见外面传来了乱糟糟的声音。

"居然敢打我兄弟！"

"敢从老子的手里抢人，管他是谁，给我揍他，往死里揍！"

在这几个男生骂骂咧咧的话语声中，时瑶听见了林嘉歌的声音，是她熟悉的声音，却是令她陌生的、骇人的、冰寒的语调："不是想知道我是谁吗？我是揍你们的人！"

随着林嘉歌的声音落定，时瑶这才后知后觉地反应过来，此时此刻究竟发生了些什么。

她被他们抓进男洗手间时，看见那个奶奶灰颜色头发的男生在打冷暖，她想要挣脱他们来护住冷暖，可那几个男生随便哪一个人的力道都比她大，不管她怎么喊怎么用力，还是被他们带到了男洗手间的最里面。

没一会儿，那个顶着奶奶灰颜色头发的男生，就踹开洗手间的门，骂骂咧咧地走了进来。

看到他，时瑶反倒是放心了一些。

因为从她离开冷暖到现在，前后不过两三分钟的样子，冷暖应该不会出什么事……

不过，这样的松懈维持了不过短短的十多秒钟，在奶奶灰颜色头发的男生将洗手间的门反锁上后，时瑶的心再次不安又慌张起来。

奶奶灰颜色头发的男生兴许是真的被冷暖气到了，一边揉着自己被咬疼的胳膊，一边还在骂着脏话。他走到时瑶跟前，然后就让人拿起手机对着她录像，逼她对梁暮暮道歉。

有句话是怎么说的？识时务者为俊杰……可是在时瑶的世界里，只有识食物者为俊杰。

她没错，她曾真心实意地将梁暮暮当作自己最好的朋友，她是那么相信梁暮暮，一直以来都是梁暮暮在骗她，现在逼着她对梁暮暮道歉，她说不出口……也绝对不会说出口。

她的倔强和固执，让奶奶灰颜色头发的男生有些暴躁，他威胁她，用力掐着她的面颊逼迫她说对不起，甚至还撕破了她的衣服，说要给她好看。

她不懂他所谓的好看到底指什么，就是因为不懂，这样未知的局面让她更怕。

怎么会不怕呢……七八个男生围堵着她一个女生……任谁碰到这样的场景，都会怕吧？

尤其是他们都喝了酒，其中一两个明显神志不怎么清醒，在她衣服被撕碎后，色眯眯地盯着她的肩膀，猥琐而又邪恶地威胁她……

她很厌恶他们的眼神，也很反胃他们下流的话，她更希望此时地下出现一条缝隙，将她吞进去，甚至她都做了最坏的打算，若是他们真的对她做点什么，她就从身后的窗户跳下去……

奶奶灰颜色头发的男生，大抵是被她搞得已经没有耐心了，连续询问了她三遍，到底要不要说对不起后，就往后退了一步，真的对着那两个垂涎已久的男生摆了摆手，示意他们随便。

随着他们的靠近，时瑶清楚地从他们眼里看到了兴奋而又接近于残忍的神采。甚至她都隐约感觉到了他们吞咽口水的举动，那模样，就仿佛她是任由他们宰杀的玩物……

那一刹的时瑶慌张到了极致，也无助到了极致，然后就在她以为自己真的完了的时候，洗手间的门被一股巨大的力道踹开。

她闻声抬头，看到了自己躲了好些天的林嘉歌。

一如既往地夺目。

可是那一刻的他，比以往她看到的任何时候的他，来得都要耀眼。

她被他们威胁、逼迫，甚至言语侮辱的时候，都没有哭，甚至连眼眶都没红一下，可她在看到他的那一刹那，不知怎么就觉得委屈到了极致，一下子红了眼，很想哭……

所以，现在的她，是被他安置在了安全的隔间里，而林嘉歌一个人留在外面对付那几个男生？

彻底搞明白状况的时瑶，下意识地去推隔间的门，然后她才发现，无论自己怎么用力，隔间的门始终纹丝不动。

所以，刚刚她被林嘉歌推进隔间，在门被他关上后，听见的那一道“哐啷”的声音，是他在外面将隔间门封死的声音？

随着这个念想闪过时瑶的大脑，她听见隔间门外传来了此起彼伏的骂声，个个语气都是咬牙切齿、凶神恶煞。

“你是谁啊，居然在我面前撒野？”

“真狂，从小到大还没人用这种语气跟我讲过话呢！”

“兄弟们，都给我上，揍死他！”

“……”

在一系列的狠话放完后，紧接着，时瑶就听到“砰”的一声响，像是什么人被撂倒在地上，骨骼撞击地面发出的声音。

时瑶的心忽地提到了嗓子眼，她看不清外面的场景，不知道究竟是谁被打了。她担心林嘉歌，本能地再次伸出手去推门，可不管她怎么用力，门始终都没有打开的迹象。

而门外的声音更嘈杂了，“砰”“啪”“哐啷”“咚”……每道声音都让人听得心惊胆战，让时瑶忍不住开始拼命地拍门：“林嘉歌，林嘉歌……”

拍着拍着时瑶忽然想起，好多天前，好像也是这样的场景，她生日的那天，他和她撞见了秦依然，被带进了一个没人的四合院里。

她那天就和刚刚一个人时一样，也以为自己完了。然后她被他圈进了怀里，对她只说了一个跑字，就大力地将她推出了四合院。

那天的他就和今天的他一模一样，都是第一时间率先把她放在了最安全的地方，把自己留在了最危险的地方。

时瑶不清楚自己究竟是怎么了，这一刻，心脏抖得厉害，以至于她拍门的力道和开口说话的力气都有点使不出来了。

隔间外的打斗声，依旧没有停止的迹象，甚至比起刚刚来得更混乱了。

闷哼的疼痛声，木头断裂的声音，撕心裂肺的惨叫声……

时瑶每听一下，就胆战心惊一次。到了最后，她的呼吸都不稳起来，她拼了全部的力道，终于再次开了口，她喊林嘉歌名字的声音，颤得她自己都意外：“林嘉歌，林嘉歌……林……”

喊着喊着，她的喉咙就像是被掐住了一样，怎么都发不出声息。

她分不清是害怕还是担心，眼角有着雾气渗了出来。

她张了张口，又张了张口，勉强又说出了一个字：“嘉……”

后面的字，她都还没说出来，隔着门板，她听见了林嘉歌气息略微有些不稳的声音：“瑶瑶，我在……”

瑶瑶，我在……我在……

如此简单的一句话，却让时瑶再次红了眼眶。

门外“砰砰”“咚咚”的声音还在持续着，中间夹杂着哀号声和求饶声。

门内听到林嘉歌回应了一句话的时瑶怔怔地站在隔间里，半晌都没动弹一下。

她不知道自己到底就这般呆呆傻傻地定格了多久，外面混乱的声音终于消停了下来。

在一道道哼哼唧唧的呻吟声中，时瑶听见有脚步声正靠近自己所在的隔间。

然后伴随着一道“咔嚓”的声响，隔间的门晃动了两下，被人拉开了。

时瑶一抬眼，站在隔间门口的林嘉歌，就直直地撞入了她的眼底。

他和刚刚踹开洗手间门时一样，依旧耀眼而又夺目。只是此时他身上的衣衫有些凌乱，脸上的神情阴沉得仿佛能滴出水来。

不过很快吸引了时瑶注意力的，是他白 T 恤上的一抹红——格外刺目扎眼。

只是短短的一瞬，时瑶就意识到，那是血迹……

她几乎没有任何迟疑就奔到了林嘉歌的跟前，伸出手去摸他胸前的那抹红："你受伤了？是不是很疼？"

她毫无征兆地碰触让林嘉歌忽然就紧绷了身体，他的呼吸微停了停，见她的手还在他身上摩挲着，连忙抬起手，抓住她的指尖："我没……"

他的话还没说完，视线就碰触到她手腕上的一圈红。

林嘉歌的眉心猛地蹙起，眉眼间有着一抹凌厉一闪而过。

他们除了撕破她的衣服，逼着她说对不起，掐红了她的脸外，还弄伤了她的手腕……

随着这些想法闪过林嘉歌的脑海，他的目光尖锐而又迅速地打量着时瑶的全身，然后发现她白嫩的脖子上也有着明显的红肿印……所以……他们还掐了她脖子？

林嘉歌火气瞬间暴涨，胸膛都跟着起伏了起来。他目不转睛地盯着时瑶脖子上的那抹红肿看了一会儿，然后一声不吭地抬起手，再次将隔间的门关上，顺手从旁边抽了一把拖把，将门抵死。然后，他也不管时瑶又是拍门又是喊他名字的声音，冲着东倒西歪地躺在地上的几个人，又挥起了拳头。

一边打，林嘉歌还一边咬牙切齿地问："是谁刚刚弄伤的她？"

其中几个人被揍怕了，一边护着脑袋求饶，一边毫不犹豫地就出卖了奶奶灰颜色头发的那个男生："是他，是他掐的人，也是他动手打的另外一个女生耳光，我们什么都没做，我们什么都还没来得及做……"

"对对对，是他，都是他的主意，他还逼着那个被你关起来的女生说对不起，还要录视频给梁家大小姐看……"

他关起来的女生……软包子？对不起，录视频给梁家大小姐看……又是梁久思那个被流放到乡下的妹妹捣的鬼？

林嘉歌原本在看到时瑶脖子和手腕上的红肿时冒起的怒火，燃烧得更旺了。

他冲着地上鼻青脸肿的几个人扫了一圈，然后就将视线落在了奶奶灰颜色头发的男生身上。

他阴森森地盯着他看了几秒，然后就迈着步子走了过去。

许是林嘉歌的气场太强大，浑身洋溢的气息太过于骇人，奶奶灰颜色头发的男生有些害怕，整个人虽被揍得站不起来，但还是一点一点地爬着努力往后躲。

然而，他还是落入了林嘉歌的手中。

奶奶灰颜色头发的男生早已没有还手之力，可林嘉歌揪着他的衣领，把他拽起来，不管不顾地冲着他又是一顿拳打脚踢。

林嘉歌出手狠决，他和这些男生不一样，不骂脏话，也不放狠话，只是用拳头说话，揍得奶奶灰颜色头发的男生，叫得一声比一声凄惨。

可即便如此，林嘉歌也没有半点要停手的意思，不管自己落拳落脚的是奶奶灰颜色头发男生的要害还是脑袋，就是一股脑地狠揍，揍到奶奶灰颜色头发的男生鼻涕眼泪横流地求饶，林嘉歌才住了手。然后揪着他的胳膊，将他一路生生地拖到了时瑶所在的隔间门口前，指着门，终于开了口，不再是刚刚那样冰冷沉默的样子了："给我道歉！"

奶奶灰颜色头发的男生瘫在地上没说话。

林嘉歌像是耐心完全用光了一样，抬起脚，冲着他的身上又狠狠地踹了一下。伴随着他凄厉的惨叫声，林嘉歌再次出声，语调比起刚刚狠厉和不耐烦了许多："给我道歉，说对不起！"

话音刚落，林嘉歌又抬起了脚。奶奶灰颜色头发的男生生怕林嘉歌继续再揍自己，伸出手捂着脑袋，鬼哭狼嚎般地回了句："我道歉，我道歉……对不起，对不起……"

"对着门给我说！"

"是是是……"

奶奶灰颜色的男生急忙看向了门，在他开口之前，林嘉歌忽然像是想到什么一样，又出声："等一下！"

随后，他就看向了旁边的几个男生，然后随便指了一个："你，给我过来！"

那男生早就被打怕了，都不敢有片刻犹豫，就连滚带爬地赶到了林嘉歌的身边。

林嘉歌弯身，从奶奶灰颜色头发的男生兜里，摸出他的手机："解锁！"

奶奶灰颜色头发的男生像是被林嘉歌完全操控的机器人一样，急忙伸出手指按了指纹。

解锁后，林嘉歌点了摄像头，将手机递给刚刚自己喊来的那个男生："给我对着他拍！"

说着，林嘉歌扫了一眼奶奶灰颜色头发的男生："你现在开始给我道歉！"

"我告诉你们两个，都给我老实点，要是等会儿的视频录得我不满意，我还揍你们！"

"是是是……"两个男生被吓得头点得跟小鸡啄米一般。

林嘉歌没再说话，往后退了两步，双手抱在胸前，开始监视着两个人。

两个人哪里还敢乱来，一个老老实实地道歉，一个聚精会神地录像。

录了大概一分钟后，录像的那个男生战战兢兢地看了一眼林嘉歌："好了……"

林嘉歌这才迈着步子走了过来。

在录像的男生面前站定后，林嘉歌伸出一只手抽走了手机，检查了一下刚刚录的视频，确定没什么问题后，将手机丢到奶奶灰颜色头发的男生面前："刚刚你想给谁发视频来着？"

没等奶奶灰颜色头发的男生开口，林嘉歌就接着出了声："你不用告诉我那人是谁，我懒得听见她的名字。

"你需要做的是，把这段视频，发给她。"

梁久思那个小表妹，不是要看软包子的笑话和狼狈吗？那好啊……他给她看……看她自己这边的人的笑话有多可笑，看她自己这边的人的狼狈有多难堪！

开什么玩笑，想看他喜欢的女孩的笑话，那也得问问他林嘉歌允不允许？！

再说，他林嘉歌喜欢的女孩，是随随便便能让人说欺负就欺负的？

想到这里，林嘉歌瞄见奶奶灰颜色头发的男生没反应，一边蹙眉，一边抬脚，一边饱含着威胁地又开口："别让她等急……"

后面的"了"字音，林嘉歌都没发出来，奶奶灰颜色头发的男生就拿起手机，在林嘉歌的监视下，将视频发给了梁暮暮。

等到视频发送成功后，林嘉歌一脸嫌弃地冲着奶奶灰颜色头发的男生摆了摆手，示意他让开隔间的门口。

等到奶奶灰颜色头发的男生吃力地拖着身体挪开后，林嘉歌这才迈着步子走到隔间门前，将封死隔间门的拖把一把扯开，随手往地上一丢，然后重新拉开了隔间的门。

碰触到时瑶投来的目光，林嘉歌凌厉阴狠的神情，瞬间缓和了许多："我们走吧。"

时瑶没开口，却轻轻地点了点头。

大概是今晚经历的事情有些多，也有些惊险，她的腿软得厉害，在迈步的时候险些栽倒在地上，还好林嘉歌及时伸出手，扶了她一把："能走吗？"

时瑶急忙又点了点头，小声回了个"能"。然后因为好奇，她下意识地将脑袋往旁边歪了歪，想要绕过林嘉歌的身体，去看洗手间里的场景。

那几个男生东倒西歪地躺在地上，捂着肚子的捂着肚子，捂着鼻子的捂着鼻子，蜷缩着身体的蜷缩着身体，每一个人的口中都发出疼痛的哼唧声……

地上有好几处血迹，还有断裂成两半的木棍，他们的脸上更是惨不忍睹：鼻血，脸肿……

只是更详细的具体情况，时瑶还没看清楚，一个温热的掌心便遮挡在了她的眼前："那些不干净，不看了……"

随着林嘉歌温和的声音在头顶响起，时瑶的脑袋被林嘉歌的掌心带回到了他的面前，然后他将她的脸贴在自己的胸前，直接就这般带着她退出隔间，冲着男洗手间门口走去。

只是两个人走了还没几步，林嘉歌敏锐地发觉身后传来了动静。

他下意识地回头，看见奶奶灰颜色头发的男生，凶神恶煞地抓了他刚刚随手丢在地上的拖把，冲着他和时瑶砸了过来。

他的第一个反应是，本能地将时瑶整个人往怀里护得更紧、更严密了一些，然后才带着时瑶往旁边躲去。

奶奶灰颜色头发的男生被他揍得最狠，各方面的行动其实是有些迟缓的，林嘉歌带着时瑶完全是可以躲开的。

可是，就在躲开之前的那一刻，林嘉歌忽然想到，最近这七天，他天天约时瑶，天天约不到……

他不是今天发愁了一天，软包子若是持续这么拒绝自己，自己怎么追她吗？

若是他现在……受了伤，还是因为她……那她……总不好意思，继续躲着自己吧？

想到这里，林嘉歌搂着时瑶，忽地就收了原本要避开拖把的动作，整个人停在原地一动不动了。

他看着拖把从半空中直直落下，他怕棍子打到自己的身上时，自己没站稳连累了怀中的时瑶，然后就想都没多想地伸出胳膊，去挡了那根棍子……

即便奶奶灰颜色头发的男生力道不足，但棍子这样生生地砸了下来，还是疼得林嘉歌倒抽了一口凉气，紧接着他就感觉自己的右胳膊不能大幅度动弹了——就算是轻轻一动，都疼得他直冒冷汗。

时瑶虽被林嘉歌按在怀里，看不清周围的情景，但她也知道，林嘉歌出事了。

“林嘉歌，你怎么了？林嘉歌……”

时瑶边问，边挣扎着，想要从林嘉歌的怀里挣脱出来。

林嘉歌用左手压了压她的脑袋：“别动，我没事……”

林嘉歌话音刚落，洗手间外就传来了一连串的脚步声，紧接着门口出现了好几个穿着警服的人……

那几个男生虽然被揍了，但他们是闹事者，而时瑶和林嘉歌是受害者，所以警察带走了那几个男生，只是留了时瑶的电话号码，让她先送林嘉歌去医院，回头有时间了来公安局做笔录。

林嘉歌是开车过来的，所以去医院，开的依旧是他那辆拉风的跑车。

当然，司机从他自己变成了时瑶。

因为着急，时瑶将车开得很快。

林嘉歌坐在副驾驶座上，尝试着动了几次自己的胳膊，每一下都是钻心地疼，他自己也忍不住暗暗地担忧了起来。

该不会是心眼耍得太多了，这次耍脱了，把胳膊给耍废了吧？

抵达医院，时瑶翻出林嘉歌的身份证，就去帮他挂急诊了。

半夜的医院人不多，没多大一会儿，林嘉歌就被叫去拍片了。

结果出来后，拿给医生，林嘉歌还没开口问自己的情况，时瑶就先紧张地出了声：“医生，怎么样？”

值夜班的是个年迈的医生，戴着老花镜看了一会儿片子，开口说：“轻微性骨折，得静养一个月……”

一个月！这么严重？

时瑶更加担忧了。

一个月？看来情况也不是那么严重啊……

林嘉歌彻底放心了。

○

○

第三章
和平时的他截然不同

／

从医院出来回到车上，时瑶发动好车子，刚准备踩油门，林嘉歌忽然开了口："那个，你把我送去这里……"

说着，林嘉歌就用左手，点了一下车载导航里保存的地址："我不能回家……"

不能回家？

时瑶猛地收住踩油门的动作，转头，一脸不解地望向林嘉歌。

接收到她的视线，林嘉歌这才接着开口解释说："我一回家，受伤的事情就会被家里的所有人瞬间都知道了，我爸妈他们现在在国外，有个很重要的合作要谈……"

那两位有没有很重要的合作要谈，他是不清楚，但是今天中午，他还在家庭群里，看到父亲晒的海边美景和美食……

"到时候知道我出了事，他们肯定会连夜赶回来，一来他们这么一回来合作肯定也跟着黄了，二来太折腾他们二老了，我爸腰椎很不好，前两天还跟我说，腰疾犯了，疼得都睡不着觉……"

说到这里，林嘉歌微垂了垂眼帘，俨然是一副为父母考虑的懂事模样。

"再说，我伤得也没那么严重，所以真没必要让他们担心，然后来回奔波，怪累的……"

原来，他所谓的不能回家，是这个意思啊……

时瑶思考了一小会儿，觉得林嘉歌说得挺有道理的。

若是换成她，受的伤没那么严重，父母又很忙身体又不适的话，作为子女，她也不愿意这么折腾他们……

只是，他不回家，住哪里？该不会是要住酒店吧？

想到这里，时瑶开口问："那你住哪里？"

林嘉歌"哦"了一声，抬起左手，用指尖点了一下车载导航里的地址："住这里……"

顿了顿，林嘉歌又补充了句："这是我自己的家，平常是不会住的，但是现在还是可以去那里静养一段时间……"

时瑶听完林嘉歌的话，这才注意到林嘉歌点开的地址是一片高档住宅区。

地段位于城中心，寸土寸金，当初楼盘开卖的时候，因为价格高得过于惊人，网上还闹得沸沸扬扬，甚至还有人调侃说，真正土豪的象征，是看在这片高档小区是不是有套房。

近几年，北京房价上涨得厉害，林嘉歌却在那里有套房子，还是自己的家……

时瑶一边按照导航控着方向盘往前开，一边纯粹是因为好奇，随口问了句："这房子，是林爷爷买给你的？"

嗯？

软包子为什么忽然这么问？

林嘉歌虽好奇，但还是老实地回答了时瑶的问题："不是。"

不是？

时瑶见前方是红灯，缓缓地踩了刹车："那是林伯父和林伯母给你买的？"

林嘉歌忍不住多看了时瑶两眼："也不是。"

呃……居然还是没猜对？

该不会是嘉仪姐给他买的吧？

思考间，时瑶就将心底的话，脱口而出了："我知道了，是嘉仪姐给你买的对不对？我早就知道嘉仪姐很能赚钱了，没想到她居然这么能赚钱，那里的房子可贵了！"

听到这里的林嘉歌，终于弄明白了时瑶心底在想些什么。

敢情她之所以一直问他，那房子是谁买给他的，是因为那房子太贵了……

只是，她想了一圈，怎么就没想到他？

难不成在她的心底，他是一个靠人养着的米虫吗？

林嘉歌看了一眼开车的时瑶："那房子，是我自己买的，没花家里一分钱。"

时瑶听到林嘉歌的话，一脸不相信地扭头看了他一眼，开口的语气，充满了质疑："真的假的？"

真的假的？谁能告诉他，他在软包子的心中，到底是有多不堪？

当初她在论坛上被骂，他发短信给她，她以为他是爷爷……

后来，她还说，她喜欢谁都不可能喜欢他，说什么是零概率事件……

就连前段时间，在深圳他和她共处一室的那个晚上，她跟他发微信时，都说对比他，她更喜欢他姐姐……

林嘉歌偷偷地在心底闷闷不乐了一小会儿，然后才开口回："当然是真的……"

顿了顿，他又说："你要是不信，我现在就立刻打电话给中介，给你也买一套。"

说着，林嘉歌真的用左手拿起手机，开始打电话："你好……对，买房……第九号院……没有新房了？"

随后，林嘉歌就看向了时瑶："没有新房了，二手毛坯房，没人住过的，可以吗？"

时瑶被林嘉歌问的话，惊得猛踩了一脚刹车。

因为惯性，两个人的身体都往前倾了一下。

还没等身子坐稳，时瑶就着急忙慌地开了口：“我就是那么一问，我没有不相信你……”

林嘉歌没理会时瑶的话，而是对着手机继续讲了两句，就又转头看向了时瑶：“你要多大的？一百五十平方米的，还是两百七十平方米的？”

林嘉歌……他有毒吧！

他为了证明自己不是在说谎话，就一言不合送人房子吗？有钱人都玩这么大的吗？

“房子是我要买，但是不在我名下，要房产登记人的信息？好的，姓名是时瑶，时间的时，瑶……”

时瑶见林嘉歌已经对着电话开始报信息，她吓得急忙伸出手，将手机从林嘉歌的指尖夺了过来，然后对着电话那边的人抱歉地连续说了好几句“对不起”，才补了句：“我们不买房，真的不买房……”就急匆匆地将电话挂断了。

阻止完林嘉歌的时瑶，先抬起手轻轻地拍了拍自己被林嘉歌吓到的小心脏，然后才将他的手机，还了回去。

在林嘉歌伸出手去接手机时，时瑶生怕他又给中介打电话，急忙握紧手机，问了句：“你不会再买房了吧？”

林嘉歌没说话，只是目不转睛地望着她。

过了大概十多秒钟后，时瑶懂了他眼神的意思，又赶紧开口说：“我没有不相信你！”

时瑶是真的怕林嘉歌给她弄一套房子过来，再开口的语气，都有点像是在做保证：“我只是不敢相信，你年纪轻轻就赚了这么多钱。

“如果换作是我，想都不敢想，我一直以为你是别人家的孩子，出身好、相貌好、学习好，我现在才知道，原来你是比别人家的孩子还要别人家的孩子的存在！”

林嘉歌面色平静地“哦”了一声：“那算了，听你的。”

时瑶这才放心地将手机还给了林嘉歌。

林嘉歌接过手机，没再说话。时瑶也没吭声，重新发动了车子。

在车子开出一段距离后，林嘉歌转头看向了窗外。

随着倒退的夜景，一闪一闪地跃入林嘉歌的眼中，他的嘴角克制不住地勾起一抹弧度。

刚刚……软包子那些话，算是在夸他吗？

不过，比别人家的孩子还要别人家的孩子……这句话他怎么听得那么不舒服呢？他才不要做别人家的，他只想做她家的……

车内很安静，两个人都没再交谈。

车子往前开了不知道多远，林嘉歌忽然像是想起什么一样，轻念了一句话：“反正，我的也是你的……”

反正，我的房子也是你的房子，不买就不买吧，回头可以看别的地段……

他的声音很轻，专心致志开车的时瑶没听到他具体说了些什么，只是听见了他的声音，下意识地“嗯”了一声。

林嘉歌回神，看了一眼时瑶，回了句：“没什么。”

时瑶“哦”了一声，没再说话。

车子往前继续行驶了大概三四百米的样子，林嘉歌瞄见车窗外一家二十四小时营业的超市，他眉眼微闪了闪，然后又开口打破了车内的寂静：“在路边停一下吧，我家里长期没人住，很多东西都没有，得去超市一趟。”

时瑶看了一眼窗外，见真有一家超市，急忙踩了刹车，在路边停了下来。

因为林嘉歌胳膊受了伤，所以逛超市的时候，时瑶负责推车，而林嘉歌负责拿东西。

林嘉歌挑选的大多数都是日用品，只是他在拿牙刷和毛巾的时候，全都是拿了双份。

明明就他一个人……他怎么拿双份？

时瑶心底纳闷，却没问，只当他是顺手囤货。

选完日用品后，在经过零食区的时候，林嘉歌又顺手囤了一些零食。

虽然逛超市的时间并不长，但林嘉歌买的东西却不少，足足装了两个大袋子。

从超市返回到车上，不过五分钟，就到了林嘉歌所在的小区。

时瑶按照林嘉歌的指示，直接将车子开到了地下停车场。

在快到目的地时，林嘉歌开口说：“天很晚了，这里离学校有点远，你开我车回去吧。”

这跑车……本来就引人注目，要是开去学校，明天估计怕是要上学校论坛了……

时瑶连忙摇头：“不用啦，我打辆车就好了。”

“你一个女生，打车不安全……”林嘉歌没等时瑶再找借口拒绝，就又开了口，“你要是真想打车，那我就陪你，把你送回学校，我再打车回家……”

他都受了伤……她怎么可能让他陪着自己来回折腾？

“那好吧，我回头再把车给你送回来……”时瑶见林嘉歌不像是在开玩笑，只好妥协了，大不了她就把跑车停在校外。

林嘉歌没再说话，只是轻垂下眼帘，遮掩住眼底的黯淡。

他对时瑶提她回学校的事，她居然自始至终都没说要留下来照顾受伤的自己……

不过，还好他刚刚留了个心眼，特意拐去了超市一趟。

很快，两个人就抵达林嘉歌所住房子的楼下。

车子停稳后，时瑶下车，一路小跑到林嘉歌坐的这边，帮他拉开了车门，然后等林嘉歌从车里钻出来后，她才跑到车后头，打开了后备厢，将林嘉歌从超市买的那两个大袋子拎了下来。

一个袋子的重量，其实还好，但是两个袋子合在一起，就显得有些重了。

时瑶将袋子递给林嘉歌的时候，下意识地问了句：“你一个人，拎得上去吗？”

林嘉歌一脸平静地轻点了点头，然后就伸出完好的左手，从时瑶的指尖接走了两个袋子。然后在两个袋子的重量全都落入自己手中后，林嘉歌故意将身体往左边倾斜了一下，佯装出被袋子重量扯到的样子，随后就不动声色地站直了身子，仿佛什么事都没发生过一般，冲着时瑶语气清淡地开口说：“那你回去的时候，开车慢点。”

留意到林嘉歌刚刚细微表现的时瑶，盯着他手中的两个袋子看了一小会儿，最终还是有点不确定地又问了一遍：“你真的能拎得上去？”

“当然能了……”林嘉歌口气轻松地接了时瑶的话。

“哦……”时瑶继续盯着林嘉歌左手里的两个袋子看了会儿，见他没再有吃力的迹象，这才放心了下来，然后仰起头，冲着林嘉歌眉眼弯弯地一笑，“那我先走了，你一个人照顾好自己。如果晚上有哪里不舒服，可以随时给我打电话……”

林嘉歌神色淡淡地“嗯”了一声，然后对着时瑶说了句：“再见。”

“再见……”

时瑶道完别后，转身上了车。

她系安全带时，透过车窗望了一眼林嘉歌，见他拎着袋子，往旁边退开了一段距离。

他整个人看起来没什么太大的问题，时瑶这才放心地踩了油门。

车子缓缓往前行驶出一小段距离时，时瑶透过后视镜看到林嘉歌拎着两个大袋子转身，冲着楼里走去。只是他走了没两步，左手拎着的袋子，有一个从指间滑落，里面的一些东西掉落在了地上。

他停了脚步，大概是因为右手受伤的缘故，不能大幅度动弹，他弯身的动作很吃力，尝试了好几次去捡地上的东西都没能捡起来……

望见这一幕的时瑶，想都没想就踩了刹车，然后将车子重新倒退回林嘉歌的身边。

她左右张望了两眼，见旁边就有一个空着的停车位，便将车子倒入库中，这才推开车门，急急忙忙地下车，跑到林嘉歌的身边。她蹲下身，将他掉的东西一一捡回到袋子里，然后顺便从他的手中接走了一个袋子：“那个，东西有点多，我还是把你送到家里吧……”

刚刚费力表演了半天的林嘉歌，见计谋达成，却没流露出半点欣喜的样子，而是一脸抱歉地看着时瑶：“真是麻烦你了。”

“没关系的……”时瑶连连摇了好几下头，然后才按了电梯的按键，问林嘉歌，“你住在几楼呀？”

林嘉歌：“21 楼。”

时瑶“哦哦”了两声，等电梯门打开后，率先踏进电梯，然后伸出手拦住电梯的门，避免门关上的时候夹到林嘉歌。

一直等到林嘉歌进来，时瑶才收回手，按了“21 楼”和“关闭键”。

因为是高档小区，一户一电梯，中间并没有停留，所以没一会儿，电梯就抵达了 21 楼，停了下来。

门打开，“金碧辉煌”的楼道里，只有一扇大门，根本不需要时瑶问哪户是林嘉歌的家。

走到门前，时瑶扭头看林嘉歌等他开门时，他却开了口：“密码是 666666。”

时瑶愣了愣，才意识到林嘉歌说的是他家门锁的密码，这才连忙对着密码器，输入了密码。

随着“咔嚓”的一声响，门锁开了。

时瑶推开门，入眼的是宽阔的玄关。

单独玄关都这么阔气，都快赶上她家的厨房了……

时瑶在心底悄悄地嘀咕了一句，然后就连忙让开了门口。

林嘉歌进来后，将手中的袋子随手放在地上，就弯身打开了鞋柜，从里面拿了两双崭新的男士拖鞋出来：“我没有准备女生的，所以你凑合下吧。”

时瑶“嗯嗯”了两声，然后也将手中的袋子放在地上，顺便解开了鞋带，换了拖鞋。

时瑶起身时，瞄见旁边的林嘉歌，正一只手解鞋带。

鞋带系的是活结，可能是他没拉开，将鞋带系死了，他单手折腾了好久都没有折腾开……

时瑶没想太多，直接就伸出手，接过了林嘉歌指尖的鞋带：“我来吧……”

她的指尖碰触到了他的指尖。

林嘉歌身子微颤了颤，没说话，而是抬头看向了时瑶。

女孩微低着头，正专心致志地帮他解鞋带。

她蹲着，他微弯着身，他要比她高许多，从他的角度看过去，她的睫毛长得惊人，鼻尖也挺翘得很……

林嘉歌盯着时瑶，禁不住定起了神。

“好了……”没一会儿，时瑶就将林嘉歌的鞋带拆开了。在起身之前，时瑶还顺便将林嘉歌的那双拖鞋摆在了他的脚边。

时瑶见林嘉歌迟迟没换鞋，站直身子后，忍不住看了一眼林嘉歌。

她还没说话，林嘉歌就已经收回了神思，垂着脑袋，默不作声地换了鞋子，然后弯身拎起地上的袋子，率先进了客厅。

时瑶拎着另外一个袋子跟上林嘉歌。

因为林嘉歌行动不便，时瑶将两个袋子里的东西简单地做了个归类，把零食放在了客厅的储物柜里，把水果拿去了餐厅，把日用品全都送去了林嘉歌卧室的洗手间。

时瑶怕林嘉歌用的时候麻烦，还帮他把牙刷牙膏之类的东西都拆了包装。

等她收拾好所有的东西，从洗手间出来后，看见林嘉歌正用一只手换床单和被罩。

时瑶想都没想，就噔噔噔地跑过去接过林嘉歌手中的活：“还是我来吧……”

“那我先去刷个牙……”

听到林嘉歌的话，时瑶弯着嘴角点了点头。

然而，林嘉歌进洗手间没过半分钟，时瑶就听见了“啪”的一声响。

闻声，时瑶几乎没犹豫，就丢下床单被罩，跑进了洗手间。

“怎么了？”

随着话从唇边脱落，时瑶看见掉在地上的牙膏和咬着牙刷刷把的林嘉歌。

这样搞笑而又诡异的画面，时瑶盯着看了几秒钟，才反应过来，林嘉歌是因为右手没办法动，只能用左手挤牙膏，所以就把牙刷咬到嘴里固定……

时瑶走上前，弯身捡起牙膏，顺便从旁边抽了几张纸巾，将地上摔出来的牙膏擦干净，然后从林嘉歌的唇边抽走了牙刷，帮他挤了牙膏，接了漱口水，确定剩下的事情他一只手可以搞定后，这才重新回到卧室，继续帮他套床单和被罩。

林嘉歌刷完牙出来后，时瑶还在围绕着床单被罩忙碌，他指了指屋外，说去煮点热水喝，就离开了卧室。

关上卧室的门，林嘉歌没去餐厅，而是直接绕去了玄关，围绕着时瑶随手放在玄关柜子上的包、手机和他的车钥匙，研究几秒钟，就将车钥匙悄悄地藏在了鞋柜的下面，然后他才去了餐厅。

林嘉歌拎了一瓶矿泉水，没着急拧开瓶盖，而是一直等到卧室的门被打开，他才用左手对着瓶盖东拧一下，西拧一下，见迟迟打不开瓶盖，然后直接将矿泉水瓶递到了嘴边。

他正准备用牙齿去咬，时瑶的声音就传了过来：“我来，我来……”

随后，林嘉歌就听见了她噔噔噔跑来的脚步声。

再随后，矿泉水瓶落入了时瑶的手中，被她拧开了。

林嘉歌一边将矿泉水倒入热水壶中，一边对着时瑶开口说：“谢谢你了，时间也不早了，你早点回去休息吧。”

时瑶环顾了一圈林嘉歌的家，想着他接下来应该也不需要再做什么，也差不多要直接睡了，然后就点了点头：“那好吧，我就先走了……”

林嘉歌淡定从容地微点了点头：“我送你。”

走到门口，林嘉歌将时瑶的包和她的手机递给她，还亲自帮她开了门，目送她进了电梯。

在电梯开始下行后，林嘉歌折回餐厅，把烧开的水，倒在餐桌上，然后顺便从旁边抽了一个玻璃杯摔碎在地上，然后又去水龙头处，接了一些水，故意弄湿了自己胸前的衣衫，顺便还用力地把自己左手腕的某一处搓红……

等到他将这一系列举动都完成后，如他预测的那样，门铃响了。

他没着急去开门，而是等着门铃响了三声后，才冲着玄关走去。

打开门，看到时瑶，林嘉歌明知故问：“怎么了？”

“那个，我没带车钥匙……”时瑶前一秒说完，后一秒就看到了林嘉歌胸前湿掉的衣服和他手腕上的红……

时瑶微蹙了蹙眉，没等林嘉歌回她刚刚的话，就紧接着又出了声：“你衣服怎么湿了？还有手腕，怎么红了？”

“哦，没事，刚刚倒水的时候，不小心溅了一下……”林嘉歌一脸毫不在意地回完时瑶的话，就开始帮她找车钥匙。

倒水的时候，不小心溅了一下？

顺着林嘉歌的话，时瑶忽然想起自己刚才走之前，林嘉歌在烧热水……

难不成他胸前那一团水迹，是他刚刚倒热水的时候，不小心洒的？而手腕上的红，是被热水烫的？

想着，时瑶的眉心蹙得更厉害了：“那你倒完水了吗？”

“还没，我先帮你找车钥匙……”林嘉歌边说，边将玄关柜子上摆放的东西，挨个翻了一遍。

“那我先去帮你倒水，等会儿再找车钥匙吧……”时瑶说着，就冲着餐厅走去。

“不用了，我自己可以的……我、我找到车钥匙了，你……”

林嘉歌的话还没说完，时瑶已经走到了餐厅门口。

然后她望着餐厅里的画面，忽地停下了脚步。

热水壶敞开着，烧开的水，还冒着热气，玻璃杯碎裂了一地，碎片飞溅得哪里都是，餐桌上到处都是水……

所以，她刚刚的那些猜测都是对的，她离开了不过短短的两三分钟的时间，而这个时间里，他就把自己和餐厅弄成了这副模样……

林嘉歌见时瑶迟迟没说话，拿着刚刚被自己特意藏起来的车钥匙，走到了她的跟前：“车钥匙找到了。”

女孩没接，目光还在盯着餐厅看。

林嘉歌将车钥匙往时瑶面前又送了送：“掉在地上了。”

时瑶微动了动眼睛，回过神来。

她将视线从餐厅移到了林嘉歌的掌心上，却没去看车钥匙，而是看向了他手腕处的那抹红。

烫伤得虽不严重，但时瑶一想到他右胳膊已经不能动了，心底蓦地一软，有一种说不出来的心疼和愧疚感升腾而出。

若不是他及时出现，她和暖暖都还不知道会是怎样……

他是因为她才受的伤，也是因为她才把那些人打得那么惨，他怕她看到那种血腥的场面被吓到，还捂住了她的眼睛……

他不想让家里人担心，才一个人住在自己的公寓里。

若不是她看到他拎的袋子散了一地，她送他上楼，那床单被罩什么的他怎么弄？

还有他刷牙的时候，拧瓶盖的时候……

伴随着刚刚发生的小细节，一幕一幕地掠过时瑶的心头，她忽然变得更自责了。

是她疏忽了，他右手都不能动了，还想着把他一个人送回家，自己就回学校……

林嘉歌见时瑶怔怔地望着自己的手腕，半晌不作声，忍不住又开了口：“瑶瑶？”

随着他的声音，时瑶的睫毛微抖了抖，视线再次落到了餐厅里。

林嘉歌顺着她的目光望去，在看到地上碎裂的玻璃杯时，他出声：“哦，那个啊……我平常习惯了用右手，现在右手忽然不能动了，有点不自在，刚刚没注意，不小心摔坏了……”

时瑶微抿了抿唇，依旧没说话，而是扭头看向了林嘉歌比她家要大四五倍的房子。

然后，在林嘉歌又开口喊她“瑶瑶”时，时瑶将视线落在了林嘉歌的脸上：“那个……你家有没有多余的卧室？”

多余的卧室？

她问这个做什么？难不成她是……要留下来的节奏？

他这么一步一步地设计，终于将她引诱到自己家里住了？

林嘉歌努力地压着心头的狂喜，佯装不解的模样，开口问：“怎么了？”

“就是……”时瑶还没开口说后面的话，脸就先红了。

她一个女生，主动开口说要留在一个男生的家里照顾他……是不是有点太不矜持了？

可她就这么走了，又着实有点放心不下他，算了，他都这样了，无家可归，一个人怪可怜的，她还是不要纠结那么多了，就当她是报恩了……

想着，时瑶又开了口，到底还是脸皮薄，说话的语气，明显软怯了许多：“我能不能住你家？”

等这话从嘴边流出后，时瑶恨不得咬断自己的舌头。

她就算是要报恩，也没必要把话说得这么露骨直接吧？

什么叫能不能住你家……还能不能睡你床呢！

下一秒，意识到自己的话有问题的时瑶，急忙又开口解释：“不对，不是你想的那个意思……”

呸……什么叫，不是你想的那个意思……

时瑶忍着恨不得一巴掌把自己拍晕的冲动，吞咽了两口唾沫，然后顶着已经红得发烫的小脸，口不择言地又继续说。兴许是太过激动，时瑶的话，越描越黑：“也不对，我的意思是……把你的床借给我睡……”

啊啊啊……她这是有毒吧？

怎么把刚刚脑子里想的话，直接说了出来……

时瑶感觉自己的脸更烫了，也更热了，她磕磕绊绊“我我我”了好一会儿，然后才终于把话说完整了：“你受伤了，又是因我受的伤，你怕家里的人担心，不回家，现在一个人住在这里，我有点不放心。所以，你要是有多余的卧室的话，能不能借给我一间，我留下来住，你万一有什么事的时候，我可以照应下你……”

等到把话全都说清楚后，她才暗暗松了一口长气，一边自我安抚着慌张的小心脏，一边庆幸：还好，她大脑没完全当机……

一直听完时瑶所有话的林嘉歌，这才恍然大悟地“哦”了一声，然后抬起手，随便指了几扇门：“除了那间是储物间，那间是书房，那间是健身房，那间是休闲区外，其他的房子，你喜欢哪间就住哪间……”

顿了顿，林嘉歌想到，若是这样任由着软包子选，万一她选间距离自己最远的房间怎么办？

于是，他又开口说“要不你住那间房吧，那间房向阳，也大，和我卧室的格局一模一样……”

林嘉歌是主人，他都这样说了，时瑶自然不会有别的意见，急忙点头说：“好的，好的。”

林嘉歌没再说话，而是直接带着时瑶冲着他卧室旁边的那间房子走去。

推开门，林嘉歌从更衣室里帮时瑶拿了一套崭新的床单被罩，然后在递给她的时候，忽然像是想到什么一样，一脸歉疚地说：“我这样，会不会太麻烦你了？”

林嘉歌话说得极其客套内疚，弄得时瑶反而不好意思了起来。

她想都没多想，就连忙猛摇着头开了口：“不会不会，再说，我住在你家，应该是我麻烦你才对。更何况，你还是因为我受的伤，我理应照顾你的……”

“那最近这段时间，有劳你照顾了，夫……”

林嘉歌只说了一个字，就忽地停了下来。

最近和她玩游戏玩得，叫“夫君”叫得太频繁了，以至于他……刚刚险些露馅了……

没察觉到什么异样的时瑶，冲着林嘉歌浅浅地笑了笑：“没事的，我过几天要上课，除了上课的时间，其他的时候我都可以照顾你的。”

林嘉歌没再说话，而是在旁边站了一会儿，就退出了时瑶的卧室。

前一秒关上门，后一秒林嘉歌就盯着门笑了。

一个月的时间……这一个月里，听她话的意思，是要在他家一直住着……

有句话是怎么说来着？近水楼台先得月……这一个月里，他一定要把她这个月亮给摘下来……

想着，林嘉歌就踏步走进了自己的卧室。

他在给时瑶拿牙刷牙膏等日用品时，想到刚刚在餐厅门口，时瑶跟自己说的那些话，忍不住又勾起了嘴角。

软包子还真是直接，居然上来就说，能不能住他家，还要睡他的床，还说什么不是他想的那个意思……那个意思又是哪个意思？

不过话又说回来，别说什么住他家了，睡他床了，就算是睡他，他都很愿意。

想到这里，林嘉歌忍不住摇了摇头。

他的心已经是她的，不知道什么时候，他的人也能是她的……

时瑶在自己睡的这间卧室，刚套好床单被罩，卧室的门就被推开了。

刚刚离去的林嘉歌，拎着两个袋子走了进来。

“这些是日用品，给你用的……这袋是零食，你可以随便吃……”

“哦哦，谢谢。”时瑶应了两声，连忙一边道谢，一边接了过来。

“时间很晚了，我就先回去休息了，你也早点休息。”顿了顿，林嘉歌意识到自己遗漏了什么话，又开口说，“日用品的袋子里，有几件T恤，是我的，你可以先凑合一晚。”

被林嘉歌这么一提醒，时瑶才发现，袋子里真的塞了好几件白色的T恤。

她又道了一次谢，然后才和林嘉歌互相道别道晚安。

等林嘉歌离去后，时瑶直接去洗漱了。

等她洗完澡出来，吹干头发，躺在床上，已差不多接近深夜一点钟了。

时间已经很晚了，今天经历了那么多事情，时瑶也是真的有点累了。可她不知道是不是换了一张陌生床的缘故，她在上面躺了好一会儿，都没怎么睡着。

在时瑶不知道自己第几次翻身时，她看到被自己随手放在旁边沙发上的袋子。

里面装的全都是零食……

有点失眠的时瑶，干脆扯过来袋子，撕了一包自己最爱吃的薯片。

在一袋薯片快吃完的时候，时瑶后知后觉地察觉到了一些不太对劲的地方。

是她的错觉吗？

她怎么忽然觉得，这零食，林嘉歌就是特意买给她的啊……

还有那些日用品……林嘉歌拿双份，该不会就是为了给她用的吧？

可是，他又怎么确定，她一定会住在他家啊？总不会，他有未卜先知的能力吧？

时瑶叼着薯片，将今晚的事情，从头到尾认认真真都回想了一遍，也没觉得哪里有问题。

所以，她的错觉……还真就是错觉……

吃完薯片的时瑶，去洗手间重新刷了个牙。回到床上后，她又想起自己的手机被江月、何田田她们带走了，也不知道现在冷暖怎么样了……她也没给她们报平安，不知道她们是不是很担心她？

时瑶本想掀开被子下床去找林嘉歌借手机的，但是在起身的时候，她瞄见了床头柜上的座机。

这都过去差不多半个多小时了，说不定林嘉歌已经睡着了……她还是不要去打扰他吧？

想了一会儿，时瑶决定先借用林嘉歌家里的座机，给宿舍去个电话，然后明天再告诉林嘉歌。

虽然已经很晚了，但是时瑶的电话拨出去后，响了不过一声，就被飞速接听了：“喂？是瑶瑶吗？”

时瑶认得出来，那是江月的声音，也知道，这么晚了她们还没睡，肯定是在等她的回电。

时瑶的心底蓦地一暖，然后就轻“嗯”了一声：“是我，月月。”

江月：“太好了，你没事吧？林学长也没事吧？”

时瑶没着急回江月的问题，而是先问了冷暖的情况：“暖暖呢？她怎么样？”

“暖暖她没什么事，我们也带她去医院检查了，就是一些皮外伤。不过她的情绪不怎么好，回到宿舍后，一直哭，好不容易睡着了，还会做噩梦醒来，我跟月月哄了她好久，现在她刚刚又睡着了……”这次再开口的，不是江月了，而是何田田，想必是何田田抢走了江月的电话。

时瑶：“我今晚可能回不去了，暖暖就麻烦你们两个照顾了。”

江月：“应该的。”

何田田：“咦？有情况哦？”

时瑶听得出来何田田话里的暗示，脸一红：“田田，你不要乱说，是林嘉歌，他受伤了啦，我要照顾他……”

何田田：“什么？我男神怎么会受伤啊，严不严重？”

时瑶：“胳膊轻微性骨折，要静养一个月才能好。”

何田田：“好心疼哦……对了，瑶瑶，有件事我差点忘记了，今晚的林学长超级帅哦。林学长知道你在洗手间后，让陆学长带我们三个走，陆学长担心他，就说要留下来陪他，你知道林学长怎么说的吗？林学长说，你走就走，我要是连自己喜欢的女孩都护不住，我还当什么男人！”

连自己喜欢的女孩都护不住……自己喜欢的女孩……喜欢……

时瑶被何田田的转述，说得忽然愣住。

那边的江月，也开了口：“对的对的，瑶瑶，今晚的林学长真的是男友力爆棚，还有，他贼腹黑哦，居然跟陆学长说，晚一会儿报警，那样他也可以多揍那些渣渣一会儿……瑶瑶，他是不是很帅？”

随着江月的话音落定，时瑶听见身后的卧室门，被敲响了。

何田田：“帅是帅，但我还是想弱弱地发表个意见，那就是，我觉得男神帅出天际中夹杂了那么一点点小贱。不过林学长是我男神嘛，就算是有点小贱，那也是很帅的贱，简称——帅贱帅贱！”

帅贱帅贱……这形容，还真是有够别致的……

正当时瑶被何田田的话带得忍不住沉思时，身后的卧室门，再次被敲响了。

电话那端的江月，听完何田田的话，也附和着她：“对的对的，田田不说，我都没反应过来，她这么一说，我也觉得林学长那句话好贱啊，不过贱得好可爱……我今天才发现，原来林学长不单单是校草、学霸、男神，还是一头内心极其腹黑的狼……”

何田田嘿嘿地笑了，语气里都带了明显的色情：“那瑶瑶就是早晚会被狼吃掉的小白兔？”

江月也跟着阴险地“嘿嘿”了起来。

嘿嘿个冰激凌球啊……

时瑶清楚地感觉到自己的额头有着几道黑线划了下来。

她怎么觉得，她的舍友不像是她的舍友，更像是林嘉歌的舍友啊……

时瑶噘了噘嘴，然后连忙打断了电话那边两个喋喋不休的人：“那个，我先不跟你们说了，时间也很晚了，你们照顾好暖暖，也早点休息。林嘉歌他来找我了，我得去看看他怎么了……”

“哟……娶了媳妇忘了娘家……”依旧沉浸在刚刚玩笑中的何田田下意识地出了声。

什么娶了媳妇忘了娘家……林嘉歌是男的啊，要娶也是他娶她好吗？

呸，她又没想过要嫁给他，干吗要想他要娶她这种事……

想着，时瑶就开了口：“田田！”

她的语气加重了许多，但对于电话那边的两只，毫无威慑力，甚至江月再开口的话，更过分夸张了：“深更半夜，孤男寡女……想想都好刺激啊。瑶瑶你记得做好措施啊，不过不做也没关系，怀上了就生下来，我们会帮你照顾孩子的……”

时瑶被说得脸微微红了起来，她再开口的语气，又加重了许多：“我以后不要跟你们一起吃饭了！”

何田田：“瑶瑶，你这个威胁真的是……太让我害怕了！”

江月：“我就喜欢这样的瑶瑶，威胁起来人，都那么萌萌哒！”

时瑶：“你们——”

何田田：“好了好了，不耽误你和林学长的良辰美景了。毕竟春宵一刻值千金，我和江月不能如此败家，有什么事我们明天再说！”

江月：“对，不能如此败家，瑶瑶现在可是在为我们宿舍传宗接代呢……”

什么鬼呢？传宗接代……

时瑶忍着要暴走的冲动，还没开口，电话那边的两个人就一人一句“拜拜，好好睡”，将电话直接挂了。

好好睡？好好睡……

时瑶听着电话里“嘟嘟嘟”的忙音，好想摔话筒。

不过，她重重地将话筒摔下去的时候，想到这是林嘉歌的座机，还是收了力道，轻轻地将话筒放回原处，然后就起身，去开了门。

时瑶比起林嘉歌矮了许多，她拉开门，一眼望去，就是林嘉歌的胸前，然后她才后知后觉地意识到，林嘉歌身上穿的还是那身带血而又皱巴的脏衣服。

他来找她，是为了让她帮忙给他换衣服吗？

正当时瑶寻思之际，门口站着的林嘉歌，语气很轻地出了声：“我把你吵醒了？”

“没有，没有……”时瑶连忙摇头，然后转身指了下床头柜的座机，“刚刚我用你座机给宿舍打了个电话，问了她们一下暖暖的情况，也顺便给她们报个平安。我的手机被田田她们带回宿舍了，我以为你睡着了，就没去打扰你，所以擅自用了你家里的座机……”

林嘉歌毫不在意地“哦”了一声，那模样像是这种微不足道的小事，她根本不需要跟他打招呼一样。

随后，他就扫了一眼时瑶身后的卧室：“我能进去吗？”

“能……”这是他家，他当然能了……

时瑶连忙让开了门口。

等林嘉歌进来后，时瑶关了门，跟在他的身后，一路走到床边的沙发旁。

林嘉歌没直接坐下，而是转身看向时瑶，指着沙发上的空位：“你坐。”

时瑶不解，但还是乖巧地走过去，坐了下来。

她前一秒坐稳，后一秒林嘉歌就半蹲在了她的身前。

他个子高，她坐在沙发上，和保持这样姿势的他，恰好保持了平视。

时瑶愣了愣，刚想问他做什么，就看到林嘉歌摊开了左手。

里面放着两个剥了壳的鸡蛋，白白圆圆的，很诱人……

这是给她吃的吗？

看见食物的时瑶，眼睛蓦地一亮，刚想说声谢谢，伸出手去接，结果林嘉歌将其中的一个鸡蛋，直接贴到了她的脖颈处，很缓慢地移动起来。

时瑶错愕。

好一会儿，她才回过神来。

原来，那鸡蛋不是给她吃的，而是给她消肿用的……

那他那会儿，跟她道完晚安离开后，其实没去睡觉，而是去厨房煮鸡蛋了？

一种难以言喻的复杂情绪，瞬间充斥了时瑶的心窝。

她的指尖，微微一抖，然后她就定定地望着林嘉歌的面颊。

他微歪着头，很认真地盯着她的脖颈，拿着鸡蛋力道很轻柔地帮她消肿。

室内只开了床头边的一盏睡眠灯，昏黄的灯光，打在他的右半边脸上，使他清隽的容颜，一边隐在暗处，一边处在明处，整个人显得越发惊艳勾魂。

她一直都知道，他颜值很高的。

可她一直都没怎么仔细观赏过他的颜值。

或许是不敢，或许是别的原因。

此时她细细看来，才发现原来G大那么多女生，前赴后继地追他，是真的有原因的……

像他这种人，生来就是光芒万丈，让人仰望的吧？

这种男生，谁要是收了，怕是一辈子都没安全感吧？

正当时瑶沉思之际，她忽然感觉到面颊微微一疼。

她身体微颤了颤，然后等她回神，才发现林嘉歌已经将鸡蛋挪到了她的脸上。

察觉到她刚刚细微反应的林嘉歌，清淡的语气里夹杂着丝丝缕缕的紧张：“很疼？”

随着他话音的落定，时瑶明显地感觉到他指尖的力道更轻更柔了。

时瑶轻晃了晃脑袋：“没有那么疼……”顿了顿，时瑶忍不住开口，将自己刚刚心底的猜测，问了出来，“你一直都没回房间休息吗？”

盯着她面颊，小心翼翼拿着鸡蛋帮时瑶消肿散瘀的林嘉歌，一时半会儿没反应过来她话里的意思，轻“嗯？”了一声。

时瑶只好开口，把话说得更详细清楚了一些：“我是说，你刚刚离开我房间后，没去休息，而是去厨房煮鸡蛋了吗？”

原来是这个意思啊……林嘉歌又“嗯”一声，不过语气从疑问变成了陈述。

还真是自己想的那样……

时瑶轻咬了咬嘴角：“你都受伤了，怎么不去好好休息，我没事的，那些瘀青和红肿，过两天自己就会消了。”

“怕你晚上疼。”林嘉歌口气很淡地回。

怕你晚上疼……很简单的五个字，却让时瑶的心底，柔软温暖得一塌糊涂，以至于她再开口的声音，都变得轻糯了很多：“那你呢？你胳膊是不是特别疼？”

“我？”林嘉歌抬头，冲着时瑶弯了弯嘴角，露了一抹很浅的笑容，随后就毫不在意般地又开口说，“我没事……”

骗子……胳膊一个月都不能动，还说他没事……

时瑶没说话，但眼帘却垂了下去。

她其实不是那种多愁善感的女生，可是现在，她不知道自己到底是怎么了，情绪泛滥得她有点控制不住。

过了好一会儿，时瑶才稳住心头的浮动，打破了一室的沉默：“你今天怎么会在KTV啊？”

“哦……那个我跟舍友约了去唱歌，我包厢恰好就在你包厢旁边，经过你包厢门口的时候，听见你舍友说你出了事……”

原来这样巧呀……不过，时瑶没在这种巧合上唏嘘太久，而是带着几分劫后余生般的庆幸说：“还好你出现了，要不然我都不知道我和暖暖会怎样……你是不知道，他们多过分，他们逼着我给梁暮暮道歉，还说什么要、要、要……”

时瑶连续说了好几个“要”字，都没能把后面的威胁说出口。

不过，等她磕磕绊绊了一会儿，沉默下来后，她才发现，自己居然跟诉苦一样，把今晚的那些细节，在自己都没察觉到的情况下，已经很自然地都讲给了林嘉歌听。

不知道她心底想些什么的林嘉歌，见她话说到一半停了下来，抬头望了她一眼，看她眉眼间带着几分难以启齿的意思，顿时明白过来接下来的话，肯定不是什么好话。他的眉心蓦地蹙了起来，以至于开口的声调都变得有些阴冷凌厉：“要什么？”

时瑶不是没见过林嘉歌生气的样子，当初林爷爷硬把她塞给他当未婚妻的时候，他就很凶神恶煞地警告过她。

可是此时的他，和那个时候的他，截然不同。

此时的他，藏了几分杀气和戾气，远比那个时候来得骇人。

时瑶知道林嘉歌的这些反应，不是对她来的，可她还是忍不住被吓得往后缩了一下身子，语气软软地回：“没什么……”

看到时瑶的反应，林嘉歌这才意识到，自己刚刚情绪失控了。

其实即使她不说，他也知道，那些人后面说的话，肯定是一些侮辱性的言语。

他忽然有点后悔，自己刚刚没揍死那几个人渣了……

不过，他这种小心眼的人，可不是那么容易就算了的，他在心底的小本本上，已经记下了。等回头有时间了，他再揪住他们继续往死里狠狠地揍！

不过当务之急，还是软包子要紧……

想着，林嘉歌就压下心头的怒火，再开口时语气对比刚刚，简直是温柔得一塌糊涂：“今天，有没有被吓到？”

他这可是一道送命题，如果真的吓到了软包子，那几个人渣，面临的就不是再被他揪住继续往死里狠狠地揍了，而是见一次他便往死里狠狠地揍一次。不但如此，他还要告诉林嘉仪那个财迷，让她帮忙一起往死里揍！

时瑶摇了摇头，老老实实地回答：“没，没有被吓到，就是当时怪恶心的。不太喜欢他们看我的那种眼神，也不太喜欢他们说的话……就是很讨人厌！”

算那几个人渣，福大命大……

林嘉歌边想，边看了一眼时瑶：“没事的，以后他们不会再那么看你了，也不敢再跟你说那样的话了。”

说话之间，林嘉歌已经帮时瑶脸上、脖颈上和手腕上的红肿瘀青都处理完了。

他将两个鸡蛋随手放在旁边的桌子上，然后就看向了时瑶的眼睛：“还有没有哪里不舒服？”

时瑶摇头：“没了。”

林嘉歌听见她的回答后，还是上下打量了一圈时瑶，确定她真的没事后，这才放心下来，然后又盯向了时瑶的眼睛，继续说：“以后不管去哪里，记得都随身携带着手机，以免再遇到这样的情况，好能及时求救。

“如果你有什么事，你就给我打电话，你放心，你的电话我会二十四小时都接听的。

“以后，我就是你的 110，保证护你周全！”

我就是你的 110，保证护你周全……

时瑶忽然想到，刚刚给舍友打电话时，何田田和江月说的那些话。

——我要是连自己喜欢的女孩都护不住，我还当什么男人！

——晚一会儿报警，那样我可以多揍他们一会儿……

时瑶觉得自己心底的某根弦，像是被什么东西狠狠地拨动了一下，颤抖不已。

这样的自己，对她来说，很陌生。

她这一生从来都没有过这样的感觉……

时瑶下意识地握紧了指尖，她不知道自己该说点什么，想了好久，最后只是小声地说了句：“谢谢。”

林嘉歌盯着时瑶的小模样，眉眼忽然软了下来。他想伸出手摸摸她的脑袋，但是抬了一下，又怕吓到她，最后还是缩了回来：“你不用跟我道谢的，这都是我自己愿意做的。”

自己愿意做的……

林嘉歌什么时候，变得这么会说话了？

时瑶没想太多，就将心底的话，脱口而出了：“有点不太一样……”

“什么？”林嘉歌不解。

听见林嘉歌的疑问，时瑶才意识到，自己说漏了嘴，她有些不好意思地笑了下，想到自己既然已经说了出来，索性就直接全说了出来：“我的意思是，你和我了解的你，有点不太一样……”

“怎么不一样了？”许是蹲得太久，有点不舒服，林嘉歌站起身，姿态闲散地坐在了旁边的沙发上。

他这样很随意的举动，却惹得时瑶忍不住多留意了几眼。

她今天是被下降头了吗？怎么觉得林嘉歌随便一个举动，都那么撩人呢？

时瑶急忙将视线从林嘉歌的身上收了回来，然后努力地稳着心神回：“就是，我了解的你，很自大，很毒舌，很高高在上，然后还有点不尊重人，也很难接触……”

时瑶说着说着，意识到自己好像不够含蓄，就急忙收了后面的话，开始说结论：“总而言之你给我的感觉，就是和我是不同世界的人，之间的距离隔得很远很远很远……

“但是现在，熟了起来，发现你好像和我认识的又不太一样，差别很大……”

他一直都知道，自己在软包子心目中的地位不高，但是没想到她对自己的印象竟然会差到这样的地步……

林嘉歌真的挺纳闷的，所以在听到她讲完这些后，半开玩笑半旁敲侧击地问：“看来我以前在你心里的印象很不堪啊，难不成在冥冥之中，我得罪过你？”

因为林嘉歌的语气挺轻松的，导致时瑶也没多想，就顺着他的话，往下说了起来：“当然啦，你之前在学校的小树林，摔了我四块蛋糕呢！”

林嘉歌愣住了，这……都行？

“不但如此，你还说我是什么恬不知耻的人，还说我是又丑又脏又寒酸的黄毛丫头，还把我一个人拉到你们家后院的墙角，警告我在外面不许跟你说话，还要让我当作不认识你，也不能让人知道我跟你的关系。哦，对了，还有，你还说什么，要是会娶我，那么你名字就……”

后面的“倒过来写”四个字，没说出口，时瑶就停了下来。

她……好像有点过了……

时瑶看了一眼林嘉歌，发现男生的神情还算好，但她心底还是有点忐忑不安，为了缓和气氛，她眼珠子骨碌骨碌地转了一会儿，然后就将视线落在了桌子上林嘉歌刚刚放下的两个鸡蛋上。

尽管时瑶后面的话没说出口，林嘉歌也知道她要说的是什么。

以前他的确信誓旦旦地在她面前，放过狠话，说他要是不跟她解除婚约，名字就倒过来写。

他一直挺好奇，她怎么就不喜欢自己，原来……原来问题出现在这里……

那个时候的他，没想过喜欢她，所以说话肆无忌惮。

可就是他的那些肆无忌惮，伤了她。

前一刻还因为她说被毁掉四块蛋糕，而哭笑不得的林嘉歌，这一刻心底内疚懊恼到了极致。

他看得出来，时瑶说出那些话后，整个人就变得有些不自在。

他其实从小到大很少将旁人的感受放在眼里，更或者说他是含着金汤勺出生的，有着比别人得天独厚与生俱来的优势，不需要花费很多心思去在意别人的感受。因为绝大多数时候都是别人怕他不高兴，把他的感受放在第一位。

可不知从何时起，他变得格外在意她的感受。

她高兴了，他满足。

她难过了，他慌张。

她不悦了，他忐忑。

所以，此时，他也不愿看到她的不自然，所以他便当作什么都没发生过的样子，顺着她的视线望去，然后再落到她盯着看的那两个鸡蛋上后，就径自地转了话题：“你在看什么？”

听见林嘉歌的询问，时瑶没太多想，就顺着自己心底的想法，说了出来：“我在研究，这两个鸡蛋还能不能吃……”

下一秒，林嘉歌：“不能。”

再下一秒，林嘉歌：“你要是想吃，我现在重新去给你煮两个蛋吃。”

时瑶急忙摆手：“不用不用，我知道不能吃了，我就是觉得浪费食物好可耻啊，看着好肉疼……”

林嘉歌被时瑶可爱的小反应，逗得莞尔一笑，随后就站起了身，没再过多地逗留：“这次真的是时间不早了，该休息了。”

“嗯嗯。”时瑶猛地点了点头，跟着林嘉歌站了起来。

她本想送林嘉歌出卧室的，但是跟着他走了两步，林嘉歌忽然停了下来。

她刚想疑惑地问他怎么了，林嘉歌动作快过她语言地折回到了桌子前，将那两个白白圆圆的鸡蛋握在掌心里，重新冲着卧室门口走去。

将林嘉歌一系列举动尽收眼底的时瑶，心底浮现了一抹错觉。

她怎么觉得，林嘉歌之所以拿走那两个鸡蛋，是怕它们留在这里被她吃了呢？

她没这么傻啦……

走出卧室门口，林嘉歌道了句“晚安”，刚准备帮时瑶带上门，时瑶忽然想到自己忘了重要的事，连忙开口：“那个……你是不是要换衣服？”

说着，时瑶指了指林嘉歌身上带血的脏衣服，后面的话还没说出口，脸先红了：“那个，你胳膊受伤了，你能不能脱得下来，要不要我帮忙？”

被时瑶这么一提醒，林嘉歌才想到自己的衣服还没换，他对她提出的询问已经迫不及待，可语气却淡定温暾：“你不说，我都忘了，我来找你，还真是想让你帮我这个忙……”

时瑶没再说话，红着小脸跟着林嘉歌进了他的卧室。

他没先去找睡衣，而是先当着时瑶的面，开始脱T恤。

因为右胳膊不能动，所以在脱的时候，需要时瑶帮他尽量在不碰到右胳膊的情况下，小心翼翼地脱了下来。

好在他的这件衣服比较宽松，脱得并不困难。

等到脱下来后，时瑶边说“我明天帮你把这件衣服洗了”，边转头望了一眼林嘉歌，然后就看到了他袒露在自己眼前的胸膛……

他身材偏修长，平时看着很瘦，可他脱了衣服后，胸膛看起来很是结实宽厚。

他肤质偏白，细腻光滑，一眼望去看不到任何瑕疵。

平时时瑶见到的林嘉歌，绝大多数都是穿T恤或者卫衣，即便是衬衣也是纽扣系得严严实实，一副干净的少年模样。此时他没穿衣服，时瑶才发现，他的锁骨精美秀气得不像话。

他的胳膊不粗，却很有力道，手腕处的骨节有一块微微突出，带着骨感的质美。

这样的他，和平时的他，截然不同。

两者都美，可平时的他是赏心悦目的美，而此时的他美得魅惑、美得震撼、美得惊心动魄……美得让时瑶一时之间，忘记了非礼勿视，忘记羞怯害臊，就这么直愣愣地盯着林嘉歌裸着的上半身瞧了起来。

察觉到时瑶注目的林嘉歌，丝毫没有要避开的意思，就那么站在原地，任由着时瑶看。

反正，迟早都是她的，她想看，他不介意现在让她看个够。就算是她想摸，他都不会有任何反抗，保证一动不动地任她处置！

更何况，软包子眼中流淌出来的，明显是惊艳。

既然他的人品、出身、财富都不能让她心动，唯有出卖色相，才能留住她的目光，那他甘愿像是青楼里的姑娘一样……

呸……谁是青楼里的姑娘，他明明是男的，最多是牛……牛什么牛……他才不是那种人，他就算是出来卖的，也只卖给软包子一个人！

想着，保持着一个姿势站了太久的林嘉歌，微微地动了一下身子。

他的举动很轻，却惊扰了盯着他愣神的时瑶。

女孩睫毛轻轻地抖了两下，然后就飞速地垂下眼帘，收回了放在他身上的目光。

借着卧室里明亮的灯光，林嘉歌清晰地捕捉到时瑶蔓延到脖颈和耳根的红。

软包子这是看他看得害羞了？

林嘉歌压下心头的窃喜，佯装什么都不知道的样子，语气很清淡地开口说："我想冲个澡，你能不能帮我去餐厅拿下保鲜膜，把这个胳膊给裹起来？"

"哦哦，好的。"听见林嘉歌声音的时瑶，往他这边又看了一眼，在碰触到他肌肉明显的腹部时，她急忙低下了头，整个人在原处站了会儿，才反应过来林嘉歌刚刚的话是什么意思，这才又回了句"好的"，然后就跑出林嘉歌的卧室。

时瑶冲进餐厅，转了一圈又一圈，才迷迷糊糊地想起来自己是来找保鲜膜的，然后她才心不在焉地东找西翻了好一阵儿，终于拿着一卷保鲜膜神游般地折回了林嘉歌的卧室。

林嘉歌看着时瑶递上来的保鲜膜，客气地问："你能帮我一下吗？"

时瑶猛地点了点头，只说了一个"好"字，她眼角的余光又瞄见了林嘉歌的胸膛，然后后面的话就卡在了喉咙处。

她将脑袋用力地垂了垂，然后才迈步磨蹭到林嘉歌的跟前，开始帮他裹受伤的胳膊。

尽管时瑶努力地让自己将所有的注意力都放在林嘉歌的胳膊上，可她帮他缠绕保鲜膜的时候，难免指尖会碰到他的肌肤，视线会扫到他的胸膛。

起先时瑶还能勉强稳住自己的心神，越往后她的手就越抖。到了最后的时候，时瑶几乎是屏着呼吸，拼尽全身的定力，帮林嘉歌受伤的胳膊裹好了保鲜膜。

前一秒结束，后一秒时瑶就条件反射般往后倒退了两步："好了。"

比起时瑶的仓促，林嘉歌开口的语气淡定从容多了："谢谢你了，不过可能还是要麻烦你等我一会儿，因为等下还得你帮忙把这些保鲜膜揭下来。"

时瑶没敢去看林嘉歌，只是胡乱地点了点头。

林嘉歌也没再说话，直接进了浴室。

随着门被关上，时瑶这才像是虚脱了般，闭着眼睛长松一口气。

只是她那口气，松完没一会儿，浴室里就传来了哗啦哗啦的流水声。

伴着那些水声不断地往时瑶耳朵里钻，她的脑海里忽然浮现出自己刚刚看到的、林嘉歌的、赤裸的上半身……

他的身材，是真的好，就和他的脸蛋一样，完美得无可挑剔。

他有肌肉，但不像是那些大块肌肉一样来得那么吓人。

他的线条很完美，臀翘腰紧，怎么看怎么都是刚刚好的那种身材。

搭配上他的容颜，俨然就是漫画里走出来的那种撩人心魂的美少年，用网上很流行的一句话来形容的话，那就是穿衣显瘦，脱衣有肉……

嗯……她是不是回想得有点太多了？

她一个女生，怎么可以这么回想一个男生的身材，而且还是没穿衣服的身材……

时瑶晃了晃脑袋，将脑海里有关林嘉歌裸着上半身的画面甩出去，然后为了避免自己等会儿再胡思乱想，时瑶开始想自己爱吃的美食——

麻辣烫、水煮鱼、小龙虾、大牛蛙、冰激凌、巧克力、杧果布丁、旺仔牛奶……

在时瑶不知道自己数了多少种食物时，浴室里的水声终于停了。

然后她等了大概五六分钟的样子，浴室的门被打开了，腰间裹着浴巾的林嘉歌，从浴室里走了出来。

不知道是不是受伤的缘故，他没擦身体，有水顺着他的头发，沿着他的面颊轮廓，落到了他的肩膀上，然后顺着他结实有力的胸膛一路往下流淌，没入了小腹的浴巾里……

时瑶只是看了一眼，就心惊肉跳地挪开了视线。

她好不容易褪去红烫的面颊，再次仿佛着了火一般，烧了起来。

不过还好，林嘉歌并没有在时瑶的视野里逗留太久，就进了更衣室。

很快里面传来了吹风机的声音。

他头发短，吹起来很方便，大概一两分钟的样子，更衣室里就安静了下来。

然后又过了一小会儿，更衣室里传来了林嘉歌的声音："瑶瑶……"

"在……"时瑶应了一声，然后就急忙迈步冲着更衣室走去。

林嘉歌身上的浴巾，已经换成了休闲裤，但他的上半身还是裸着的，不过肌肤上的水珠都已经被擦干了。

林嘉歌见时瑶进来，立刻指了下自己裹着保鲜膜的右胳膊："这个得麻烦你帮忙拆一下……"

时瑶边"嗯嗯"应着，边点了点头，然后快步走到林嘉歌的身前，将所有的注意力都放在他的胳膊上，直勾勾地盯着自己的指尖，小心翼翼地帮他拆保鲜膜。

和之前帮他裹保鲜膜时一样，尽管时瑶已经很努力地让自己的视线不要乱看，指尖不要乱碰，可她眼角的余光和指尖，还是时不时地会碰触到他的肌肤。

拆到最后的时候，不需要像刚刚那样时刻盯着保鲜膜了，时瑶为了让自己稍稍放松一些，将视线挪开，然后她的视线就落在了林嘉歌身后的镜子上。

透过宽大明亮的落地镜，时瑶看到林嘉歌线条完美而又流畅的后背……

时瑶条件反射地将视线从面前挪到了左边，然后透过化妆镜，看到了林嘉歌左半部分袒露的上半身……她只好换到右边，然后透过右边的装饰镜，看到的是他右半部分袒露的上半身……

有毒吧？他的更衣室里，搞那么多镜子做什么？怎么往哪里看，都能看到他裸着的上半身……

四面八方转了好几处视线的时瑶，只好重新低下头，将目光落回到了林嘉歌的胳膊上。

原来，最初她看的地方，才是最含蓄的。

稳着心神，将林嘉歌胳膊上的保鲜膜拆掉后，时瑶才暗暗松了一口气，刚准备离开，结果林嘉歌的胳膊，就横在了她的面前。

时瑶下意识地收了欲将离开的举动，然后看见林嘉歌的胳膊，伸到了她身后的衣柜里，正从里面左翻右翻地找衣服。

他和衣柜之间，隔了一个她。

距离稍稍有些远，他伸手时，身子难免会往前倾，导致他的上半身，一下子贴近了时瑶的脸。

他的胸膛和她的面颊，虽没碰触上，但隔着的距离很近，近到时瑶能感受到他肌肤上散发出来的热度。

他身上特有的清香以及沐浴露的淡香，混在一起，不断地往时瑶鼻息里钻。

时瑶顿时像是被点了穴道一般，僵在原处，动都不敢动弹一下。

就连自己的呼吸和心跳，她都明显地感觉到迟了好几拍。

过了不知道多久，兴许是很长一段时间，也许是很短，林嘉歌终于挑好了衣服，站直了身子。

时瑶这才敢悄悄地吸了一口空气，然后接过林嘉歌指尖的衣服，帮他穿了起来。

他拿的这件 T 恤，不如之前穿的那件宽松，时瑶尝试了好几次，都卡在受伤的右胳膊处套不进去。

最后，林嘉歌只能放弃这件衣服，重新选新的衣服。

和刚刚一样，他伸出手横过时瑶耳边时，整个身子依旧往前倾了过来。

这次他拿的是一件衬衣，在衣柜的上边，他抬起手去拿的时候，胸膛往前压得更狠了一些。尽管时瑶已经很努力地往后躲，但她的面颊还是碰上他的胸膛。

温热的触觉，让时瑶浑身一颤，随后她就感觉到一股滚烫的热度，瞬间从面颊蔓延至耳边，一路滑落到脖颈。

这次，别说像刚刚那样，动都不敢动弹一下了，时瑶整个人就跟石化了一般，大脑一片空白，就连耳朵都仿佛失聪了一般，听不见任何的声响。

在碰到时瑶面颊时，林嘉歌的身体也跟着紧绷了一下。

不过对比已经丧失思维的时瑶，他的理智尚存，他悄无声息地低头，看了一眼被自己的身体和柜子夹在中间的时瑶，见女孩脸红扑扑的，大气都不敢出一下，顿时有一抹笑意爬满了眼底。

尽管林嘉歌是故意这样做的，但他也不敢做得太过放肆，怕被时瑶察觉到了端倪，所以他在拿到衬衣后，很快就离开了时瑶的面颊，站直了身子。

然后他就当作根本没察觉到发生了什么的样子，将衬衣递到了时瑶的面前："穿这件吧，比较好穿。"

时瑶维持着刚刚的模样，没反应。

林嘉歌眼底的笑意更明显了，甚至就连面上都挂了一抹满意的神采。

但在大概十秒钟后，他的神情恢复了淡静，仿佛刚刚流露出的情绪只是一场幻觉："瑶瑶？

"瑶瑶？"

林嘉歌连续喊了时瑶两次后，时瑶终于回神。

她抬头，看了看林嘉歌手中递过来的衬衣，又看了看林嘉歌的面颊，呆呆地"啊"了一声。过了一小会儿，她才反应过来林嘉歌的意思，这才急忙又"哦哦"了两声，然后接过衣服，手忙脚乱地帮林嘉歌穿在了身上。

衬衣有很多纽扣，时瑶屏着呼吸，一颗扣子接着一颗扣子地帮林嘉歌扣。

因为太过于紧张，她的指尖哆嗦得厉害，好几次纽扣都没能塞进去。

在终于扣到最后一颗纽扣时，时瑶仿佛死里逃生般，抬起眼皮，飞速地望了一眼林嘉歌轮廓完美的下颌，匆匆地留了句"好了，那个你早点休息吧，我先走了"，然后就收回了扣好纽扣的指尖，不等他有反应，就打算直接离开。

刚刚她帮林嘉歌穿衣服的过程中，两个人的位置发生过细微的变化。

她从更衣室门口进来的路，被林嘉歌堵了，她着急走，没让他让路，直接选择匆忙地绕过他的身体。

大理石的地面，本就光滑，她选择离开的那块地板上有水，是林嘉歌从浴室出来时，滴落在上面的。

时瑶的步子走得很快，只想着逃走的她，根本没注意地面的情况，所以在她踩到有水的地板时，脚下一滑，整个人就毫无征兆地冲着地上栽去。

从浴室出来，故意往那一块地上拧了很多水的林嘉歌，等的就是这一刻，他在时瑶身体不稳的那一刹那，就眼疾手快地伸出完好的左胳膊，拉了她一把。

她比他要矮上很多，由于他的力道很重，她整个人被他带得直接埋进了他的怀里，然后他和她的身体，就那么紧紧地贴在了一起。

室内的空气瞬间凝滞，整个空间就像是被定格的画面一般，静止不动。

时瑶靠着林嘉歌的胸膛，呆呆怔怔地站了好一会儿，才意识到自己此时置身在一个温暖的怀中。

她脸下的衬衣，质地柔软，很是高档，隔着衬衣她可以感受到灼烫的体温和有力的心跳，一下一下，带着她的心脏都跟着扑通扑通不受控制地乱跳了起来。

这个怀抱，真的很舒服，舒服得让她有点想要就这般靠着、闭上眼睛、安安静静地一直待着。

时瑶沉浸在这样的场景中，没多久，她就后知后觉地反应过来，自己是在林嘉歌的更衣室里，本是想离开的……

随着这个念想划过时瑶的大脑，她整个人忽然清醒了过来。

她忽地睁开了眼睛，然后在看到眼前熟悉的白衬衣后，就立刻想起刚刚究竟发生了些什么。

她在离开的时候，不小心滑了一跤，是林嘉歌及时救了她，才避免她扑倒在地上……

所以……她落入他怀中后，没连忙道谢，矜持地离开，而是一直就这么待着，那她具体待了多久呀？她这样真是、真是太不检点了！

想到这里的时瑶，脸噌的一下烧了起来，她几乎没有任何犹豫就想从林嘉歌的怀里挣脱，但他圈着她腰的力道很大，她没能动弹得了，只好开口提醒林嘉歌："那个……刚刚谢谢你……"

"你"字音刚从时瑶的唇边脱落，她就感受到自己的小腹，被一个坚硬的东西，用力地抵着。

她没多想，紧接着就又开了口："你、你的腰带……"

她本想说"腰带顶到她了"，只是在话说到一半的时候，时瑶猛地想起，林嘉歌穿的是休闲裤，根本没有系腰带。

所以，那坚硬的东西是……是……

后面的想法，还没出现在时瑶的大脑中，她便清晰地感觉到，抵着自己小腹的"腰带"，微微地动了一下，她整个人就像是被放在沸水里煮一般，脸变得更红更烫了。

原来真的是、真的是她想的那样……啊啊啊……林、林嘉歌这是、这是身体起反应了……那她、那她应该怎么办啊？

时瑶心头又是羞怯又是惊慌，她整个人手足无措地在林嘉歌怀里局促不安地待了一小会儿，然后就再次用了力道，想要挣脱出林嘉歌的怀抱。

少年圈着她腰的力道，不但没有松开的迹象，反而更大了。

时瑶更惊慌，更不知所措了，情急之下的她，想都没多想，就抬起脚，狠狠地冲着林嘉歌的脚上用力地跺了一下。

疼痛使得林嘉歌倒抽了一口凉气，本能地就松了胳膊的力道。

时瑶趁着这个空当，毫不犹豫地挣开了他的怀抱，然后抬起手，用力地推了一下他的胸膛，将他从自己面前推开，看都没再看他一眼，就垂着脑袋跟个无头苍蝇一般不管不顾地奔出了更衣室。

没看路的时瑶，险些撞到了墙上，看到这一幕的林嘉歌，都没来得及开口说句“小心”，她就已经绕开了面前的墙壁，像是一支离弦的箭一般，逃出了他的视野。

看着她这样落荒而逃的身影，林嘉歌不自觉地笑了出来。笑着笑着，他就低头看了一眼自己的身体，然后就闭上眼睛，不断地深呼吸，连续这般反复了好几次，最后他就又进了浴室。

○

○

第四章

不见不散，小可爱

／

回到自己住的那间卧室，时瑶感觉自己身后仿佛有什么野兽在追赶一样，“砰”的一声将门用力地甩上，然后就蹿到床上，拿着被子将自己裹了起来。

她在床上躺了没半分钟，就又跳下床，光着脚丫跑到门口，将门反锁上，这才又重新回到床上用被子将自己再次裹了个严严实实。

时瑶闭上眼睛，一动不动地在床上躺了一会儿。本以为自己这样会平静下来，谁知躺着躺着，她忽然想到好多天前，在深圳的那一晚，现在想一想，那晚和今晚的情况是一模一样的……所以、所以……那天的他，也是起了反应的？

时瑶这下，不是脸发烫了，而是浑身都跟着烫了起来。

她强迫自己将大脑放空，试图将那些乱七八糟的想法都抛开，可她努力了好几次，脑海里依旧环绕着那种感觉……甚至到了最后，她脑海里还浮现出他赤裸着上半身的画面……

真是要疯了！

时瑶将脑袋埋在被子里，拼命地抓着头发，想要将那些画面从脑海里揪出去，但是她这般崩溃地在床上滚来滚去了好久，脑海里的画面，不但没有消散，反而像是被施了魔法一样，越来越清晰……最后，时瑶甚至感觉自己脸烧得就像是真的着火了一般，都隐约泛起了细细的疼……

她终于忍无可忍地掀开被子，跳下床，冲进浴室，趴在洗漱台前，打开水龙头，捧了冷水，开始洗脸。

也不知道在哗啦哗啦的流水声中，她到底往脸上拍了多少水，那一直活蹦乱跳的心脏，终于恢复了平静，呼吸也渐渐地平稳了下来。

时瑶这才关了水龙头，然后深吸了两口气，确定自己不会再像刚刚那样后，这才抽了毛巾，擦干净脸上的水，躺回到了床上。

夜已经很深了，时瑶也是真的很累了，没多久，她就进入了梦乡……

而此时此刻，隔壁房间。

第三次从浴室里出来的林嘉歌，直接打开了电视。

电视里播放的正好是电影，林嘉歌靠在床头刚躺好，就看到里面有一男一女接起了吻。他微蹙了蹙眉心，明显地感觉到自己体内那股好不容易灭掉的火再次燃烧了起来。

他连忙换了台，也不知道是不是老天爷跟他过不去，新换频道里播的电视剧，是一对夫妻裸着上半身躺在床上聊天的场景……

他只好又换了台，然后落入眼帘的是一部美剧，优雅漂亮的女主角坐在男主角的身上，两个人正在热火朝天地热吻着……

林嘉歌没再换台，而是直接关掉了电视，又翻身下床，去了浴室。

十分钟后，从浴室出来的林嘉歌，因为冲冷水的次数太多，被房间的冷气一吹，忍不住打了个喷嚏。

林嘉歌怕感冒，连忙躲到被子里，心头却浮现出一抹淡淡的忧伤。

他明明是想要色诱软包子的……怎么色诱到最后，反而把自己给绕进去了？

这算不算是……自作孽不可活？

算了，还是不要想了，等会儿说不定又要去和冷水玩耍了……

想着，林嘉歌就强迫自己闭上了眼睛，不过这样的安静，只维持了大概三四分钟的样子，林嘉歌的手机忽然响了。

他睁开眼睛，伸出左手在床上摸了一会儿，然后找到手机，举到了眼前。

是陆本来发来的微信视频电话。

林嘉歌这才忽然想到，那会儿在医院的时候，因为在拍片，他挂了陆本来的电话，也没回陆本来的微信。

想必是等了很久，没等到他的回电，陆本来不放心又打了过来……

林嘉歌按了接听。

他看了一眼视频里的陆本来，就没什么太想继续看屏幕的欲望，索性将手机往旁边一丢。

陆本来：“老大，你还好吧？”

毁了一条胳膊、被软包子踩了一脚、冲了四次冷水澡，换来了和软包子的同居……

林嘉歌在心底掂量了两秒，回：“还不错。”

视频里忽然凑来了夏商周的脸：“我就说吧，老大神勇无敌，怎么可能会有事，你白担心了吧？”

陆本来：“孙子，我这不叫担心，我这叫关心！”

夏商周：“孙子，喊谁孙子呢？再说，关心和担心区别很大吗？不都有心吗？”

陆本来：“是爷爷的错，是爷爷没好好教你读书写字……”

深更半夜打视频电话，就是为了拌嘴给他听？神经病哦……

想着，林嘉歌就不轻不重地出声打断了两个人你一言我一语的对话：“还有事吗？没事挂了……”

夏商周：“有有有！老大，我有，我有事要问你。”

林嘉歌懒得说话，举起手机，对着里面扫了一眼，示意夏商周有话快说。

夏商周立刻开口：“老大，女魔……”

话说到一半，夏商周就停了下来，随后嘿嘿地笑着又重新组织了一下语言，开了口：“老大，林姐姐……就是你姐姐，那个漂亮的女王大人，她有男朋友吗？”

“没……”林嘉歌懒洋洋地回了一个字，随后就意识到夏商周问了什么问题，然后视线就冷飕飕地射向了屏幕里的夏商周，“你要干吗？我告诉你，老夏，你别打她主意！”

夏商周：“怎么可能？林姐姐不是我喜欢的类型，我喜欢的类型可是瑶……”

“瑶”字音都没发完整，夏商周就急忙转了话锋：“要、要、要温柔体贴，知书达理！”

陆本来：“既然你没想要追林姐姐，那你问林姐姐有没有男朋友做什么？”

夏商周：“就是今天，我被林姐姐安排顶着三十九度的高温，排队去买冰激凌的时候，忽然想到了这个问题，然后就跑来问问老大，好验证我的结论是正确的。”

陆本来：“那么，请说出你的结论。”

夏商周：“结论就是，上天是公平的！出身好又咋样？相貌好又咋样？身材好又咋样？有钱又咋样？你看老大和他姐姐，不还是和我们一样，都是单身。”

对两个人的对话完全不感兴趣的林嘉歌，在听到夏商周说的最后一句话时，眉心缓缓地皱起。

老夏这是跑到他身上来找平衡了？

林嘉歌微垂了垂眼帘，然后就像是忽然想到什么一样，漫不经心地开了口：“对了，有件事我忘记跟你们两个人说了……”

陆本来：“老大，你是打算带我们去‘金碧辉煌’浪吗？”

夏商周：“还是打算请我们去北京大饭店享受人生？”

“抱歉，让你们失望了……”林嘉歌口中说着抱歉，但语气却丝毫没有任何抱歉的成分，“因为只有和瑶瑶有关的才能让我当回事的，至于和你们有关的……”

陆本来及时拦截了林嘉歌的话，因为他知道，肯定不是什么好话：“老大，后面的话你不用说了，我们很有自知之明，我们知道，我们的事对你来说不重要的。”

林嘉歌：“不是不重要的，是微不足道，不值一提。”

视频里的陆本来目瞪口呆。所以，他极力地想要降低伤害，但还是被伤害了？

夏商周不满地瞪了一眼陆本来，责怪他刚刚多嘴，然后就看向了林嘉歌：“老大，你还是说你所谓的和小学妹有关的事是什么事吧？是你又打算对小学妹告白了，还是小学妹今晚因为你的英雄救美陪你吃消夜了？还是……”

“都不是……”夏商周说了很多种猜测，没一个猜对的。

林嘉歌否决完后，很是慵懒地往床头靠了靠，然后才不紧不慢地继续出声说：“我要说的是……瑶瑶住我家了。”

夏商周：“什么？老大，你这话是什么意思？是说，小学妹和你同居了？”

“同居”这个词，好像还挺贴合他和软包子的……尽管这个同居是他一步一步地把她引入坑里骗来的，但也是同居啊……

林嘉歌含蓄地点了点头：“算是吧……”

陆本来：“这个发展也太迅速了吧？那这么一来，老大岂不是不再属于单纯的单身行列了？那老夏，你的结论不攻自破了！”

夏商周：“老天爷也太不公平了吧？我不服……”

不服？呵呵……憋着……

想着，林嘉歌就优哉游哉地又开了口：“而且我发现……瑶瑶好像更喜欢不穿衣服的我。”

夏商周：“不、不、不、不穿衣服的老大？天，这哪里是迅速啊，这简直是乘坐火箭啊！”

无视掉夏商周的惊叹，林嘉歌继续说：“相比较起来，你们两个就惨了，一个是至今都没找到可以喜欢的女孩……”

林嘉歌特意咬重了“可以”两个字，然后在看到夏商周僵掉的神情后，才慢条斯理地继续看向了陆本来：“一个是好不容易找到了自己喜欢的女孩，但是都过了一个学期了，电话号码都还没要到手。”

陆本来的神情，在林嘉歌的话语中，变成了和夏商周一模一样的僵硬模样。

看着视频里再也说不出来话的两个人，林嘉歌瞬间心情大好：“对了，我险些忘了告诉你们，瑶瑶今晚帮我换的床单被罩，还帮我脱了衣服，还帮我穿了衣服……”

陆本来机械地转着脑袋，看向了夏商周，然后下一秒，就毫不客气地开启喷人模式：“让你刚刚嘴贱，让你没事干说什么结论，现在爽了吧？被虐了吧？”

“我……”夏商周想怼回去，可他只说了一个字，就抬起手，做了个打自己脸的虚假动作，“就是，让你嘴贱，让你没事干说什么结论，现在爽了吧？被虐了吧？”

视频这头的林嘉歌，并没有要罢休的意思，等到两个人话讲完后，他又开了口：“哦，还有一件事，我受伤了……所以，你们作为舍友，是应该来我家探望我的吧……来的时候，带的礼品，我帮你们想好了，老夏是坚果大礼包，老陆是奶酪蛋糕……”

夏商周：“咦？老大，你什么时候爱吃这些东西了？”

林嘉歌：“不是我，是瑶瑶……”

陆本来：“孙子，你能不能不要说话，你一开口就连累我，刚刚害我被虐，现在害我吃狗粮，我真的想要打死你这个不孝……”

陆本来的话还没说完，林嘉歌清了清嗓子，又出了声：“哦……”

林嘉歌只说了一个字，陆本来和夏商周就飞速地开了口。

陆本来：“老大，我手机没电了，先挂了啊。”

夏商周：“老大，我想起来了，我还有工作没完成，我得加班了。”

随后，两个人也不等林嘉歌开口说话，就一人留了句“老大再见，老大晚安”，然后将视频切断了。

入睡后的时瑶，不知道自己到底睡了多长时间，就渴醒了。

她半睁眼半闭眼地爬下床，走出卧室，然后冲着餐厅走去。

她迷迷糊糊地给自己接了一杯水，灌进肚子里后，这才迈着歪歪扭扭的步子，冲着卧室走去。

她睡的那间房和林嘉歌的那间房，房门是挨在一起的。

因为实在是太困，回卧室的一路上，时瑶的眼皮一直往下坠，以至于她走到门前，都没去分辨到底是不是她的卧室，就推开门，又关上门，进了屋。

走到床边，时瑶倒头就栽倒在了床上。

室内开了空调，温度有些低，时瑶一边睡一边开始找被子。

她胡乱地摸了半天，没摸到被子，反而摸到了一个软滑而又温暖的东西……

因为冷，时瑶没想太多，直接顺着手摸到的地方靠了过去，然后将身子缩成一团，贴在旁边取暖。

房间里很安静，感受到暖意的时瑶，身心很快就放松了下来，呼吸也渐渐地变得平稳绵长了起来。

在时瑶整个人即将彻底陷入梦乡时，她隐约听到了一道清浅的呼吸声。

她惊得睁开眼睛，神志也跟着稍稍清醒了一些，然后维持了不过短短的十几秒钟，她的意识又被困意覆盖。她以为是自己迷迷糊糊中出现了错觉，眼皮一点一点地合了起来，在她快要闭上眼睛的那一刹那，她再次听见了那道清浅的呼吸声。

这次的声音，比起刚刚要清晰明显很多。

时瑶确定自己不是在做梦，由于太困，她的大脑转动得有些慢。大概过了半分钟后，她终于反应过来，那呼吸声代表着她身边是躺着一个人的……

然后，她忽地睁开了眼睛。

借着室内昏黄的睡眠灯，一张俊美到让人神魂颠倒的侧脸，毫无征兆地撞入了她的眼底。

她就靠在这张俊脸的旁边，距离近到，她都能看到那张脸上的肌肤纹路。

时瑶睁大眼睛，盯着那张近在咫尺的侧脸足足错愕了大概一分钟，她才条件反射地往后躲开，然后才反应过来，自己这是……跑到了林嘉歌的床上……

困意顿时全无，时瑶仿佛受到了天大的惊吓一般，下一秒，她整个人已经从床上滚到了地上。

她、她怎么就跑到林嘉歌的房间来了？

深更半夜走错房……这、这也太……可怕了吧？不知道的，还以为她是故意投怀送抱呢？更恐怖的是，她、她居然迷迷糊糊中，还摸了林嘉歌一把，摸就摸了，她还把身体挪到他身边，紧紧地贴着他的身体……

时瑶越想越崩溃，她顾不上自己滚下床时，磕碰到身体引起的疼，直接从地上爬了起来，准备赶紧离开。

她出现在他房间有一会儿了，他都没说话，也没什么动静，大概是睡熟了吧？

不过，林嘉歌睡得有点沉哦……

想着，往门外逃的时瑶，扭头往身后看了一眼。

林嘉歌躺在床上，一动也不动。

他只盖了一条薄毯，压在了腹部。

他受伤的右手，放在了外面。

他整个人看起来很安静，真的像是沉睡的样子……

时瑶暗暗松了一口气，决定把今晚她走错房间的事情，当成她人生中只有自己知道，并且永远深藏在心底的秘密。

时瑶当然不敢在房间过多逗留，她很快就收回视线，继续轻手轻脚地往门外溜。

只是走了没两步，她就听见身后传来了一道很不对劲的闷哼声。

时瑶顿下脚步。

身后又安静了。

她站了会儿，见没什么问题，打算抬脚，结果还没来得及行动，身后的林嘉歌又哼了一声。

那声音……真的很异样……

时瑶挣扎了两秒钟，最后还是有点不放心，折回到床边。

靠得近了，时瑶才发现，“沉睡”中的林嘉歌，脸色有点不太好看，眉心紧蹙着，嘴唇起了干皮，尤其是他的呼吸声，听起来很吃力，像是喘不过气来一般。

林嘉歌这是……做噩梦了，还是……

没想太多，时瑶就出了声：“林嘉歌？”

“林嘉歌？”

她连喊了他好几次名字，他都没醒来的迹象。

“林嘉歌？”时瑶又一次出声喊他名字时，忍不住伸出手，去碰了碰他的肩膀。

隔着衣衫，时瑶清楚地感觉到灼热感。

她指尖一颤，本能地缩了回来。

下一刻，时瑶就明白过来这究竟是怎么一回事了，她下意识地伸出手去摸了摸林嘉歌的额头，发现温度高得惊人。

难怪她刚刚觉得他发出的声音，有些不对劲，烧成这副模样，不难受才怪……

她还说什么，他睡得真沉……这哪里是睡得沉，这显然是烧迷糊了。

随着这些想法闪过时瑶的心头，她迟缓地想到，自己那会儿觉得他很温暖，往他身边靠……那根本不是温暖，而是发高烧散发出来的热度……

时瑶又尝试着喊了两遍林嘉歌的名字，见他还是没醒来的迹象，就先跑去洗手间，拿着毛巾用冷水泡湿，拧干，然后奔回到床边，将湿毛巾小心翼翼地叠成方块，放在了林嘉歌的额头上。

简单地帮林嘉歌做了一个物理降温后，时瑶就奔回自己住的那间卧室，把洗澡时换掉的衣服重新穿回身上，然后拿了林嘉歌的车钥匙，去了地下停车场。

从小区出来，沿着路往前开了没五分钟，时瑶看到路边有一家二十四小时营业的药店。

她连忙踩了刹车。

车子前一秒刚刚停稳，后一秒她就下车，急匆匆地跑进了药店。

买了温度计和退烧药，在结账时，时瑶还是问了一下药店的老板。

老板很热情，告诉了她一些如果高烧不退应该怎样降温的方法。

时瑶道过谢后，又拿了一瓶酒精和一袋棉球，这才离开药店，匆匆忙忙地折回了林嘉歌的家。

关上客厅的门，时瑶脱掉鞋子，第一件事就是先跑到林嘉歌的卧室，伸出指尖探了探他的鼻息。确定呼吸正常后，时瑶这才松了一口气，抽走了他额头上已经被高烧暖热的毛巾，重新拿去洗手间用冷水浸泡变凉后，才放回了林嘉歌的额头上。

时瑶拿出温度计，塞进林嘉歌的嘴里，然后就去了餐厅。

没一会儿，时瑶端着一杯水，折了回来。

她将水放在床头柜上，拿出退烧药，看了一遍说明书，然后见已经过去差不多三分钟，这才将温度计从林嘉歌的口中抽走，举到眼前，看了一眼测量结果。

三十九度五……居然烧得这么厉害，难怪她从他床上滚下去，发出那么大的动静，他都没反应……

边想，时瑶边取了退烧药。

她一面将药往他嘴里塞，一面端了水杯。

她费了好一会儿工夫，终于将药塞进去了，但是水却怎么都灌不进林嘉歌的口中。

这样下去不行啊，药怎么也得吃呀……

时瑶又尝试了几次给林嘉歌喂水，见迟迟都没办法成功，她忽然想到，自己寒假的时候，无聊在家里看的一部网剧，里面的男女主角都是明星，男主角是影帝，发烧的时候，女主角去照顾他……就和此时她和林嘉歌的情况有点类似，同样是药怎么都喂不进去，然后女主角情急之下用嘴对嘴的形式，将药喂了下去……

难不成，她也要这样给林嘉歌喂药吗？

单单只是一个设想，时瑶的脸就泛了红。

她纠结了一小会儿，又给林嘉歌喂了一次水，这次不但水没喂进去，反而还将她刚刚好不容易塞进去的药都连带着吐了出来。

时瑶皱了皱眉心，连忙抽了纸巾，将林嘉歌唇边的水和药丸擦走。然后，她盯着他烧到略微有些苍白的嘴角看了一小会儿，最后暗自咬了咬牙，重新取了退烧药。

将退烧药塞进林嘉歌嘴里的那一刻，时瑶端起水杯喝了一大口，然后就俯身，贴上了林嘉歌的唇，用舌尖撬开了他的唇瓣，将水一点一点地渡进他的嘴里。

因为时瑶堵着林嘉歌的唇，所以水尽数都被他吞进了腹中，连带着药丸也一并冲了下去。

不过不清楚状况的时瑶，怕药丸被卡在哪里，没能被吃下去，在林嘉歌嘴里的水都被他吞下去，确定没有药丸后，这才放心地收住了动作。

结束了和陆本来夏商周的视频电话后，林嘉歌躺在床上，意犹未尽地将今晚发生的一切从头到尾细细地回味了一遍……然后，不出所料，他第五次进了洗手间。

再出来，林嘉歌就开始不断地打喷嚏。

天色实在是太晚了，略微有点身体不适的他，这次在床上躺了没多大一会儿，就睡着了。

朦朦胧胧中，他感觉自己浑身很热，呼吸也有点吃力，嗓子又疼又干……他隐约知道自己是发烧了，可他浑身疲惫难受得睁不开眼睛，整个人就这么昏昏沉沉地睡着。

不知道过了多久，他感觉自己额头上传来了一抹凉意，让身处高温里的他感到舒适了许多，再然后，干疼的喉咙里，有了水，只是那水的味道，略微有些苦涩……

兴许是水和额头的凉意起了作用，他稍稍有了一些意识，感觉到有一抹柔软划过自己唇齿，带着酥麻刺激的快感。

他虽烧得有点意识不清，但他能辨认出来，那抹柔软是属于软包子的……

他以为自己在做什么旖旎的梦，便放任自己沉浸在其中，不可自拔。

只是这样的美梦，维持了很短很短的一瞬，她就离开了他……

他忍不住蹙了蹙眉心，现实中，他不敢太过于放肆，怕吓跑了她，可是梦中，他可以一个人偷偷地肆无忌惮一把吧？

随着这个想法闪过林嘉歌的大脑，他几乎没有任何犹豫，就捕捉住了时瑶欲将离开自己的唇，狠狠地亲吻了起来。

都已经离开林嘉歌唇的时瑶，被林嘉歌这样突如其来的举动吓了一跳，随后她整个人就呆住，没了任何反应。

她任由着林嘉歌为所欲为地亲吻了好一会儿，才慢慢地意识到，此时的她和他究竟在做什么。

时瑶下意识地开始挣扎，想要挣脱掉林嘉歌的吻。

她的反抗和逃避，让以为这是梦境的林嘉歌，眉心皱得更厉害了。

是因为……她不喜欢自己吗？在自己的梦里，他都会潜意识地幻想出她拒绝自己的场景……

他不会强求她的，也舍不得强求她……可是梦中，就让他自私这一次吧？就这一次……

想着，林嘉歌就抬起了左手，带着微微的颤抖，义无反顾般地用力扣住了时瑶的后脑勺，加深了这个吻。

比起刚刚，林嘉歌此时的吻，蛮横而又决然，带着仿佛要把她吞噬进腹中的力道。

时瑶从未被人这般吻过，她被震到了，也被惊吓到了。

她睁大眼睛，怔怔地望着近在眼前的林嘉歌修长性感的睫毛，大脑一片空白。

甚至有那么一瞬间，她完全忘记了自己此时身处何方，在做什么。

他用尽全力地磨着她的嘴角，然后像是觉得不够一般，忽然撬开她的牙齿，闯了进来，他深深地缠绕着她辗转地吻着。

房间里很安静，静到时瑶听见了他沉重的呼吸声和急促的喘息声，以及接吻时发出的令人耳红心跳的细微暧昧声响……

随着这些声音不断地往时瑶耳朵里钻，她明显地感觉到他压着她脑袋的手在往下移，最后落在了她的腰间，狠狠地将她圈进了他的怀中，力气霸道得险些圈得她窒息。

这样的吻，不知道持续了多久，直到时瑶整个人都变得轻飘飘的，林嘉歌才终于放开了她。

他的呼吸比起刚刚，更不稳了。

他似是觉得不够一般，唇贴着她的唇待了一小会儿，然后就沿着她的嘴角，落在了她的下巴上，一路往下挪……

在他的呼吸喷洒在她的锁骨上时，时瑶才意识到，他和她好像出格得厉害……

她在他滚烫的唇吮上她脖颈肌肤的那一刻，连忙出了声："林嘉歌，你别这样……"

他仿佛没听到她的声音一般，重重地咬上了她的肌肤。

有些疼，也有些说不清的刺激……

这样陌生的感觉，让时瑶浑身战栗了一下，惹得她心底更慌张了："林嘉歌，你放开我，林嘉歌……"

许是她一声一声的拒绝，惹得他不悦了，他忽然一个翻身，将她压在了身下，然后就低头埋在了她的脖颈处。

他的重量、他的霸道，让时瑶怕了起来，她用力地推着他、躲着他。她这样的举动不但没能逃开他，反而惹得他更疯狂了，每一个吻都像是要把她生拆入腹般……

时瑶又怕又慌，到了最后焦急的声音中都带了一抹害怕的颤抖：“林嘉歌，你别这样，林嘉歌……

“林嘉歌……”

不知道在时瑶第几次喊林嘉歌的名字时，疯狂的男生终于安静了下来。

他没立刻从她身上离开。

他趴在她肩头，嘴里传出急促的喘息声，他的胸膛起伏不定，闭着眼睛的眉心还流淌着没平复的凌乱和激情。

就算是在梦里，就算是想好了就任性这么一次，可他听到她小声又可怜的声音后，还是忍不住强逼自己停了下来。

到底还是不忍心，即便是虚假的场景，他也舍不得真的逼她做她不愿做的事……即便他真的很想很想要她，即便他真的忍得很痛苦。

林嘉歌等到自己体内翻滚的情感消停了下来，才轻轻地抬起头，在她眉心落了一个很缱绻很轻柔的吻，就翻身离开了她的身体。

身上的重量消失，时瑶长松了一口气。

她没敢在床上过多地逗留，就翻身下床，溜出了林嘉歌的卧室。

关上林嘉歌的卧室门，时瑶整个人仿佛虚脱了一般，靠在墙壁上，动也不动了。

过了好一会儿，她轻轻地抬起手，按在了自己的胸口上，然后她才发现，自己心跳得很快，一下一下……

时瑶一个人在客厅里，浑浑噩噩地愣了半晌，才勉强回过神来。

她对刚刚发生的种种，是有些后怕的。

她很想回自己的房间窝着，可她想到高烧的他，又有点不放心。

她在门口走来走去，纠结了好一阵儿，最后还是将门推开了一条缝隙，往里探进去了一个脑袋，悄悄地打量了一下室内的场景。

林嘉歌躺在床上，动也不动。

刚刚她喂给他药时，开了室内的大灯，明亮的光线让她可以看清楚他脸上的神情，很恬淡，那模样像是睡着了。

时瑶这才放心大胆地踏进了卧室。

走到床边，她摸了摸林嘉歌的脑袋，还在烧。

药店老板告诉过她，如果持续发烧，得送医院检查，避免万一有什么意外，耽误了病情。

时瑶索性就拉了张椅子，坐在床边守着林嘉歌。

时瑶怕自己睡着，就一直转着视线四处乱看，最后她的目光，就落在了林嘉歌的脸上。

她盯着他看了没一会儿，脑海里就浮现出他刚刚把她压在身下，疯狂深吻的场景……

时瑶脸一红，就急忙撇开了目光。

几分钟后，时瑶伸出手，摸了摸林嘉歌的额头，还没有退烧的迹象……

她忍不住看了一眼墙壁挂钟上的时间，这都吃了药大概两个小时了，药效早就该起效了，怎么还没退烧？

时瑶想到药店老板告诉自己的用酒精擦身体降温的方法……

她挣扎了一会儿，终究还是解开了林嘉歌的衬衣，拿了棉球和酒精，帮他擦拭起了身体。

时瑶的脸又开始发烫了。

等她擦拭完后，将视线落到窗外，她才平静了下来。

就这样，时瑶在一帮林嘉歌擦身体就脸红，一擦完就冷静下来中反复了好几次，然后她再伸出手去摸林嘉歌额头时，发现他的体温开始下降……

时瑶提着的心，终于安定了下来。

强撑着睡意，照顾了林嘉歌大半夜的时瑶，忍不住趴在了床沿上。

她担心林嘉歌忽然又烧了起来，时不时地抬起手，碰一下他的额头。

她也不知道自己到底探了多少次林嘉歌的体温，只知道最后一次的时候，林嘉歌额头的温度，恢复了正常，然后她迷迷糊糊地松了一口气，连起身回自己卧室的力气都没了，直接趴在床边睡着了。

次日。

林嘉歌睁开眼的时候，窗外阳光明媚，已将近中午时分。

他总觉得自己在睡着的过程中，经历了很多事，可他一时半会儿却又想不起来。

习惯使然，他清醒后的第一件事，就是去摸手机。

结果，他一抬手，就碰到了一抹柔软的细腻。

他微蹙了蹙眉心，侧头望去，看到时瑶趴在床边，枕着胳膊，睡得正香。

软包子……怎么会睡在自己床边？

林嘉歌愣了愣，然后就转动着目光，开始打量四周。

床头柜上的退烧药，大概还剩四分之一水的玻璃杯，以及半湿的毛巾、酒精瓶、棉球……

伴随着这一系列的东西，一件一件地落入林嘉歌的眼中，他瞬间明白了一切。

昨夜他睡着的时候，有感觉到自己身体不舒服……所以，半夜的时候，他发了高烧？

这个家，他没怎么住过的，家里没有备用药，也就是说，软包子大半夜还跑出去帮他买过药？

一抹说不清的狂喜，瞬间席卷了林嘉歌的心窝，让他嘴角和眉眼都克制不住地染了笑意。

这是不是说明，软包子其实是很关心他的？

他得给 501 宿舍那两人，汇报一下情况，让他们好知道，他和他们两条单身狗的差别到底有多大……

想着，林嘉歌就拿起手机，开始编写微信。

他敲着敲着键盘，就停下来，咧着嘴笑一会儿，然后继续打字……

直到他快把消息编写完的时候，他忽然想到了一个问题：他和软包子住在不同的卧室，他大半夜发烧，她怎么会知道？

难不成软包子大半夜，偷偷地潜入了他房中？

呃……这个可能性好像为零，是他异想天开了。

大概是他烧得难受，求救了吧？

林嘉歌在脑海里，幻想了一下自己不断喊着救命的场景，忽然觉得特别丢人。

不过，话又说回来，软包子守了一夜，一定很累吧？

林嘉歌落在时瑶脸上的眼底，浮现了浓浓的心疼。

他望着时瑶熟睡的容颜看了一会儿，忍不住伸出手，想去碰一碰她的面颊……

只是他的指尖还没碰到她的肌肤，大概是因为趴着睡不舒服，时瑶睁开眼睛，换了个姿势。

然后，看见林嘉歌醒来的她，闭上眼睛后，没两秒钟，又睁开了眼睛。

“你醒了？”时瑶边说，边伸出手，摸了摸林嘉歌的额头，“终于没烧了……”

林嘉歌被时瑶碰触时身体紧绷了一下，然后等她收回手后，过了大概半分钟，才语气平淡地出了声：“昨晚，你……”

他只不过说了三个字，脑海里就忽然闪过，他把她压在身下疯狂而又热烈亲吻的画面……

林嘉歌下意识地皱了一下眉心，随后接下来的话，就消失在了唇边。

好像是她先主动吻的他，很短的一会儿，她就缩了回去，然后他就化守为攻地捕捉了她离开的唇。

她有挣扎，却被他用掌心扣住了脑袋，然后就加深了那个吻。

吻到最后，他想要更多，然后就将唇落在了她的脖颈处，一路往下滑……再然后，兴许是他太疯狂了，吓到了她，她小声而又无助地在求他，说什么林嘉歌，你别这样……听得他心底泛起一阵一阵的疼，然后就再也不敢乱碰她了……

这些画面好真实……真实得就连此时他回想起来的时候，都能依稀地记起画面里的场景带给他的那些刺激而又酥麻的感觉。

这该不会，都是真实发生的吧？

有点分辨不出来到底是自己在做梦，还是发烧的时候自己真的胡来的林嘉歌，在心底纠结了好一会儿，最后还是将视线落在了时瑶的脸上：“昨晚……我……有没有、有没有……”

一时之间没找到合适词汇的林嘉歌，磕绊了起来。

时瑶不太明白林嘉歌话里的意思，好奇地冲着林嘉歌眨了眨眼睛，语调软软地问：“有没有什么呀？”

“有没有那个……那个……”林嘉歌飞速地转着脑袋，然后拣了句比较含蓄的话，“怎么你……”

怎么你……是什么意思？

时瑶不解地盯着林嘉歌看了会儿，然后在看到林嘉歌有点泛红的耳朵时，忽然明白过来他指的是什么。

她的脸顿时也跟着红了起来，几乎没犹豫，就摇着脑袋出了声：“没有，没有……”

昨晚那些事情，真的是太尴尬了，既然他会这么问，说明他自己也是记得不太清楚。这正好如了她的意，就当作什么事都没发生过吧？

林嘉歌盯着时瑶看了一会儿，觉得她的模样不像是撒谎。

难不成……昨晚那些画面，是他做的梦？

他喜欢上她后，夜里做梦不是没梦到过她，但是场景多多少少都是有点虚幻缥缈的，可昨晚真的是太过于逼真了……

林嘉歌到底还是有点不放心，更或者说，他怕自己真的那样做了，影响了她对他的印象，所以他思考了一会儿，还是又问了一遍：“真的没有？”

“真的没有！”时瑶很少说谎的，好在他和她之间的气氛此时此刻有些暧昧，她脸红也不会露出什么迹象。她在心底暗自庆幸了一下，然后为了让自己看起来底气十足，她看似凶巴巴的，实则毫无攻击力地又补充了句，“再说，如果真的、真的有的话，我就、我就回家，不管你了！”

林嘉歌佯装成真的被时瑶凶到的样子：“好好好，这个话题过了，过了，我们还是想一想中午吃什么吧？”

吃什么……时瑶听到这三个字，像是被顺毛的小猫一样，瞬间软萌了下来：“我想吃水煮肉片。”

“没问题……”林嘉歌拿着手机，给北京大饭店拨了个电话，“还有别的想吃的吗？”

时瑶掰着手指，又数了一些想吃的：“虾仁蒸蛋，深井烧鹅，鱼香肉丝，糖醋排骨……”

林嘉歌将时瑶说的菜名，一一重复了一遍给接电话的人听。

在林嘉歌对着电话留地址时，时瑶想到自己醒来还没洗漱，忙跑去隔壁卧室刷牙洗脸了。

林嘉歌挂断电话的时候，时瑶人还没回来。

他没着急起床，而是将视线落在了时瑶刚刚趴过的地方。

尽管她人已经不在了，可他的眼前还是幻想出她刚刚趴着睡觉的模样……

他的眉眼，变得有些温软。

过了没一会儿，他忽然出了声：“早该想到的……”

随着他话音的落定，他眼底的柔情，被一层淡淡的忧伤所掩盖。

刚刚离去时，时瑶没关林嘉歌卧室的门，所以她折回来的时候，悄无声息的，并没有被走神的林嘉歌发现。

她本想先去浴室帮林嘉歌挤牙膏的，结果在经过床边时，听见了林嘉歌的声音，她本能地转头看了一眼林嘉歌：“什么？”

听见她的声音，林嘉歌迅速回了神，他先垂了一下眼帘，将眼底弥漫出的情绪尽数都妥善藏好后，才望向了时瑶，仿佛刚刚什么话都没说过一般，语气清淡地说：“没什么。”

“哦……”时瑶应了一声，继续盯着林嘉歌看了一会儿，见他没什么异样，以为自己刚刚在他身上捕捉到的那一抹伤感，只是错觉，便指了指身后的浴室，“我去帮你挤牙膏，你赶紧起床来洗漱吧。”

林嘉歌“嗯”了一声，没再说话。

时瑶转身进了浴室。

林嘉歌望着她的背影看了一会儿，微微低下头。

早该想到的……那些画面怎么可能是真的？她怎么可能会主动吻自己呢？那是只有梦里，而且是在自己梦里才会出现的场景……

两个人洗漱完，过了没多久，北京大饭店就将林嘉歌点的菜送了过来。

餐桌上很安静，林嘉歌时不时地掀起眼皮，看一眼对面吃得津津有味的时瑶。

纯粹是想着闲聊，林嘉歌很随意地问了句，自己那会儿纳闷，但是因为想到那些旖旎的画面而忘掉的事：“对了，昨晚我发烧了？”

嘴里塞满东西的时瑶，用猛点头的动作，回答了林嘉歌的问题。

其实这问题，不用问他也知道答案，所以在听完时瑶的回答后，林嘉歌很是漫不经心地“哦”了一声，就开口直奔重点：“那昨晚，你是怎么知道我发烧的？”

正在喝汤的时瑶，听到这话，猛地就呛了一口，然后她就红着脸剧烈地咳嗽起来。

等时瑶稍稍缓过劲来后，看到自己面前多了一张餐巾纸。

她道了句谢谢后，接过林嘉歌指尖的纸巾，擦了擦嘴，然后就纠结了起来。

林嘉歌问的这问题……有点难以回答啊！

她总不能告诉他，她深更半夜口渴去喝水，然后跑错房间，爬错床了吧？

很少撒谎的时瑶，费了很大的力气，终于找到一个自我觉得还不错的借口：“就是，昨晚我有点口渴，起床去喝水的时候，听见你房间里有声音……”

听到这话的林嘉歌，心底一惊，该不会真的像他想的那样，高烧的自己呼救了吧？

林嘉歌努力地稳着心神，淡定问道：“什么声音？”

要不要问得这么详细啊……

根本没去想这么细的时瑶，心底有些发虚。

不过，“没吃过猪肉，还没见过猪跑”这样的道理，时瑶是懂的。

她虽然很少撒谎，但她也知道，既然撒谎了，就要让自己表现得理直气壮点……想着，时瑶就拼命地维持着面上的淡定，开口说：“就是咳嗽声啊……好几下呢……”

林嘉歌暗自庆幸：“这样啊……”

不知道是不是撒谎的缘故，时瑶总觉得这三个字有点怪怪的，她悄悄地握了握手中的筷子，然后转了转眼珠子，就继续开始胡诌：“是啊，就是这样啊……其实我开始也没想太多的，还是因为你受了伤，医生嘱托我说要注意观察。我是为了保险起见，就敲门想问问你还好不好？结果敲了半天，你都没回应，我以为你出了什么事，就推开门擅自进来了，却发现你烧得好厉害，就跟煮沸的牛肉片一样……”

煮沸的牛肉片……

林嘉歌一愣，这比喻，很时瑶。

从时瑶的话语中，确定自己昨晚没有狼狈呼救的林嘉歌，没在时瑶的比喻中沉浸太久，就又出了声：“那昨晚，还真的是要谢谢你了。要不是你多留心，我可能现在还在高烧不退。”

听完林嘉歌的话，时瑶知道自己蒙混过关了：“没关系的，我本来留下来，就是为了照顾你。”

林嘉歌没再说话，给时瑶夹了一块水煮肉片，示意她趁热吃饭。

时瑶小声地道了句“谢谢”，低头去扒饭了。

林嘉歌望着继续吃东西的时瑶，定下心来：原来只是咳嗽声啊……还好还好，形象没毁……

等林嘉歌收回视线，低头去吃饭时，时瑶悄悄地掀起眼皮，看了一眼对面的林嘉歌，见他神情平静如常，这才在心底悄悄地松了一口气：原来林嘉歌这么好骗啊……还好还好，她刚刚够机灵……

吃完饭，时瑶将餐桌上的残羹剩饭收拾好后，回了一趟学校。

冷暖、江月和何田田都在宿舍里，时瑶进去后，率先去看了冷暖，见她除了嘴角有破皮，脸上还有些轻微红肿外，整个人的情绪已经恢复成平日里冷静沉稳的模样，这才放下心来。

时瑶担心林嘉歌一个人在家里出现什么意外，没在宿舍逗留太久，就收拾了一些衣服，拿了自己的手机，离开了学校。

回到林嘉歌的家，时瑶换完鞋的第一件事，就是跑去看了一眼林嘉歌。

许是因为昨晚发烧的缘故，他并没完全康复，她离开的这一会儿，他躺在床上又睡着了。

昨晚的时瑶，照顾了林嘉歌一整夜，没睡多久，也没怎么睡好。

她见林嘉歌睡了，在开了冷气的房间里，没盖毯子，便走到床边，扯了被子，轻轻地盖在他身上，然后顺势摸了摸他的额头。她确定他体温正常后，就和进来时一样，轻手轻脚地退出卧室，帮他带上门，去隔壁房间补觉了。

时瑶这一觉，睡得很沉很长，等她醒来，窗外天色都已经暗了。

时瑶猛地坐起身，拿起睡前充上电的手机，看了一眼时间，居然已经晚上八点钟了。

她竟然睡了五个小时，那林嘉歌睡醒了没，醒来后有没有遇到麻烦的事情……

想着，时瑶就急忙丢下手机，急匆匆地跳下床，连鞋子都没穿就跑了出去。

她习惯性地想去隔壁卧室，结果噔噔噔地跑到门口，眼角的余光就瞄见了坐在沙发上、不知何时已经醒来的林嘉歌。

她下意识地停了脚下的动作，转头看去。

男生一身清爽地坐在沙发上，膝盖上摆放着一台笔记本电脑，完好的左手时不时地在键盘上飞快地按几下……

他是在忙事情吗？这还是她第一次，见他忙碌的样子呢……

时瑶原本想要问林嘉歌晚上吃什么的话，消失在了唇边，她忍不住盯着神情专注认真的林嘉歌看了起来。

林嘉歌大概是察觉到了有人在看自己，在左手按了几下键盘后，很是不经意地抬头，往卧室的方向瞟了一眼，然后在看到时瑶后，正打算收回去的视线，就停了下来。

“醒了？”林嘉歌语气很轻地问了一句，然后没等时瑶回答，就又出了声，“你等我一下……”

说着，他就低下头，看着电脑屏幕，用单手在键盘上又敲敲打打了起来。

只是这次，他敲了没几下，就又抬起头，往时瑶这边看了一眼，然后视线就落在时瑶光着的脚丫上。

他微蹙了蹙眉心：“怎么就这么跑出来了？”

时瑶一时半会儿没懂林嘉歌指的是什么，一脸茫然地冲着他“嗯？”了一声。

算了，还是等会儿再处理剩下的这点项目吧……想着，林嘉歌就将电脑往旁边一放，起身冲着时瑶走了过去。

时瑶本以为林嘉歌是要停在自己面前，结果她的视线一路盯着他走到自己跟前，绕过自己，进了自己睡的那间卧室……

就在时瑶想问林嘉歌“到底怎么了”的时候，她看到林嘉歌弯身，捡起了被她胡乱踢得东一只西一只的拖鞋。

所以，他刚刚问她那句话的意思是，指的她没穿鞋？

在时瑶的错愕中，林嘉歌已经弯身将拖鞋摆在了她的面前：“穿上鞋，小心着凉了。”

他本是在忙着的，结果看到她没穿鞋，就直接放下电脑，帮她来拿鞋了……

这样微小的细节，不知怎么就打动了时瑶。

她面对林嘉歌的话，没反应，只是微低着头，怔怔地望着弯下身的林嘉歌。

林嘉歌见女孩没反应，干脆直接蹲下身，握着她的脚踝，将拖鞋套在了她的脚上。

他的指尖很温暖，碰触到时瑶略微有些凉的脚踝，惹得她浑身轻颤了一下，然后就从沉思中回过神来。

“我来……”时瑶下意识地开口，然而她的话还没说完，拖鞋已经被林嘉歌帮忙穿好了，她只能改口，“谢谢你呀。”

林嘉歌看了一眼时瑶，没着急说话，而是在站起身后，微低着头，轻声问了句：“肚子饿了没？有没有什么想吃的？”

和中午一样，时瑶歪着头想了会儿，然后就念了一串菜名出来。

手机不在林嘉歌身边，但他也没打断她的话，任由着她说完后，然后才迈步走到沙发前，捡起手机，拨了个电话出去，将时瑶刚刚说的那些菜名，一字不落地全都重复了一遍。

和中午一样，吃过晚餐后，依旧是时瑶收拾的餐桌。

等她从餐厅出来时，客厅里空荡荡的，已没有林嘉歌的人影。

连同着他一起不见的，还有他的电脑。

时瑶知道，林嘉歌大概是去书房或者卧室忙工作了，便没去打扰他，直接回了自己的那间卧室。

从昨晚到现在还没怎么看过手机的时瑶，躺在床上，举着手机开始回微信。

昨晚大概九点钟的时候，【111111】有给她留言：“打游戏吗？”

虽然已经过了二十四个小时，但时瑶还是回了一条消息过去：“昨晚有点事，没看手机。”

没得到回复。

过了一会儿，时瑶又发了一条消息：“打游戏吗？”

这次，数字先生理她了：“可能最近都打不了游戏了。”

时瑶以为数字先生和前两个月一样，又有什么事要忙：“你又要忙了呀？”

【111111】：“不是。”

【111111】：“是手受伤了。”

手受伤了，好巧哦，和林嘉歌一样……想着，时瑶就将心底的话发了出去：“好巧哦，我未婚夫也是，手受伤了。”

回完时瑶的消息后，放下手机继续单手做项目的林嘉歌，瞄见手机屏幕又亮了，将手头的那句话打完后，才拿起手机扫了一眼，然后在看到“我未婚夫”这四个字时，原本认真专注的眉眼瞬间柔软了下来。

过了一小会儿，他的手机屏幕上又进了新的消息。

【瑶兮爱吃冰激凌】：“你怎么受伤的呀？严不严重？”

林嘉歌动手打字：“还好，不是那么严重。”

想了想，林嘉歌为了保护自己的马甲不被发现，又补了句：“出车祸受的伤。”

原来数字先生是出车祸了呀……不是跟林嘉歌一样，打架受的伤……

时瑶想着，就回了【111111】一句：“那你好好照顾自己呀，等你伤好了，我们再玩。”

【111111】：“。”

和数字先生聊久了，时瑶知道这个句号代表着 OK 的意思。

她回了个表情，就切出和数字先生的对话框，跑去【浪啊浪】群里了：“嘀嘀嘀，有没有人要打游戏呀？”

一分钟后。

【潮汐】一如既往地冒泡喂狗粮：“陪女朋友看电影 ing。”

【瑶兮爱吃冰激凌】：“对方拒绝了你的狗粮，并打翻了狗盆。”

【猴子派来的高手】：“狗在家中坐，粮从天上来。”

【是果汁啊】：“说好一起做单身狗，你却偷偷撩了猫。”

【潮汐】发了一条语音，时瑶点开，是个女声：“你说谁是猫呢？”

【猴子派来的高手】：“蓁蓁，快点虐他！”

【是果汁啊】：“我是猫，我是巷子里的一只猫，我很自由，但没有归宿。”

头一次见人把自己单身说得如此清新脱俗……时瑶刚想接果汁的话，屏幕上就进了一条新的消息。

【111111】：“猫活到你这个年龄早就没了，只有王八活得算是长久，所以你这句话应该这样说：我是河里游的王八，我很自由，但没有归宿。”

噗……

时瑶看到数字先生发来的消息，险些没忍住，笑喷了出来。

这话，真是又毒又贱啊！

【猴子派来的高手】：“666”

【潮汐】：“666666”

时瑶止了笑：“666666666”

【是果汁啊】：“555555555555”

数字先生没再冒泡了。

【潮汐】和女朋友大概是在看电影，也没再说话了。

时瑶只好 @ 了果汁和高手，把刚刚的话又复制粘贴了一遍：“嘀嘀嘀，有没有人要打游戏呀？”

【是果汁啊】：“抱歉啊，瑶妹，我今晚没时间，我回家取活血化瘀的药了。”

【猴子派来的高手】：“对不起，瑶妹，我在加班，不能玩。”

时瑶回了句“哦哦，没关系，那改天再玩”，然后就离开了【浪啊浪】的微信群。

时瑶本想登录游戏，自己一个人去玩，结果她一上线，就接收到了【荒年】发来的游戏邀请。

自从上次和【荒年】玩游戏，被那个好作好作的【荒年的小可爱】气到后，时瑶就再也没和【荒年】一起玩过。

此时【荒年】邀请她，她想了想，最后还是选择了忽略。

三秒后，屏幕上再次出现了【荒年】发来的邀请消息。

时瑶刚准备继续点忽略，就看到【荒年】在游戏里发给自己的私聊消息：“爸爸，来双排啊。”

双排？

也就是说，那个好作好作的小可爱不在？

时瑶很清楚自己的技术，一个人玩肯定是被虐的份，虽然【荒年】不如数字先生厉害，但是好歹跟着他还是有游戏体验的……

时瑶在心底掂量了一会儿，然后点了同意，进入了【荒年】的游戏房间。

下午，在时瑶睡着的时候，下了一场阵雨，这会儿的温度有些凉爽。

时瑶在有冷气的屋里待久了，有些不舒服，就跑去阳台上了。

时瑶坐下后才发现，林嘉歌居然也在阳台上。

和她昨天晚上醒来那会儿看到的画面一样，林嘉歌坐在阳台的休息椅上，对着电脑时不时地单手敲敲打打一阵儿。

时瑶怕自己打游戏的时候，讲话吵到忙碌的林嘉歌，她想了下，开口问："那个，我会不会影响到你，要不我就还是回里面……"

林嘉歌从电脑屏幕上抬起头，看了一眼时瑶："没事。"

时瑶"哦"了一声，见林嘉歌将注意力又放在电脑上了，便塞了耳机，和【荒年】去打游戏了。

时瑶到底还是怕影响到林嘉歌的，所以玩游戏的整个过程中，话很少。

即便偶尔她必须要开口的时候，也是轻声细语的。

林嘉歌早在初中的时候，就可以一边对着电脑玩"端游"，一边写作业。

所以对于此时的他来说，一边做项目，一边听时瑶说点什么，一点儿也不受影响。

阳台上的气氛，很融洽。

林嘉歌敲字的键盘声，时瑶软糯的讲话声，混在一起，有一种岁月静好的韵味。

时间在游戏或者工作中，总是过得很快，不知不觉就到了晚上十一点钟。

时瑶在结束了一局游戏后，对【荒年】开口说："那个，时间不早了，我不玩了。"

【荒年】并没有挽留她，很是干脆地回了句："好的。"

时瑶道了句"再见"，本想退出房间，结果耳机里又传来了【荒年】的声音："对了，瑶……"

时瑶急忙收了点向屏幕的指尖："怎么了？"

【荒年】："你还记得，前段时间，我们在深圳住同一个酒店的时候，那天晚上我们说好的事吗？"

时瑶想了会儿，然后意识到明天是回学校报到的日子："你是说，见面的事吗？"

旁边阳台上的林嘉歌，听到时瑶这句话，敲打着键盘的动作，缓了下来。

那个36.1W野男人，有了【荒年小可爱】后，居然还想着要和软包子见面？

【荒年】："对对对，就是这件事，明天下午，我会很早就去你们学校的，不过，我们之前不是说约在食堂吃晚饭吗？甜甜跟我讲，她想吃火锅，你们学校附近有家火锅店很正宗很好吃，叫辣火锅，你知道吧？明天我们就在那里吃饭，好不好？"

虽然和当初约定好的吃饭地点不一样，但是想到有认识的同学，而且还是她熟识的火锅店……时瑶便没计较太多："好啊，那就明天吃火锅吧……"

顿了顿，时瑶又问："几点呀？"

【荒年】："大概七点到八点之间吧？没问题吧？"

时瑶："没有，那明天晚上七点到八点间见。"

晚上七点到八点……这么晚？

林嘉歌眉心蹙得更厉害了，就连原本正在行云流水敲着键盘的指尖，都停顿了下来。

结束了和【荒年】聊天的时瑶，收起手机，站起身，伸了个懒腰，决定去洗澡。

临走之前，她看了一眼隔壁阳台上的林嘉歌："你还没忙完吗？"

闻声的林嘉歌，连忙收起有关【荒年】和时瑶明天见面的思绪："还差点。"

"那好吧，你忙完早点休息，昨晚刚发了烧，今天别太晚睡，我去洗澡了。"

林嘉歌很是温和地"嗯"了一声，然后又补了句"晚安"。

时瑶回了句"晚安"，就推开阳台的门，回了卧室。

等到时瑶那边的窗帘拉上，她房间的阳台光线瞬间暗下来后，林嘉歌立刻拿起手机，登录了【荒年的小可爱】游戏账号。

【荒年】还在游戏里，没下线。

林嘉歌点了他的名字，给他私发了一个"脸红"的笑脸表情。

很快，林嘉歌的手机屏幕上就弹出了【荒年】发来的游戏邀请。

林嘉歌没着急去点同意，而是先找了耳机，塞进耳朵里，然后开了变声器，确定一切都准备好后，这才进了【荒年】的游戏房间。

【荒年】："小可爱，你不是说你最近马上要开学了，在补作业，不能经常玩游戏吗？怎么现在上线了？"

林嘉歌怕自己在阳台上讲话，被隔壁房间的时瑶听到，他拿着电脑折回房间，将门窗都锁死后，才压低了声音，对着变声器开了口："今天写了八张卷子，手都要断了……"

为了让自己说出的话，带上撒娇的成分，林嘉歌咬了咬牙齿，在后面又补了句："……呢。"

【荒年】："这么辛苦的吗？好可怜的小可爱，我帮你揉揉……"

揉什么啊揉，色兮兮的野男人……

林嘉歌心底恶狠狠地吐槽着，可嘴里却发出了一个无比软萌的"嗯嗯"声。

【荒年】点了开始游戏，在进入出生岛后，他才又开了口："小可爱，你们女生是不是都喜欢用这种语气讲话？软软萌萌的，好招人喜欢！"

林嘉歌一时半会儿没反应过来【荒年】指的是什么，便佯装成懵懂的样子，问："什么意思呀？"

【荒年】："就是……嗯嗯……你还记得瑶兮吗？之前你们有一起玩过游戏，她和你一样，也喜欢嗯嗯……而且语气都是一模一样的……"

废话！他媳妇，他怎么可能不知道？再说，语气一模一样怎么了？这叫妇唱夫随……

林嘉歌垂了垂眼帘，回："有吗？我都没发现……呢……"

【荒年】："有的有的，不过，你的声音比瑶兮的要好听一些。"

呵呵……怕是在软包子面前，你说的会是，你比小可爱的声音要好听一些吧？

这简直就是一个水性杨花的男人！

想着，林嘉歌就对着变声器，仿佛有点不好意思般，轻笑了两声。

【荒年】："小可爱，你笑起来也好可爱呀！"

可爱……林嘉歌抬头，冲着不远处的化妆镜看了一眼。

若是你知道了小可爱是谁……看你还能不能说出"可爱"这两个字？

林嘉歌继续和刚刚一样，仿佛很不好意思一般，笑了两声。

还好林嘉歌给【荒年的小可爱】定义的人设是个游戏深坑，所以即便此时的他只有一只手可以正常活动，但在进入游戏后，他还是可以应付得如鱼得水般毫无破绽。

在一局游戏快打完的时候，林嘉歌开口，说了自己登录游戏的重点：“我只能玩一局游戏，我等下要洗白白睡觉了……”

洗白白……这是谁创的词？还登上了什么萌妹语录……这么冷……

林嘉歌被自己的话，搞得起了一身鸡皮疙瘩。

【荒年】：“睡这么早的吗？”

【荒年的小可爱】：“嗯嗯，明天要乘火车，去北京呢。”

【荒年】：“北京？”

听到荒年诧异的语气，林嘉歌知道，自己挖坑成功了。他装作对【荒年】一无所知的样子，顺着【荒年】的话，继续往下说：“对呀，我要开学了，得返校，但是我买车票买晚了，所以只能先到北京，然后在北京住一晚，再去杭州了。”

顿了顿，林嘉歌又补了句：“不过，我还没去过北京呢，我有点怕怕的，我都不知道自己能不能找到我订的酒店……”

怕？开什么玩笑，他土生土长的北京人，别说是找酒店，就算是找个人，他也能不带重复路地将北京城绕一圈……

听到这里的【荒年】，开了口：“小可爱，说出来你可能不信，我就在北京。”

早就知道【荒年】在北京，而且还住在离G大不远的林嘉歌，惊奇出声：“那真是太好了！”

随后，林嘉歌就将惊奇的语气转换成了惊喜：“那……年哥哥，明天我到了北京，可不可以找你呀？”

【荒年】：“可以啊。”

林嘉歌很是开心地笑了一声，随后就带着几分纠结地又出了声：“可是，我不知道该怎么找你，我从车站出来后，要去哪里呀？我应该乘坐几号地铁或者多少路公交车呢？”

顿了顿，林嘉歌又出声说：“我会不会迷路呢？北京那么大，真的好怕呀……”

【荒年】在游戏那端沉默了两秒，像是在思考着什么一样。过了会儿，他开口说：“要不这样吧，反正明天我不直播，是休息的日子，你告诉我你几点的车票，我去车站接你……”

【荒年的小可爱】：“真的可以这样吗？”

三秒后，【荒年的小可爱】：“这样会不会不太好啊，是不是有点太麻烦你了？年哥哥……”

【荒年】似是很受用“年哥哥”这三个字，听到这话，立刻开了口：“不会不会，怎么会麻烦呢，接你是我的荣幸。”

要的就是让【荒年】“接”自己的林嘉歌，没再推辞：“那谢谢你了，年哥哥。”

想了想，林嘉歌又说：“为了表示感谢，我明天见了你，请你吃饭吧！”

【荒年】：“我请你吃饭吧，我从不会让女孩子花钱的。”

哟……这个水性杨花的野男人，还挺大男子主义的……

林嘉歌：“那好吧，谢谢年哥哥了。”

顿了顿，林嘉歌又说：“我明天下午六点半左右到车站。”

【荒年】：“六点半？”

知道明天【荒年】和时瑶约了晚饭的林嘉歌，当作什么都不知道的样子，开口问：“怎么了？年哥哥，你晚上六点半有事吗？”

林嘉歌没等【荒年】开口，就又说：“我住在车站附近，但是我一个人从来都没有住过酒店，年哥哥，你明天晚上可以在酒店里陪我一会儿吗？”

【荒年】拼命地约软包子出来见面，此时知道他来北京也要跟他见面……那【荒年】肯定是对软包子或者他有什么非分之想……现在他主动提出要【荒年】在酒店里陪他……这么赤裸裸地暗示，【荒年】应该是懂的吧？

想到这里，林嘉歌又补了句：“年哥哥，我没有别的意思，我就是怕。我之前看过什么恐怖小说，说什么酒店里有鬼……”

【荒年】：“小可爱，你不用怕，明天晚上我会陪着你的。”

呵……果然和他想的一样，是个老色鬼！【荒年】这么孜孜不倦地约软包子出去，肯定没什么好事，指不定到时候，现实中见软包子好看，陷害软包子……

【荒年】的非分之想，尽管对着自己来就好了，至于软包子……他想都别想！

林嘉歌眉眼闪烁了一会儿，然后继续柔着声调回：“有年哥哥真好，那年哥哥，明天我们车站不见不散！”

【荒年】：“嗯，不见不散，小可爱。”

○

○

第五章
时瑶是我未婚妻

／

林嘉歌见自己计谋达成了，在这一局游戏结束后，就和【荒年】道了个别，退出了游戏。

放下手机，摘掉耳机后，林嘉歌没继续去处理之前被打断的项目，而是迈步走到隔壁卧室，很有礼貌地敲了两下门。

“进……”等到里面传来了时瑶的声音，林嘉歌才推开了门。

女孩已经洗好澡了，穿了一身浅粉色睡衣，贴着面膜，盘坐在床上正对着手机看电视。

她见他进来，立刻扭头看着他问了句：“怎么了？”

林嘉歌稍稍抬了一下自己受伤的手：“我来找你帮忙……”

顿了顿，林嘉歌简略地提了下要帮忙的事情：“我还没洗澡。”

时瑶瞬间缓过神来，知道林嘉歌这是让自己帮忙给他脱衣服，用保鲜膜护住受伤的胳膊，然后连忙“哦哦”了两声，就跳下床，绕过林嘉歌的身边，冲着餐厅噔噔噔地跑去。

林嘉歌等到时瑶的身影消失在餐厅门口后，立刻大步流星地蹿到床边，捡起了她还在播放着电视剧的手机。

他快速地退到主页，点开时瑶的微信，见没有【荒年】的消息，然后就飞速地进入了游戏。

在游戏的未读消息里，果然看到了【荒年】一分钟前给时瑶留的话：“瑶兮，我明天有点急事，不能和你约见面了，那个我们下次约好不好？”

“瑶兮，你看到了一定要回我消息，这次真的是我对不住你。”

林嘉歌毫不迟疑地点了一下屏幕，回：“好的，我知道了。”

【荒年】的游戏账号依旧还在线，看到时瑶游戏号回给他的消息后，立刻回了一条：“瑶兮，真的很对不起你，回头我请你吃饭做补偿。”

稀罕你那顿饭……林嘉歌飞速地点了几下屏幕，敷衍地回了两个“嗯”字，然后将自己用时瑶的手机和【荒年】聊的话一一删掉，这才退出游戏，返回到视频页面，将手机放回原处。

确定没露出什么破绽后，林嘉歌迅速退出了时瑶的卧室，回了自己的卧室。

他坐在沙发上，拿起电脑，放在膝盖上，刚输入密码，卧室的门就被推开，时瑶拿着保鲜膜走了进来。

林嘉歌装作在忙的样子，在键盘上胡乱地敲了几下，然后才当作因为专注工作刚发现时瑶进来的样子，扭头看向了她。

“等我一分钟……”

林嘉歌看似很忙碌的样子，匆匆地说了句后，就又看向了电脑。

他单手指尖飞速地在屏幕上又敲敲打打了一阵儿，才停了下来，然后就像是在检查问题一般，盯着屏幕看了会儿，这才合上电脑，起身走到了时瑶的面前。

和昨晚一样，时瑶帮林嘉歌脱掉衣服后，小脸克制不住地开始发烧。

不过，到底不是第一次看他裸着的上半身，今晚的时瑶，还算是比较镇定，最起码拿着保鲜膜帮他缠绕受伤的右胳膊时，不再像昨天那样大气都不敢喘一下。

林嘉歌洗澡的过程中，时瑶跑回自己的卧室，拿起手机继续看剧。

差不多十多分钟后，浴室门拉开，林嘉歌依旧是浑身湿漉漉地裹着条浴巾从里面走了出来。

即便昨晚，时瑶已经被这样的“美男出浴图”冲击过一次了，但今天她再看到的时候，整个人的心神还是难免不稳了起来。

不得不说……林嘉歌的身材是真的好啊……就跟漫画里的人物一样，惊艳得不真实……

不过，话又说回来，她不是吃货属性吗？怎么现在居然变得这么好美色？难不成，林嘉歌激发了她隐藏在体内深处的……花痴属性？

呃……不行不行，她是一个发誓要将吃吃吃走到底的人！不能就这么变成了色色色……不过，也有可能是，林嘉歌比较好吃……

好吃？好吃个芋头啊！

时瑶连忙甩了甩脑袋，在林嘉歌诧异的眼神中，站起身跑到他跟前，看都不敢看他眼睛地帮他拆掉胳膊上的保鲜膜，替他套了干净的衣服，就和昨天一样，又一次落荒而逃回了自己的卧室。

两个人住在同一个屋檐下的第二晚，相安无事，都是一觉到天明。

第二天是去学校报到的日子。

由于林嘉歌受了伤，时瑶不放心他一个人出门，再加上她也不愿意开他那辆过于张扬的跑车去学校，所以午饭过后，时瑶叫了一辆网约车，接了自己和林嘉歌去了学校。

时瑶把林嘉歌交托给陆本来和夏商周后，就跑去找冷暖她们了。

结果在教务处排队签到的时候，几个人又碰上了面。

相较于夏商周跟时瑶热情打招呼的画面，陆本来却是直接走向了冷暖：“你……还好吧？”

从前的陆本来，虽然碰见冷暖的次数不多，但是每次碰到去搭讪的时候，肯定是会撞钉子。但是这次冷暖听到陆本来的话后，沉默了一小会儿，她开口回了他的话，语气虽不是那么熟络，但也不像从前那样冷冰冰的："嗯……已经没事了。"

陆本来的眼底闪过一抹狂喜。

许是因为冷暖终于肯正常地跟自己讲话了，陆本来在她面前站了好一会儿，才开了口："没事就好……"

"没事就好……"他连续重复了两遍后，然后就像是想到什么一样，从兜里摸了一个小盒子，递到了冷暖的面前，"……这是活血化瘀用的，对你脸上的瘀青很管用的，你拿着，记得涂。这样你明天上课，就不用像现在这样戴口罩了。"

冷暖看着陆本来指尖的瓷质药瓶，没有接。

陆本来也没有要收回去的意思。

两个人僵持了大概三十秒后，陆本来败下阵来："拿着吧，我没别的意思，你放心，我不会说你拿了我的药，我就让你给我电话号码作交换。这药，就是我为你准备的，真心实意地想给……"

陆本来的话还没说完，冷暖已经伸出手接过了他指尖的药："谢谢你。"

道完谢后，冷暖没等陆本来再说什么，直接看向了旁边站着的时瑶、江月和何田田："都签好到了吗？签好了，就走吧……"

江月和何田田点了点头，附和："走啊，走啊。"

刚刚和林嘉歌聊天时，知道他等下要回家的时瑶却没走，而是对着三个舍友摆了摆手，说再见。

冷暖冲着时瑶回了句"再见"，然后就率先迈着步子，从陆本来身前走开了。

面对她这样冷漠又疏离的态度，陆本来一点也不介意，笑眯眯地冲着冷暖的背影，说了句："再见啊，冷暖同学。"

冷暖没理他，脚步也没停，但她握着药瓶的指尖，却缓缓地收了力道。

从学校出来，已差不多下午四点钟。

和来学校时一样，时瑶依旧是叫了辆车。

在回林嘉歌家的路上，林嘉歌明知时瑶今晚有约，偏偏当成什么都不知情的样子，问："今晚我们吃什么？"

听到林嘉歌的问话，时瑶才猛地想起，自己今晚和【荒年】约了吃饭的事，还没告诉他："那个……我忘了告诉你了，我今晚不能在家吃饭了，我约了个朋友……"

"哦，这样啊……"林嘉歌摆出一副恍然的样子，"那好吧，你去忙你的，我在家随便吃点。"

随便吃点……听着好像很可怜的样子……但是她都答应了【荒年】，爽约好像有点不好。

时瑶想了想，说："我吃完饭，就立刻回来，你有没有什么想吃的，我帮你带回来？"

林嘉歌一向知道什么时候该以退为进："我现在还不饿，等我饿了随便点个外卖吃，你也不用特别着急回来，好不容易和朋友出去聚个餐，玩得开心最重要。"

林嘉歌不这么说还好，这么一说，时瑶莫名有点愧疚起来。

毕竟他是因为她受的伤，现在她却把他一个伤患丢在家里，出去和别人吃大餐……想想好像真的很残忍啊！

时瑶摇了摇头：“没，也不算是什么重要的聚餐，就是吃个饭而已，主要是我都答应了别人，不去也不好。我吃完就立刻回来，如果早的话，说不定我还可以陪你吃晚餐呢……”

林嘉歌听着时瑶软软的话，眼底浮现出一抹暖意：“嗯，好，我等你回来吃晚餐。”

回到家，时瑶因为不放心林嘉歌，细细地嘱托了他好一会儿，见时间已经很紧迫了，才出了门。

路况有些堵，到了和【荒年】约的火锅店，已是晚上七点半。

昨天和【荒年】聊天的时候，他告诉她，他已经提前订好了位置。

时瑶走到前台，报了【荒年】昨天告诉自己的餐桌号后，服务员立刻领着她去了二楼的一间包房。

只有她一个人到了，因为约好的时间是七点到八点，所以时瑶并没有着急，而是拿着手机看看网页刷刷八卦，很是有耐心地等着。

时瑶前一秒离开家，后一秒林嘉歌就摸出手机，联系了【荒年】。

他以坐火车无聊为理由，拉【荒年】玩了几把游戏，然后在将近六点二十分的时候，林嘉歌如愿以偿地听到了【荒年】说手机电量不足，不能再玩游戏的话。

林嘉歌要的何止是他手机电量不足，而是他手机毫无电量自动关机……

所以在退出游戏后，林嘉歌去微信上，开始给【荒年】发消息。

然后在六点半，原本是他要到站的时间时，林嘉歌连接好变声器，给【荒年】打了个微信语音电话。

【荒年】以为她到了，接听电话后，就急匆匆地来了句：“小可爱，我在车站了，我的手机马上没电了，我就在C区7号出口等你，你到了直接来这里找我……”

林嘉歌始终没说话，直到【荒年】把话都交代完后，他才出声说：“年哥哥，我买的不是高铁票，而是普通的车票，刚刚我才知道，下午的时候给别的火车让路，要晚点大概一个小时。”

说完，林嘉歌就连忙补了句：“年哥哥，真的很对不起啊，下午的时候我都没注意到这些，早知道我就不让你这么早出发了……”

【荒年】：“没关系，不过小可爱，我等下可能不能回你消息了，我没带充电器，要不然等下你到了我们联系不上。”

林嘉歌回了句“好的”，然后在挂断电话后，直接拿起电脑，开始忙工作。

大概一个小时后，他装作自己已经到站的样子，给【荒年】又去了一个语音电话。

“年哥哥，我已经到了……”

“我在出站……可是我好像走错路了……呃，我跑到地铁里面去了。你等我下，我去找你说的C区7号出口……

“什么？年哥哥，你的手机电量已不足百分之一？好的好的，我记住了，我去7号口找你，我比较路痴，可能会稍微久点，你耐心等……”

林嘉歌的话都没说完，微信语音电话便自动断了。

林嘉歌知道，这是【荒年】的手机没电，自动关机了。

他慢条斯理地将手机丢在一旁，看了一眼时间，然后就胸有成竹地一边继续忙项目的事，一边开始想着时瑶等会儿被爽约后气哼哼回来时，他到底应该怎么安慰她……

在八点的时候，时瑶见还是没人过来，便拿着手机先给自己的同学甜甜打了个电话。接通后，时瑶才知道，甜甜有事，昨天就拒绝了【荒年】今天不能来吃饭了。

挂断电话后，时瑶去游戏里联系【荒年】。

她给他发了好几条消息，都没得到他的回复。

时间渐渐流逝，转眼间到了晚上八点半了，服务员过来催问时瑶要不要点菜。

约的人都没来，这怎么点？

时瑶抱歉地对着服务员说了句“稍等”，然后就拿起手机登录游戏又给【荒年】发了几条消息。

等了大概十分钟的样子，依旧没得到回复。

服务员又来催了。

时瑶看了一眼手机，见游戏聊天页面，除了自己的消息外，还是没有【荒年】的消息。

她……这是被爽约了吗？

【荒年】……是不是故意耍她玩的？

任谁被晾在这里等了一个多小时，怕是都会有点不开心，时瑶也不例外，她面对服务员催促的话，抿了抿唇，然后就拿了自己的东西，站起了身。

虽然她已经很饿了，也很想吃火锅，可是现在都已经八点四十多了，更何况她答应了林嘉歌会早点回去的……

想着，时瑶对着服务员又道了好几句歉，才离开了包厢。

走到火锅店门口，时瑶才发现，外面不知何时已经下起了暴雨。

这条街是步行街，不会有出租车什么的开进来，即便叫车，也必须要走到三百米外的主干道边，才能上车。

这么大的雨，别说三百米，就算是三米，估计浑身都要浇透了……

但是时间也真不早了，而且这雨也不知道什么时候会停，她总不能就这么在这里傻等着吧？

时瑶在心底纠结了一番，最后就咬了咬牙，决定就这么冒雨跑到路边，找个地方遮雨叫车。

结果在她准备蹿进雨里时，身后有人喊了她的名字：“时瑶？”

时瑶急忙收了脚步，回头望去。

穿了一件黑色衣服的韩景，跟着几个同学，像是刚吃完火锅的样子，从里面走了出来。

想一想，好像从那次论坛事件，她跟韩景说以后少来往后，他和她就没什么交集了。

时瑶等到韩景走到自己面前后，才开口：“韩学长……”

韩景还是以前那种温温和和的样子，丝毫没有因为时瑶从前毫不留情面地拒绝自己，而有半点生气或者尴尬：“时瑶，你也来这里吃火锅呀？”

她是来吃火锅，可是她根本没吃上火锅……

时瑶心底默默地委屈了一下，然后回了韩景的话：“嗯。”

韩景看了一眼外面的暴雨：“你要回学校吗？”

其实不是……可是她也不能告诉他，她要去林嘉歌家吧？

时瑶只好又“嗯”了一声。

韩景低头看了一眼时瑶只拿了一个包的双手：“你没带伞？那正好，我送你回学校吧？”

说着，韩景从背包里，拿了一把黑色的伞出来。

时瑶连忙拒绝："韩学长，不……"

韩景没等时瑶把话说完，就打断了她的声音："时瑶，同学之间帮忙是应该的……"

时瑶一时之间不知道该怎么接话了。

不过从这里到学校，也就十分钟的样子，她可以回宿舍拿把伞，再回林嘉歌的家……

想了想，时瑶最后回了句："那谢谢你了，韩学长。"

韩景微笑地接了句"不客气"，然后就撑开了伞。等到时瑶进去后，他才迈步，带着时瑶往学校走去。

雨很大，路也不好走，两个人都没注意到，不远处的一家面馆门口，站了一个女生，拿着手机将这一幕录了下来。

直到时瑶和韩景的身影，消失在女生的视野里，女生才收起手机，将刚刚录下的那段视频发给了梁暮暮。

没一会儿，女生就收到了梁暮暮发过来的语音消息："一个是时瑶，还有一个是……我想不太起来了，但是我觉得那人有点眼熟。"

女生听完梁暮暮的语音，回："是韩景，我们系的，也是学艺术的，小提琴拉得特别好。"

梁暮暮："对，我知道他，时瑶口里的韩学长对不对？他们两个居然单独出来吃饭，还共打一把伞？"

女生："具体情况我也不是特别清楚，我只是刚巧碰到，想到你之前告诉我的，让我看到有关于时瑶的什么事，都告诉你。"

"挺好，这可真是一个很不错的视频……"语音消息里传来梁暮暮略微有些冰冷的笑声，随后她又开了口，"这次真的是谢了，不过，我还想麻烦你帮我做一件事……"

女生听完梁暮暮说的那件事后，眉眼闪烁出一抹不解："做这件事有意义吗？"

梁暮暮："当然有，你想啊，如果一个人很喜欢一个女孩，而且还追了她那么久，最后得来一个这样的消息，知道自己被欺骗了，他会怎样？肯定会恨她啊，只要他恨她，那么将来，他对我就有用……"

女生："那好吧，我去试……"

女生的话还没说完，就听见旁边有细微的动静，她抬头看了一眼，见自己的朋友端着餐盘冲着自己走了过来。没把话说完，她就直接把语音消息发了出去，然后又打字回了句："我这边不太方便，回头联系。"

梁暮暮先回了个"好"字，然后又回了一条还算是比较长的文字消息："刚刚我吩咐你的事，你记得去做。"

女生随手打了一句"知道了"，发了出去。

她见梁暮暮没再回自己消息后，便收起了手机。

"依然，你要的炸酱面已经卖完了，你看你还有没有别的想吃的？"朋友走到餐桌前，放下给自己点的酸汤面，笑盈盈地问坐在自己对面的秦依然。

秦依然微笑着摇了摇头："不用了，我忽然想起来，我有点很重要的事情还没做，你吃吧，我先走了。"

说完，秦依然就拿了包和伞，急匆匆地离开了面馆。

北京的夏天，天气很不稳定，下午还晴空万里，夜里忽然电闪雷鸣。

林嘉歌是被雷电声吵醒的，他坐起身后的第一件事是看时间。

已经将近九点钟了，软包子差不多应该回来了吧？可是这么大的雨，她会不会被淋到？

林嘉歌几乎没犹豫，就准备出门去接时瑶，只是他刚下床，手机便响了。

一个未知电话号码，发来了一段视频。

林嘉歌拿着手机，一边出去找伞，一边点开了视频。

然后在看到视频里的画面后，他的神情，瞬间冷了下来。

雨下得很大，画面他看得不是特别清楚，但他能辨认出来，里面的人是时瑶和那个曾经在宿舍楼下给她表白过的韩景。

他费尽心机，搅黄了时瑶和36.1W野男人的饭局，结果半路又杀出来个韩景？这叫……赶走了狼又来了虎？

林嘉歌的想法刚刚落定，掌心里的手机又振动了。

依旧是这个未知号码发来的消息：“视频里的他们，看起来真的好亲密哦，你看男生把伞全都遮在了女生的身上，自己都被淋湿了……”

林嘉歌蹙了蹙眉心，再次点开了视频。

这次的他，看得比上次认真仔细多了。

真的如同短信里说的那样，韩景很照顾时瑶，自己大半个身子都淋在了雨里。

可能是因为下雨的缘故，路有些难走，偶尔还有那么一两次，韩景伸出手搀扶了一下时瑶。

视频不长，但是就在这短短的两分钟里，时瑶和韩景对望过好几次。尽管隔着大雨，但他还是能看到韩景冲着时瑶温润地笑……

林嘉歌的嘴角，忍不住紧绷了起来。

软包子被【荒年】爽约后，碰到了韩景，然后和他一起吃的晚饭？

她明明答应他，吃完饭就尽快回家的……

一抹说不出来的难受，瞬间爬满了林嘉歌的心头。

偏巧不巧，此时的手机，又收到了那个未知号码发来的消息：“他们好像一起吃的火锅，现在又一起回了学校……”

“这就是你喜欢的女生？呵……”

在收到这个视频，本想无视掉的林嘉歌，在看到“呵”这个字时，忽然就抬起指尖在屏幕上按了起来。

兴许是因为不悦，也许是因为生气，他打字的力道很重，将屏幕按得“嗒嗒嗒”直响。

“我不管你是谁，也不管你发这个视频抱的是什么心态，我告诉你，我就是喜欢她！”

“哪怕她丑死，胖死，交了无数男朋友，我还是喜欢她！”

“‘无可替代’这四个字，你听过吗？知道是什么意思吗？不过，像你这么没脑子的人，八成是不知道的，我就勉为其难地大方一次告诉你，无可替代就是，无法取代，独一无二。而她，就是我的无可替代！”

“所以，奉劝你收起你这些无聊的把戏，你以为给我发个视频，挑唆两句话，我就不喜欢她了？”

“开什么玩笑，我喜欢一个人，就是要喜欢一辈子的！就算是她不喜欢我，我还是会喜欢她！”

“找我打她的脸……做梦去吧……”

林嘉歌一口气打完了很长的一串消息，他本来想直接点发送的，但是在指尖快要点上屏幕时，又顿住了，然后又补了个“呵”字，才将消息发了出去。

前一秒手机屏幕上显示消息发送成功，后一秒林嘉歌就将手机丢在一旁的沙发上，然后面色冷峻地迈着步子，走到落地窗前，盯着外面的滂沱大雨看了起来。

回到女生宿舍楼下，时瑶才发现韩景的半个身子都湿了，她有些不好意思，在说完“谢谢”后，还是补了句：“韩学长，你快点回宿舍吧，小心感冒了。”

韩景还是那副老好人的模样：“你也是，快点进去吧。”

时瑶点了点头，沉默了一秒，说了句“再见”，就进了宿舍楼。

等到时瑶身影消失在视野里后，韩景才撑着伞准备离开。

只是他刚转身，就有人喊了他的名字：“韩景。”

韩景本能地回头，看见一个撑着红伞穿着白纱裙的女生，踩着绑带凉鞋，冲着自己走来。

靠得近了，韩景才看清楚，喊住自己的人，是秦依然。

他和秦依然是同班同学，以前的时候，也不是没说过话。自从上学期，她在论坛上披着各种马甲疯狂地黑了时瑶后，他再见她，就很少理她了。

所以韩景在认出对方是秦依然后，他的眼底浮现出一抹明显的厌恶，以至于他开口的声音，都显得特别不友好：“你喊我有什么事吗？”

秦依然一点也不介意韩景的态度，冲着时瑶刚刚进去的女生宿舍楼看了一眼：“刚刚你送回宿舍的，是大一英语系的时瑶吗？”

她居然还有脸提时瑶的名字……韩景的语气更恶劣了：“跟你有什么关系！”

“是跟我没关系……”秦依然还是刚刚那种温温和和的语气，“……但是，跟你有关系呀……”

没等韩景说话，秦依然又开口：“你很喜欢很喜欢她对吗？我听说，她大一入学时，你接待的她，对她一见钟情。你在学生会里，也没少照顾她，我还听说，圣诞节的时候，你排了大半夜的队，就为了给她买她最喜欢吃的一块网红煎饼……”

韩景冷着脸道：“如果你没什么别的话要说，我就先走一步了。”

“急什么呀？”秦依然轻笑了笑，“什么事都要讲究循序渐进不是？我还没铺垫好，怎么给你说重点呀……算了，既然你不想听，那我就直接告诉你重点吧……你那么喜欢时瑶，陪在她身边这么久，对她又这么好，那关于她的事，你知道多少呀？她知道你喜欢她吗？那她拒绝你了吗？她在一开始，有没有告诉你，她其实是有未婚夫的呀？”

未婚夫……时瑶有未婚夫？

韩景的脸色，忽然凝滞了下来。

秦依然继续道：“看你这脸色，是不知道呀？她明知道你喜欢她，结果还不告诉你她有未婚夫，这么吊着你，还真是厉害的手腕呀……”

时瑶那么干净，不会像秦依然说的这样，有那么多心计的！

想着，韩景就出了声：“你不要胡说八道！”

“我可真没有在胡说八道……时瑶是真的有未婚夫的，我也是刚知道不久。之所以告诉你，是想提醒你，别被人骗了，还有啊……她的未婚夫，你肯定知道的，就是G大的风云人物，数学系的林嘉歌。他们可是在六年前，就有婚约了哦，六年前呢……你去年才认识的时瑶，这都一年多了，她居然都没告诉你这些事情……唉……”

秦依然边说，边摇了摇头，然后就指了下时瑶刚刚进去的宿舍楼：“我只是偶遇你，顺嘴跟你提一下，没别的意思。时间不早了，我要回宿舍睡觉了，晚安。”

说完，秦依然就迈着步子，进了女生宿舍楼。

雨还在下，不但没有停的迹象，反而越下越大。

韩景站在雨里，良久都没动弹。

秦依然进了女生宿舍楼后，没着急回宿舍，而是先去了楼道的尽头，拿起手机给梁暮暮发了一条消息：“你吩咐的事，我已经办妥了。我告诉了韩景，时瑶有未婚夫的事情了，看他的神情很震惊。我想，可能会像你说的那样，他很喜欢她，他要是知道自己被骗了，会恨时瑶。不过，我得提醒你一点，他挺维护时瑶的，也有可能他不会相信我说的话。”

梁暮暮：“没关系，我会想办法让他相信的。”

秦依然：“那你加油。”

顿了顿，秦依然又发了一条消息出去：“对了，你没忘记你之前答应我的事情吧？只要我帮你，你会让我进林氏企业的。”

梁暮暮：“记得，我当然记得，你放心，只要我取代时瑶，成为林嘉歌的未婚妻，我答应你的事情，一定会兑现的。”

秦依然：“等你的好消息。”

梁暮暮回了一个表情。

秦依然没再回消息，而是盯着手机屏幕，眼底闪出一抹凌厉的光。

当初是梁暮暮拿着时瑶的那些照片，找上她的。

梁暮暮跟秦依然说，只要秦依然和她合作，她就满足秦依然一个愿望。

她答应了梁暮暮，然后去论坛拼命地黑时瑶。

这些其实都不重要，重要的是，她答应梁暮暮，真不是看中林氏企业，而是林嘉歌。

梁暮暮妄想的是林嘉歌，而她亦是如此。

可是她没有梁暮暮那么得天独厚的优势，和林嘉歌从小认识，有个是林嘉歌发小的哥哥……她什么都没有，所以她为了自己的妄想，只好选择和梁暮暮合作。

她拼命地让梁暮暮以为，她是为了大好前程才这样的……不过，话又说回来，梁暮暮也是个蠢货，自己觉得自己很聪明？可到头来，不还是被她利用了？

大好前程，她肯定要啊！可是，林氏企业的大好前程，哪里比得上林氏企业未来接班人夫人的大好前程好啊。

她现在是在委曲求全，是处处唯梁暮暮马首是瞻，但在最后那一天，时瑶出局的那一刻，也是梁暮暮出局的那一天……

时间一点一滴地流淌而过。

转眼间，已是晚上十一点钟了。

屋外依旧很安静，楼下车子必经之路始终没有汽车在他住的这一栋楼停下过。

都这么久了，她居然还没回来……她是和韩景在一起吗？

那头虎的存在……真的那么重要吗？重要到，让她都忘记了，她答应他早点回来的话。

在这段时间里，他其实有想过，给她打个电话，装作不舒服的样子骗她回来，或是，干脆点直接去学校找她，把她强势地带回家……他小计谋打小就多，短短几分钟，他就想了数十种骗她回来的方法，可他这次就是什么心眼都没用，就这么站在窗前等着……

随着时间的流逝，林嘉歌清楚地感觉到，自己心底涌现出了越来越多的难过、失望和无奈。

不远处的落地时钟，分针秒针嘀嗒嘀嗒地走动着，在十一点半的时候，一直盯着窗外动也不动的林嘉歌，垂下了眼帘。

在那一刹那，有着明显的感伤，从他身上倾泻而出。

她……该不会是不回来了吧？可她又知不知道，他还在等她……

"等？"林嘉歌忍不住自问自答了一声，"是啊……等了很久了……"

从我知道你就是【瑶兮爱吃冰激凌】，从我明白自己对你的特殊情感就是喜欢，从我确定自己非你不可的那一天起……我就在等你了……

时瑶，我喜欢你，所以我选择等你。

随着这个想法划过林嘉歌的心头，他周身的伤感变得更浓烈了。

就在他想着，今晚她大概是不会回来了的时候，他听见门外传来了"叮当"的一声响。

是电梯门打开的声音。

这一层楼只有他这一户人家，一楼有保安守着，访客是会通知他的，除非是最近这段时间住在他这里的她。

所以，是她回来了？

会不会是他等她等得太着急，产生了错……

"觉"字都还没出现在他脑海里，林嘉歌就听见门口传来了输入密码的动静。

林嘉歌本能地望向了门口。

真的是软包子回来了……

他盯着门看了两秒，忽然就抬起脚，迈着步子大步流星地进了自己的卧室。

推开门，时瑶才发现，客厅里漆黑一片，都没开灯。

林嘉歌不在家，还是……

时瑶微蹙了蹙眉心，将手里拎着的大包小包放在地上，然后抬手开灯，换鞋，先去了主卧。

敲了几下门，无人应答。

时瑶不放心，擅作主张地拧了一下门把，将门推开了一条缝隙。

林嘉歌躺在床上，盖着一条毯子，闭着眼睛像是睡着的样子。

这才……十一点半，他居然就睡下了？这么早？该不会是身体不舒服吧？

时瑶纳闷了一小会儿，出声喊了"林嘉歌"的名字。

他没理她……

时瑶更担心了，下意识地迈着步子走到床边，伸出手摸了摸林嘉歌的额头。

“还好没发烧……”时瑶喃喃地低语了一声，然后就忍不住奇怪地又嘟囔了一句，“那怎么睡得这么早？”

说着，时瑶看了一眼旁边桌子上的药，然后拿起来，仔细地数了数：“晚上的药都没吃，就睡了？”

时瑶蹲下身，凑到林嘉歌的身边，又软声细语地喊了两遍他的名字：“林嘉歌？林嘉歌？”

林嘉歌看似保持着熟睡的模样，可心底已经翻滚成了一片。

怎么办？他好像很没出息，本是想要跟她赌气的，结果她跑到他跟前，就这么嘀咕了几句话，喊了他几声名字，他就心软得一塌糊涂了……

唉，算了，谁让她是他喜欢的女孩呢，还能怎么办？只能认怂 呀……只要她再喊他一声名字，他就装作被她吵醒的样子，睁开眼睛。

看来可能是受伤的缘故，他身体不舒服，真的睡熟了。算了，她还有别的事情要忙，还是让他先睡会儿吧？

想着，时瑶就伸出手帮林嘉歌调低了一点床边睡眠灯的亮度，起身离开了他的卧室。

走了？

听见卧室门被轻轻带上的林嘉歌，不敢置信地睁开眼睛，盯着空荡荡的房间，眨了眨眼睛。

真的，就这么走了？

多喊一声他的名字……能怎么样啊？

想着，林嘉歌就万分懊恼地翻了身，因为不爽，他还用力地踢了两下被子。

早知道，刚刚他在她喊他第二遍名字的时候，就醒来……这就是传说的作死吗？

林嘉歌生无可恋地盯着天花板看了一会儿，越想越后悔，然后他就忍不住翻了个身，过了没一会儿，他又翻了个身。

林嘉歌一个人在床上滚来滚去了不知道多久，就在他实在忍不了，决定装作刚睡醒的样子出去喝水时，卧室的门，再次被推开。

软包子居然又来了他的房间？

林嘉歌急忙装成还在睡的样子，将被自己踢下床的被子捡起，往身上胡乱地一盖，就闭上眼睛动也不动了。

透过细微的脚步声，林嘉歌可以大概分辨出，时瑶在一点一点地靠近自己。

没一会儿，他就听见她的声音，在自己的上方响起：“林嘉歌？”

有了刚刚的教训，林嘉歌没敢再作，时瑶的声音前一秒落定，后一秒他的睫毛就微微地颤了颤，俨然是一副被人从梦中吵醒的样子，缓缓地睁开了眼睛。

为了不让自己露出破绽，林嘉歌尽最大可能地让自己眼神放空，摆出一副茫然的样子，然后在盯着时瑶看了一会儿后，才像是终于反应过来究竟是怎么一回事般，慢慢地撑起了上半身：“你……回来了？”

边问，林嘉歌还边看了一眼窗外，当作睡了很久，不知此时是何时辰的样子，又开口问：“几点了呀？”

“已经快十二点了……”

“这么晚了？”

“嗯……”时瑶沉默了一小会儿，又开口，“我本来不想喊你的，但是看你还没吃药，所以还是喊醒你了……”

“哦……”林嘉歌一脸淡定地胡诌，“傍晚那会儿做了一会儿项目，有点累，就睡了一会儿，没想到一觉睡到现在……”

“傍晚？”时瑶一下子就抓住了林嘉歌话里的重点，“那你吃晚餐了吗？”

林嘉歌摇了摇头：“还没……”

顿了顿，林嘉歌又说：“那会儿不怎么饿，所以就没吃。”

“那你现在饿了吗？”时瑶问完后，没等林嘉歌说话，就径自又出了声，“不管饿不饿，都先出来吃点东西吧。要不然空腹吃药，对胃不好。”

“吃东西？”林嘉歌蹙眉，隐约像是懂了些什么。

“对呀……”时瑶没发觉到林嘉歌的异样，将卧室的灯光调亮了一些，“我还没吃晚饭啊，现在都快饿死了。刚刚去餐厅煮了火锅，正好是鸳鸯锅，你现在受伤不能吃辣的，但是可以吃清汤的……”

等等……信息量有点太大了，他消化不过来……

林嘉歌将时瑶的话，在大脑里重新过了一遍，才出声问：“你不是和朋友约了吃晚餐吗？怎么到现在也没吃晚饭？”

林嘉歌不提还好，一提时瑶的表情就变得气鼓鼓的：“你不说我都差点忘了，你知不知道，我今天被人放鸽子了，好生气哦！”

放鸽子……这指的是那个36.1W野男人吧？

作为这个结果的始作俑者的林嘉歌，装成不太明白的样子：“什么放鸽子了？”

“就是，约我吃饭的人，他根本没来啊，害我在餐厅里等了他整整一个半小时。你知不知道我当时都饿死了，而且还是在火锅店里等，空气里飘荡的都是火锅的召唤，我好煎熬的！”

“火锅的召唤？”林嘉歌单独拎出了自己不太懂的字眼。

“就是火锅的味道啊，一直在呼喊我，快来吃我，快来吃我……不就是火锅的召唤吗？”

林嘉歌蒙了，好像很有道理的样子，让他根本无法反驳。

林嘉歌：“那既然你没吃饭，我也没吃饭，那我们现在出去吃火锅吧？”

“好的，好的！”时瑶立刻眉眼弯弯地猛点起了头。

林嘉歌没再说话，翻身下床。

两个人一前一后往餐厅走的路上，时瑶仿佛献宝一样，还在叽叽喳喳地说个不停：“我跟你说，我煮的火锅可好吃了，作为一个强大的吃货，必须要有一个惊人的厨艺。我可是跑了好远，才买到这些火锅底料的！”

跑了好远……难不成软包子这么晚回家，是去买火锅底料了？

林嘉歌压住心头抑制不住的欣喜，旁敲侧击地套时瑶的话：“你回来这么晚，是去买火锅底料了？”

“对啊，我想吃火锅的嘛，没有吃到，我今晚会睡不着觉的。”时瑶见餐桌上的火锅已经沸腾了，连忙奔过去，掀开锅盖，看了一眼，然后就开始往锅里放肉片，“我跟你说，我今晚真的好倒霉，你说被人放鸽子已经很可怜了吧？结果我离开的时候，还遇上了暴雨！”

暴雨，他最关心的重点来了——

林嘉歌没等时瑶将接下来的话说出口，就急忙出声：“我记得你出门的时候，没带伞，那你是不是淋湿了？”

为了让自己看起来只是像关心她，没有掺杂别的成分，林嘉歌还补了几句：“回家后，有没有洗热水澡？怎么不给我打电话，让我去接你。就算是我去不了，我可以让司机去接……”

“没没没……”时瑶连忙摇头，“我没事的，我还算是运气稍好的，我在火锅店门口遇到了一个校友，他把我带回学校了……”

所以，软包子根本没和韩景一起吃火锅……他就知道，他的这棵红杏长得挺拔向上、根正苗红！

心底无比窃喜的林嘉歌，脸上的紧张表情松懈了许多：“没淋到就好。”

不过，那会儿也只是九点钟的样子，她居然过了两个多小时才回家，这个过程中，她一直都在买吃的吗？

林嘉歌觉得这个可能性很大，但他为了心安，还是多嘴地问了句，不过，他表现出来的样子像是闲聊：“然后呢？你就去逛超市了？”

“对啊，我回宿舍拿了把伞，就打车直奔超市了！”时瑶应得理所当然，觉得这是一件再正常不过的事情，“我跟你说，我总共跑了五家超市！

“因为这些作料，分别分布在不同的超市里，所以为了集齐它们，我只好不断地奔波了。

“这个清汤底料，是在学校附近的一个超市买的；这个麻辣底料是在二环旁边的一个超市里买的；这个宽粉是在一个小超市里买的，还有这个蘸酱，是我的最爱，也最远，我跑去朝阳买的；最后这些蔬菜就是在家附近的超市买的啦，因为太重了，所以我就近买了。但是就算这样，我还是被勒红了胳膊……”

说着，时瑶将自己白白细细的胳膊，伸到了林嘉歌的面前。

她皮肤本就细腻白皙，重物坠得她胳膊上现出了几道红痕，格外扎眼。

原本在听到她说去五个超市才集齐这一桌子菜，然后被她震惊到的林嘉歌，看到她胳膊时，几乎没犹豫，就伸出手，在上面轻轻地揉了揉：“现在好点了吗？还疼不疼……”

他的指尖微凉，落在她肌肤上，激起一阵阵说不清是酥还是麻的刺激感……

时瑶嘴里喋喋不休的话，蓦地顿在了唇边，然后盯着林嘉歌揉着自己胳膊的指尖看了一会儿，就有点脸红地抽走了胳膊，拿着筷子夹了肉片，放在林嘉歌的碗里：“我快饿死了，我们赶紧吃吧！”

林嘉歌眼底带笑地“嗯”了一声，然后拿着筷子，夹起时瑶递给自己的肉片，蘸了料放进了嘴里。

相比较林嘉歌的淡定从容，时瑶却是悄悄地将胳膊往衣服上蹭了蹭，把他残留在肌肤上的那抹异样感蹭完后，才拿着筷子，吃起了火锅。

由于林嘉歌右手行动不便，所以时瑶一整顿饭，都很主动地在给林嘉歌夹菜。

然后导致早就吃饱的林嘉歌，最后吃撑了……

时瑶收拾餐桌时，林嘉歌没着急离开，而是坐在桌前，拿着手机拍了一张残羹剩饭，发给了陆本来和夏商周：“瑶瑶做的火锅。”

想了想，林嘉歌又补了一句：“这是瑶瑶顶着大雨，奔波了五个超市，才买全的材料，做成的火锅。”

【是果汁啊】：“老大，第一句话已经将我秒杀了，完全不需要第二句话来鞭尸。”

【猴子派来的高手】：“对方已瞎，看不到你发的消息。”

林嘉歌心情大好，所以很是大方地给两个人一人回了个句号：“。”

陆本来和夏商周都没再理他。

三秒后，林嘉歌又给两个人一人发了一条同样的消息：“我掐桃花掐到现在，遇到了一个劲敌。”

大概是看到他的忧伤了，这次陆本来和夏商周消息回得飞速，隔着屏幕，林嘉歌都能感觉到他们的兴奋。

【是果汁啊】：“什么劲敌？”

【猴子派来的高手】：“老大，快讲，迫不及待地想知道！”

林嘉歌按了几下屏幕，回：“美食。”

【是果汁啊】发了个无语的表情。

【猴子派来的高手】直接丢了个翻白眼的表情包。

林嘉歌：“而且这个劲敌，还不能随便掐，掐不好死无葬身之地的人会是我。”

【是果汁啊】：“老大，为你默哀一秒钟。”

【猴子派来的高手】：“老大，我无条件地在精神上支持你。”

林嘉歌：“不过，还好我有钱，可以把瑶瑶想吃的都送到她面前，这么想一想，我和美食是完全可以在瑶瑶的世界里共存。”

G大501宿舍，陆本来毫不犹豫地撤回了自己刚刚发的那条“老大，为你默哀一秒钟”。

搞了半天，还是变相晒幸福！

林氏企业，在办公位上一边吃着泡面，一边加班的夏商周，看到林嘉歌回的消息后，哀怨地吞了一口泡面，然后撤回了自己发出的那条“老大，我无条件地在精神上支持你”。

还没在一起，就这么秀幸福；如果在一起了，请问还让不让人活？

看着手机屏幕上连续出现的两次被撤回消息的提醒，林嘉歌心态超稳地举着手机，刚准备打字，忽然屏幕上方就出现了一条QQ消息提醒。

林嘉歌顺手点了进去，然后才发现，自己下午登录的【荒年的小可爱】的QQ没下线。

而【荒年】给他发了消息：“小可爱，我等了你那么久，你怎么都没过来呢？”

36.1W的野男人，这是……等不到他，回家了，然后给手机充上电了？

软包子等不来【荒年】，会不会给【荒年】发消息？而【荒年】收到消息后，会不会回软包子？那软包子会不会知道，自己的手机被他动过？

只是短短的三秒钟，林嘉歌就装作有来电的样子，将手机举到耳边，“喂”了一声。

收拾东西的时瑶，听见他说话，往他这边看了一眼，见他在接电话，然后就继续去忙自己的了。

林嘉歌对着手机，说了一些冠冕堂皇的官话，一副在谈什么合作的样子。

时瑶怕自己动静太大，影响了他，收拾东西的举动放缓了很多，就连开水龙头洗碗的水流，都小了一半。

等到时瑶洗碗洗到双手都沾满泡沫时，林嘉歌忽然对着手机来了句：“你等下，我有点不太记得住……”

然后，林嘉歌就左右张望了一下，见没笔和纸，就看向了时瑶：“瑶瑶，我能借你手机用一下吗？我记串数字……”

“好的……”时瑶扭头看了一眼餐桌，“我手机就在那里，你直接用吧。”

林嘉歌光明正大地拿走了时瑶的手机，然后点了一下屏幕，将需要输入密码的页面，冲着时瑶举了一下：“需要密码。”

时瑶本能地想来给林嘉歌输入密码，但是转身的那一刹那，想到自己在洗碗，满手的油腻和洗洁精，便收了动作：“我的密码是××××××”

听到密码的林嘉歌，一边输入密码，一边进入了时瑶的手机页面，然后嘴里打着电话说：“你说，我现在记……”

指尖却将时瑶的手机调成静音，然后点开了她的游戏。

进入游戏页面后，林嘉歌一眼就看见了时瑶好友栏的未读消息提醒。

点进去，如他预料的一般，【荒年】真的给时瑶回了消息。

【荒年】：“瑶兮，我昨天不是告诉你，我今天有事，不能去吃饭了吗？你没看到吗？”

【荒年】：“瑶兮，你昨天不是回我消息了吗？这到底是怎么一回事呀？”

【荒年】：“瑶兮，你生气了吗？怎么不理我？”

林嘉歌用脖子夹着自己的手机，嘴里装模作样地念了一串时瑶听不太懂的参数，指尖在时瑶的手机上飞速地点着，看似是在记录那些参数，实则是在回【荒年】的消息：“哦，我问了下，昨晚我睡着后，我……”林嘉歌想了想，用了两个字代替自己，“哥哥用我的手机玩游戏，他看到你发的消息顺手回了你，但是他今天忘记告诉我了。”

【荒年】就在线，秒回复：“你还有个哥哥呀？”

林嘉歌边一本正经地念着复杂的公式，边回【荒年】的消息：“嗯……对了，你今天是去见你粉丝了？”

【荒年】：“什么意思，没懂？”

呵呵，还在装？

林嘉歌垂了垂眼帘，想到粉丝之间互相认识也不奇怪。

而主播即使不直播，直播间里的粉丝也是可以聊天的。

所以……

想到这里的林嘉歌，飞速地按了几下屏幕，回：“我今天去你直播间，看有人说你去见小可爱了。”

【荒年】再次回过来的消息，不再是装傻了，而成了解释：“小可爱来北京，她不认识路，让我去接她。”

【荒年】：“她求了我好久，我才去的。”

什么叫求了你好久？开什么玩笑，他像是那种会求人的人吗？

明明是听到约你去酒店，你才巴巴地跑来的……

不过，目的达成的林嘉歌，懒得再跟【荒年】过多地纠缠：“原来是这样啊……那个时间不早了，我要休息了，回头我们再聊。”

【荒年】：“好的。”

林嘉歌没着急回【荒年】的消息，而是将他和【荒年】刚刚的对话记录一一删掉，只保留了【荒年】回的那句“小可爱来北京，她不认识路，让我去接她”。

等他将消息删完后，他回了个“微笑”的表情，就飞速地删掉了这个微笑的表情，并且退出了和【荒年】的聊天对话框。

很快，聊天对话框出现了新的消息提醒，是【荒年】回复过来的，不用点进去，直接在消息栏就可以看到【荒年】回的也是一个“微笑”的表情。

这样一来，等会儿软包子登录游戏，也能看到收到消息的提醒，不会知道他截和了【荒年】发给她的消息……

将所有一切都搞定的林嘉歌，这才装作终于打完电话的样子，停下了嘴里念着公式的声音，然后放下时瑶的手机，拿着自己的手机，对着时瑶的屏幕拍了一张照片，像是把自己刚刚记录的那些东西都拍走了，最后才将时瑶的手机锁屏，推到了桌子的中间：“手机，我用完了，给你放在这里了。”

“好的。”已经洗好锅碗的时瑶，没着急去拿自己的手机，而是直奔了林嘉歌的卧室。

没一会儿，她就拿着林嘉歌要吃的药，折返餐厅。

时瑶倒了一杯水，盯着林嘉歌将药一个不落地都吞进腹中后，才拿起自己的手机，和林嘉歌一起离开了餐厅。

和前两天一样，林嘉歌洗澡之前的衣服，依旧是时瑶帮忙脱的。

林嘉歌进了浴室后，时瑶一个人无聊，就顺手登录了游戏，然后看到了【荒年】回复自己的两条未读消息。

第一条消息是：“小可爱来北京，她不认识路，让我去接她。”

第二条消息是一个“微笑”的表情。

所以……【荒年】一声不吭地爽约，是去见那个好作好作的白莲花了？

他可以去见啊，可他去见那个白莲花之前，能不能告诉她一声，别让她跟个傻瓜一样在那里苦苦地等着？

这不是最过分的，最过分的是，她给他发了那么多条消息，他一声对不起都没有，就只给了她这样一句话？

好吧，就当这句话是解释，那他接下来发的那个微笑的表情是什么意思？

时瑶盯着那个微笑表情，越看越觉得自己像是被【荒年】嘲讽了。

一股说不出来的憋屈瞬间充斥了她的心口。

这个【荒年】是故意耍着她玩的吧？她……她……她好生气哦！

时瑶越想越恼火，最后气得整个人忍不住用力地冲着地毯上跺起了脚。

洗完澡的林嘉歌，开门就看到了时瑶气鼓鼓跺地的画面，他愣了愣，问：“怎么了？”

听见林嘉歌的问话，满肚子火气不知道往何处发的时瑶，顿时噔噔噔地跑到林嘉歌的跟前，跟告状一样，委屈巴巴地开始讲前因后果：“我跟你说，我快气死了。我在游戏里，认识了一个人，他好过分的，他和我同班同学认识，约我吃饭。我想了想有熟人，没什么的，就吃吧，结果他爽约了！”

说着，时瑶就点开游戏，将【荒年】发给自己的聊天记录，摊开在了林嘉歌面前：“你看，我给他发了那么多条消息，结果他回了我这一句话，还附赠了一个笑脸。你说这个笑脸，像不像是在嘲讽我，我真的要气死了……我……我……咒他吃泡面没有调料包！”

“我、我、我……”很少骂人的时瑶，结结巴巴了好久，都没能再说出一句过分的话。

“这种人，真是太渣了！”林嘉歌毫不犹豫地就接着时瑶的话，开始吐槽【荒年】，“如果是我，这种人我直接拉黑处理，难不成还要留着过年不成？”

“对对对……”被林嘉歌这么一点，时瑶想都没想地就点了【荒年】的名字，将他直接拉入了黑名单，“我以后再也不想和他有任何交集了！”

将这一幕尽收眼底的林嘉歌，心底乐开了花。

这个36.1W野男人，害他又是穿女装，又是装女人，折腾了这么久，终于领盒饭了……

不过，林嘉歌的脸上，却没流露出任何欣喜的迹象：“好了，为了这种人生气不值得……”

他一边安抚时瑶，一边将自己下午就想好怎么哄时瑶的方法，用了出来：“对了，我刚刚洗澡的时候，忽然想到了一件事，傍晚你离开后，我打电话叫人送苏打水过来的时候，顺便送了一些哈根达斯的冰激凌，每个味道都有，就在冰箱里……”

听到冰激凌的时瑶，眼睛忽地亮起，完全将【荒年】一事抛在了脑后：“有没有草莓味的？”

“有啊，好像草莓味的冰激凌最多了……”

“那你要不要吃？我们可以等下一起吃冰激凌。”

我们……这两个字成功地取悦了林嘉歌：“好啊。”

然后，时瑶开始帮林嘉歌拆保鲜膜，穿衣服。

林嘉歌以为【荒年】事件就此落定，可是他没想到，在时瑶洗完澡，换完睡衣，和他坐在客厅吃冰激凌的时候，她居然又扯到了【荒年】事件上。

“刚刚只顾着生【荒年】的气了，都忘记了那个好作好作的白莲花……你知不知道，当初她玩游戏的时候，有多恶心，一口一个年哥哥……现在，她来北京，说什么不认识路，呵呵哒，这种借口，也就骗骗【荒年】吧？不过，话又说回来，那个好作好作的白莲花，是真的好装啊，对不对……”

林嘉歌无言以对。

“对不对？”

“对。”

一个月的时间，说长不长，说短也不短。

除了上课的时间，其他的时候，时瑶基本上都待在林嘉歌的家里。

林嘉歌比她要忙多了，经常有接不完的电话和响不完的敲键盘声音。

林嘉歌忙的时候，时瑶要么窝在旁边复习功课，要么就做一做英语卷子，要么就一个人打打游戏。

在这一个月里，林嘉歌做了不少挺让时瑶感动的细节。

例如她来例假的时候，林嘉歌家里没有卫生巾，她因为粗心大意忘记了提前准备，是林嘉歌大半夜听见动静，出来问她怎么了，然后搞清楚状况后，跑出去帮她买的。

再例如，她身体不适的那几天，总是能看到热牛奶、热红糖水、热姜茶……

再再例如，她随口说一句好想吃麻团，然后过不了多久，门铃响起，她打开门看到的就是她想吃的麻团。

再再再例如，林嘉歌很忙的时候，她在旁边看着书睡着后，醒来身上总会多一条毯子……

总而言之，时间就这么一点一点地流淌而过。

转眼间，就到了林嘉歌去医院复查的日子。

其实时瑶觉得，在林嘉歌家里住的这一个月，挺开心的，她也以为这种开心，会持续到林嘉歌康复，她回到学校宿舍住。

可是有的时候，有些事情就是会来得猝不及防，事与愿违。

林嘉歌定的是10月1号去医院复查。

而那件猝不及防、事与愿违的事情，发生在9月30号。

那天是个周末，因为不用上课，头一天晚上的时瑶，熬夜看男神Legend的论坛到很晚才睡。

第二天醒来后的她，洗漱完的第一件事，就是噔噔噔地跑去林嘉歌的房间找他问中午吃什么。

由于两个人在同一个屋檐下住久了，时瑶对林嘉歌的那点生疏感，早就在她自己都没察觉到的情况下，消散得一干二净，所以她根本没敲门，直接轻车熟路地跟逛自己卧室一般，推开门就冲着里面奔去："林嘉歌，林嘉歌，我们中午……"

时瑶的话还没说完，就看到靠在床头，捧着电脑的林嘉歌脸色有些不对劲。

她下意识地住了嘴，就连脚步都跟着缓了下来："怎么了？"

闻声的林嘉歌，先是抬头看了一眼时瑶，随后他脸上略显得有些低沉的神情，缓和了许多，不过开口的语气，还是略显得有些生硬："没什么……"

他脸色黑得像是煮熟的茄子，还告诉她没事，谁信谁傻……

不过，看林嘉歌的模样，像是不想说……既然他不想说，那她就应该尊重他的隐私，哪怕很好奇，也不要刨根问底……

想着，时瑶就"哦"了一声，然后继续往林嘉歌身边走去。

没等她靠近，林嘉歌就猛地抬起手，将电脑合上了，那模样像是生怕她看到他电脑上的东西一般。

等林嘉歌行动完后，才意识到自己反应过激了，他急忙开口："中午想吃什么？"

边说，他边拿了手机，准备订餐。

时瑶盯着林嘉歌的电脑看了一会儿，才对着林嘉歌念了一串自己想吃的菜名。

在她的话语声中，林嘉歌指尖飞速地点了手机屏幕，等到时瑶说完了菜名，林嘉歌也下好了单。

"我给你挤牙膏……"时瑶又看了两眼林嘉歌的电脑，"你赶紧过来刷牙吧。"

林嘉歌"嗯"了一声，掀开被子下床，跟在时瑶的身后进了洗手间。

洗漱完，林嘉歌又打开了电脑。

时瑶知道，他不想让自己看他电脑上的内容，尽管她很好奇，但她还是乖乖地离开了林嘉歌的卧室。

半个小时后，午餐送到。

时瑶接了外卖，去喊林嘉歌吃饭时，见他单手敲着键盘，一脸凝重地望着电脑，那模样像是要隔着电脑杀人一般。

他是……与人在工作上出现了什么分歧，在和人争论吗？

时瑶心底疑惑了一会儿，然后在看到林嘉歌发现自己后，投来的视线时，连忙开口：“午餐送到了，来吃饭吧。”

“嗯，好。”林嘉歌回应时瑶的声音，一如既往地平缓，只是在他话音落定后，他看向电脑屏幕的眼神，再次寒光迸射。

不过，他没再像刚刚那样，仿佛在砸键盘一样打字，而是直接合上电脑，起身，走向了时瑶。

吃饭的时候，林嘉歌没来由地对着时瑶来了句：“我自己能感觉到我的手好得差不多了，前段时间，你不是说你想去成都玩吗？最近的时节正好合适去成都，我下周要去成都见个合作商，你要不要去？我带你一块儿……”

“不行啊，我要上课的……”

“请假啊……”林嘉歌顿了顿，又补了句，“成都有很多好吃的呢，你不是最喜欢吃麻辣的吗？我已经把成都有名的餐厅都记了一遍，我们去了，就挨个吃……”

时瑶犹豫了。

“麻辣兔头，火锅，钵钵鸡，卤鹌鹑蛋，芋儿鸡，串串香……”

时瑶迟疑了几秒：“那我给辅导员打个电话，她要是同意了，我就去。”

“嗯，好。”林嘉歌温和地应了一声，然后拿着筷子，夹了一块糖醋排骨，放在了时瑶的碗里，“你想去哪里玩，可以这几天好好想想，然后告诉我，我好安排住宿和专车……”

嘴里含着东西的时瑶，猛点着头“嗯嗯”了两声。

“另外，还有，你把身份证号告诉我，我好订机票。”

嚼着东西的时瑶，没说话，只是眉眼弯弯地将脑袋点得跟小鸡啄米一般。

林嘉歌筷子放得比时瑶早，但他没离开，而是坐在餐桌对面，继续陪着时瑶。

途中，林嘉歌有拿起手机玩，也不知道他看到了什么，脸色就和那会儿看电脑一样，又变得难看了起来。

时瑶虽没问林嘉歌究竟是怎么了，但她看他紧绷的嘴角，也知道他心情糟糕到了极点。

她没追究太多自己究竟为什么要这么做，她只知道，自己单纯地想让林嘉歌高兴起来。所以她在吃完饭后，想了一会儿，然后对着林嘉歌提议去看最近刚上映的一部网上说特别搞笑的电影。

林嘉歌倒是没拒绝，拿着手机，递给时瑶去订票，然后等她选好座位后，接走手机付款。

时瑶选的是林嘉歌小区配套的电影院。

因为距离比较近，两个人步行去的。

到了电影院，时瑶做的第一件事，就是跑去柜台，买了爆米花和可乐。

时瑶掐着时间点购的电影票，所以等她买完吃的后，差不多也到了入场的点。

进入电影院，抱着比自己脸还要大两倍的爆米花桶的时瑶，拿着票，对了一下位置，然后就率先跑过去，找到了自己和林嘉歌的座位。

落座后，时瑶吃了没几口爆米花，电影就开始了。

最开始，时瑶还是很认真地在看电影，只是在看到二十分钟后，她发现坐在自己身边的林嘉歌，居然一直都在玩手机，而且时不时地就会疯狂地敲一会儿字。

她本来是为了让他开心，才提议来看电影的，结果他无心看……

时瑶瞬间也觉得原本还挺搞笑的电影，变得无聊了起来。

她眼睛虽在盯着面前的大银幕，但眼角的余光却时刻留意着林嘉歌。

具体过了多久，时瑶也不清楚，总而言之在电影快结束时，时瑶兜里的手机，忽然振动了起来。

她掏出手机，看了一眼，是何田田打来的。

因为在看电影，时瑶没接听，直接按了挂断，然后回了句：“等会儿我给你回电。”

看完电影，时瑶和林嘉歌回到家后，她才给何田田回了电话。

时瑶一直觉得，何田田找自己，应该不会是什么大事，可她千想万想，都没想到，还真的是出了大事。

她拨给何田田的电话，只响了半声，就被飞速接听了：“瑶瑶，出大事了，出大事了……”

何田田一向咋咋呼呼的，手机找不到都能尖叫半天，时瑶早已习以为常，所以回她的话，特别淡定：“出什么大事了？是饭卡找不到了，还是饭卡里的钱被你吃光了？”

“时吃瑶！”手机里传来何田田的怒吼。

“好吧，我不说了，我听你说……”

何田田见时瑶乖乖闭嘴了，才说了重点：“瑶瑶，你又上学校论坛了。

“而且，这次比上次，情况要严重很多……这不是重点，重点是，这次论坛上的帖子是实名爆料……”

电话那头的何田田，沉默了一会儿，才说：“爆料的人你是知道的，就是秦依然。

“不知道她是怎么拿到的，你出入高档小区的证据，然后也不知道到底是谁告诉她的，说你最近一个月都夜不归宿。我们宿舍保密措施做得很好的，但是这件事就是不知道怎么被泄露了出去，然后再加上你不止一次出入那个高档小区的视频证据，现在闹得满校风雨……中午我们去食堂，周围的人议论的都是你被包养的事……

“最近你要是没什么事的话，还是不要回学校了……不过，这不是最严重的，更严重的是，这种事情本身可大可小的，大学搬出去住的女生多的是，但是你这件事要是被放大化，造成不好的风气，指不定学校还要给你处罚呢……”

只是短短的一瞬，时瑶就联想到，她醒来后，看到林嘉歌那些不太正常的反应。

她微蹙了蹙眉心，下意识地就问出了声：“那……林嘉歌有没有在学校论坛说话？”

何田田：“有啊，林学长好早之前，就站出来替你说话了。林学长还说，你是住在他家里，但是秦依然一口咬定，她亲眼看到你跟一个又肥又胖又老的男人出入那个高档小区，而且还拍到了照片。所以现在，没什么人信林学长的话，反而惹得更多的人说得更难听了，甚至连带着林学长都被人嘲讽了……”

难怪林嘉歌那么快地合上电脑，原来是不想让她看到这些糟心的东西。

难怪他要带她去成都，他是想等这些风波平静后，再让她回学校吧……

一抹温暖浮现在时瑶的心头，她指尖轻握了握手机，对着电话里的何田田，轻声细语地回："好了，我知道了，我等下去学校论坛看看……"

"嗯，你看归看，但是，瑶瑶，你别上火……嗯……"电话那端的何田田，支支吾吾的，像是还有什么话要说。

"怎么了？田田，你有什么话就直说……"

"是暖暖不让我说的，但是，我想了想，还是告诉你吧……那个秦依然，她针对你就针对你了，还扯上了暖暖。就是我们去 KTV 那次，暖暖被打的事，也被她讲出来了……

"毕竟被打，是件很丢人的事情嘛，这么一来，现在搞得暖暖也好抬不起头……"

听到这里的时瑶，眼底忽地有着一抹凌厉一闪而过，完全没了刚刚那种软软萌萌的样子。

她声音略微有些冷地回了何田田一句"知道了"，然后就径自挂断了电话。

时瑶没迟疑，飞速地点开了网页，登录了学校论坛。

果然如同何田田说的那样，有关她的八卦，已经霸占了整个论坛的第一页。

秦依然这次用的不是以前的那些马甲号，而是注册了一个新号，名字就叫：秦依然。

在众多议论帖中，时瑶最先点了秦依然发的爆料帖。

"大家好，我是秦依然，我今天之所以站在这里给大家爆料以下事件，报复是有的，但是更多的是，我想让大家看到真相——"

下面是好几个视频，全都是时瑶出入林嘉歌高档小区的画面。

视频里的她，穿的都是不同的衣服，说明是不同的时间。

最后的视频里，是她和一个中年大叔讲着话一同进入电梯的场景。

那个中年大叔，时瑶根本不认识，但是这个人，她是有点印象的。

那天放学她回家，和他一同进电梯的时候，他说他不怎么会用智能机，很礼貌地问了她一些问题。她自然不会多想，就帮了他。

如今看来，怕是这个中年大叔，就是秦依然的杰作吧，问问题是假的，拍照片才是真的……

时瑶无声无息地抿了一下嘴角，继续往下看。

——"好刺激啊，这个在去年运动会上可以和林校草媲美的妹子，居然被人包养了？"

——"果然，人不可貌相啊，越漂亮的女生越……"

——"虽然去年的秦依然，行为真的很无耻，但是，这次的她实名举报，我信她。不过这两个女生，我谁也不站，我只负责静静地看她们互相伤害。"

……

在一排一排吃瓜、吐槽以及自我觉得很正义的批判中，时瑶看到了林嘉歌的回复："我未婚妻住我家，有什么问题吗？"

第六章
林嘉歌不高兴了

秦依然的实名爆料，本就加大了大家的可信度，如今她的证据摆得有理有据，林嘉歌的这句话，相较起来，反而显得有点苍白无力。

倒不是说，没有吃瓜群众好奇时瑶和林嘉歌是未婚夫妻这件事，不过更多的人，觉得林嘉歌这是无脑护。

——“那大叔怎么解释？看视频，明明是有说有笑的，别说只是在问路，反正我是不信。”

——“林学长，你很优秀，我们大家都知道，但是那个高档小区的价格，可非比一般啊，对你说的你在那里有家表示质疑。”

——“林校草去年说，时瑶是他吻过的人，这说明他们是有关系的，会不会是林校草觉得自己被绿了丢人，不是在帮时瑶，而是在挽回自己的面子？”

——“哈哈，爱是一道光，绿到你发慌！”

刚刚看大家骂自己的时候，时瑶倒是没那么生气，现在看到大家说林嘉歌被戴了绿帽子，时瑶反而觉得心头无比窝火。

林嘉歌哪里绿了？

时瑶气鼓鼓地盯着屏幕上出现的一大片“绿草”表情图看了一会儿，才用力地滑动着屏幕，去看后面的评论了。

她连翻了好几页，才终于找到了何田田说的有关冷暖的爆料。

秦依然：“还有一件事，是我一个朋友告诉我的，千真万确。就是时瑶的舍友冷暖，去年刚入大一的时候，被评为系花的那个女生，之前在KTV喝醉了酒，借着酒劲去招惹了几个京城有钱的公子哥，想要借机攀高枝，结果被人嫌弃了，她还不依不饶地不肯离开，一点廉耻心都没有。而且，她还被人甩了好几耳光呢！”

看到这段话时，时瑶的眼神，都变得冰冷了。

这条爆料后面，依旧是很多回复。

——“哇，真的假的？这么浪的吗？”

——“还真是应了那两句话：第一句话是物以类聚，人以群分；第二句话是近朱者赤，近墨者黑！”

——“难不成她们宿舍的女生，都是这种货色吗？要么是被可以当自己爸爸的人包养，要么是送上门去被人睡……真是不要脸啊……”

她们宿舍的女生、货色……

随着这样的字眼，一个一个地落入时瑶的眼中，她的嘴角因为用力，都抿成了一条直线。

秦依然看她不顺眼，可以冲着她来，可是秦依然怎么可以牵连她的朋友和她的……

后面的“未婚夫”三个字，没出现在时瑶的心头，就被她强压了下去，变成了林嘉歌。

他们是无辜的……

既然秦依然不仁，那就别怪她不义了！

论坛这些吃瓜群众都是看戏的，就算是嘴贱得让人恨不得甩他们两耳光，但她也不可能真的一一把这些人都找出来算账，但秦依然就不一样了……

想到这里，时瑶立刻拿着手机，给何田田发了一条消息：“你能想办法，现在帮我把秦依然约到学校宿舍楼后面，没人的小树林里吗？”

何田田很快就回了她消息：“韩景的舍友，我认识，有个和秦依然关系还不错，我试试……”

时瑶没回何田田的消息。

她等了大概五分钟后，何田田又给她发了两条消息过来：“瑶瑶，秦依然答应了，大概半个小时后，她会去小树林。”

“不过瑶瑶，你把秦依然骗出来，要做什么呀？”

“跟她好好聊聊人生……”时瑶一边打字回何田田的消息，一边偷偷地溜出了林嘉歌的家。

等时瑶跑到小区门口，上了出租车，往学校开去后，她才拿着手机给林嘉歌发了条消息：“我有点事，要回学校一趟。”

消息发送成功后，时瑶知道，林嘉歌等会儿肯定会给自己来电，她又给何田田飞速地发了一条消息，然后就将手机关机了。

抵达学校后，距离和秦依然约的时间，还有差不多十分钟，时瑶没着急去小树林，而是先拐去了校医务室。

从校医务室出来后，时瑶又去了一趟洗手间，然后才去了小树林。

时瑶到的时候，差不多已经过了半个小时了，但秦依然还没到。

时瑶随便找了一棵树，靠在上面安静地等着。

大概过了七八分钟后，时瑶借着路灯，看到打扮得花枝招展的秦依然，从远处走了过来。

她这是以为自己班里的男生，约自己出来要告白吗？大晚上的，还特意化了个妆，在已经入秋的夜里，穿一条这么短的裙子？

时瑶遥遥地打量了一会儿秦依然，然后就面色平静地收回了视线。

很快，秦依然就走进了小树林。

小树林里灯光比较暗，秦依然走了几步，见没看到人，就开始喊自己班一个男生的名字：“宋林？

“宋林？

“宋林，你到了吗？”

时瑶没着急回应，一直等到秦依然连喊了好几声，整个人都快没耐心时，时瑶才站直了身子，从暗处走了出来。

秦依然听见脚步声，回头冲着时瑶看来。

因为时瑶逆着光，她没看清楚时瑶的相貌，直到时瑶走到她面前时，她才一脸难以置信地望着时瑶开了口：“怎么会是你？宋林呢？约我出来的不是宋林吗？”

秦依然一边说，一边四处看了一圈。

风吹过，小树林里传来一阵哗啦哗啦的声响，有落叶纷纷坠下。

秦依然这才发现，小树林里除了自己和时瑶，并无其他人。

她不笨，很快就反应过来了，下一秒她就重新对上了时瑶的眼睛：“是你，是你骗我过来的，对不对？”

秦依然一直都很恨时瑶，怎能不恨？是时瑶将自己的真面目暴露在G大所有人的眼前，是她抢走了林嘉歌的心，是她夺了自己校花的称号，也是她让自己现在在G大混得狼狈不堪，不再像是从前，女生人人艳羡，男生个个追捧……

所以，在秦依然明白过来究竟是怎么回事后，盯着时瑶的眼睛，一下子变得有些凌厉，就连开口的声音，都盛气凌人了许多：“时瑶，你大晚上约我来小树林，要做什么？”

时瑶没说话，只是目不转睛地盯着秦依然看。

秦依然觉得，时瑶约自己过来，肯定是为了论坛的事。她立刻摆出一副不可商量的模样，就又开了口：“如果，你是为了论坛的事来找我，那我告诉你，我是不可能接受私下和解……”

秦依然的“解”字音都没发完，从她出现到现在，始终都没开口说过一句话的时瑶，忽然抬起手，冲着她脸上狠狠地甩了一耳光。

这一巴掌，时瑶甩得毫无征兆，直接将秦依然整个人打蒙在了原地。

小树林里，有那么一小段时间的安静。

然后，秦依然才后知后觉地抬起手，捂住自己隐隐作痛的面颊，盯着时瑶开了口：“你神经病啊！”

随着她话音的落定，时瑶又抬起手，冲着她脸上狠狠地挥了一巴掌。

这次的秦依然，比起刚刚反应快了一些，但她还是捂着脸，盯着时瑶问：“时瑶，你疯了吗？居然动手打人……”

这是从小打大，时瑶第一次和人产生这样的分歧。

别说打人了，就连骂人都很少发生在她的身上。

但她够聪明，她亲眼看过嘉仪姐打人，也亲眼看过秦依然被嘉仪姐吓得蹲在地上动都不敢动瑟瑟发抖的场景。

所以她很明白，此时此刻的气场很重要，但她也清楚，现在的秦依然，只是被她打了个措手不及，等下秦依然回过神来后，肯定会和她厮打起来。

两个人都是女生，力气相差不大，但真的动起手来，她未必就能全身而退……

所以时瑶这次在秦依然讲完话后，冲着她脸上又打了几道耳光。

甩完后，时瑶没给秦依然任何反应的机会，揪着她的头发，将她直接拖倒在地上，不管不顾地冲着她身上踹了起来。

时瑶这一系列举动，是一气呵成的，秦依然别说反抗了，等她反应过来后，整个人已经被时瑶压在身下猛揍了。如此一来，别说是还手了，她能做的只剩下一边护着自己被打的地方，一边哇哇乱叫："你住手，你知不知道你这样是违反校纪的，我要是去教务处告你，你会被处分的……"

时瑶根本没理会秦依然的话，一直打到自己解气了，也觉得时间差不多了，这才停了下来。

不过，她到底还是留了心眼，怕自己松开秦依然后，秦依然扑上来打自己，自己吃了亏，所以整个人还是死死地摁着秦依然，然后恶狠狠地盯着秦依然的眼睛，才开了口："你刚刚说，我骗你出来，是想跟你谈论坛的事？

"秦依然，我告诉你，你错了，我骗你出来，没别的意思，就是要打你！

"因为我觉得，跟你这种信口开河、颠倒黑白的人讲道理，根本讲不通。既然讲不通，我又何必跟你浪费口舌，有句话是怎么说来着？能动手尽量别吵吵……

"我见过很多没底线的人，但是像你这样没底线到如此猖狂的，还真是第一个！"

宝宝不发威，你当我是小熊饼干啊……

时瑶死死地盯着秦依然，语气比起刚刚更凌厉了："我今天之所以这么做，是为了让你记住，惹我可以，但是惹我的下场，你最好也能承受得住！"

随着话音的落定，时瑶听见小树林外有重重的脚步声传来。

时瑶几乎没犹豫，就猛地松开了秦依然。

被时瑶按在地上打了那么久的秦依然，此时此刻满肚子的火，前一秒时瑶松开了她，后一秒她就跟个歇斯底里的疯子一般，冲着时瑶张牙舞爪地扑了上去："我跟你没完……"

"老师，你听，那里有声音，就在那里……"

秦依然的话还没说完，小树林外就传来了一道女声。

随后那些重重的脚步，就沿着声源处踏进了小树林。

有人带了手电筒，在小树林里照来照去，在光亮扫到时瑶和秦依然时，时瑶想都没想就蹲下身，装作怕极了的样子，瑟瑟发抖地护着脑袋，惊慌失措地开了口："别打我，别打我……"

早就被愤怒冲昏了头脑的秦依然，哪里会有心思去留意周围的情况，她见时瑶蹲下了身，就不管不顾地冲着时瑶扑了上去。

在她的手快要碰上时瑶身体的那一刹那，有人开了口，语调重且有威严："住手！"

伴随着这道声音响起，看见缩在地上的时瑶，何田田立刻跑了过来。

"秦依然，你要干什么呀！"何田田想都没想，就急得一把推开了要打时瑶的秦依然，然后才蹲下身，凑到时瑶面前，"瑶瑶，瑶瑶你没事吧？"

时瑶没说话，只是抱着自己的脑袋，往光线比较暗的地方挪了挪。

看到时瑶这副反应的何田田，下一秒就怒气腾腾地看向了秦依然："秦依然，你对瑶瑶到底做了什么，把她吓成这副模样？！"

听到这话的秦依然，气得冷笑了一声："我对她做了什么？你是不是脑子灌屎了，你哪只眼睛看到我对她做了什么？明明是她对我做了什么，好不好？"

气哼哼地把话说到这里的秦依然，这才注意到，旁边还站了一些人。

大多数都是生面孔，她不认识，但她知道，这些都是G大的学生。

不过，其中有一个拿着手电筒的中年男人，秦依然是认识的，是G大教务处的主任。

秦依然原本盛气凌人的气焰，瞬间消了一半，紧接着她眼眶就蓄满了泪水，仿佛受到了天大的委屈一般，对着教导主任开了口："主任，您来得正好，您知不知道，我本来就打算去找您的。主任，您看……"

说着，秦依然就撩起脸颊边的长发，指着自己的脸："您看我的脸，这就是她，时瑶的杰作！

"是她，是她把我骗到小树林来，二话不说地揍了我一顿……"

随着这句话说完，秦依然眼角的眼泪大滴大滴地滚落了下来："主任，学校有校规，打架斗殴是要受到处分的……主任，这件事您得处理……"

何田田："主任，这事您不能全听秦依然的一面之词，您还要听一听瑶瑶的，再说，是我看到瑶瑶被她约出去，想到最近学校论坛上闹得沸沸扬扬的事，不放心跟了过来。听见树林里面有打架的声音，然后跑去找的您。刚刚我们进来的时候，您也看到了，是她在打瑶瑶，还有，看现在瑶瑶都被吓成什么样子了？"

看到瑶瑶被她约出去……

何田田的这几句，忽地就刺到了秦依然的痛处："你放屁，明明骗我出来的人是时瑶！"

教导主任没说话，只是重重地咳嗽了一声。

秦依然这才意识到，自己反应过激了，连忙压下心头的火气，又一副委屈至极的样子，开口说："主任，不是这样的，是她在说谎，是时瑶骗我出来的……"

"既然你口口声声说是时瑶骗你出来的，那你倒是拿出证据来呀！"何田田一点也不虚地怼了回去，"你该不是要说，有男生约你，所以你就来了，结果在这里等你的是瑶瑶？"

"就是……"秦依然想都没想就接了何田田的话。

她想说"就是这样的"，只是她的话还没说完，就被何田田像是想起来什么一样自言自语的话打断了："哦，不对，应该不会是这样的，毕竟我们学校为了正风气，规定过深更半夜不允许男女生在黑漆漆的地方约会。我想秦学姐，你应该是不会这样做的，毕竟在这么冷的天，穿这么短的裙子，和男生见面，真的是有点太……容易让人想歪……"

话还没说完，何田田意识到自己扯远了，连忙不好意思地挠了挠头："主任，不好意思，我胡言乱语了……还有，秦学姐，对不起啊，我在这里给你道歉……我刚刚不该乱说你半夜和男生出来约会，这真的是太影响你的名声了……对不起，真的很对不起……"

被何田田这么乱插一脚的秦依然，顿时不敢继续往下说真相了。

是啊，何田田不提，她都忘记了，学校为了正风气，的确是有过这些规定的。

然而……事实是，她本来就是被时瑶骗出来的，可现在，她又不能说是宋林约她，让宋林站出来为她做证……所以，这一切都是时瑶提前安排好的？

难不成她就要吃这个哑巴亏吗？可……不吃的话，她还能怎么办？时瑶有证人说是自己亲自把时瑶叫走的，可她没有……

看到秦依然沉默不语，何田田忍不住好奇又出了声："对了，秦学姐，刚刚我打断你话之前，你要说的是什么呢？好像是，就是，就是什么呀？

“秦学姐，你怎么不说话了呢？

“秦学姐……”

被何田田连续追问了好几遍的秦依然，直接选择无视掉了何田田，看向了教导主任：“主任，不管我和时瑶是怎么到小树林的，但是我被时瑶打这个事情是事实，您总不能不管吧？”

教导主任看向了时瑶：“时瑶同学，你来说一句话，你真的动手打了秦依然同学？”

时瑶像是很怕一样，往后缩了缩身子，然后晃了晃脑袋，很小声很胆怯地说了一个字：“没……”

“主任，她撒谎！”她是在谁约谁出来这里吃了闷亏，但是时瑶动手打她是事实，时瑶逃不掉的，她就抓着这件事不放。

在学校里动手打人，是要受处分的，到时候会影响到时瑶保研、评优……当然还会被通报，到时候全校都知道时瑶打了她……她只需要可怜兮兮地透露出一点风声，说是时瑶因为论坛的事情恼羞成怒，就动手打了她……

如意算盘打好的秦依然，在指责完时瑶撒谎后，紧接着就开了口：“主任，时瑶撒谎，就是她打的我。这里就我们两个人，总不可能是我自己打了自己吧？！”

“我没有……”比起秦依然盛气凌人的样子，时瑶倒是弱势了很多，“主任，我没有打她，是她动手打了我……我碰都没碰她一下……”

秦依然气得胸膛都起伏了起来：“你胡说八道！你信口开河！你……”

对比起秦依然气得险些跳脚的模样，时瑶还是那副柔柔弱弱的样子：“我没有胡说八道，主任，真的是我说的那样，我没动手打她，动手打她的人，是她自己……”

秦依然气急败坏地吼了出来：“时瑶，你这个贱人！”

时瑶被她这句话，吓得往何田田身后缩了缩。

何田田护着时瑶，不满地瞪了秦依然一眼：“主任，您看她，当着您的面都敢骂人！”

教导主任也不满地出了声：“秦依然同学，请注意你的言辞！”

“我、我……”秦依然怒气腾腾地开了口，她的话还没说完，又被教导主任打断了：“秦依然同学，你先别说话，你这边的情况，我都已经了解得差不多了，我需要了解一下时瑶同学这边的情况。”

说完，教导主任看向了蹲在地上瑟瑟发抖的时瑶，许是时瑶的模样太楚楚可怜了，教导主任说话的声音，不但没了刚刚的威严，反而声调都跟着降低了一些：“时瑶同学，你尽管把情况一五一十地讲一遍，作为教导主任，我不会冤枉任何同学，当然我也不会纵容任何同学。”

“好的，主任。”时瑶乖乖女般，对着教导主任礼貌地应了一声，然后才开口，“今晚我和田田去超市，走到半路，碰到了秦学姐，是她把我强行带到这里来的。她拿着论坛的事情逼我，说只要我给她一万块钱，她就去把论坛那些帖子删了，还说，那些都是她胡编乱造的。我不同意，因为论坛上的那些事情，本身就不属实，我就反驳了她几句，说她做人做事太下三烂，然后她就开始动手打我了……”

“我什么时候说过这些话，我什么时候问你要钱了，我什么时候威胁你了？时瑶，你个贱人，你血口喷人你……”被颠倒黑白的秦依然，完全丧失了理智。

教导主任不悦地瞪了一眼秦依然，开口的语气，格外吓人：“秦依然同学！”

秦依然被吼得闭了嘴，但因为愤怒，她的胸口起伏个不停。

教导主任看向了时瑶。

时瑶这才顺着刚刚的话，往下说："主任，我真的没有撒谎，我的话句句属实，包括刚刚我说的秦学姐自己动手打的自己。因为我说，我要告诉老师，然后她就狠狠地甩了自己两耳光，她还很得意地说，有本事就让我去告老师。她还说，我们两个身上都有被打的痕迹，这代表着我和她互相动手了。等到时候，我告诉老师，要受罚也是我们两个人一起受罚……"

听到最后的秦依然，气得连句话都说不出来，她直接冲到了时瑶的跟前，一把抓了时瑶的胳膊，将时瑶揪到了教导主任面前："行啊，你，时瑶，你真行啊，睁着眼睛说瞎话？有本事，你让大家看看你到底……"

秦依然后面想说的是：你到底被我打了哪里？

可是她后面的话，都还没说出来，刚刚没怎么开口说话的何田田，忽然就蹿到了时瑶的跟前："瑶瑶，你的脸怎么回事？

"瑶瑶，你脸怎么肿得这么厉害？"

何田田一边说，一边就像是懂了什么一样，凶神恶煞地看向了秦依然："秦依然，你下手也太狠了吧？你怎么可以这样？你……"

被莫名指责的秦依然，不解地皱了皱眉心，然后就转头看向了时瑶。

在她转头的过程中，她本想把自己没说完的话继续说出来的，可是在她视线碰触到时瑶面颊的那一刹那，像是看到了多么不可思议的画面一般，眼睛蓦地睁大。

时瑶的脸肿得很可怕，像是被人用力打过一般。

还有她的脖子，也有两处红肿，像是被人用指尖用力地掐过。

不但如此……她身上的衣服，不知何时破损了两处，尤其是腿旁边有着一道划痕，鲜血淋漓地往下淌……

在秦依然看清楚这幅画面时，何田田也同样注意到了："还有脖子，秦依然你掐了瑶瑶的脖子？

"还有腿，都流了这么多血？难怪瑶瑶一直护着脑袋不见人，难怪瑶瑶被吓成那副模样……主任……"

教导主任在看到时瑶流血的腿时，脸上的表情立刻严厉到了极致："秦依然，你还有什么要说的吗？！"

听到教导主任的话，秦依然才眨了眨眼睛，从时瑶忽然变成这副模样中缓过神来。

她还是有点不敢相信自己看到的画面，盯着时瑶继续看了一会儿，然后才出声："怎么会这样？怎么会这样？"

是啊，这到底是怎么一回事？

自己明明没有碰时瑶一根手指啊，她是怎么伤成这副模样的？

"什么怎么会这样？说的话乱七八糟的！"时瑶伤成了这样，脸肿得让人难以直视，换成谁，都觉得是秦依然撒了谎。毕竟玩苦肉计，没人会玩到把自己伤成这副模样，再加上一开始大家赶到时，看到的就是秦依然气势汹汹要打时瑶的画面……

所以，种种事情联系起来，换作谁都会觉得是秦依然撒了谎。

教导主任显然也是认定了时瑶说的是真的："秦依然，你这些行为，实在是太恶劣了，在校内打架斗殴就算了，还勒索同学。这些事情，我会如实告诉校方高层，让他们做出处决！”

说完，教导主任看向了时瑶：“时瑶同学，你放心，这种事情我们会严肃处理的。

“另外，就是这位同学，你和时瑶同学是一个宿舍的，对不对？辛苦你现在带着时瑶去包扎一下伤口了……”

何田田立刻乖巧地接了话：“是的，主任，我现在就带着瑶瑶先走了。您看这里这么多人，瑶瑶这副模样……”

教导主任一副十分理解的样子，摆了摆手，示意她们赶紧走。

何田田甜甜地道了句“主任，再见”，然后就搀扶着一瘸一拐的时瑶，离开了小树林。

在走过教导主任的那一刻，时瑶原本怯弱的眼底，浮现出一抹凉意。

秦依然不是很喜欢不分真相，就颠倒黑白地污蔑人吗？

那好啊……她就让秦依然尝一尝被污蔑的滋味。

此时的秦依然，心里的感受一定很精彩吧？

被揍了一顿，怒火发泄不出来就算了，还反而被倒打一耙……

只可惜，没有办法变成她肚子里的蛔虫，去看看她内心崩溃的样子。不过单独只是这么想一想，还真是够爽、够解气的！

她时瑶从来都不是软包子，从小到大她没欺负过别人，也没被人欺负过，但是并不代表着她被人欺负后，不知道反抗和还击！

她其实也不想做得这般绝、这般狠，因为这样的做法，是她最不喜欢的，她喜欢简单美好地过日子。可是有些人，她就是要拼了命地破坏你的简单和美好，既然如此……那就休怪她不讲情面。

就像是她说的，秦依然有本事来招惹她，就要做好承担后果的准备。

当然，今晚一事，她也不是单纯地就是跑来撒气的。

今晚一事，很快就会传遍整个G大，到时候人人都会知道，秦依然拿着论坛事件逼她给钱，然后和她发生分歧后，还动手打了她，并且还顺带着给了自己两巴掌来试图掩盖自己的所作所为……如此一来，论坛上，秦依然爆料的那些事情，可信度必然会降低很多。

毕竟，这样一个人品恶劣的人说的话，又怎么可以随便相信？

即便有些人，可能会不相信，毕竟视频摆在那里了，但是有关她被包养的风波，也会被今晚秦依然的事掩盖下去。

就像是娱乐圈，掩盖一个丑闻的最好方法，就是爆出另外一个丑闻……算是她秦依然咎由自取了，谁让这是她先挑起的事端，那自然是由她来掩盖自己的丑闻了。

想到这里，时瑶嘴角忍不住轻轻地勾了勾。

谁欺负她，她都不会轻饶！

秦依然竟然还敢连累她的朋友和林嘉歌！

她秦依然要是聪明，就吃了这次教训老老实实地做人，她要是“头铁”，以后还要跟自己过不去……呵……

时瑶在心底冷笑了一声，还没暗自放狠话，忽然远处有一辆大车开来，车头的远光灯直直地照在她和何田田的身上，光亮刺得她和何田田睁不开眼睛。

“这是怎么回事啊？大半夜的，怎么会有这么大的车开进学校呀？”

伴随着何田田的吐槽，车子在她和何田田的身边停了下来。

车门打开，里面接连跳下来好几个人。

全都是陌生面孔，时瑶和何田田都不认识，但因为好奇，两个人忍不住多看了几眼。

那些人下车后，就绕到了大车的后头，打开后车门，然后从里面开始往下搬东西。

“这到底是在做什么呀？瑶瑶？”何田田忍不住凑到时瑶耳边好奇地问。

时瑶不解地晃了晃脑袋，刚想回何田田一句“不知道”，接连跳下来好几个人的车门处，又下来了一个人。

只是一眼，时瑶就脱口而出了一句疑惑的话：“林嘉歌？”

他怎么来了？

随着时瑶皱起的眉心，搀扶着她的何田田，似是心虚般，松了松握着她胳膊的指尖，往她身后挪了挪，故作镇定地说：“瑶瑶，兴许是林学长和你心有灵犀一点通，知道你在这里，就赶过……”

何田田的话还没说完，时瑶就转头看了她一眼。何田田立刻堆起笑容，改了嘴里的话锋：“好吧，是林学长把电话打到宿舍里了。你也知道，他是我男神，我、我、我本来很有骨气的，可是他一开口说话，我、我、我的骨气，就全背叛了我……”

时瑶因为好奇，随口一问：“他说了什么呀，就让你这么全盘托出了？”

何田田挠了挠脑袋：“嘿嘿，他说，你好，我是林嘉歌，请问时瑶回过宿舍吗？”

时瑶感觉自己的脸上，像是被糊了一层巧克力一样，黑了。

好色就好色吧，说什么骨气背叛了自己……

时瑶在心底“哼”了一声：“田田，你就是彩虹糖。”

何田田：“什么意思？”

时瑶：“就是够色！”

被嘲讽的何田田，一个劲地冲着时瑶笑，她本想撒娇的，结果她话还没说出来，瞄见林嘉歌身后的车门里，又跳下来了一个人，然后就连忙扯着时瑶的胳膊，转移了话题：“瑶瑶，瑶瑶，你看，还有陆学长哎，他也来了……”

时瑶顺着何田田指的方向望去，果然看到穿了一件白色衬衣的林嘉歌身后，多了一个穿嫩粉色帽衫的陆本来。

这个喜欢冷暖的男生，永远都是穿着跟汽水一样、各种少女少男钟爱的颜色的衣服，还真是有够骚的……

伴随着时瑶心底默默地吐槽，教导主任带着何田田刚刚按照时瑶的吩咐，喊来的一些女生以及秦依然从小树林里，走了出来。

陆本来最先开了口：“主任好。”

教导主任看到林嘉歌和陆本来，停了脚步：“嘉歌，你怎么来了？”

林嘉歌很礼貌地对着教导主任微点了点头：“我过来解决点事情。”

陆本来紧接着就又插了话：“是啊，主任，我们过来解决点事情，还得请您稍等会儿，那些东西马上就搞好了……”

教导主任：“那都是一些什么东西呀？”

陆本来："主任，这个您等会儿就知道了……"

在陆本来和教导主任的话语声中，林嘉歌转头看向了站在稍远处的时瑶。

他借着路灯昏黄的光线，遥遥地盯着她看了没一会儿，就迈着步子，冲着她这边走来。

何田田忍不住抓紧了时瑶的胳膊："瑶瑶，林学长过来了，虽然我知道，他是属于你的，可是我还是要被他帅晕了，怎么办……"

何田田的话还没说完，林嘉歌已经走近了。

何田田连忙闭嘴："林学长。"

由于是时瑶的舍友，林嘉歌很是客气地冲着何田田说了句"你好"，然后才看向了时瑶。

刚刚隔得有些远，路灯光线又不亮，林嘉歌没看清楚时瑶的状况，直到站在她跟前，他才发现，她脸肿得厉害。

林嘉歌的脸色，瞬间沉了下来："她打你了？"

林嘉歌开口的声音，不但寻不到一丝一毫刚刚跟何田田讲话时的淡然和悠闲，反而还多了许多凌厉和冷锐，吓得何田田猛地就松开了时瑶的手，指了指旁边认识的同学，溜走了。

"是不是她打你了？"林嘉歌边问，视线边绕着时瑶全身开始看。在他瞄到她腿上的伤和衣服上的破口时，他眼底有着无数风云翻滚而起，他没等时瑶说话，就转头往旁边站着的人群扫了一眼，然后在捕捉到秦依然的身影后，他想都没想就冲着她大步流星地走了过去。

只是他走了没两步，手就被时瑶抓住了："林嘉歌，你冷静冷静，别冲动……"

这个时候，她是处于弱势群体，也是占了上风的，若是林嘉歌一怒之下怎么了秦依然，那局势就会逆转了……

更何况，一个男生动手打女生，这样的事情传出去，也不好听。

生怕拽不住林嘉歌的时瑶，干脆伸出另一只手，用双手抱住林嘉歌的左胳膊，跟抱抱熊一样，将全身的重量都交付在他的身上："林嘉歌，你别过去，你……"

她说话的声调，软软的，还带着一抹请求。

听得林嘉歌一下子就迈不动脚步了，他压了压心头的火气，侧头看到她无赖的动作，一时之间哭笑不得。

最终，林嘉歌还是顺了时瑶的意思："好了，我不过去了，你先松开我。"

时瑶仰着头盯着林嘉歌脸上的神情观察了一会儿，确定他不是在撒谎，然后才放开了他的胳膊。

林嘉歌转身，面向了时瑶："除了这些伤，还有哪里被伤到了吗？"

时瑶急忙摇头："没，没有！"

林嘉歌似是不放心一般，上下打量了一圈时瑶，然后确定没其他伤口后，才从兜里摸出一块干净的手帕，蹲下身，要帮时瑶包扎她腿上的伤口。

这伤口可不能随便乱碰啊！会露馅的！

他到底是谁家的，怎么胳膊肘往外拐呢？

时瑶猛地将腿从林嘉歌手边挪开。

林嘉歌以为时瑶是怕疼："我会轻点的，现在不简单处理下伤口，要是感染了，就麻烦大了……"

感染个冰激凌球哦！根本不会感染的！

但是旁边都是人，隔得又没有多远，她若是跟他讲实话，被人听去了，那岂不是闹出大事了？

可他又这么执意地要给自己处理伤口……林嘉歌绝对是来拖后腿捣乱的！

想着，时瑶就转了转眼珠，然后不管不顾地冲着蹲在自己身前的林嘉歌伸出手："抱抱……"

林嘉歌被时瑶这举动，搞得瞬间呆愣在原地。

呃……她好像情急之下，用了一个超级大烂招啊！

旁边那么多人看着，她这么公然要抱抱，林嘉歌不抱她，那她岂不是要闹笑话了？

可现在用都用了，又不能时光倒流，时瑶暗暗地咬了咬牙，只能硬着头皮继续冲着林嘉歌娇憨地开了口："抱抱……"

时瑶再次开口的声音，将林嘉歌从愣神中唤了回来。

他虽不知道她为什么忽然这样做，但她这一声"抱抱"喊得他心都化了，让他在这一刹那，丧失了所有的抵抗力。

他想，哪怕她让他去闯刀山和火海，他也会义无反顾……

他没迟疑，抑或是说，他大脑里一片空白，什么都没想，就那么盯着她冲着他伸来的白生生的一双小手，慢慢站起身，然后就将她揽入了怀中。

两个人靠得近了，时瑶这才踮起脚尖，凑到林嘉歌耳边，小声地说起了悄悄话："我跟你说，你不要乱动我身上的伤口……

"这里人多口杂，那么多眼睛盯着，我不方便跟你说……但是你要记住，我们两个人才是一家的，你不能毁我大计，拖我后腿……"

把自己想讲的话都讲完的时瑶，冲着林嘉歌问了句："你听到了吗？"

她软软的身子在他的怀中，她踮起脚尖对着他耳边温声细语讲话的气息，不断地喷洒在他的脖颈上……

她未免太高看他的自制力了，她说的话，他全听到了耳朵里，但他根本没办法去思考她那些话究竟是什么意思。

时瑶见林嘉歌迟迟不给自己回应，又催问了句："你到底听到我说的话了吗？"

林嘉歌还是一动不动地没反应。

时瑶忍不住掐了一下他的腰。

微微的疼夹杂着刺激的酥麻，瞬间传遍了林嘉歌的全身，他条件反射般地就握住了时瑶乱来的小手，然后慢慢侧头，对上她的眼睛。只是短短的数秒钟，他的视线就落在了她的唇上。

他清楚地感受到自己心底那股想要吻她的冲动，他努力地克制再克制，然后用了很大很大的力气，才冲着她轻轻地点了一下头，"嗯"了一声，就飞速地错开了落在她唇上的视线。

见林嘉歌终于回应了自己，时瑶提着的心终于落定，然后她就往后退了一步，想要离开林嘉歌的怀抱。

男生忽然加大了指尖的力道，将她刚刚掐他腰的手握得更紧了一些。

时瑶下意识地加大力道想要挣脱，但林嘉歌却没有半点要松开的迹象。

在两个人僵持不下时，不远处的陆本来忽然开了口："老大，东西都组装好了，你过来看下……"

林嘉歌"哦"了一声，继续握着时瑶的手，盯着她眼睛看了会儿，才转身离开。

他走到由纸箱里的东西组装成的一套仪器面前，看了会儿，似是确定没什么问题后，冲着旁边的陆本来轻点了点头。

得到他暗示的陆本来，下一刻就转头看向了教导主任："主任，是这样的，这套仪器，是最新款的测谎仪，精准度高达百分之百……

"搞来这套测谎仪的目的，其实就是为了论坛上的那些风言风语，现在，我想请秦依然同学当着这么多同学的面，测试一下。如果秦同学问心无愧，我觉得她也没什么好怕的，所以测一测也无妨，不是吗？"

说着，陆本来就看向了秦依然："秦同学，来吧，不会耽误你太多时间的，最多十秒钟，你只需要对着测谎仪说一句话，那就是：我在论坛上爆料的事情，句句属实……"

秦依然站在原地没动。

陆本来颇有耐心地等了一阵儿，然后他见秦依然迟迟不动，又开了口："秦同学，这是怎么了？论坛上敢实名爆料，这不是说明自己底气十足吗？既然底气十足，那你还等什么呀？快来呀……"

秦依然依旧动都没动弹一下。

站在旁边的时瑶，看着那一套装备，睁大了眼睛。

林嘉歌这也太能玩了吧？直接搞来一套这么先进的测谎仪设备……不过，她也撒谎了啊！万一等下要让她测，那不是在玩死秦依然的同时，也玩死了她吗？

果然，男人都是大猪蹄子，说的话不可信……

正当时瑶腹诽之际，不远处的陆本来又开口催秦依然了："秦同学，你这是心虚了？"

秦依然有没有心虚，时瑶不知道，但是她好心虚啊……时瑶感觉自己的心脏，都慌得直哆嗦了。

被催促了好几次的秦依然，似是不服气般开了口："为什么非要我来测谎，为什么不让时瑶测？你问问她，刚刚我真的打她了吗？"

天啊……还真是怕什么来什么啊！果然林嘉歌和她不是一家的！

时瑶忽然好想变成玄幻小说里的女主角，来个遁身术，逃之夭夭。

陆本来"嗤"地就笑出了声："秦同学，你可真有意思啊，都这个时候了，还想着倒打一耙？"

"好吧，暂且就相信你，你没打小学妹，是小学妹污蔑了你。但是，凡事有因就有果，最先挑起事端的人是你，就算是辨别真相，也应该是你先来，这没问题吧？

"只要你先来把论坛的事情测了，接下来，你想测什么都可以，我代表小学妹，表示全权配合你！"

顿了顿，陆本来扭头看向了时瑶："小学妹，你这边没意见吧？"

你去吃臭豆腐吧！我才不要你代表我呢！

时瑶在心底咬牙切齿地将陆本来里里外外问候了一遍，但是面上还是故作镇定地回："没，我没意见！"

有啊，她有天大的意见……

陆本来看向了秦依然："你看，小学妹已经说了，她没意见，所以，秦同学，请吧……"

秦依然站在原地，盯着仪器，犹豫不决。

陆本来故作不知："秦同学，你这反应是什么意思？是不会用这个仪器吗？没关系，我找人先来给你做个演示……”

“只是，谁来演示呢？”陆本来看了一圈周围的人，最后将视线落在了林嘉歌的身上，“老大……要不，你来？”

始终没说过话的林嘉歌，倒是没拒绝，径自走到测谎仪面前，开口说了一句话：“时瑶是我未婚妻。”

测谎仪安静无比。

陆本来将解说进行到底：“这样就说明是真话。”

陆本来本以为林嘉歌已经把话说完了，刚准备继续去催秦依然，谁知林嘉歌对着测谎仪又说了一句：“时瑶住的是我家。”

这测谎仪，老大确定是给“秦笑话”特意准备的惊喜，不是给自己准备的大礼？

还有，老大确定是来报仇，助小学妹一臂之力，不是来虐狗的？

怎么办？此时此刻，怎么看怎么都觉得是老大为了宣示主权，费了那么多人力搞来的这个测谎仪？

当然，陆本来也只敢这么默默地在心底吐槽，不敢说出来，也不敢忘记自己的使命，所以他很快就转头看向了秦依然：“秦同学，你看，演示也给你演示了，所以，你要是真理直气壮，问心无愧，那就来测一测吧？”

陆本来这次没再给秦依然磨叽的机会，再开口的话语，咄咄逼人了许多：“秦同学，这么多同学在，还有教导主任也在，你要是真的不理亏，这测谎仪对你来说，是可以证明自己的神助攻。我想任何人，在自己被冤枉后，都会迫不及待地想要证明自己吧？可你这样磨磨蹭蹭的，真的让人有点怀疑，你在论坛上说的那些话，到底是不是血口喷人！

“现在天色已经不早了，这么浪费大家的时间，也不是一回事，所以，秦同学，给你三分钟思考的时间，你要是真的决定不来测谎，那就说明，论坛上的事情，是你胡编乱造出来污蔑人的咯？

“一分钟过去了，秦同学，你还没做好决定吗？”

“两分钟了……

“两分三十秒了……其实，事情的真相，大家都不傻，都看得出来了。老大已经说小学妹住在他家，那论坛上的那些小学妹被什么中年大叔包养的言论，不攻自破……哦哦哦，不好意思，我废话太多了，已经三分钟了……

“秦同学，我现在是不是可以当你自动放弃了？或者，我让人把测谎仪抬到你面前去？”

说着，陆本来就摆了摆手，他带来的那些组装测谎仪的人，真的抬起了测谎仪，冲着秦依然走去。

秦依然看着冲着自己步步逼近的测谎仪，脸色一阵白一阵青。

她是怕啊，是心虚啊……论坛的那些事情，本就是她一手污蔑出来的……她一开口，就会暴露……哪怕她今天真的没动手打时瑶，可她连第一关都过不了，又怎么能拆穿得了时瑶？

先是时瑶陷害她，现在又是林嘉歌如此大阵仗地搞来了一套测谎仪……他们是相约好的吗？接连来给她打击？

眼看着测谎仪已经被抬到了自己的面前，秦依然慌得开始往后退，退着退着，她就被一棵树挡住了去路。她停了下来，呆了不过两秒钟，实在想不出来该怎么办的她，想要撒腿就逃。

陆本来像是早就猜到了她会逃一般，抢先一步，拦住了她的去路：“秦同学，你这是什么意思？”

“见谎言暴露了，想要走？”陆本来的话音，忽然变得有些尖锐，“也不是不可以，但是做错事，道歉是天经地义的，所以麻烦秦同学，在走之前，给该道歉的人道歉！”

秦依然攥了攥指尖，只想着立刻离开这里的她，理都没理陆本来，就绕开他想走。

陆本来再次眼疾手快地拦住了她的去路：“秦同学，做人可不能这样，敢做不敢认？这真的有点太不要脸了啊……”

不要脸？

是的，今晚过后，不，不用今晚过后，等会儿，这里发生的一切就会传遍G大每一个学生的耳中，到那个时候，她秦依然比上学期论坛风波的下场来得还要惨……

反正横竖她都是要一死，那她为什么不在临死之前，拉个垫背的？

对啊，刚刚她就是看这么大的阵仗，一时之间被唬住了，她怎么就忘记了，她没动手打过时瑶，他们逼着她测谎，可她不一定非要说论坛的事啊！她可以对着测谎仪说，她没打时瑶，是时瑶打的她……

就算是论坛的事情是她一手捏造出来的，就算是人人皆知她身败名裂了，可这样一来，时瑶也好不到哪里去……玉石俱焚的玩法，谁还不会呢？

想到这里，秦依然的眼底闪现出一抹狠意，下一刻她就对着陆本来点了点头：“好啊，不是要测谎吗？我测给你们看啊……”

说着，她就转身走到测谎仪面前，根据林嘉歌刚刚演示的那样，对着测谎仪开口说：“今晚不是我把时瑶拉到小树林来的……”

只是听到这句话，时瑶的腿一软，整个人险些没稳住心神，栽倒在地上。

她就知道，林嘉歌是来拖后腿的；她早该明白，宁可相信这个世界上有鬼，也不能相信林嘉歌这个人！

可怜了她出神入化的演技，就这样被林嘉歌糟蹋了……

“是时瑶把我骗过来的，我没有打时瑶，我碰都没碰时瑶一根手指，自始至终都是时瑶，她打我……”

完了完了完了……此时此刻，时瑶只想点一首《凉凉》送给自己。

一口气将想说的话，全都说完的秦依然，带着几分义无反顾的姿态，看向了测谎仪。

林嘉歌摆出如此大的阵仗，搞来了测谎仪，不就是想要护着时瑶吗？

他怕是千想万想，都没想到，他以为的神助攻，其实是害了时瑶吧？

“愿赌服输”这四个字，她还是懂的……不过在一败涂地之前，可以拖着时瑶下水，也是值了……

想着，秦依然的心底忽然升腾起了一抹快感，就连她的嘴角，都有着一抹笑意浮现出来。

只是那抹笑意，还没抵达她的眼底，面前的测谎仪，忽然间发出一道尖锐的警报声。

陆本来掏了掏耳朵，然后就立刻开了口：“秦同学，你这是在说谎啊……”

“不可能……不可能……”秦依然一脸难以置信地盯着测谎仪看了会儿，然后就扑到测谎仪面前，“我没有打时瑶……”

随着她话音的落定，测谎仪再次发出刺耳的警报声。

怎么会这样？她说的明明都是事实啊……

"我没有打时瑶，我没有打时瑶，我没有打时瑶……"

秦依然对着测谎仪，一遍又一遍地说，可不管她说多少遍，测谎仪始终都有警报声响起。

"这套测谎仪有问题，这套测谎仪是假的，假的……"

秦依然说着，就转身看向了教导主任："主任，这套测谎仪是假的，是假的，我刚刚说的都是真话……"

站在旁边好整以暇地看了秦依然好半晌的陆本来，见时机到了，这才又开了口："秦同学，你这样就没意思了啊！你不能露馅了，就把责任推给测谎仪，测谎仪表示，这锅我不背……"

秦依然气急败坏地瞪向了陆本来："你胡说八道，这测谎仪分明就是有鬼，你们在陷害我……"

说着，秦依然抬起手指，一一指向了时瑶、林嘉歌、陆本来，直到最后的何田田："你、你、你，还有你……你们四个联合起来陷害我！"

何田田睁大了眼睛，一脸无辜："秦学姐，你这是什么意思？我跟林学长和陆学长都不算认识，我们怎么联合在一起？"

"你看，学妹都说了，我们不熟。秦同学，你不能为了掩盖自己，这么耍赖，要不这样吧……"陆本来边说，边看向了旁边的教导主任和同学，"测谎仪是真是假，在场的人过来试一试不就知道了吗？你们谁愿意做测试的，来这里尽管试一下……"

"我来——"何田田第一个站出来。

因为有人打先锋，紧接着，第二个、第三个、第四个……接连十个人站出来测试后，有人说了真话，有人说了假话，但测谎仪测试的结果，都没问题。

到了最后，站出来做测试的，是教导主任，他接连说了三句话，测试结果全都没问题。

这次没等陆本来开口，教导主任直接转身看向了秦依然："秦依然，你还有什么话想说的吗？"

"不可能，不可能……"秦依然不断地摇着脑袋，她盯着测谎仪的眼睛，充满了不解。她反复地自言自语了好一会儿，然后突然就扑到了测谎仪的面前，又开了口说，"我没有打时瑶，我没有打时瑶……"

一定是刚刚测谎仪被动了手脚，不管她说什么，测谎仪反馈出来的结果，都是假的，现在才是正常的……

可是，随着她话音的落定，测谎仪再次发出尖锐的声响。

这究竟是怎么一回事？难不成只要她说话，测谎仪给出的结果就是假的？

想着，已经完全丧失理智的秦依然，又开了口："论坛的事情，全都是我一手捏造的，我只是看到时瑶进入那个高档小区，至于具体情况是什么样的，我根本不知道……"

然而，这次她话音落定良久，测谎仪都没发出任何声响。

此时此刻，测谎仪居然在她的身上又灵验了？

秦依然整个人彻底崩溃了，她歇斯底里般地伸出手，砸向测谎仪："这个测谎仪就是有问题，我是被陷害的，我是被陷害的……"

教导主任本就不耐烦了，现在看到秦依然发疯的举动，彻底没耐心了。他连制止的话都懒得再跟秦依然说，直接对着旁边站着的同学开口：“你们把她拉开，让她冷静冷静。”

吃了如此大的闷亏，却又无处伸张，秦依然就跟疯了一样，谁碰自己就打谁，气得教导主任最后喊来了保安，直接把她强行拖去自己的办公室关黑屋了。

教导主任临走之前，当然没忘记将被何田田喊来的那些学生都驱散了。

大家都走了，时瑶几个人自然也没继续留在这里的理由了。

时间还不算特别晚，没吃饭的时瑶，等人都走光后，提议去吃消夜。

何田田没意见，甚至还拿着手机给江月和冷暖打了个电话。

听到时瑶宿舍里另外两个女生也要去的陆本来，顾不上自己宿舍里没忙完明天就要上交的项目，立刻也答应了下来。

时瑶都去了，林嘉歌肯定不可能再有意见，所以他在确定好人数后，问清楚时瑶想吃什么，就拿着手机去订位置了。

因为人多，打车要分两辆，大家一致觉得太麻烦，最后就选了学校附近的一家烧烤店。

时瑶点的餐，等服务员离开后，她立刻迫不及待地说了自己在学校时，一直纳闷和想说的话：“那套测谎仪，到底是怎么回事啊？为什么秦依然说真话，测谎仪还会叫啊……”

“这个呀……”陆本来笑呵呵地接了时瑶的话，“老大的杰作啦……他写了个小程序，有个远航控制，就在他的手机上。所以那会儿，你看老大好像漫不经心地站在旁边正玩手机，其实是在帮你作弊……”

“哇——”时瑶转头，眼睛瞪大、嘴巴变圆地看向了身边的林嘉歌，“这么酷的吗？”

林嘉歌被时瑶表现出来的小模样，逗得勾了一下嘴角，然后把自己面前刚刚用茶水涮干净的杯子和碗筷，推到了她的面前，顺便把她面前还没拆封的餐具拿走。

“还好你们是友军，有那么一瞬间，我还以为你们是敌军呢……不过，我那会儿还是吓出了一身冷汗，我生怕把我喊过去，让我对着测谎仪讲话……”时瑶心有余悸地拍了拍自己的小心脏，带着几分庆幸地说，“还好秦依然太生气了，把我给忘记了，要不然她要是死咬着我，让我去说话，那就真的要死翘翘了……”

听到这话的林嘉歌，扭头看了一眼时瑶，一边单手拆开他刚刚从她面前抽走的餐具，一边回：“不会的。”

时瑶一时半会儿没反应过来，眨巴着眼睛“啊？”了一声。

陆本来给了一个无比详细的解释：“老大的意思，就是你说什么，都不会露馅的，因为他那个小程序里，也将你的因素考虑进去了。所以就算是你撒弥天大谎，测谎仪叫都不敢叫一声的。”

“原来是这样啊……”搞明白状况的时瑶，随后就忍不住嘀咕了一句，“你们这方法简直是太阴险了，不过我喜欢……”

听到时瑶这话的何田田，抬头看向了时瑶：“瑶瑶，你还好意思说林学长和陆学长，你说说你自己，今天晚上到底是怎么一回事！”

江月：“对，你让田田喊那么多同学，去小树林做什么？叫教导主任一个人过去不就好了吗？”

时瑶还没开口，坐在江月旁边、陆本来对面的冷暖，语气清冷地出了声：“教导主任过去，是给秦依然处罚用的，而田田喊的那些同学，是做散播消息用的。”

陆本来不是特别明白几个女生说的话是什么意思，但他见冷暖开口了，就毫不犹豫地点头，附和：“对，冷暖说得对。”

冷暖抬起眼皮，面无表情地看了陆本来一眼。

陆本来面对她的冷淡，毫不在意，接触到她的眼神，立刻露齿回了个灿烂的笑容。

冷暖接收到陆本来的笑，立刻收回了视线，垂下了眼帘，继续去看手机了。

旁边的江月，摇了摇头：“我不是特别懂暖暖的意思。”

时瑶早就习惯了江月脑子慢半拍的反应，软着声音，对她仔细地解释了一遍：“我之所以跟田田发消息，让她在我和秦依然见面后十分钟，带着教导主任和一些同学去小树林，是因为那些同学眼见了今晚发生的一切，肯定会去八卦的。到时候也会传到论坛上啊，这样秦依然在论坛上发的那些帖子，就不攻而破了嘛……”

“哦哦哦，我懂了。”江月恍然大悟。

何田田：“那瑶瑶，你脸上的伤，真的不要紧吗？秦依然那个浑蛋，也太过分了吧，下手那么狠！”

江月：“就是，等我回头在校外见了她，看我不揍回来！”

时瑶听到江月的话，连忙摆手：“不用不用，她根本没打我。”

自始至终坐在时瑶旁边，神情从容淡定地听他们讲话的林嘉歌，有点意外地侧头看了一眼时瑶。

时瑶没察觉到林嘉歌的反应，见江月和何田田吃惊的神情，立刻笑着开口说：“我脸上和脖子上的这些伤，其实不是伤啦，是过敏。这些肿块，你们看着很吓人，那是因为我自己涂了药的，等我睡一晚上，明天就一点事都没了……”

何田田：“所以，秦依然根本没打你，那她脸上的手指印，是你打的？”

服务员送了烧烤上来。

着急吃东西的时瑶，没说话，只是猛点了点头。

何田田：“难怪秦依然会那么崩溃啦，敢情今晚，她是哑巴吃黄连有苦说不出啊！”

冷暖：“那是她咎由自取，对付她这种人，就应该用这种方式，瑶瑶这叫以其人之道，还治其人之身！”

陆本来：“是的，没错，是秦笑话咎由自取！”

冷暖又抬头，看了一眼陆本来。

陆本来依旧是脸上挂着笑，将刚刚剥好的虾，放在了冷暖的盘子里。

冷暖立刻冰着一张脸垂下了头，但没将陆本来放在自己盘子里的虾还回去。

何田田：“那瑶瑶，你腿上的伤呢？也是假的？”

吞掉嘴里的东西后，时瑶才摇着头回：“这个不是，这个是真的，是我听到你们过来，自己一不小心划到了。但是伤口并不深，我想着反正都受伤了，干脆就将作用发挥到最大吧，于是自己拼命地挤了挤伤口，然后挤了一摊血出来，这才出现了那个看着很吓人的画……”

时瑶的话还没说完，坐在她旁边的林嘉歌，忽然站起了身。

他的动作有些大，惊扰了时瑶。

时瑶本能地转头看向了身边的位置，他个子高，她只是看到了一抹纯白的衣衫，他人就走开了。

陆本来咬着一根羊肉串，纳闷地扭头问：“老大，你要去哪里？”

林嘉歌没说话，留下的只是扬长而去的背影。

“呃……”在门关上后，陆本来扭回了头，“小学妹，你继续说，老大可能是……”

陆本来想说“尿急”的，但话还没说出来，坐在他面对的冷暖，慢条斯理地吞掉嘴里的土豆片，抬头说：“他是不高兴了。”

没看到林嘉歌脸色变化的时瑶，睁大了眼睛，一脸的纳闷：“不高兴了？”

同样也没察觉到哪里有问题的陆本来，听到冷暖的话，毫不犹豫地开口：“对，冷暖说得对，老大可能是不高兴了！”

时瑶扭头，古怪地看了一眼陆本来：“你确定？”

冷暖的话，她还是可以信的，可是陆本来的话，她怎么就这么不相信呢？她总觉得……拍马屁的嫌疑大过他的内心真实想法……

陆本来：“确定，当然确定了，我跟老大认识这么久，他动动唇，我就知道他是口渴了；他踢踢脚，我就知道他是饿了；他扬扬下巴，我就知道他是累了……”

虽然时瑶弄不明白陆本来所谓的踢踢脚和饿了到底是怎么扯上关系的，但她认真地想了一会儿，觉得陆本来和林嘉歌认识了这么久，大概是真的比自己更了解，于是就转头看向冷暖：“可是他为什么不高兴呀？我们也没惹他啊……”

冷暖只是感觉出了林嘉歌不高兴了，但是具体因为什么，她也没搞明白。面对时瑶的询问，她摇了摇头：“这个我还真不明白。”

何田田：“我都没看出来林学长不高兴了。”

江月：“哦哦哦，我终于想明白了，瑶瑶其实没被打，但是装成被打的样子，污蔑了秦依然。瑶瑶，你这个苦肉计真棒！”

一桌子的人，齐刷刷地转头看向了江月。

江月见大家都盯着自己，不解地笑了一下：“怎么了？你们干吗都看我？”

大家齐刷刷地摇了摇头：“没什么……”

但心底想的却是：姑娘，你的反射弧真长……

然后，话题重新回到了“林嘉歌不高兴”上。

在大家你一言我一语发表言论时，何田田拿了一碗脑花，放在了江月的面前：“月月，你多吃点这个……”

一桌子的人讨论了大概五分钟的样子，也没讨论出来一个结果，最后陆本来给了个答案：“老大的脾气，一向阴晴不定，就跟北京六月的天一样，下午蓝天白云晴空万里，傍晚忽然下起暴风雨。所以，你们不需要想太多，等会儿他回来，兴许就没事了，来来来，烧烤要趁热吃……”

在陆本来的劝说下，大家又开始吃了起来。

最能吃的时瑶，拿着一串自己最喜欢的蜜汁鸡翅，啃了两口，就停了下来。

林嘉歌，他是真的不高兴了？那他究竟是为什么不高兴呀，还有他怎么到现在还没回来？

时瑶歪着脑袋，盯着身旁空掉的位置看了会儿，然后扭回头，咬了一口鸡翅。

她平时遇到吃的，是无心去想其他事的，可是这次，她只嚼了一会儿鸡翅，就盯着一桌子说说笑笑很是热闹的几个人看了会儿，然后就放下鸡翅，摸出手机，给林嘉歌发了一条短信：“你去哪里了呀？”

过了大概半分钟的样子，手机在掌心里振动了，林嘉歌回了她的消息：“出来买点东西。”

林嘉歌这看起来，也不像是生气了呀……

时瑶原本有点不安的心，瞬间平定了下来：“哦，那你快点回来，等会儿烧烤凉了，就不好吃了。”

林嘉歌只回了一个“嗯”字，就没了后续。

确定是冷暖和陆本来理解错了林嘉歌情绪的时瑶，放下手机，心无旁骛地开始吃烧烤。

和林嘉歌发完短信后，过了大概十多分钟的样子，他终于回来了。

一屋子的人，听到门响声，都纷纷跟他打招呼。

“老大——”

“林学长……”

“林嘉歌，你回来了呀？”时瑶咬着一根玉米，后仰着头，冲着走过来的林嘉歌，眉眼弯弯地问了句话。

林嘉歌自始至终就没出声，只是在碰触到时瑶灿烂的笑容时，他低着头，看了她一眼，然后迟疑了大概三秒钟的样子，冲着她微点了点头，然后就拉开椅子坐了下来。

有陆本来在，即便林嘉歌表现得很淡漠，但也没有影响到包厢里的气氛。

“你去买什么了？”时瑶凑到林嘉歌身边，小声地嘀咕了一句。

林嘉歌没说话。

时瑶也没在意，拿着刚刚新加的还冒热气的羊肉串，放在了林嘉歌的盘子里：“你都还没吃东西，快点吃……”

林嘉歌还是没说话，也没动。

时瑶终于察觉到了异样：“怎么不吃呀？”

林嘉歌听见她的催促，侧头看了她一眼，然后就拿起了羊肉串。

时瑶没再说话，但她能感觉到，林嘉歌是真的不太开心……冷暖和陆本来没会意错他的情绪。

时瑶挺想问问林嘉歌，因为什么不开心的，但是这里不只有他和她两个人，其他人正聊得热火朝天，她这般贸然一问，只会坏了大家的兴致。

所以，时瑶想了想，还是选择了沉默。

没人喝酒，只是单纯地吃东西，没多大一会儿，就到了散场的时候。

林嘉歌和时瑶回家，其他的人回学校，因为将近十一点钟，宿舍的大门马上要被锁了，所以十点五十分的时候，陆本来就带着冷暖、江月和何田田先走了。

包厢里只剩了时瑶和林嘉歌两个人。

林嘉歌一晚上都在沉默，所以包厢里一下子安静得有些可怕。

两个人在自己的位置上各自坐了一会儿，林嘉歌喊来服务员买单。

结完账，时瑶以为要走了，她站起身，想去旁边的衣服架上拿自己的包，结果还没迈步离开，手腕却被林嘉歌抢先一步握住了。

时瑶身体本能地一颤，然后就转头看向了林嘉歌：“怎、怎么了？”

林嘉歌还是那副沉默不语的样子，但他握着她手腕的力道，却没半点松懈的迹象。

他只是看了她一眼，就站起身，将身后的椅子往旁边轻踢了踢，然后就把时瑶拽到自己刚刚坐的那张椅子跟前，把她按坐在了上面。

“林嘉歌，你要做……”时瑶被林嘉歌一系列的举动，搞得一头雾水。

只是她嘴里疑惑的话还没说完，林嘉歌就单膝撑地，半蹲半跪在她的面前，握住了她的脚踝。

时瑶嘴里的声音，瞬间消失得一干二净。

她一时之间有点没反应过来，她先看了看自己的腿，然后又看了看林嘉歌。等她缓过劲来后，她刚想开口问他“到底怎么了”，结果话都没到咽喉处，她就看到林嘉歌从口袋里摸出了一盒药。

那药，时瑶认得，就是很著名的云南白药，有止血化瘀、消炎去肿的作用。

等林嘉歌拧开瓶盖，对着时瑶腿上小心翼翼地上药时，时瑶才反应过来，林嘉歌居然用了双手，她想都没想就立刻开了口：“你的右手，还没检查，你怎么就……”

她话还没说完，他就抬起头看了她一眼：“不碍事。”

他似是看出了她的不满，怕她继续因为这件事纠缠不休，顿了三秒，又补了句：“不使大力气，就没事。”

时瑶想反对的话，这次连咽喉处都没到达，就又被扼杀了。

包厢里重归安静，时瑶盯着林嘉歌上药的手看了会儿，越看越觉得有些熟悉，就像是在哪里见到过一样。

只是她还没弄明白这股熟悉感究竟从何而来，林嘉歌就已经为她上好了药。

时瑶盯着自己很浅的伤口上贴着的一个创可贴看了会儿，然后忽然像是想到了什么一样，抬头问：“那会儿，你说出去买东西，就是去买药了吗？”

林嘉歌没开口，只是很浅地“嗯”了一声，然后他就站起身，弯身拍了拍膝盖上的尘土，冲着时瑶又开口：“走吧。”

时瑶没说话，跟着林嘉歌走出包厢。

第七章
逼婚大队来临

出了烧烤店，就是步行街。

白天到处都是人的街道，因为天色已晚，显得格外安静。

时瑶和林嘉歌两个人一前一后地往路边走去。

走了约莫一百米时，时瑶抬头，看了一眼林嘉歌的背影。

他那会儿是出去买药了……他临出去之前，她在得意扬扬地对着他们讲她腿上的伤口……那他不高兴，该不会是因为她说的那些话吧？

可他为什么不高兴呢？

时瑶微蹙着眉心，想了一会儿，隐约像是明白了。

时瑶在心底小小纠结了一会儿，然后加快了步伐，追上林嘉歌，和他肩并肩后，开口打破了一路的沉寂：“你……是不是生气了，而且还是在生我气？”

林嘉歌愣了愣，还是没说话。

但时瑶从他神情上，看出来自己猜对了，她继续说：“你是因为，我腿上被划伤了，还拼命地往外挤血，才生气的，对吗？”

其实换作从前，时瑶也不敢如此笃定的。

可是现在的她，也不知道哪里来的自信，就是如此肯定。

她说完后，没等林嘉歌开口，就径自往下继续说了：“我发誓，其实这次真的是一个意外，我没想到自己会被划伤。要不然我可以完全不受伤的，我就是觉得秦依然她太可恶了，既然受了伤，就要把伤口发挥最大的作用嘛，要不然我不是白受伤了吗？不过你放心，我以后不会这么粗心大意了，如果我再遇到这种事情，我会小心谨慎的，尽量不要伤到……”

“瑶瑶……”林嘉歌忽然开口，打断了时瑶喋喋不休的声音。

时瑶闭嘴。

林嘉歌往前走了两步，才接着出声说：“瑶瑶，我不是在生你气。”

不是在生自己气？自己猜错了？

时瑶心想，不应该啊。

“我是在气我自己。”

气我自己，在自己的眼皮子下，还让你受了伤。

气我自己，说好要当你的 110，护你周全却没做到。

气我自己，招惹的烂桃花，连累了你……

听到林嘉歌的这句话，时瑶一下子愣住。

他说，他不是在生她的气，而是在生他自己的气……他这话的意思，是在自责吗？

可这件事，也不是他的错啊……

时瑶张了张口，过了好一会儿，才讷讷地出了声：“这也不怪你……这都是我自己想做的，怪不到你身上的……”

时瑶是想让林嘉歌放宽心的，可她又不知道自己该怎么劝他，她磕磕绊绊了好一会儿，最后就顺着自己的心，将自己怎么想的又怎么做的，就这么在自己毫无察觉的情况下，全盘托出了：“我本来不知道发生了什么事，是田田打电话告诉我的，我后来就去论坛看了看。我看到秦依然说了暖暖，你是知道的，那次 KTV 事件，明明是梁暮暮的朋友先招惹的我们，哪里是什么暖暖想要飞上枝头当凤凰，凑上去主动找的他们……除了暖暖外，还有你……”

听到最后三个字的林嘉歌，走路的步子微顿了顿。

时瑶没发觉，还在顺着自己的话往下说：“我知道你是为我好，去论坛澄清的，可是他们说你‘被戴了绿帽子，什么爱是一道光，绿到你发慌……’，说这种话的人，怕是他才被绿了，他全家都被绿了！”

所以，软包子……之所以会那么气哼哼地去找秦依然，不是因为自己被秦依然污蔑了，而是因为他？至于那个陆本来喜欢的女生……肯定是顺带的……

听到这里的林嘉歌，心头的那股说不清的憋闷，瞬间烟消云散，取而代之的是说不出来的惊喜……哦，不对，是狂喜。

提起论坛来，时瑶依旧觉得好气：“你不觉得，那些围观群众，真的很过分，看热闹不嫌事大一样，就那么不分青红皂白地开始调侃指责！

“甚至还有人说什么让你有本事晒出房产证，吹牛不打草稿，他们有毒吧？你有多少钱，关他们屁事！

“在他们眼里，是不是他们没有那么多钱，做不到的事情，别人也没有办法做到？

“还有就是，房产证这种东西，是可以随随便便给人看的吗？上面有私人信息呢，他们懂不懂尊重人隐私？

“你知不知道，这个让你晒房产证的，就像是我在微博上看到的一个作者，有人说她年龄不是对外宣传的年龄，非要让她晒身份证澄清。你说，那个人是不是神经病？想管天管地，还想管别人，他们知不知道管好自己就是最大的成功了……

“总而言之，我看到他们说的那些话，真的好生气哦。但是看戏的人那么多，我总不能挨个去找他们算账吧？所以，我就把这些恩恩怨怨都算到秦依然的头上了！

“事情由她挑起来的，自然还是要由她来帮忙澄清……不过，虽然秦依然那边是受到惩罚了，但是现在跟你说一说论坛上的那些人，还是有点生气。你的房产证，我都没见过，他们凭什么要求晒，对吧？

“还有钱，我都不知道你有多少钱，他们凭什么知道，对吧？”

时瑶一个人自言自语地说了很长的一段话，等她说完后，她才发现，自己连问了好几次“对吧”，都没得到回应。

她下意识地转头，往旁边看了一眼，然后她还没来得及看清楚林嘉歌的表情，林嘉歌就忽然将手机屏幕递到了她的面前：“这是我现有的现金存款。”

林嘉歌手机屏幕上的页面，是网银页面。

里面的一长串数字，看得时瑶大脑发蒙，她对着屏幕数了好几遍，才数清楚那些存款是九位数，如果算上小数点后面的数字，那就是十一位数……

数字太多，时瑶有点不太明白，这究竟是什么含义，她掰着手指，默默地数了一遍，才知道，这是存款上亿啊……好丧心病狂的存款啊！

“除了这些，还有……”随着林嘉歌话音的落定，他的指尖在屏幕上点了几下，然后又一个页面跃入了时瑶的面前，“这是我买的一些理财基金，大概数额在这里……另外这是股票……最近股市行情不太好，赚得没那么多了……

“我有三处房子，一处是郊区别墅，今年年底才会装修好，还有一处是你现在住的那里，另外一处是办公楼……至于房产证，都在家里的保险柜里。就在书房里，你见过的，密码是888888……里面有宝石、金条、美金，反正我也不记得具体值多少钱了，你回家想看就自己去数一数吧，证书什么的都在里面……

“除了这些，就是家里的财产了，林氏企业有百分之三十在股东手里，我爸妈每个人持有百分之十，我姑她们手里也有点，我姐手里应该稍微多点，但是可能没有超过百分之五，爷爷手里最多了，百分之三十五呢。至于我，没有一丁点，因为爷爷说了，我只有娶了你，他手里的股份才肯给我，所以我觉得，那些股份与其说是给我，不如说是给你，反正算了吧，我也不需要……”

等等……她大脑有点当机，不太跟得上节奏……

不是在吐槽论坛那些人吗？怎么转眼间，变成了林嘉歌秀资产？

反应过来的时瑶，连忙打断了林嘉歌的话：“我们……是不是跑题了？”

“有吗？”林嘉歌反问了一声，“不是你要知道我有多少钱的吗？”

时瑶被反击得一愣，盯着林嘉歌眨了眨眼睛，又眨了眨眼睛，然后意识到他指的是自己刚刚说的那句：我都不知道你有多少钱，他们凭什么知道……

“我、我那只是一个比喻啊，不是真的要知道……”时瑶解释清楚后，又开了口，“不过知道后，我没有办法再直视你了……”

林嘉歌不解地“嗯？”了一声。

时瑶一本正经地开口说：“那么多丧心病狂的存款，你知不知道，我现在再看你，觉得你就是冰激凌、水果、巧克力、牛奶，西餐、中餐……各种只要是能吃的都在自动切换！”

林嘉歌无言以对……还好他早就了解她，不至于被震碎三观。

林嘉歌：“那，你有没有兴趣，让自己变成我这样？只要你一照镜子，就感觉各种只要是能吃的都在自己身上自动切换。”

时瑶眼睛亮起：“怎么变？难道你要教我赚钱的方法吗？”

林嘉歌：“赚钱太难了，不适合你，教你个躺着就能赚钱的方法。”

什么叫赚钱太难了，不适合她……时瑶隐约听到了自己被看扁的成分，她撇了撇嘴，但还是感兴趣地问了句：“什么方法？”

“嫁给我啊……”林嘉歌轻描淡写地回。

时瑶脚步一踉跄，险些栽倒在地上。

“我是认真的啊，嫁给我，爷爷那百分之三十五的股票就到我们手里了。对比爷爷那股票的市值，我这点钱不算啥，到时候那股票我们两个可以对半分。你要是觉得对半分你亏，那四六，我四，你六；实在不行，三七，我三，你七；再不行，二八，我二，你八……”

时瑶吓得连连摆手：“不行不行，这个玩笑不能随便乱开。”

“这可不是玩笑，就算是玩笑，那也是可以成真的玩笑……”

林嘉歌还是那副闲散的模样，清淡语气中透着一股悠闲。

却听得时瑶，心跳莫名加速了。

即便她真的有时候反应迟钝了点，但是她此时明白，林嘉歌看似漫不经心的背后，是认真的……

她不敢在这个话题上，过分地逗留，直接选择了不接林嘉歌的话，转移了话题：“我现在才知道，原来你是一个大大大土豪！你想啊，一滴血七个馒头才能补回来，今晚我找秦依然算账，多多少少也有你的成分在，所以我流的血，你得负责。我不管，你得请我吃山珍海味，把我流的血补回来……”

说着，时瑶就开始数自己想吃什么：“我要吃麻辣鱼、水煮肉片、蟹黄豆腐……”

林嘉歌没说话，但他看得出来，她在逃避……

他脸上的神情没太大的变化，可他的眼底，却有着一抹暗淡一闪而过。

“我还要吃，红烧狮子头、鲍鱼、海参……”

在时瑶念了不知道多少个菜名时，一直沉默着的林嘉歌，忽然开口：“瑶瑶……对不起……”

林嘉歌的这句话，来得很突然。

时瑶就像是被人蓦地点了穴道一般，正往前走的步子，忽地停了下来，就连轻轻脆脆念菜名的嗓子里也没了半点声音。

林嘉歌也跟着时瑶停了下来，他盯着正前方空荡荡的马路看了一小会儿，才慢慢地转头，看向了身边的时瑶：“瑶瑶，对不起。”

时瑶回神，慢慢地转头对上了林嘉歌的眼睛，她脸上挂满了不解和纳闷，但更多的是震撼和惊讶。

碰触到她的视线，林嘉歌这次并没有沉默太久，紧接着就又出了声：“对不起，瑶瑶。”

他的语气，说得很认真，很诚恳，就像是许下什么重要的誓言一般，庄重而又严肃。

时瑶张了张口：“为什么要……”

她只说了四个字，就停了下来。

但他却懂她要问什么，他直视着她的眼睛，在心底默默地过了一遍想要说的话，然后才语气轻缓地出了声：“我最早听到你名字的时候，是十六岁，刚上高二，那会儿每天上学，抽屉里都塞满了各种颜色的情书……

“但是我对女生，真的不太感兴趣，当时就觉得打游戏啊，和男同学踢个球啊，要比女生有意思多了……

“我还记得那一天，期中考试结束，嗯……那次的试卷，出得比较难，当时全校理综和数学，我是唯一的满分，而且还超了第二名将近三十多分，还是挺有优越感的……当时不知道怎么炫耀自己的成绩，却又想让家里人知道，所以在进家门之前，故意把书包拉链拉开，把卷子露出来了一半，然后想着进了屋，把书包随便往沙发上一丢，卷子肯定会掉出来。到时候不管被谁看了，都会被大肆宣传的，但是……”

林嘉歌微低了低头，脸上带了一抹回忆起往事中那些小心机而露出的笑意：“事与愿违吧，成绩没能炫耀出去，反而被爷爷喊去了书房，很严肃地指着当时在我们家的你和你父母，对着我来了句，给你介绍一下，嘉歌，这是你的未婚妻，时瑶……

“怎么说当时的感觉呢？就是真的觉得很荒谬，我是对女生没什么兴趣，但是我也没想着要当一辈子的和尚……我觉得，婚姻是讲究缘分的事情，所以当时真的挺没办法接受的……所以当时的情况，你也看到了，我直接当着你和你父母的面，拒绝了……

“讲句真心话，从小到大，家里最宠我的就是爷爷，因为奶奶走得比较早，爷爷说我眉眼最像奶奶，那大概是第一次爷爷不顺着我……所以当我和爷爷争吵起来之后，是真的挺生气的，因为爷爷太坚决了，所以导致我当时也有点气得失去了理智。因此那天，你跟我第一次见面，我……就跟你说了很过分的话……

“后来，我跟爷爷反抗过，我用了很多方法，什么跳楼、绝食、离家出走……统统玩过，但是没用，爷爷根本不吃我这一套……

“那会儿真的觉得挺绝望的，自己就这么莫名其妙地被安了一个未婚妻，感觉很丢人，也很生气。然后就有了后来，把你喊到我们家后院没人的地方，跟你放了那么多狠话的场景……

“怎么说呢，我是真不知道后来你和我会这样，我若是知道，会是现在这副光景，那个时候的我，肯定不会跟你说那么多难听话……若是时光可以倒流，若是上天再给我一次重来的机会，若是真的可以再回到那年秋天，我被爷爷喊去书房，当爷爷指着你对我说，给你介绍一下，嘉歌，这是你的未婚妻时瑶时，我会回你一句，你好，时瑶，初次见面，请多指教。”

一开始，真的没想过要喜欢。

后来，真的没想到会这么喜欢。

所以，这个世界上，如果真的有卖后悔药的或者有时光穿梭机的，他真的可以回到初次遇见她的那一天，他一定不会将爷爷强迫他后，他浮现出的那些不满的情绪，牵连发泄到她的身上。

只可惜……这些都只是他的期待，他吃不到后悔药，也回不到过去，其实就算是他现在没喜欢上她，他年少时说的那些话，也是过分的，他也应该道歉的。

因为在这场长辈主导的婚姻里，他和她一样，都是受害者。

自从一个月前，她住进他家的那天，他得知她对那些往事一直都耿耿于怀后，他就在想着要怎样补救。

无情的话语，堪比刀剑利刃，甚至更甚于刀剑利刃。

刀剑利刃划破的伤口，还会留个疤，更何况他留给她的是心伤。

他思来想去，觉得最好的方法，就是诚恳地认错。

因为错了就是错了，逃避和掩盖，都无法改变错了的事实，与其畏畏缩缩地躲避，不如大大方方地认错。

更何况，还有句话，叫解铃还须系铃人，是他亲手系上的结，自然由他亲手解开……

想到这里，林嘉歌又对时瑶道了一次歉：“瑶瑶，真的很对不起。我虽不是有意要伤你，可我终究是伤了你，这个错，我是认的……”

时瑶是真的千想万想都没想到林嘉歌会因为往事对自己说对不起。

他曾说的那些话，她介意吗？自然是介意的，那么伤人自尊，以至于她整个年少，很多时候想到他的那些话，都会有点自卑，甚至她为了他那句黄毛丫头，在意到有很长一段时间都在拼命地吃芝麻、黑豆、黑米……只为了让头发看起来不是那么营养不良。

怨恨吗？肯定是怨恨的呀，没有一个女生，被一个男生那样嘲讽而做到无动于衷的吧？

时瑶也一直觉得，自己会介意到最后，怨恨到最后，可此时此刻，她听到林嘉歌的道歉，她竟然发现，那些介意和怨恨，其实没有她想象的那样坚不可摧。

或许很多时候，人就是这样吧，介意和怨恨，不过就是心头的那口气。

林嘉歌的这几句道歉，早就让她心头积压的那口气，烟消云散了。

时瑶从不是那种斤斤计较的人，她更喜欢快意恩仇敢爱敢恨，因为人活一世，真的很苦。若是太执念于琐碎的事情，只会让自己不痛快，所以梁暮暮背叛了她，她毫不犹豫地就斩断了彼此之间的牵连，所以此时，林嘉歌真诚地给她道歉了，她也就毫不迟疑地选择了原谅。

想着，时瑶就开了口：“那个，过去的事情，就让它过去吧……”

林嘉歌真的没想到，时瑶会这般轻易地原谅自己，他带着几分错愕反问：“过去？”

时瑶点了点头：“对啊……”

林嘉歌还是有点不敢相信：“你的意思是，那些事都过去了？你不介意和生气了？”

时瑶继续“嗯嗯”地猛点着头：“对的对的，本宝宝宽宏大量，接受了你的道歉并选择了原谅。”

林嘉歌依旧觉得幸福来得太突然，有点像是在做梦，他暗暗地掐了自己一把，然后在感觉到刺骨的疼后，才压抑着惊喜又出声问：“你真的能做到不再介意和生气了？”

“你什么意思？”时瑶被林嘉歌三番五次地质问，搞得有点不开心了，她鼓了鼓腮：“在你眼里，我是那种小肚鸡肠的人吗？”

他就多问了几遍，怎么在她的眼里，就变成了他觉得她是小肚鸡肠的人？

林嘉歌真的不太理解时瑶的思维，但与生俱来的求生欲，让他毫不迟疑地开口：“没……在我眼里，你一直都是落落大方、明艳能吃的人。”

落落大方，明艳……能吃……这是什么形容词？

不过，她喜欢！

时瑶立刻眉眼弯弯地笑了：“嗯嗯，我也觉得我是落落大方、明艳能吃的人！”

林嘉歌脸上的神情，虽没太多的变化，但他的眉梢和嘴角，却有着很浅很浅的笑意流淌而出。

初秋的北京，夜风一吹，有些凉。

时瑶晚上出门急，只穿了一件薄衫，一阵风吹来，她打了个寒战，然后就指着不远处的大马路："那个，我们现在能走了吗？"

林嘉歌轻点了点头。

时瑶迫不及待地转身。

在她抬起脚的那一刹，林嘉歌忽然又开了口："瑶瑶，既然我们选择忽略，那就从现在开始，当那些不愉快的往事都没发生过，好吗？"

时瑶停步，回头。

他的眼睛生得很漂亮，在夜色中，隐隐闪烁着一抹亮光。

时瑶沉溺在林嘉歌的眼神中，愣怔了些许时间，才轻轻地点了点头："好啊……就让那些不愉快的往事，统统烟消云散，全都没发生过吧！"

"那……"林嘉歌往前踏了一步，冲着时瑶伸出了手，"时瑶，你好，虽不是初次见面，但还请多多指教。"

时瑶盯着林嘉歌的手看了一会儿，才伸出了手："你好……林嘉歌，久仰大名，请多关照。"

若是这个世界上，存在一种东西，传播速度比光速更快的话，那么时瑶想，一定是八卦。

她本以为，今晚发生的种种，明天才会在学校论坛上传开。

可她万万没想到，她回到林嘉歌的家，洗完澡躺在床上的时候，论坛上已经炸开了。

那些被何田田喊来围观的人，有的悄悄地录了视频，发在学校论坛上。

原本指责她和林嘉歌的言论，瞬间全都倒向了秦依然。

时瑶已经很困了，但她还是撑着困意幸灾乐祸地刷了一会儿学校论坛，围观了一下秦依然被骂得有多惨。

骂秦依然的是不少……但是时瑶围观下来，发现夸赞林嘉歌的却更多。

——"我就说，我男神不会被绿的！"

——"那个说我男神被绿的人，请站出来！"

——"所以，我老公真的在大帝都寸土寸金的地方买了房子？"

——"楼上的，请你注意措辞，你所谓的老公，是时瑶的未婚夫，而且是准未婚夫，还是已经同居的准未婚夫，指不定明年人家就有娃了。等到时瑶大学毕业的时候，说不定娃就可以打酱油了……"

看到前一句话，时瑶还在沾沾自喜地想着，林嘉歌何止在大帝都寸土寸金的地方买了房子，林嘉歌还在郊区有座一千多平方米的大别墅，林嘉歌还在二环有办公楼，林嘉歌的存款有九位数，林嘉歌还有好多基金和股票。不仅如此，林嘉歌的银行卡和保险柜的密码，她都知道……

然后在看到后一句话时，正在喝牛奶的时瑶险些没把自己呛死。

她最多能接受"同居的准未婚夫"这几个字……至于后面那个明年人家就有娃了，纯属扯淡啊。当然最后面那句，她大学毕业，娃就可以打酱油了，这是扯淡中的扯淡！

她和林嘉歌明明是清白关系，哪里来的娃？！这些人真是看热闹不嫌事大……

本想看秦依然被骂开心一下的时瑶，心塞地退出论坛，放下喝光的牛奶杯，爬上床关灯闭眼睡觉了。

与此同时，G 大男生宿舍。

所有人都睡了，而韩景却迟迟没入睡，他一遍又一遍地盯着学校论坛里，被大家围观的林嘉歌对着测谎仪说话的那段视频看。

“时瑶是我未婚妻。”

“时瑶住的是我家。”

在他不知道自己究竟看了多少遍后，他的脑海里忽然浮现出，前段时间下大雨，他将时瑶送回宿舍楼下，秦依然撑着伞走在他面前，说的那些话。

“时瑶是真的有未婚夫的……他们可是在六年前，就有婚约了哦……这都一年多了，她居然都没告诉你这些事情……”

第二天醒来，是林嘉歌去医院复查的日子。

依旧是时瑶开车载着林嘉歌去的。

一系列烦琐的检查做下来，已是两个小时后。

检查结果很好，林嘉歌已完全无恙，不过为了保险起见，医生还是叮嘱了林嘉歌一句，最近这一个月，右手还是不要过量劳动。

从医院出来已是中午，早就饿了的时瑶，刚想着跟林嘉歌商量去吃什么，林嘉歌的手机就响了。

林嘉歌掏出手机，只是看了一眼屏幕，就按了接听。

他没避开时瑶，当着她的面，对着手机先是说了句“怎么了”，然后又说了句“哦，我知道了”，再然后就挂断了，转头对着时瑶说：“我们现在得去趟北京大饭店，爷爷他们在那里等着我们过去吃午饭。”

“爷爷？”时瑶诧异出声，“爷爷怎么忽然间要喊我们吃饭了？”

“不清楚……”林嘉歌同样是一头雾水，不过他没有想太多，很快又说了句，“有可能是爷爷好久没见我们了，只是单纯地想见见我们吧……”

时瑶最喜欢吃的都在北京大饭店，所以她连想都没去想会不会有什么事，就一脸赞同地弯着眉眼“嗯嗯”了两声，然后冲着车子走去。

在上车之前，时瑶像是想起什么一样，庆幸地对着林嘉歌开口说：“幸好，我脸过敏，今天已经好了，不然林爷爷肯定要问个没完没了了。更庆幸的是，我今天穿了条长裙，若被林爷爷看到腿上的伤，也要嘟囔好久的……”

林嘉歌瞄见时瑶仿佛跟中大奖一样的表情，不动声色的脸上，眉眼稍稍柔软了许多。

他没说话，帮她拉开了车门。

等她坐稳后，他才绕过车头，上了车，然后系了两个人的安全带，踩着油门，轻车熟路地将车子开去了北京大饭店。

医院距离北京大饭店不算远，约莫二十分钟的样子，车子就抵达了目的地。

车子前一刻停稳，后一刻就有服务员走来，帮忙拉开了车门。

林嘉歌图省事，没去停车，而是将车钥匙丢给了门童，就在服务员的带领下，和时瑶直接上了楼。

等到了包厢门口后，林嘉歌和时瑶才发现，爷爷订的居然是个能容纳二十多人的大包厢。

“难道爷爷，还喊了别人来吃饭？”

时瑶追上林嘉歌，刚悄悄地问出心底的疑惑，包厢的门就被服务员推开。

时瑶没等林嘉歌说话，就抬头冲着包厢里望去。

偌大的房间里，除了林老先生、孙妈外，还有林嘉歌的父母、姑父姑母以及嘉仪姐，除此之外，还有时瑶的父母、时瑶的姑妈以及姑妈的儿子，也就是时瑶的表弟顾南墙。

这是……怎么回事啊？怎么两家的大人，都到场了？

时瑶大脑有些发蒙地转头看了一眼旁边站着的林嘉歌。

林嘉歌和她一样，也是一副不明所以的模样，不过对比她将内心想法都写在脸上的神情，他面上的表情还算是淡定。

“嘉歌，瑶瑶，你们来了？”开口的是林嘉歌的姑姑林谷南，她见时瑶和林嘉歌站在门口没动，指着一桌子仅剩的两个位置，催了他们一声，“进来坐呀，在门口站着做什么？”

时瑶和林嘉歌一前一后地进了包厢。

林嘉歌只是冲着时瑶的父母、姑妈和顾南墙礼貌地问了声好。

而时瑶，却是乖乖地挨个将一屋子的人都喊了个遍：“林爷爷、林伯父、林伯母、林姑姑、林姑父、嘉仪姐，还有爸妈、姑姑、南墙……”

等时瑶打完招呼坐下后，她才悄悄地问身边的顾南墙一句：“你们怎么也过来了呀？”

正在玩游戏的顾南墙，先仰着头，回了林嘉歌一句“姐夫”，然后看都没看时瑶一眼，就盯着手机屏幕，一边继续玩游戏，一边回：“我怎么知道，我跟我妈去你家，屁股都还没挨到沙发，就被喊来这里了……”

就知道这种考试交白卷的人，靠不住！

时瑶：“你怎么不在高考的时候，也交白卷啊？”

顾南墙乜斜一眼时瑶：“是你不让我交的啊。”

时瑶无语，好像真的是她千叮咛万嘱咐他，要是高考敢交白卷，暑假她就让他跟卷子日夜为伍……

被噎得说不出来话的时瑶，没再理顾南墙，而是直接越过他，冲着坐在他旁边的林嘉仪小声地问了句：“嘉仪姐，今天到底是怎么回事呀……”

时瑶的话刚说完，林老先生就开口了：“好了，人都到齐了，孙妈，你去喊服务员上菜。我呢，现在就说一下，今天把大家都喊来这里的主要目的……”

为表尊重，时瑶没再跟林嘉仪讲话，直接坐直了身子，看向了林老先生。

林老先生似是遇到了天大的喜事一般，笑呵呵地继续讲着话：“瑶瑶和嘉歌，还没出生之前，我跟瑶瑶爷爷就把他们的婚事定下来了。后来我跟瑶瑶爷爷失散了，一直都没联系，直到六年前，我们才遇上，也是那个时候，瑶瑶和嘉歌的婚事正式定下的……

“这些情况，大家也都了解了，我就不多阐述了，我直接说重点……”

林老先生边说，边看向了时瑶的父母：“其实，瑶瑶还小，我心里是想着让她多自由几年的，但是，这俩孩子，背着我们同居了一个月了……”

听到这里的时瑶，总算明白过来今天这顿饭到底是什么目的了。

敢情林爷爷大张旗鼓地把大家张罗在一起，是为了逼婚？而这满满一桌子的人……简直就是活脱脱的逼婚大队啊！

随着林老先生这句话落定，林嘉歌的母亲江晚归微蹙了蹙眉，紧接着开了口：“一个月？这么长时间了？”

林老先生：“可不是嘛……”

林嘉歌的姑妈林谷南：“这说不定孩子都有了呢……”

时瑶听到这句话，心底“咯噔”了一声。

这是怎么了？怎么一夜之间，学校论坛上也好，此时吃个饭也罢，全都在说她有娃了？

林老先生似是很满意林谷南的这个说不定一般，极其肯定地点了点头：“是的，谷南说得对，所以，这可是一件大事，不管是对瑶瑶，还是对瑶瑶肚子里的孩子，今天我们家都要给个说法……”

等等……她一个黄花大闺女，怎么就肚子里有孩子了呢？

时瑶张了张口，刚想为自己辩解，可她还没来得及发出任何声音，林老先生就径自对着时瑶的父母继续开了口：“我觉得最好的说法，就是让两个孩子结婚。”

林嘉歌的父亲林谷北一脸赞同：“是，我赞同爸说的。”

林嘉歌的姑父夏洋连点着头，说：“结婚是必须的，一是对瑶瑶负责，二是对瑶瑶肚子里的孩子负责。”

“不……”再次听见“肚子里的孩子”这几个字，时瑶本能地开了口。

可她刚说了一个字，林嘉歌的姑妈林谷南就像是没听到时瑶的声音一般，开了口：“对，反正他们已经有婚约了，早晚都是要结婚的，再说，也不能让瑶瑶名不正言不顺地大着肚子在学校里晃悠吧？为了肚子里的孩子能光明正大地出生，结婚是必须的，毕竟不结婚连准生证都办不了，我说得对吧？大嫂？”

“我……”觉得自己百口莫辩，怎么都洗不掉有了孩子的嫌疑，时瑶再次开口。

和刚刚一样，她还是只说了一个字，林嘉歌的母亲江晚归就接了林谷南的话：“对，嘉歌是要负责的，这个我没意见的，爸怎么说就怎么来。”

“林……”时瑶不死心地再次出声。

他们好像提前约好了一般，她又是只说了一个字，就被林嘉仪打断了话：“这么说起来，我要做姑姑了？我觉得自己还是少女啊……”

林老先生：“这么说起来，我要当曾爷爷了？唉，时光如梭，过得真是快啊……”

林谷南：“嘉仪、嘉歌出生，我觉得都还是昨天的事，转眼间，嘉歌的孩子都要出生了……”

林谷北：“忽然就这么当爷爷了，还真有点不适应啊，你说对不对，老婆？”

江晚归很是冷静地“嗯”了一声。

时瑶一脸愣怔，这都什么跟什么啊？！

没孩子，根本没孩子！

时瑶刚想开口，坐在她旁边一直没开口的顾南墙，忽然出了声：“这么说起来，我要有个侄子了？呃……好刺激哦……”

刺激你大爷啊……你是谁家的，怎么拖后腿？！

时瑶刚狠狠地瞪完顾南墙，顾南墙的妈妈，也就是时瑶的亲姑妈时淼就开了口：“蠢不蠢，儿子，那不是侄子，那是外甥……喊你舅舅的……”

“这样啊……”顾南墙抓了抓脑袋，冲着时瑶旁边的林嘉歌，嘿嘿一笑，“恭喜了，姐夫。”

？？？

时瑶望着顾南墙，一脸蒙。

这不是拖后腿了，这是赤裸裸的叛变啊……

时瑶的想法还没落定，时瑶的母亲就开了口：“这么说起来，我要当外婆了？”

时瑶的父亲：“那我，就是外公了？”

？？？

时瑶此时此刻，除了蒙还是蒙。

这是她亲生父母吗？女儿怀孕，不应该生气、教育吗？怎么……好像很高兴的样子？

林老先生：“所以，听亲家话的意思，就是亲家对他们结婚的事，没意见了？”

时瑶母亲：“没，就像是你们说的那样，早晚都是要结的，再说，小年轻谈恋爱，我们也管不着，现在他们越了雷池，肯定是要结婚的啦。”

时瑶父亲：“对对对，老婆大人说得对。”

这都什么世道啊！

时瑶深吸了一口气，努力地稳了稳自己即将崩溃的心态，然后想开口辩解。

结果，她一个字都没说出来，林老先生就出了声：“既然，亲家没意见，那瑶瑶和嘉歌结婚的事情，就这么说定了？接下来，我们边吃边喝，边聊聊结婚细节？”

夏洋：“岳父大人说得对，嘉歌是林氏企业唯一的接班人，这结婚对于林家来说，可是一件大事，得从长计议。”

江晚归：“既然要结婚，那流程一样都不能少。”

林谷南：“大嫂说得对，上门提亲，下聘礼，订婚，拍结婚照，结婚典礼……哪一步都不能少……”

时瑶姑妈：“南姐说得对，是不能少，但是，瑶瑶肚子大了，穿婚纱不好看呀……”

时瑶母亲：“所以，得抓紧啊，要是抓紧的话，那我得赶紧给瑶瑶准备嫁妆了。”

林谷北：“虽然我不提倡迷信，但是一些风俗还是要走的，图个好彩头嘛，所以黄道吉日，得找个大师根据他们的生辰八字，算一算什么时候订婚好，什么时候结婚好，甚至婚礼什么时候开始，都得算……”

时瑶父亲：“正好，我有个朋友的父亲，就是个老大师，德高望重，回家我就去联系他。”

林老先生：“回家太慢了，得抓紧时间。”

时瑶父亲：“是是是，林伯父说得对，等会儿吃完饭我就立刻联系。”

林嘉仪：“正好我最近没那么忙，那婚礼的事情，我来盯？不过瑶瑶，你要西式婚礼，还是中式婚礼？”

终于有人肯问自己了……

一直都在开口，却一直都没能说出来话的时瑶，在心底将林嘉仪里里外外上上下下夸了八百遍，然后动了唇。

然而，有人却抢在她前头说了话：“我喜欢中式婚礼，我们可以去横店办婚礼，就那个秦王宫，租下来办，气派！”

开口的是林谷南。

紧接着出声的是时瑶的母亲："可我觉得西式婚礼也不错啊，白婚纱是每个女孩子都梦寐以求的啊……"

林老先生一副这都不是事的样子："这好办，我们中西结合。"

江晚归："那这么一来，就得做两套结婚礼服了，一件凤冠霞帔，一件婚纱。婚纱就嘉仪订吧，她对法国熟悉，找最好的设计师来设计；至于凤冠霞帔，那就得麻烦夏洋了，你是江浙那边的，做这些古典的衣服最拿手了……"

夏洋："嫂子，您放心，没问题。"

林谷北："钻戒、对戒、敬酒的礼服，这些也得准备，谷南，你盯一下，至于酒宴就得亲家母那边上点心了……"

时瑶母亲："没问题，除了这些，还有红包啊、喜糖啊，这些我跟瑶瑶姑妈会一并都看仔细的。"

在大家七嘴八舌讨论婚礼的细节时，菜都上全了。

时瑶最喜欢吃的那几道菜全都在，可她却没心情吃，而是望着一桌子的人，张了张口："那个，你们能听我说几句话吗？"

没人理她。

大家依旧沉浸在婚礼的细节中，激动而又热烈地讨论着。

时瑶重重地咳嗽了一声，将嗓音提高了一些："那个……"

还是没人理她，大家已经从婚礼的细节中，延伸到了她肚子里的孩子取名的问题上。

林谷南："这怀胎十个月，听着很久，其实很快的，我们得把宝宝的衣服给准备出来啊。"

时瑶母亲："说得也是，宝宝出来后，一堆事，月嫂啊、看护啊，最重要的是宝宝的名字啊！"

林老先生："这个得好好取，孙妈，等会儿你记得给我搞本《新华字典》过来，我得彻夜好好研究研究。"

时瑶好生气哦，可在这么多长辈面前，还是要努力地维持着微笑……

时瑶深吸了一口气，又深吸了一口气，然后开口："那个，不会有宝宝的！"

林老先生："很多年轻人，都是这么觉得的，认为自己不会有宝宝。"

林谷南："是的，瑶瑶，咱们不能和别的女生学，咱们有了宝宝就得生下来！"

时瑶姑妈："瑶瑶，我跟你说，人流对身体不好……"

啊啊啊，她终于明白了，什么叫作牛头不对马嘴！

这一桌子的人，全都活在自己的臆想中……

时瑶努力地抑制着自己体内的洪荒之力，盯着一桌子的人挨个看了一圈儿，然后将视线放在了林嘉歌的身上："你快点说句话啊，林嘉歌……"

讲句真心话，林嘉歌着实没想到，爷爷喊自己和时瑶来吃饭，上演的会是这样的一出戏。

实话实说，这样的场景，他倒是挺乐意享受的。

一桌子的人逼婚……这真是百年难得一遇的神运啊……不过，乐意享受归乐意享受，他也不能得罪软包子……更何况，此时此刻，软包子可怜巴巴地望着他的模样，让他也难以拒绝她的请求……

到底该怎么做，他才能既不毁掉这一桌子的神助攻，又不招惹软包子呢？

“林嘉歌……”时瑶见林嘉歌不说话，再次委屈巴巴地开了口。

林嘉歌连忙出声：“爷爷，我跟瑶瑶年纪都还小，更何况，瑶瑶还在上学，你们说的这些……不太合适吧？”

林嘉歌前一秒说完话，后一秒林老先生就怒气腾腾地开了口：“怎么不合适？我怎么看怎么觉得合适，你们说，合不合适？”

一桌子的人几乎没有犹豫，就纷纷站队，挨个开了口：“合适，怎么看怎么合适。”

就连孙妈都一脸赞同地点着头：“合适，小少爷和时小姐简直是天作之合！”

我也觉得很合适，但是……我不能得罪软包子……

不过，若是他再三拒绝，然后再表现得迟疑点，爷爷一定会觉得是他不愿意娶软包子，到时候爷爷肯定会对他大发雷霆的，这样一来，软包子也就没办法怪他了……

想着，林嘉歌就又出声说：“不是合不合适的问题……”他说了这句话后，故意顿了一下，然后才接着说，“是我觉得瑶瑶突然结了婚，在学校可能会很不合群……”

林嘉歌的“群”字音都没落定，林老先生将手中的筷子“啪”的一声往桌子上一丢，就瞪着林嘉歌，怒气冲天地出了声：“臭小子，你别以为我老了就傻了。我告诉你，你心里打的什么如意算盘，我可是一清二楚，你以为你把话说得跟唱的一样好听，我就会被你蒙过去？你口口声声不离瑶瑶，看似是在为瑶瑶着想，其实是拿着瑶瑶当挡箭牌吧！”

“爷爷，您这说的是哪里的话，我怎么可能会拿着瑶瑶当挡箭牌……”林嘉歌特别了解爷爷的性子，知道此时自己连续两次拒绝他们逼婚的提议，已经让爷爷很生气了，他只要再拒绝，哪怕他说的是实话，落在爷爷的眼底，也是掩饰……

随后，他就摆出一副真心实意要解释的样子，继续开口说：“再说，瑶瑶不可能怀孕的……”

“你什么意思？”林老先生刚将茶杯递到嘴边，听到林嘉歌这句话，就气得吹胡子瞪眼地将茶杯摔在了地上，“什么叫不可能怀孕的？不可能怀孕，你就不负责任了？”

林谷南：“就是，嘉歌，你这就过分了！你怎么可以不认账？”

？？？

不认账？

时瑶感觉自己脑袋都要炸了。

哪里来的不认账？她和林嘉歌是同在一个屋檐下住了一个月，不是同床共枕！！！

林老先生一副十分赞同林谷南的样子：“谷南说得对，这个大逆不道的臭小子，简直是要气死我，我……”

林谷北急忙开口：“爸，爸，爸，您冷静，冷静，别为了这个兔崽子气坏了自己的身体……”

说着，林谷北冲着江晚归喊了一声：“老婆。”

江晚归一脸冷静地抬起头，凉飕飕地看了林嘉歌一眼，尽管她开口的话，说得很简练，但有着无形的压迫感：“嘉歌，妈妈是怎么教育你的？妈妈说过，敢做就要敢承担责任！”

夏洋也跟着开了口，不过他的话却是对着时瑶家里人说的：“亲家，你们别动气，嘉歌他就是还小，叛逆期，他会负责的……我们都会为瑶瑶做主的。”

林嘉仪点了点头，举起双手，揉了揉手腕，伴随着骨骼发出的“咯噔咯噔”的声响，她从牙缝里挤出一句："是的，他要是敢不负责，我就把他腿全打断！"

时瑶见状，生怕林嘉仪的拳头下一刻就挥在林嘉歌的身上，她连忙出声："不是的，你们误会了林嘉歌，他不是你们想的那样，做了什么事情不想负责……"

呸！她这说的是什么话？什么叫做了什么事情不想负责……明明是什么事情都没做……她确定是在为自己辩解，不是来捣乱的？

时瑶在心底暗暗地骂了几句自己，然后才又赶紧开口说："不对，是我们之间根本什么事情都没发生……"

林嘉歌很清楚，有些话，时瑶说出来，大家不会生气，也不会怀疑；但是有些话，他说出来，大家就不会这么想了……

所以他在时瑶把话说到这里的时候，立刻开口及时地补充一句："是的，就是瑶瑶说的那样，我和她什么事都没发生过，当初就是我受伤了，瑶瑶不放心我一个人，就在我家住了一个月，照顾我，事情就是这么简单……"

林嘉歌原本只想说这么多的，但是在话音落定的那一刹那，他脑中忽然灵光一闪，转头对着时瑶又补了句："对吧？瑶瑶？"

他刻意将声音放得有些低，落在众人的耳中，像极了胡编乱造了一通缘由，然后威胁时瑶陪着他串供词。

明白真相的时瑶，自然不会察觉到林嘉歌的这些话有什么异样，所以她在听到林嘉歌的问话后，立刻猛点着头，说："是的是的，就是这样的，当初就是林嘉歌受伤了，我去照顾他，就这么简单……其他的真的是你们想多了……真的是你们想多了！"

时瑶只是单纯地想要强调是大家想多了，可她不知，她这样斩钉截铁的反应，落在众人的眼里，像是被林嘉歌威胁了。

在时瑶的话还没说完时，林嘉歌就已经看到爷爷行走在暴怒的边缘了。为了让爷爷彻底发火，他在时瑶的话说完后，又添了一把火："看吧，不是我一个人说瑶瑶不会怀孕，就连瑶瑶都说是你们想多……"

"你当我眼瞎啊，什么都没看到？你别以为我不知道，你刚刚问的那一句'对吧？瑶瑶'，是在威胁瑶瑶！"林老先生气得胸口起伏不定，他指着林嘉歌点了好几下，像是要骂林嘉歌，结果没想出来词，反而气得脸都憋红了。

时瑶看到这番场景，连忙开口："林爷爷，您消消气，您别气坏了身子……"

"瑶瑶，我知道你委屈，你放心，爷爷今天一定要为你出这口气，你等着哈……"说着林老先生左看右看了一圈，然后就指着自己的拐杖，"孙妈，把拐杖给我，看我今天不揍死他！"

"能耐了啊？居然敢威胁瑶瑶了？呵……"林老先生气得不知道该怎么骂，最后瞪了一眼林谷北，"看你教出来的好儿子，能跟我儿子比吗？"

说着，林老先生就拿着拐杖，真的冲着林嘉歌挥了过来。

"爸，爸，您冷静，冷静……"

"爷爷，我来处理他，你别生气……"

"林伯父，这事可能太突然了，他们两个孩子估计也不是这个意思……"

"就是啊，老先生，你看他们娃娃亲都定这么多年了，早晚都是要结婚的，也不急这一时……"

“这不是我急不急这一时的问题，这是林嘉歌这个臭小子做人有问题！你们刚刚也都看到了，他威胁瑶瑶，把瑶瑶都吓成什么样了，连口气都不敢喘，就顺着他的话是的是的，是的什么呀！他这是三天不打上房揭瓦，今大我就是要教训他，还跟我说什么受伤了，哪里受伤了？看我今天不把他打得真的受伤！”

“爸，爸，我回家就罚他面壁思过，不，我让他跪着面壁思过，不不不，去院子的鹅卵石上跪着，跪个一天一夜，谁也不许给他东西吃！”

“你教育你儿子是应该的，我教育我孙子也是应该的！我今天不打他，我就不是他爷爷！再说，就算是他跟瑶瑶真的是清清白白的，什么事情都没发生，人家瑶瑶一个好姑娘跟他住在一个房子里一个月，他怎么也得负责任吧？”

一时之间，原本其乐融融谈喜事的包厢，瞬间变得乌烟瘴气。

劝说声、怒骂声，声声入耳，听得时瑶头昏眼花，最后她在看到林老先生真的拿着拐杖冲着林嘉歌身上砸去时，想都没想就挡在了林嘉歌的身前：“林爷爷，您别打他……”

林老先生连忙收了砸下去的动作，气哼哼地盯着林嘉歌怒骂：“你有本事给我过来，你躲在一个女娃娃的身后，算什么男人？！”

林老先生边说，边变换了一个方向要去揍林嘉歌。

时瑶也连忙跟着林老先生转：“林爷爷，不是林嘉歌不要娶我的，是我不要嫁给他的……”

时瑶不说这话还好，一说这话，林老先生更生气了：“好啊，林嘉歌，你真是翅膀硬了，你到底拿什么威胁的瑶瑶，让她把责任都揽在自己身上了？！”

天啊，怎么都说不清楚呢？明明就是她不要嫁给林嘉歌的啊……

时瑶只好又开口，耐着性子解释：“不是的，林爷爷，整件事情，真的不能怪林嘉歌，我没有受他威胁，他对我很好。而且，他也是受我所托，才跟你们说现在不要结婚的事，你们真的误会了他……”

时瑶越是护着林嘉歌，林老先生就越是认定她是被林嘉歌威胁的。

林老先生这次气得连话都说不出来了，直接拿着拐杖冲着林嘉歌的右胳膊上砸去。

不行啊……林嘉歌右胳膊刚好，上午医生还特意嘱咐最近还是要小心保养的，这要是一拐杖砸上去，林嘉歌岂不是又要受伤了？这么频繁受伤，万一残废了怎么办？

可是她怎么解释，林爷爷就是不听……

情急之下，实在没办法的时瑶，只好选择了缓兵之计：“林爷爷，婚礼的事，你们继续谈……”

时瑶见自己说这话，根本安抚不了林爷爷的怒气，她连忙又看向了林嘉歌：“你快跟爷爷认错，你就说你没意见，让他们继续谈他们的事……”

林嘉歌看了一眼爷爷，似是在赌气一般，动了动唇，却没出声。

林老先生更气了。

时瑶更急了：“林嘉歌，你快说啊……

“林嘉歌！”

在时瑶连连催促了好几声后，在一开始就迫不及待地想说“我毫无意见，一切都听从你们安排”的林嘉歌，这才不情不愿地抬起头，冲着爷爷一脸不服气地来了句：“我本来就没说不要结婚，我自始至终想阐述的观点是，你们要尊重瑶瑶的选择以及要尊重事实的真……”

他这话落在林老先生的耳中，像极了强词夺理。

林老先生气得脸都泛了红：“这个混账，我、我、我……”
“爸，爸，您消消气……”
“嘉歌啊，不是姑姑说你，你这真是太不懂事了！”
“提款机，你是不是真的活得不耐烦了？！”
“林爷爷，您别生气，我来说他……”时瑶一边跟着众人安抚着林老先生，一边转头，悄悄地拽了拽林嘉歌的衣服，然后凑到他耳边，小声地嘀咕起来，“你快点跟林爷爷服个软吧？其他的事情，我们回头再从长计议，今天没有办法聊。你看我们说什么，他们都不信，再这么硬碰硬下去，真要是把林爷爷气到了，那就得不偿失了……”
时瑶见林嘉歌没有要开口的迹象，扯着林嘉歌的袖口，又催促起来：“林嘉歌，你快点啊……”
许是因为心底着急，时瑶的鼻尖上，冒了一层细细的汗。
林嘉歌听着她软软的声调，盯着她着急的模样看了会儿，似是真的拿她没办法，无奈地说了一声“好”，然后才妥协地掀起眼皮，看向了爷爷：“好了，刚刚是我不对，我听瑶瑶的，瑶瑶说怎么办，就怎么办……”
前一刻还气得浑身哆嗦的林老先生，在听到林嘉歌这句话后，瞬间喜笑颜开，仿佛什么事都没发生过一样，冲着其他人笑呵呵地说：“大家都站着做什么呀，坐啊……”
林老先生在孙妈的搀扶下，先落了座，然后其他人也都跟着一一落了座。
“菜要趁热吃……”林老先生一边说，一边动了筷子，然后在吃了一口菜后，就又开了口，“我们刚刚聊到哪里了？”
孙妈回：“回老先生，聊到孩子取名了。”
林老先生点着头：“对对对，继续继续……”
“取名还是得出生了才好取吧？”
“不过提前想好一些名字，也不错的，到时候说不定就能用得上。”
“有了孩子，还是麻烦事很多的，什么尿不湿、牛奶、奶瓶、婴儿床……”
大家又七嘴八舌地讨论起来。
有了刚刚那样惊天动地的一出，时瑶即便再有异议，此时她也不敢发表意见了。她只敢一边在心底吐槽，自己根本没孩子，这都是八字没一撇的事，你们脑补得太厉害了，一边拿着筷子，将郁闷尽情地发泄在了食物上。
比起时瑶的憋闷，坐在旁边、险些被揍了一顿的林嘉歌，心底却是乐开了花。
虽然这场逼婚，来得毫无征兆。
虽然现在的她，还没想着要嫁给他。
可是只要，此时此刻她未拒绝掉这场逼婚，那么就代表着他还有希望……
老实说，他是喜欢她，比想象中的要喜欢，但是他没想过要这么快结婚。
但是，当今天爷爷拿着他和她同居了一个月作为借口来逼婚的时候，他发现自己并没有半点反对的意思，甚至还觉得……真要是就这么被逼婚成功了，也挺好的……
林嘉歌是真的很开心，可他却不敢露出破绽，所以他努力地控制着自己脸上的情绪，尽量让自己表现得特别淡定，平静地举着筷子，夹了一道时瑶最爱吃的菜，放进了她的碗里。

这一餐足足吃了四个小时，等结束时，已是下午三点半。

许久没回过家的时瑶，因为第二天是十一长假，所以她在父母、姑妈和顾南墙离开的时候，也跟着一起离开了。

原本是定的林家司机送时瑶一家人，但是林老先生也不知道打了什么主意，临时说要用司机，让林嘉歌开车送的时瑶一家人。

等到林嘉歌载着时瑶一家人离开北京大饭店后，林老先生也没多留，直接上车离开了。

孙妈陪着林老先生一起离开的，坐在车里，孙妈想着林嘉歌和时瑶婚事已定，很是喜悦地对着林老先生说了句："老先生，真是恭喜您了，时小姐可算是要成为您真正的孙媳妇了。"

听到这话，林老先生不但没有喜笑颜开，反而脸色瞬间冷了下来："呵，那个臭小子，果然一无是处！"

孙妈一脸不解地看着忽然变脸的林老先生："老先生……您这话是什么意思？您吃饭的时候不是挺高兴的吗？"

"呵，孙妈，说你这些年蠢，你还真是蠢，我吃饭的时候高兴，那都是装出来的！"林老先生一边说，一边又冷哼了一声，"你们这些人啊，还是太年轻，还好我反应快，要不然，瑶瑶就彻底远离我林家了！"

孙妈更糊涂了："不是……老先生，我现在彻底迷糊了……明明是时小姐劝的小少爷对您妥协的，您怎么说是时小姐要离林家远去了呢？"

林老先生递给了孙妈一个"和你说话真费劲"的眼神，然后过了会儿，才开口说："你还没看出来吗？现在不是那臭小子不愿意娶瑶瑶，是瑶瑶不想嫁给那臭小子……你说让他作，作爽了吧？现在得到报应了吧？到手的未婚妻要飞了吧！"

说到这里，林老先生重重地叹了口气："还是我反应快，要不是我临时发怒，要揍那小子，瑶瑶估计当着这一桌子的人，说她不要嫁给林嘉歌了……"

林老先生又重重地叹了一口气："你说，林嘉歌那个混账怎么一点也不随我呢？"

林老先生第三次叹气，只是这口气还没叹完，他忽然像是想到什么一样，转头看向了孙妈："你说，我要是搞点什么手脚……是不是就可以生米煮成熟饭了？"

孙妈一时半会儿有点没太懂林老先生话里的暗示："啥呀？"

"就是……"林老先生只说了两个字，后面的话就没再说了，"算了，当我没问你吧……"

说着，他就一脸嫌孙妈笨地转头望向了车窗外。

孙妈无奈，还说小少爷不随自己，她看，小少爷是最随老先生的……

林嘉歌这个臭小子，对他来说唯一的用处，就是把瑶瑶娶回家……若是林嘉歌连这个都做不到，那……

林老先生望着车窗外不断倒退的风景，想到这里，忍不住一脸愁容地在心底又叹了一口气。

不能想啊，越想越嫌弃这个孙子，可是能有什么办法，都生下来了总不能再塞回他妈妈肚子里吧……既然塞不回去，又不能一直这么嫌弃着吧，看来自己这个当爷爷的，还得出马助他一臂之力……

想着，林老先生就皱起眉心沉思了起来。

过了约莫五分钟的样子，他凑到孙妈跟前，小声地吩咐起来。

孙妈听完他的话后，一脸不确定地望着林老先生：“这样行吗？”

“行，肯定行……你就按照我说的去办，只要到时候有了孩子，我就此生无憾……”林老先生说着说着，就跟事情已经成真了一般，明明冰着的一张脸，瞬间变换成了笑呵呵的模样。

第八章

我的初恋是你呀

回到时瑶的家，已是傍晚六点钟。

时瑶母亲热情地招待林嘉歌留下来吃晚餐，林嘉歌一副盛情难却的样子，答应了下来。

时瑶父亲帮着时瑶母亲煮饭的整个过程中，时瑶被母亲吩咐全程陪着林嘉歌。

吃完饭，差不多已经是晚上九点钟。

时间虽然不算太晚，但是因为林嘉歌回城还要一个多小时的路程，所以他九点半不到，就识趣地提出离开。

时瑶送林嘉歌下的楼。

在林嘉歌上车之前，时瑶自然是没忘记提起中午大家逼婚一事："那个……结婚的事，怎么办？"

自从那晚林嘉歌对时瑶道歉后，他能感觉到，时瑶对自己改观了很多。有些事他是很迫不及待，可他也只敢偷偷地迫不及待，他怕逼急了，反而弄巧成拙，所以在听到时瑶这话后，他想了会儿，就回了句："现在一时半会儿我也没想到好的方法，不过你也别太着急，总会想到的。"

时瑶觉得林嘉歌说得也蛮有道理的，轻轻地点了点头，然后过了会儿，她似是想到什么一样，又说了句："对了，之前我们不是约好了一起去成都的吗？你订好票了是不是？订票信息能不能发给我？"

林嘉歌"嗯"了声，没觉得时瑶问这些有什么问题，直接点开手机，给时瑶发了一条消息："机票是明天下午三点钟的，我明天中午来接你……"

“嗯……”时瑶没拒绝，应了林嘉歌的话后，她感觉到手机的振动，低头看了一眼手机屏幕，是林嘉歌发来的消息。她没去看具体内容，紧接着就抬起头，对着林嘉歌浅浅地笑了笑，“那你回家的路上，开车慢点。”

“嗯，明天见。”林嘉歌没再过多逗留，和时瑶道完别后，就上车离开了。

等看到林嘉歌车子不见了踪影，时瑶才转身回了楼上。

洗完澡，时瑶本想直接上床睡觉的，但是走到床边，看见自己的手机，她忽然像是想到什么一样，拿起手机看了一眼林嘉歌临走之前，发给自己的短信。

她看到航班号后，直接去网上搜了一下价格，然后走到书桌前，从包里翻出一个小本，在上面做了一个记录。

第二天还没到十二点，林嘉歌就到了时瑶家楼下。

因为时瑶住在郊区，距离机场又不远，所以只用了不到半个小时，就到了机场。

办好登机牌，过完安检，抵达了头等舱休息室，也不过刚十二点半。

时瑶和林嘉歌的午餐，就在头等舱休息室解决的。

饭吃到一半的时候，林嘉歌接了个电话，从他聊天的内容上，时瑶隐约可以判断出来是他某个项目的合作方打来的。

吃完饭，时瑶想去洗手间，她见林嘉歌还在讲电话，便没打扰他。

从洗手间隔间出来，时瑶走到洗漱台前，刚打开水龙头，身后不远处的一扇隔间门被推开，从里面走出来一个穿着一身黑的女生。

时瑶只是匆匆扫了一眼，略觉得有些眼熟，但她没怎么上心，快速地洗了洗手，就打算离开。

然而，在她转身的那一刹那，那个穿了一身黑色衣服的女生，恰好经过她面前。

两个人似是心有灵犀一般，都顿住了脚步，冲着对方望去。

在视线碰触的那一刹那，时瑶的眼底闪过一抹惊讶。

不过只是短短的几秒钟，时瑶就收起了所有的情绪，当作没看到她一般，打算离开。

只是她还没来得及抬脚，梁暮暮就伸出手拦住了她：“时瑶，好久不见啊。”

时瑶盯着梁暮暮挡在自己面前的手看了一眼，没说话。

梁暮暮紧接着就又出了声：“时瑶，你现在有时间吗？”

时瑶想都没想，就本能地想丢给梁暮暮两个字“没空”。

梁暮暮似是知道她的回答一样，在她开口之前，又抢先出了声：“我想，你应该有很多话要跟我说吧？正好，我也有很多话要跟你说，我是三点半的飞机，你呢？几点的？不过，你不想告诉我也没关系，如果你不着急飞的话，我们聊一聊？”

时瑶想说的话，凝在了唇边。

她思考了几秒钟，最后对梁暮暮轻点了点头，说：“好啊。”

“那你等我一下……”梁暮暮说完，就飞速地打开水龙头，洗了一把手，然后从随身携带的包里，抽了一张纸巾，擦干净手上的水渍后，将纸巾丢入垃圾桶里，就看了一眼时瑶，“走吧，我们出去找个地方聊。”

时瑶没说话，跟着梁暮暮从洗手间里走了出来。

贵宾休息室有很多区域，其中的按摩椅区，空无一人，梁暮暮随手指了一下：“那里可以吗？”

时瑶没意见。

落座后，两个人谁都没先开口讲话，大概过了半分钟后，梁暮暮出声：“对不起……”

时瑶面色很平静，并没有因为梁暮暮忽然开口的道歉，有任何的情绪浮动。

“对不起……真的很对不起……对不起……”梁暮暮又连着开口，道了好几句歉，然后她才又接着说，“我知道你现在肯定很怪我，我也很怪我自己，是我一时迷糊，才做错了那么多事情。我被姑父送回老家后，我是有怪你的，可是我发现，我在怪你的背后，还是有想起我们从前的时光……”

“瑶……”梁暮暮开口说了一个字，就停了下来，她似是不确定一般，弱弱地问了句，“我还能喊你瑶瑶吗？”

时瑶微抿了抿唇，并没有接话。

梁暮暮似是很难过一般，垂下眼帘，过了会儿，有点失望地又开了口：“是不是我道歉，你也不肯原谅我？我知道……我做了那么多错事，让你相信我，很难……可是瑶瑶，你知道吗？我之前就是鬼迷心窍了，我真的知道自己错了，我不该，不该……”

后面的话还没说出口，梁暮暮眼睛里就有泪淌了下来：“不该那样对你的，我真的很后悔，瑶瑶，只要你肯原谅我，让我做什么我都愿意，或者你要是现在心底有恨，你可以打我骂我，我都受着，我只想我们可以回到从前……

“我知道，我这么说，没有什么可信度，我在乡下，犯了一场大病，险些没活下来，是姑姑知道后，把我接回来的。在濒临生死一线时，我发现，我以前想要的那些，不是我真的想要的，我拥有的那些，才是我在意的……我本想着，我这次出去散散心，调整好心态后，再回来跟你道歉，求你原谅的，但是今天我碰到了你，就想……”

梁暮暮的话，说得真情实意。

可是时瑶的神思，却飘远了。

同样都是道歉，那晚林嘉歌的道歉，让她感受到的是感动，是轻松，是放下……可是此时梁暮暮的道歉，却让她心底浮现出说不出来的厌恶和恶心。

她其实是有点不想听下去了，可是在她准备开口打断梁暮暮的话时，她忽然想到了上半学期发生的一件事。

那天是母亲节，她头一天晚上被梁暮暮“灌醉”，第二天醒来，梁暮暮带来了江晚归和林嘉仪。

她知道，梁暮暮是来“捉奸”的，可是，她提前让江月做了准备，然后梁暮暮失败了，再然后，嘉仪姐把这件事告诉了林嘉歌……

但是当时的她并不知道林嘉歌知道了这件事，那天晚上，林嘉歌借着她欠他一顿饭的名义，跑来找她让她请客吃饭。吃完饭后，他带她去了KTV，他那两个舍友想尽一切办法地哄她开心，然后在他送她回宿舍的路上，他买了一瓶水，什么话都没说就摔在了地上，然后又弄破了自己的衣服。

其实这件事，过去很久了，她本来都不怎么记得了。

只是此时，也不知怎么了，那晚林嘉歌做完那一系列事后，对她说的话，忽然在她脑海里很是清晰地闪现了出来。

“时瑶，有些事，就像是地上的这瓶矿泉水，一旦玻璃瓶摔碎了，水洒了，就再也不可能回到原来的样子了；有些事，就像是我手中这件外套，虽然划破了，但地方却不起眼，缝缝补补依旧还能穿。”

她回到宿舍后，才明白了他这句话的意思。

她给他回了短信，当她知道自己猜对了他的确是在变着法子哄自己开心时，她有那么一瞬间觉得很感动，也很温暖的。

当时的她，还吐槽他来着，她若是没记错的话，她给他发了很长的一段话：她说他，哄人的方式真的有点闷骚；还说他摔碎了玻璃瓶后，说的那些话，什么一旦玻璃瓶摔碎了，水洒了，就再也不可能回到原来的样子了；甚至最后，她还沾沾自喜地跟他说，还好她聪明，要是换成一般人，根本不知道他在做什么。

那个时候，她真心觉得自己是全懂了他说的那些话的意思，在他后来追问她，还有没有别的想说的时，她还心疼起了那些水，扯了一些乱七八糟的话，说什么二十四块钱的水可以买很多很多好吃的……然后，他回了她一句‘时间不早了，睡觉吧’，就结束了那晚的聊天。

直到今天，她才恍然明白，那晚的他的那些追问，其实是因为她只读懂了他前半句话的意思，并没有读懂他后半句话的意思。

他说的前半句，摔矿泉水，指的是梁暮暮；他的后半句，所谓的衣服坏了，缝缝补补还能穿，指的是他自己……所以，其实从那个时候开始，林嘉歌就已经为他曾经说过的那些狠话，在后悔，在愧疚，在懊恼了？

一股说不出来的温软情绪，瞬间爬满了时瑶的心头。

压根就没去留意梁暮暮后续在说些什么的她，忽然轻轻地开了口：“是啊……有些人，再也回不到从前了，可是有些人，却能从头开始……”

时瑶的声音有些低，梁暮暮没听清，止了嘴边的话，问：“瑶瑶，你说什么？”

沉浸在自己思绪里的时瑶，没理她。

梁暮暮又开口：“瑶瑶？”

时瑶回神，尽管她不知道梁暮暮刚刚对自己说了点什么，但她能猜到个大概，她盯着梁暮暮的眼睛，语气清淡地回：“我说，他回得去，你回不去了……”

梁暮暮蹙起眉心：“什么意思？

“瑶瑶，你这话的意思，是不是还是不肯原谅我？

“没关系的，我愿意等……”

“你愿意等就等吧，反正跟我没关系。”时瑶这次没任由梁暮暮说个没完没了，就开口打断了她的话。

时瑶的冷静和决绝，似是让梁暮暮有些惊讶。

她愣怔了一会儿，才含着泪动了唇：“瑶瑶，你真的不在意我了吗？瑶瑶，我们曾经是那么好……”

“曾经？”时瑶嘴角浮现出一抹嘲讽的笑，“你也知道，那是曾经……”

“梁暮暮，你知道我为什么答应和你聊吗？那是因为，我今天想做个了断。

“一个月前，KTV 里那些小混混是你安排的吧？”

梁暮暮急急地开口解释：“不是，瑶瑶，你听我说，那次的事情是个误会，是他们太冲动了，我不是故意要伤害你的……”

时瑶仿佛没听到梁暮暮的话一般，继续往下说：“G 大大三，哦，不，现在是大四，艺术系的秦依然，你认识吧？”

梁暮暮：“我不……”

这次时瑶没等梁暮暮把话说出口，就接着往下说了自己想说的：“梁暮暮，有件事我没告诉你，我买砚台的那天，我看到你跟秦依然一起逛古玩市场了……”

梁暮暮愣住，过了大概十秒钟后，她才将自己原本要说的“我不认识”，改成了：“我……我是认识她，但是她找上我的，不是我找上她的，我不知道她和你之间有发生过什么不愉快，我也不知道她到底对你做了点什么……”

“梁暮暮，我不知道，你有没有听过这样一个成语……过河拆桥？”

时瑶说着，转头冲着梁暮暮勾了勾嘴角，她没等梁暮暮开口，就毫不留情面地拆穿了她：“而你，对秦依然，就是过河拆桥吧？很多事情，我其实都懂的，前几天论坛的事情，是你在背后主使的吧？若不是你，她怎么会知道暖暖在 KTV 被打的事？上半个学期，秦依然在学校论坛上爆料我被包养的事情，也是你给的照片吧？你知道吗？其实从那个时候开始，我就确定针对我的人是你了……”

“确定？”梁暮暮一下子就抓住时瑶话里的重点。

“是的，确定。”时瑶目不转睛地盯着梁暮暮的眼睛，“秦依然她就是一个草包，你真以为就凭她，能翻出什么大风大浪？我自始至终都知道，背后的人是你。我不但知道，论坛的两次事情，你是幕后主使人，我还知道，我生日的那天晚上，秦依然带着人堵我和林嘉歌，也是你的意思……因为那天下午，我在商场看到你了，你和两个女生在逛街，而那两个女生，恰好就是当初在‘金碧辉煌’的洗手间，说我坏话的那两个女生……那天，我记得很清楚，你给我发消息，问我和林嘉歌一起出来玩，为什么不喊你？我从洗手间出来，就听到别人在说我，我是林嘉歌未婚妻的事情，没多少人知道，她们怎么会了解得那么清楚？我肯定会怀疑啊，然后回到包厢，你说要玩游戏，最后游戏的结果，是我和林嘉歌接吻，你那天是想看我笑话来着吧？却没想到林嘉歌真的亲了我……”

此时此刻的梁暮暮，望着时瑶，一个字都说不出来了。

对比她的震惊，时瑶淡定如水：“梁暮暮，在你眼里，你是不是觉得我只会吃，什么都不知道呀？其实我什么都知道，我知道你不是不小心说漏嘴，让林爷爷知道林嘉歌要跟我解除婚约的；我还知道，在林爷爷的病房你是故意提韩景的，为的是让林爷爷误会我；我甚至知道，当初在 SKP，你约我去吃饭，我在电梯里会碰上林嘉歌，也是你提前安排好的……”

随着时瑶这次话音的落定，梁暮暮挂着泪的脸上，全是惊愕的表情。

时瑶知道梁暮暮被自己所说的话惊到了，梁暮暮一时半会儿说不出来什么的，所以她继续保持着刚刚不疾不徐的语调往下说：“我更知道，从六年前，从一开始，你就没把我当朋友。”

所以，梁暮暮刚刚那么声情并茂地道歉，在心底是又把她当成了傻瓜吧？

六年前，梁暮暮佯装要和时瑶做好朋友，实际上是蛰伏在她身边，想要抓住时机伺机而动，好将她一招毙命。如今失败了，她打着重归于好的名义，跟时瑶哭诉，是觉得林嘉歌现在待时瑶和从前不同了，她想要借着时瑶接近林嘉歌吧？

只可惜，她梁暮暮终究还是看低了她时瑶。

她是傻过一次，可那是人人都会犯的错误，但不代表着，她会继续傻下去……

“所以，你真的不需要给我道歉，因为你我心底都明白，你道歉的背后，究竟想的是什么……”时瑶垂了垂眼帘，“我不是没给过你机会的，母亲节那一晚，我故意装醉，就是在给你机会……但是你不要，你执意要那么做。在那一天，你带着林伯母和嘉仪姐出现在酒店房间时，我就知道了，我和你……”

时瑶忽然抬头，开口的声调，也比刚刚凌厉了许多：“下次再见，便是死敌了。”

梁暮暮的脸色，瞬间变得苍白。

她是真的没想到，自己这样低声下气地道歉，居然没能赢得时瑶的原谅。

时瑶明明是一个很蠢的存在啊……时瑶怎么忽然间变得这么陌生，陌生得让她觉得自己仿佛从来都没有真的了解过时瑶这个人一般。

把该说的都说完的时瑶，盯着梁暮暮眉眼间正在一点一点瓦解的伪装，反而觉得此时的梁暮暮，不再像是刚刚那样让她说不出来的厌恶反感了。

不过，这些也跟她没太大关系了，时间已经差不多了，她也该离开了……

想着，时瑶又开口出声：“该说的，我都说完了，没什么事的话，我就先走了……”

时瑶没等梁暮暮有所回应，就径自站起了身。

她这般云淡风轻从容悠闲的举动，落在梁暮暮的眼底，像极了讽刺。

计谋没达成的梁暮暮，心底本就怨恨，现在看到这样的时瑶，更是生气了：“时瑶，你刚刚口口声声地指责我，说我在你身边，一直心怀鬼胎，可你呢？你不是也和我一样吗？同样都是心怀鬼胎！

“你口口声声跟我说，你不喜欢林嘉歌，可实际上呢？你又是和林嘉歌吃饭，又是住进林嘉歌家！

“你还跟我说，你要和林嘉歌解除婚约，可现在呢？你们解除婚约了吗？你不要以为我不知道，现在林家都开始筹备你和林嘉歌的婚事了！

“你一直都在骗我，你说我没对你付出过真心，可是你呢？你对我不是也没有吗？我们彼此彼此——”

听到这里的时瑶，忽地停了脚步：“不管你信不信，我从来都没骗过你。

“我当初跟你说，我要跟林嘉歌解除婚约是真的，我不喜欢林嘉歌也是真的，我有自己想过的人生，我也有自己想去喜欢的人……”

时瑶说到这里，意识到自己多言了，她连忙止了声音，过了片刻，她垂眸一笑：“算了，跟你说这些，也没什么太大的意义……”

林嘉歌挂断电话后，回头看了一眼身后的餐桌，发现时瑶不在。

林嘉歌觉得时瑶大概是去洗手间了，没太着急，直接拉开椅子，重新坐下。

过了大概十分钟后，他见时瑶迟迟没回来，便掏出手机，给时瑶去了个电话。等到电话拨通后，他才发现，时瑶的手机，放在椅子的包里，并没带走。

就算是去洗手间……这时间也未免有点太长了吧？

林嘉歌又等了会儿时瑶，见她还没有回来的迹象，便伸出手招呼了个服务员，让她帮忙留意一下自己和时瑶的东西，然后就起身，到处转着去寻人了。

一直找到洗手间门口，林嘉歌正想着抓个服务员，帮忙去洗手间里看看情况，然后就瞄见不远处的按摩椅区，有人穿了件和时瑶相同颜色的衣服。

那人坐在椅子里，只露了一抹衣衫的颜色，林嘉歌抱着试试看的心态走了过去，却没想到，还没走进按摩椅休息区，就先看到了坐在按摩椅上的梁暮暮。

梁久思的小表妹……她不是回乡下了吗？怎么会在北京？

他微蹙了蹙眉心，紧接着就看到那个和时瑶穿了一样颜色衣服的人，站起了身。

还真被他撞对了……真是时瑶……不过，她和梁久思的小表妹怎么会在一起？

该不会是两个人偶然碰上，发生了什么冲突吧？

林嘉歌想着，就下意识地抬起脚，快步地走去。

靠得近了，他也能听见里面的人在说些什么。

梁暮暮提了他的名字："你还跟我说，你要和林嘉歌解除婚约，可现在呢？你们解除婚约了吗？你不要以为我不知道，现在林家都开始筹备你和林嘉歌的婚事了！"

这梁久思的小表妹，有毛病吧？

解不解除婚约，跟她有什么关系？就算是解除了，他也不会看她一眼好吗？

林嘉歌暗自吐槽了两句，就加快了步伐，只是他人还没走到时瑶和梁暮暮跟前，时瑶忽然开了口："不管你信不信，我从来都没骗过你。"

软包子说这句话的时候，会不会有点难过？

毕竟曾经，她是真的把梁久思的小表妹当成朋友的……不过，谁还没有真心喂给狗的经历……

林嘉歌想着，等会儿要好好哄哄时瑶。

只是他这想法都没落定，不远处的时瑶，又动了唇："我当初跟你说，我要跟林嘉歌解除婚约是真的，我不喜欢林嘉歌也是真的，我有自己想过的人生，我也有自己想去喜欢的人……"

林嘉歌仿佛被人点了穴道一般，蓦地就定在了原地。

当初她要跟他解除婚约，他是知道的；一直以来她不喜欢他，他也是知道的。

只是，她最后那一句，她也有自己想去喜欢的人……

尽管只是想去喜欢，而不是已经喜欢上了，但林嘉歌还是感觉心口仿佛被人狠狠地打了一拳似的，泛起沉闷而又厚重的疼痛。

难怪他对她告白，她拒绝了他；难怪她会跟他说，要跟他解除婚约……原来，她是有自己心仪的男生的……

后面时瑶又开口说了一些话，但林嘉歌没去听。

直到他感觉到有脚步声从里面传来，他才猛地回神。

他本是来寻她的，可他此时也不知道自己究竟是怎么了，有点怕见到她。就在她没发现自己之前，他一个飞速转身，离开了。

林嘉歌也没具体去留意自己往哪里走，他只知道，等到回过神来时，他人已经身处在洗手间门口，还险些推开了女洗手间的门。

他连忙收回了手，快步走进了男洗手间，他随便找了一个隔间进去，前一刻关了门，后一刻他就靠在了隔间门板上。

他仰着头，盯着洗手间的天花板看了会儿，莫名觉得眼睛有点泛酸泛疼。

他不知道自己保持着这样的姿态，像是一尊雕像一般呆站了多久。

他只知道，他是被身后忽然被敲响的隔间门拉回神思的：“里面的哥们，你的手机一直在响……”

林嘉歌没说话，他低头摸出手机，发现屏幕上有一排的未接来电。

全都是时瑶打来的。

很快，手机屏幕上再次出现了时瑶的来电显示。

他盯着屏幕看了会儿，没接听，而是将手机调成静音，塞回裤兜里，继续保持着刚刚的姿态，又靠着门板发了会儿呆，然后才缓缓地站直了身子，拉开了身后的门，走了出去。

站在洗手台前，林嘉歌望了镜中的自己一眼，他清楚地瞄见自己眼底有些红。

他打开水龙头，捧了一把冷水，洗了洗脸，然后重新对着镜子扯了一下嘴角，确定自己面部不是那么僵硬后，这才随手抽了两张纸巾，擦掉脸上和手上的水珠，走出了洗手间。

他一眼就看到了远处落地窗前，拿着手机心急如焚地正给他打电话的时瑶。

他顿了脚步，盯着她看了一小会儿，才重新抬起脚，走了过去。

等他站在她跟前后，她察觉到有人靠近，抬头看了一眼，然后在看清他后，脸上着急的表情立刻松懈了下来：“你去哪里了呀？马上就要登机了，我给你打了那么多电话，你都没接……”

“哦……”林嘉歌听到时瑶的话，将手机从兜里掏出来，看了一眼，语气淡静得和平时没什么两样，“手机被我不小心调成静音了，我刚刚在洗手间。”

听完林嘉歌解释的时瑶，“哦哦”了两声，然后就开始催促林嘉歌赶紧去登机：“还有十分钟，飞机就要关舱门了，我们得抓紧了。”

林嘉歌没说话，神色如常地点了点头，然后弯身拎了自己和时瑶的包，跟着她去往了登机口。

上了飞机，林嘉歌似是困了一般，靠着椅背就闭上了眼睛。

时瑶见他休息了，自是没再打扰他，坐在他旁边的她，拿着手机戴着耳机看了一会儿自己提前下载好的电视剧，然后在吃过飞机餐后，也跟着睡着了。

时瑶再醒来，飞机已经开始降落了。

身边的林嘉歌，居然还在睡。

时瑶没着急喊醒林嘉歌，一直到飞机落地，停稳，开了机舱门，她才轻轻地推了推身边的林嘉歌：“林嘉歌，到了……”

林嘉歌缓缓地张开眼睛，看了时瑶一眼，都没等时瑶捕捉到他眼底的情绪，他就收回了视线，解开安全带，起身打开飞机上的储物柜门，将两个人的行李拎了下来，就率先冲着飞机舱门走去。

林嘉歌提前订好了车，从机场出来，司机已经在等候了。

上车后，司机直接将两个人送往酒店，而林嘉歌好像很忙的样子，刚坐稳，就掏出笔记本，开始盯着屏幕敲敲打打了起来。

键盘声一直持续到酒店大堂门口，林嘉歌合上电脑后，才停了下来。

林嘉歌提前预订了两间房，办好入住手续，林嘉歌直接拿了房卡，和时瑶上了楼。

等到抵达房间门口，刷房卡时，时瑶才发现，自己和林嘉歌的房间是对着的。

“我先回我房间收拾一下东西……”在和林嘉歌分开之前，时瑶拉着自己的行李箱，对着林嘉歌打了声招呼。

林嘉歌没说话，只是轻轻地点了点头，然后就推开门，进了自己的房间。

时瑶盯着林嘉歌随后就关上的门，看了会儿，隐约觉得哪里有些不对劲，可她歪着头想了想，却又想不通，最后索性当成自己是想太多敏感了，然后就进了自己住的那间房。

时瑶洗了一把脸，换了一身衣服后，看了一眼时间，差不多已经晚上七点钟了，她便拿起手机，给林嘉歌发了一条消息：“我们晚上去吃什么呀？”

消息发送出去后，过了好一会儿，她都没收到林嘉歌的回复。

她又补了句“？”，见他还是没动静，索性拿了房卡和包包，去了他房间。

时瑶按了好几次门铃后，门才被打开。

她以为过了这么久，林嘉歌没开门，或许是在洗澡，或许是在睡觉，没想到他居然和刚刚跟她分开时一样，没任何的变化。

他没开空调，窗户开着，房间的床铺很整洁，俨然是没坐过也没躺过的迹象，房间里的每一处也都没被动过，他的行李箱就放在门口，也没打开。

时瑶看完林嘉歌房间里的状况后，忍不住皱了皱眉心。

他这显然是进了房间后，什么都没做，那他这么呆坐了半天，不回她短信，也不开门，到底是怎么了？

时瑶心中的疑惑，都没问出口。

刚好低头看了一眼手机，瞄见她短信内容的林嘉歌，像是知道她心底在想些什么一样，出了声：“刚刚接了个电话……”

林嘉歌没等时瑶出声，就又径自开了口：“晚餐我已经订好位置了，是附近一家老字号火锅，我们直接过去吧……”

听到林嘉歌的解释，时瑶没想太多，直接和林嘉歌乘坐电梯，去吃火锅了。

不过到底不是第一次察觉到林嘉歌不太对劲，所以吃火锅的整个过程，时瑶还是特意留意了林嘉歌，发现他除了还是不太能吃辣的以外，和平时也没太大的差别。

吃完火锅，回到酒店，也不过刚八点半。

各自回房间后，时瑶先去洗了个澡，将身上的火锅味道全都洗掉后，她忽然有点想吃水果，就抱着手机，点了一份外卖。

大概二十分钟的样子，外卖就送到了。

时瑶下楼取了水果后，没有回自己房间独食，而是敲响了林嘉歌的房门。

和傍晚她来找他时一样，敲了好几次都没人开门。

她又继续按了几次门铃，见里面依旧没动静后，这才满怀古怪地回了自己的房间。

她放下水果，拿起手机给林嘉歌打了个电话。

没人接听。

然后，她就开始给林嘉歌发短信：“林嘉歌？我刚刚敲了你半天门，你怎么也不开门呀？”

“林嘉歌，我买了水果，你要不要吃？”

“咦？林嘉歌你是在洗澡或者在忙吗？那你看到了，记得回我消息。”

“哦……这么久不理我，是睡了吗？那好吧，我自己一个人吃了啊……”

接连给林嘉歌发了好几条消息后，时瑶看他还是没回应，就打开外卖，拿着叉子坐在落地窗前，一边欣赏夜景，一边吃起了水果。

时间还早，没困意的她，吃了四分之一的水果后，登录了游戏。

跟时瑶回到酒店后，林嘉歌洗了个澡，然后裹着浴袍躺在床上，一闭眼耳边就跟被下了魔咒一般，想起了下午在北京机场时瑶说的那些话——

我也有自己想要喜欢的人……想要喜欢的人……想要喜欢……

这句话在林嘉歌耳边不知道反复回荡了多少遍，他忽然就坐起身，从行李箱里，拿了一身干净的衣服穿上，就抽了房卡，走出房间，一个人去顶层的酒廊里喝酒了。

这家酒店的酒廊，设计得很漂亮，透过明亮的窗户，可以看到外面灯火辉煌的城市。

林嘉歌一边听着优雅的乐曲，一边欣赏着楼下夜景，一边喝着酒，结果几杯酒入腹后，他心里的那股沉闷，不但没有消散，反而更郁结了。

他也不知道自己一个人到底在这里待了多久，他随手放在桌子上的手机屏幕亮了。

是时瑶打来的电话，他没接听，只是又狠狠地灌了一杯酒。等他将酒杯放下后，手机屏幕再次亮起，这次是时瑶发来的短信：“林嘉歌？我刚刚敲了你半天门，你怎么也不开门呀？”

她敲他门做什么？

林嘉歌有那么一瞬间犹豫，想要回她消息，然后就看到她发来的新消息：“林嘉歌，我买了水果，你要不要吃？”

不要吃……林嘉歌继续喝酒，然后他又收到了她发的两条消息。

这次他连看都没看了。

等他将桌子上的酒喝光后，他抬起手，招呼服务员继续上酒时，屏幕又亮了一下。

他本能地往手机看去，但他的视线，还没落到手机屏幕上，就顿了下来，然后他就仿佛不知道手机屏幕亮过一般，对着被他招呼过来的服务员，指着桌上的一个洋酒瓶：“再来一瓶。”

服务员离开后，林嘉歌盯着窗外的夜景，愣愣地瞧着。

直到服务员将酒送上来，他才将视线收了回来，余光瞥了下漆黑的手机屏幕，就端着酒瓶，给自己倒了一杯酒。

一口饮完后，他将酒杯放下，继续倒酒。这次的他，端起酒杯，刚递到嘴边喝了一小口，他就放下酒杯，拿起了手机。

“咦？林嘉歌你是在洗澡或者在忙吗？那你看到了，记得回我消息。”

“哦……这么久不理我，是睡了吗？那好吧，我自己一个人吃了啊……”

看完她最后发来的两条消息，他想去回复，但是点了两下键盘后，他又将自己打出来的几个字母，一一删掉，退出了短信。

微信也有提醒，点进去后，他才发现，是【浪啊浪】群里有人 @ 了他。

里面已经聊了好几十条消息，他单手握着手机，指尖轻轻滑着屏幕，一条一条地看。

【瑶兮爱吃冰激凌】@ 所有人：“有人要打游戏吗？”

【潮汐】：“不打，陪老婆吃消夜 ING。”

【是果汁啊】：“干了这碗狗粮，我们还是好朋友。”

【瑶兮爱吃冰激凌】：“这波狗粮，宝宝是连盆带粮一起吞进肚子里的。”

【猴子派来的高手】分享了一个游戏房间到群里：“来啊来啊，打游戏。”

大概是时瑶和陆本来进了游戏页面，群里安静了下来。

正当林嘉歌准备退出群聊时，屏幕上进来了一条新的消息。

【是果汁啊】：“老大，三缺一，你来不来？”

林嘉歌无视掉陆本来，刚准备退出微信，微信却又出现了新的提醒。

这次不再是【浪啊浪】群里有人@他了，而是时瑶发来的私聊：“大神，你要不要打游戏呀？”

才不要……林嘉歌默默地在心底嘟囔了三个字，然后端起酒杯，仰头吞掉了杯中所有的酒。

等他放下酒杯时，屏幕里又进了一条新的消息，是时瑶分享过来的游戏房间。

林嘉歌别开视线，重新给杯中加了酒，然后又一口喝光了杯中的酒，这次他放下酒杯后，指尖直接落到了手机屏幕上。

进入游戏，林嘉歌面对时瑶、陆本来和夏商周三个人的话语声，自始至终没出声。

平时玩游戏，他话也很少，所以三个人也没觉得有什么问题，等他准备后，身为房主的陆本来直接点了开始游戏。

由于心情抑郁，林嘉歌在游戏中，故意离时瑶三个人远远的，他们捡到了好的装备，问他要不要，他不回；他们将装备送到他面前，他也不捡；甚至在跑毒的时候，他们特意开车来接他，他也装作没看见他们的车，无视掉他们不断喊自己上车的语音，加满能量后，头也不回地往安全区里跑……

【是果汁啊】：“老大，你怎么不上人家的车啊，人家真的好伤心啊，嘤嘤嘤……”

【猴子派来的高手】：“你恶不恶心，一个大老爷们，‘嘤嘤嘤’个啥啊，我一拳一个嘤嘤怪你信不信？”

【是果汁啊】：“我愿意，你管得着爷爷我吗？嘤嘤嘤嘤嘤嘤……”

【猴子派来的高手】：“难怪老大不上我孙子的车，就连我都想大义灭亲了……”

面对陆本来和夏商周一言不合就开怼的场景，不但林嘉歌习以为常了，就连时瑶都淡定得仿佛他们两个谈的只是“今天吃了吗？吃了什么”一类再简单不过的话题。

很快，车子追上了林嘉歌，放缓了速度跟在他身边。

【猴子派来的高手】：“老大，上车……”

【是果汁啊】没说话，只是拼命地按车子的鸣笛。

林嘉歌对手机里传出的一切声音充耳不闻，沿着一条笔直的线，一味地往前跑。

【瑶兮爱吃冰激凌】：“奇怪了？大神怎么不上车呀？他是不是没开语音，听不到我们讲话呀？”

【猴子派来的高手】：“说得有道理啊……”

【瑶兮爱吃冰激凌】：“等我打字问问……”

时瑶前一秒刚说完话，后一秒林嘉歌就看到屏幕上出现了一行字。

【瑶兮爱吃冰激凌】：“大神，上车啊。”

林嘉歌视而不见，继续往前跑。

【猴子派来的高手】：“奇怪了，老大这是怎么了？该不会开了自动奔跑模式，人不在吧？”

【是果汁啊】：“等我开车撞一下老大，反正现在也撞不死人……”

随着陆本来的话透过耳机传入林嘉歌的耳中，游戏里的他，被车子顶上了车头。

林嘉歌刚想跳回地面，却从西南方向飞来一颗枪子，稳稳地射穿了他的三级头，并将他打倒在地。

【是果汁啊】：“西南方向有人！”

【猴子派来的高手】：“下车，下车，躲在车后……老大，你爬过来，让瑶妹救你，我跟果汁虐了他们……”

林嘉歌被打倒后，恰好落在车后的安全位置。

时瑶大概是听到了夏商周的指示，跳下车后，立刻跑到林嘉歌跟前来，蹲下身想要救他。

只是她的手，在他脑袋上放了没两秒钟，他就在原地爬了两下，打断了她的救援。

她再次伸出手，救他。

他继续爬。

连续两次，【瑶兮爱吃冰激凌】：“大神，你不要乱动呀，这样我救不了你的……”

他才不要她救……林嘉歌想着，就冲着车外爬去。

他们本在毒区，他血条流失得很快，等到爬到没有遮掩体的地方时，正和夏商周、陆本来打架的那一队，有人只是冲着他轻轻地扫了一下，他就变成了一个盒子。

然后，屏幕上紧接着就出现了一句：【快到碗里来】用 UMP5 淘汰了【111111】。

【是果汁啊】：“老大有问题！”

【猴子派来的高手】：“绝对有问题！”

【瑶兮爱吃冰激凌】：“同感，我从地上的盒子里，读出了一句话：宝宝不高兴了，你快来哄哄我！”

【是果汁啊】：“宝宝？”

【猴子派来的高手】：“哄哄我？”

随着两个人相同的反问语气落定，耳机里传出一道毫不掩饰的哈哈哈大笑声。

【是果汁啊】：“瑶妹？这是我听过的，形容老大的最搞笑、最离谱的话！”

【猴子派来的高手】：“同上！”

【是果汁啊】：“瑶妹，我能采访一下你吗？你到底是怎么把‘宝宝’两个字，跟老大对等上的？”

【猴子派来的高手】：“还有哄哄我？老大是什么人啊？天生高冷不可攀的主啊，怎么就成了哄哄我？”

被陆本来和夏商周一唱一和取笑的【瑶兮爱吃冰激凌】“哼”了一声，不满地开了口：“本来就是啊，我哪里说错了，喊他来捡东西，他不来；把东西送到他跟前，他不捡；三番五次地喊他上车，他不上；被人打死了，他还不让救。这明明就是傲娇了，就跟那种撒娇的小女生一样，宝宝不高兴了，你快来哄哄我，你哄哄我呗，你哄哄我，我就高兴……”

撒娇的小女生……这是在形容他？

林嘉歌的脸色，瞬间黑了。

耳机里的夏商周和陆本来，笑得更欢了。

林嘉歌在北京国际机场，听到时瑶对梁久思的小表妹说的话后，心情一直处于很不爽的状态，可因为时瑶在，他怕自己失态对她说什么过分的话，所以一直都在努力地压着心里的不悦，尽量在时瑶面前表现得和平常没什么区别。

此时他听着夏商周和陆本来的笑，想都没想就动了唇，想将自己压抑了一下午的情绪，都发泄出来：“你们……”

他只说了两个字，连语气里的压迫感都没表现出来，耳机里就传来了“哎呀”的一声。

是时瑶的声音。

他本能地就闭了嘴。

“嘶——”又是时瑶那边发出来的。

林嘉歌还没开口，同样已经发现到不对劲的夏商周出了声：“瑶妹，你怎么了？”

“我……”时瑶只说了一个字，就倒抽了一口凉气。

紧接着，她那边就传来了东西落地发出的沉闷声响，再然后像是手机摔在了地上。

“瑶妹？”

“瑶妹？瑶妹？”

“瑶兮……”

然而时瑶那边，始终没回应。

林嘉歌“噌”一下站起了身，因为他力道过猛，撞到了面前的桌子，将酒瓶撞翻了，酒洒了他一身，他也没理会，语调略微有些破音地喊了句“服务员”，然后都没等服务员开口，就又说了句“挂房账”。他迅速奔到前台，直接签了字，就冲向了时瑶住的房间门口。

他接连按了好几下门铃，都没人来打开，他只好奔回自己房间，给前台打了个电话。

挂断电话后，不过过了短短的两分钟，他催促了前台好几次。

等到服务员拿着万能房卡出现时，林嘉歌急得都没等服务员刷房卡，就急匆匆地抢了房卡，刷开房门，奔进了屋里。

他一眼就看到了蜷缩在阳台地板上的时瑶。

“瑶瑶……”

这两个字刚落定，他人就已经奔到了她跟前：“瑶瑶，你怎么了？”

她脸色苍白得可怕，额头上挂满了细细的汗珠。

她唇上也没什么血色，她听见了他的声音，想要说话，却也只是勉强挤出了一个“疼”字。

“疼？哪里疼？”林嘉歌边问，边看向了时瑶手捂着的腹部。

“肚子疼？”他问完后，抬头往四周看了一眼，然后就奔到床前，从她包里翻出她的身份证，往自己口袋里一塞，就又回到她身边，弯身将她抱起，奔出了酒店房间。

“瑶瑶，你忍忍，我现在就带你去医院……”他边说，边加快了步伐。

在进电梯时，他感觉到女孩的身体，在自己怀里不断地哆嗦着。

他莫名其妙地也跟着发起了抖，他一面将她往怀里用力地抱了抱，一面就又开了口。等他把话说出来后，他才发现，就连自己的声音，此时都是抖的：“瑶瑶，不怕啊，马上，马上就到医院……”

尽管天色已晚，但还好林嘉歌订的酒店是在最繁华的地段，出来就有空车。

林嘉歌抱着时瑶坐进车里后，对着司机急急地丢了句“医院”，然后就又低头轻声细语地哄起了怀中的女孩。

很快抵达了医院，林嘉歌挂号，时瑶就被医生带走检查了。

检查的时间并不长，可林嘉歌在楼道里走来走去，整个人慌得六神无主。

等到医生出来，林嘉歌立刻奔了过去："医生，她怎么样？"

"没什么大碍，就是急性肠胃炎，我给她开好了药，打完吊针，就可以回家休息了。"

林嘉歌一脸怀疑："你确定？她都疼成那样了，疼得浑身发抖，出了冷汗，怎么可能等会儿就可以回家休息了？你会不会看病？你是哪个医学院毕业的？什么学位？毕业证书有没有？你们院长呢？让你们院长过来……"

医生斜了林嘉歌一眼："要么你留下看着她，要么我喊保安把你送走！"

林嘉歌张了张口，最后还是认怂 地去了病房。

时瑶已经打上点滴了。

兴许是还有点疼，她窝在床上的身子蜷缩成了一小团。

林嘉歌坐在她旁边，寸步不离地守着，每隔一会儿，就会问一句还疼不疼？

问到最后，兴许是吊针的药效起了作用，时瑶睡着了。

等到输完液，护士来拔针的时候，吵醒了时瑶。

林嘉歌不悦地一直瞪着护士离开了病房，才闷闷不乐地抱起时瑶，离开了医院。

急性肠胃炎来得快，去得也快，打完吊针后的时瑶，除了有些虚脱外，已经没那么疼了。她想自己走，但林嘉歌死活不让，她没跟他争执，也没多大的力气争执，索性就由着他抱着自己上了出租车。

在回酒店的路上，时瑶这才发觉林嘉歌的身上，有股很浓重的酒味。

她蹙了蹙眉，然后抬了一下贴在他胸膛上的脑袋："你喝酒了？"

林嘉歌"嗯"了一声，时瑶刚想问"为什么喝酒"，结果话都没问出来，她又后知后觉地发现，林嘉歌的脚上，只穿了一只鞋子。

他脚上沾满了污垢，脚底应该是被什么东西划伤了，很多地方都沾了血。

看样子……他应该是赤着脚，在地上走了很久……他这是，在抱她去医院的路上，就把鞋子跑丢了吗？

一股说不出来的情绪，瞬间充斥了时瑶的心窝。

她盯着他的脚看了好一会儿，才轻轻地动了动指尖，然后她发现，他身上的衣衫，潮得厉害。

她蹙了蹙眉心，转头望去，他一向干净整齐的白 T 恤上，有一大片被打湿了。

因为两人靠得比较近，她将脑袋往那片湿的地方挪了挪，然后她闻见，他那一处衣服上的酒味十分浓烈。

只是短短的数秒，时瑶就反应过来，他的衣服，不是被水弄湿的，而是被酒沾湿的。

她跟他在一起住过一个月，对他的日常习惯了解了很多，他爱干净到令人发指的地步，可他居然能容忍穿着脏衣服，在医院陪她好几个小时？

时瑶盯着林嘉歌衣衫上的那抹湿，忍不住抓紧衣衫，微抿了抿嘴角。

抱着她的林嘉歌，感觉到她身体的细微僵硬，略带着几分焦急地低头："怎么了？又疼了？"

林嘉歌没等时瑶开口，就对着出租车师傅又出了声："师傅，我们去医院，去你们这里最好的医院……"

"不，不，不……"时瑶被林嘉歌惊得连说了好几个"不"字。

出租车师傅见一个说去，一个说不去，不知所措地放缓了车速：“到底去还是不去？”

时瑶生怕林嘉歌开口，先抬起手，捂了他的嘴巴，才对着出租车师傅回了句：“师傅不好意思，我们不去医院的，就去刚刚给你的那个酒店地址……”

等到师傅继续加速沿着原来的路往前开后，时瑶才盯着被自己捂着嘴巴的林嘉歌，出声说：“我没事，不用去医院的，我……”

她说到这里，似是意识到什么一样，忽然停了下来。

她竟然险些……险些将心底的话脱口而出：我只是有点感动……

“什么？”林嘉歌见她话说了一半，不解地问，因为被她捂着嘴，他的声音有些含糊。

时瑶回神，胡乱地“哦”了一声，然后转了转眼珠子，仿佛刚刚什么都没发生过一般，随便找了个话题，掩饰了过去：“我就是想说，你喝酒为什么不喊上我，真不够意思！”

“我……”林嘉歌磕绊了一下，就不知道该怎么说下去了。

他总不能说，自己心情不好，去喝闷酒了吧？这多丢人……

想了两秒，林嘉歌继续回：“我约了个客户。”

时瑶恍然大悟地“哦哦”了两声：“我还以为你是心情不好，一个人去喝闷酒了……”

被一语说中的林嘉歌，有点心虚地转头看向了窗外：“怎么可能？我这样的人，像是那种借酒消愁的人吗？”

那可说不准，换谁都有郁闷的时候吧……

不过时瑶没将这些话说出口，而是突然想到什么一样，又换了个话题：“对了，今晚看病是不是花了很多钱？”

“对我来说不多……”林嘉歌知道时瑶喜欢吃，所以很多时候就喜欢用食物的价格，来对她形容价格，“对你来说，那还真是挺多的，毕竟一天一个哈根达斯冰激凌的话，都够你吃一个月了。”

有钱了不起吗？有钱就可以为所欲为吗？有钱就能这样变相炫富吗？

时瑶鼓了鼓腮，不想跟林嘉歌讲话了。

过了会儿，时瑶想，有钱的确挺了不起的，有钱的确是可以为所欲为的，毕竟一个月的哈根达斯冰激凌都可以不在乎啊……不过，林嘉歌再有钱又咋样？迟早有一天，他的钱会一文不落地全进了另外一个女生的口袋里！

想到这里的时瑶，心底稍稍平衡了一些。

林嘉歌再有钱，再能赚钱又怎样？等到有个女生收了他后，他还不是给那个女生打工的存在……哈哈……

时瑶刚在心底尽情地嘲笑了林嘉歌两声，然后她整个人莫名其妙地就有些高兴不起来了。

她是要跟林嘉歌解除婚约的，而林嘉歌不可能一辈子不结婚的，那……会是什么样子的女孩嫁给他啊……那个女孩会不会出身名门？会不会长得很漂亮？会不会懂事优雅？

不过，奇怪了，她是怎么了呀？她明明是有自己想要喜欢的人，她为什么会对林嘉歌未来要娶的女孩，那么在意和关心呀？

在时瑶皱着眉心，认真思考这个问题时，出租车停在了酒店门口。

林嘉歌付完款后，抱着时瑶回了酒店。

他将她小心翼翼地放在床上后，问了句：“现在还有没有哪里不舒服？”

时瑶摇头："没了。"

"真没了？"

时瑶有点不耐烦："真没了！"

林嘉歌一点也不恼火，反而笑了，他抬起手，揉了揉她的脑袋："那你先休息，我先回去洗个澡，等会儿再过来看你……"

时瑶像是奓毛的小猫，瞬间被安抚了一般，软声软气地"嗯"了一声。

林嘉歌站起身，往门口走了两步，然后他像是想到什么一样，拐去了水吧台前，烧了一壶热水，然后倒了一杯，放在时瑶身边的床头柜上："你先喝点热水，我马上过来……"

等到时瑶乖巧地点完头后，林嘉歌拿走了时瑶房间的一张房卡，离开了她的房间。

在医院睡了几个小时的时瑶，回到酒店，不怎么困了。

林嘉歌离开后，她躺在床上看手机时，发现【浪啊浪】群里有好多@她的消息，就连果汁和高手都私聊她了，然后她才想起来，自己玩着玩着游戏，忽然肚子疼了。

她连忙给【猴子派来的高手】发了消息："我没事啦……"

图省事，时瑶将这几个字，分别转发给了【是果汁啊】以及她自己没留意到自始至终都没问过自己到底出了什么事的【111111】。

很快，果汁和高手都回了时瑶消息。

唯独数字先生，迟迟没动静。

因为时间不早了，时瑶以为数字先生已经睡着了，所以在跟果汁、高手聊完后，就退出了微信。

她先上网，搜了一下自己住的这个酒店的价格，然后像是怕自己等会儿会忘掉一样，拎过自己随身携带的包，从里面掏出一个小本，拿着笔在上面写了起来。

她刚写完，手机就"叮咚"响了一声，时瑶放下笔，去看手机。

是数字先生回了她的微信。

【111111】："嗯。"

这么简单的回复……时瑶咬着牙想了想，最后选择不回数字先生的消息了，然而她刚放下手机，手机就又响了一声："十一长假，你怎么过的？"

时瑶没想太多，只当数字先生在和自己闲聊，便一下一下点着屏幕回："来成都吃啦。"

洗完澡出来后，看到时瑶发来微信的林嘉歌，随手回了她两条消息，就开始吹头发。

每吹一小会儿，他就停下来回一下时瑶的消息。

在看到"来成都吃啦"这几个字时，林嘉歌忍不住勾了下嘴角。

软包子果然是与众不同的，别人都是来成都玩，而她却是来成都吃……

然后，他就面带宠溺地回了时瑶一个"哦"字。

看着【111111】发来的"哦"字，时瑶忍不住皱了皱眉心。

呃……又是这么简单的回复，这让她怎么接话？就在时瑶想着要不回他一句"你呢？"时，屏幕上又进了一条新的消息。

【111111】："一个人？"

【瑶兮爱吃冰激凌】：“不是啊。”

回完这三个字，时瑶又打了一句“和朋友一起来的”，只是这句话她还没来得及点发送，数字先生就回了她的消息：“和你未婚夫？”

她犹豫了一下，将即将落在发送键的指尖收了回来，把刚刚打完的字挨个删掉，换成了一个“嗯啊”发了过去。

【111111】：“不错，情侣度假。”

时瑶看到这句话，手一抖，险些将手机摔在床上。

【瑶兮爱吃冰激凌】：“你不要瞎说，他来这里忙工作，我就是顺道过来吃吃吃的。”

【111111】：“哦。”

【111111】：“不过，你和你未婚夫的关系，好像也没你说得那么糟糕啊。”

一时半会儿没反应过来的时瑶，打了个“？”回了过去。

【111111】：“你之前不是跟我说，你未婚夫不会喜欢你这款，还说什么他喜欢那种说话娇滴滴的女生，还说他心理不健康以及什么你和他在一起的概率为零……”

看到这段话，时瑶瞬间反应过来数字先生的意思。

其实这段话，是她亲口告诉数字先生的，她以前没少说林嘉歌坏话，可是此时数字先生原封不动地转述给她，她却莫名看得心底不舒服。

兴许是她半晌没回消息，数字先生又发了一条消息过来：“？”

屏幕亮起的光，唤醒了时瑶。

时瑶眨了眨眼睛，回神。

就在她想着怎么回数字先生消息时，她眼角的余光瞄见了旁边床头柜上放着的水杯。

里面的开水，已经没有袅袅的热气往外冒了，但是时瑶伸手过去，隔着水杯还是能感到温温的暖意。

过了没多大一会儿，她就将手收了回来，在手机屏幕上打了一行字，回给了数字先生：“那个……你能不能把你刚刚发给我的那些话都忘掉？”

【111111】：“？”

【111111】：“如果我没记错的话，这是你告诉我的，为什么要让我忘掉？”

时瑶被噎得一时之间不知道怎么回数字先生的消息，可她又不能不回，她绞尽脑汁地想了一会儿，索性就不讲道理地回了句：“这话是我告诉你的，没错。但是，我能告诉你，你不能记着！”

“总而言之，你得忘掉，当作那些话，我从没跟你说过，今天这是最后一次，以后你不许跟任何人提起，如果被我知道了，我就、就……”

现实中，她和数字先生也不认识，她威胁人的常用口头禅“不和他吃饭”，对他来说毫无作用……

想了想，时瑶换了别的威胁话语：“咒你，小心被饿死！”

小心被饿死……这五个字好熟悉啊……时瑶盯着屏幕，歪着头想了一会儿，然后想起是当初林嘉歌第一次主动喊她去学校宿舍后面的小树林里见面，他弄坏了她四块蛋糕，她很生气地回他的一句话……

不知怎么了，回想起这个小插曲，时瑶没了当时的愤怒，只是莫名地想笑，以至于她望着手机屏幕的眉眼，都变得软软的弯弯的。

已经吹干头发、换完衣服的林嘉歌，趿拉着酒店里的拖鞋，走出自己的房间，正准备进时瑶的房间时，他掌心里的手机就振动了一下。

低头，他看到的就是时瑶发来的长篇大论。

看到最后“小心被饿死”这五个字时，他的步伐停了下来。

他捏着手机，站在楼道的正中间，想到当初在小树林，她义愤填膺地对他丢下这句话的场景……

那个时候，他就觉得，这个世界上怎么会有这么可爱的女孩？就连骂人都骂得这么没有攻击力，怕不是吃可爱多长大的吧？

如今再看到这句话，他才发现，原来从她走进他眼里，不知不觉中，已经过了大半年的光景了……

而这大半年里，他虽因为她，有过憋闷，有过生气，有过难过，却也有过欢喜，有过雀跃，有过激动……缤纷的情绪，远比曾经他过的那十八年来得精彩。

就像是，他曾是一张白纸，因为她的出现，变成了五彩斑斓的画。

林嘉歌在原地站了好一会儿，脑海里忽然不知怎么，就闪出了一段话，他和她认识的时间虽不是那么长，但是这段时间，对他来说，却是——时光和你都很美。

林嘉歌眼底漫起了一层暖意，又过了好一阵儿，他才回神，动着指尖回了她的消息：“你这副架势，让我看到了四个字……”

【瑶兮爱吃冰激凌】：“哪四个字？”

【111111】：“护夫狂魔。”

护、护、护夫狂魔？数字先生有毒啊……

时瑶的脸，“噌”一下子变得通红，然后整个人就急急地开始回【111111】的微信：“你、你胡说八道！我、我哪里护夫了？呸，是他哪里是我丈夫啦，只是未婚夫，未婚夫，未婚夫！”

隔着屏幕，林嘉歌都能想象出时瑶此时此刻在房间里奓毛的模样。

真是可爱到爆了……不过，现在还不是顺毛的时候，他之所以今晚肯和她聊这么多，是因为他想知道，自己到底在她心里，现在处于怎样的分量……

所以，林嘉歌回的消息，更让时瑶奓毛了。

“未婚夫也是夫啊，我没说错啊……”

这条消息发送成功后，林嘉歌把时瑶刚刚发给自己的那些不讲道理的一长串话截屏，并且用红颜料圈出了几个重点“我能告诉你，你不能记着”“今天是最后一次”“小心被饿死”，然后发给了时瑶，并且又补了一段话：“你看看你刚刚说的这些话，凶巴巴的，俨然是一副护夫的架势，摆明了是告诉我，这是你的人，你可以说，但是我不能说。哦，不对，不是不能说，是不能记，连听见了都只能当作没听见，真是霸道的护夫狂魔啊……”

这是你的人……林嘉歌是她的……呃……

时瑶搞不明白自己是怎么了，脸更红了。

她是真的很想反驳数字先生，可她一时半会儿却又找不到能反驳回去的话语，最后她索性研究起了自己刚刚发给他的消息。

她有他说的那么护着林嘉歌吗？

看完自己刚刚发的消息的时瑶，不知道是不是被数字先生带的，竟然也觉得自己好像真的有点无脑护林嘉歌啊……

除了无脑护之外，还有别的……就是，她不想让人误会林嘉歌……或者说，对林嘉歌有一点点不好的印象。

她明明很清楚，这个世界上并无完人的，哪怕是备受世人崇拜的人，身上也是有缺陷的，也会有不喜欢他的人，可她怎么在林嘉歌的事情上，如此糊涂，竟然妄想着所有人都要喜欢他？就连对她自己，她都没有这么不讲道理啊？

还没想通这些的时瑶，明显地感觉到手机屏幕一亮。

【111111】：“怎么不说话了？”

时瑶急忙收起自己刚刚飘远的思绪，回：“我承认我是有点护着他的，但是，也不完全是你想的那样。

“怎么跟你说呢，就是，你刚刚发来的那段话，其实它不是真实的，当初那是我以为的，可是后来，我发现是我误会了他。他不是那种人，他没有什么喜欢大屁股的癖好，也没有心理不健康，相反，其实我现在觉得他人挺好的……

“他出身好，看着是娇生惯养长大的，但是实际上他很有能力，也很努力，比很多普通家庭出来的人要认真很多。他不是那种绣花枕头，他很有实力和内涵，而且他很尊重人，有礼貌，也很会照顾人。

“你知不知道，我今晚忽然肚子疼，是他送我去医院的，他抱着我跑了一路，鞋子都跑掉了，脚还划破了。还有，他洁癖很严重的，但是他衣服被酒弄湿了，他都没有换衣服，忍着那身脏衣服陪了我好几个小时……

“其实我和他之间，也不是他一个人有问题，我也有问题的，他以前跟我有过过节，让我对他存了不好的印象，以至于一开始，我就对他心存芥蒂，所以对他的很多认知，也是含有个人情绪的，现在我发现我错了，我就得纠正这些错误……反正就是希望，以后你把那些话都忘掉，我不想让人因为我误会了他……”

等到时瑶将想说的话都说完，并且发送出去后，她才发现自己在浑然不觉中，竟然给数字先生打了这么多字。

许是她话太多了，数字先生迟迟都没回应。

她趴在床上等到整个人都困意来袭了，手机屏幕终于亮了一道光。

【111111】：“哦，知道了。”

回得可真简练……时瑶暗自撇了撇嘴，没再回数字先生的消息，直接抱着枕头翻了个身，闭上了眼睛。

回完时瑶微信后，林嘉歌指尖滑着屏幕，将她发来的那段长达好几百字的消息，从头到尾又看了一遍。

他看得无比认真，就跟抠字眼一样，一个字一个字地往心底刻，等到他把那一长段文字全都看完后，他的嘴角再也克制不住地浮现出一抹笑意。

他原本只是想试探一下，自己在软包子心中的分量，却没想到，居然试探出这样一个结局。

原来，软包子对他的改观竟是如此大，要知道，他本以为自己还要花费很长很长的一段时间，才能打动她……

现在看来，在首都机场，他听到她说的那些话，其实是没必要那样难过的。

她虽然有自己想要喜欢的男生，可她对他也在慢慢改观，只要他继续努力，只要他坚持不懈，总有一天，他会取代她要喜欢的那个男生，不是吗？

想着，林嘉歌将时瑶发的那一长串文字，又看了一遍。越看他越激动，大半夜一个人跟个神经病一样，在酒店楼道里走来走去了好一会儿，都没能将这份激动藏匿好，最后他索性拿起手机，给夏商周去了个电话。

夏商周可能是睡了，无人接听。

他换成了陆本来的号码，还是无人接听。

如此大喜的消息，怎么能由着他一个人喜，必须要分享出去，众喜一下，才叫兄弟呀……

于是，林嘉歌见电话拨不通，直接改成了宿舍座机。

第一通，无人接听。

林嘉歌继续打第二通。

他这般孜孜不倦地拨了三次后，终于被接听了，里面传来夏商周打着哈欠的不悦声音："谁呀？大半夜的，神经……"

夏商周最后一个字都没说出来，林嘉歌就不紧不慢地出了声："我。"

夏商周的话，瞬间消失不见。

三秒后，他笑嘻嘻地开了口："老大，你怎么这么晚了还没睡？晚睡对身体不好……"

林嘉歌压着心底的狂喜，不动声色地回："哦，有件事，要分享给你们。"

顿了顿，林嘉歌又补了句："好事。"

"好事？什么好事？"透过手机，林嘉歌清楚地感受到了夏商周的激动，"老大，你稍等我一会儿，让我把小来来喊醒，小来来，小来来，孙子……"

"你喊谁孙子呢？"随着陆本来不悦地回怼，林嘉歌听见他靠近座机的脚步声。

许是睡梦中被吵醒的缘故，陆本来的声音，有气无力的："老大，什么好事呀？"

林嘉歌确定两个人都在座机旁边了，这才不紧不慢地开了口："瑶瑶夸我了……"

夏商周："夸你不是很正常吗？"

陆本来打了个哈欠："夸你什么了？"

"夸我……"林嘉歌仿佛卖关子一般，特意顿了顿，然后才开了口，"人挺好的，说我出身好，看着是娇生惯养长大的人，但是实际上很有能力，也很努力，比很多普通家庭出来的人要认真很多，还说我不是那种绣花枕头，很有实力和内涵，也很尊重人，有礼貌，还很会照顾人……"

电话那端的夏商周和陆本来，强撑着困意，等到林嘉歌终于把话说完了，然后才一前一后地开了口。

夏商周："所以，老大……你现在可以说好事了吗？"

陆本来配合地附和了两声"对对"，只是最后一个"对"字音，刚吐到一半，就被哈欠声掩盖了。

林嘉歌等到陆本来的哈欠声落定后，才开了口：“我说完了啊。”

电话里安静了数秒后，那边传来夏商周和陆本来的窃窃私语。

陆本来：“刚刚是我漏听了什么吗？”

夏商周：“我也想问你这句话，老大所谓的好事是什么呀？到底是去‘金碧辉煌’浪浪浪，还是去北京大饭店吃吃吃？我怎么都没听到这两个词呀？”

陆本来：“你问我，我问谁呀？”

夏商周：“那你刚刚到底听了点什么？没长耳朵吗？”

陆本来：“你不是也没听到吗？”

林嘉歌面对两个人你一言我一语的争吵，清了清嗓子。

电话那端瞬间安静了下来。

过了三秒后，夏商周弱弱地开了口：“老大，你的好事是？”

陆本来：“刚刚老夏一直挤我，我没听太清楚……”

夏商周：“我什么时候挤你了？”

没等陆本来开口，林嘉歌就慢悠悠地出了声：“我说，瑶瑶夸我了，她夸我人挺好的，说我出身好，看着是娇生惯养长大的人，但是实际上很有能力，也很努力，比很多普通家庭出来的人要认真很多，还说我不是那种绣花枕头，很有实力和内涵，也很尊重人，有礼貌，还很会照顾人……”

等到林嘉歌把话一字不落地又重复了一遍后，夏商周等了好久，见林嘉歌没再开口，不太相信地问：“没了？”

林嘉歌：“没了。”

陆本来：“就这些？”

林嘉歌：“就这些。”

电话那端又沉默了下来。

三秒后，夏商周：“这哪里是好事，这明显是虐狗！”

陆本来：“害我那么激动地从床上跳下来，失望，太失望了！”

林嘉歌嗓子里发出了一道轻咳声。

电话那头的两个人的语气，瞬间变了。

夏商周：“老大，这真是好事啊，天大的好事，哈哈哈，我太开心了……”

陆本来：“老大，你知不知道，我最喜欢吃狗粮了，请尽情喂，不要客气！”

林嘉歌这才颇为满意地挂了电话。

他看了一眼时间，已经很晚了，他回给软包子的微信，她也没回他……

林嘉歌猜测，时瑶大概是已经睡着了，但因为她生病的缘故，他还是有些不放心，折返到她房间门口，抽出她的房卡，刷开了她的房门。

她房间里的灯都开着，光线很足，窗帘也没拉，她窝在床上，手里握着手机，如他猜的那样，早就沉睡过去。

林嘉歌先将房间里的灯关了，只留了床头柜的两盏睡眠灯，然后又拉了窗帘，这才轻手轻脚地走到床边，将被她踹落在地上的被子捡了起来，小心翼翼地盖在了她的身上，然后从她手中拿走了手机，轻轻地放在了旁边的床头柜上。

她的睡容看起来安静又美好。

林嘉歌知道，她这是不难受了，可他并没有着急离开，而是动作轻柔地坐在床沿上，静静地凝视起了她。

夜很深，这里又只有他俩，他望着望着她，就肆无忌惮地将心底的情深，都尽情地展露在了眼底。

他缓缓地伸出手，轻轻地碰了碰她的面颊，举止温柔而又呵护。

“你说，你有你想喜欢的人……”他微垂了垂眼帘，遮掩住眼底的暗淡，“我是真的挺难过的，不过后来，我想了想，其实也没关系……”

“你的初恋不是我……”说到这里，林嘉歌又掀起了眼皮，他的嘴角有着隐隐笑意淌了出来，“但我的初恋是你呀……”

随着话音的落定，林嘉歌的指尖轻轻地在时瑶面颊蹭了两下，然后他盯着她继续看了一阵儿，这才收回了手。

时间真的不早了，他起身准备离开，可他还没来得及行动，视线却被旁边床头柜上的一个本子吸引了注意力。

那是……手账本，还是日记本？

若是日记本的话，他没有经过她的同意，擅自动了，有点不太好吧？

可是，要是真的是日记本，里面会不会有关于她想要喜欢的那个人的记录……

林嘉歌内心挣扎了良久，最终还是神使鬼差地伸出手，将那个本子拿了过来。

里面夹着一支笔，他随手打开，就是夹着笔的那一页。

借着床头柜昏暗的灯光，他看到上面有几行字——

2018年9月30号，机票费：2680元。

2018年10月1号，酒店费：2800元一晚，总共7晚。

2018年10月1号，点滴费大约是：1500元。

林嘉歌微蹙了蹙眉心，盯着这三行字看了一会儿，然后反应过来，机票费指的是从北京飞往成都的机票费，而酒店费是他和她住在这里的费用，点滴费就是今晚他带她去医院花的那些钱。

酒店费，她没问过他，想必是自己到了住的地方后，知道了酒店名称去网上查的……而机票费和点滴费，她其实都有旁敲侧击地问过，只是他没多想……除了这些，好像还有别的……

林嘉歌像是猜到了什么一样，飞速地将手账本，往前翻了一页。

映入他眼中的，是一条又一条的记录。

他继续往前翻，看到某一页上，贴了一张纸。

那张纸折叠着，他打开后，才发现是一些品牌衣服的名称，后面标注了价格。

他最开始，有点没反应过来这是哪笔账，直到他看到日期后，才后知后觉地想起，这是上半学期，她上法语课的那天，他也跟了过去，他说她衣服丑，她奶凶奶凶地回了他一句：老鼠来我家都是流着泪走的，嫌我衣服丑，那你给我买衣服啊……他后来真的给她买了一箱子衣服……而这张纸上记录的就是那些衣服的价格。

不单单是他在她身上花的那些钱，她一笔不落地都记录下来了，就连爷爷、父母以及林嘉仪给她的零花钱，她都有详细的记录，从现在到六年前……

等到林嘉歌将手账本，一页一页翻看到最初那一张时，他才发现自己手是抖的，心是慌的。

她把他家里的每一个人，给她的每一分钱以及在她身上花的每一分钱，都一笔一笔地记得如此清楚，是想要做什么？

即使不问，答案也很明显吧……她是想着有一天，自己有能力了，可以赚钱了……要把这些都统统还回去吗？

林嘉歌盯着手账本，仿佛一尊石像一般，呆坐了许久，才回过神来。

他转头，看了一眼还在沉睡的女孩，眼神变得有些复杂。

她为什么要把这些钱还回来？是从一开始，她就没想着要和他们家扯上太深的关系，还是从一开始，她就想着未来有一天她要和他们家撇清关系？

林嘉歌感觉自己的心，仿佛被什么东西狠狠地揪住用力地揉捏一般，泛着深深的疼，还透着刺骨的凉。

他没敢看她太久，就飞速地将视线收了回来。

他手忙脚乱地将手账本翻回到最后一页，又将笔放了回去，然后就合上手账本，放回到床头柜上。

他慌乱地站起身，一刻都没敢在她的房间里逗留，就迈着略微有些错乱的步子，离开了。

他回到自己的房间，没开灯，在一片漆黑里，他目光直直地盯着半空中的某一处看了许久，才抬起脚，拖着忽然沉重无比的步子，走到床边，直挺挺地躺在了床上。

他大脑一片空白地盯着天花板看了许久，才轻轻地眨了眨眼睛。

刚刚他看到她发来的那些微信消息，还很开心的……他以为自己终究是有希望的……现在看来，他才知道，是自己太乐观了。

在她的心底，从过去到现在，她从未有过一刻，把他当成……不，确切地说，是从来就没有想过要把他当成她的未婚夫过。

他于她来说，自始至终都是一个局外人。

他因为她的一个夸赞，那么欣喜若狂。他以为自己付出了这么多，等待了这么久终于有了希望，可那个记账本，就像是一盆冷水，结结实实地浇在他的身上，让他认清了现实。

她把账算得那么清，这说明什么？说明在她的心底，她对他再改观，她自始至终也都没萌生过要和他在一起的念想，他对她来说，到底也只是一个朋友……

林嘉歌不知道自己像是一个傻瓜般躺了多久，他只知道，等自己回过神来时，他发现自己的心口很疼，疼得钻心，疼得刺骨……比当初他对她告白，被她拒绝掉后，来得还要疼……

是啊，怎能不疼呢？

他想着的是他和她的将来，而她想着的却是她和他的结束。

林嘉歌的脖子，像是被什么东西攥住了一般，扼得他喘不过来气，他慢慢地抬起手，放在了自己的胸口上，他感觉到自己的心脏在跳动，一下一下，全都是深深的疼痛。

由于头一天睡得比较晚，所以第二天时瑶醒来时，已将近中午。

饿坏了的她，跳下床，先去洗漱，然后就换了衣服，跑去对面敲门了。

或许是林嘉歌还没睡醒，时瑶按了三四次门铃后，门后才传来隐隐的脚步声。

○

○

第九章

这下你如愿以偿了

／

门打开，她都没看清楚开门的人是谁，就先开了口：“林嘉歌，我们……”

话说到这里，她蓦地就顿了下来。

然后她盯着开门的人看了好一会儿，才又愣愣地出了声：“嘉、嘉仪姐，怎、怎么是你呀？”

说着，时瑶往房间里伸了伸脑袋，然后又问：“林嘉歌呢？他还没睡醒吗？”

深夜被林嘉歌吵醒，坐早班飞机过来的林嘉仪，打了个哈欠，拉了拉身上的睡衣，让开门口，一边示意时瑶进屋，一边回：“提款机吗？他大半夜给我打电话，说什么临时有急事，必须要去趟上海，然后他说带你来成都玩了，但是不能陪你，把你一个人扔在这里又不放心，所以就让我过来陪你玩了……”

林嘉仪边说，边进了洗手间，拿着牙刷，挤了牙膏后，又问了句：“瑶瑶小宝贝，提款机跟我说，你昨晚生病了，现在呢？好点了吗？”

时瑶点了点头，回：“我已经没事了。”

刷牙的林嘉仪没说话，只是指了指房间，示意她随便找个地方等会儿自己。

刷完牙后，林嘉仪一边洗脸，一边又说了话：“瑶瑶，我们中午去吃串串，提款机买单，你放心，这几天你尽情地玩，在我来之前，提款机安排好了我们所有的衣食住行吃喝玩乐……姐姐我最会玩了，你就踏踏实实地跟着我，看我怎么带你在成都浪浪浪……”

时瑶有跟林嘉歌发过消息，问他到没到上海。

兴许是他忙，没回她。

按照原来林嘉歌定的行程，时瑶和林嘉仪一直在成都玩到十一长假结束，才回了北京。

明天要上课，时瑶原本打算是直接回学校的，但是她从成都回来给父母带了特产，她犹豫了一下，最后还是选择了回家。

很多时候很多事，真的挺巧的，时瑶真没想到，她就这么一犹豫，回家的她撞见了一个大秘密。

林嘉仪晚上有个饭局，而时瑶要回家，因为到首都国际机场已是下午四点钟，所以林嘉仪喊了夏商周来接自己顺便陪自己去见客户，而林家的司机负责送时瑶。

机场位于郊外，距离时瑶家不远，再加上不堵车，不过短短的二十来分钟，林家司机就将时瑶送到了家楼下。

司机本想帮时瑶将随身携带的东西送上楼的，但因为有电梯，时瑶没麻烦司机，谢过他后，就在楼下分别了。

时瑶拉着行李箱，一路上楼，来到家门口，她先敲了一下门，见没人开门，以为父母都不在家，便自己翻了钥匙，打开了门。

推开门，她正想拉着箱子进屋，就听到半掩着门的主卧里，传来了父亲的声音。

有人在家的呀，那怎么没给她开门？

时瑶刚想开口喊“爸爸”，结果这两个字都还没到嘴边，她就听到母亲哭哭啼啼的声音从屋里传来：“你以为我愿意和你过？我早就不想跟你过了！我告诉你，要不是六年前，林家的人忽然找上门，那个时候我就带着瑶瑶一走了之了！”

早就不想跟你过……带着瑶瑶一走了之……这是什么意思？

时瑶止住到嘴边的声音，握着行李箱，站在门口不动了。

“走可以，你现在也可以走啊！但是瑶瑶你得给我留下！”比起母亲哭啼的声音，父亲的声音要凶狠很多。

“凭什么？瑶瑶是我生的，她出生后，你有管过吗？都是我管的，当初你要跟我离婚，你也说了你不要瑶瑶的，还不是因为林家找上门，说有娃娃亲，你看瑶瑶要嫁入豪门，你才跪着来求我，不让我跟你离婚的。说白了，你不还是因为瑶瑶有用，才肯留她的，你别以为我不知道，当时是你欠了别人的钱，林家又正好送了聘礼过来，一百零一万，那些钱恰好够你还债的。你是怕婚事黄了，你才来找我，你自己说说这些年，你有想过要跟我好好过日子吗？这些年我们在瑶瑶面前装的恩爱，你装慈父，可实际上呢？是这样吗？”

“我告诉你，你要是真受不了，那你就走啊！门就在那里，你走啊！你走，我肯定不留你，反正我的女儿，你得给我留下！”

“那也是我的女儿，我凭什么要给你留下！”

“说来说去，你不也是见女儿值钱，而不肯放下那些钱吗？对啊，你说当初我是为了一百万才去求你的，可后来，我不还是分给了你 50 万吗？我们对半分，你有什么资格指责我？再说，这娃娃亲，是我爸当初和林伯父过命的交情而订下的，是我爸救了林伯父一命，不是你爸，没我爸，瑶瑶能有这么好的命吗？”

“那女儿也是我生的啊，没我，你自己一个人能生出瑶瑶吗？”

母亲的哭声，父亲的吼声，两个人的争吵声，越演越烈。

时瑶站在门口，盯着主卧的方向，指尖用力地抓紧了行李箱的把手。

后面父母在争吵些什么，她没具体听，她只知道，他们好像是动了手，有东西摔在地上发出尖锐的碎裂声。

时瑶悄无声息地抿了抿唇，仿佛从没回过家一般，轻轻地带上门，拉着行李箱，进了电梯。

从小区出来，时瑶胡乱地找了个方向，拉着行李箱漫无目的地往前走。她不知道自己到底走了多久，也不知道自己到底正往哪里走，等到她累得实在走不动的时候，她才停了下来。

此时天色已暗，街边的路灯一盏接着一盏地亮起。

时瑶站在大马路旁，望着眼前街道上的车来车往，她忽然觉得有些茫然。

总觉得刚刚她听到的那一切，是一场噩梦。

可不管她怎样逃避，多么不想去面对，她还是不得不承认，她一直以来所以为的家庭和睦，父母宠爱的氛围，都是假象。

她对他们来说，算什么？是飞黄腾达的工具吗？

若没有她爷爷为她留下的指腹为亲，那她现在，哦，不，是六年前，是不是就已经没了爸爸，也就没了她所谓的家庭？

她一直以为，她和林嘉歌的婚约，是爷爷那一代的人重情重义出现的结局，可是今天父母的争吵让她知道，原来不单单是她以为的那么简单……

林家人待她是真的好，不管是林爷爷、林嘉歌的父母，还是林嘉歌的姑父姑母，抑或是嘉仪姐，甚至就连林家的用人和司机都对她很好，好到她觉得他们比父母对自己都要好。就是因为太好了，她才觉得他们拼命给她的一些好，她不能心安理得地承受，她必须要记着，她要还回去……

可她的父母呢？他们居然那么心安理得地拿走了林家一百万……她是和林嘉歌有婚约，可那只是婚约啊，她没有嫁给林嘉歌，那些钱不是她的，就算是嫁了，那也不能这样花林家的钱啊……

时瑶分不清自己到底是心累，还是身体累，她缓缓地蹲下身，将脑袋埋在了膝盖上。

讲句真心话，她没办法接受这样的真相……

她下午误打误撞看见的那一个场景，不但颠覆了她对自己家庭的认知，还让她觉得心口仿佛像是压了一块石头般，想到林家就沉甸甸的，更让她难过的是，父母是真的爱她吗？或者他们的心底有过她这个女儿吗？她对他们来说是什么？是摇钱树，还是福利彩票？

时瑶一个人在大马路上蹲了许久，才起身，拉着行李箱去了就近的地铁站，回了学校。

冷暖、江月和何田田都在宿舍，看她回来，立刻缠着她八卦了起来。

江月："瑶瑶，你快说，你和林学长去成都，都做了点什么？"

何田田："瑶瑶，你跟林学长现在进行到哪一步了？"

冷暖："过一段时间，瑶瑶，是不是我们可以吃喜糖了？"

时瑶自始至终都没出声，她随便找了个地方将行李箱一放，丢了句"我去洗澡"，就拿着浴巾和睡衣进了洗手间。

宿舍里，冷暖为人最冷淡，但心思最细腻。

时瑶从回来至今，尽管只说了四个字，但她还是看出来了时瑶心情不好。所以在洗手间传出哗啦哗啦的流水声后，冷暖对着正在兴奋地讨论着等会儿怎么逼迫时瑶老实交代她和林嘉歌情况的江月和何田田出了声：“瑶瑶心情不太好。”

江月和何田田诧异地转头看向了冷暖。

“暖，你怎么知道的？”

“瑶瑶为什么心情不好？难不成她和林学长吵架了？”

冷暖摇了摇头：“我不清楚，不过瑶瑶不高兴是真的，所以等会儿你们两个不要太吵她了。”

因为被冷暖特意提醒过，时瑶再出来，何田田和江月倒是没再追问她。

不过两个人，虽然神经比起冷暖大条了一些，但毕竟也是女孩子，被提醒后，她们仔细留意了一下时瑶，也看出来时瑶不高兴的痕迹。

何田田和江月虽没去追问原因，但还是拿了一些好吃的问时瑶要不要吃，想要哄她开心。

时瑶很少不高兴的，换作从前真要是有什么事很生气，但只要看到吃的，她必然会将那些烦心的事抛之脑后。

可这次，何田田和江月几乎把自己藏的好吃的都掏了出来，时瑶自始至终别说激动了，神情都没太大的变换。到最后，她也只是语调软软地对着何田田和江月说了句“我不饿”，就爬上床去了。

宿舍里没人再说话了。

何田田偶尔装作要拿东西的样子，往时瑶床上看一眼。

时瑶平躺在床上，盖着被子，闭着眼睛一动也不动。

何田田连续偷看了时瑶四五次，见她一直都这样，以为她睡着了，这才对着同样关心和紧张的冷暖和江月小声地说了句：“好像没多大事，瑶瑶已经睡了。”

听到这话，冷暖和江月都暗松了一口气。

时间已经不早了，明早八点还有课，三个女孩真以为时瑶没事了，就陆陆续续地去洗澡，也都上床准备入睡了。

十二点钟不到，宿舍里的人就全睡了。

而在床上躺了许久、动都没动过的时瑶，却缓缓地睁开了眼睛。

她知道，自己的情绪影响到了冷暖她们，她也知道她们在担心自己，她虽然很想努力地表现出什么事都没发生过的样子，开开心心地和她们相处，可是……今天她真的有点做不到……

她轻轻地翻了个身，面对着墙壁静静地看了好一会儿，然后眼角就有泪水不受控制地淌了下来。

她知道哭是解决不了问题的，可是她真的好难过。

她从下午在家里无意之间偷听到父母的争吵后，她一直忍着，忍到深夜，她终究还是忍不住了。

她以为自己哭一小会儿，就会好了，可她越哭眼泪越多，她怕自己没忍住发出的抽泣声吵醒了舍友，只能拼命地去咬被子。

第二天醒来，时瑶和往常没太大的区别。

不过她红肿的眼睛，还是让冷暖她们知道她昨晚有偷偷地哭过。

时瑶没说，大家也没问。

就这样风平浪静地过了两三天后，冷暖三个人见时瑶一天比一天好，只当她难过的事情，已经过去了。直到周三的晚上，大家临睡之前，时瑶忽然冒了句：“对了，暖暖，你不是打过工吗？那你知道，现在在不影响上课的情况下，什么兼职比较合适吗？”

冷暖还没说话，何田田就先好奇地出了声：“瑶瑶，你忽然问这个做什么？难不成你想要找兼职？”

时瑶“嗯”了一声，就又看向了冷暖。

江月：“不是吧？瑶瑶，你怎么好端端的要去兼职了？难不成你现在很缺钱？”

时瑶又“嗯”了一声，这次她没和刚刚何田田问话时那样，将视线从冷暖身上挪开。

“瑶瑶，你要用钱可以跟我说啊，我有钱啊，我爸爸刚刚转给我好多钱呢，我还没去数。你要多少啊，我现在就可以转给你？”何田田家庭条件在她们宿舍里是最好的，虽称不上是富豪，却也比大多数家庭要强上一些。

说着，何田田真的拿着手机，开始登录手机银行看存款。

时瑶没接何田田的话茬，直接催问起冷暖。

“个十百千万……”何田田一边数，一边跑到了时瑶床前，仰着头问，“我这张卡有一万多，我另外一张卡有八千，还有一张卡里有四千多，瑶瑶你要用多少……”

因为被何田田挡住了她看向冷暖的视线，所以时瑶只好对上了何田田的目光，很认真地回了句：“我要一百多万。”

何田田觉得时瑶是在讲笑话：“瑶瑶，不带你这么开玩笑的，吓死宝宝了，一百多万……把我卖了估计都换不来这么多钱……”

江月和何田田一样，也只当时瑶是在讲笑话：“瑶瑶，你等我明天去买彩票，中了五千万后，别说一百多万了，一千多万我都送你！”

自己才不是在开玩笑，是认真的……

不过时瑶也只是在心底悄悄地说了这句话，嘴上却也当成自己是在开玩笑：“所以，我要的钱，你们都给不起，只能我自己赚……”

说着，时瑶又抻长了脖子，看向了冷暖：“暖暖……”

冷暖举着手机，在屏幕上按了一会儿后，才回了时瑶的催促：“我帮你问好了，因为要上课，你能选的兼职比较少，我现在已经发到你微信里了，你自己看看……”

“谢谢谢谢……”时瑶说了一串谢字，就抓了手机，点开冷暖刚刚发给自己的文档。她进去后，仔细研究了一会儿，最后给自己定了两个可以考虑兼职的选项，然后就打开电脑，把兼职需要的一些简单资料，做了一个表格，然后发了过去。

合上电脑，差不多也到了要睡觉的时候。

时瑶躺好后，举着手机定闹铃时，她看到微信有消息提醒。

是林嘉仪发给她的消息，足足有二三十条未读提醒，她点进去后，才看到林嘉仪发来的全都是婚纱图片，只有最后一条消息是文字：“瑶瑶，你喜欢哪个风格？”

嘉仪姐很疼她，嘉仪姐发来的这些婚纱照片，想必是从很多照片里精挑细选过一遍了，每一张都漂亮得不像话，其中还有几套婚纱精美梦幻得在时瑶看来，只有小女生做梦才会出现的。

时瑶将那些照片从头到尾都看了一遍，却没选，而是退出微信，点开了短信。

她找了林嘉歌的名字，盯着她前段时间在成都发给他消息后、迟迟都没收到回复的页面看了良久，她抬起手，在屏幕上按了一行字。

“嘉仪姐他们都已经开始筹备婚礼细节了，我们之间的事情，得想办法早点跟他们摊牌了。要不然等到所有一切都准备好了，那个时候就显得我们太不懂事……”

把该说的都说完后，时瑶把自己输入的这一段话，从头到尾看了一遍，确定没什么问题后，她就点了发送。

在她指尖，即将碰触上屏幕的那一刹那，她蓦地顿了下来。

她不知怎么忽地想起年初的时候，她在SPK的电梯里和林嘉歌偶遇后，回到家的那一晚，翻来覆去怎么都睡不着觉，最后就下定决心给他发了解除婚约的消息。

那天和今天一样，也是时间很晚了……

那个时候的她和林嘉歌，还是互不相干的陌生人呢，那个时候的他在她看来，还是那么遥不可及，她还觉得他和自己永远都不可能会有交集，可一晃眼，也不过才半年多光景，他和她之间竟然发生了那么多的事情……

手机屏幕因为长时间没人碰触，自动黑屏了。

光线亮度的转变，让时瑶回了神，她重新解锁了屏幕，然后就点了发送。

她没等他回复，就将手机放下了。她躺在床上，闭上眼睛，准备入睡，可她静静地躺了许久，不但没有困意袭来，她反而还觉得胸膛隐隐作痛。

刚到成都那日，林嘉歌连夜用钱将林嘉仪请到成都后，他就真的飞往了上海。

其实上海的那个项目，没那么着急的，可他还是在那边逗留了将近半个月的时间，直到忙完了所有的事情，才回了北京。

他是晚上的航班，到首都机场，已经将近十二点了。

家里的司机来接的他，上车后，司机问他去哪里，他本想回一句去G大，甚至他还想着明天早上可以去找软包子一同用早餐，只是话到嘴边，他兜里的手机就振动了，他摸出来，是时瑶发给他的短信。

看完短信后，他原本在上海待了这么久，好不容易将她手账本一事自我消化掉的沉闷心情，再次浮上了心头。

他捏着手机，盯着屏幕看了会儿，直到手机自动锁屏，光线变黑了，他才抬头，回了司机一句：“回家吧。”

接下来的好几天，时瑶一直都没收到林嘉歌的回复。

她有想过抽个时间给林嘉歌去个电话，只是最近她忙兼职的事，应聘上的前几天，又忙得很，这一拖，就是一周后了。

别说是林嘉歌了，就连之前每天必冒泡的【浪啊浪】群，时瑶也是在一周后被【是果汁啊】@出来的。

那天是周四，大概是傍晚六点钟的时候，【是果汁啊】在【浪啊浪】@了时瑶：“瑶妹，你最近在忙什么？怎么都不见人影了？晚上要不要打游戏啊？”

时瑶当时正赶着出门，正在换衣服，她听见手机响后，拿起来看了一眼，然后随便回了句：

“我最近要打工的，能玩游戏的时间比较少。”

发完这条消息后，时瑶放下手机，继续去忙自己的了。

她没退出微信群，里面的消息一条接着一条地往外冒。

【猴子派来的高手】：“打工？打什么工？”

【是果汁啊】：“就是啊，瑶妹，你怎么好端端的忽然跑去打工了？”

【潮汐】：“可能瑶妹要养美人。”

【是果汁啊】：“对对对，养美人 +1。”

【猴子派来的高手】：“养美人 + 我加班的天数。”

【是果汁啊】发了个阴险坏笑的表情。

【潮汐】发了两个阴险坏笑的表情。

【猴子派来的高手】发了一串阴险坏笑的表情。

穿好衣服，着急出门去打工的时瑶，看了一眼【浪啊浪】群里的未读消息。

除了数字先生外，其他的人都冒泡了，就连经常出其不意地冒次泡就消失的【潮汐】这次竟然接连冒了好几次泡。

从他们聊天的内容里看，那个动不动就丧心病狂地在群里秀恩爱晒狗粮的【潮汐】说完她养美人后整个群里的气氛就变了，变得……有点说不出来的幸灾乐祸……

问题是……他们幸灾乐祸的点，在哪里？

完全不明白他们激动个什么劲的时瑶，因为着急赶公交车，没在群里冒泡，直接拿了包匆匆地离开了宿舍。

因为已经大四，学校里没什么课了，大家实习的实习，忙考研的忙考研。

例如 501 宿舍，宋潮汐和他的女朋友叶蓁蓁以及夏商周就直接去实习了，而陆本来则是每天泡在学校里，勤勤恳恳地读书，为考研究生做准备。

至于林嘉歌，他保研一事，早在大三就已经定下了，基本上不会出什么意外，所以相较于 501 宿舍的其他人，他却是有了足够的时间，于是他也就开始着手忙碌起自己之前早就规划好要注册公司的事情。

很多事情规划的时候，觉得不烦琐，等到真的去办时，琐碎的事情倒是很多。

回北京后的这几天，他又是选办公楼，又是往工商局跑，每天真是忙得不着家。

周四那天下午，林嘉歌约了银行的行长一起喝下午茶，那行长和他一样，比较年轻，刚毕业没几年，就一路升了上来，两个人倒是有共同话题聊，这下午茶一喝，就到了晚上五点钟。

和行长分开后，回到车上，林嘉歌才想起来自己早在好几天前，答应了梁久思今晚一起吃饭。

他拿着手机，点开微信，问完梁久思晚上去哪儿吃时，他看到了【浪啊浪】群里有未读消息。

仔细想想，有好长一段时间没在群里看到时瑶冒泡了，他对这次能看到她抱的希望也不大，但点进去后，没想到真的看到了她在群里说的话。

是陆本来先 @ 的她，问她晚上要不要打游戏，结果她回了一句让他匪夷所思的话：“我最近要打工的，能玩游戏的时间比较少。”

打工？她好端端的打什么工？是她爸妈给她的零花钱被她吃光了？他和她这才多久没见啊，她就穷到这地步了？

想着，林嘉歌就将群里后面的聊天记录大致地扫了一遍。

在看到 501 那几个人围着“瑶妹要养美人”发的那些贱兮兮的表情时，他在心底毫不客气地冷笑了一声。

软包子可能是蒙在鼓里，不知道他们是谁，但他们别以为他不知道，他们这是在揶揄他……拿着美人来形容他是吧？很好，他记下了……

直到林嘉歌将消息全都看完，也没再看到时瑶冒泡。

她这是丢了一句话后，就遁了？

林嘉歌内心暗自挣扎了一小会儿，最后还是点了时瑶的微信名字，进了和她私聊的页面。

时瑶搭乘公交车去上班的路上，收到了数字先生发来的微信。

想一想，他和她也有很长一段时间没联系了，数字先生怎么忽然跟她私聊了？

时瑶惊奇了一会儿，然后就点开了聊天页面。

【111111】：“我看你在群里说，你最近在打工？”

原来是因为这事啊……时瑶双手打字：“嗯啊。”

【111111】：“为什么？”

这个……好像和数字先生没太大的关系吧？他干吗要问她为什么？

许是时瑶发愣，没回数字先生消息的原因，他又发来了新的消息。

【111111】：“你怎么忽然想起来要去打工了？是生活费不够？”

时瑶总觉得数字先生这是在质问自己，可她转念一想，他和她也不认识，他没理由质问她，兴许是……一同玩了这么久的游戏，他只是好奇来问问……

时瑶想到这里，打字回：“没有啊，就是想打工了，再说，大学生做兼职不是很正常吗？”

她这话回得真是天衣无缝，一时之间让林嘉歌觉得自己可能是太过于紧张了。

可他敏锐的直觉告诉他，她打工的缘由，绝非她说得这般简单。

林嘉歌沉思了几秒，回：“你该不会是欠了什么巨款吧？”

公交车上的时瑶，看到数字先生忽然又发来的消息，手一抖，险些将手机丢了出去。

不是吧？数字先生属上帝的吗？这都能猜到？

被【111111】一击即中的猜测震到的时瑶，没意识到自己回的消息，出卖了自己：“你怎么知道的？”

消息发送成功后，时瑶才反应过来，自己这是承认了，她想要撤回消息，然而却来不及了，数字先生已经看到了她发的消息，并且给了她回复：“瞎蒙的。”

晕，瞎蒙都蒙得这么准？

时瑶在心底嘟囔了两句，就看到屏幕上又进来了一条新的消息。

【111111】：“欠了谁的钱？”

林嘉歌等了许久，都没等到时瑶的回复。

他坐在车里，隐约感觉到自己的掌心在冒汗。

他清楚自己是过于敏感和紧张了，可他就是莫名笃定，时瑶打工和他，和林家有关。

人有的时候，太过于害怕某一件事了，就会不由自主地选择逃避，那是一种本能的自我保护。

可林嘉歌清楚，自己逃避得了一时，却逃避不了一世。

从小到大他胆子一向是很大的，因为他知道，有些事情，该来的就是会来，哪怕你再躲再避，你也永远改变不了结局。既然改变不了，还不如去面对。

可唯独在“时瑶”这两个字上，他胆怯、害怕、慌乱……他明白，这些种种情绪，不过是因为五个字：他怕失去她。

林嘉歌坐在车里沉思了良久，最后还是给时瑶又发了一条新的消息。

欠了谁的钱……

时瑶还没想好怎么回数字先生这个问题，数字先生就又给她抛来了新的问题。

【111111】：“该不会是你未婚夫吧？”

要不要这么一针见血啊！

时瑶忽然有点怀疑，数字先生是自己肚子里的蛔虫了，什么都能猜得这么准！

兴许是她一直都在沉默，数字先生过了大概半分钟后，又发来了新的消息，这次不再是疑问句，而是肯定句。

【111111】：“我猜对了。”

尽管只有四个字，但时瑶透过屏幕，都能感觉到数字先生的笃定。

她本就不善撒谎，现在数字先生又把话说到了这样的地步，时瑶想着反正他也不认识自己，便回了个：“嗯。”

还真是被他猜中了……她果然是因为要还他、还林家的钱，才去打工的。

在她的心底，她一直都没想过要嫁给他，当初爷爷知道他和她同居了一个月，借此将两家人叫在一起逼婚，那天若不是他演了一出戏，怕是那个时候，她就已经对着两家人的面毁了婚约。

她把一笔笔账，记得那么清楚，在她的心底，怕是他和她毫无关联之时，就是她还债之时。

前段时间，她深夜给他发短信，问她和他的婚事怎么办，现在又去打工了……想必在她的心底，她已经开始筹谋着和他撇清所有的联系了吧？

这明明是在问她之前，他就已经猜到的结局，可如今事实摆在他眼前，他发现自己还是有点接受不了。

撇清……怎么撇得清？她能做到撇清，可他做不到……他从最开始，由着她一点一点地进入他的眼底，他的心底，他的世界里后，他就没想着有一天要和她撇清……他在认清自己的心，知道自己喜欢上她后，他每天想的是，他和她在一起后的日子。

他从未想过分开，可她从未想过要和他在一起……

林嘉歌没再回时瑶的微信，他一个人定定地在车里坐了许久，直到梁久思打电话过来，他才轻轻地动了动眼珠。

电话接通后，梁久思道：“嘉哥，我们今晚去会所吧，好久没去过了。”

林嘉歌压根没听清楚梁久思说了点什么，他先“嗯”了一声，过了会儿，才又“嗯？”了一声：“你刚刚说什么？”

梁久思把话又重复了一遍。

林嘉歌像是听进去了，又像是没听，好一会儿，他才“哦”了一声，挂了电话。

呃……数字先生刚刚明明追问得很紧，怎么她承认后，他反而不理她了？

时瑶总觉得哪里怪怪的，就在她想着要不要给数字先生再发条消息问问时，公交车到站了。

她只好收了自己的念头，拿好东西下车，然后去用心工作了。

林嘉歌和梁久思约了六点钟，在会所见。

但林嘉歌到会所时，已是七点二十分，比约好的时间，足足晚了将近一个小时。

梁久思是典型的纨绔子弟，向来秉承的是享受第一，其他的统统往后站的理念。

林嘉歌推门而入时，梁久思悠闲地靠在偌大的沙发上，身后站了一个技师正帮他捏头捶背，他面前的大理石桌旁，还蹲了一个年轻貌美的女孩，跪坐在地上，负责给他递酸奶、喂水果。

早就对梁久思这样纨绔而又风流的一面习以为常的林嘉歌，看到他像是大爷一样的场景，面无表情地走到距离梁久思和那两个年轻的女孩较远的沙发坐下。

“嘉哥，你可算来了，你再不来，我都等得要发霉了……”梁久思边说，边扫了一眼桌子上的酸奶。

女服务员很识趣地拿了酸奶递到了梁久思的面前，梁久思也不伸出手去接，张开口，咬着吸管刺溜刺溜地喝了两口后，然后对着林嘉歌又开口说：“嘉哥，你别说，以前天天来这会所享受，觉得有点腻，但是许久不来，再来还是挺满意的……嘉哥，我特意给你留了两个特别漂亮的妹子，要不你跟我一样，捏捏肩，捶捶背，再喝点小酒，吃点大肉？”

林嘉歌斜了一眼桌子上的酸奶和水果，递给梁久思一道看白痴的眼神。

“嘉哥，你这就不懂了吧？心中有酒，酸奶就是酒；心中有肉，就算是爆米花也是肉……”

神经病哦……

他是怎么做到，和这种人从小一起长大的？

林嘉歌这次连个看白痴的眼神，都懒得递给梁久思了。

梁久思丝毫不介意林嘉歌脸上这种不屑的神情，或者说他早就习以为常了：“嘉哥，不是我说你，你说你出身比我好一点点吧？长得也比我帅一点点吧？学习也比我强一点点吧？可那又怎样？你过得远远不如我……”

这二货，怕不是对一点点有什么误解吧？

抛开出身不说，单独就说帅，他能和自己比吗？至于学习……一个从小到大考试考鸭蛋，作业全靠抄自己的，大学是家里花钱买的私立学校的货，确定只是比自己差了一点点？

林嘉歌翻了翻白眼，懒得拆穿梁久思。

“左边，对，就是这里，用点力气……”梁久思一边嘱咐着身后的技师，一边将爆米花咬得嘎嘣脆，“嘉哥，你看我，每天过得多潇洒，多自在，要知道，这北京城好玩的好吃的地方，小爷我全去过，还是VVVVIP……像那些漂亮的姑娘，我全都有微信……”

这货怕是对自己有什么误解吧？

实在忍无可忍的林嘉歌，终于开了口：“是，你是阅女无数，只可惜阅女无数到现在，还是个老处男！”

一脸淡定地享受着服务的梁久思，听到这话，“噌”一下站起了身，指着服务员：“你们走走走，我不要你们啦！”

把两个人都轰走后，梁久思一边跳脚，一边冲着心态超稳地坐在沙发上的林嘉歌不满地抗议了起来：“嘉哥，你太过分了！揭人不揭短，你知不知道？”

“是是是……”林嘉歌想要喝杯水，但是在桌子上翻来翻去，什么旺仔牛奶，什么酸奶，什么娃哈哈……梁久思有毒吧，点了一堆什么乱七八糟的……

已经放弃找喝的林嘉歌，重新靠回沙发上，然后对着梁久思来了句：“用意念阅女无数，说得谁不会一样，我刚刚还用意念赚了十个亿呢……说白了，就是痴人说梦……”

这下梁久思不单单跳脚了，整个人都跳到沙发上了：“嘉哥，你、你、你……”

林嘉歌睨了一眼梁久思：“哦，还有一句话，刚刚我忘记说了，我说你阅女无数到现在还是个老处男，你很容易回击我的，那就是，那又怎样？说得你好像不是一个老处男一样！”

“对哦！”梁久思眼睛一亮，下一刻就趾高气扬地盯着林嘉歌怼了回去，“我老处男怎么了？说得你好像不是老处男一样？！”

“我是啊，但我有未婚妻啊……”林嘉歌懒懒散散地换了个姿势，“我为我未婚妻守身如玉啊，而你没有未婚妻啊，所以我和你不一样，我是老处男，那也是有未婚妻的老处男，而你就是老处男……”

梁久思仿佛被人当头打了一棒似的，整个人呆在了原地。

过了会儿，他抓狂地从沙发上跳到地上，又从地上跳到沙发上。

“嘉哥，你耍我，你套路我，你……故意的！你就是要刺激我……”

咋咋呼呼闹了半天的梁久思，忽然发现，刚刚还在那里稳若泰山般地吐槽自己的林嘉歌，此时竟然盯着某处定起了神。

这是怎么了？怎么一下子……就不高兴了呢？

梁久思瞬间安静了下来，他凑到林嘉歌跟前：“嘉哥？

“嘉哥？你怎么了？”

林嘉歌回神，看了一眼梁久思，收起因为刚刚提到“未婚妻”而瞬间暗淡的神思，淡淡地回了句“没什么，吃饭吧”，就率先起身，走到不远处的餐桌前，落了座。

梁久思跟了过来，他拉开椅子坐下后，就按了服务铃，唤来了服务员。

菜是梁久思点的，等到服务员离开后，梁久思盯着面前的林嘉歌悄悄地打量了会儿，发现林嘉歌好像又没事了，刚刚那一刻的失魂落魄，仿佛只是他的一场错觉……

梁久思和林嘉歌所处的包厢位于二楼，餐桌旁边是宽大的窗户，恰好可以看到一楼的大厅。

梁久思打量完林嘉歌后，端起桌子上的茶壶，刚准备给林嘉歌倒杯茶，他忽然透过旁边的窗户，在一楼大厅里，捕捉到了一个略感熟悉的身影。

梁久思端着茶壶的手一顿，然后就歪着脑袋盯着楼下的那道身影探究起来：“那个女服务员，身材不错哦……”

面对梁久思的话，林嘉歌面色平静。

反正这货，一向如此，走到哪里，都不忘记看女人，他早就见怪不怪了。

“呃，我总觉得那个妹妹，我像是在哪里见过……嗯……”梁久思摸着自己的下巴回想起来。

难怪从小色胆包天，至今为止却还是老处男，这么拙劣的话，他也能说出来？他以为自己是贾宝玉啊？

林嘉歌丝毫不吝啬地在心底嘲笑了梁久思一声，然后就径自倒了一杯茶。

他刚把茶杯端到嘴边，还没来得及喝，旁边的梁久思忽然就大惊小怪地嚷起来：“我想起来了，我想起来了，难怪我觉得这个妹妹有点眼熟，她、她、她不就是你的小未婚妻嘛……

“嘉哥，嘉哥，真的是，真的是你那个小未婚妻……”

在梁久思的大呼小叫声中，林嘉歌端着茶杯的动作微微一个停顿，然后他就抬头，顺着梁久思的视线望去。

“对吧？我说得对吧？这个妹妹是你小未婚妻吧？虽然我没见过她几次，但我对漂亮的妹妹一向记忆深……”

梁久思沾沾自喜的话还没说完，就被林嘉歌忽然投过来的视线，吓得没了声音。

梁久思“嘿嘿”地笑了两声，然后就给自己倒了一杯茶，咕咚咕咚喝下去后，这才掀起眼皮看了眼林嘉歌，见男生的视线，又透过窗户落在了楼下的女孩身上，他便又出了声：“嘉哥，我不是嘲笑你哈，你又不是没钱，你怎么可以让你这么如花似玉的小未婚妻出来打工呀？”

随着梁久思话音的落定，林嘉歌的脸色瞬间沉了下来。

如果他真能做主，她还能出来打工？

完全不知道自己已经戳到林嘉歌痛处的梁久思，一边撑着下巴盯着楼下的时瑶看，一边摇了摇头：“嘉哥，你说你喜欢人家，这就是你喜欢人家的结果？我觉得这是赤裸裸的虐待，不，不单单是虐待，还是家暴！家暴，你懂吗？！如果被你爷爷知道，你让你小未婚妻出来打工，你爷爷肯定敲断你的腿……

“这工作有点累啊，你看这一会儿，都来来回回跑了多少趟了？还穿的是高跟鞋，真是受罪……”

梁久思自言自语了一阵儿，见身边的林嘉歌始终没动静，这才转头看了一眼。

然后他这才后知后觉地发现，林嘉歌的脸色吓人得很，梁久思下意识地闭了嘴，往旁边远处的椅子上挪了挪。

没一会儿，服务员推门陆陆续续地上了菜。

等到服务员离开后，梁久思这才弱弱地开口：“那个，我刚刚哪句话说错了吗？”

林嘉歌没接他的话，只是淡淡地收回望向窗外的视线，然后留了句“吃饭吧”，就率先动了筷子。

林嘉歌慢条斯理用餐的整个过程，看起来和平时没什么区别，就像是什么事都没发生过一样。

然而坐在旁边的梁久思，却能清楚地感觉到从林嘉歌身上不断溢出的、浓浓的压迫感，别说让他吃饭了，就连动都不敢随便乱动一下。

这哪是没事啊……这是出大事的节奏啊……谁那么傻 ×，选了这里来吃饭？

梁久思深吸了一口气，又深呼吸，然后才勉强维持着故作镇定的姿态，举起了筷子。

吃东西的整个过程中，梁久思不断地偷瞄林嘉歌。

梁久思以为男生会看一眼窗外的女孩，可足足过了大概一盏茶的工夫，别说是窗外了，就连窗户那片区域，他都没扫过一下。

不过，梁久思却没有林嘉歌那么好的定力，他时不时地会抻长脖子往楼下看一眼。

整顿饭，吃得极其安静。

在林嘉歌喝汤时，恰好又往窗外看了一眼的梁久思，回头看了一眼一脸淡漠的林嘉歌。他纠结了好一会儿，最终还是按捺不住又出了声：“嘉、嘉哥……你、你那个小、小未婚妻，她看起来有点不对劲啊……”

林嘉歌喝汤的动作微微一停，但他没抬头，也没说话，就仿佛梁久思不存在一般，慢吞吞地品了一口汤。

这……嘉哥，这是不管的意思？

梁久思忍不住又往窗外看了一眼，端着盘子的时瑶，往后厨走去时，右腿明显有些僵硬。

梁久思从小就不爱学习，所以周围的朋友，一个接着一个地眼睛近视，唯独他视力好得很。

他在时瑶背对着自己往前走时，看见她右脚踝的丝袜上有血迹……这是脚被鞋子磨破了啊……

梁久思回头又看了一眼林嘉歌，见林嘉歌还是那副无动于衷的样子，他忍不住又看了一眼窗外。他这般来回纠结了好一会儿，到底还是又开了口：“她脚被鞋子磨破了，都流血了……”

林嘉歌端着汤碗的力道，忍不住加重。

梁久思见林嘉歌没反应，想了会儿：“要不，我帮你下去看看，反正会所的老板我们熟悉得很，让她带薪休息……”

梁久思的话还没说完，就被林嘉歌瞪了一眼。

“好，好，好，我不说了……”梁久思飞速妥协，然后低头喝汤。

又不是他媳妇，他干吗要这么上心？既然他看着于心不忍想要帮忙，那他不看了还不成，眼不见为净……想着，梁久思开始数汤里的枸杞，一颗，两颗，三颗……在他把枸杞全都吃光时，实在无事可做的他，坐直了身子。他刚想问林嘉歌等会儿玩点啥，结果眼角的余光，就瞄见窗外的时瑶。他纯粹是出于本能，就扭了头，然后他就看到时瑶蹲在地上，捡摔碎的瓷碗的场景，而她旁边坐着一个男人，一脸傲慢地俯视着她。

这种场景，梁久思不是没见过，有不少人一夜暴富后，就喜欢这样找存在感，这分明就是在为难时瑶啊……

这次的他，想都没想就转头看向了林嘉歌：“嘉哥……”

他只说了两个字就停了下来，因为他看见，原本镇定自如、风轻云淡的男生，不知何时已经离开了座位，长身而立在窗前，正一脸阴郁地盯着楼下看。

原来不需要自己提醒他啊，不过，他这脸色也忒吓人了，应该是看了好一会儿楼下的女孩了吧？

梁久思一边在心底偷偷地嘀咕着，一边为了保护自己的小心脏，飞速地将视线从林嘉歌的身上抽走，重新落回到了窗外。

时瑶虽然已经在会所里上了好几天班了，但她的工服却是第一天拿到。

她平时很少穿高跟鞋，但也不是不能穿，只是会所发给她的这双高跟鞋尺码不怎么合适。起初还能忍，但是随着客人越来越多，她忙碌起来越走越多，脚后跟就被高跟鞋磨出了水泡，磨破了皮。

她回到后厨的时候，有翻出一张创可贴，贴在了伤口处，但是根本于事无补。

脚上一旦受了伤，只会越来越疼，时瑶不想自己刚来上班几天，就因为这点事请假，给会所的人留下不好的印象，所以她强忍着。可谁知忍到最后，还是出了差池。

她给26号桌上菜的时候，因为脚疼得厉害，一时没站稳，不小心摔碎了一个男士的瓷碗。

其实这本没多大事情的，正常来说，她道歉，喊来保洁将这里快速地清理干净，再补个瓷碗上来，也就过去了。

可偏巧得很，她今天也不知道走了什么霉运，碰上了一个难缠的主，也有可能是这个男人心情不好，喝了点酒，将胸中的愤怨都发泄在了她的身上。总而言之，不管她怎么道歉，这个男人就是不依不饶，非要时瑶当着他的面，将地上的碎片一片一片地捡干净。

周围不少人看着，讲真心话，是有点丢人的，可是有的时候，服务行业就是这样，不管客人的要求多无理取闹，客人永远都是对的。

所以，时瑶抱着息事宁人的态度，弯下身，将稍微大些的瓷碗碎片，都用手捡起来了。

其余剩下的小碎片，用手着实不好捡，再加上这边的纷杂，早就惊扰了负责一楼的领班，领班见碎片捡也捡了，就赶紧拿着扫把走了过来，笑容可掬地站在那个男人面前，一脸讨好恭维地开始道歉："先生，真的很不好意思，剩下的这些碎片，我帮您处理掉，希望您用餐愉快。"

边说，领班边转头，悄悄地递给时瑶一道眼神。

时瑶知道，这是领班示意自己先离开。

男人脸上的神情，没有因为领班的到来有半点好转的迹象。

而领班暗示完时瑶后，再次对着那个男人，又一副好言好语的模样，说起了话："先生，您点的这些菜，要趁热吃，凉了就不好吃了，我来给您盛碗汤……"

得到领班暗示的时瑶，手里捧着那些碎片打算离开，只是她还没来得及动，那个男人忽然就又开了口："我没长手吗？需要你帮我盛汤？！"

时瑶知道，男人这是在凶领班，她下意识地往后看了一眼。

谁知，下一刻那个男人指向了她："还有你，我不是让你把地上的碎片都清理干净吗？你清理干净了吗？"

"先生，这地上的碎片实在是太小了，没办法用手捡，会伤到皮肤的，你看要不这样，我让厨师给您送几道您想吃的菜……"领班频频弯腰道歉，她对着那个男人解释的声音更温柔了。

但是男人不但没有被安抚下来，反而更胡搅蛮缠，蛮不讲理了："你什么意思？你是在说老子穷得来你这里吃不起饭？我需要你送吗？"

领班只能道歉："对不起，先生，我不是这个意思，您误会我了……"

男人这次理都懒得理领班了，直接看向了时瑶："你，到底捡不捡？不捡，我就找你们老板投诉了，反正你们这里的老板，我挺熟悉的……"

"捡，她捡……"领班连忙伸出手，接走了时瑶手里的碎瓷片，小声地对着时瑶说，"你用扫把快点扫一扫，要不等会儿其他客人也要有意见了。"

时瑶微点了点头，走到旁边拿了扫把。

这个世界上，总是有很多人，就是那么不讲道理。例如此时此刻的这个男人，他摆明了就是在刁难："我说的是用手捡，你的手是扫把吗？小姐，不是我说你，你不过就是一个服务员，还真当自己是什么千金大小姐啊？你别以为我不知道，你们这会所里养了多少女人，都是做什么的，小姐……你懂不懂我这声小姐……到底是哪个小姐？小姐……"

男人说着，特意将最后两个字加重。

他这样粗俗的词语，让时瑶感觉仿佛被人打了一耳光一般，红了脸。

旁边有人轻笑，也有人摇头，但没人涉足这种事里，都抱着看戏的心态。

“怎么还不动呢？该不会是真的在想小姐是什么意思吧？我告诉你，就是……”

男人的话都还没完全吐出来，一道身影便卷着一股强大的风，从时瑶眼前掠过。

时瑶都没看清楚那道身影是谁，紧接着那个傲慢而又张狂没礼貌的男人，就被人从椅子上揪了起来。

“你谁……”男人连话都没说出口，他的脸就被狠狠地揍了一拳。

那拳头的力道极大，直接将他揍趴在了地上。

然而揍他的人，并没有就此罢休，抓了他的衣领，冲着他的脸继续捶。

周围的人，被这样突如其来的变故，惹得发出几道惊呼。

领班被这一幕吓得心惊肉跳：“我的天呀，这真是要捅出大娄子了……”

旁边的时瑶，看清楚动手的人是谁后，她立刻将手中的扫把往地上一丢，就跑了过去。

领班连忙喊时瑶：“时瑶，你是拉架的人吗？你回来……”

时瑶仿佛没听到领班的话一般，在林嘉歌又抬起手，准备去揍地上的男人时，她快速地抓了他的手：“别打了……”

她感觉到他的动作微顿了顿，紧接着胳膊上的力道更重了，她生怕他真的又打下去，她急忙用尽了力气抓着他的手，又小声地开口求：“求你了，林嘉歌……”

林嘉歌这才转头，看了一眼时瑶。

女孩的眼底充满了乞求，生怕他再动手打人一样，她抓着他的指尖白白的软软的，只是左手手指上，有一道渗血的小口子，应该是刚刚被瓷片划伤的。

林嘉歌抿了抿唇，脸色更沉了。

领班看到林嘉歌这个反应，生怕林嘉歌下一刻把拳头挥在了时瑶的身上，她急得又喊了时瑶两声。见时瑶迟迟不动，她左右看了两圈，想着自己要不要上去拉走时瑶时，忽然就像是想到什么一样：“保安，还愣着做什么啊？喊保……”

领班后面的话都还没说出来，她就看到了不可思议的一幕。

被时瑶拦住的那个男人，竟然停了打人的动作，除了脸色依旧很吓人以外，他周身散发的气息却没了刚刚那股骇人的煞气。他站直了身子，往后退了两步，看都没看一眼地上“吱呀”乱叫喊疼的男人，直接在众目睽睽之下拉着时瑶的胳膊，拽着她进了电梯。

梁久思是在林嘉歌冲下楼，已经把人揍倒在地上后，才反应过来这究竟发生了什么事，然后他就急匆匆地站起身，跑向了电梯。

电梯门打开，他刚想进去，就看到满脸写满了不悦的林嘉歌抓着时瑶从电梯里走了出来。

梁久思急忙收了自己的动作：“嘉……”

他只说了一个字，林嘉歌就拽着时瑶走远了。

梁久思只好转身跟上两个人。

推开包厢的门，林嘉歌将时瑶整个人往里面一甩，然后就盯着她的眼睛，不由分说地开了口：“把这里的工作辞了！”

时瑶蹙起了眉心。

辞了？这怎么可以！这是她在那么多简历里，挑出来的条件最好、报酬最优渥的一份兼职，而且这里的招聘条件很苛刻，她好不容易才过五关斩六将进来的……

林嘉歌见她没说话，又开了口：“你要不开口，我就帮你开口。”

跟过来的梁久思，忍不住插了嘴：“对，辞了，我也可以帮你开口，我跟这里的老板很熟悉的，不是我说你啊，小未婚妻……不对，是嘉哥的小未婚妻，你没钱找嘉哥要啊，你干吗要来这里打工啊？你知不知道来这里的人，都是北京有头有脸的人，他们都认识林家的，到时候知道你是嘉哥的未婚妻，却在这里当服务员，真的很丢嘉哥的脸……”

“滚！”梁久思喋喋不休的话还没说完，就被林嘉歌吼了。

他吓得立刻闭了嘴，然后指了指门外：“那个楼下的烂摊子，我帮你去处理一下……”话都没说完，梁久思人已经不见了。

随着门被梁久思关上，偌大的包厢里，只留了时瑶和林嘉歌两个人。

林嘉歌烦躁，时瑶沉默。

在这样的气氛中，不知道过了多久，林嘉歌终究还是妥协，率先开了口。但他说出的话，却含着不容人反对和抗议的力量：“瑶瑶，就这么说定了，把这里的工作辞了，我来帮你辞……”

说着，林嘉歌就掏出手机，开始翻电话号码。

站在他面前的时瑶，盯着他的举动看了会儿，才动了唇：“可我并不想辞掉这里的工作……”

林嘉歌滑着手机的动作停了下来，他微垂着眼帘，盯着手机屏幕看了一会儿，才压着胸膛里剧烈翻腾的烦躁，努力地平缓着声调，出了声：“瑶瑶，你还在上学，现在的主要任务是学习。等你毕业后大可以找个正经的工作，你没必要现在这么急着赚钱，再说，这里的工作不适合你……”

时瑶沉默着没说话，可她心底却有着自己的想法。

这里的工作不适合她，那哪里的工作适合她？

他和她本来就是不同世界的人，若不是六年前，他爷爷忽然找上了他们家，她爸爸因为那一百万，让她成为他的未婚妻，她可能就没了爸爸，然后她和她妈妈说不定正相依为命地过着苦日子……兴许苦到，她和她妈妈都要为一日三餐担忧也说不准，到那个时候，谁还会计较这样的工作适不适合她？

更何况，不能因为一纸婚约，她家就可以这样靠着他家衣食无忧地生活……这根本不合情也不合理……这世间结为夫妻的人那么多，有谁婚后，夫家养起了妻家？

更何况，她和林嘉歌根本就还没有结婚，她家里就已经用了他家那么多钱。这些钱，没道理不还，多少亲兄弟姐妹借钱都要明算账的……

林嘉歌见时瑶迟迟不肯出声，心情更加暴躁了。

他知道，她赚钱是为了还他、还林家的钱，可就是因为这样，他才莫名心烦。

他微闭了闭眼睛，压下心头不断往上冒着的火焰，继续妥协：“瑶瑶，如果你真想打工，也行，我帮你找份其他的事情做，总而言之这里的工作不行……”

顿了顿，林嘉歌又开口：“正好这几天我自己注册了公司，你真要是想兼职，你过来帮我，好不好？”

时瑶指尖轻颤了颤，下意识地揪紧了衣衫，她微抿了抿唇，低下头，小声地回：“我可以不在这里上班……”

林嘉歌眼底闪过一抹喜悦，不过只是一刹那，他就反应过来什么一样，又开了口：“你是因为梁久思刚刚说的话？瑶瑶，我不是因为你在这里上班，嫌弃你丢我的人或者林家的人……”

“我知道……”时瑶懂林嘉歌要表达的意思，她没等他把话说完，就又出了声。

在这一点上，她是相信他，也相信林家的，他们最多觉得她是受了委屈，但是不会因为她当服务员，觉得丢人了。

只是梁久思的话，其实也有道理的，他们不觉得丢人，但是也避免不了旁人不会议论他们……到底还是不想因为自己的原因，让林家承受这些没必要的指指点点。

想到这里的时瑶，继续出声：“我知道你不是这个意思，我相信你，我可以从这里辞职，但是我不去你那里上班。”

不去自己那里上班……

林嘉歌无声无息地紧抿了一下嘴角，盯着时瑶看了良久，才出声，尽管他已经很努力地克制住自己的情绪了，可他开口的语气，还是有些冷：“那G大的图书馆，我让爷爷跟学校打个招呼，你去那里兼职，面对的都是G大的学生，不会出现今天的事情……

“你要是不想去学校图书馆也可以，我帮你找份可靠的家教，你补习英语，抑或是我帮你联系个补习班，你可以去当兼职老师……”

短短的一会儿，林嘉歌就已经给出了好几个方案。

他见她还是没吭声，便继续给她拿主意：“或者，我认识的一些人，可能需要翻译，你可以帮他们翻译一些文案，还能积累工作经……”

“谢谢你啊，林嘉歌……”这次没等林嘉歌把话说完，沉默了半天的时瑶，忽然出了声。

她突如其来的道谢，惹得林嘉歌一愣。

随后，时瑶就动了唇：“你的好意，我心领了，不过，我自己的工作，我自己会想办法，不用麻烦你了……”

不用麻烦你了……她这么客套疏离的话，终于点炸了林嘉歌心底压了一天，不，是压了好些天的火：“你不是不想麻烦我，你是不想和我扯上任何关系吧？”

这哪跟哪啊？她只是想要靠自己，不想一直靠着他或者林家，怎么就变成了不想和他扯上关系？

时瑶微蹙了蹙眉心，不太理解林嘉歌莫名其妙的脾气，是从何而来？

“我在成都，看到你的手账本了，你现在这么急着赚钱，其实就是想着能和我把关系撇得干干净净，清清楚楚，不是吗？”

有些话，不说还好，一说，林嘉歌发现自己胸膛里的那股郁闷和烦躁，就怎么也克制不住了。

她把账，一笔一笔地记得那么清楚，如今打工赚钱，不就是为了趁早和他没牵连吗？

不管是他，还是林家其他人，都是疼她，才给她钱的，可是最后呢？却变成了她的负担！

刚刚那个男人，骂她什么？小姐……若不是他没忍住，挥拳砸了过去，她会怎么处理？委曲求全地忍下来，然后真的用手将地上的碎片捡起来？

是啊，她为了能和他一刀两断，什么都可以忍……甚至现在，她连他的帮助，都不要了……

他是想留她，可他留得住吗？她一个大活人，难不成他还真强抢不成？可他又舍不得她真的就这么打工受欺负……

林嘉歌越想越觉得胸口疼，他胸膛起伏地盯着时瑶看了会儿，才又出了声：“行，你不是一直就想着和我解除婚约吗？我答应你，还不行吗？

“现在你如愿以偿了，满意了吧？还有，如果你赚钱，就是为了能和我、和林家撇清关系，那你大可不必这么做了！

“那些钱，不管是对我，还是对林家来说，微不足道，不值一提，再说，你当了六年的林家未婚妻，拿点报酬也是应该的……”

说完，林嘉歌盯着时瑶又看了一会儿，一字一句道：“这下你如愿以偿了，满意了吧？”

○

○

第十章

我的初恋是你呀

／

林嘉歌片刻都没再逗留，转身离开了。

一直等到包厢的门被重重地甩上，时瑶才眨了眨眼睛，缓过神来。

林嘉歌……这是生气了？而且还是因为……他以为她还钱，是为了要和他、和林家撇清关系，才生了这么大的气？

她是要还钱的，但她认为还钱是于情于理都要做的，并不是什么撇清关系……不过他后面的那句话，也太伤人了，什么叫作“当了六年的林家未婚妻，拿点报酬也是应该的”……

想到这里，时瑶忍不住鼓了鼓腮，在心底狠狠地腹诽起了林嘉歌。

少瞧不起人了，自己才不要他那点报酬！有钱了不起啊，不吃东西不还是照样会被饿死吗？！

时瑶又鼓了鼓腮，将小脸撑得圆圆的，站在原地气了一会儿，忽然不知怎么，脑海里就晃过林嘉歌说的那句——“你不是一直就想着和我解除婚约吗？我答应你，还不行吗？”

她心底的愤恨，就像是被人施了魔法一般，瞬间消散得一干二净，取而代之的是说不出来的空洞。

真是奇怪了啊……一直以来不要嫁给他的人是她啊，前几天她明明还发短信催他赶紧想办法对两家人摊牌的……今天她如愿以偿了……就像是他临走之前，那么冷飕飕地质问她的那句“这下你如愿以偿了，满意了吧？”……可她怎么一点也没有想象中的那种轻松和自由，以及满意呢？

时瑶一个人怔怔地在包厢里站了许久，直到包厢门被推开，服务员进来收拾东西，她才收起神思，走了出去。

就像是她答应好林嘉歌的那样，她真的去楼下找领班辞职了。

也不清楚是不是林嘉歌或者梁久思跟这里的人打过招呼，没人为难她，甚至还给她结算了这几天的工资。

脱掉工服，换上自己的衣服后，时瑶离开会所，乘坐公交车回了学校。

此时已是晚上十点钟，马路两边灯光璀璨。

时瑶贴着公交车的玻璃，盯着外面不断倒退的夜景，耳边情不自禁地又响起林嘉歌临走之前，丢给她的那些话。

随着车子的晃动，眼看着距离G大越来越近，时瑶的心，不知怎么反而越来越混乱了。

那日会所一别，林嘉歌和时瑶再也没见过面。

没吵架之前，林嘉歌和时瑶就很少联系了。那天过后，两个人更是谁都不会找谁了，再加上林嘉歌已经大四了，学校没课，他大概也没再回学校住过，所以整天泡在学校里的时瑶，跟林嘉歌再也没见过面。

不过有关林嘉歌的一些事情，时瑶偶尔还是能从每天都会上校园论坛的何田田的口中听到一些。

例如林嘉歌注册了个公司。

或是林嘉歌上学期的成绩出来了，依旧是年级第一。

再例如有人在时代广场撞见了他，偷拍了他一张照片，他坐在车里，手里居然夹了一支烟。

不过何田田提林嘉歌的时候，时瑶大多时候也不怎么说话，听完后，她和从前也没什么区别，要么是继续啃苹果，要么是继续喝酸奶，要么是继续看剧吃薯片。

就像是时瑶说的那样，她离开会所后，又重新找了一个兼职，给住在学校附近一个学区房的高三考生补习英语。

至于薪酬，肯定是和会所那里的工资没得比，但是没什么更好选择的时瑶，也就这么得过且过了。

周六周日不上课，所以时瑶补课的时间会稍微久点。

那天也恰好赶上她要补习的考生的学校布置的作业多，所以时间也比往常长了点，从下午一直补到了晚上。

在八点多钟的时候，时瑶的手机有响过。

是母亲打来的，她盯着屏幕看了一会儿，没接听。

其实最近这段时间，母亲给她打来过好几个电话，但她都没接。

旁边做题的学生，被手机影响到了，扭头看了一眼时瑶，见她盯着屏幕发呆，忍不住说了句：“瑶瑶姐，你接电话呀？”

时瑶回神，柔柔地对着学生说了句“你继续做题”，然后就将手机调成静音，放进了包里。

补完课，回学校时，已经是晚上十点钟。

因为天色较晚，学生家长不怎么放心，再加上距离学校也不远，所以学生家长和学生抱着散步的心态，送时瑶到了学校门口。

在回宿舍的路上，时瑶摸出手机看了一眼，足足有八个未接来电，都是母亲打来的。

正在她犹豫着要不要回一个电话过去的时候，屏幕上又显示了来电，依旧是母亲。

时瑶挣扎了一会儿，最后还是接听了。

“瑶瑶，你是怎么回事，电话都不接了……”因为是视频电话，时瑶母亲嘟囔完时瑶后，看到她还在外面，又开了口，“你怎么这么晚了，还没回宿舍，是出去玩了吗？跟谁？嘉歌吗？”

以前母亲也不是没问过她类似的话，但是因为她撞见了母亲和父亲的争吵，她听到母亲后面那句话后，心底莫名不舒服。

不过，她还是软软地回了句：“不是，我只是出来买个东西。”

“哦，这样啊……”时瑶的母亲也没在这事上纠缠太久，紧接着就举着手机，照着一桌子各种各样的喜糖盒对着时瑶开了口，“你看看，这是今天别人送来的样品，你喜欢哪个？”

时瑶的母亲，一边仔细地给时瑶看那些喜糖盒、请帖之类的结婚琐碎东西，一边又说：“今天中午，我和你爸爸去林家了。林老先生说，我们住在郊区，你嫁过来后，见我和你爸爸不方便，打算在他们家附近，给我跟你爸爸安排个房子……他们家是市中心啊，那房子肯定贵啊！所以你爸爸就说，最小的房子就好了，能住下我和他两个人就行了……你别说啊，林老先生对我们家可真……”

听到这里，时瑶忍不住开口打断了母亲激动欣喜的声音：“妈……”

“嗯？怎么了？”时瑶母亲一边翻着桌子上的请帖，一边说，“我觉得这个就挺不错的，你觉得呢？瑶瑶？”

时瑶没接母亲的话，又喊了一声：“妈……”

时瑶母亲大概是感觉到女儿的不对劲了，看向了手机摄像头：“怎么了？”

时瑶沉默了一小会儿：“我能不能不结婚？”

“你这是说什么傻话，哪个女人不结婚呀？”

“不是，我是说……我能不能不要嫁给林嘉歌？”随着这句话说出口，时瑶深吸了一口气，干脆一股脑儿将自己的想法表达了出来，“这婚事能不能不要办了，还有那个房子，你和我爸也别要了。你们真想要房子，回头我赚钱买给你们住……”

时瑶的话还没说完，手机屏幕里忽然多了父亲的脸：“时瑶，你在说什么胡话呢？什么叫作这婚事不要办了？这都已经定下的事，容你说不要办就不办了吗？我告诉你，林家看上你，那真的是你的福气，你别好赖不分，多少女孩子想要这样的机会都没有，你是不是跟嘉歌吵架了？我告诉你啊，你可别惹他，你要哄着他点，他要是不要你了……”

时瑶眼底一热，没等父亲后面的话说完，就直接将电话挂了。

很快，手机又振动了。

还是母亲打来的，时瑶按了挂断，然后手机又振动了，时瑶索性关机了。

掌心里清静了，可时瑶心底却更难过了。她在学校的人行道上站了一会儿，就跑到不远处的操场上，蹲在角落的位置，偷偷地哭了起来。

林嘉歌的确最近都没怎么回G大，不过今天周末，很清闲的他，答应了夏商周和陆本来打球，所以吃过中午饭便来了学校。

打完球，三个人回宿舍，休息了一会儿，然后分别洗了个澡，换了干净的衣服，出去吃晚餐。

林嘉歌开车过来的，也是因为有车方便，所以三个人去吃饭的地方距离学校有点远。

去时堵车，等到吃上东西已经八点了，所以吃完回到学校，也差不多十点多钟了。

林嘉歌本来是想着直接把夏商周和陆本来两人丢在学校门口回家的，但是想到自己要从宿舍的电脑里拷贝一些资料，然后就将车停在学校门口的路边，和他们一起进了校门口。

回宿舍要经过操场，可这没多远的路上，林嘉歌还被一个女孩子拦住了，强塞了一个浅粉色的盒子。

夏商周凑了过来："是什么东西啊？让我来看看！"

陆本来也跟着凑了过来："又不是给你的，你看什么！"

夏商周："那你凑过来干吗？"

陆本来："我凑过来看你羡慕的丑脸……"

夏商周要踹陆本来："你大爷……"

陆本来灵活地躲开，刚准备还脚时，却被操场光线较暗的地方，蹲着的一道身影吸引了视线。他盯着看了会儿，然后就像是确认了什么一样，扭头看向了林嘉歌："老大，那不是小学妹吗？"

夏商周顺着陆本来指的方向看去："是啊，是小学妹啊，她怎么一个人在那里，好像在哭啊……"

随着陆本来和夏商周一前一后地开口，林嘉歌抬头，望向了操场。

真的是时瑶……仿似遇到了什么伤心的事情一般，那小模样，看起来难过又无助。

只是一眼，林嘉歌就感觉自己的心口，像是被人生生地捅了一刀似的，疼得他连呼吸的力气都没有了。

陆本来："小学妹这是怎么了？好像哭得很伤心啊……"

"是啊……"夏商周说着，看向了林嘉歌，"老大，你不去看看吗？"

林嘉歌没反应，视线依旧定定地黏在操场上那道纤细瘦弱的身影上。

"老……"夏商周刚想再次开口提醒林嘉歌，结果只说了一个字，他就被陆本来轻轻地踹了一脚。他愤怒地转头刚想骂陆本来，然后就被陆本来比出的一个"嘘"的表情阻止了。

陆本来见夏商周安静了下来，这才将比在嘴边的手放下，指向了林嘉歌。夏商周顺着陆本来的视线望去，这才后知后觉地发现，林嘉歌原本和他们吃饭回来清闲悠然的模样，不知何时变得生硬阴冷。

画面仿佛定格了一般，时瑶在远处哭着，他们三个人在这边站着。过了好一会儿，一阵夜风吹来，林嘉歌回神，收回视线，淡淡地留了句"走吧"，就率先抬起脚，冲着男生宿舍楼走去。

一直等到林嘉歌走出很远，夏商周和陆本来才一愣一愣地回过神来，然后两个互相望着对方，惊悚了许久，才终于一同迈着步子，往宿舍边走边嘀咕了起来。

陆本来："我没看错吧？老大居然无视了小学妹？"

夏商周："这到底是怎么回事啊？老大一向不是唯小学妹马首是瞻吗？他今天怎么这么冷漠无情？真是男人的心，海底的针啊……"

陆本来："不知道，下午也没觉得老大哪里有问题啊？这架势有点像是情侣闹分手……"

夏商周："那你说，这么一来，是不是我又可以把小学妹当成女神了，然后我是不是又可以追求小……"

夏商周的话还没说完，已经从宿舍拿到了自己想要的东西的林嘉歌，和他们两个人迎面碰了个正着。

夏商周连忙改口，因为心虚，他的声音无比响亮："老大！"

林嘉歌仿佛没看到陆本来和夏商周一般，直接擦过两人的身边，扬长离去。

在走到刚刚驻足的位置时，林嘉歌扭头看了一眼操场，时瑶还在哭。

他的脚步微缓了缓，但终究还是没有停下，而是用力地绷着嘴角往前大步流星地走去。

走到校外，林嘉歌拉开车门上车，他系好安全带，正准备踩油门的时候，忽然将前一秒刚系好的安全带拆开了……

时间很晚了，好不容易止了哭的时瑶，知道自己该回宿舍了，可她还是不怎么愿意回去。

深秋的夜里，温度有些低，风吹来时，她整个人忍不住打了个寒战，她下意识地抱紧了自己的身体，然后她就感觉到有件温暖的外套，罩在了自己的身上。

时瑶以为自己出现了幻觉，整个人愣了一小会儿，才意识到这一切是真实的，她仰头望去，见是冷暖。

她错愕了一会儿，才开口："暖暖……"

冷暖没着急说话，而是往前走了两步，在她旁边的位置席地而坐后，将手中拎着的袋子打开，从里面拿了一杯热气腾腾的奶茶，递到了时瑶的面前："喝点热的东西，小心感冒了。"

时瑶还没从冷暖怎么忽然出现在这里缓过神来，所以也没接。

冷暖拿了吸管，插进奶茶中，再次塞进时瑶的怀里："你最爱喝的奶绿，就是你平常买的那家的。"

时瑶回神，双手捧住奶茶，温暖的热度，顺着她的掌心，一路蔓延到她的心底，让她心情稍稍好转了许多。

天色很晚了，操场上已经没什么人了。

时瑶和冷暖两个人谁都没说话，就那么安静地坐着。

随着时间渐渐地流逝，在时瑶将奶茶喝了一大半后，她转头看了一眼始终都没问过自己怎么哭了的冷暖，轻声问："暖暖，你怎么什么都不问我呢？"

"问你什么呀？"冷暖听到时瑶的声音，声调淡淡地接了她的话，"问你为什么哭吗？这有什么好问的，一直以来，你不是都说，朋友之间要学会尊重，有些事情你想说的时候自然就会说，不想说的时候要给对方足够的空间吗？"

这的确是她曾经一直说的话……她说的时候，倒是没什么太大的感觉，可现在这句话回到她身上，却让时瑶感到莫名地温暖。

许是因为事情在她心头压了很多天，真的让她很压抑，此时冷暖这般静静地陪伴，倒是让时瑶小声地倾诉了起来："暖暖，你知道吗？我一直觉得，自己有一个幸福的家庭，虽然不富裕，但父母恩爱，家庭和睦……"

说到这里，时瑶脑海里再次闪过她从成都回来的那一日，在家门口听到父母争吵的那些话语，她微抿了一下嘴角，才继续往下说："我从没想过，有那么一天，那么狗血淋漓的变故，会发生在我身上……我爸妈，他们在好些年前就要离婚的……我爸他好多年前，就不想要我了……

“要不是林爷爷忽然找到我们家，说我可以嫁给林嘉歌，还给了我爸妈一百万聘礼，我爸爸他就真的不要我了……”

冷暖知道，此时的时瑶，需要的不是安慰的话语，而是无声的陪伴，所以她什么话也没说，就那么静静地当着一个听客。

“暖暖，你知道吗？我当时听到那些消息，觉得自己整个世界都崩塌了，我以前以为的家庭幸福，全都是假的……

“虽然我知道，林爷爷给聘礼，那是于情于理，可是我爸妈他们最初收那个钱，却不是当成聘礼收的，他们怎么可以把聘礼当成捡来的钱一样，对半分，这让我觉得……我就像是一个商品一样，被他们卖了……卖给了林家，卖给了林嘉歌……

“我本来就一直觉得，我和林嘉歌不是一个世界的人，现在这么一来，我觉得我和他之间的距离更遥不可及了……我就是想把钱还回去，不管退婚还是不退婚，我爸妈拿的那一百万，我就是想要还回去……不是因为我不喜欢钱，也不是因为我矫情，我就是觉得，那个聘礼的钱，我爸妈他们不应该是以那种心态和方式要的……

“暖暖，你们都不知道的，林爷爷他们对我有多好，以前林嘉歌不爱搭理我的时候，不管是林爷爷，还是嘉仪姐，他们都向着我的……我就觉得，我爸妈辜负了他们这份好……然后，一夜之间，连带着我觉得自己都不够好了……

“前几天，在会所我遇见林嘉歌了，他以为我是要退婚才来打工的，跟我发了好大的脾气，然后他还说答应跟我解除婚约……”

一个人自言自语了良久的时瑶，说到这里停了下来。

“难怪你那天回来，情绪不太对劲……”冷暖终于接了话，“不过，瑶瑶，这个误会，解释清楚就好了……”

“算了吧，反正我……”时瑶说到这里，蓦地停了下来。

她居然险些对冷暖说出，反正我也不够好，他值得更好的……她为什么会这么介意，自己好不好？

“嗯？”冷暖见时瑶话说到一半，忽然没了声音，忍不住轻声反问了一声。

时瑶摇了摇头，没再说话，而是低头喝起了奶茶。

时瑶不说，冷暖也没追问。

两个人继续保持着安静，在操场上坐了一会儿，然后在时瑶把奶茶喝完后，对着冷暖倾诉了半天、心情好转了许多的她，见天色真的很晚了，开口说：“暖暖，我们回宿舍吧？”

冷暖轻点了点头，率先站起身，然后伸出手拉了时瑶一把，两个人就肩并肩地冲着女生宿舍楼走去。

在快到宿舍楼下时，冷暖忽然开口：“瑶瑶，你很在意，你和林嘉歌不是一个世界的人这件事吗？”

时瑶被冷暖突如其来的问题，问得愣住。

冷暖等了一会儿，见她没开口，又声线淡淡地出了声：“或者，我换个方式问你，你现在是不是觉得，自己在林嘉歌面前，不够好？”

时瑶再次愣住，不过，这次的她，不是因为冷暖的问题，而是因为冷暖居然洞察到了她的心思。

“瑶瑶，这个答案，你不用跟我讲，你告诉你自己就好了。”冷暖又出声补了一句。

许是她已心动，只是还不自知。

不过，也难怪她会心动，毕竟那个男生，那般优秀，换成谁都会抵不住吧？

想着，冷暖再次轻声叹了一句：“瑶瑶，其实我挺羡慕你的……”

羡慕你可以在最美好的年华，遇见一个真的在意和喜欢你的人……要知道，有很多人，没这样的福气的，就像是她……在很早很早之前，在那个晚上，在那个让她现在都不敢去面对的如同噩梦一样的晚上，就已经没了这样的机会……

时瑶被冷暖莫名其妙说的一句羡慕，搞得有些不解。

她有什么好值得羡慕的，一夜之间，家庭支离破碎……

接触到时瑶不解的眼神，冷暖浅浅地笑了：“没什么的，我只是有感而发，快点走吧，宿舍楼大门马上要锁了……”

说完这句话的冷暖，拉着时瑶加快了步伐。

踏进宿舍楼，在上楼时，冷暖侧头看了一眼时瑶。

有些事情，当你再也没有希望的时候，你会希望你身边的人得到那份幸福。

就像是她，可能这一辈子都不会有美好的爱情了，但是时瑶有机会，她就想帮她抓住，就仿佛是圆满了自己的幸福一样。

想着，在快到宿舍门前时，冷暖开了口：“瑶瑶，你怎么都不问我，这杯奶茶，我哪里来的？要知道，奶茶店九点多钟就打烊了，我去找你的时候，都十一点了呢。我可没有这样大的本事，让那家店连夜开门，只为了给你做杯奶茶喝……”

冷暖不说，时瑶还没意识到，冷暖这般一说，她猛地就停了脚步，像是知道了些什么一样，转头看向了冷暖。

“你是不是心底已经有数了……”冷暖也跟着停了步子，笑盈盈地问。

冷暖这般一说，时瑶更确定了，她张了张口，过了好一会儿，才说了两个字：“是……他……”

“嗯，是他……他打电话来我们宿舍，恰好是我接的，是他让我去操场看你的，也是他把奶茶送过来的。他说，你心情不好的时候，会想喝奶茶……”

冷暖把该说的都说完后，伸出手拍了拍时瑶的脸：“好了，我要去洗澡了，等会儿宿舍要没热水了……”

冷暖知道，说到这里足够了，她也没管愣在宿舍楼道的时瑶，直接迈着步子，往前走了一段距离，进了宿舍。

时瑶过了好一会儿，才进了宿舍。

冷暖已经洗完澡了，正靠在床头看书。

时瑶心不在焉地拿着睡衣和浴巾，也进了浴室。

她洗完澡出来后，整个人终于稍微清醒了一些，结果刚涂完面霜，冷暖就递了一杯温热的牛奶到她面前：“喏，受人之托，忠人之事，答应的事情，我得办到，他让我给你热一杯牛奶喝的，说能让你睡得踏实点……”

干脆利索地说完该说的话，冷暖继续靠回床头看书了。而时瑶，抱着热腾腾的牛奶杯，跟刚刚在楼道里一样，被冷暖搞得整颗心再次混乱了。

冷暖一直看到深夜一点钟，才关了床头的灯。

躺在床上，她却没什么困意，也不知道是不是劝时瑶时，想到了曾经的那个晚上，她有些睡不着，索性就拿起手机，随意地翻看起来。

在林嘉歌拖来测谎仪，唬住秦依然的那晚，她和时瑶一起去吃串串时，遇见了陆本来，然后陆本来送她、何田田和江月回宿舍时，他再次要了她的电话号码。

最初，陆本来会给她打电话，但是因为她拒接，然后他就改成了发短信。

她一直都没怎么看过陆本来发来的短信，不过今天，她找他有点事，所以点了进去，然后她才发现，这短短的半个月，她居然收到了他许许多多的消息。

“我希望你瘦的时候，可以走进我心里，这样你胖的时候，就再也出不来了。”

“暖暖，油嘴滑舌并非我本意，逗你开心才是我目的。”

“你说我语文不好，没错，我写给你的情书都是病句；你说我数学不好，没错，我证明不了我爱你等于你爱我；你说我英语不好，没错，我除了‘LOVE’这个词再也不会别的单词了；你说我历史不好，没错，我脑子里唯一的历史就是我们认识的那一天；你说我地理不好，没错，我只能从我的世界里找到你……”

“暖暖，我最近晒黑了，你知道为什么吗？因为我要暗中保护你……”

所有的短信，都是类似于这样的土味情话，而且有些梗，还是冷暖在网上看过的，但是看到最后，冷暖还是忍不住被陆本来逗笑了。

不过，她没有在陆本来的短信里沉浸太久，就直接编辑了一条消息发过去：“睡了吗？”

陆本来秒回：“没，想你想得睡不着。”

冷暖无语了一会儿，直切主题：“林嘉歌的电话号码你有吗？可以发给我吗？”

陆本来：“心碎了，人死了，发不了了。”

冷暖没再理陆本来了。

三秒后，陆本来：“你要我老大的电话号码做什么？你该不会是喜欢我老大吧？暖暖，我跟你说，老大有心仪的女生，就是小学妹，你喜欢也没用……”

冷暖：“请注意你的言辞。”

冷暖：“一句话，你给还是不给？不给，我去找别人了。”

陆本来：“呜呜呜，我给……”

随后，陆本来发来了一串数字。

冷暖：“谢谢。”

陆本来：“你要老大的电话号码做什么？我跟你说，老大有未婚妻，他是有妇之夫，暖暖，我们不能做拆散别人的缺德事啊……暖暖，我跟你说，老大臭毛病很多的……”

冷暖直接无视掉陆本来一条接着一条的消息，掀开被子下床，悄悄地走出宿舍，走到没人的楼道里，然后找到林嘉歌的电话号码，给他去了一个电话。

电话响了没半声，就被挂断了。

呃……这是什么意思，不接听？

冷暖改成短信：“我是冷暖。”

下一刻，手机屏幕亮起，林嘉歌的电话打了过来。

他们宿舍的男生，都这么奇怪吗？

冷暖想到刚刚林嘉歌挂了自己的电话，毫不犹豫地也挂断了，然后一脸淡定、胸有成竹地等了一会儿，在林嘉歌再次打过来的时候，才慢悠悠地按了接听。

冷暖没着急开口。

反正她心知肚明，着急的人是对面的。

如她所想的那样，对面的林嘉歌，主动出了声："不好意思，刚刚不知道是你的电话，以为是骚扰电话。"

等到这句道歉后，冷暖才出声："我已经把瑶瑶带回宿舍了，不过我打电话来，不单单是为了跟你说这句话……"

把话讲到这里时，冷暖隐约察觉到林嘉歌那边有点不对劲，她停了嘴边的话，安静地待了一会儿，这才确定林嘉歌那边的不对劲，是呼啸的风声。

这么晚了……他那边怎么还会有风声？

冷暖回想起，他跟自己打电话的时候，有请自己去学校门口一趟，当时他的车就停在路边，该不会……想着，冷暖出声："林学长，你该不会现在还在学校门口，没走吧？"

"嗯，"林嘉歌轻应了一声，过了片刻，又说了一句，"我有点不放心。"

尽管他话说得很含蓄，但冷暖知道，他所谓的不放心，指的不过就是"时瑶"二字。

只是因为时瑶哭了，他就能在学校门口待那么久不走，若是接下来的话，她告诉了他，那他……怕不单单是不放心了，还有揪心、撕心、痛心……

不过，既然她都决定要在这件事上做好人了，那总是要做到底吧……反正林嘉歌他今天不揪心、撕心、痛心，改天知道了事情的原委，还是要揪心、撕心、痛心的。

冷暖抱着让林嘉歌"长痛不如短痛"的想法，开口说："哦，那你现在可以放心了，瑶瑶她已经睡下了……"

"嗯……"

尽管林嘉歌这次只是回了一个字，但是透过手机，冷暖能感觉到他松了一口气。

冷暖特意等了一会儿，等到林嘉歌这口气松到一半的时候，她大喘气般地又出声说："对了，有关瑶瑶家里的事情，你知道吗？"

"瑶瑶家里？"林嘉歌的语气瞬间紧绷，"她家里出了什么事？"

"你不知道啊……那，当初你和她见面确定婚事的时候，你爷爷给了她家里一百万，你知道吗？"

"那不是聘礼吗？"

"是聘礼没错啊，但是，你知道瑶瑶爸妈当时是在什么情况下收的那笔钱吗？"

林嘉歌那边没了声音。

手机里约莫安静了十秒钟后，冷暖开口："瑶瑶爸妈当时在闹离婚，她爸爸正准备不要她妈妈和她来着……要不是你爷爷忽然找上了瑶瑶家，说瑶瑶和你有婚约，估计那个时候，瑶瑶她就没爸爸了……"

电话那端依旧没声音传来。

冷暖知道，他在听。

"瑶瑶是前段时间，从成都回来的那天，知道这些事的。当时瑶瑶她爸爸欠了一笔钱，也需要这笔钱，然后回去找了她妈继续过日子，你爷爷把那笔钱给瑶瑶爸妈后，他爸妈就跟分赃一样，把那笔钱一人一半分了……”

林嘉歌那头，还是安静得一塌糊涂。

安静到，冷暖有那么一瞬间以为在自言自语。

“瑶瑶跟我说，她听到这个消息后，只有一个感觉，就是觉得自己被她爸妈给卖了……卖给了你们家。瑶瑶还说，这笔钱，她无论如何都是要还回去的，她说聘礼不应该是她爸妈以那种心态收的……

“瑶瑶还说，你们家里的人对她很好，她觉得她爸妈辜负了你们对她的这份好，连带着她觉得自己都不够好了……

“或许你无法理解她，但是作为女生，我是可以理解瑶瑶的。如果是我，这笔钱我也会选择还回去，因为我想要平等，想要彼此之间的关系是干干净净，不掺任何杂质的。钱是好东西，可是有的时候，钱未必真的是好东西。”

将要说的话全都说完，冷暖等了一会儿，见电话那头的林嘉歌还是没什么动静，便又出声，打破了彼此之间的沉默：“那个，时间也不早了，我要回去休息了，没什么事的话，我就挂了。”

说完，冷暖等了一会儿，见林嘉歌还是没说话，便准备将手机从耳边拿下来，切断电话。只是手机刚落了没半寸距离，手机听筒里就传来了林嘉歌的声音：“谢谢。”

谢谢……尽管林嘉歌没说谢什么，但冷暖也能猜到，他谢的是自己告诉了他这些。

冷暖微垂了垂双眸，稍微顿了一会儿，才口气微淡地出声回：“你不用谢我，我告诉你这些，本意不是帮你。毕竟我和你又不熟，没道理帮你，我这个人，平时不会这样的，朋友告诉我的话，基本上就止于我这里了。我这次之所以破例告诉你，只是因为我想帮瑶瑶……”

电话那头的林嘉歌，许是听了冷暖这些话觉得有些意外，他愣了一会儿，才又开口说了一句：“谢谢。”

冷暖这次没再接话，而是直接将手机从耳边拿下来，挂断了电话。

在她和林嘉歌通电话的这段时间里，她手机多了两个未接来电和十多条未读消息。

都是来自陆本来。

“暖暖，你的电话在占线，是和老大打电话吗？”

“暖暖，老大那么少言寡语的人，和他有什么可聊的啊？和我聊啊，我最能聊天了。”

“暖暖，这都过去十分钟了，你们怎么还在聊啊？孤男寡女，深更半夜，聊天容易怀孕的。”

怀孕？

冷暖抽了抽嘴角，收起手机，理都没理一直发短信的陆本来，直接迈步回宿舍，上床睡觉了。

电话被挂断许久后，林嘉歌才将举着手机的手，从耳边放了下来。

他耳边一遍一遍地回荡着冷暖对他讲的那些话，总觉得跟做梦一样，有些不太能接受。

他一想到时瑶蹲在操场上哭的场景，他就不敢想象，时瑶从成都回家，听到有关她父母的那些消息后，她是怎样的反应。

当时的她，一定很难过吧？也一定比今晚他看到的场景，更可怜，更无助吧？

可他竟然……竟然不分青红皂白，不问真相缘由地就顺着自己的认知，那天在会所对她发了那么大的脾气，甚至，甚至他还说——“你当了六年的林家未婚妻，拿点报酬也是应该的……”

林嘉歌闭了闭眼睛，忽然很想重重地给自己一耳光。

她最近这段时间，一定很不开心，可他在她最不开心的时候，却不是给她安慰，而是给她打击……他口口声声说喜欢她，可他在看到她的手账本，知道她上班是为了还他钱后，都没有心平气和地坐下来问问她心底究竟是怎么想的，就那么认定了她是为了和他撇清关系，然后就对着她发脾气了……

他当时还觉得，自己对她那般好，她却要跟自己撇清关系，他觉得自己喜欢得好不值得。就像是受到了天大的委屈一般，现在想想，他委屈什么啊……真正委屈的人是她啊……

林嘉歌用力地咬了咬牙根，心想，自己真是一个不折不扣的浑蛋！就自己这样，还说喜欢她？

还真是侮辱了“喜欢”这两个字……

林嘉歌只觉得自己的心，仿佛被什么东西用力地攥着，拼命地掐着一般，疼得他牙齿直哆嗦。

他知道，自己是在后悔，在懊恼，是啊，能不后悔，能不懊恼吗？

曾经……她初闯进他世界里的时候，他不愿意接受这个突如其来的未婚妻，他说尽了狠话伤她。等他好不容易让她愿意信赖他，亲近他了，他却因为一时的不甘心，又一次对她说了那样过分的话……

不过这次还好，还好当时的他，虽然愤怒，却还是克制住了自己，没让自己放尽狠话，再次陷入万劫不复的境地。

这是第一次，他冲动之下伤害了她，这也是最后一次。

林嘉歌暗暗对自己发誓。

时间倒退三个小时，被时瑶挂断电话的时母，尝试给女儿又打了几个电话，见一直都是关机的状态，她想来想去，便将电话打到了林家老宅那里。

林老先生当时已经洗完澡，准备入睡了，结果被孙妈敲响了房门，说是时家打来了电话，让他接听。

林老先生直接让孙妈把电话转接到了自己的卧室，约莫十分钟后，林老先生的卧室里，就传来了他怒气腾腾的吼声：“孙妈！孙妈！”

不明所以的孙妈，急急忙忙地跑了过来：“老先生，这是怎么了？怎么忽然发了这么大的火？”

“怎么了？还能怎么呀！还不是那个混账小子啊，除了他，谁能惹我生气？你知道刚刚瑶瑶妈打电话来，问我什么吗？问我，那混账小子和瑶瑶是不是吵架了？今晚，瑶瑶忽然跟她说，能不能不要结婚了？瑶瑶妈还跟我说，是瑶瑶不懂事，惹了那混账小子，让那混账小子别生气……呵呵，你知道吗？我这张老脸被打得直疼啊，人家以为是那混账小子不要瑶瑶，其实是瑶瑶不要他，呵呵……”林老先生一边气哼哼地骂，一边绕着房间走个不停。

在他快把孙妈转晕的时候，林老先生忽然停了下来，然后看了一眼孙妈身后开着的门。

孙妈见状，连忙关上门。

林老先生这才凑到孙妈跟前，跟做贼似的，压低声音悄悄地问了句：“我之前让你办的事，你办得怎样了？”

孙妈一时半会儿有点没反应过来林老先生的意思：“什么事？”

林老先生脸瞬间拉了下来：“你说呢？”

孙妈还是不太明白，一头雾水地望着林老先生。

林老先生见她迟迟转不过弯来，好心地提醒了孙妈两个字：“就是……生米……”

说到这里，林老先生还冲着孙妈挑了挑眉毛，露出一个坏坏的表情。

孙妈：“生米？什么生米？”

林老先生气得递给她一道“你真是笨死了”的眼神，然后就开口吼了一句：“生米煮成熟饭的生米！”

孙妈恍然大悟：“哦，我知道了，林老先生，您说的是给时小姐下……”

林老先生狠狠地瞪着孙妈，怒吼道：“你小点声音，你是要吼得全世界的人都知道，我做这种见不得人的事吗？那个浑蛋小子不要脸，我还要脸呢！”

您的声音，可比我大多了，都快把这房顶给掀了……孙妈敢怒不敢言，只能压低了嗓音：“您问的是给时小姐下药，送到小少爷床上那事吗？这事早就在月初您吩咐的时候，就已经办妥了。药在上周就拿到了，现在就在我房间的床头柜里，至于时小姐的月事，也都打探到了，是每个月的月底……”

“每个月的月底，也就是说，最近的瑶瑶，处于很容易怀孕的状态？”林老先生摸着下巴，嘿嘿地笑了。

孙妈：“老先生，您这话的意思是，您打算现在就要动手了？”

“你会不会说话，什么叫作动手？我这是……这是……网上那词怎么说来着？助……助力？”

“是助攻……”

“对对对，助攻，我这是助攻，算了，跟你说，你也不懂。”

每次都是这句话，可每次不都还是问都不问一句我愿不愿意听，也要跟我说……孙妈默默地咽下委屈：“老先生，您这算盘打得是挺好的，可是您要怎么做，才能把时小姐送到小少爷的床上啊？”

“这个嘛……”林老先生拄着拐杖，绕着房间走了一圈，然后就计上心头，“这个好办，过两天不是小蕊生辰吗？给她过生日，把他们都喊过来不就可以了吗？”

小蕊是林老先生的妻子，过世多年……

孙妈：“老先生，老太太去世很多年了，您怎么给她过生日啊？”

“去世怎么了？去世就不能过生日了？谁规定的生日一定要活在世上的人才能过，离开的人就不能过了？”

孙妈被噎得没话说了。

林老先生觉得自己这个安排特别好：“就这么说定了，小蕊生日宴的事，你负责。明天你记得通知他们，让他们到时候都到场……”

孙妈：“是。”

林老先生摆了摆手，示意孙妈可以走了。

等到孙妈走到门口的时候，林老先生忽然“嘿嘿”地笑了。

孙妈扭头看了一眼林老先生，林老先生脸上的表情立刻严肃起来，孙妈佯装什么都没听到的样子，拉开门，走了出去。关门的时候，她又听到了林老先生的笑声，笑声中还夹杂着“重孙子”……

和冷暖通完电话后，林嘉歌一直在学校门口站到将近深夜三点钟，才回了家。

洗了个澡后的他，彻夜未眠，直到第二天窗外天大亮，他才闭上眼睛，勉勉强强地入了眠。

他睡得一直不怎么踏实，梦里时不时晃过时瑶的影子，她在会所里打工被人为难的场景，她蹲在操场上哭得泣不成声的画面，以及他幻想出来的她听到她父母的对话后，不敢置信的崩溃模样……

这样的梦，一直环绕着他，挥之不散。梦到最后，在梦里的他，都感觉整个人心情压抑得接近于窒息，然后他就睁开了眼睛。他盯着天花板，发了一会儿呆，才撑着身子，坐起了身，拿起床边的手机看了一眼，已是下午三点钟，他随便在网上点了一些吃的，然后就掀开被子下床去洗漱了。

填饱肚子，已差不多是傍晚五点钟了。

今天的天气格外好，夕阳西下时，书房落地窗外的风景格外美。

林嘉歌盯着窗外的落日看了许久，直到天色变得灰暗下来，他才折回书桌前，拉开椅子，坐在书桌前，打开了电脑。

他在网页上浏览了好一会儿，然后复制了一条链接，发到了手机上。

周日时瑶不需要补课，下午她洗了一周下来积攒的脏衣服，晚上和冷暖、江月、何田田她们一起去吃了炸酱面。回到宿舍后，终于有闲散时间的她，登录了久违的游戏。

还蛮巧的，【是果汁啊】正好在线，看到她后，就在游戏里拉了她组队。

由于当时时瑶去洗手间洗苹果了，没看到，再回来，【浪啊浪】群里就多了几条消息。

【是果汁啊】@【瑶兮爱吃冰激凌】：“瑶妹，来打游戏啊。”

【猴子派来的高手】：“我也来。”

【猴子派来的高手】@【111111】：“老大，来不来？”

数字先生并没有冒泡，但在时瑶切到游戏，进入【是果汁啊】邀请的队伍后，发现他们三个已经全都到齐了。

和往常一样，游戏的过程中，数字先生依旧沉默寡言大杀四方，果汁和高手还是那种互怼来互怼去的相处模式，而时瑶依旧是一脸蒙地跟着三个人，时不时地问一句：谁打我？哪里有人？我现在该怎么办？

细想一下，他们四个人，好像有一段时间没这么全地聚在一起玩游戏了……时瑶发现，她还是挺怀念这种简单而又肆意的氛围。

有数字先生在，时瑶躺鸡躺得不亦乐乎……时间在游戏中，总是过得飞快，转眼间就到了晚上十一点钟。

周一上午有课，时瑶很是克制地终止了今天的游戏时间。

不过在她跟他们三个道完别，正准备下线时，今晚打游戏的整个过程中，一直都没开口说过话的【111111】忽然出了声：“对了，有件事，不知道你有没有兴趣？”

时瑶刚想问“什么事呀”，结果这四个字都还没到嘴边，数字先生又出了声：“具体情况，我发到微信群里了，你看下。”

时瑶“哦哦”了两声，就感觉到了手机振动。

她连忙从游戏跑到微信，看到群里数字先生@她后，发给她的一个链接。

她好奇地点了进去，才知道，是某直播平台举办的一个《绝地求生》的线上比赛，第一名奖金有五十万现金，再加四部手机。

这类线上比赛，时瑶是知道的，有可能是直播平台搞的推广运营活动，也有可能是一些大主播为了打名气特意搞的活动……只是，这和她有什么关系？

时瑶想着，就在群里回了一句：“怎么啦？”

【是果汁啊】：“老大的意思，就是问你有没有兴趣加入我们，一起去打这个线上比赛？”

时瑶觉得自己看到这个世界上最搞笑的笑话，她想都没想就发了一串问号出去：“？？？？？？”

【瑶兮爱吃冰激凌】：“虽然你的冷笑话讲得很不错，但宝宝真的没有笑，只感觉到了冷。”

【猴子派来的高手】：“哈哈哈，被嫌弃了吧？孙子！”

【是果汁啊】：“你喊谁孙子呢？孙子！”

【猴子派来的高手】：“喊你孙子啊，孙子孙子孙子孙子……”

【是果汁啊】：“我孙子是复读机！”

在高手和果汁第N+1次莫名其妙互怼起来中，【111111】冒了泡。

【111111】@【瑶兮爱吃冰激凌】：“不是冷笑话。”

大概是见【111111】说话了，果汁和高手收敛了一些，也在群里言归正传。

【猴子派来的高手】：“对的，瑶妹，不是在讲冷笑话。”

时瑶随手打字：“不是在讲冷笑话，那就是来搞笑的。”

【是果汁啊】：“哈哈哈，孙子，风水轮流转，现在你走上爷爷的后路了吧？”

大抵是【111111】怕那两货再次刷屏斗起嘴来，没等高手再回话，他就又冒了泡：“我们是认真的，认真地邀请你加入我们。”

我们是认真的，认真地邀请你加入我们……看着这句话，时瑶不知怎么联想到很多天前，林嘉歌发给她的那条短信——认真的，认真地喜欢你。

她原本因为今晚玩游戏，而轻松的心情，莫名变得有些低落。

等她回神后，她的手机屏幕上，已经多了好几条消息。

【是果汁啊】：“对的，瑶妹，我们是认真的，认真地邀请你加入我们，和我们一起争霸比赛。”

【猴子派来的高手】：“瑶妹，必须要四个人，才能报名比赛的，所以，现在我们万事俱备只欠东风，而你就是东风。”

虽然已经确定了他们真的是拉她当队友，但时瑶还是觉得有些胡闹，她忍不住回：“你们确定是来找队友的，不是来找对手的？”

【是果汁啊】：“你怎么能这么说自己呢？瑶妹，你很重要的好吗？没有你，我们就组不了队，组不了队，我们就没有办法拿到那五十万奖金啊！”

【猴子派来的高手】：“对啊对啊，五十万啊，我们四个人，平摊就是一人十二万五，好多钱钱哦……”

十二万五……别说她现在当家教了，就连她当初在会所上班，都能抵得上她两年的薪酬了……

不得不说，时瑶真的被高手最后那句“好多钱钱哦”诱惑到了。

不过，“自知之明”这四个字，时瑶还是认得的，别说打比赛了，就连游戏她都不敢说自己完全会打。尽管真的好想要那十二万五，但时瑶还是忍着肉疼地回了句：“你们别闹了，我真的不行的，我会拖累你们的，你们也别这么想不开了，喊我跟你们去打比赛？我觉得你们是在找虐……”

时瑶本以为，接下来回复自己话的人，和刚刚一样，依旧是果汁和高手。

可她万万没有想到，消息发送出去没一会儿，屏幕上进来的新消息，竟然是数字先生发的。

【111111】：“放心，能在游戏里虐我的人，怕是还没出现。”

【潮汐】：“666”

【是果汁啊】：“666666”

【猴子派来的高手】：“999999”

【是果汁啊】：“你这发的什么鬼？二货！”

【猴子派来的高手】：“6 翻了不就是 9 吗？蠢货！”

不得不说，数字先生那句话，真是又狂又拽啊……就连时瑶都想给他疯狂打 call，刷屏刷 6。

不过她还没来得及行动，【是果汁啊】就又讲了话：“瑶妹，你就别拒绝了，就算是你嫌弃我们仨，那也不能想不开到嫌弃十二万五啊！”

【猴子派来的高手】：“对啊，瑶妹，你要知道老大可是全服榜单第二啊，他一个人可以当四个人用！”

【111111】：“是的，这两个外人，我都带了，没道理不带家属。”

家、家属？等等……这个家属指的是自己？

时瑶还没缓过劲来，数字先生又发了新的消息。

【111111】：“有句话是怎么说来着？肥水不流外人田，你总不能看着我们家的钱……流到别人家去吧……”

数字先生这话，怎么越说画风越不对啊，他和她怎么就是一家的了？

时瑶刚想发消息，提醒数字先生停一下，然后她就看到数字先生又发了一条消息：“对吧，夫君？”

看到“夫君”二字的时瑶，这才反应过来，数字先生指的是他和她在游戏里结了 CP，她当时戏称他是她娘子……

时瑶：“那好吧，我就跟着你们凑热闹了。”

【是果汁啊】：“那我们现在来商量下，奖金下来后怎么花吧？”

【猴子派来的高手】：“我要换台新电脑！”

【是果汁啊】：“我要买 GUCCI 家新款衣服！”

时瑶：“……”

这只是刚确定了参加比赛，名都没报呢，八字都还没一撇呢，高手和果汁居然就在这里开始想入非非了……真是两个逗比啊……

不过，若是真的跟着数字先生躺赢了的话，她拿到了钱，先攒十万不动，然后剩下的钱，一部分给快过生日的林嘉歌买个礼物，再然后请宿舍里的人一同去吃大餐，最后去网上把所有想吃的零食都买买买一遍……

等到时瑶回神后，这才反应过来，自己前一秒说果汁和高手是逗比，后一秒自己就开始幻想着怎么花那十二万五了……

时瑶伸出手，摸了摸自己被自己打得隐隐发疼的脸，然后就抬起指尖，在屏幕上敲字："那个……如果我们参加比赛的话，需要准备什么吗？"

【是果汁啊】："应该没什么要准备的吧……"

【猴子派来的高手】："不对，还是有的，例如我们得取个战队名啊！总不能就叫'浪啊浪'吧？"

【是果汁啊】："我觉得挺好的啊！"

时瑶想都没想，就抗议出声："我拒绝！"

这个名字太……一言难尽了，不符合她的格调……虽然，她也没什么资格讲格调，再说，真要是拿了第一，然后，解说说"恭喜'浪啊浪'战队拿了第一……"。

时瑶光是想想，就觉得后背发凉，双颊发烫。

【猴子派来的高手】："那我也拒绝吧。"

【是果汁啊】："那我也跟着拒绝吧。"

【猴子派来的高手】："那战队名字应该叫什么？"

【是果汁啊】："跪下叫爸爸？"

【猴子派来的高手】："美少年战队？"

看不下去的时瑶，歪着脑袋想了想，打字："甜甜圈？"

时瑶："大白兔？QQ糖？冰激凌？要不然……可爱多！"

【猴子派来的高手】："还是叫美少年战队吧。"

【是果汁啊】："还是叫跪下叫爸爸吧。"

时瑶和高手、果汁，因为战队的名字，在群里争来争去良久，都没争出个结果。

最后，高手出的主意，大家一起发骰子表情，谁赢了听谁的。

结果，三个人谁都还没来得及去点骰子表情，在他们争论名字时，一直都没冒泡的数字先生忽然发了个数字："21"。

【是果汁啊】："？"

【猴子派来的高手】："？？"

【瑶兮爱吃冰激凌】："？？？"

【111111】："战队名。"

【潮汐】跑出来当解读机："老大的意思是，战队名叫21。"

【是果汁啊】："这什么鬼名字？"

【猴子派来的高手】："21？还521呢？什么狗？"

【111111】："？"

【是果汁啊】秒撤回刚刚发的消息，并且重新发了一句："21，这个名字好啊，一看就是夺冠的名字！"

【猴子派来的高手】秒撤回刚刚发的消息，并且重新发了一句："我喜欢这个名字啊，一见如故，这简直就是我梦想中的战队名！"

高手和果汁简直就是活脱脱的马屁精啊……

前一秒鄙视完这两个人的时瑶，后一秒在群里发了个：“好的好的，我喜欢这个名字。”

唉，果然钱的力量是无穷大的，为了十二万五，她竟然也沦落到如此没节操的地步……

时瑶一边哀叹，一边在群里问：“那个，我们既然要参加比赛，要不要刻苦训练呢？”

【111111】：“不用，你只管躺好就行。”

【是果汁啊】：“老大就是老大，说的话都这么有老大风范！”

【猴子派来的高手】：“瑶妹，老大的意思是，你随便玩，他带躺。在这个世界里，敢带着妹子上比赛的，估计也就我们老大一个人了吧？”

好帅，好霸气，好张扬……比刚刚那句“放心，能在游戏里虐我的人，怕是还没出现”还要拽……

今天的数字先生到底是怎么了？说话这么撩人于无形之中……

时瑶稳了稳被数字先生的话撩拨得乱跳的小心脏后，看完果汁和高手在群里的话后，先发了个笑眯眯的表情，然后回了句：“嗯嗯，好的，我现在就已经躺好啦！”

原本热闹非凡的群里，瞬间安静了下来。

咦？一向话多的果汁和高手为什么不说话了？时瑶奇怪了一会儿，以为是自己手机出了毛病，将 Wi-Fi 切到 4G，再从 4G 切回 Wi-Fi，依旧没有收到任何消息，然后她就忍不住在群里又发了一句：“你们怎么都不说话了？”

【是果汁啊】：“这个……”

他只打了两个字，就没后续了。

时瑶更加不解了：“这个什么呀？”

【111111】：“没什么，时间不早了，明天不是要上课吗？早点睡吧。”

时瑶：“哦哦。”

回了两个字后，时瑶没想太多，只以为时间晚了，果汁和高手可能去洗漱了，然后又回了句：“那我睡啦，拜拜。”

【111111】：“嗯，晚安。”

时瑶随手发了个小兔子的晚安表情，就放下手机，去洗澡了。

男生宿舍楼，501 宿舍。

夏商周跷着二郎腿，一晃一晃地摇晃着身子，学着女生说话的样子，尖细着嗓音说：“那个，我们既然要参加比赛，要不要刻苦训练呢？”

陆本来一本正经地坐在椅子上，抬了抬下巴：“不用，你只管躺好就行。”

夏商周做出娇羞的表情：“嗯嗯，好的，我现在就已经躺好啦！”

随着夏商周话音的落定，他和陆本来两个人哈哈哈地大笑了起来。

陆本来：“不行了，这对话实在是太污了。”

夏商周：“何止是污，简直是想入非非啊……”

说着，两个人又毫无顾忌地捧腹大笑。

只是这次他们的笑声还没持续多久，坐在旁边椅子上的林嘉歌，不轻不重地咳了一声。

陆本来和夏商周就仿佛是装了开关的机器人一样，笑声戛然而止。

约莫三秒钟后，陆本来：“那个……我得洗澡了……”

夏商周：“我想大便……”

两个人边说，边起身要溜，只是谁都还没来得及行动，就被林嘉歌制止了：“谁都不许动，从现在开始，到……”他抬起手腕，看了一眼时间，“深夜一点，两个小时的训练赛。”

陆本来：“不是吧？老大，你不是说带躺的吗？”

夏商周：“就是啊，刚刚小学妹问你打不打训练赛，你明明说了不用的。”

林嘉歌一边登录游戏，一边轻飘飘地回：“她是她，你们是你们，你们是她吗？”

陆本来和夏商周噎得生生沉默了十秒钟，然后才分别开了口。

陆本来：“老大，你这是见色忘友！”

夏商周：“哪里是见色忘友，分明是大写加粗的见色忘友！”

陆本来：“我从老大的身上，看到一骑红尘妃子笑，无人知是荔枝来……简单来说，就是没下限地宠！”

夏商周：“你说，我怎么就不是个女的？我要是个女的，说不定也有这样的区别待遇……”

“想太多……”登录好游戏的林嘉歌，扫了一眼陆本来和夏商周，“就算你们是女的，也享受不到这样的区别待遇，因为在我的眼里，只有两类人：一类是瑶瑶，一类是除瑶瑶之外的人，所以在我这里能享受区别待遇的，只有瑶瑶。”

陆本来听完林嘉歌的话，想都没想踹了夏商周一脚：“让你说废话，现在爽了吧？被强塞狗粮了吧？”

夏商周揉了把被陆本来踹过的屁股，扭头瞪向了陆本来。

林嘉歌知道，夏商周这一还嘴，两个人怕是又要互怼一会儿，于是在夏商周没出声之前，他抢先出了声：“好了，训练了，要不然今晚谁都别想睡了……”

训练赛结束，已将近深夜两点。

三个人洗漱完，各自躺回到床上后，夏商周忍不住好奇地问了句：“老大，小学妹缺钱，你给她不就好了吗？干吗非要浪费时间去参加这些比赛？”

陆本来打着哈欠，顺着夏商周的话，赞同地嘟囔了一句：“就是啊，再说这比赛的奖金，真心不多，连你一个项目的零头都达不到。”

夏商周：“就是啊，老大，我是没办法像你这么优秀，要是我像你这么优秀，接个项目能赚那么多钱，我绝对不会浪费生命在这种比赛上，有那时间我肯定是泡在项目里疯狂敛财啊……”

陆本来又打了个长长的哈欠：“或许这就是老大独创的新型恋爱方式，有钱人就是不一样，谈恋爱都谈得这么丧心病狂，放着大鱼不赚，非要去抓小鱼，哦，不，这都是抓小虾……”

面对陆本来和夏商周的嘀咕，林嘉歌始终没发表言论。

兴许是因为玩游戏玩久了，大家都累了，他没说话，那两人也觉得聊得没意思，没一会儿就各自睡去了。

林嘉歌躺在床上，脑袋枕着双手，将两个人刚刚的吐槽又在脑海里过了一遍。

是啊，他们说得没错，有这个工夫，他都可以做一个七位数的项目出来了……

可又有何用？他的目的，又不是自己要赚钱，他的目的是，要让软包子赚到钱。

此时，林家也好，他也罢，从前谁帮她都没什么，可是现在因为她父母的缘故，对她来说，只会增加她的负担，所以他才想了这个方法，用一个在她看来，和他林嘉歌、和林家毫无关系的身份，来帮她。

哪怕她永远都不知道，也没关系……反正她开心最重要，不是吗？

第十一章

没人能替她做决定

因为想让时瑶可以尽快地赚到钱，林嘉歌特意挑选了最近时间就开始的比赛。

所以在他成功地将时瑶说服加入他们参赛后的第四天，第一轮的淘汰赛就开始了。

战队名字就是林嘉歌定下的，叫“21”，比赛规定需要大家改名，前面必须要带上战队名，所以四个人的名字，分别变成了：【21-111111】【21-高手】【21-果汁】【21-瑶兮】。

参加这次比赛的战队总共有75队，因为每场比赛只能有一百人，所以初赛分成了三组，每组一百人，也就是25个战队。

每组的前四名直接晋级决赛，第五名到第十二名获得复活赛特权，十二名之后的战队直接淘汰。

晋级决赛的战队，顾名思义直接打决赛，而第五名到第十二名获得复活赛特权的战队，打第二轮淘汰赛。而这二轮淘汰赛的规则，参考第一轮淘汰赛的规则，前四名可以晋级决赛，而第五名之后的战队，只能被淘汰。

比赛全都是积分制，吃鸡战队可获得100分，第二名70分，第三名50分，四到十名25分，十一名到二十五名0分，每支队伍击杀一人，可获得5分。

第一轮淘汰赛总共有三场比赛，比赛时间为下午两点钟。

因为是线上比赛，线下并没有设立比赛场地，所以大家只需要进入比赛方设定的房间即可。

讲句真心话，在比赛正式开始的那一刻，时瑶是有些紧张的，尤其是比赛还在某直播平台现场直播来着。

第一轮比赛，时瑶一落地就被一个战队集火秒了，不过她活着和死了，对整个战队都没有造成任何影响。结果是以数字先生拿下了 12 个人头，果汁和高手也分别拿到了 3 个和 5 个人头赢得了比赛。

第二局比赛，时瑶活着进了第一个安全区，然后她没多久就被人一枪狙死了，比赛结果依旧是他们战队成功吃鸡。

第三局比赛，时瑶总算进了决赛圈，但她什么都没做，就被人用炸弹炸死了，然后稀里糊涂地又吃了鸡。

等到三局比赛结束，21 战队以最高积分赢得第一名成功进入决赛时，时瑶才发现，自己紧不紧张都没关系，因为三场比赛，百分之八十的时间，她都是死过来的……

因为直接晋级决赛，第二轮的淘汰赛，时瑶他们不需要参加了，只需要参加第二天晚上的决赛。

在决赛的头一天晚上，林嘉歌因为爷爷心血来潮非要给去世多年的奶奶准备生日宴，而召开家庭会议一事，回了林家老宅住。

第一轮淘汰赛，虽然赢得很轻松，但是林嘉歌并没有因此懈怠，晚上还是喊了陆本来和夏商周打了一会儿游戏。

差不多晚上十一点钟的时候，他因为口渴，下楼去喝水。

林老先生的卧室，就在楼梯旁边，他下楼的时候，瞄见卧室门没关严实，里面的灯开着。

这么晚了，爷爷还没睡？

林嘉歌微蹙了蹙眉，走到门前，刚想看看里面是什么情况，就听见卧室里传出了爷爷的声音：“负责小蕊生日宴的服务员，都打点好了吗？”

小蕊……林嘉歌是知道的，这是爷爷口中喜欢喊的奶奶的名字。

只是服务员、打点……这是什么意思？

林嘉歌停了手上欲将敲门的动作。

紧随其后，卧室里就传来了孙妈的声音：“老先生，您都放心吧，饭店经理安排的服务员，我今天下午全都见过了，也全都打点好了。服务员已经跟我保证了，那天一定会把事情办得妥善无比，而且封口费也给了，服务员保证了，她不会外泄的。”

“那就好……”林老先生应了一声，似是不放心一般，又开口，“那药呢？”

孙妈：“跟服务员提前说了，当天会借她给您倒热水的工夫，悄悄地把药交给她。”

药？

捕捉到这个字的林嘉歌，隐约像是懂了些什么一样，眉心微微蹙起。

林老先生似是很满意孙妈说的话一般，“嗯”了声，然后就“呵呵”地笑了：“我有种预感，小蕊生日的那一晚，瑶瑶肯定能有孩子。”

孩子……药……果然是他猜的那样……爷爷这是要动手脚的节奏啊……

这想法刚刚划过林嘉歌的大脑，林老先生像是不放心什么一般，又开口细细地嘱咐起来：“那天，酒店房间里的避孕套，记得让服务员清走，还有……不要单独给瑶瑶喝的东西里动手脚，那个臭小子也别忘记了……反正这次，务必要成功……”

孙妈：“是，老先生。”顿了顿，她又道，“老先生，现在时间也不早了，您早点休息吧。”

林老先生没说话，林嘉歌怕孙妈出来，看到自己，下意识地往后退了几步，准备回楼上，结果他还没挪多远，房间里又传来了林老先生略带几分不安的声音："你说，我这样做，是不是有点太自私了……"

孙妈："老先生，您怎么忽然间这么说自己啊？您这样做，不全都是为了小少爷吗？"

林老先生："是，我是为了他，我看得出来，他现在是喜欢瑶瑶那孩子的，我也喜欢瑶瑶那孩子，可瑶瑶不想啊。因为我们都喜欢，就这么强行把瑶瑶留在林家……有的时候，静下心来想一想，总觉得心底不踏实，觉得太自私了点……"

孙妈似是想要安慰林老先生，但是只喊了"老先生"三个字，就被林老先生再次开口的话打断了："算了，不纠结这些了，纠结也没用，再说，我这一辈子也没做过什么伤天害理的事情，就这么一次不地道的行为，也不会有什么事的，更何况，我就这么一个孙子，他就喜欢这么一个女孩，现在追个老婆也追不上，我这个快进黄土的人，只能帮他一把了。要不然，总不能让他去做什么不道德的事吧？这样就算是真的遭报应，也是我承受着，和他没关系……"

孙妈："老先生，您也是一片好心，想让小少爷过得好，虽然时小姐现在可能不想跟小少爷结婚，但是您想啊，林家不管是您啊，还是先生、太太、大小姐、小少爷，都是真心实意地对时小姐好，更何况，人心都是肉做的，可能事情发生后，时小姐是会有点难受，但是老先生，只要您加倍对她好，慢慢会没事的。毕竟时间会淡化一切的……"

"对对对，你说得对，这事是我对不住瑶瑶，以后我好好补偿瑶瑶就是了……"林老先生想必是被孙妈劝得心安了许多，说话的语气都恢复如常了，"之前不是跟瑶瑶父母提过的给他们家在城中心买套房子吗？现在房子看得怎么样了？回头叫他们把合适的房子图片拿过来，等小蕊生日宴那天，拿给瑶瑶爸妈选，看他们喜欢哪个……"

孙妈："是是是，老先生，您放心，我明天一早就给房产中介打电话。"

听到这里的林嘉歌，见孙妈和爷爷继续再扯的话，和他跟时瑶无关了，便当作从没出现过一样，悄无声息地退离了爷爷的房间门口。他也没去厨房喝水，直接回了楼上自己的卧室。

关上房门，他在门口的位置站了一会儿，然后才走到床边，拿起了手机。

他看了一眼日历，距离奶奶的生日，不过只剩下五天的时间了……也就是说，五天后，只要他当作什么话都没听到，什么事都不知晓，她就会和他……

不得不说，对他来说，这真是一件诱惑至极的事，这真的是他做梦都不敢想的事情，可爷爷却帮他去完成了……就像是爷爷说的那样，虽然手段有点不道德，但是，只要他顺着爷爷的安排走下去，只要她真的如同爷爷说的那样，怀了孕，她就真的属于他了……

即便在这件事上，他亏欠了她，他可以学爷爷一样，对她百般好，然后用一生去弥补啊……

林嘉歌清楚地看见了自己心底的蠢蠢欲动。

不知道过了多久，林嘉歌被手机铃声唤回了神。

是陆本来打来的电话，接通后，里面传来他的声音："老大，你不是去喝水了吗？怎么这么久，游戏还没上线？"

林嘉歌这才反应过来，自己忘记了和夏商周、陆本来的训练赛。

他淡淡地应了一声，就挂断电话，登录了游戏。

他真的被爷爷和孙妈说的那些话影响到了思绪，后续的训练赛，他状态特别不好，整个人也是心不在焉的，好几次陆本来和夏商周跟他说话，他只是听了前面几个字，神思就飘远了……

维持着这种状态，打了两局游戏，林嘉歌直接喊停了。

陆本来和夏商周应该也看出了他的不对劲，问他怎么了，他没说话，直接放下手机，去浴室了。

洗完澡出来，林嘉歌关灯，在床上躺好，却迟迟无法入眠。

夜很静，可他就像是遇到了天大的难题一般，在床上翻来覆去。

第二天下午的决赛，规则和第一轮淘汰赛没区别，只不过三场比赛变成了五场比赛。

75 支战队，最后有 24 支战队进入决赛，能打进决赛的战队都不弱。

时瑶一直觉得淘汰赛，她百分之八十的时间是死过来的已经很惨了，没想到在决赛里，她刷新了新的纪录，百分之九十九的时间基本上是死过来的，其中五场比赛有四场，她一落地就送出全场的第一个人头。

比起淘汰赛，以遥遥领先的分数轻松获胜，决赛里的数字先生、果汁和高手在五场比赛全程三打四的情况下，还是遇到了一些难度。不过，数字先生是真的稳，稳到最后一场，在总积分落后且仅有他一个人存活的情况下，最后的决赛圈，他以一人之力灭了两个满队，成功吃鸡，并且总积分还反超了第一名，赢得了冠军。

作为【21 战队】里一员的时瑶，虽然全程都在观战，但她还是因为最后一场比赛感动和热血澎湃。

比赛结束后，时瑶迫不及待地就去【浪啊浪】群里冒了泡。

【瑶兮爱吃冰激凌】@【111111】：“大神，你刚刚那场比赛真的好帅！！！”

或许是刚打完游戏，大家都有点累，没人理她。

虽然时瑶没怎么出力，但五场比赛打下来，窗外的天都黑了，还没吃晚餐的她，揉了揉早就咕噜咕噜叫的肚子，跑去食堂吃饭了。

回到宿舍，时瑶才拿起手机看了一眼微信。

【浪啊浪】群里，除了果汁和高手阿谀奉承了几句数字先生外，就没了其他的消息。

时瑶没在群里冒泡，因为她看到了数字先生私聊自己的消息提醒。

【111111】：“报名用的是我的信息，奖金已经发下来了，但是手机要过几天才能寄到，我先把奖金给你。”

许是因为时瑶迟迟没理他，大概十分钟之前，他又发了一条消息：“微信转账可以吗？”

这是要分钱的节奏？可是……她什么力气都没出啊……

因为不好意思，时瑶一边打字，一边脸红了：“那个，要不算了吧？我不但什么作用都没有，反而还拖了你们后腿，害你们决赛三打四，很辛苦的……”

她消息前一秒发送成功，后一秒屏幕上就进来了一串转账记录。

【111111】转账“50000”元。

【111111】转账“50000”元。

【111111】转账“20000”元。

【111111】转账“5000”元。

和原来说好的一样，加起来总共是 12.5 万元人民币。

【111111】：“没有你，21 战队也不可能成功成立，三个人也打不了比赛，所以这钱，该怎样分的还是要怎样分。”

在比赛之前，就已经定好的规则，现在数字先生又把这些话重复了一遍，时瑶觉得自己要是再拒绝，就显得太矫情了，便将钱一笔接着一笔大大方方地收下。然后她在看到自己微信余额从 106.12 元变成了 125106.12 元后，忽然有点膨胀了，觉得自己一下子变成了财大气粗的土豪。

她美滋滋地先提现了十万到银行卡，然后盯着剩下的两万五千块钱，寻思了一会儿，就跑到微信聊天页面，给果汁、高手和数字先生分别转了一笔“666”的红包，然后还附赠了一句：“恭喜夺冠！”

三秒钟后，她收到了三个人分别回给自己的消息。

【是果汁啊】收了她的钱，然后给她回了一笔“888”元：“瑶妹，恭喜夺冠！”

【猴子派来的高手】收了她的钱，然后给她回了一笔“999”元：“瑶冠军，恭喜恭喜！”

【111111】收了她的钱，然后给她回了一笔“6666”元：“恭喜。”

这……她先道喜的，他们都收了她的钱，现在他们反过来道喜，她总不能不收他们的钱……

只是，这么一来，她不但没亏钱，反而还又赚了六千五百多块……

时瑶盯着自己提现后，微信余额从 25106.12 元变成了 31661.12 元，心虚了一会儿，然后跟果汁和高手又聊了几句，才跑到【111111】那里，给这次比赛的大功臣，郑重其事地道了个谢：“这次比赛，真的是谢谢你啦，不过话又说回来，这感觉就跟我之前玩端游，抱到超级大神的大腿，跟着他打 BOSS，分到超级装备的感觉一模一样……”

【111111】：“过几天，带你继续分装备。”

时瑶一时半会儿没反应过来，回：“哈？”

【111111】给她转发了两个链接，依旧是线上比赛，一个奖金是三十万元，一个奖金是八十万元。

时瑶看到这些，才反应过来，数字先生的意思是，过几天继续带她打比赛。

不过一直靠躺来分钱，真的不太合适吧？

时瑶：“我觉得……要不，你们还是在学校论坛发个公告，招个吃鸡高手吧？要不然，我帮你们发？”

【111111】：“不行。”

【111111】：“我不是那种过河拆桥，抛弃功臣的人。”

这是在说，21 战队是她的加入才成立的，不能过河拆桥，将她踢了？

可是，说她是功臣？

时瑶自己都忍不住囧了下：“比起功臣，说我是反贼更合适。”

【111111】：“嗯，就算是乱臣贼子，也得留着。”

乱臣贼子，指的是自己吗？

时瑶噘了噘嘴，想了一会儿，觉得自己就这么一直躺下去，也不是一回事，于是便回：“要不这样吧，我拜你为师，你教我打游戏吧？我认真学，就算是我没有那么厉害，但也不要一直拖后腿。”

手机屏幕上显示了很久的“对方正在输入”，然后屏幕上才出现了【111111】的消息：“可以。”

时瑶格外开心地回：“师父在上，请受徒儿一拜。”

【111111】：“喊错了。”

【瑶兮爱吃冰激凌】：“？？？”

【111111】：“应该叫姑姑。”

喝酸奶的时瑶，看到这五个字，顿时呛到了。

姑、姑姑……他这是把自己当成了小龙女？而她喊他姑姑，那就是说，她是杨过？

绕来绕去，还是夫君和娘子？

【111111】：“明天你下午没事吧？没事的话，我教你打游戏。”

姑姑……呸，姑姑个冰激凌球哦，险些被数字先生带跑了，明明是师父……

师父喊她上课，第一节课就请假，是不是不太好？

可是她……真的提前和人约好了……

时瑶纠结了一会儿，还是老实地回：“明天可能不行……”

【111111】：“？”

时瑶：“我最近兼职家教，我以为明天没事，下午和学生约了补习，所以……”

发完这条消息后，时瑶因为不好意思又补了一句：“不过，后天上午和晚上，大后天下午，大大后天下午和晚上，我都有时间的！”

【111111】：“嗯，知道了。”

数字先生永远都是这么高冷，只要一不留神，他就能把天给聊死……

就在时瑶想着，自己到底该怎样回他这句话时，屏幕上又进了一条新的消息。

【111111】：“你上次说的打工，就是做家教啊？”

时瑶愣了一会儿，才想到好多天前，自己还在会所里上班的时候，有和他提过……

时瑶不善撒谎：“不是，我那个时候是做别的工作，后来才换的。”

【111111】回了个“哦”字，没多嘴问她为什么换了工作，却在大概一分钟后，问了她一个别的问题：“你打工赚钱，为了还你未婚夫钱这事，你未婚夫知道了吗？”

未婚夫……林嘉歌……他和她好像在会所不欢而散后，就再也没见过面了……

仅有的唯一一次联系，就是她那天接到母亲的电话，在操场上哭，他喊来了冷暖陪她，但他那次也没出现在她面前。

时瑶愣了一会儿神，才回：“知道了。”

【111111】：“那他，没说不用你还了吗？”

时瑶没回数字先生的消息，但脑海里却闪过，林嘉歌那天怒气腾腾走之前，丢下的那句话——你当了六年的林家未婚妻，拿点报酬也是应该的。

他的确说了，不用她还了，只不过话不怎么好听而已……

许是她良久没回消息，数字先生又发来了一条新的消息：“我是不是唐突了？”

时瑶连忙回：“没……他有说不用我还了，不过，那钱，我还是想还回去。”

【111111】：“为什么？你们不是未婚夫妻的关系吗？干吗还要分得这么清楚？”

未婚夫妻……时瑶盯着这四个字看了一会儿，才开始按手机键盘：“如果可以的话，我真的不希望这个关系的出现。”

如果她知道，她和林嘉歌未婚夫妻的关系，是在父母那样的心态下产生的，她当时一定会奋力反抗。

数字先生可能是在忙，过了许久，才回了她消息：“你……是想和他解除婚约？”

若是换成从前，时瑶觉得，自己一定会毫不犹豫、不假思索，甚至斩钉截铁地回一个“是”。

可现在，她盯着数字先生发来的这句话，一时之间，却不知道该怎么回答了。

她要和林嘉歌解除婚约吗？

解除……不解除……不解除……解除……

两个答案，在时瑶的脑海里摇摆了许久，她也没找到一个确定的答案。

最终，时瑶回了四个字：“我不知道。

“我也因为这件事很烦，当初我知道我有个未婚夫的时候，才十三岁，那会儿我都不太懂未婚夫是什么？我只知道，有一天，一辆车开到了我家楼下，然后那辆车载着我爸妈和我去了一座很大很漂亮的房子，房子里的老爷爷很慈爱，他给了我很多很多好吃的，很多糖果是我从来都没见过的样子……

“然后妈妈告诉我说，只要我当了这家小少爷的未婚妻，我以后可以一直吃这些糖果，我当时还挺欢喜，可是那天晚上，我见到他们口中说的未婚夫，很漂亮的一个小哥哥，比我看的那些动画片里的男生还要漂亮，我当时看着他也是心生欢喜的，我很想和他做好朋友的，但是他对我很凶……

“再然后我就被他吓到了，我觉得他一点也不漂亮了，就跟动画片里的魔王没区别。我跑去跟爸爸妈妈说，我不要当他未婚妻，我爸爸妈妈当时生了很大的气，尤其是我爸爸，砸坏了椅子，告诉我不能拒绝……我从小到大，都没有惹我爸爸妈妈生气过，当时我爸爸说，我要是不听话，就不要我了。具体什么情况，我也记得不太清楚了，反正我就是没反抗，然后他大概也没反抗过他家里，我和他的关系，就这么持续了下来……

“有些事情吧，小的时候，可能真的是似懂非懂，但是随着年龄越来越大，我后来慢慢就懂了。我有了未婚夫，我便没有办法像同龄的女孩子一样，和别的男生交朋友，那样是不对的，我也不能喜欢别的男生，那样也是不对的……

“怎么说呢？反正就是，我整个青春期，就是牢记着，我有个不理我，甚至可能都不认识我的未婚夫，所以我不能和同龄的女孩子一样，肆意地恨，肆意地爱……就连我有了一个我想喜欢的人，也只敢是我想喜欢，而不是喜欢……”

时瑶自己都没发觉，在不知不觉中，她把压在心底这么多年都不敢说出来的话，打了出来。

等她点了发送，整个人愣了一会儿后，才反应过来自己好像说多了，她匆匆地撤回了那么一大串文字，然后重新换了一句话，发给了数字先生：“那个时间不早了，我要去洗澡睡觉了，拜拜。”

数字先生没回她消息。

时瑶暗暗松了一口气，想着他大概是没看手机，也就是说，他没看到她刚刚那一堆啰唆的话，然后这才放心地放下手机去洗手间了。

等她从洗手间出来后，她看到手机微信里多了一条消息。

【111111】：“晚安。”

时瑶回了个“晚安”的表情，就睡了。

与此同时，林家老宅。

林嘉歌看了一眼手机里，时瑶发来的晚安表情，没回她，而是起身走向了阳台。

秋风瑟瑟，夹杂着些许寒意，迎面吹在林嘉歌的身上，让刚刚在室内待了很久的他，清醒了很多。

他盯着正前方如画的小区绿化风景看了一会儿，脑海里忽然就闪过时瑶刚刚发给他的那一长串消息。

她或许认为他根本没来得及看吧……其实他全都一字不落地看了……尽管他很飞速地扫了一遍，但他天生记忆力惊人……虽然他不敢说，他能一字不差地背下来，但她话里的重点，他却是全都记了下来。

原来，她对他的第一印象，竟是那般好……如动画片里一般漂亮的小哥哥，让她很是心生欢喜……

若是他当时没有反抗，若是他当时接受了她的存在，是不是那个小小的她，在那个时候就喜欢上了他？

原来，她和他一样，都是反抗过的，也同样都没有反抗成功……

在成长的过程中，他其实从没把她这个未婚妻当成一回事的，若是在没有对她动心之前，他遇到了自己喜欢的女孩，他想自己不会顾忌她的存在而控制自己的喜欢，他会大大方方地追那个女孩吧，甚至会为了那个女孩毫不犹豫地甩掉她这个未婚妻吧……

可她没有……她竟然因为他这个形同虚设的未婚夫的存在，不敢和男生走得太近，也不敢去喜欢男生……

一个女孩子的青春，最美好的莫过于高中和大学时代，可她有一半多的时间，全都浪费在了他的身上。

是啊……他和她从没有在一起过，尽管守着未婚夫妻的关系，却没有半点男女之间该有的快乐和甜美，但她还是把青春的时光都给了他。

从十三岁到十九岁，这六年里，她从没有过任何机会，去过自己想要过的日子。

她说，肆意地爱，肆意地恨……那是每个人年少轻狂时，都拥有的资本，可她却没有。

她还说，就连自己有个想喜欢的人，也只敢是我想喜欢，而不是喜欢……

想……如此简单的一个字，原来背后也蕴含这般让人疼痛的惊人力道。

林嘉歌知道，自己是在心疼，心疼那个自己喜欢的女孩。

直到今日，他才知道，自己喜欢的那个女孩，一直以来享受的是怎样的不公平待遇。

不管是她的家庭，还是他的家庭……

林嘉歌情不自禁地想起，昨晚在爷爷门口偷听到的那些话。

时间过得很快，不知不觉中，就到了林老先生为去世的妻子办生日宴的那天。

地点依旧选的是北京大饭店，只是这次不是中饭，而是晚饭。

时瑶是从学校去的北京大饭店，她因为给学生补课，出发得有点晚，到的时候，除了林嘉歌外，其他人都到齐了。

她对着一屋子的长辈，打完招呼后，母亲就喊了她的名字，让她陪自己去洗手间。

时瑶知道，去洗手间不是重点，重点是母亲想找个借口，跟她说些什么。

她没拒绝，跟着母亲，离开了包厢。

一进洗手间，母亲就迫不及待地对着时瑶开了口：“瑶瑶，你跟嘉歌现在和好了吗？”

时瑶微皱了皱眉心，没说话，直接拉开了一扇门，进了洗手间隔间。

等她上完厕所，拉开隔间门时，一眼就看到了守在门口的母亲，她什么话都没说，母亲就又开了口：“你还没去跟嘉歌道歉是不是？”

时瑶没接母亲的话，直接走出了洗手间。

时母跟上：“瑶瑶，你怎么这么不懂事呢……”

林嘉歌前一刻从电梯出来，后一刻就听到了有点耳熟的声音，他本能地闻声望去，一眼就看到了有段时间没见的时瑶，旁边跟着她的母亲，而他略感熟悉的声音，就是她母亲发出来的。

“瑶瑶，你爸爸那天不是跟你说了吗？让你哄着点嘉歌……再说，林老先生对我们家这么照顾，你哄着点嘉歌也是应该的……你要知道，一般女生可没你这么好命，嫁给嘉歌，你这一辈子衣食无忧了，多好的事啊！你可别犯傻……瑶瑶，妈妈说了这么多话，你到底听进去了没有？瑶瑶……妈妈都是为了你好……”

时瑶和母亲，并没有留意到身后的林嘉歌。

她们一边往前走，她母亲还一边说着话。

直到她们走远了，渐渐地听不到她母亲的声音，他才回过神来，然后抬起脚，神情没太大变化地冲着包厢走去。

他比她们晚进了大概一分钟的样子，服务员帮他推开门时，里面的气氛很融洽，时瑶坐在她母亲的身边，眉眼间看不出来任何难过和不悦，而她母亲的脸上，也没了刚刚的责备，取而代之的是满脸和善的笑意。

他一进来，时瑶的父亲就最先开了口：“嘉歌到了？”

林嘉歌客套地喊了句“时伯父”，然后礼貌地对着时瑶的母亲喊了声“时伯母”，这才冲着爷爷打了声招呼，就拉开仅剩的、时瑶身边的椅子落了座。

人都到全了，林老先生直接招呼了服务员上菜。

林嘉歌拿着桌子上的消毒毛巾擦手时，眼角的余光瞄到旁边的时母，在不断地用手悄悄地打时瑶的腿。

他擦手的动作微缓了缓，然后就往时瑶和她母亲那边多留意了几下，隐约听见时瑶的母亲压低了嗓音，对着她说：“快点啊……跟嘉歌打声招呼啊……瑶瑶……”

她母亲见她一直都是无动于衷的样子，似是有些着急，声调都略微有些急，但碍于周围那么多人，又怕被人发现，她母亲还是压下了脾气：“瑶瑶，你怎么一下子变得这么不懂事……瑶瑶……”

林嘉歌清楚地瞄见，始终闷不吭声的时瑶，指尖悄无声息地抓紧了衣衫。

他盯着看了不过三秒，就收回了视线，然后放下毛巾，端起服务员刚刚放在桌子上的茶壶，给时瑶倒了一杯热茶：“喝点水吧。”

时瑶许是没想到他会主动跟自己讲话，她抬头望向他的视线，充满了不可思议。

接触到时瑶的视线，林嘉歌没出声。

时瑶也没开口说话。

他和她之间的气氛，有些安静。

坐在时瑶旁边的时母，见两个人不作声，忍不住开了口：“瑶瑶，嘉歌给你倒水了，你怎么连句谢谢都不说……”

说着，时母看向了林嘉歌，一脸抱歉地又笑着说：“瑶瑶这个孩子，真是越大越不懂事了，嘉歌，伯母替她给你道谢……”

随着时母的话从嘴边脱落，林嘉歌看到时瑶的指尖，不经意地轻颤了一下。

他的心没来由地跟着抽了下，然后他就礼貌懂事地迎上了时母略带着几分讨好的笑容，刚想回句“没事的”，结果他的话都还没说出口，坐在他旁边的林嘉仪，抢先出了声：“时伯母，您这话说得真是太见外，提款机给瑶瑶倒水……”

时母不懂林嘉仪在说什么，看着她的眼神愣愣的。

林嘉仪被时母看得跟着愣了愣，连带着嘴边的话也停了下来，过了几秒钟，她才缓过劲来：“哦，提款机就是林嘉歌……”

时母恍然大悟，笑开。

林嘉仪继续刚刚没说完的话：“林嘉歌给瑶瑶倒水，那是天经地义的，别说倒水了，就算是倒洗脚水，那也是应该的……”

倒洗脚水……这是亲姐吗？

林嘉歌暗暗扯了扯嘴角，把到嘴边的话咽了回去。

姑姑林谷南听到林嘉仪这话，搭了腔：“嘉仪说得对，嘉歌照顾瑶瑶，那是必须的，别说倒洗脚水了，瑶瑶让嘉歌喝洗脚水，他也得喝……”

喝洗脚水……林嘉歌抬起手，蹭了蹭鼻子……他八成不是亲生的，是捡来的。

林老先生：“对，瑶瑶跟嘉歌哪里需要客气，就算是要谈客气，那也是嘉歌对瑶瑶客气，还有，什么洗脚水也得喝，这话说得太恶心了……”

林嘉歌心想，爷爷这话说得，他还可以抢救下是亲生的。

只是他这想法刚落定，林老先生就笑呵呵地冲着瑶瑶开了口：“不过，瑶瑶，你要是真想让他喝，你就让他喝。他要是不喝，你告诉爷爷，爷爷帮你逼他喝，不但逼他喝洗脚水，马桶水也给他喝……”

林嘉歌：“……”

如果有撤回功能的话，他想撤回刚刚他脑海里的想法。

他现在百分百确定，他就不是亲生的。

时母：“林伯父，你们这样真是太宠瑶瑶了，会把她惯坏的。”

时父：“是的，林伯父，你看她现在都快被惯上天了。”

时瑶父母客套完后，两个人就转头冲着林嘉歌开了口。

时母：“嘉歌，瑶瑶她有时候，可能不太懂事，要是哪里惹了你不高兴，你不要往心里去，伯母替她给你道歉……”

时父：“对对对，伯父也替她给你道歉，你就多担当着她点，我和她妈也会说着她点，让她不要那么不懂事，也让她不要太过分了……反正总而言之，你别往心里去……”

林嘉歌面对时瑶父母的话，没着急开口，而是往旁边坐着的时瑶身上扫了一眼。

女孩大概是因为这么多长辈在，不想让自己失态，她垂着头，没半点要说话的迹象。

她整个人看起来很安静，但林嘉歌却留意到，在她父母说完话后，她嘴角明显轻抿了一下。

他和她在一个屋檐下住过一个月，他知道，她这样的小举动，是不开心的体现……

林嘉歌的喉结上下滚动了两下，然后就看向了时瑶的父母。

不过，和刚刚一样，依旧是他还没来得及开口，林家已经有人先出了声。

林谷北："亲家，你们这话，真是太给嘉歌脸了，你们是他长辈，瑶瑶和他在一起后，你们就是他父母，什么替瑶瑶道歉不道歉的，他和瑶瑶真要是闹别扭了，不需要考虑，就是他不对！"

林嘉仪："是的是的，我爸爸说得对，提款机的心理，不需要照顾的，只需要照顾好瑶瑶的就可以了。时伯父，时伯母，你们也不用对他那么客气，你们以后算是他半个父母，想打想骂随便……"

林老先生："还有那个什么宠坏了、惯上天了，女孩子生来就是要宠的，我们家，小的时候，嘉仪有专车接送上学，嘉歌上学，近了走着，远了自己骑单车。男孩子嘛，就得苦点养，要不然哪里来的担当，至于女孩子，那肯定得珍贵着点了……更何况瑶瑶这么懂事，更珍贵了……"

一向话少的江晚归，开了口："是的，林嘉歌十六岁，我就把他生活费断掉了，想要活着，就自己赚钱。"

原本还想说点什么的林嘉歌，觉得自己什么也不需要说了。

他本是心疼软包子的……现在他发现，真正该心疼的人，是自己……自己才是这一屋子人的小可怜……

林家的人都这么说了，时瑶的父母自然也没别的可说的，话题也就这么顺理成章地绕开了。

不过，别的话题，他们也没聊太久，林老先生忽然像是想到什么一样，开了口："对了，孙妈，我让你拿来的那些图册呢？"

孙妈被林老先生这么一提醒，立刻走到旁边的沙发上，取了一个文件夹送到林老先生的面前。

林老先生倒是没翻开看，而是直接示意孙妈将图册，送到时瑶父母那边去："那天，不是说，瑶瑶嫁过来后，不和你们住在一起，怕她不习惯，要给你们在城里买套房子，好让瑶瑶可以随时去看你们吗？这不，今天吃饭，我就让中介选了一些比较好的房子，你们看看喜欢哪套……"

听到这话，时瑶猛地抬起了头："林爷爷，不用的……"

没等时瑶把拒绝的话说完，林谷南就出了声："用的用的，再说一套房子，也花不了太多的钱，你嫁给嘉歌，你爸妈就等于是嘉歌爸妈，他给你爸妈买套房子还是要的……"

在林谷南话语间，孙妈已经将图册送到了时瑶父母的面前。

时瑶父母看了一下面积，然后时瑶父亲就开了口："这……房子也太大了些……"

林嘉仪："不大，那些房子都还没提款机的卧室大呢！"

林谷北："是的，再说大房子住得舒服，房子太小了，住得也憋闷。"

林老先生："这些房子的面积是我定的，就听我的，你们看看喜欢哪套，大多数房子我已经看过了，我觉得第一套和第八套最好，南北朝向，尤其是第八套，还带了个小露台……"

时瑶父母随着林老先生的话，将图册翻到了第一套和第八套。

时父：“这第八套房子竟然这么好？”

时母：“林伯父，您眼光果然是毒辣，而且这地段也好……”

比起刚刚，不管父母说些什么话，一直都能忍下来的时瑶，此时明显急了起来：“爸，妈，你们现在住的房子挺好的，郊区空气还好呢，平时去爬个山什么的都方便……”

林嘉歌有留意到，在时瑶的话说到一半的时候，她父亲狠狠地瞪了她一眼，而她母亲则悄悄地掐了她大腿一下。

林谷南：“郊区是好，但是有的时候不是没那么方便吗？再说，这不是想让你离你爸妈近点吗？”

林嘉仪：“是啊，瑶瑶小宝贝，他们大人的事情，就让他们大人做决定吧，你不用管那么多……”

“林爷爷，这个房子，真的不能买……”时瑶只是开口说了几个字，林嘉歌就看到她母亲又狠狠地推了她腿一下。

她微抿了一下嘴角，并没有就此打住，而是盯着林老先生，继续说：“林爷爷，您的好意我心领了，但是，房子真的不用了，总而言之，这个房子，我们……”

这次，不单单是她母亲了，就连她父亲，在没人能注意到的地方，开始暗搓搓地踹时瑶的脚，提醒她闭嘴。

时瑶嘴里的话，被父亲踹得一停。

约莫过了三秒钟，她又动了唇，只是这次她还没出声，她母亲就拍了她腿一下。

将这一切都尽收眼底的林嘉歌，着实忍不下去了，状似不经意地开了口：“不是要吃饭吗？”

林谷北：“也是，菜都上齐了，赶紧吃吧，再不吃，等会儿凉了就不好吃了。”

林老先生：“对对对，吃饭吃饭，房子的事情，吃完饭可以慢慢谈。”

有了林老先生这句话，一桌子的人，也都不再提房子的事了，大家各自动起了筷子，然后边吃边聊些天南海北的话题。

林嘉歌和时瑶两个人都很安静，谁都没加入大家的聊天，却也没跟对方主动说过一句话。

两个人虽然看似都很自然地在用着餐，但时瑶心底有自己的心事，而林嘉歌脑海里也有自己的盘算。

在饭吃到一半的时候，林老先生忽然像是被呛到了一般，忽然捂着胸口，剧烈地咳了起来。

负责照顾他的孙妈，一边拍着他的后背顺气，一边开口喊了服务员：“送杯热水。”

听到这四个字，林嘉歌捏着筷子的手，微微加大了力道。

他知道……这顿饭的重头戏，终究是来了……

孙妈话音落定后，很快就有一个服务员端了一杯热水走了进来。

在服务员快走到林老先生面前时，孙妈站直了身子，没等服务员将水杯放在桌子上，就主动伸出手去接了。

而服务员也自始至终没往桌子上放水杯的意思，直接冲着孙妈递去。

一个接递水杯的动作，两个人持续了大概三十秒钟才分开。

服务员很有礼貌地往后退了半步，冲着孙妈微弯了弯身，然后就离开了。

林嘉歌清楚地注意到，服务员的右手，握成了拳头。

孙妈将水杯递到林老先生的面前，林老先生象征性地喝了半口，然后似是缓过劲来一般，看了一眼孙妈，而孙妈不动声色地冲着林老先生点了点头，然后林老先生仿佛什么事都没发生过一样，继续用餐。

风平浪静地过了约莫五分钟后，林老先生看了一眼自己面前空掉的杯子："咦？没果汁了？"

孙妈急忙开口："我这就去让人送。"

随后，又是孙妈喊的服务员。

果汁是鲜榨的，大概过了十分钟后，服务员端着已经倒好在杯子里的果汁走了进来。

她先将果汁一一摆放在大家的面前，然后又将大家面前用过的杯子挨个收走。

在退出包厢门之前，她很是礼貌地问了声："请问还有别的需要吗？"

林老先生指了一下自己面前已经见底的蟹黄豆腐："这个豆腐还不错，再来一份。"

"好的，林老先生。"服务员恭敬地回完话后，退出了包厢。

林嘉歌知道，此时此刻，他和时瑶面前的果汁，是被动过手脚的果汁。他也知道，既然爷爷安排了一切，必然就有办法，让他和时瑶将这些果汁全都喝进腹中。

他佯装什么都不知晓，不紧不慢地继续用着餐，然后在大概过了三四分钟后，林老先生忽然提议大家以果汁代酒碰一杯。

林嘉歌："……"

原来，是他想太多了。

爷爷让他和时瑶喝下这果汁的方法，干脆简单到……根本不需要动脑子。

林老先生的提议，大家自然不会拒绝，一桌子的人，停了讲话，也停了动筷子的动作，全都端起了果汁杯。

碰过杯后，大家仰头喝了起来。

包括时瑶。

林嘉歌举着杯子，用眼睛的余光，盯着时瑶喝了大半杯有问题的果汁后，才收回了视线，然后也仰头喝了大半杯果汁。

放下杯子后，大家一边聊天一边又吃了一会儿饭，然后林老先生又招呼大家碰杯。

就这样，短短的十分钟不到，时瑶的果汁见底了。

林老先生放下杯子后，看了一眼时瑶空掉的杯子，然后问身边的孙妈："对了，我加的菜呢？怎么还没送上来？"

孙妈："老先生，我这就去催。"

说着，孙妈又喊了服务员。

很快，服务员端着蟹黄豆腐进了包厢，她上菜的时候，是从时瑶和林嘉歌中间上的，也不知她是没端稳，还是怎么回事，盘子在经过时瑶和林嘉歌中间时，不小心翻了，蟹黄豆腐洒了时瑶和林嘉歌一身。

"呀！"

服务员先是惊呼了一声，随后就连忙抽了纸巾，一边手忙脚乱地帮时瑶擦拭衣服上的污垢，一边惊慌失措地道着歉："对不起，对不起，对不起……"

时瑶性子本就偏软萌，服务员都吓成了这副模样，她自是不会再计较：“没关系，我自己来吧……”

一向洁癖的林嘉歌，扫了一眼身上的油渍，眉心微蹙了蹙，但也没太为难服务员，在她拿着纸巾朝自己伸手过来时，提前推拒了：“不用了……”

服务员往后退了两步，再三道歉：“真的很抱歉，刚刚洒掉的菜，我会帮大家再补一份的……”

“这个倒是没关系……”林老先生开了口，“但是他们身上的衣服脏成这样，也太不像话了，你们有没有地方，给他们清理下……”

服务员：“有的有的，我现在就去取房卡，带先生和小姐去楼上的房间清理，至于身上的脏衣服，可以拿给我，我送去礼宾部干洗，会加急洗干净烘干送过来的，到时候先生和小姐只需要在房间里稍作休息等会儿就好了……”

听到服务员给出的解决方案，林老先生似是很满意她这样的应急处理一样，倒是没再说话，只是点了点头。

服务员又道了几声歉，然后就快速地退出了包厢。

过了不过两三分钟的样子，她就急匆匆地折了回来：“蟹黄豆腐，我已经吩咐厨房加急补了。这是房卡，我让前台开了最好的套房，不过今天这边举办会议，没有多余的房间了，仅剩下这一间，不知道可不可以？”

没等当事人时瑶和林嘉歌有所反应，林老先生就出了声：“只是简单借用，不用这么讲究。”

他都这般说了，时瑶和林嘉歌自然也没异议。

“那我先带两位上楼了。”服务员礼貌地回了话后，就对着时瑶和林嘉歌做了个请的手势。

等到时瑶迈步跟着服务员走出几步后，林嘉歌才抬了脚。

虽然刚刚那一幕，没什么问题，可他心底清楚，这一切的一切，都是爷爷的安排。

蟹黄豆腐是故意洒的，而这里的房间肯定没满……

倘若不是他那晚凑巧听到了爷爷和孙妈的聊天，今天发生的这些事情，怕是连他自己，都觉得再自然正常不过。

林嘉歌想着，抬头望了一眼走在自己旁边的时瑶。

于她来说，这只是一场意外……怕是她想都想不到，这个意外的背后，是一个陷阱。

在林嘉歌沉思之间，服务员停了下来，伴随着房卡刷开房门时发出的声响，服务员礼貌地推开房门，说：“先生，小姐，已经到了。”

林嘉歌收起思绪，冲着服务员微点了点头，率先迈步踏进了房间。

时瑶在门口顿了一会儿，也跟了进来。

因为是套房，有两个洗手间，林嘉歌和时瑶各自用一个。

服务员等着取走衣服，送去礼宾部洗。

林嘉歌只是T恤上沾了一些油渍，他进的是客厅的洗手间，在里面脱掉上衣后，直接将门拉开了一道缝隙，把衣服丢了出来，然后就反锁了门去洗澡了。

对比林嘉歌，时瑶身上的污垢，要麻烦很多，她的袖子、裙摆、头发都沾了蟹黄豆腐。

所以她跑进卧室，将衣服全脱掉后，裹着浴袍，把衣服送到了服务员的面前。

服务员已将林嘉歌随手丢在地上的衣服整理好，她接过时瑶的衣服后，将房卡递给时瑶，轻声道了句："您和先生稍等一会儿，大概一个小时，我会把衣服送上来。"

时瑶轻点了点头，目送服务员离开后，她便返回卧室里的洗手间，洗头洗澡了。

时瑶头发长，洗起来本就麻烦，现在又沾了很多油渍，她在洗手间里折腾了好一会儿，才把自己折腾干净。

她站在洗手台前吹头发时，也不知道是最近因为白天上课，晚上给学生补课，没睡够还是怎么了，脑袋有点犯晕，身体有点发热。

她以为是洗澡的时候，水温调得太高了，于是将吹风机的热风调成了冷风，然后冲着头发上吹了一会儿，发现体温不但没有下降，反而还往上攀升了许多。

吹完头发，时瑶放下吹风机后，透过面前的镜子，看见自己脸红得厉害，她伸出手拍了拍自己的面颊，发现烫得厉害，她便打开水龙头，捧了冷水，洗了两把脸，然后在神志稍稍清醒一些后，就擦干头发，走出了洗手间。

也不过短短的几步，时瑶发现自己脸又烫了起来，整个身体也像是烧了起来，没一会儿，她就口渴得厉害，然后她就迈着有点晕晕乎乎的步子，走出了卧室。

林嘉歌早就洗完了澡，坐在沙发上，正盯着正前方落地窗外的夜景，像是在沉思着什么。

他身上的浴袍，裹得严严实实的，没有一寸多余的肌肤袒露出来。

可时瑶，也不知道自己到底是怎么了，盯着这样的林嘉歌只是看了几秒钟，整个人就口干舌燥得更厉害了。

她急忙收回视线，冲着吧台走去。

她发现自己步子发软得厉害。

而不远处的林嘉歌，身上像是装了磁铁石一般，吸引着她很想靠近。

她努力地克制着自己，可她发现自己体温更高了，她热得下意识地扯了扯浴袍的领口，然后视线就再次落在了林嘉歌的身上。

她盯着他看了一会儿，整个人就不受控制地迈着步子，冲着他走了过去。

在她走到他面前时，他才发觉了她，然后将望向窗外的视线，落在了她的脸上。

"瑶……"他只是开口说了一个字，她身子忽然一软，整个人就栽到了他的怀里。

扑鼻而来的甜香和她身体特有的柔软，让林嘉歌嘴里瞬间没了声音。

他仿佛被点了穴道一般，浑身僵硬了好一会儿，才慢慢低头，看向了怀里的女孩。

她的意识显然是有些恍惚了，完全没察觉到自己摔了一跤，望向他的眼神，迷离中夹杂着茫然。

她脸红得厉害，隔着浴袍，他能感觉到她滚烫的身体，她的呼吸很不稳定，忽而急促，忽而静止。

伴随着她一点一点地靠近，林嘉歌清晰地感觉到了她喷洒在自己鼻翼上的气息，炙热而又温软，他的呼吸蓦地一窒，随后他就感觉到嘴角一软，紧接着他的唇齿呼吸之间尽数都充斥着她的温软气息，再然后他的大脑就彻底一片空白，没了任何思考的能力。

她的吻很笨拙，抑或是说，这不算是吻，更像是药性发作后，促使逼迫着她做出的反应。

可即便是这样不算吻的吻，还是将他体内那团熊熊烈火点炸了，他在她的唇蹭离他嘴角，落到他面颊上时，微微一个侧头，捕捉到她的唇，用力地亲吻了起来。

房间里很安静，时不时有接吻的暧昧声传出。

具体过了多久，林嘉歌也不知道，他只知道，他在忍得血管快要爆炸时，停了下来，然后就缓缓地离开了她的唇。

他低着头，盯着神思迷离的女孩儿看了一会儿，然后就伸出手，从旁边的桌子上摸了两颗药，塞进了她的嘴里。

许是药苦，她皱了皱眉，在她要将药吐出来之前，林嘉歌再次牢牢而又霸道地堵住了她的唇。

他一直等到她将药都吞进腹中，才停了唇上的压迫，他没着急离开她，而是贴着她的唇待了片刻，再次温柔细细地亲吻起了她的嘴角。

林嘉歌一直等到她彻底安静，他才慢慢放开了她的唇。

她已经睡了，身上原本灼热的温度，在一点一点地下降。

她刚刚迷离混乱的眉眼，变成了平日的文静和安好。

他盯着她看了良久，才坐直了身子，整理了一下身上凌乱的浴袍，把带子重新系牢，然后就弯身抱着她进了卧室。走至床边，他掀开被子，把她轻轻地放在床上，再将被子仔细地给她盖好后，他才将视线再次落在了她的脸上。

他凝视着她，定定地望了许久许久，才伸出手，理了理她刚刚胡搅蛮缠他时，弄乱的发丝，然后就起身离开了卧室。

在关门之前，他透过门缝，望了一眼床上的她，他静了几秒，就带上门，然后拐去了洗手间。

从里面出来，他走到水吧台前，从冰箱里拿了一瓶冰水，拧开瓶盖后，喝了大半瓶，这才将挂在脖子上的毛巾，拉到脑袋上，用力地擦了擦湿漉漉的头发。等到不滴水后，他才丢了毛巾，走到了落地窗前，俯视着繁华都市的万千灯光，面色沉静地定起了神。

到底还是有些不忍心的……虽然他比谁，都期待她能成为自己的人。

可思来想去，即便是那股邪恶的念头，在脑海里冒了一次又一次，最后他还是不愿意用这样的方式得到她。

或许爷爷这个设计，对她父母来说，对林家来说，甚至对他来说，都是一件好事。

可在所有人都盼着的好事里，又有谁在意她？又有谁问过她愿不愿意？

她是一个人啊，她的清白是属于她自己的，除了她，没有人可以替她做决定。

尤其是他……不但不能擅自决定她的人生，更要做的是尊重她的人生。

因为，她是他真心喜欢的女孩啊，就是因为真心喜欢，他才必须要这样做……因为，哪怕全世界的人都与她为敌，他都要站在她身边……这样，他才配喜欢她，也才配得起喜欢她。

其实早就想过要这么做了，不是吗？

要不然，他也不会在那晚无意间听到爷爷和孙妈的对话后，第二天就去买药了；要不然，他也不会在第一次去洗手间洗澡时，就先将药服下了。

因为他怕，怕自己真的酿成了大错……尽管他很期待，比谁都期待这样的大错可以成真。

第十二章 他和她解除婚约了

时瑶睁开眼睛的时候，觉得自己好像是沉睡了一千年那么长久。

她望着周围的环境，和窗外明灿灿的阳光看了好一阵儿，才后知后觉地反应过来，自己为什么会在这里。

昨晚，她明明是在楼下吃饭，然后衣服脏了，就上来做个简单的清理，再然后她洗完澡后，整个人就有点不太对劲，浑身烫得厉害……

时瑶伸出手，揉了揉自己的脑袋，总觉得后面的事情，有点记不起来了。

她在床上发了好久呆，才掀开被子下了床。

她先去洗手间，刷了个牙，然后才走出了卧室。

酒店房间里很安静，她本以为就自己一个人，结果在走到吧台，刚拿了一瓶矿泉水，还没来得及拧开喝时，她眼角的余光瞄见不远处的沙发上，还躺了一个人。

她吓得浑身一哆嗦，手里的矿泉水瓶便掉在了地上。

瓶子发出的“咚”一声响，吵醒了在沙发上熟睡的林嘉歌。

林嘉歌猛地坐起身，盯着时瑶愣了一会儿，然后才彻底清醒过来，他掀开身上盖着的浴巾，打了个哈欠站起身，一边往洗手间里走，一边对着时瑶道了声“早”。

等到林嘉歌进了洗手间，里面有水声传出来后，时瑶才缓过劲来。

昨晚……这个酒店房间，睡的不是自己一个人，还有林嘉歌？那自己昨天晚上是怎么睡过去的？

时瑶想着，就冲着洗手间门口迈了两步。她还没走到门前，已经洗漱完的林嘉歌就从里面走了出来，他看了她一眼，仿佛前段时间在会所里的那些不愉快，根本就没发生过一般，语气自然地问：“要吃点什么？”

时瑶没说话，林嘉歌却已经走到书桌前，拿起了酒店座机。

“粥和包子，可以吗？”林嘉歌边问，边按了叫餐号码。

他把时瑶的沉默，当成了默许，不疾不徐地点完餐，挂断电话后，才抬头看了一眼时瑶，见她还站在洗手间门前，然后就盯着她看了一会儿，似是猜透她心底在想些什么一样，他开口说：“昨晚你发了烧。”

时瑶总觉得哪里不太对劲，可她一时半会儿却又理不清思绪，听他这般说，她沉思了一会儿，便就这般信了。

她“哦”了一声，然后问：“昨晚……是你……”

她话虽没说全，但林嘉歌也能猜个大概：“嗯，你烧得厉害，服了药后就睡了。他们也不太放心你一个人在这里，就让我留在这里照顾你……”

他们都希望他和她结婚，这样的好时机，肯定是会让他留下来……时瑶倒是没觉得有什么问题，点了点头，又“哦”了一声。

林嘉歌见她没怀疑，象征性地问：“现在呢？好些了吗？”

时瑶急忙点头：“已经没什么事了。”

林嘉歌并没有在这些话题上逗留太久，他听完她的回答后，轻“嗯”了一声，然后过了一会儿，又开口说：“我记得你今天没课……如果没事的话，等会儿吃点东西，陪我去个地方吧……”

上次见面，他生了那么大的气，现在他却像是个没事人一般，跟她说让她陪他去个地方……

时瑶着实有点摸不清也猜不透林嘉歌的心思，她望着他，一时半会儿忘了回他的话。

林嘉歌等了一会儿，见时瑶还是没开口的迹象，才又出声补了一句：“不可以吗？”

时瑶连忙收起脑海里的胡思乱想，冲着林嘉歌摇了摇头：“没……”

顿了两秒，时瑶又问：“是有什么事吗？要去哪里呀？”

时瑶连问了两个问题，林嘉歌都没回答她，只是神情淡淡地回了一句：“到了你就知道了。”

时瑶没再说话，她在原处杵了一会儿，然后就指了指卧室，给林嘉歌做了个示意，去里面的洗手间洗脸梳头了。

等她收拾好自己的时候，服务员已经将林嘉歌点的餐送了过来，还连带着她和他昨晚被弄脏的衣服。

吃过早餐，林嘉歌和时瑶没再在房间里过多逗留，便直接退房，离开了。

昨天林嘉歌开车过来的，他在下楼之前，给前台打过电话，有人已经将他的车子提前开到了门口候着，所以林嘉歌和时瑶一出饭店，就直接上了车。

林嘉歌和时瑶没什么太多的交谈，车里很安静，除了车载收音机里发出的轻音乐外，再无其他的声响。

北京大饭店所处的地段极其繁华，也是平时车流量最多的地方，林嘉歌时而踩刹车时而踩油门，忙碌了大半个小时，也不过刚从二环开到了三环。

一个小时后，在车子奔出五环往城外开时，时瑶忍不住又问了一句：“我们要去哪里？”

林嘉歌没说话，目视着前方，加快了车速。

在她话音落定大概半分钟后，他侧头看了她一眼，答非所问地回了一句：“还有差不多一个小时就到了。”

时瑶“哦”了一声，车内就又安静了下来。

也不知是昨晚没睡够，还是因为车内太安静，她有些无聊，靠着车背盯着窗外看着看着，就又睡着了。

等她再醒来，车子已经停了下来。

林嘉歌坐在驾驶座上，正在看手机。

他察觉到了她的动静，往她这边看了一眼，然后就收起手机：“醒了？”

时瑶还没说话，他就率先推开了车门：“正好，时间也差不多了，我们去吃午饭吧。”

等时瑶下了车，她才发现，林嘉歌带她来的是一家农家乐。而这家农家乐，她来过，就是上学期期末考试结束，林嘉歌约她去长鸣山玩时，吃午饭的那家农家乐。

林嘉歌让自己陪他来的地方，就是这里？

时瑶微蹙了蹙眉心，跟着林嘉歌进了农家乐。

有服务员迎了过来，不过还没来得及带林嘉歌和时瑶去找位置坐，林嘉歌就先指了个靠窗的位子：“那里可以吗？”

服务员点头应好。

等时瑶坐下后，她才后知后觉地想起，上次自己和林嘉歌来这里吃饭的时候，坐的也是这个位置……

林嘉歌……究竟是在想些什么？

在时瑶百思不得其解时，服务员送上来菜单，林嘉歌没像从前那样，将菜单主动推到时瑶面前，让她点菜，而是自己翻看着菜单念了一串菜名。

今天不是周末，来农家乐的人并不多，菜上得很快。

等到时瑶举着筷子，将所有的菜都动了一遍时，她才猛地意识到，林嘉歌这是把上次，她和他点的菜，一道不落地全都又点了一遍……

林嘉歌……他为什么要这么做？

时瑶咬着筷子，悄悄地抬起头，看了一眼对面的林嘉歌。

尽管这不是什么高档的餐厅，不需要什么仪式感，可是他吃饭的举动依旧优雅无比。

时瑶知道，这是从小就培养的教养，是很多人用很多年努力去追都不一定能培养的气质。

他精致到挑不出任何缺陷的脸上，没太多的神情流露，可是时瑶总觉得今天的林嘉歌，哪里怪怪的。

她一边吃东西，一边悄无声息地打量着他，直到用完餐，她也没寻到什么蛛丝马迹。

结完账，从农家乐回到车上，林嘉歌就一路继续往郊外开，约莫二十分钟后，他将车子拐进了长鸣山景区停车场。

上次来是初夏，整座山郁郁葱葱的，现如今入了秋，满山红叶黄叶，却比当初更美了几分。

跟上次一样，他和她没直接坐观光车上山，而是沿着古石路，慢慢地往上走。

在经过路边的自动贩卖机时，林嘉歌从兜里翻出几枚硬币，帮她买了一瓶水；尽管已是秋季，但午后的太阳还是有些大，林嘉歌在路过一些小摊时，买了一把伞，帮她遮阳；在路过小瀑布时，林嘉歌询问时瑶要不要拍照留念……在路过半山腰，挂满红绳的许愿树时，林嘉歌带着时瑶又去许了一遍愿。

走过半山腰没多久，林嘉歌就唤来了观光车，载着他们继续上山。

和上次一样，等到两个人到了山顶，又是黄昏时分。

站在观光台上，时瑶和林嘉歌欣赏落日美景时，时瑶才彻底发现了规律，今天的林嘉歌……带着自己把上次他们来长鸣山做的那些事情，一个不落地全都又照做了一遍……

他这是怎么了？

想着，时瑶扭头看了一眼身边站着的林嘉歌。

他目不转睛地盯着正前方缓缓下落的夕阳，从神情上来看，像是在欣赏美景，又像是在走神想些什么……

即便如此，盯着林嘉歌望了片刻的时瑶，不得不承认，比起这夕阳西下的美景，林嘉歌的这张脸，好像要更胜一筹。

时瑶凝视着林嘉歌的侧脸定了好一会儿的神，才意识到自己神思飘远了，她急忙整理了一下思绪，然后在准备收回视线时，发现林嘉歌脸上的情绪，略微有些不对劲。

她的视线下意识地顿了下来，然而等她细细去看时，他已变成了平时那副清雅孤淡的模样。

是她的错觉吗？

刚刚她竟觉得他好像很难过……

从观景台下来，如时瑶猜想到的那般，林嘉歌带她去了上次他们用晚餐的那家露天餐厅。

坐的还是上次的那个位置，三米长的餐桌正中间，依旧摆放着一束娇艳欲滴的鲜花和燃烧着九根蜡烛的烛台。

就连服务员，都是上次招待他们的那个，在他们落座后，开口说的话，都跟上次如出一辙："林先生，请问现在上菜吗？"

林嘉歌依旧是那副沉默寡言的样子，微点了点头，表示可以了。

服务员微笑地回了个"好"字，就离开了。

没一会儿，服务员推着小车来上菜。

看着一道一道和上次一模一样的菜摆放在桌子上，时瑶的视线，最后落定在了距离自己最近的糖醋小排上。

她记得很清楚，那天她最先看中的就是这盘糖醋排骨，她拿着筷子去夹菜时，察觉到了不对劲，抬头问了他一句："咦，不是说夏令营吗？其他人呢？"

若不是她知道，这一切的一切都是真实发生的，她真的以为这是一场梦。

过了一小会儿，时瑶将视线从糖醋排骨上落到了林嘉歌的脸上，不过她开口说的话，却是和上次不同的："林嘉歌，你怎么了？"

林嘉歌没说话，他和上次一样，端着描金的瓷碗，在帮她盛汤。

在他把汤放在她面前时，时瑶再次开口："你……为什么要把那次来长鸣山做的事情，重新再做一遍？"

"这是鱼汤，鱼是现杀的，味道特别鲜美，你尝尝。"在时瑶连续开口追问了两次后，林嘉歌收回放汤碗的手，抬头望了一眼时瑶，终于出了声，和那日一样，他眼中倒映着跳跃的烛火，衬得他整个人清隽俊气。

“林……”时瑶看得出来，林嘉歌这是在故意转移话题。

可她开口只说了一个字，他就又出声打断了她的话：“这些菜，都是这里的大厨精心烹制的拿手菜，你尝尝，味道都很不错的……”

时瑶张了张口，还想再说点什么。

这次她连一个字都没说出来，林嘉歌就一边夹了菜往她盘子里放，一边又开了口：“现在天冷，菜在户外凉得快，要趁热吃。”

时瑶盯着盘子里没一会儿就堆成小山一般的佳肴，动了动嘴角，终究是没再说什么话，而是回了林嘉歌一句“谢谢”，便动起了筷子。

他见她动了筷子，也跟着吃了起来。

下午爬山，耗费了很多体力，时瑶真的有点饿了。等她填饱肚子后，她才发现，面前的林嘉歌不知何时，已经放下筷子，隔着不断跳跃的烛火，在定定地盯着她瞧。

虽然室外光线有些昏暗，她看不太清楚他眼底的神情，可时瑶却能感觉他好像是有着千言万语想要对她说一般。

只是，她没机会开口，他就说了话：“吃饱了？”

时瑶轻点了点头。

林嘉歌抬起手，招呼了服务员买单，然后才对着时瑶开口说：“走吧，有样东西要送给你。”

“什么东西呀？”时瑶见林嘉歌起身，也跟着站起了身。

林嘉歌没回她的话，而是放缓了脚步，让她能跟上自己的步伐。

在出餐厅门的时候，送他们出去的服务员，递给了林嘉歌一个袋子。

时瑶以为是餐厅的小礼品，没太在意。

她跟在林嘉歌身边，沿着山顶两边栽满了各种野花的小道，东拐西拐地走了好久，才来到了一家酒店门前。

酒店并没有登记林嘉歌和时瑶的身份信息，只是在核实了林嘉歌的身份后，递给了他一张房卡。

并没有服务员领着他们去酒店房间，而林嘉歌像是来过这里一般，轻车熟路地带着时瑶穿过极有情调的长廊，走了好一会儿，最后停在了倚靠山崖的一间木制小别墅型的房前。

林嘉歌刷了房卡，并没有着急进去，而是看了一眼时瑶。

时瑶知道，林嘉歌这是让自己推门进去的意思，她迟疑了片刻，往前迈了两步，推开了门。

酒店房间的窗户开着，山顶的夜风迎面吹来，略感寒意的她，微哆嗦了一下身子，然后正准备往里面迈步继续走，就被林嘉歌喊住了：“等下。”

时瑶回头，看见林嘉歌从餐厅服务员给的那个小袋子里，抽了一条羊毛披肩出来。

随后，那条披肩，就裹在了时瑶的身上。

她愣了愣，然后就看到林嘉歌冲着身后的房间，微抬了抬下巴，示意她继续刚刚进房间的举动。

时瑶转回了头，借着屋外的灯光，开了房间里的灯，然后她迈着步子，往里走了没多远，就停了下来。

这哪里是酒店房间啊，这简直是零食王国啊……

房间的每一个角落，都堆满了各种各样的零食，有果冻、棒棒糖、巧克力、大白兔、薯片……

这偌大的房间，除了中间有条小道可以供人走外，到处都是时瑶吃过的、没吃过的，能叫上名字的、叫不上名字的零食。

她扭头看了一眼林嘉歌。

林嘉歌还站在门口，望着她。

他虽没说话，但从他的眼底，她能看出，他让她继续往里走。

时瑶回身，迈着步子，穿过零食，走到酒店外面的露台上时，她整个人宛如被点了穴道一般，盯着露台上拼出来的一个长宽各一米的木制模型，震惊了。

那是一座“房子”，砖瓦是饼干做的，床是棉花糖的造型，地板是一块一块的巧克力，柜子是糖果屋，墙壁上的装饰品是草莓和菠萝，沙发是蛋糕做的，打开的水龙头里流出来的是酸奶，冰箱是冰激凌，石子路是用坚果铺成的……

虽然整个模型，所有的东西都是假的，但是做得很逼真，就和她平时吃的那些零食，没什么差别。

房子的四周，还挂满了彩灯，一闪一闪的，格外精致。

这是她一直以来的梦想啊，林嘉歌是怎么知道的？他又是怎么做到的？

时瑶本能地回头，想问一句林嘉歌，可她还没来得及转身，忽然面前的房子里有着声音传了出来。

“想和你一起去爬最高的山，喝最烈的酒。”

“想和你一起去最远的领土，坐最久的火车。”

“想和你一起乘最高的摩天轮，看最美的夜景。”

“想和你一起等日出和日落，然后去挑战你和我之间的一切不可能。”

“想和你一起上课，肩并肩地坐在一起。”

“想和你一起去图书馆，看书、写字、说情话。”

“想和你一起……想和你在一起，写尽千山，落笔是你，只要是你，时瑶。”

这段话，时瑶很熟悉，是林嘉歌曾经在短信里给她发过的内容。

所以，这房子里的录音，是他的……

时瑶再次想要回头，和方才一样，她还没动，房子里又出了声音：“时瑶，我喜欢你。”

随着这句话的结束，天边有着烟花爆破的声音传来，时瑶闻声望去，看到面前的天空，绽放满了绚烂无比的璀璨烟火，火树银花，好不夺目。

时瑶仰着头，盯着天边的盛景看了好一会儿，然后脑海里想起，上次在长鸣山，也有烟花绽放，她当时还对着林嘉歌说了句：“长鸣山山顶，居然夜里还会放烟花？好漂亮啊……”

可此时此刻看来，好像不是她以为的那样……今日和那日的烟花……

时瑶在一簇五彩的烟火炸开后，才像是知道了什么一样，猛地转头看向了身后。

站在门口的林嘉歌，不知何时已经来到了她的身边。

她一碰触到他的眼神，就迫不及待地出了声：“这烟花，是……是你……准备的？”

“那上次、上次……”

时瑶磕磕绊绊的话，还没说完，林嘉歌就语气平淡地出了声：“上次就想这么做的。”

时瑶嘴里的话，蓦地消失不见。

她整个大脑有些蒙蒙的，半空中的烟花，还在不断地绽放着。

她盯着林嘉歌看了好一会儿，脑海里才开始转悠他说的这句话。

上次就想这么做的……上次……上次他约她来长鸣山，是想给她放烟花，是想给她一屋子的零食，是想给她看这露台上的房子，还有是想给她表白？

上次，上次……这么简单的两个字，蕴含的信息量却有点大……

过了好一会儿，时瑶才缓过劲来，上次他没做这些事情，是因为最后……却被她抢先的一句解除婚约给打断了？

原来那个时候，林嘉歌就想着要跟她告白了，不……不对，是比那个时候还要早，林爷爷生辰之前，他就说要约她了……所以……所以……他喜欢她，比她知道的，还要早很多？

时瑶望着林嘉歌，动了动唇，一时之间竟不知该说些什么。

他和她静静地对视着，站了良久，直到天边的烟花落尽，整个世界重新安静了下来，他才开了口：“瑶瑶，我上次就想这么做的，我上次还想跟你说，瑶瑶，我喜欢你。”

说着，他缓缓地转身，看向了面前黑漆漆的山崖。

他似是在酝酿着什么一般，过了好一会儿，才又动了唇：“瑶瑶，解除婚约的事，我答应你。”

露台上，再次归于一片寂静之中。

过了许久，时瑶才眨了眨眼睛，在脑海里思考起林嘉歌刚刚说的话。

瑶瑶，解除婚约的事，我答应你……这不是他第一次跟她说，他答应解除婚约的事，上次在会所，他愤怒时，也对她说过这句话。

比起上次，这次他的语气堪称温和，可时瑶却不知道自己到底是怎么了，他这样像是深思熟虑过后的认真语调，让她的心莫名其妙地慌了起来。

他和她就这样，要断了联系了吗？

时瑶乌黑的眼珠不知所措地在眼中转了好几圈，然后她才缓缓地转头，看向了身边的林嘉歌。

男生似是察觉到了她的视线，微微侧头，和她的视线撞在了一起。

山崖下吹来的风，将他的头发和衣摆吹得有些乱，可他望向她的眉眼，却是一如既往的淡静。他和她对视了不过短短数秒钟，他就又开了口，淡淡的声调中，加了一抹不易察觉的坚定，不像是说给她听，更像是说给他自己听一般：“瑶瑶，解除婚约的事，我答应你。”

他这次话都还没说完，时瑶就感觉到自己的心狠狠地抽疼了一下。

真是奇怪啊，最初是她要解除婚约的，如今他终于答应了，她的心为什么会这么疼？

她没说话。

他倒也没一直等着她说话，而是静静地又望了她一会儿，然后嘴角微扬，有着很浅很浅的笑意，从他的眉眼间流淌了出来：“瑶瑶，以后你就自由了……”

他明明是笑着的。

可时瑶却从他这样的笑里，看到了沉重的伤感。

自由……是啊……他说得没错，自从她渐渐地明白，那场婚约到底代表着什么后，她无数次做梦都想，若是自己可以和其他的女生一样，自由地选择爱人的权利和被爱的权利，那该有多好啊！

可现在，自由真的来了……可她怎么一点都没觉得有多好啊！

“这里的东西，都是送你的，回头我让人给你送到学校去……”林嘉歌扭头看了一眼旁边一闪一闪的彩灯环绕着的美食屋，然后又继续动了唇，“我等会儿还有点别的事要忙，送你下山的观光车，就在酒店门口，家里的司机就在山脚的停车场，你要去哪里，直接告诉他就好了。”

顿了顿，林嘉歌又看了一眼时瑶：“没什么事的话，我就先走了。”

说完，林嘉歌直接转了身。

在他踏回酒店房间时，时瑶扭头看了一眼林嘉歌。

她盯着他的背影，张了张口，想喊住他。

可话到嘴边，却又被她压了回去。

时瑶盯着林嘉歌渐渐远去的身影，始终没开口。在林嘉歌走到酒店门前，拉开房门后，他停了下来，他似是在等着什么一样，可等了好一会儿，都没等到身后的女孩有任何动静，然后，他就头也不回地迈出房间，带上门离开了。

门关上时，发出的轻响声，让时瑶浑身打了个哆嗦，惊回了神。

她望着堆满零食的房间，心忽然跳得很厉害，她清楚地感觉到，有一股恐慌从心底的最深处蔓延出来。

等到那股恐慌，侵蚀了她每一根血管、每一个细胞时，时瑶才知道，自己是真的害怕，怕……林嘉歌就这样和她没了关系，怕从此以后她的身边再也没了林嘉歌……

时瑶一个人在酒店房间的露台上，傻愣愣地站了许久，直到整个人被夜风吹得全身冰凉，她才回神，慢吞吞地从房间里走了出来。

正如林嘉歌所说的那样，酒店门口真的有观光车在等她，来到山脚停车场，她前一刻下了观光车，后一刻林家的司机就走了过来：“时小姐。”

第二天要上课，时瑶上车后，直接让司机送自己回G大。

回城的一路上，时瑶大脑里很混乱，像是想了很多东西，但又像是什么东西都没想。

等到林家的车子，缓缓地开出停车场后，不远处的黑暗处，有车灯亮起。

坐在驾驶座上的夏商周透过后视镜，看了一眼后座上，从上车到现在一直维持着一个神情，没说话，也没动过的林嘉歌，问了句：“老大，回学校吗？”

林嘉歌就仿佛一尊雕像一般，无动于衷。

“老大？”夏商周又问了一遍，见林嘉歌还是没反应，便扭头看向了副驾驶座上的陆本来，“喂？”

陆本来捧着手机，正在看小说，没听见夏商周的话。

夏商周不满地伸出胳膊，顶了一下陆本来的胳膊：“你是不是男人啊，天天没事干捧着手机看小女孩才看的言情小说……”

陆本来毫无准备，被夏商周顶得，手机没拿稳，砸在了腿上，他一脸不悦地扭头瞪了一眼夏商周：“我这叫好学，你一个连喜欢的人都遇不到的单身霸王狗，懂啥啊！别打扰你爷爷我追你奶奶……”

说着，陆本来拿起手机，又盯着屏幕看了起来。

夏商周：“孙女，我跟你说，你就算是看一百本言情小说，也追不上冷暖学妹！”

“……”

两个人一来一往地拌了半天嘴，然后夏商周才想起来正事：“被你带歪了，老大不理我，我们现在应该怎么办？回学校？”

陆本来：“能咋办？只能回学校了……还有，什么叫作被我带歪了？我对你没兴趣，请你说话注意点，不要一言不合就开车！”

夏商周：“放心，我口味没这么重，我看上谁也不会对我孙女下手的。”

陆本来：“……”

两个人谁也不肯示弱。

在他们怼来怼去中，夏商周发动车子，往学校开去。

走到一半的时候，沉默了良久的林嘉歌，忽然出了声：“把前面的水，丢给我。”

“好的。”夏商周最先接了话，然而在开车的他，因为没办法去拿水，就顺理成章地把这项任务，丢给了陆本来，“孙女，把水递给老大。”

陆本来拿了一瓶没开封的水，一边往林嘉歌手边递，一边怼了夏商周一句：“你知不知道，你一开口，整个车里都臭气熏天。”

“是吗？你怎么不早说，好让我熏死你……”说着，夏商周就摇头摆尾地开始唱起了歌，“卡路里卡路里卡路里，卡路里我的天敌，燃烧我的卡路里！卡路里卡路里卡路里……”

陆本来被夏商周吵得掏了掏耳朵，直接扭头看向了林嘉歌。

因为林嘉歌刚刚开口说过话，所以陆本来也敢开口八卦了：“老大，你跟小学妹什么情况？”

听到这话的夏商周，立刻闭了嘴，竖着耳朵关注起了身后的林嘉歌。

等了一会儿，夏商周没等来林嘉歌的声音，忍不住开口问：“是啊，老大，你跟小学妹到底是咋回事啊？还有，你让我跟小来来过来把上次的东西，重新都准备了一遍，又是为了什么？你之前不是给小学妹告白过了吗？现在再重复一遍，岂不是没什么新意了？”

“我不是告白……”听见夏商周的话，喝完水的林嘉歌，沉默了一小会儿，终于开了口。

夏商周和陆本来被他的回答，惊到了。

“不是告白？”

“那是什么？”

面对两个人的疑惑，林嘉歌微垂了垂双眸：“我是成全。”

陆本来更迷糊了：“成全？”

夏商周：“成全谁？小学妹？”

“成全她，也成全我。”

成全他上次没能完成的事，好让自己不留遗憾。

成全她想要的肆意地爱和肆意地恨，好让她也不留遗憾。

想着，林嘉歌又动了唇：“我答应她，和她解除婚约了。”

陆本来惊得险些将手中的手机丢了出去：“解除婚约？”

夏商周的吃惊，不亚于陆本来，他直接踩了刹车，然后在稳住心神后，一边重新踩了油门加速，一边开了口：“老大，你确定自己没搞错？解除婚约哎……你知不知道这代表着什么？这代表你和她就没关系了啊，她可以肆无忌惮地去过自己的人生了……”

“我知道……”林嘉歌的指尖，轻轻地摩挲着矿泉水瓶，“可她的人生，本就应该肆无忌惮地过，没有任何人，可以没有道理地决定她的人生。我和她的婚约，是长辈订下的，不能因为我现在喜欢她，就必须要求她遵守婚约。对我来说，她很重要，她想要的生活也同样很重要，我不能为了满足我自己，而让她痛苦。”

更何况，她在他的身上，已经耗费了很多美好的时光，在她仅剩的最后的青春美好时光里，他愿意让她去肆无忌惮地过她想过的日子。

就像是他刚刚回给他们的那句“我是成全”，是啊，真心喜欢，不单单是占有，还是成全。

这是她一直以来都期待的，他怎能不成全她？

车内安静了一会儿，夏商周出声：“老大，你这是准备放手了吗？”

陆本来：“老大，虽然我觉得你说得很有道理，做得也没错，但是，我觉得人啊，偶尔还是可以自私一下的，再说，你要这么想啊，万一你成全了她，她过得不幸福怎么办？所以，老大，如果我是你，我就继续缠着小学妹……”

夏商周冲着陆本来翻了个白眼：“你以为人人都跟你一样，脸皮厚过天啊！”

陆本来：“你知道什么啊，我追我老婆，还讲究什么脸皮厚不厚啊……再说，我在我老婆面前，我脸皮厚怎么了？我死皮赖脸怎么了？我老婆都没嫌弃我，你在这里瞎说什么啊……”

夏商周：“我觉得冷暖学妹挺嫌弃你的，你打电话发短信，人家都不回你……”

陆本来：“你不说话，没人当你是哑巴……”

林嘉歌很清楚，只要自己不开口，这两个人能这么一直拌嘴到回到学校宿舍。

他在陆本来说完后，夏商周正准备开口之前，出了声：“我不是要放手，我是在赌。”

夏商周滑到嘴边要喷陆本来的话，瞬间被林嘉歌这句话逼成了一句：“哈？赌？”

没开车的陆本来，再次扭头看向了林嘉歌：“赌什么？”

林嘉歌没急着为两个人解惑，而是语气清淡地先说了别的：“前几天，我用游戏里的身份，跟她聊天来着，我有旁敲侧击地问了她一句，她想和我解除婚约吗？她好半天都没理我，我当时以为她可能没看微信，然后在想着要不要继续给她发条消息时，收到了她的回复，就四个字，我不知道。”

我不知道……这么简单的四个字，是他全部的希望。

之前，他们也会经常聊到他自己，那个时候，她谈到他，语气很绝对，可是这次不一样，她回的是犹豫的话语。

如果她真的对他一点点意思都没有，她何必回他一句，我不知道？

所以，他在赌，赌他其实有走进她心里一点点，赌她兴许是有那么一点点喜欢他的？

他放她自由是真心的，但他也想放手一搏地赌一次……因为很多时候，人总是要在失去的时候，才能真的看清楚自己想要的，他若是一直像从前那样，以朋友的身份待在她身边，或许，这一辈子，他也只是她朋友了……

陆本来最先明白了林嘉歌的意思：“老大，你这是给自己留了后招啊，以退为进，欲擒故纵，够阴险的啊！”

夏商周没搞明白状况：“这怎么就是以退为进，欲擒故纵了？”

陆本来：“孙子，说你蠢，你还真是蠢，有一个这样的故事，听过没？一个男生追一个女生，每天早上准时六点钟去给她送早餐，坚持了一百天后，那男生不送了，结果那个女生就开始坐立不安了……老大玩的就是这一招……”

夏商周恍然大悟了过来，他“哦哦哦”了好几声，然后就又问了句：“那万一小学妹并没有坐立不安呢？”

林嘉歌：“那我就打到你坐立不安！”

在陆本来对夏商周毫不客气的嘲笑声中，夏商周委屈巴巴地开了口：“老大，你不能这么对我，小学妹又不受我控制，她要是不坐立不安，你打死我也没用，再说，我是说万一！万一你赌输了怎么办？”

比起夏商周，陆本来一向很有求生欲：“哪里有万一的存在？老大这么优秀，怎么可能会输？一定赢！”

被陆本来这么一说，夏商周缓过神来，他刚想开口抱大腿，结果一个字都没说出来，坐在后面的林嘉歌开了口：“你觉得输赢对我来说很重要吗？”

夏商周被林嘉歌反问得一愣。

过了一小会儿，林嘉歌才又出了声：“即便输了，对我来说，也是赢了。”

这场赌博的结局，无非就两种——

第一种：他大胆的猜测是对的，她喜欢他，和他在一起了。如此一来，他高兴，她也高兴。

第二种：他大胆的猜测只是他的一场自作多情，她到底还是不喜欢他，但即便如此，最多是他难过，可她能去过她想过的生活了，她依旧是高兴的。

所以这场赌博，输赢对他来说，真的不重要。因为不管是他输了还是他赢了，她都是高兴的……那他也总算是值得了，没留下遗憾。

陆本来到底是比夏商周反应得快一些：“那要是真的输了，你怎么办？”

真要是输了，自己怎么办？

林嘉歌没回陆本来的话，但他的指尖，却悄无声息地加了力道，捏紧了掌心里的矿泉水瓶。

真要是输了……他怎么办？

他不知道，他没想过他自己，只想着她了……但他能确定一点，那就是，真要是输了，他就默默地陪着她……他还有【111111】这个身份啊！就像是会所那次，他和她不欢而散，他知道自己错怪了她后，他可以用这个身份，安安静静地护着她……

若是不能陪她一直到老，但他可以护她一世安好。

其实这样，也就够了，不是吗？

不过，有句话，在山顶的时候，他讲错了，他说，瑶瑶，我喜欢你，其实应该是，瑶瑶，我爱你……

这次林嘉歌的行动力，远比上次在会所跟时瑶说“解除婚约”后，来得要快很多。

时瑶第二天一大早，就接到了好几个电话，有林老先生打来的，有自己父母打来的……总而言之，不管是谁打来电话，问她的第一句话都是，她和林嘉歌究竟是怎么了？林嘉歌怎么忽然说要解除婚约了？

时瑶有跟林嘉歌发短信，问他跟家里的人摊牌了？

林嘉歌只回了她两条消息。

第一条是：“嗯。”

第二条是：“他们找你了？”

时瑶老实地将林爷爷和自己爸妈打电话的事告诉了林嘉歌，然后林嘉歌那边就没了动静，不再回她短信了。

不过说来也蛮奇怪的，除了第一天，林爷爷给她打了几个电话后，之后除了她爸妈，林家的人再也没找过她了。

时瑶父母起先给她打电话打得并没有那么频繁，但是过了四五天后，大概是林家和他们做了什么沟通，时瑶父母轮流给她打电话。短短的一节课，时瑶的手机就没消停过，等她下了课，准备回电话时，手机已经被父母电话打得因为没电自动关了机。

时瑶没带移动电源，她先去食堂吃了午餐，然后才回了宿舍。

给手机充上电，在等开机的过程中，宿舍的座机响了。

何田田距离座机最近，铃声只响了一次，她就手快地接听了：“您好，请问您找谁？”

“哦哦哦，在的……伯母，您稍等……”何田田前一刻还很官方的声音，下一刻变得格外热情，随后她就冲着时瑶举着座机听筒，开了口，“瑶瑶，你妈妈的电话。”

时瑶伸出手接了话筒，因为她离座机有些远，所以她接电话的时候，一直都是保持着歪着身子的姿势。

“妈……”

时瑶只说了一个字，电话那头就传来了母亲劈头盖脸的指责：“瑶瑶，妈妈让你去哄哄嘉歌，你是不是一直都没去过？”

时瑶蹙了蹙眉心，没说话。

“这几天，妈妈每天给你打那么多电话，千叮咛万嘱咐，你怎么一句都没听进去？你知不知道，今天林老先生亲自来我们家了，他带了很多东西，又是赔礼又是道歉，说是这婚事，就这样算了……”

时瑶的指尖，下意识地抓紧了话筒。

难怪爸妈今天给自己打了那么多电话，原来是林爷爷今天登门去退亲了……林嘉歌他、他竟然真的说动了林爷爷……

在长鸣山那晚，她就知道，他和她要解除婚约了，只是一直都没等到长辈那边的消息，所以她倒还算是好。可是此时此刻，事情终于尘埃落定了，时瑶却发现心里空荡荡的，仿佛被人挖了一个窟窿似的，有着呼啸的冷风不断地往里灌。

“瑶瑶，你到底做了些什么，让林老先生执意要退亲？你爸爸说，他再劝劝你，林老先生都说不用了，算是他们家对不起我们家……瑶瑶，林老先生走后，你爸爸发了很大的火，把家里的东西砸了很多，你说你……”

时瑶母亲絮絮叨叨的话还没说完，她手中的手机大概是被抢走了，里面变成了时瑶父亲的声音。

“时瑶，你到底是怎么搞的？这么好的事，怎么就被你弄成了这样？飞上枝头的凤凰，都能被你变成乌鸦，你说你，怎么这么没出息？活该你天生穷苦的命！真是败家，你爷爷给你留了这么好的亲事，你都能败黄！我怎么有你这么一个女儿！”

父亲的话，说得远比母亲的话尖锐难听多了。

时瑶垂了垂眼帘，想回两句话，问他们到底谁才是他们亲生的孩子？为什么出了事情，他们就一定认为是她的错？

可不管她心底叫嚣得如何厉害，到最后，她开口的语气，平静得连她自己都吃惊：“林爷爷今天去我们家，都带了一些什么东西？”

这次接话的是时瑶的母亲：“黄金、支票，还有一个房本……”

时瑶抿了一下嘴角：“那些东西，你们放好，回头还给林爷爷吧。”

“还什么还？那是林老先生给的退亲赔礼，给的补偿！”父亲应该离母亲的手机有些远，听到她的话后，气急败坏地吼了一句，然后嘴里继续骂骂咧咧个不停。

时瑶佯装没听到父亲后面说的那些难听的话，继续开口：“被退亲的人是我，又不是你们，所以林爷爷给的补偿，也是给我的，我有权决定那些东西的去处……”

父亲更生气了，说的话更不堪入耳了。

“还有，就是六年前，我知道林爷爷给了你们一笔钱，我手里攒了一些钱，你们手里如果有的话，就跟我一起凑一凑，都还回去吧。”时瑶没理会父亲，一口气把自己要说的话全都说完，然后就直接将电话挂了。

没一会儿，宿舍的电话又响起，看来电显示，依旧是母亲的号码，时瑶直接按了挂断，然后将母亲的电话列入了座机黑名单。

等她回到自己的书桌前坐好时，充了一会儿电的手机，自动开机了，静音的手机屏幕上，出现了母亲的来电，她没接，母亲也一直坚持打。这般僵持了好一会儿，母亲大概也觉得她执意不会接了，就开始给她发短信。

“瑶瑶，你不要生你爸爸的气，你爸爸他就是这样的脾气。”

“瑶瑶，我替你爸爸道歉，他刚刚的话说重了。”

“瑶瑶，林老先生上午来的时候，我看得出来，他还是很想让你嫁给嘉歌的，好像是问题出在了嘉歌那里……瑶瑶，你去跟嘉歌道个歉，好好说一说。瑶瑶，妈妈是过来人，你要相信妈妈，嫁给嘉歌，你肯定会幸福的……”

母亲的消息，接连不断地进来，时瑶也不知道自己究竟是在烦什么，总而言之，她就是心烦意乱得厉害。她忍了一会儿，最后干脆把母亲的电话号码也拉黑了。

手机终于安静了，时瑶本以为自己这样，心情会好些，可她盯着锁屏后的手机屏幕看了一会儿，发现自己心慌得有点坐不住。

她索性登录了游戏，想让自己转移思绪，可她进入游戏后，不是忘记了跳伞，被飞机丢下，飘进海里淹死，就是跳伞落地后，一个人站在原地，要么被人打死，要么被毒死。

时瑶跟丢了魂似的，玩了几把游戏，就退了出去。她一会儿看看小说，一会儿刷刷微博，这般打发了许久的时间，到了最后，她竟不知道自己到底看过什么小说，又在微博上看了哪些八卦新闻。

自己到底是怎么了？心里七上八下忐忑不安得厉害……

时瑶边想边乱点着手机里的软件，想要看看能不能有什么东西吸引自己，结果最后，不知怎么，她竟点开了和林嘉歌的短信页面。

一直都定不下神来的她，竟然全神贯注地将她和林嘉歌从最初到现在发的那些短信，从头到尾，一字不落地看了一遍……

——“林嘉歌，我是时瑶。”

——“我找你，是想跟你说，我们解除婚约吧。”

——“好。”

这是她有他电话号码这么多年以来，第一次给他发短信，她清楚地记得，发短信的那天，她失眠了许久，才做了这个决定。

“你打算什么时候，对家里的人提我们要解除婚约的事？”

这是她和梁暮暮在SKP吃完饭，在电梯里偶遇林嘉歌的那晚，给他发的短信，当时的她站在他面前，他却冲着梁暮暮问了句，她是？

“有空吗？如果有空的话，大概二十分钟后，G大男生宿舍楼后面的小树林里见。”

这是她陪梁暮暮逛完街，告诉梁暮暮她要和林嘉歌解除婚约的当晚，林嘉歌喊她出去见面的短信。有句话，直到如今她都记得清清楚楚，他说：我要是不跟你解除婚约，我名字就倒过来写！

——“请问你是林嘉歌吗？”

——“你说呢？”

——“爷爷。”

看到这里的时瑶，忍不住扑哧笑了出来，那是她因为一个苹果，没抵住诱惑，对着宿舍的人交代了她和林嘉歌的关系，然后她心怀愧疚，晚上给他发短信想要解释时，他回她的话有些多，她受宠若惊，以为是爷爷。当时的他，还很生气地给她打来了电话，质问她，你喊谁爷爷呢？

——“为什么要给我买衣服？”

——“你自己要的。”

这是她第一次上法语课，他坐在她后面，说她衣服丑，在他家都是擦马桶的抹布时，她愤怒之下，对他说，她很穷，老鼠来她家里都是含着泪走的，他嫌弃她衣服丑，他就给她买，然后他真的买了一大箱子衣服给她。

——“我喜欢你，时瑶。”

——“1. 我没在玩游戏。2. 我玩游戏从来不会输。3. 没人能指使我去做我不想做的事。4. 我不是玩真心话和大冒险，我是真心话的大冒险。”

——“你是……认真的？”

——“是的。认真的，认真地喜欢你。”

这是他和她第一次从长鸣山下来，他给她发的短信，当时她被吓坏了，怎么都不敢相信他是喜欢她的……

——“你跟家里人摊牌了？”

——“嗯。”

——“他们找你了？”

——“嗯，林爷爷和我爸妈上午给我打了好几个电话，问我是怎么回事？你姑姑，还有你爸爸，也打过电话。”

这是前几天，他们从长鸣山再次下来，他和她发的短信，也是他和她最后的短信聊天内容。

等到时瑶将这些短信内容，从头到尾都看完后，她才发现，原来她和林嘉歌之间竟然存了这么多回忆。

而这些回忆，不管是在北京，还是在成都她肚子疼，他背她去医院，更或者是在深圳，她去看比赛，接到嘉仪姐的电话，去大马路上捡丢了钱包又手机没电的他，她全都记得清清楚楚……就仿佛是昨日刚发生过的那样。

她为什么会把自己和林嘉歌之间发生的事情，都记得这般深刻？

时瑶盯着手机屏幕，静静地思考了好一会儿，然后她隐约像是明白了一些什么。

她之所以此时这般魂不守舍、坐立不安，是因为……因为，他和她真的解除婚约了……最初一心一意只想着要解除婚约的她……如今竟不愿意了……

不愿意……不愿意……时瑶握着手机的指尖，微微发起了抖。

难怪在他对她说，解除婚约的时候，她没有如愿以偿地有种轻松感，反而是浓到化不开的惊慌感；难怪这几日，她总是莫名其妙地烦躁，不受控制地不开心，做什么事也提不起兴致，原来她是害怕……怕自己真的就这么和他一刀两断再无瓜葛了。

从前，她一直没觉得，他对她来说有多重要；可是等到现在，她才发现，他对她原来是这般重要。

重要……

时瑶不知道自己一个人就跟木头桩子似的，拿着手机发了多久的呆，她只知道，她是被手机铃声唤回神的。

因为这几日，父母打过来的电话实在是多，时瑶一时半会儿忘记了自己把他们的号码拉入了黑名单，本能地以为还是他们，下意识地想去挂电话，结果在她指尖即将落到屏幕上的那一刹那，她才看清来电号码是林爷爷的。

时瑶急忙将挂电话的动作，改成了接听。

她将手机举到耳边，喊了声："林爷爷。"

电话那头一阵安静。

时瑶耐心地等了一会儿，见林老先生始终没出声，就又开了口："林爷爷？"

这次她话音落定后，电话那头传来了一道重重的叹息声，随后，林老先生才开了口："瑶瑶，爷爷对不住你。"

对不住自己……林爷爷为什么会说这样的话？

时瑶简直听得一头雾水，她都还没来得及开口，林老先生就在电话那头又出了声："瑶瑶，都是爷爷不好，都是爷爷对不住你，没管好那个臭小子！"

这到底是什么跟什么呀？

"林爷爷……"时瑶越听越迷糊，她下意识地开了口，想要问问林老先生为什么这么说？

可她也只是说了三个字，电话那头的林老先生，就换成了咬牙切齿的语气："瑶瑶，你放心，我是不会放过那个臭小子的，我绝对饶不了他，他简直就是我们家的耻辱！瑶瑶，他这种人，不要也罢，反正错过了你，是他的损失！"

臭小子……

时瑶微蹙了蹙眉，知道林爷爷指的是林嘉歌。

只是，林嘉歌到底跟林爷爷说了点什么？害得林爷爷这么生气，还让一直以来强势到决不允许她和他解除婚约的林爷爷都松了口？

林老先生在电话那头骂了好久林嘉歌，也没说具体发生了点什么事。

时瑶着实好奇，忍不住问了句："林爷爷，林嘉歌，他……怎么了？"

"他……"林老先生似是真的被林嘉歌气坏了，气急败坏地说了一个字，就停了下来，然后不过短短的三秒钟，林老先生就转了话题，"不提他了，瑶瑶，爷爷是真的很喜欢你，很想让你嫁到林家来……只是造化弄人，也或许是缘分不够……不过瑶瑶，虽然我们不能成为一家人，但爷爷是打心眼里疼你的，以后你不管是遇到了麻烦，还是需要什么帮助，都尽管来找爷爷……"

时瑶知道，林爷爷这是故意在岔开话题，可她也知道，林爷爷说的这些话，都是真心话。

这些年来，林爷爷是真的待她好，比她的亲生父母都要好……

所以，时瑶听着林老先生絮絮叨叨的话，心底一软，眼底泛起了一抹温热："林爷爷，谢谢您。"

"傻孩子，说什么谢呢，是爷爷对不住你，没教好那个臭小子……"林老先生似是真的很惋惜一般，又重重地叹了两口气，"瑶瑶，家里的厨师都留着呢，你喜欢的菜，他们都记得很清楚，还有司机的电话号码你也知道，有事还是可以随时差遣他。包括北京大饭店，你爱吃那里的菜就去吃，记在爷爷的账上，不要客气……还有瑶瑶，以后你记得，有时间还和从前一样，来看看爷爷……你不要因为和那臭小子没了关系，就不来看爷爷了……"

时瑶听到这里，眼眶再也忍不住泛了红："林爷爷，您放心，我有时间就会去看您的，您也要多注意身体，不要总生气……"

"好，好，还是瑶瑶贴心，瑶瑶好……"林老先生在电话那头连说了好几个好字，然后才依依不舍地挂断了电话。

时瑶不是不好奇林嘉歌究竟是怎么说动林爷爷答应他和她解除婚约的，但直到挂了电话，林爷爷都是绝口不提的样子，时瑶总不能逼着林爷爷说，所以好奇归好奇，最后她也还是作罢了。

除了林爷爷去时瑶家里的当天下午，林爷爷给时瑶来过一个电话外，之后接连好几天，时瑶都没再收到过任何有关林家的消息。

当然，这其中也包含了林嘉歌。

相较于安静的林家，时瑶的父母这边却是热闹了许多。

父母因为迟迟打不通她的电话，直接来学校找她了。起先时瑶还是见了几面的，父亲脾气不好，见她就是一顿臭骂，母亲性子还算是温和些，但开口闭口也都是一些让她去找林嘉歌挽回的劝说之词。时瑶心寒又心烦，之后，不管是暴怒的父亲还是哭哭啼啼的母亲，谁再来找她，她都是选择躲开。

这样的日子，大概持续了小半个月。

这小半个月里，时瑶的生活倒是没太大的变化，平时除了上课，给学生补课，然后就是等到空闲的时候，要么是数字先生手把手地教她打游戏，要么就是跟数字先生、果汁和高手一起打游戏。

在这段时间里，21 战队又参加了两次比赛，和第一次参加比赛时一样，依旧是冠军，然后作为 21 战队里的一员，时瑶分到了大概三十万块钱。

不过这段时间里，时瑶的收获也不单单是这三十万块钱，她的游戏技术还是提升了一些，虽然没强势到高手和果汁那样的地步，但也不至于菜到在比赛的时候任人蹂躏。

其实这小半个月里，时瑶过得挺充实的，如果真的要找出点遗憾的事情，那就是，她和林嘉歌再也没了联系，确切地说，是彻底断了联系。

是真的断了联系，比上次在会所他和她不欢而散后，断得还要彻底。

那个时候，林嘉歌还天天上学校论坛，即便他和她没联系，但还是能从很多人口中听到有关他的一些事情。

可现在，他大四了，也不怎么回学校了，很多事情不被学校里的人知道，因此连带着就连论坛上，都没了有关他的帖子。

很多时候，时瑶还是会想起林嘉歌的，都说时间是最好的良药，可时瑶发现，有些事情，随着时间的沉淀，并没有变浅变淡，反而变得更深刻更清晰了。

入秋后的北京，天气一天比一天凉，在将近十月底的时候，时瑶出门，卫衣外都要加外套了。

其实十月底，对于时瑶来说，原本也是很普通的日子，只是今年，对她来说，反而变得重要了一些。

因为十月二十七号，是林嘉歌的生日。

时瑶提前半个月，就给林嘉歌准备好了生日礼物。

这份生日礼物，是她一早就答应他的……她记得那天，是她生日，他求她帮忙陪他去给嘉仪姐买礼物，但是因为没有联系上嘉仪姐，礼物就给了她。然后因为太贵重，她说，要不就当成生日礼物吧，等他生日的时候，她还他一份……

她知道他生日是什么时候，因为每年他的生日宴，林爷爷都会邀请她去的，只是他从没注意过她而已。

可那天的他，前一秒问了她知不知道他生日是什么时候，后一秒就迫不及待地说了自己的生日日期……

那个时候，她想着，自己提前备好了生日礼物，等他举办生日宴时，亲手交给他。

可现在，他和她的婚事解除了，眼看着离他生日越来越近，林爷爷却没像往年那样打电话邀请她去参加他的生日宴。

时瑶一直想着，礼物怎么交给林嘉歌，直到林嘉歌生日的那天上午，实在想不到什么好办法的时瑶，给林嘉仪打了一个电话。

林嘉仪可能正在开会，没接她的电话，直接挂断了，然后很快，她就收到了一条短信：“等我十分钟。”

林嘉仪很准时，十分钟后，时瑶的手机响了。

接听电话，时瑶都还没来得及开口喊“嘉仪姐”，林嘉仪在那边就出了声：“瑶瑶小宝贝，你找我有什么事吗？”

随着她话音的落定，时瑶还听见林嘉仪雷厉风行地吩咐道：“你把这份合同，送去张总监那里，然后去夏总那里把我要的资料拿过来……”

时瑶一直等到林嘉仪那边没了安排工作的声音，才开了口：“嘉仪姐，你很忙吗？如果你忙的话，那我们等会儿再说……”

“不忙了，马上……”林嘉仪一边应着时瑶的话，一边好像用座机打了个电话出去，“导航仪，孙总的合同呢？不是说放在桌子上了吗？我怎么没看到？给你三分钟的时间，给我送过来！”

林嘉仪几乎没等对方回话，就狠狠地挂断了座机，然后再开口的声音温柔似水，完全没了刚刚的趾高气扬：“瑶瑶，真的很不好意思啊，今天实在是琐事有点多，答应了你十分钟回电话，怕你等急了，就没忙完先给你打过来了，还让你等了我这么好一会儿……”

“没关系的，嘉仪姐。”时瑶软软地接完林嘉仪的话后，才说了重点，“嘉仪姐，我打电话给你，是想请你帮我个忙……”

林嘉仪都没等时瑶说帮什么忙，就回了话：“好啊，好啊，你说，瑶瑶……”

“就是，今天不是林嘉歌生日吗？”

“今天是提款机生日吗？”林嘉仪疑惑地反问了一声，然后应该是在那边翻了一会儿台历，“哦，今天还真是提款机的生日……”

林嘉仪的话，让时瑶一时之间不知道该怎么接。

林嘉仪：“怎么了？瑶瑶，你想陪提款机过生日吗？”

“不，不是……”时瑶急忙应了林嘉仪的话，“是这样的，我以前答应过他，他生日的时候要送他一份礼物的，那个……就是，你看，你那边方便吗？如果方便的话，我等会儿把礼物给你送过去，你帮我转交给他……”

“呃？干吗这么麻烦啊？你直接给他……”林嘉仪后面的话没说完，就停了下来。

不过她不说完，时瑶也知道，她要说的是，你直接给他送过去不就好了？

时瑶没出声。

林嘉仪在电话那端安静了一会儿，似是了解到了什么一样，开口问：“瑶瑶，你和嘉歌现在是不是谁也不理谁了？”

时瑶沉默了一小会儿，轻“嗯”了一声。

不过，时瑶并不想在这样的话题上停留太久，很快又开了口：“嘉仪姐，你看……我刚刚说的事……”

“瑶瑶，你知道的，你的事，我一向都很当回事的，但是这次，我恐怕没办法帮你……”林嘉仪似是遇到了什么极其为难的事情一般，话说到一半就停了下来。过了好一会儿，她才又开了口，但话不是接着刚刚说的，而是问了她一句，“瑶瑶，嘉歌最近的情况，你是不是都一无所知啊？”

时瑶的心底忽地爬上一抹不好的预感：“他……他最近怎么了？是出了什么事吗？”

第十三章

不愿谢谢他的成全

“也不是出了什么事，就是……唉，算了，都告诉你吧……反正我也不是能憋住事的人，但是瑶瑶，你听了就当没听过，因为爷爷说了，这件事是家丑，家丑不可外扬……”

林嘉仪再三嘱托了时瑶不要对外说后，才开了口：“就是，大概二十多天前，嘉歌回家，跟爷爷说有事要谈，其实就是你们解除婚约的事，爷爷大发雷霆，坚决不同意，还罚他去书房跪了一下午，让他好好反省自己……

“然后，姑姑心疼他，去问他到底怎么回事，好端端的为什么要跟你解除婚约？可他就是不说，估计你也知道，我爷爷、姑姑和爸爸都给你打过电话，问到底是怎么回事……

“反正前一天还死活不开口的他，也不知怎么了，第二天下午就开口说要和你解除婚约的原因了……”

林嘉仪顿了一会儿，才支支吾吾地往下说：“嘉歌说，他之前跟梁久思出去玩的时候，喝醉了酒，迷迷糊糊间，跟一个女生那个什么了……”

尽管林嘉仪形容得很含蓄，但时瑶还是懂了。

她的指尖下意识地抓紧了手机。

“他给了那个女生一笔钱，以为这事就算过了，但是，没想到那女生前几天找上了他，手里还拿着检查报告，说是怀孕了，是他的孩子……爷爷听到这话后，震怒不已，指着嘉歌骂他不是东西。当时爷爷真的是气得脸都红了，爷爷足足有三个小时没理他，后来再去找他，就跟他说，趁着孩子还小，把孩子拿掉，给那个女生一笔钱，这事就这样，然后还说不要让你知道……

“其实那天，我们都以为这事就这么过了，但是嘉歌说，那个女生体质特殊，不能打胎。如果要是打了胎，这一辈子就不能怀孕了，而且最重要的是，那个女生和他是八月三十号发生的这件事，现在正好怀孕两个月，时间完全对得上，就是他的孩子。而且总不能为了和这女生撇清关系，就这么毁了她一辈子，可是不让女生打掉孩子，那对你又是不公平的……到底是有关那个女生一生的事，爷爷纠结了好几天，最后就去你家退亲了……

“爷爷是真的喜欢你，所以很生气，也觉得嘉歌这事做得很糊涂。爷爷很疼嘉歌的，很少打他，仅有的几次打他，还是当初他死活不肯同意和你的婚约，揍了他好几次。这隔了这么多年，爷爷又动手打了他，下手挺重的，衣服上都渗出了血迹，爷爷也是真的气坏了，当时就把他轰出家门了，说不让他回家，还说什么那个女生，他是怎么都不会承认那是他孙媳妇的……

“最近这段时间，家里也没人敢提他，一提爷爷血压就噌噌噌地往上涨，所以这差不多过了半个多月了吧，嘉歌没回过家。然后爷爷也不允许我们去看他，今年他的生日，这不也没给办生日宴……反正就是，瑶瑶，我其实挺想帮你的，但是真的不能帮，如果被爷爷知道，我去找了他，到时候爷爷又要生气了……这两天爷爷还在输着液呢……所以瑶瑶，这次真的对不住了……”

时瑶连忙回神：“没关系的，嘉仪姐。”

她脑子里乱得厉害，没等林嘉仪再说话，就说了句“再见”，把电话给挂了。

她把刚刚林嘉仪的话，在脑海里从头到尾过了一遍，然后才认真地思考了起来。

难怪后来，林家的人没再找她，原来是他帮她挡了回去。

还有那个怀孕的女生……八月三十号……八月三十号那天，是她和【荒年】见面的日子，她被莫名爽了约。那天还下了大雨，她逛了好几个超市买全了火锅料，回他的家，和他一起吃火锅来着……所以，那天晚上，他和她在一起，又哪里来的醉酒？哪里来的把别的女生肚子搞大了？

嘉仪姐刚刚说的那些话，说得有板有眼，详细到就连精准的时间都有了。

那些话若是任何人听了，怕是都会信以为真吧？

别说别人了，就连她，在没有听到“八月三十号”这个精准的时间时，她都以为是真的。

只是……林嘉歌为什么要撒这样一个弥天大谎？

这疑惑刚闪过时瑶的大脑，她的指尖就轻轻地哆嗦了一下。

难怪这些年铁了心地要他和她在一起的林爷爷会松口，难怪那天林爷爷给她打电话会一直不断地说对不住她，难怪嘉仪姐在告诉她前因后果之前，再三叮嘱她一定要保密，说什么家丑不可外扬……

原来，林嘉歌为了还她安宁和自由，在自己的身上，泼了这样大的一盆脏水。

原来，那天她给他发短信，他回她一句“他们找你了”之后再也没理她了。她以为他和她就这般没了联系，可在她不知道的地方，他却为她承受了这么多……

喝醉酒搞大了一个女生的肚子……这种事情，对于向来注重教育的林家来说，真的是荒唐极了，别说是林爷爷了，就连林伯父、林伯母怕是都要气坏了吧！

嘉仪姐说，林爷爷打了林嘉歌，还把他轰出家门了，今年的生日宴都没给他办。到现在为止，林爷爷都不准林家的任何人去看他……往年的今天，他被很多人簇拥着庆生，可今年……林嘉歌，他……他是为了她，才这样的啊。

时瑶越想心里越不是滋味。

“瑶瑶，下午我们要去逛街，你去吗？”何田田湿着脸从洗手间出来，一边抽了纸巾擦脸，一边问时瑶。

时瑶回神，迟缓了好几秒钟，才冲着何田田摇了摇头：“不去了，我下午还要去学生家补课。”

“好吧，那晚上呢？要不要一起吃饭？”

“到时候再看看吧……”时瑶应了何田田的话后，又走起了神。

等何田田、江月和冷暖出门去逛街后，时瑶也简单地收拾了一下自己，去学生家了。

补完课，已是下午五点钟。

从学生家出来，时瑶经过便利店买水时，在背的双肩包里，翻到了一个包装精致的硬纸盒。

这是她给林嘉歌准备的生日礼物……

时瑶盯着礼盒发了好一会儿的呆，直到便利店老板催她付款，她才连忙收起混乱的思绪，打开微信扫码支付后，拿着水心不在焉地往学校走去。

途中，时瑶经过了一家蛋糕店，隔着透明的玻璃，她看到橱柜里摆满了各式各样五颜六色的漂亮蛋糕。

时瑶也不知自己到底在想些什么，她也不清楚自己到底在蛋糕店门前徘徊了多久，她更不记得自己到底是怎么走进蛋糕店的。总而言之，等她彻底反应过来的时候，她人已经站在了蛋糕店里，服务员正在帮她打包蛋糕，轻声细语地告诉她价格，问她要几套餐盘？

时瑶一边付款，一边回了服务员的话后，她又等了一会儿，才拿到蛋糕，离开了蛋糕店。

出来时，天已经黑了，街边的路灯，一盏接着一盏地亮起，时瑶在路边站了一会儿，然后往不远处的公交站牌走去。

她仰着头，盯着公交站牌看了一会儿，然后拎着蛋糕，安安静静地等了大概十分钟的样子，见自己要搭乘的公交车到了，这才排队跟着人流上了车。

六点多钟的帝都，正值晚高峰期，算得上一天中最堵的时刻，公交车走走停停摇摇晃晃了大概一个小时，才到了时瑶要下车的地方。

她步行了约莫七百米，便到了林嘉歌公寓所在的小区门口。

还好她以前在这里住过一个月，进进出出的次数也比较多，保安记住了她，看到她后，不但没拦着她，反而还熟络地跟她聊了两句，主动帮她开了门。

林嘉歌公寓所在的小区占地面积很大，绿化面积也很多，时瑶足足走了十多分钟，才到了林嘉歌的公寓楼下。

她仰着头，一层一层地往上数，然后数到21楼时，时瑶才发现，林嘉歌的公寓一片漆黑。

他跟她说过的，他不住在林家老宅，就住在这里……别的房产他虽装修了，但从没住过，也住不惯……所以，他这是有事在忙，还没回来？

时瑶环顾了一圈周围的环境，然后找了张休息椅，将蛋糕放下，坐在椅子上，玩着手机等。

时间过得不算快，但也不算慢，不知不觉中，时瑶的手机弹出电量不足百分之二十的提醒。

时瑶这才去留意了一眼时间，已经十点钟了……林嘉歌还没回来？

时瑶想着，再次抬头看了一眼21楼，窗户依旧是黑漆漆的。

时瑶没再去玩手机，仰着头盯着林嘉歌公寓的窗户，看了不知道多久，然后她才后知后觉地意识到，自己此时此刻究竟是在做什么？

她竟然情不自禁地买了蛋糕、情不自禁地来了他家、情不自禁地在他家楼下等了他将近三个小时……这是她从前绝不会做的事情啊，可她今天竟在自己都没察觉的情况下，全做了……到底是从什么时候开始的，他对她的影响力，竟如此大了？

可一直以来，执意要解除婚约的人是她，如今真的解除婚约了，她现在这样……巴巴地跑到他的公寓楼下，又算什么事？

时瑶忽然有些胆怯，她看了看林嘉歌公寓黑乎乎的窗户，又看了看手边的蛋糕，挣扎了良久，最终还是选择站起身，拎着蛋糕离开。

她沿着原路，往小区门口走去，只是她走了还没两步，迎面开来了一辆车，车头亮着的远光灯，照得她睁不开眼睛。

她停下脚步，往旁边挪了挪，因为光线太刺目，她下意识地抬起手，遮挡住了眼睛。

车子很快开过了她的身边。

没了刺目的光后，时瑶放下手，重新抬起了脚，只是她还没来得及迈步，刚刚开过的车子又倒回来，停在了她的身边。

时瑶本能地扭头，随着后车座的车窗缓缓落下，林嘉歌那张颠倒众生的脸一点一点地跃入了她的眼中。

时瑶整个人都还没回过神来，坐在车里的林嘉歌，就出了声："瑶瑶？"

他似是很意外她怎么会在这里一样，清淡的声音中夹杂着一抹不易察觉的诧异。

时瑶被林嘉歌喊得心底一颤，指尖下意识地抓紧了手中拎着的蛋糕袋。

她望着他，没说话。

他等了一会儿，然后看向了前面的司机："我在这里下车了，你先回去吧。"

"好的，林先生。"司机说着，就要下车帮林嘉歌开车门，只是他刚解开安全带，林嘉歌就已经径自推开车门，走到了时瑶的跟前。

等到司机掉头，离开后，林嘉歌才又出了声："瑶瑶，你怎么会在这里？"

他说完，视线就顺着她的脸往下移，然后这才注意到她手中拎着的蛋糕。

今天是他的生日，她出现在他家楼下，还拎了蛋糕……她会不会是特意来找他的？

林嘉歌盯着时瑶手里拎着的蛋糕看了一会儿，才将视线又移回到她的脸上，然后他带着几分不确定开口问道："你……是来找我的吗？"

一直都没想好怎么跟林嘉歌开口解释自己出现在这里的时瑶，听到他这句话，迟疑了一会儿，最后还是顺着事实点了点头，“嗯”了一声。

她的声音很轻很软，就像是羽毛一般，轻轻地扫过林嘉歌的心头。

可是这样轻微的触碰，让林嘉歌的心底蓦地翻滚起一阵狂喜，可他又不敢让自己表现得太过于明显，便努力地抑制着面上的情绪，盯着她看了好一会儿，才开了口：“那你怎么不上去?

“深秋的夜里有点冷，冻病了怎么办？家里的密码我一直没换过，以后你再来，直接上家里等我就好了……你在这里等了多久了？”

到底还是太激动，林嘉歌这一开口，就有点停不下来。

他一个人自言自语了好一会儿后，才意识到自己的废话有点多，然后赶紧说了重点：“那个，要不要上楼坐坐？”

时瑶开口的话，却和林嘉歌没有半点联系：“你……喝酒了？”

“哦，今晚约了人谈工作，所以喝了点。”

时瑶没说话，难怪刚刚，在风吹来时，她闻到他身上有淡淡的酒气。

他忙到现在才回来，那他的生日……

林嘉歌见时瑶又没了声音，便再次开了口：“这里太冷了，先上楼吧？”

原本没想过要跟林嘉歌上楼的时瑶，在听到他说忙到现在才回来后，改变了主意，她轻点了点头，然后在林嘉歌迈步后，跟着他进了公寓大楼。

回到家，林嘉歌打开鞋柜，先给时瑶拿了拖鞋，然后自己才换了鞋。

时瑶盯着林嘉歌摆放在自己面前的鞋子，站在门口迟迟没动。

这是她曾经住在他家里那一个月穿的鞋子，这都过去了好久了，他还留着，不过干净整洁了很多，应该是特意清洗过的……

换完鞋，林嘉歌站起身看了一眼无动于衷的时瑶：“怎么了？”

“没什么……”时瑶连忙收起神思，冲着林嘉歌摇了摇头，就弯身去换鞋了。

林嘉歌没多想，给她留了句“我去倒两杯水”，就径自去了餐厅。

时瑶换完鞋后，进了客厅，她只看了一眼，就被沙发上的两个抱枕吸引了注意力。

那两个抱枕，一个是粉色心形的，一个是浅蓝色星形的……也是她之前住在他家那个月，周末无聊去附近逛街时，随便在一家家居店，看着好看顺手买的。回来后，这两个抱枕被她随手丢在沙发上后，再也没用过，抱枕很便宜，也就几十块钱，所以她走的时候便没拿走。她想着，林嘉歌回头大概会把这东西清理掉，可她没想到，竟然还在……

这两个抱枕，和他这些从国外定制的沙发格格不入，可还是被整齐地摆放在沙发上。

时瑶隐约像是懂了什么一般，过了一会儿，把视线从抱枕挪到了其他的地方。

阳台上的那盆草莓，长得很好。

草莓同样也是她买的，当时就是在街边看到有人推着车卖花，然后她在众多漂亮的绿植中，抱走了一盆草莓。她想着既然要买，也要买盆将来能吃的……

不止草莓，她之前买的花瓶、杯子，也都还在。

时瑶最后将视线落在了次卧门口，她想了一会儿，还是迈步走了过去。

门没锁，她抬手就推开了，映入她眼帘的，是和她当时住的时候一模一样的画面。

床单被罩是她睡的那一套，床头柜上她买的云朵夜灯还在，枕头上放着她网购的冰激凌抱枕，浴室里她的牙膏牙刷都没被扔掉，她喜欢用的洗手液、洗发水、沐浴露都还是她走时剩下的样子……

真的是她想的那样……所有和她有关的东西，还能用的、不能用的，值钱的、不值钱的都还在，甚至很多东西的摆放位置，和她当初的习惯一模一样……整个场景看下来，就仿佛是她还住在这里，从未离开过一样。

他为什么要保留着她的东西？他是在留作纪念吗？

时瑶说不清自己此时是什么心情，有点暖暖的，有点欣喜，却又有点难受。

“瑶瑶？”

不过，她没在这种复杂的情绪里沉浸太久，身后就传来了林嘉歌的声音。

她应了一声，急忙走了出去。

“我上了一趟洗手间……”到底不是她的家，她这般擅自进卧室不太礼貌，时瑶还是做了个解释。

林嘉歌倒是丝毫不在意，他将冒着热气的水杯放在了桌子上：“喝点热水吧。”

时瑶“嗯”了一声，走了过去，靠近了，她才发现，林嘉歌倒给她的哪里是热水，而是红糖姜茶。

她的心忽然像是被什么东西狠狠地击中了一般，软成了一团。

她张了张口，始终没能说出话来。

她的生理期，他一直都记得啊，当初住在他家里的时候，这几天他都会给她煮红糖姜茶喝……今天恰好又是她生理期……

时瑶盯着冒着袅袅热气的红糖姜茶看了许久，才转头望向了林嘉歌。

他已经把外套脱掉了，大概是刚刚煮红糖姜茶的时候，为了方便，把袖口挽了起来。

时瑶刚转头，还没来得及开口，就看到他露出的胳膊上，挂着明显的伤痕。

伤痕都已经结痂了，但看起来还是有些触目惊心……

时瑶猛地就想起嘉仪姐跟自己讲的那些话，然后她盯着林嘉歌的胳膊，禁不住出了声：“你……你那是被林爷爷打的是不是？”

被时瑶这么一问，林嘉歌连忙将袖口撸了下来，不过他还是很敏锐地抓住她话里的重点：“你怎么知道是爷爷打的？”

他前一秒问完，后一秒就似是懂了一般，又开了口：“你知道了？”

虽然他的话，说得不清不楚的，但是时瑶知道，他指的是他对林爷爷编的那些理由，她点了点头：“嗯，我给嘉仪姐打电话，嘉仪姐告诉我的……”

沉默了两秒，时瑶又开了口：“你为什么要跟林爷爷撒这样的谎？你这样，岂不是让人平白误会了你……你……”

时瑶说着说着，就不知该怎么说下去了。

“瑶瑶，我答应你的事，就一定会做到。”

“可……可你也不能让自己受委屈啊。”

“有吗？”林嘉歌忽然眉眼舒展地笑了，“我倒是没觉得自己委屈……”

林嘉歌这样风轻云淡的一句话，让时瑶眼底蓦地酸涩无比，她下意识地垂下脑袋，维持着这样安静乖巧的模样呆了好一会儿，才小声地说：“林嘉歌，谢谢你啊……”

“好了，这是我自己心甘情愿要做的……”林嘉歌说着，就将视线落在了时瑶放在桌子上的蛋糕盒上，“那是什么？蛋糕？”

“嗯……”时瑶听到林嘉歌的话，抬头看了一眼蛋糕，然后拿了自己的包，从里面将那个包装精致的盒子拿了出来，递给了林嘉歌，“这是送你的，蛋糕也是送你的。”

“我的？”林嘉歌的眼底布满了惊喜，因为激动，他接过盒子时，指尖都带了一抹细微的颤。

“嗯，今天是你生日，我之前答应过你的，要送你生日礼物的……”时瑶小声地解释完后，又补了句，“礼物是我选的，我不知道你喜不喜欢……”

时瑶后面的话还没说出口，林嘉歌就抢先出了声：“喜欢！”

抢答完的林嘉歌，抬起手腕，看了一眼时间：“还没过十二点，正好我今天生日还没吃蛋糕，既然你都带了蛋糕，那我们切个蛋糕？”

时瑶没拒绝。

林嘉歌将蛋糕拉到面前，拆开后，插上蜡烛。

在吹蜡烛之前，时瑶很是认真地对林嘉歌道了句生日快乐，而林嘉歌还双手合十，一副很虔诚的模样，许了个愿。

等到他吹灭蜡烛，切蛋糕时，时瑶忍不住好奇地问：“你许了什么愿望？”

林嘉歌切蛋糕的动作顿了下来。

他没说话，但他在脑海里，却回想起了自己刚刚许的愿望。

他的愿望是：愿明年还可以听见她对自己说生日快乐。

他说的明年，不是那个明年，他说的明年，是明年的明年，明年的明年的明年……直到他这一生再也没有明年。

时瑶见林嘉歌良久不出声，再次出声问：“你该不会是没许愿吧？”

“许了……”林嘉歌回神，他脸上的神情控制得极好，没有半点情绪流露出来，他一边继续切蛋糕的动作，一边很是散漫地接了时瑶的话。

时瑶本能地想把刚刚问过的话，再重复一遍。

不过话刚到舌尖，林嘉歌就不紧不慢地又出了声：“不过，不是说，愿望说出来就不灵验了吗？”

“你还信这个呀？”时瑶有点意外，在她的印象里，林嘉歌绝不是信奉这些虚无缥缈事情的人。

林嘉歌很轻地“嗯”了一声，将切好的蛋糕，送到了时瑶的面前。

信。

不是因为他有多依赖这样的说辞，而是因为愿望有关于她，即使知道是虚无缥缈的，他也愿意去遵守。

吃完蛋糕后，时间已经不早了，时瑶自然而然地提出要离开。

林嘉歌因为喝了一些酒，不能开车，便叫了一辆出租车，送时瑶回的学校。

车子停在学校门口，林嘉歌没下车，时瑶先对林嘉歌说了句“我先走了”，然后就推开了车门。

等她弯身下车，正准备关车门时，坐在车里的林嘉歌，忽然喊了她一声：“瑶瑶。”

时瑶弯身，探着头往后车座上的林嘉歌望去。

他的眼睛很亮，眼底隐隐像是藏了笑意，似是很开心的样子。

时瑶被林嘉歌看得心底忽地一颤，然后整个人就仿佛被电流击过一般，浑身泛起酥酥麻麻的感觉，让本想回他一声“嗯？”的她，瞬间没了动静。

林嘉歌盯着她的脸看了一会儿，然后才轻声开了口：“回宿舍的路上慢点。”

听到林嘉歌的话，时瑶飞速回神，猛地“嗯嗯”了两声，然后就迫不及待地冲着林嘉歌挥了挥手，关上车门，匆匆地朝校园里跑去。

头也不回逃窜的一路上，时瑶明显地听到自己的心脏在跳动。

怦怦怦……每一下都有力而又清晰。

目送时瑶消失在学校门口后，林嘉歌才对着司机淡淡出声：“还回刚才的地方。”

“好咧。”司机应了一声，就踩了油门。

随着车子往前缓缓地行驶，望着窗外的林嘉歌，嘴角克制不住地扬起了一抹弧度。

他刚刚喊她，是想跟她说，他很高兴，很高兴她记得他的生日，并且来陪他过生日了。

可话到嘴边，还是被他强压了下去。

有些情绪，还是不要表现得太明显的好，避免太冒进了，吓到她。

毕竟他不确定她心里到底是怎么想的，万一她今天的事，是在自己都没弄明白的状况下做的，他这么一说，打草惊蛇吓到了她，然后她不但没有勇气面对，反而开始逃避了，到时候岂不是更糟糕了？

不过为了她，他可真的牺牲了太多……现在被爷爷揍了一顿赶出家门不说，要是他迟迟追不上她，他又对着家里交不出一个大着肚子的女生，到那个时候，谎言被戳穿，爷爷要是知道他是为了解除婚约撒的弥天大谎，把自己最相中的孙媳妇搞丢了，估计又要揍他了吧？

林嘉歌生日后的第二天，数字先生又给时瑶分享了一个比赛链接。

这次比赛的奖金是他们最近参加的比赛里，有史以来最高的一次，足足有一百八十万。而这次参加比赛的战队，有不少都是出自职业战队的替补队员，虽然他们有些人可能根本就没打过职业比赛，但在俱乐部却是和很多参加正规比赛的职业选手打过训练赛，不管是意识还是操作，都比他们之前碰到的那些对手要强上很多。所以数字先生在报名了这次比赛后，只要有时间，就抓着时瑶训练。

一周后的周末，比赛准时打响。

其实比赛规则大同小异，唯一的区别就是杀一个人头积攒的分数和吃鸡后积攒的分数的差别。

在之前的一场比赛里，时瑶在数字先生的特训下，其实不怎么拖后腿了，可是这次的比赛，大概是奖金太高了，高手云集，整个淘汰赛，时瑶打得就跟第一次参加比赛一样，每把都落地成盒。

不过还好数字先生一如既往的够稳，即便这样，还是以淘汰赛第三名的成绩打进了决赛。

决赛是第二天下午三点钟，时瑶、数字先生、高手和果汁准点上线，连麦准备开战。

第一局比赛，只有数字先生一人存活了下来，没能吃鸡，只得了第二名。

第二局比赛，数字先生很早阵亡了，紧接着时瑶也跟着凉凉，剩下的果汁和高手潜进了决赛区，但没能拿到名次，没有积分。

决赛总共五局，在第二局比赛结束后，时瑶看了一眼积分排名，21 战队名次虽然不是很靠后，但也在十名开外。

如果第三局比赛再任由前面的战队拉开积分，那他们就真的无缘冠军了。

就在时瑶以为，这次比赛真的没救时，第三局比赛一开始，很少讲话的数字先生，开始了全程语音指挥。

第三局，21 战队成功吃鸡，积分追进了前十名。

第四局，21 战队依旧吃鸡，积分成功地跃到了第二名。

排在第一名的战队叫星缘战队。

别的职业战队的替补队员组成的战队，时瑶并不了解，但是这个战队，她是有所耳闻的，因为这个战队里有三个队员是 AE 战队的替补队员，其中有两个深得 Legend 的真传。论坛上有人爆料说，就是 L 神手把手教出来的 AE 战队的未来之星。

他们和星缘战队差的分数并不算多，但是星缘战队后两把虽没吃鸡，但每局击杀的人头很多，排名也很高，一次第二，一次第四。

第五局比赛，他们要想赢星缘战队，只有一个方法，那就是继续拿第一名。

因为第五局是决定成败的一局比赛，所以每个战队都打得格外认真严谨，以至于进入决赛圈后，还有三十二个人存活。

眼看着安全区越来越小，大家身边到处都是脚步声，一通混战后，最终的决赛圈，只留下了四个人：数字先生和星缘战队的两个队员，以及另外一个战队的队员。

另外一个战队的队员，因为身在安全区外，跑毒晚了，再加上最后的毒圈掉血格外厉害，眼看着他快进安全区时，却被毒死了。

最后，只剩下了数字先生和星缘战队的两个队员。

很小的一个毒圈，数字先生以一敌二，而且还是两个职业战队的替补选手，难度显然很大。

就在时瑶觉得这局游戏赢的可能性基本上为零时，数字先生像是很了解对方打比赛的风格一样，轻而易举地找到了其中一个队员并且击杀。

解说大概也没想到数字先生会如此秀，语气激动不已。

安全区域又缩了一次，只有一栋二层楼房处于安全区内，这次不需要判定，都能知道剩下的最后一个星缘战队的队员，就在楼上。

数字先生和星缘战队的队员，一个在楼上，一个在楼下，来来回回地走动着，切换到数字先生视角的时瑶，看到小地图上不断有红色脚印亮起。

两个人谁都没攻击的意思，眼看着僵持不下时，数字先生忽然冲着楼梯处跑去，时瑶以为他要攻楼，然而他往上跑了没两步，就退了下来，翻窗出去。他似是早就料到楼上的人会跳窗一般，前一秒翻窗出去，后一秒就对着正前方一顿开枪猛扫，在时瑶整个人都处于愣怔状态时，屏幕上出现了“大吉大利，今晚吃鸡”的页面。

不是吧？这样也可以？

如果是根据脚步声、枪声判断出来人在哪里，时瑶是可以理解的，可是现在，数字先生完全没有靠任何外界因素，就像是在看着对方的屏幕一样，准确无误地在对方一定会落脚的地方逮住了对方……这简直就是隔空读心术啊……

时瑶怎么想怎么觉得不可思议，等到比赛结束后，她忍不住跑到微信里，给【111111】连发了三条消息：“你是不是认识星缘战队的人啊？”

“你是不是经常和他们一起打游戏？”

“要不然你是怎么做到那么了解他们的打法的？”

过了好一会儿，数字先生才回了消息：“瞎猫碰上死耗子。”

所以……真的是巧合？数字先生随机一蒙，然后就蒙对了？

时瑶咬着手指想了一会儿，也觉得不是没有这个可能，然后就顺手给数字先生回了一句：“你是在说你是瞎猫，星缘战队那两个队友是死耗子？”

【111111】转账 50000 元。

【111111】转账 50000 元……

整整九条转账信息，等到时瑶挨个领完后，她的微信余额已经破 50 万。

因为太过膨胀，时瑶截图，发给了【111111】：“看到没有，我现在已经是个百万富翁了！”

【111111】：“？”

【瑶兮爱吃冰激凌】：“五十万啊，一百万的一半，就等于是半个百万富翁，半个百万富翁也是百万富翁啊！”

数字先生回了一串省略号。

数字先生虽然很高冷，但是他也很少这么敷衍她？

时瑶大概猜到了什么：“你在忙？”

【111111】：“嗯。”

【111111】：“约了人吃饭。”

纯粹是顺手，时瑶问了一句：“女生？”

【111111】：“嗯。”

【瑶兮爱吃冰激凌】：“哈？那不打扰你啦。”

前一会儿还觉得数字先生很敷衍自己的时瑶，很快就被打脸了。

【111111】：“是一个认识很多年的老朋友，和她在谈工作的事情。”

数字先生干吗要给她解释得这么详细？好像她是查岗的妻子一般，呸！妻子个头啊，她脑子里到底胡思乱想些什么，她明明是他夫君，呸呸！是他过儿，呸呸呸，是徒弟！徒弟！

时瑶摇了摇脑袋，把脑海里胡思乱想的东西全都甩了出去，然后才回了数字先生消息：“哦哦哦，我也去吃饭啦，拜拜，回头聊。”

【111111】：“嗯。”

分到那么多钱的时瑶，结束了和数字先生的聊天后，照旧没忘记请冷暖、何田田和江月吃饭。

晚餐的地点是何田田选的，因为时间不算晚，选在了一家离学校有一段距离的一个商场的五楼的云南菜馆。

她们到的时候，差不多已经晚上七点钟，不需要等位，落座后，时瑶先点了自己想吃的，然后把菜单丢给冷暖她们，就匆匆忙忙地去了洗手间。

从洗手间出来，时瑶站在洗漱台前，洗手时，手机在兜里“叮咚叮咚”地响个不停。

等她洗完手，抽了纸巾，擦干手上的水珠，一边往洗手间外走，一边摸了手机看向了屏幕。

是一连串的短信提醒。

号码有点眼熟，但时瑶一时半会儿没辨认出来是谁的电话。

点进去后，时瑶最先看到的是一张图片，她放大后，看到明亮的落地窗前，面对面坐了一对男女。图片里的女生，时瑶不认识，尽管只是侧脸，但时瑶还是能感觉到她的五官很漂亮，至于男生……时瑶再熟悉不过，是生日过后，她就没再见过的林嘉歌。

从照片上可以看得出来，林嘉歌和这个女生挺熟络的，他的眉目间并没有那种淡漠的疏离感。

时瑶盯着照片看了许久，才去看了其他的短信内容。

“我听说，嘉哥跟你解除婚约了？”

只是短短的几个字，时瑶就知道，这是谁了。

梁暮暮……其实她以前有保存梁暮暮的电话号码，只是后来，她和梁暮暮撕破脸面后，她就把梁暮暮从通讯录里删除了。不过到底是曾经做过很多年的朋友，梁暮暮的号码，她虽然没有背到滚瓜烂熟，却也眼熟。

“不过，我想，你也不会回我短信吧，没关系，我给你发短信，本来也没想着要你回。

“照片里的女生，你应该不认识吧？毕竟，你和嘉哥认识的时候，她已经去国外了。

“她叫梁霄，虽然和我一个姓，但是和我没有任何关系。有关她的事，你应该不怎么了解吧？不过没关系，我可以科普给你听……

“她是在军区大院长大的，出身很好，名副其实的名门千金，她和嘉仪姐的关系特别特别好。

“她比嘉哥大了两岁，喜欢过嘉哥，初中和嘉哥一个学校，当时很风风火火地追过嘉哥。你要是不信，可以去问嘉仪姐，也可以去问我哥，更可以去问嘉哥的初中同学，大家都知道的。毕竟那个时候的梁霄，可是拉着横幅给嘉哥表白呢！她做过最疯狂的事，就是为了嘉哥连留两级，硬生生地和嘉哥做了同班同学。

“至于嘉哥对她是什么感情，我就不清楚了。但我可以告诉你的是，初中很多人去问嘉哥数学题，嘉哥只有一句话，我是老师吗？唯独梁霄，嘉哥可是给她讲过题呢！当时这件事在学校里闹得沸沸扬扬呢！

“哦，不止这些，还有就是，梁霄后来出国的时候，嘉哥还去机场送她了……

“现在她回来了，今天上午刚到的北京，晚上嘉哥就跟她在金茂悦吃饭了。你可能不知道吧？金茂悦是北京老字号，当初梁霄在北京的时候，就很喜欢吃这里的菜……

“对了，还有一件事，我听说林家现在正给嘉哥物色新的未婚妻，林爷爷和梁霄的爷爷，大前天一起下的棋，昨天一起吃的饭，他们三天两头地凑在一起，我姑姑说，好像是在谈亲事。

“最后，我给你发这么多消息，告诉你这些的原因是，为了让你知道，除了你之外，嘉哥身边的任何一个女生，都比你强不知多少倍。”

梁暮暮，她有病吧！

她这是存心的吧，她喜欢林嘉歌爱而不得，现如今看到林嘉歌和别的女生在一起，她不高兴了，就来自己面前撒气？

时瑶真的很想发短信怼回去，可她指尖刚落到手机键盘上，敲了几个字，就又停了下来。

梁暮暮无非是心里不舒坦，拉个人跟自己一起不舒坦，自己若是气哼哼地回了她，那岂不是在间接告诉她，自己被她的话影响到了？

算了，跟她动气，犯不着……想着，时瑶就将刚刚打的字，一个一个地删掉。

“瑶瑶？”

在时瑶快删完时，正前方传来了冷暖的声音。

时瑶抬头。

接触到她的视线，冷暖又开了口：“我还以为你出了什么事呢，这么半天都没回来……”

“没，我刚刚接了个电话。”

“哦，那赶紧进去吃饭吧，菜都上齐了。”

时瑶猛点了点头，和冷暖返回了餐厅。

落座后，她拿起筷子，刚夹了一块鱼肉，送到嘴边尝了一口，她脑海里就掠过刚刚梁暮暮发给她的那张照片……

“瑶瑶？你咬着筷子在发什么呆呀？”坐在时瑶对面的何田田，见她一动不动地盯着盘子半天不吃东西，伸出筷子，敲了敲她的盘子。

时瑶回神，“哦”了一声，然后端起冷暖盛给自己的汤。她喝了不过两口，眼前就闪过梁暮暮发的那些短信，然后她端着碗，就又走起了神。

“瑶瑶？”再次发现时瑶不对劲的是江月，她先喊了时瑶一声，见时瑶置若罔闻，便伸出手在时瑶面前晃了晃，“瑶瑶，你盯着碗里瞧个什么劲，难不成碗里有苍蝇？”

时瑶眼睛随着江月的手动了动，然后才清醒过来，她撇了撇嘴：“月月，你胡说八道什么，现在是在吃饭哎！”

江月：“既然知道是在吃饭，那你怎么不吃？”

何田田：“对啊，一向吃饭最积极的你，刚刚怎么没吃？”

比起江月和何田田，坐在时瑶身边的冷暖，要体贴温柔多了：“是身体不舒服吗？”

说着，冷暖摸了摸时瑶的额头，发现体温正常后，歪着头盯着时瑶看了一会儿：“还是……遇到了什么麻烦的事？”

“没有啦，就是想到马上要进行英语六级考试了，我在想要不要今年下半年直接考了……”时瑶胡乱扯了一个理由，搪塞了过去，不过她到底不善于撒谎，说完这话后，怕被人看出端倪，就低头用喝汤掩盖眼底的无措。

考试勉强及格，上半学期报了一次英语四级考试，结果挂掉的何田田不高兴了：“瑶瑶，你过分了，我四级还没过呢，你就想着六级了。是不是等我四级过了，你连八级都考完了？！”

连四级都没报名的江月，一脸赞同地点着头：“我站田田，瑶瑶，你太过分了，就算是你今天请吃饭，我还是觉得你好过分！”

面对江月和何田田的不满，时瑶眉眼弯弯地笑了笑，就开始招呼大家继续吃饭。

吃了没几口，时瑶的筷子再次停了下来。

不过这次，她并没有愣神，而是歪着头沉思了片刻，出了声：“对了，问你们个事……你们说，假如有个女生，出身好、相貌好，这个好，是特别特别好，就类似于……”

“嗯……”时瑶歪着脑袋沉思了一会儿，然后开口说，“别的蛋糕可能是草莓蛋糕、杧果蛋糕，但是这块蛋糕却是草莓、杧果、橘子、黄桃，总而言之所有你能想到的水果都在上面的蛋糕……”

何田田嘴里含着东西，听完时瑶的形容后，对着她默默地竖了个大拇指。

江月用佩服的眼神望着时瑶：“瑶瑶，论形容，我谁都不服，就服你！”

时瑶当作夸赞收下后，继续说了重点：“反正，这个女生就是顶配的好，然后，她喜欢一个男生，那个男生比女生小两岁，同样是出身好、相貌好，简单来说，就是另外一块包含了草莓、杧果、橘子、黄桃等所有水果的蛋糕。哦，不，这个男生比这个女生各方面更好一些，就是水果分量要多两倍的好……

“男生的性格呢，比较高冷，话也不多，然后也不怎么喜欢和女生接触。学校有很多女生追这个男生，但是唯独那个顶配的水果蛋糕女生追得最轰动，她不但拉横幅对男生表白，她做过最疯狂的一件事，就是为了男生连续留了两级，硬生生地和男生做了同班同学……

“而这个男生，对女生也很特别，因为整个学校，他只给这个女生讲过题……后来这个女生出国了，他还去机场送了这个女生，再后来，女生回国了，当天晚上，男生就和这个女生约了吃饭……”

把事情全都讲清楚的时瑶，问了自己一直都耿耿于怀的问题：“你们说，这个男生对这个女生，有没有意思？”

全程咬着筷子，盯着时瑶听完故事的江月，没回答她的问题，而是直接开口问：“后面呢？”

时瑶：“后面的事，我也很想知道啊……”

江月：“看来还是个连载的，我最讨厌连载了，不过没办法，被你吊起胃口了，瑶瑶，求书名！”

连载？书名？这都什么鬼？

时瑶皱了皱眉：“什么书名？”

江月："还能是什么书名，就是你刚刚讲的那个故事的书名啊！"

何田田猛点着头："同求！"

什么跟什么啊？她讲了半天，她们竟然把这事当成小说？

时瑶："不是小说啦，是真事，真实发生的事情！"

江月摆了摆手，一脸不信："你少逗我，你刚刚说的那些套路，我告诉你，我在网上看到过很多类似的小说，没有一千本，也有八百本。那就是典型的校园文，两个人年少时暗生情愫，没来得及确认关系，却因为其中一方出国导致他们就此分开了。多年后重逢，男女主终于相亲相爱在一起了！"

何田田十分赞同："是的是的，瑶瑶，你不要拿着小说企图来骗我们，那么顶配的水果蛋糕，也就那些整天异想天开的作者能编得出来，现实中哪里有这么完美的存在？所以老老实实告诉我们书名，即便没有书名，也没关系，男女主名字总记得吧？给我，我立刻能百度出来！"

这年头是怎么了？说真话都没人信了吗？

时瑶鼓了鼓腮："我以我宿舍柜子里所有的零食起誓，我说的都是真的！而且我刚刚讲的故事里，男生和女生此时此刻正在一起吃饭！"

江月："连零食都搬出来发誓了？那看来是真的了……"

何田田将脑袋往时瑶面前凑了凑："男生和女生是谁呀？是我们学校的吗？我们认不认识？不过话又说回来，瑶瑶，那个男生和女生吃饭，和你有什么关系？你那么在意做什么？"

时瑶被何田田说得心底一阵莫名发虚："就是我一个朋友给我讲的她一个朋友的故事，然后她问我，那个男生对女生有没有意思？我也不知道，所以就来问你们啦……"

"噢，这样啊，原来是你朋友问你的呀……"江月十分相信时瑶的说辞，"按照小说里的套路，男生对女生肯定是有感情的，而且是很深厚的，非她不娶的那种感情！"

深厚、非她不娶……时瑶的指尖一抖，险些将筷子掉在桌上。

坐在她旁边，始终没开过口的冷暖将她这样的反应尽收眼底，依旧不显山不露水不说话。

时瑶稳住心神后，下意识地就开了口，她的声音虽然依旧很软萌，但语速明显有点急："月月，我都说了，不是小说，是现实！你不要拿小说的套路给我答案！"

冷暖听到时瑶这话垂下双眸，在其他三个人都没有注意到的情况下，嘴角微微扬起。

时瑶这是……被江月的话吓到了呀……

她这副表现，怕当事人，不是她所谓的朋友，而是她自己吧？毕竟真要是朋友的纠结，她又怎么会这么紧张？

时瑶认识的人，她虽不是每个都知道，但按照时瑶刚刚的描述，出身好、家世好，完美到符合小说男主角的设定……怕是就林嘉歌一个……所以，今晚，林嘉歌这是约了一个很优秀的女生用晚餐，被她知道了，然后她坐立不安了？

冷暖这边悄无声息地动着心思没说话，那边的三个人，依旧探讨得无比热闹。

被时瑶莫名凶了一顿的江月，委屈地撇了撇嘴："我又没谈过恋爱，我怎么知道啊？我唯一能给你解答的，就只能靠着小说里的套路啊！"

何田田：“就算是抛开小说的套路，瑶瑶，按照你刚刚的描述，男生只给女生讲过题，还在她出国的时候去机场送她，由此可见，女生对男生而言很特殊。女生一回国，男生迫不及待地就和她约了晚餐，又由此可见，男生对女生这些年一直都念念不忘……”

特殊、念念不忘……时瑶张了张口，过了一会儿，才发出声音：“有你说得这么夸张吗？”

听到这话的冷暖，打破了一直以来的沉默：“夸张吗？田田说得一点也不夸张，算是很含蓄的了。在我看来，女生对男生来说不只是特殊那么简单，还很重要……”

冷暖一边说着，一边不动声色地悄悄打量了一眼时瑶。

女孩在她吐出“还很重要”这四个字时，指尖明显地抓紧了掌心里的筷子。

早在上次，时瑶在操场上哭，她被林嘉歌拜托去照顾时瑶时，她就知道，时瑶对林嘉歌怕是已经动了心。

那个时候，她想，时瑶对林嘉歌的感情或许只是一个开始……现在看来，怕是时瑶早已深陷其中，只是不自知罢了。

看来，现在的时瑶，需要一剂猛药，狠狠地刺激一下。

想着，冷暖就又出了声：“从你刚刚的描述里，两家家世相当，显然是门当户对呀，又是青梅竹马……这简直就是天赐良缘。”

天赐良缘……时瑶的脸微白了一些，她迟疑了一会儿，才支支吾吾地开了口，那话语不像是说给冷暖听，更像是在安慰自己：“可是真要是你说的这样，男生对女生有意思，那女生当初拉横幅表白的时候，男生为什么不答应？”

“原因有很多呀，有可能是男生不愿意早恋，也有可能是男生想要确定女生有多喜欢自己，当然也存在你说的这种可能，就是男生对女生没那方面的心思……”冷暖摆出一副就事论事的姿态，跟时瑶分析情况。

“但是，不管男生对女生当年有那方面的心思还是没有那方面的心思，这些都不重要，重要的是，他们分开了这么多年，女生一回国今晚他们就在一起吃饭了呀？

“这说明什么呀？说明这些年，他们可能一直都没断过联系……”

冷暖说到这里，特意往旁边的女孩身上，又留意了一眼。

女孩尽管已经很努力地故作镇定了，但她时不时动弹的双脚，泄露了她的不安。

冷暖知道，自己刚刚下的猛药的剂量还不够，所以毫不客气地又补了一刀。

“而且有句话，瑶瑶你一定听过，所谓女追男隔层纱，自古以来，男追女难过登天，但女追男却是很容易的事情。而且像你刚刚说的那样的男生，更是很多女生梦寐以求的良人。这个社会上，不是人人都很正直的，有很多人，多多少少会有些心计，也有很多人，为达目的不罢休。所以有些女生为了追上男生，什么招数都能用得上，最简单直接的就是灌醉酒啊，还有什么一起去海边，故意露点什么给男生看，借机勾引他啊！当然也不排除一些女生不齿这样的做法，但是，你想啊，一个家世好、漂亮又主动的女生送上门来啊，难免男生不会心动……”

说到这里的冷暖，在时瑶的眉眼间，看到了一抹明显的慌乱。

冷暖知道，自己的这剂猛药给时瑶带来的刺激够了，但是猛药下够了还不行，最重要的是，让她看清自己的心。

想到这里，冷暖就又出了声：“对了，瑶瑶，你刚刚说，你朋友问你的这个事情，那你的朋友，是男生还是女生？”

“是女生……”时瑶回完后，歪着头，又问了一句，“怎么了？”

“是女生？”冷暖反问了一声，过了一会儿，才开口说，“那这个女生，怕是喜欢那个男生吧？”

如果时瑶直接摆明，是自己的亲身经历，这些话怕还不怎么好说，但是现在，她自己说是朋友问她的，反而让冷暖更好点明了。

喜欢？

冷暖说，这个女生喜欢那个男生……也就是说……她喜欢林嘉歌？

时瑶大脑有些蒙，她望着冷暖震惊了好一会儿，才喃喃出声：“喜欢？”

“对啊……你朋友肯定喜欢那个男生的，如果她不喜欢，她何必在意那个男生对那个女生有没有意思呀？”冷暖停了停，像是想到什么一样，又开了口，“也不能说是在意，确切地说，是很在意，而且除了很在意外，还有吃醋……”

“吃、吃醋？”时瑶还是那副愣愣的模样。

“对啊，吃醋！我如果没猜错的话，你朋友现在应该是特别想跑去那个男生和女生吃饭的地方，看看他们到底是什么情况？！”

被一语戳中心事的时瑶脱口而出：“你怎么知道的？”

说完后，她才意识到自己露馅了，连忙补救：“我朋友刚刚发短信的时候，有跟我说，她好想去看看他们是什么情况。”

“哦……”冷暖摆出一副很相信的样子，没有戳穿时瑶，“看来，你朋友吃醋吃得有点厉害哦，比我想象中的还要厉害，简直就是醋坛子打翻的那种吃醋！如果我没有猜错的话，你朋友估计还想发短信问问那个男生，他在做什么？顺便套套话……”

时瑶这次没再说话。

冷暖吃了两口菜，继续说：“瑶瑶，虽然我不认识你朋友，但是有句话，我觉得作为她的朋友，你有必要劝她，如果她很喜欢那个男生，那她就要鼓足勇气去争取。因为这个世界上，很多事情，真的是要靠自己双手去抓的，没有人永远都停在原地等你，或许一个月会等，两个月会等，甚至一年也会等，但是时间久了，谁都会累，更何况花花世界，诱惑那么多，谁都不敢保证，下一刻会发生什么。有的时候，缘分说散就散了……”

冷暖知道，有些话适可而止，否则就会适得其反。

所以她说完这些后，就选择结束这个话题：“一不小心就扯远了，不聊这些了，瑶瑶，你都没怎么吃东西，快点吃吧……”

说着，冷暖就给时瑶夹了两筷子菜。

时瑶依旧没出声，但她却握着筷子，吃起了东西。

她吃着吃着，就猛地停了下来。

是啊……冷暖不说，她都没意识到，原来她前段时间，因为林嘉歌和她解除婚约的慌乱和害怕，是喜欢；原来她不愿意和他解除婚约的那个想法，是喜欢；原来她知道他生日没人陪，情不自禁地买了蛋糕去他家楼下，也是喜欢……

她不知道自己到底是什么时候喜欢上林嘉歌的，但她现在却无比确信，自己就是喜欢他。

或许她很早之前就喜欢他了，但因为她一直觉得，自己和他不是一个世界的，又因为，她从没想过要去喜欢他，所以那份悄无声息地在她心底萌生的喜欢，就被她潜意识地掩盖和否决了。

更或许，其实她心底清楚，自己对他的感情。但因为她撞见了她父母的秘密，她就不敢去喜欢他了。她是一直想着要把钱还给林家，可是她从前并没那么急的，但是她现在之所以这么着急，是因为她怕，怕被林家知道她父母心底到底想些什么，怕被他看扁……

冷暖说得没错，她不但想去林嘉歌和那个叫梁霄的女生吃饭的地方看看情况，她还想给他发消息，她人虽在这里跟冷暖她们吃饭，可她的心和魂早就被林嘉歌勾走了。

她就是在吃醋，她十分，不，一百分地不愿意，他和那个女生共进晚餐……

随着这个念想划过时瑶的大脑，她忽然就抬起头，看向了冷暖她们："你们还有要加的菜吗？"

何田田摇了摇头："不用了呀，这不还有好多没吃完吗？"

时瑶"哦"了一声，然后下一刻就伸出手招呼了服务员买单。

江月："瑶瑶，我们还没吃完啊，你这么着急买单做什么？"

时瑶一边掏手机扫码付款，一边回："你们慢慢吃，我有事，要先走了。"

"有事？"埋头吃米线的何田田抬头，望向了时瑶，"有什么事呀？"

"对呀，你今天又不用给学生补课，能有什么事呀？"说完，江月看了一眼旁边手机屏幕上的时间，又开了口，"而且这都快晚上八点多了，很晚了，你要去做什么？要不，我不吃了，陪你去？"

"不用不用……"正拿着自己的东西，往随身携带的包里塞的时瑶，听到江月这句话，连忙摇了摇头。

"没关系的，瑶瑶，我们是什么关系，不用跟我客气的，再说你一个人，大晚上的，我们都不放心……"江月边说，边将自己的手机往包里一塞，就要起身跟着时瑶走。

她……她是实在心底忐忑不安，想去看看林嘉歌那边的情况，怎么可能要江月陪着？

时瑶这次不仅仅是摇头了，连双手都冲着江月开始频繁地摇晃了："月月，真的不用了，而且这是帝都，治安那么好，不会出什么事的……"

"治安再好，也有万一的时候，你看最近都报道多少起女生单独出门出事的新闻了，不怕一万就怕万一，还是要防着点……"

江月的话还没说完，冷暖就出了声："月月，你让瑶瑶一个人去吧。"

"可是……"

江月张口，还想说点什么，但她只说了两个字，就被冷暖再次打断了："没有可是，更何况，每个人都有自己的私生活，有的时候过度的关心和热情，对朋友来说，未必是贴心，反而是负担。"

江月被冷暖说得动了动嘴角，过了半天，才看向了时瑶："那好吧，瑶瑶，你一个人小心点。"

时瑶眉眼弯弯地笑了：“嗯嗯，你们慢慢吃，吃完了早点回学校，我先走了，拜拜。”

和冷暖她们道完别后，时瑶就背着包，急匆匆地离开了。

她从商场出来，在路边拦了一辆出租车，就去了金茂悦。

车子抵达目的地后，已经晚上九点钟了。

时瑶付完车费，下车后，看到不少顾客，已经从金茂悦的正门口，陆陆续续地往外走。

不知道林嘉歌和……那个叫梁霄的女生，还在不在？

时瑶站在门口，思量了一小会儿，就冲着金茂悦大堂走去。

旋转门的正门口，站着一个服务员，看到她，很是一脸抱歉地开了口：“小姐，不好意思，我们现在闭餐了，已经不接待客人了。”

闭餐？

时瑶微蹙了蹙眉心，想到现在已经是晚上九点钟了，北京城里很多大餐厅，是到了闭餐的点……

可她现在必须要进去呀，她也不能说自己是来找人的，因为她不知道林嘉歌他们坐的是哪桌。

“小姐，请问您还有什么事吗？”服务员见时瑶迟迟没出声，而她又恰好挡住了出口，再次礼貌地出了声。

时瑶回神，她知道，服务员这是在间接地请她走，可她不能走，也不能这么死皮赖脸地在这里站着……

“不是，我不是来用餐的，我是……”

情急之下开口的时瑶，因为没想到理由，说到一半便停了下来，她盯着服务员看了一会儿，然后在大脑里闪过第一个念头后，也不管合适不合适，就脱口而出了一句：“我是来借洗手间的！”

说完这话，时瑶就恨不得将自己的舌头咬下来。

她进金茂悦之前，明明在马路对面看到了二十四小时营业的 KFC，而且金茂悦的左边就是麦当劳……可理由都扯出来了，总不能自己拆了自己的台吧？再说，理由丢人不丢人不重要，重要的是管用。

时瑶想着，就转了转眼珠，然后装作很急的样子，跺了跺脚：“我是真的很着急，拜托啦……”

服务员似是也没料到时瑶会说出这样的一个请求，她足足愣了十秒钟，然后在听到时瑶又开口的话后，这才回神，对着她指了一个方向：“小姐，你沿着这条路往里走，左拐就能看到洗手间了。”

时瑶对着服务员浅笑着道了一句“谢谢”，就顺着她指的方向，像是看到了希望一般，一路小跑地往“洗手间”去了。

进了餐厅，便没有人理会时瑶了，她转着脑袋，环顾了一圈大厅，然后在靠窗的位置，找到了林嘉歌的位置。

他们应该是已经用完晚餐了，桌子上除了饭后甜点外，只有一盘水果。

其实林嘉歌并不在位置上，只有一个女生在。

尽管时瑶没见过梁霄，但是凭借着刚刚她看的照片，她能认出，那就是梁霄。

梁霄现实中看起来，比梁暮暮发的照片里，还要漂亮很多。

此时的她举着镜子，正在补口红。

虽然隔得有点远，时瑶并不能把梁霄看得仔仔细细，但就算是这样，她还是感觉到了梁霄逼人的美和那种出身豪门从小培养出来的优雅气质。

时瑶也不是没见过漂亮的、优秀的女生，可这还是她第一次，在心底拿自己和别人做对比。

梁暮暮说得没错，梁霄不管在哪方面，看起来都比她强。

明明每个人都有自己的特长，可是时瑶却不知怎么，此时此刻看着梁霄，心底竟自卑了起来。

或许这就是喜欢一个人的体现吧，总会觉得自己不够好，总想着让自己更好。

在时瑶盯着梁霄沉思之间，林嘉歌走了过来。

梁霄似是察觉到了动静，停下补口红的动作，抬头望向了林嘉歌。

林嘉歌背对着时瑶，时瑶看不到他脸上的神情，但她却清楚地看到了梁霄在看到林嘉歌面容的那一刹那，脸上绽放出明灿夺目的笑。

林嘉歌并没有坐下，两个人就这么一个站着，一个抬着头，也不知道交谈了些什么，然后林嘉歌拿了挂在椅背上的外套，梁霄将小镜子和口红塞进包里，站起了身。

他们这是……要离开的意思？

时瑶左右看了两下，将自己藏在了不远处的柱子后。

很快林嘉歌和梁霄，就走了过来。

两个人一路上还在交谈着些什么，绝大多数都是梁霄在讲话，时瑶没去细听也没心思去细听她说了些什么，她只知道，梁霄不但人漂亮，气质好，就连声音都很动听。

等到林嘉歌和梁霄走过柱子后，时瑶才将脑袋探了出来。

梁霄穿了一双细跟的红底高跟鞋，衬托得她的双腿，又长又细。

时瑶不确定是不是自己把梁霄想得太过完美了，她竟觉得就连梁霄走路的声音，都是好听的。

时瑶等他们走出大厅后，才悄悄地跟上。

隔着玻璃门，她看到餐厅的门童已经将林嘉歌的车子开到了门口。

林嘉歌随手拉开了后车门，让梁霄坐了进去，然后他绕到驾驶座门口，接过门童递来的车钥匙，弯身钻进车里。

当初他开车的时候，她坐在后面，还被他阴阳怪气地怼了一句："我是司机吗？"然后还让已经坐在车里的她下车，重新坐到副驾驶座上来。

他怎么不让梁霄下车，坐到副驾驶座来！

时瑶盯着林嘉歌的车子，莫名来气。

很快车子发动，驶离了金茂悦门口。

时瑶连忙抬起脚，追了出去，然后看了一眼林嘉歌车子开去的方向，在路边拦了一辆出租车，就让司机急忙追了上去。

在路过“四季酒店”门口时，林嘉歌的车速微缓了缓，时瑶下意识地就抓紧了车内的扶手。

什么意思？他们这是要去酒店？

时瑶睁大眼睛，憋着气，盯着正前方的车子目不转睛地瞧着，直到车子重新加速，开离了四季酒店门口，时瑶就跟死里逃生一般，长松了一口气。

路过四季酒店后，没一会儿，就到了林嘉歌的公寓。

在距离小区大概一百米的时候，车子开始缓缓减速，时瑶本能地攥紧了拳头。在车子停在林嘉歌小区大门口时，时瑶噌一下就站起了身，然后脑袋就磕到了车顶，疼得她眼泪险些流了下来。

她无视掉司机投来的异样目光，倒抽着凉气，揉了揉脑袋，然后看林嘉歌的车子又动了动，车头隐隐有开向小区入口的趋势。

林嘉歌这是要带着梁霄回他家？

时瑶下意识地推开车门，想要下车，结果车门刚开了一道缝隙，前面林嘉歌的车子，就加速开走了。

时瑶拉紧车门，吩咐出租车司机继续跟上。

大概十分钟后，林嘉歌的车子开进了“金碧辉煌”的地下停车场。

所以，林嘉歌和梁霄，这是在吃完晚餐后，来“金碧辉煌”玩了？

这个地方，她只来过一次，还是当初林爷爷让他带她来的……

时瑶隔着车窗盯着金碧辉煌的“金碧辉煌”看了一会儿，然后听到了司机的询问：“小姐，我们也要开进地下停车场吗？”

“不用了……”时瑶回了司机的话后，从钱包里翻了现金付了车费，然后就下了车。

深秋的北京，夜里已经很冷了。

风吹来，冻得时瑶瑟瑟发抖，然后她就又打量起不远处的“金碧辉煌”。

他们来这里玩，肯定会喝酒吧？

如果喝酒的话，那……时瑶脑海里忽然闪过冷暖在云南餐厅讲的话……如果喝多了的话，梁霄该不会真的借酒勾引林嘉歌吧？然后林嘉歌不会真的在今晚和梁霄发生什么事吧？再然后，林嘉歌胡编乱造给林爷爷的那个故事，会不会就成真了？

伴随着这些疑问闪过时瑶的心头，她脑海里缓缓地浮现出梁霄挽着林嘉歌冲着自己迎面走来的画面。随着梁霄离她越来越近，梁霄的肚子也跟着慢慢大了起来，直到梁霄走到她面前时，有个白白软软的胖萝卜从她的肚子里掉了出来，她本能地低头一看，那哪里是胖萝卜，那明明是个张开双手不断挥舞要她抱的胖娃娃……

脑补到这里的时瑶，就仿佛自己脚边真的有个“胖萝卜”一般，惊恐万分地往后退了两步，然后才低头细细望去，确定自己面前空荡荡的，她这才暗松了一口气。

时瑶闭着眼睛，深吸了两口气，稳住自己刚刚被那个“胖萝卜”莫名吓到的心脏后，再次抬头，将视线落在了不远处的“金碧辉煌”上。

她从来就没想过要喜欢他，所以，即便她心底真的有过动摇，可也被她根深蒂固的自我暗示掩盖了过去。若不是冷暖真的以为是她的朋友，给她闲聊般地说了那些话，她想，她怎么都不会意识到自己是喜欢他的。

她既然不想让他和别的女生在一起，她也怕他真的被别的女生追跑了，况且她人都已经过来了，没道理就因为梁霄真的看起来很优秀，就打了退堂鼓……

想到这里的时瑶，吞咽了一口唾沫，像是鼓起了天大的勇气般，下一秒就抬起脚冲着“金碧辉煌”的正门走去。

只是她人走了不过十多米的距离，包里的手机，忽然响了起来。

时瑶一边往前走，一边手忙脚乱地摸出了手机，她看了一眼来电显示，是表弟顾南城打来的，她没犹豫，就按了接听。

“怎么了？南城？”

“姐，你现在在哪里？我妈刚刚给我打电话了，说你爸今天晚上忽然晕倒了，现在刚送去医院抢救。我妈说，你妈给你打电话，怎么也打不通，到底是怎么回事呀？姐……”

因为父母一直千方百计地逼着她去求回林嘉歌，所以她把他们的电话拉黑了。

现在听到顾南城的这些话，时瑶蓦地停了脚步：“在哪个医院？”

“不知道啊，你得问我妈……”

时瑶没等顾南城把话说完，就急匆匆挂了电话，从黑名单里，把母亲的电话号码拉了出来，回了个电话过去。

电话前一秒被接听，后一秒听筒里就传来了母亲哭哭啼啼的声音：“瑶瑶，你爸、你爸他现在在医院里抢救，你快点过来啊……”

一边问地址，时瑶一边转身冲着路边走去。

挂断母亲的电话后，她伸手拦了一辆出租车，然后在拉开车门之后，她扭头看了一眼身后的“金碧辉煌”，思考了片刻，最终还是弯身坐进了车里。

林嘉歌今晚约梁霄，谈不上什么私交，更多的是为公事。

吃完饭，他接了一个电话，因为不方便让梁霄听到聊天内容，所以跟梁霄道了句不好意思后，就去比较安静的地方讲电话了。

结束了电话后，他折回餐位时，看见了时瑶。

她怎么会在这里？

林嘉歌盯着时瑶打量了一会儿，然后发现她正盯着自己和梁霄的那张餐桌目不转睛地瞧……确切地说，是盯着梁霄瞧。

这个点金茂悦已经闭餐了，她应该不是来这里用餐的，那她来这里……林嘉歌不太敢相信，却又存着一抹侥幸的心思，便克制了自己原本想要走到她面前的冲动，直接走到了梁霄面前。

见他回来，梁霄抬头，说梁久思知道她回来了，在“金碧辉煌”做局请她过去玩，时间还早，而且她刚回国，生物钟还没调整过来，晚上也睡不太着，就答应了梁久思。然后梁霄还顺便问他一句，要不要一起过去？

林嘉歌第一个念头，是想要拒绝的，但是话到嘴边，他又改变了主意，说他可能没办法待太久，但顺路能送她一程。

结完账，时瑶大概是察觉到了他和梁霄要离开餐厅了，躲在了柱子后。

他装作全然不知时瑶在的样子，和梁霄离开了餐厅。他知道她看着，他也承认自己是想要看看她见到自己和一个女生在一起后，她的反应，但他还是没让梁霄坐副驾驶座，抢先给梁霄拉开了后车门，让她坐了进去。

他透过后视镜，看到她没一会儿，就从金茂悦里跑了出来。

他不确定她是不是在跟着自己，所以将车速放缓了一些，等到她在路边拦了出租车，真的跟上自己后，这才放心地往前开。不过还是怕她跟丢了，他看到她的车子被别的车子拦到了后面时，就会降速，等她追上来，再提速。

经过四季酒店时，他故意停了一下，不过他不想让梁霄琢磨透自己的心思，就跟梁霄指着四季酒店这些年重新改建过的地方闲聊了几句。

当然，从四季酒店到“金碧辉煌”，压根不需要经过他小区门口的，但是他还是特意绕了一圈远路，将车子停在了自己小区的入口处，对着梁霄简单地说了下自己房子这里的配套设施，等到梁霄了解完后，他才去了“金碧辉煌”。

进入“金碧辉煌”的地下车库时，他装作有短信进来的样子，停了一下车。他看似低着头在回消息，实则全部的注意力都留在路边，他看到她搭乘的那辆出租车停在了路边，然后在看到她下了车后，才踩了油门，驶入了地下停车场。

林嘉歌跟梁霄一前一后地进了包厢后，没逗留多久，就离开了。不过他没立刻去地下停车场取车离开，而是直接去了大堂，坐在休息区，盯着大堂入口等。

她跟了他一路，她在金茂悦还那样目不转睛地盯着梁霄瞧……所以她今晚，是特意来跟踪他的？

那她会不会看见他和一个女生进了“金碧辉煌”，然后也跟着一起进来？

一分钟过去了，五分钟过去了，十分钟过去了……

大堂不远处的电梯门打开，梁久思从里面走了出来，远远地看到林嘉歌纳闷地来了一句：“咦？嘉哥，你怎么还没走？”

闻声的林嘉歌，看了一眼梁久思，语气不轻不重地回：“刚刚接了个电话。”

梁久思信以为真地“哦”了一声。

从林嘉歌的身上，完全找不到任何撒谎的迹象，他再开口的声音，格外气定神闲：“你呢？”

“我？我出去买包烟。”

林嘉歌“嗯”了一声，就往门口扫了一眼，示意梁久思赶紧去吧。

梁久思似是懂了林嘉歌眼中的暗示一般，屁颠屁颠地走了。

林嘉歌在休息区又待了一会儿，见时瑶迟迟没进来，这才去地下停车场取了车，然后缓缓地行驶到了路边，将车子停在了时瑶刚刚下车的地方。

落了车窗，林嘉歌盯着那片空荡荡的，早就没了她身影的空地看了许久，才升了车窗，重新踩着油门离开了。

○

○

第十四章
数字先生就是林嘉歌

／

晚上的路况还算好，时瑶用了一个小时十五分钟，就到了她家附近的区医院。

时瑶急匆匆地跑到护士站，递了父亲的姓名，知道父亲在哪个病房后，就急匆匆地乘坐电梯上了楼。

奔到病房门前，时瑶连门都没敲，就径自推开冲了进去。

父亲手臂上插着挂针，躺在床上动也不动，母亲坐在旁边，哭得眼睛红肿得厉害。

时瑶看到这画面，心底蓦地一酸，然后就奔到了床边。到底是因为最近这段时间闹得有些不愉快，时瑶脸上的神情有点不自然，但还是小声地喊了句："爸……"

父亲听到时瑶的声音，虚弱地睁开眼，看了她一眼："瑶瑶。"

他的声音很温和，就和曾经她没有撞见他和母亲吵架之前一样，那种很疼爱她的语气。

时瑶听得眼底一红："爸，你现在感觉怎么样？"

说着，时瑶看向了母亲："妈，爸到底是怎么回事？"

时母抹了抹眼角的泪水："就是你爸晚上吃完饭，去洗澡，我在厨房洗碗，听到'咚'的一声响，然后我推开洗手间的门，就看到你爸昏倒在地上了……"

时瑶："那医生怎么说？严不严重？"

时母："倒是不严重，只是以后怕是要常年吃药了，而且我问了那药的价格，很贵……"

"贵没关系，我会想办法的，你们不用操心，主要还是让我爸养好身体。"

"那也要不少钱啊，你爸连个正经工作都没有……"时母说着，就和时父对望了一眼，然后时母又开了口，“瑶瑶，要是你跟嘉歌的婚事没取消，你爸说不定能看更好的医生，吃更好的药……现在……”

时母伸出手，又抹了一下眼泪，叹了一口气。

换作前段时间，母亲若是提这样的话，时瑶定会很排斥，拒绝和母亲聊，可是现在，父亲都这样了，她虽然听到这话，心底还是很不舒服，却没再顶嘴。

病房里安静了一会儿，时母又开了口：“瑶瑶，你跟嘉歌真的没希望了吗？”

时瑶浅笑了一下，直接转了话题：“不需要别人帮忙，我爸也能看最好的医生，吃最好的药，我可以赚钱啊。”

“你怎么赚钱？你现在还在上学……”

时母回完时瑶的话后，没一会儿，把话题又绕回去：“我跟你爸前几天去找过林老先生，但是林老先生一直没怎么接你们婚事的话茬……”

时瑶蹙了蹙眉心。

他们找她不成，竟然还去找了林爷爷……她心底虽不高兴，但还是努力地压下了这份不高兴。

时母见时瑶没开口，就继续出了声：“瑶瑶，你真的就不能去找找嘉歌吗？

“你看，妈妈到现在为止，不止一次因为这事求你了，现在你爸爸都病了，家里正需要钱。你就算是为了你爸爸，去找找嘉歌，行不行？

“我和你爸养你这么大，都没指望过你，你真的就忍心，这样对我们吗？瑶瑶，妈妈知道你很孝顺，从小到大，你都很听妈妈的话，现在再听一次，好不好？

“你就跟嘉歌认个错，道个歉，实在不行，你也可以去找林老先生。林老先生最疼你了，只要你出面，他肯定会帮你的，当初，嘉歌不想跟你订婚，林老先生不就帮你摆平了吗？瑶瑶，就跟嘉歌打电话，咱们就这么说定了，妈妈帮你拨电话啊？”

时母说着，就伸出手从时瑶的包里翻出了手机。

手机锁屏，时母没办法用，就将手机伸到了时瑶的面前，让她解锁：“瑶瑶，解锁……”

时瑶抿着唇，盯着手机屏幕，迟迟没动。

“瑶瑶，解锁呀……”时母又催了一次，见她还是没反应，就拿起她的手，将她的大拇指冲着手机上落去。

只是在她指尖快要碰到屏幕上时，时瑶忽然伸出手，从母亲的手中夺走了手机，然后就挣脱了母亲握着自己手腕的力道。

“瑶瑶，我们不是说好了，要给嘉歌打电话吗？”

时母说着，再次伸出手去拉了时瑶的手。

时瑶这次没等母亲碰上自己，就往后退了一步。她以为自己有些话，意思表现得已经很清楚了，可到现在为止，她发现，她的父母好像还不明白。她深吸了一口气，将从前说过的话，再次对着父母说了一遍：“我不会跟林嘉歌打电话的，因为我没有错，不需要对着他道歉……

“我们是没那么多钱，但我们可以靠自己的努力去赚钱，林家的钱是林家的，我们不能这样想着办法去讨林家的钱……”

上次她也是这般跟父母说的……不过后面的话，她说得比较决绝，她说，我是不可能再和林嘉歌在一起了，你们死了这条心吧！

可是这次，这句话再到时瑶嘴边时，她犹豫了，她顿了片刻，才又开口说："不管我跟林嘉歌，最后是在一起，还是没在一起，我都不允许你们这样做……"

旁边一直没开口的时父，终于忍不住了："你这说的是什么话？你这还没嫁出去呢，就开始胳膊肘往外拐了？你是我女儿，林嘉歌要是娶了你，就是我女婿，他应该给我钱花的！"

"是，你说得没错，作为女儿，我是有义务给你钱花，孝敬你，作为你的女婿，他也有义务这样做。但是，你们心底清楚，你们一直以来，根本就不是在谈义务的问题！如果当初，林爷爷找上门的时候，没有说聘礼一百万，如果那个时候的林家，家庭条件比我们家还要差很多，你们肯认这门婚事吗？我不同意你们的做法，是因为我不叫摇钱树，林嘉歌也不叫提款机！"

时父被时瑶这一长串的话，气得脸都涨红了："你个不孝女！你……"

他指着时瑶支支吾吾了许久，也没骂出来，最后就看向了时母："都是你教出来的好女儿！难怪人家说，嫁出去的女儿泼出去的水，现在她都还没嫁出去呢，就已经向着外人了！"

被莫名骂了一顿的时母，也生起了气："你凶我干什么，说得女儿好像就是我一个人生的一样！我早就跟你说了，女儿不可能改变主意的，是你非不死心，死皮赖脸地去了林家一趟又一趟。见林家那边走不通了，就在这里装病、装可怜想着博同情让女儿去找嘉歌，现在女儿拒绝你了，和我有关系？！"

装病？

听到这两个字的时瑶，没说话，却垂下眼睛，遮掩住眼底的暗淡和失望。

"是和你没关系，马上我和你也没关系了！"

"没关系就没关系，当初我就是因为女儿要嫁给林家，才跟你凑合着过日子，现在我一天都不想跟你过了！"

"不过就不过，明天我们就去民政局把离婚手续办了！"

"办就办，我告诉你，你要是不跟我离婚，你就是孙子！"

父亲母亲一口一个离婚，吵得不可开交。

时瑶在旁边听了一会儿，终究有些听不下去了，什么话都没说，便离开了病房。

她们就像是没发现她这样一个大活人走开一样，还在吵，甚至吵的话，更难听了。

走出病房，时瑶带上门，走到电梯处，还能隐隐听见父母的叫骂声，大概是吵到旁边的病人了，有护士过去劝阻了。

时瑶装作不知道一切的样子，进了电梯，来到一楼，走出住院楼，随便在医院的花园里找张椅子坐下。

她大脑里空白了许久，然后她才从自己的心底，读到了两个字：失望。

是啊，是真的很失望，他们见目的不成，就在她面前肆无忌惮地开始谈离婚……对他们来说，她算什么？他们之间可有可无的累赘和多余物品？

可若是他们真的离婚了，那该怎么办？

时瑶是真的有点怕，怕他们离婚。

可她心底也很清楚，他们或许真的会过不下去，会离婚，会各自去找各自的生活，然后她就一夜之间失去了爸爸，也失去了妈妈……如今，就连她有了喜欢的人，可他已经都不是她的未婚夫了……

时瑶越想越觉得难过，她噙着泪，盯着手机看了一会儿，然后就翻出林嘉歌的电话号码，鬼使神差般地拨了出去。

电话很快接通，里面传来的“嘟——”声，让时瑶清醒了一些。

她刚刚竟……竟给林嘉歌打了电话……

她本能地想挂断，可电话那边的人，比她快很多，已经抢先接听了。

“瑶瑶？”

纵使在几天前，他生日那天，他和她见过，可现在时瑶再听到林嘉歌的声音，总觉得仿佛过了一个世纪那般遥远，心底五味杂陈，莫名复杂。

许是她迟迟没出声，林嘉歌在电话那头又开了口：“瑶瑶？”

时瑶这才发现，林嘉歌的声音里，带了些许睡意，她下意识地抓紧了一下手机，有点不好意思地开了口：“那个……你已经睡了？对不起呀，我不知道，我不是故意吵醒你的……”

“我还没睡着，只是准备睡。”林嘉歌的话，回得飞速。

他这样的回答，让时瑶一时半会儿不知道该怎么接话，她“哦”了一声，就沉默了下来。过了几秒钟，她才后知后觉地反应过来，他这是准备睡……准备在哪里睡？

想着，时瑶就脱口而出了一句：“你在哪里睡呀？”

“嗯？”电话那头的林嘉歌，似是被问愣了一般，过了好一会儿，才低声回，“在我家啊……”

“你一个人呀？”

自己当然是一个人……林嘉歌下意识地想回时瑶的话，可话到嘴边，他忽然想起，今晚他在“金碧辉煌”等了她那么久，她都没进来，现在她打来了电话，又问了他这些话，她这是来查岗的？

林嘉歌盯着天花板，只觉得此时此刻仿若梦境般极其不真实。

时瑶等了一会儿，见林嘉歌那边没声音，越发紧张了，该不会他把梁霄带回家了吧？

想着，时瑶出声：“林嘉歌？”

“嗯……”林嘉歌急忙应了一声，然后才回了她刚刚问的话，“不然呢？不是我一个人，难不成还是两个人啊？”

“说不定哦，我今天……”时瑶话到这里，急忙捂住了嘴。

她险些，险些就把自己跟踪他的事情泄露了。

别人都是被人坑得暴露了行踪，而她永远都是不打自招……

即便她不说，林嘉歌也知道她后面要说的是什么，但他还是故意反问了一句：“今天怎么了？”

“没什么，没什么。”因为心虚，时瑶的话接得飞速。

“哦……”林嘉歌恍然大悟一般，“我还以为你今天遇见了我呢。”

时瑶更心虚了：“没有没有，怎么可能呀？我在家呢……”

电话那头的林嘉歌，听着她慌乱无措的声音，忍不住微勾了勾嘴角，过了一会儿，他就将电话给挂了。

时瑶盯着被挂断电话的手机屏幕，眨了眨眼睛，又眨了眨眼睛。

是信号不好，电话自动断掉了，还是……他那边不方便，挂了自己电话？

时瑶边想，边抬起指尖伸向了屏幕，想要给林嘉歌再打过去，只是她这一系列的行动都还没来得及做，林嘉歌的电话就拨了回来。

时瑶没细看，飞速地按了接听，然后等到她的屏幕里出现了林嘉歌俊美的容颜后，她才反应过来，林嘉歌这是换了视频电话给她打了过来。

时瑶张口，下意识地想问林嘉歌干吗换视频聊天，结果视频里的林嘉歌，已经动了唇："我真是一个人在家……不信给你看……"

说着，他就将手机的摄像头，朝四面八方转去。

他给时瑶看了一个房间又一个房间，甚至连洗手间、更衣室、壁橱，还有马桶里都给时瑶看过了……

马桶……时瑶忽地想到，第一次从长鸣山下来后，他就不理她了，她受母亲之托，去给他家送鸡蛋时，他的门被反锁了。林嘉仪踹坏了门，满屋子找他的时候，也在马桶里翻找过……他们还真是不是一家人，不进一家门呀！

回忆起这件小事的时瑶，忍不住扑哧笑了一声。

林嘉歌听见她的笑声，将手机摄像头，从马桶上切换到了自己的脸上："瑶瑶，我没骗你吧，我真是一个人……"

他的话还没说完，就忽地停了下来。

过了不过短短的三秒钟，他就微蹙着眉心，又开了口："瑶瑶，你怎么这么晚了，还在外面？"

"我……"时瑶给林嘉歌打电话之前，本是心情很低落的，现在和他聊了虽没多久，但没了刚刚的那种郁闷。现在听他这么一问，禁不住又想起了自己的父母，她说了一个字，就有点不知道该怎么说下去了，最后就冲着手机屏幕扬了扬嘴角，当作什么事都没发生过的样子，继续出声，"我随便出来走走呀……"

林嘉歌没说话，视线却隔着手机，目不转睛地盯着她瞧。

时瑶被他看得莫名有些心虚，下意识地垂了眼帘。

然而，即便这样，林嘉歌还是捕捉到了不对劲："瑶瑶，是发生了什么事吗？"

"没……"时瑶急忙摇头。

他不问她这话还好，一问她心底莫名地更难受了。

她的亲生父母吵得那么热火朝天，她离开的时候，他们都没发现她的难过，现在一个和她没有任何血缘关系的人，隔着手机，就那么轻而易举地察觉到了她情绪的变换。

时瑶眼眶泛了酸，她更不敢抬头了："我真没事……"

林嘉歌没说话，只是隔着手机，盯着她周围的环境看。

因为天色太暗，很多地方他根本看不清，但他却在她右后方，捕捉到了"医院"两个字。

他整个人忽地紧张了起来："瑶瑶，你怎么在医院？你是身体不舒服？"

时瑶的指尖下意识地抓紧了手机："不是我，是我爸……"

顿了顿，时瑶没等林嘉歌开口，又说："那个，时间不早了，你早点休息吧，我挂了……"

然后，时瑶就头也不抬地按了挂断。

手机屏幕很安静，林嘉歌倒也没再给她打来电话。

她分不清自己是失落，还是松了一口气，一个人就这么继续静静地在深秋的室外坐着。

时瑶也不知道具体过了多久，然后她隐约听见身后传来了匆匆的脚步声。

时瑶本能地扭头望去，看见林嘉歌踏着月色，迈着急匆匆的步伐，冲着自己走来。

直到林嘉歌停在时瑶面前，时瑶才眨了眨直愣愣地盯着他看了好久的眼睛，带着几分不可思议地站起了身："你……"

时瑶只说了一个字，找了她一会儿的林嘉歌，就抢先开了口："怎么这么晚了，还在室外待着？"

他边说边将外套脱下来，披在了时瑶的身上："夜里温度这么低，会冻病的……"

时瑶后面的话，被林嘉歌的话和举动，堵在了咽喉处，再也说不出来了，随之而来的，还有说不出来的感动。

她挂断他电话后，他没再打过来，是因为他大概知道了她在哪里，亲自赶来找她了？可这是郊区啊……从他们通完电话到现在，也不过刚过了半个小时的样子，所以，他这一路都处于超速状态？

帮时瑶将外套的纽扣，一颗接着一颗扣好后，林嘉歌才看向了时瑶的眼睛："对了，你刚刚在电话里说，你爸爸住院了？情况严重吗？现在怎么样了？要不要我安排城里更好的医院，办转院手续？"

听着林嘉歌一声接着一声地询问，时瑶只觉得喉咙更堵了，眼睛更酸了。

她张了张口，没能说出话。

林嘉歌看她这副模样，以为她是为担心父亲的病，便看了一眼旁边的住院楼："算了，我还是自己去看看情况吧。如果严重的话，我今晚就可以安排你爸爸转院……"

时瑶想都没想就伸出手，拉住林嘉歌的袖口，阻止了他去住院楼看爸爸的动作。

林嘉歌没领会到时瑶的意思，扭头看了她一眼："你不用太担心，你还记得当初给爷爷看病的那个医生吗？他拿了医学界的四个博士学位呢，很厉害的，所以只要不是那种全球都棘手的问题，他都能解决的……"

"不是，我不是在担心爸爸……"

林嘉歌回头，有点不太理解地"嗯？"了一声。

时瑶一时半会儿也不知道该怎么跟林嘉歌解释，她盯着林嘉歌的眼睛看了一会儿，最后只说了一句："你不要上去。"

"怎么了？"林嘉歌眉心微微蹙起。

"反正你就是不要上去……"时瑶也觉得自己这话说得很无理取闹，可她现在除了这句话，真的想不出来别的词语了。

林嘉歌盯着时瑶又看了一会儿，想到当初冷暖跟自己打电话时，说的那些话。

该不会是，因为他和她解除了婚约，她和她父母那边产生了什么分歧吧？

不过，纳闷归纳闷，林嘉歌却没继续追问时瑶："好吧，我不上去，不过，你跟我回车里好不好？这里实在是太冷了，再待下去真的会病的……"

时瑶这次没再拒绝，轻轻地点了点头。

林嘉歌低头看了一眼她抓着他袖口的小手，没甩开她，也没让她松开，就这么任由她抓着，带着她一路走到了自己的车边。

回到车上后，林嘉歌先发动车子，开了暖风后，才去后备厢拿了两瓶水，将其中的一瓶拧开瓶盖后再拧好，递到了时瑶的面前。

时瑶道了一声“谢谢”，然后接过了水。

在车里坐了一会儿后，林嘉歌斟酌了一下语气，开口问：“是发生了……什么不开心的事吗？”

时瑶没说话。

但林嘉歌透过她的眉眼，看得出来她似是受了什么委屈，他虽心疼，但也没有强迫着她一直问具体情况。

车内瞬间陷入了一阵安静中。

林嘉歌也不知，自己就这般静静地在车里陪着时瑶待了多久，但他着实不忍心一直看时瑶这般沉默着不说话，便沉思了起来，然后想到她喜欢吃的，就开口打破了车内的静谧气氛：“要不要去吃点消夜？”

时瑶还是没说话。

林嘉歌一点也不介意：“我知道有个地方，做串串香到深夜两点钟，很好吃的。”

时瑶依旧沉默。

林嘉歌耐心十足地继续开口：“不喜欢吃串串？那吃小龙虾？

“麻辣烫？

“牛肉米线？

“好像也还没多晚，刚吃过晚饭没几个小时，是不是还不太饿？

“估计是的，那等会儿吧……等会儿你饿了，告诉我，我带你去吃……”

听着林嘉歌一个人自言自语了这么半天的声音，时瑶忽地就落了泪。

他这是为了哄她开心，怎么哄着哄着，反而把她哄哭了？

林嘉歌顿时慌了起来：“怎么好端端的哭了？是我刚刚说错了话吗？对不起，我不是故意的，我错了……”

随着他一声声自责地道歉，时瑶的眼泪落得更狠了。

她在病房里，旁观父母的吵架，都没哭，可她现在听着他这些话，就是控制不住情绪。

“瑶瑶，好了，不哭了……”林嘉歌没哄过女孩子，一向毒舌的他，此时嘴笨得厉害，翻来覆去就是那么几句话。他看她哭得越来越凶，就抽了纸巾帮她擦眼泪，动作也是手忙脚乱的。

还好时瑶倒是没哭太久，没一会儿就停止了落泪。

林嘉歌仿佛死里逃生般，长松了一口气。

将他这反应捕捉到眼底的时瑶，眼眶又是一酸，不过这次她并没落泪。

由于刚刚，他想哄她，反而把她哄哭了的前车之鉴在，后来林嘉歌再也不敢轻易开口了。

车里格外安静。

一直到了后半夜，时瑶悄悄地看了一眼旁边的林嘉歌，见男生依旧是一脸紧张地望着自己，她整颗心蓦地就软化了。

她微抿了抿嘴角，又过了一会儿，终于主动开了口：“我爸和我妈，他们、他们要离婚了……”

原本因为她终于肯开口说话而欣喜的林嘉歌，听完她话里的内容后，瞬间心疼。

难怪她今晚看着那么不开心，原来、原来是……

“其实我早就知道，他们感情不和了。如果……如果没有林爷爷当初找上门来，说不定那个时候，他们就已经离婚了……

“我知道，每个人都有选择生活的权利，我也很清楚，我不应该把我的思想强加给他们，为了我自己，不让他们离婚，可是……我也是真的不想他们离婚的。我总觉得，爸爸妈妈在一起，我还有家，要是他们不在一起了，我就没家了……

“如果我要是听他们的话去找你，去哄哄你，他们或许就不会这样了……可是，我不要……你都不知道，他们最近找我，从不问我在学校怎么样，只要一开口，没几句话就能扯到你身上……我总觉得，这些年，他们对我好，是因为你们家。如果没有你们家，他们是不是早就不要我了？”

可能是因为说起自己家里的这些情况，有点难以启齿，时瑶的话说得颠三倒四吞吞吐吐。

林嘉歌自始至终都没打断她，就那么静静地坐在旁边，专心地听。

从最初她的父母对她很好，她以为自己拥有一个虽不是那么富裕但很幸福的家庭；到后来，她知道她父母真实的想法，她无法接受很是难受；再到后来，她说，她不想当摇钱树，对于她爸爸妈妈来说，她觉得自己一点也不重要，他们为了让她可以嫁得好，她爸爸连装病的事情都做出来了……

其实这些事情，早在冷暖那里，他已经了解了很多，现在她再讲给他听，他却像是在听合作方案一般，有关她的每一句话，甚至每一个字，他都听得仔仔细细。

她说了很多话，大概是把憋在心底的难受都吐了出来，到了最后，她的语气明显变得轻松了许多，眉眼间的那抹委屈也消散了一大半。

“晚了这么多年，现在他们才分开，我应该高兴的，是不是？怎么说也等到我现在长大了，才只剩了一个人，总好过当初我小的时候，我真的应该高兴的，对不对？”

说着，她转头冲着林嘉歌挤了个笑容，她怕是也说累了，问完他这句话后，就没再说话了。

可她的最后一句话，却莫名戳心，让林嘉歌一时之间，不知道该怎么接她的话。

他望着她强颜欢笑的小脸，喉咙像是被什么东西用力地掐住一般，堵堵的，很是酸涩。

过了一小会儿，林嘉歌才勉强压住那股酸涩，动了唇：“不会呀……怎么可能只剩了你一个人，真要是只剩了你一个人，我也会陪着你的。”

我也会陪着你的……

这般简单的几个字，让时瑶眼眶又泛了红。

“怎么又哭了呢？”林嘉歌紧张出声。

“没……”时瑶摇了摇头，等自己情绪稍微稳定了一些后，才又开口问，“你说，我以后怎么办呢？”

“你想怎么办呢？”林嘉歌伸出手，摸了摸时瑶的刘海，柔声地问。

“我不知道……”时瑶小声地回了四个字后，紧接着又说，“他们要是真的离婚了，我就不想回家住了……”

“那你想去哪里住？”

“我？我现在可以住校，等到寒假了，我可以在学校附近租间房子住……”

“可以啊，不介意的话，我还可以帮你找房子。”

“真的吗？”时瑶有点不确定地问。

“当然是真的，我不但可以帮你找房子，还可以帮你一起布置家。你想要添补什么家具，我也可以陪你去挑选，还帮你一起打扫卫生……”林嘉歌的眼底浮现了一抹笑意，“别说是我主动说要帮你是真的，只要你开口，找我帮忙，什么事我都会答应，也都会是真的。”

时瑶总觉得林嘉歌这句话说得太童话，有点不太相信，她盯着林嘉歌想了一会儿，轻声问：“什么事都可以吗？”

“只要我能做到的，什么事都可以。”林嘉歌仿佛说誓言般，语气郑重而又认真。

“那……”时瑶吞咽了一口唾沫，“刚刚你说，带我去吃串串，吃小龙虾，吃麻辣烫，吃牛肉米线，现在还作不作数？”

换作别的女生，肯定会借此机会提出很高的诉求，可她……软包子果然是软包子……林嘉歌哑然失笑了一会儿：“当然作数，你想吃哪个？我现在就带你去吃……”

“我……我都想吃……”

时瑶有点不好意思，也有点怕自己说出来的提议过于得寸进尺无理取闹，她的指尖不安地抠了抠座椅的安全带，然后才支支吾吾地小声开口说：“要不，我只吃三样……”

边说，时瑶边扭头望向了林嘉歌，她的眼底带着几分不安，继续妥协地说：“嗯……两样吧？那就一样牛肉米线吧……”

说到最后的时候，时瑶委屈巴巴地垂下脑袋，抠着安全带的力道更重了。

望着时瑶可爱的小模样，林嘉歌眉眼浮现出了一层柔软的笑，他几乎没犹豫，就出了声：“不用，我们全吃。”

说完就发动了车子。

在车子开出一段距离后，时瑶还是有点不安心，忍不住问：“林嘉歌，你说，我刚刚的要求，会不会太过分了点？”

“你可以更过分点，例如再想四个你想吃的，或者四十个，只要你吃得下，都没关系……前提是不能浪费食物……”

被林嘉歌这话说得，时瑶“哈”了一声，眉眼弯弯地笑了。

看她笑了，林嘉歌直视着正前方的道路，也跟着笑了。

车子往前飞驰了好一会儿，林嘉歌像是想到什么一样，又开口说：“我喜欢你这么过分……”

因为这样，让我觉得，在你心底，很有存在感。

他的声音很轻，坐在旁边的时瑶没察觉到他说的话。

车子维持着安静，继续往前开，没一会儿就进了城，继续开了一会儿，就到了时瑶要吃的牛肉米线那里……

林嘉歌是真的陪着时瑶，从牛肉米线吃到了小龙虾，又从小龙虾吃到了麻辣烫，因为他说的那家串串深夜两点就打烊了，所以最后林嘉歌带时瑶去的是另外一家夜里还营业的串串店。

等到将这些东西，挨个吃完后，天已蒙蒙亮。

回到车上，一夜没睡的时瑶，打了个哈欠，扭头看着林嘉歌说：“我想睡觉。”

顿了顿，时瑶说出自己的顾虑：“但是，现在还早，宿舍楼还没开门，而且我回去，很有可能会被人看到我昨晚夜不归宿了……”

“这离我那里不远，要不去我那里睡？”

时瑶想了一会儿，轻轻地点了点头。

林嘉歌见她同意了，轻踩了油门，驾驶着车子，一路开到了自己住的公寓楼的地下停车场。

回到家里，林嘉歌给时瑶拿了拖鞋后，就去储物间了。等时瑶换完鞋，走进屋，林嘉歌将全新的牙膏、牙刷和牙杯递给了她："你还睡你之前睡的那间卧室，你以前用过的那些沐浴露什么的都还留着，床单被罩不用换了，阿姨昨天刚洗过，还除了螨虫，浴巾毛巾也都还在……"

说到这里的林嘉歌，像是想到什么一样，对着时瑶留了句"你等我下"，就进了自己的卧室。没一会儿，他拿了一件白T恤走了出来："你凑合着当睡衣，快点去洗澡睡觉吧。"

时瑶点着头"嗯嗯"了两声，然后就抱着林嘉歌塞给自己的东西，往自己要住的那间卧室走去。

她走了没几步，林嘉歌又喊住了她："对了，瑶瑶……"

时瑶回头："怎么啦？"

林嘉歌抬起手腕，看了一眼时间："上午九点半，我有个会，所以我可能八点半到九点之间就出门了，你尽管睡你的就好，但是醒来后，家里可能没人，你到时候自便就行。"

时瑶"哦哦"了两声，表示知道了，然后又问了一句："还有别的事吗？"

见林嘉歌沉默了片刻，摇了摇头，时瑶这才推开门，进了卧室。

洗完澡出来，时瑶前一秒刚躺在床上，后一秒就睡了过去。

她也不知道自己到底睡了多久，隐约中听到有房门关上的动静，她继续躺了一会儿，然后想到林嘉歌说早上九点左右要出门的事，她大脑都没过多的想法，人就已经飞速地掀开被子，踩着拖鞋跑了出去。

昨晚陪了她一整夜，到现在只睡了不过四个小时的林嘉歌，已经穿戴整齐地站在餐厅里，正在煮咖啡。

看到时瑶，林嘉歌纳闷地问了一句："怎么没再睡了？"

"我……"时瑶看了一眼旁边的饮水机，胡乱地找了个借口，"口渴。"

林嘉歌没说话，放下咖啡杯，从旁边拿了一个水杯，接了一杯温水，递给时瑶。

"我要出门了，你喝完水，再回去睡一会儿……"林嘉歌端着咖啡，喝了小半杯，提了提神后，放下杯子，对着时瑶说。

时瑶捧着水杯，边喝水边"嗯"了一声。

林嘉歌没再过多逗留，他拿了旁边的电脑和文件，正准备迈步离开的时候，兜里的手机响了。

旁边的时瑶听见声音，冲着他望来。

林嘉歌在看到来电显示时，原本往外走的步子，忽地停了下来，然后毫不犹豫地就按了接听："梁霄……"

梁霄……听到这两个字的时瑶，下意识地竖起了耳朵，连水都不喝了，聚精会神地偷听起了林嘉歌的电话。

看似背对着时瑶，根本看不到她的林嘉歌，实际上正透过不远处的一面镜子，悄无声息地打量着她。

在他留意到随着自己话音落定，时瑶浑身绷紧的模样后，林嘉歌的嘴角按捺不住地勾起了一抹弧度，然后在听完梁霄的话后，特意将她话里的意思，复述给了身后的女孩听："今晚我有时间吗？"

注意力一直都在时瑶身上的林嘉歌，透过镜子，看到她扭头看了自己一眼，然后这才不紧不慢地拿捏着语速，回答梁霄的话：“应该是有的，怎么了？”

随着话音的落定，林嘉歌捕捉到时瑶的眉心微微地蹙起，像是不满意他的回答。

但他却很满意她这样的反应，他为了不让自己露出破绽，用力地压了压嘴角的弧度，和刚刚一样，依旧是故意先复述了梁霄的意思，然后才回了她的话：“吃饭？可以啊……”

时瑶的手一抖，将杯中的水洒了一大半出来。

听见动静的林嘉歌，佯装什么都不知晓的样子，扭头冲着时瑶看来。

碰触到他询问的目光，时瑶故作镇定地摆了摆手，一副不小心的样子，将杯子轻轻地放在了桌子上，然后抽了两张纸巾，看起来很是镇定地擦手腕上的水。

林嘉歌见时瑶仿佛没事人一般，自己便也当作什么都没看到的样子，继续对着手机开了口：“今晚几点呀？六点半？可以的，没问题……哦，对了，都有谁？”

林嘉歌故意停了下来，就又开了口：“就我和你啊？”

对于一直没开口说话的梁霄来说，他刚刚的话，就是连在一起的，是再普通不过的问话，就是晚饭时都有谁？是只有我和你两个人吗？

但是对于时瑶来说，他刚刚中间的停顿，就仿佛是梁霄回过他的话，说只有他和她两个人，而他只是把她的话重复了一遍……

果不其然，林嘉歌这话刚落定，身后就传来了“啪”的一声响。

他回头，看到纸巾盒被时瑶撞翻在了地上。

电话那头正在说今晚吃饭的人都有谁的梁霄，听见了声响，问了句：“怎么了？”

林嘉歌一副风轻云淡的样子：“没什么，不小心撞翻了东西……那个没别的事的话，我就先挂了……”

等到梁霄挂了电话后，林嘉歌看了一眼蹲在地上正在捡纸巾盒的时瑶，对着耳机里“嘟嘟嘟”的忙音，来了一句：“嗯，好的，今晚不见不散……”

又是“啪”的一声响。

刚刚被时瑶捡起的纸巾盒，再次重重地砸在了地上。

纸巾盒是特殊材质做的，既不是塑料也非瓷器，还是挺耐磕碰的，但是这般连续两次落地，直接摔碎了。

时瑶盯着四分五裂的纸巾盒，懊恼了好一会儿，然后才抬头，看向了收起手机，走过来的林嘉歌：“我、我不是故意的……”

“没关系的……”林嘉歌回完话后，发现自己好像除了说没关系外，并不知道该说什么。

毕竟就算她是故意的，他也不敢把她怎么样啊。

她想摔，那就只能让她摔咯，她要是摔得不开心，他就得亲自陪着她一起摔到她开心，要不然，还能怎样？

想着，林嘉歌就又开了口：“这些东西不要管了，等会儿打扫的阿姨会过来，她收拾就好。”

边说，林嘉歌边抬起手腕，看了一眼时间：“已经九点了，我得出门了，你回房间再睡会儿……”

时瑶见林嘉歌一副要离开的样子，她下意识地出声：“林嘉歌……”

林嘉歌扭头看向了时瑶：“怎么了？”

时瑶抿了抿唇：“你晚上约了人吃饭呀？”

林嘉歌很是受用时瑶的这句询问，他心底明明已经乐开了花，可面上却格外淡定从容：“嗯，和一个好多年没见的朋友约了晚餐。”

“哦……”时瑶闷闷地应了一声。

林嘉歌知道，她肯定还有很多话想要问自己，不过，一是时间来不及了，二是这样让她焦躁一下也好……所以他没等时瑶再开口，就径自开了口：“瑶瑶，有什么事，回头我们再说好吗？我这边时间真的来不及了，我得走了……”

说着，林嘉歌抬起手，揉了揉时瑶的脑袋：“你呢，也别在这里站着了，快回卧室补觉，走了啊……”

林嘉歌几乎没给时瑶再开口的机会，就将话一口气说完，然后走到玄关换鞋，冲着跟出来，望着自己欲言又止的时瑶摆了摆手，道了句“再见”，就推开门头也不回地走人了。

时瑶一个人在空荡荡的客厅里站了好久，才拖着略微有些沉重的步子，心不在焉地回了卧室。

原本没睡够的她，躺在床上，闭上眼睛，脑海里闪现的全都是林嘉歌和梁霄刚刚打的那通电话，她翻来覆去了良久，却怎么也睡不着了。

他和梁霄约了晚餐，而且和昨晚一样，依旧是只有他们两个人……他还对她说，不见不散……他怎么刚刚出门去上班的时候，就没跟她说一句不见不散呢！

想着，时瑶重重地翻了个身，抱着被子，满怀怨愤地蹬了蹬腿，然后在心底恶狠狠地骂了两句林嘉歌，就盯着窗外，又开始走起了神。

时瑶胡思乱想了不知道多久，她的手机响了。

她看了一眼来电显示，然后接听：“暖暖……”

“瑶瑶，你怎么还没回学校，你该不会忘记了今天是田田的生日，我们提前说好，今天中午给她庆生的吧？”

被冷暖这么一提醒，时瑶才猛地想起，今天真的是何田田的生日。她看了一眼时间，已经中午十二点了，顿时整个人噌一下站起了身：“你不告诉我，我真的就差点给忘了……那个，你们三个先去餐厅吧，我现在马上出发……等会儿我们直接在餐厅见！”

挂了冷暖的电话后，时瑶片刻都不敢再浪费，直接冲进洗手间，洗漱收拾，然后出门了。

何田田生日，早在半个月前，宿舍里的人就已经商量好吃什么，并且订好位了。

不过因为时瑶出发得晚，所以她到的时候，冷暖、江月和何田田已经点好菜，在等她了。

落座后，时瑶接过冷暖递来的菜单，又加了两道菜，然后等到服务员离开后，江月和何田田就开始不怀好意地盯着时瑶，问她昨晚到底去哪里了？

面对江月和何田田不断追问的话，时瑶始终保持沉默……

不过，还没等到江月和何田田拿出她们以往的撒手锏，拿着零食威逼利诱时瑶时，她们几个人就被旁边一桌人的聊天吸引了注意力。

最先开口的是坐在何田田身后的那个男生：“你们知道吗，我有个哥们，在他和他老婆结婚纪念日的时候，对他老婆表白得那叫一个牛，直接花了一大笔钱，在最繁华地段的商务楼大荧幕上表白，一个小时十万块钱啊，足足挂了五个小时呢……”

然后再开口的，是他们同餐桌的一个男生：“你这算什么，我有个朋友，他女朋友生日的那天，他空运了 9999 朵玫瑰花，那也是大几十万块钱了。而且还是女朋友哦，不是老婆！”

听到这里的何田田和江月，忍不住凑在一起嘀咕了起来。

江月：“你们说，他们说的是真事，还是胡编乱造的？真有这种大手笔的男人吗？”

何田田：“我也纳闷，我跟你说，我逛‘小红书’，经常看到女的在那里晒钻石，晒包包，常用的一句话，就是我老公送的，我男朋友送的……你说，他们这样的老公和男朋友，到底是上哪里领取的呀？告诉我，好让我也去领一个啊……”

江月：“+1，同样想领取这样的土豪男朋友或者老公。”

何田田见除了江月外，时瑶和冷暖根本不配合自己，她想到时瑶已经有林嘉歌了，便看向了冷暖：“暖暖，你难道不想领取一个这样的土豪回家吗？”

冷暖抿了一口果汁，格外冷漠地回：“不想，我可以自己变成土豪。”

时瑶这一桌议论着土豪男朋友或者老公哪里领取，另外一桌讨论自己哥们多土豪秀恩爱的话题同样在继续着。

“你们都闭嘴，听我说……你们那些真的是弱爆了，我有个哥们，他那才叫真牛。你们是知道的，我是卖古董的，有些古董价格是真的高，然后我那哥们，有一天打电话给我，说有个砚台要放在我那里寄卖……那个砚台可是清朝的啊，真品，很贵的，至少 200 万起跳，如果拍卖会上的话，估计还得往上走好几个点……然后他告诉我，第二天会有个女生来我店里选砚台，然后让我把 200 万的砚台，200 块钱卖给她……”

听到这里的时瑶、冷暖、江月和何田田面面相觑了好一会儿，然后凑在一起嘀咕了起来。

“这个故事，怎么这么耳熟呀？”

“对的呀，瑶瑶当初不就是去买过砚台吗？”

“而且还是 200 块钱买走的……”

“你别说啊，那个男生看着还真的挺眼熟的……”

“我看看，我看看……呃？好像还真是瑶瑶买砚台的那个店主呀！”

随着大家的议论，时瑶转头，也打量起了那个正在喋喋不休的男生。

“当然，你们肯定会说，200 万，也就比刚刚你们说的那些土豪朋友多了一些钱而已，我告诉你们，错了，我要表达的不是 200 万，我要表达的是，我那个哥们，做这些事，自始至终都没让那个女生知道他是谁！我就问你们，服不服吧？你们说，你们认识的人，有谁能做到，为一个女生默默地做了这样的事，花了这么多钱，还不让她知道的？！而且那个女生，不是他女朋友，也不是他老婆，只是他心仪的女孩！就问你们一句，服不服？服不服？”

那一桌的其他几个男生，纷纷开了口。

“服服服！”

“这男生脑袋有坑吧？这不是当冤大头吗？”

“做好事不留名，学雷锋吗？这样怎么追得上女生？我跟你们说，自古痴情留不住，唯有套路得人心，所以做什么事，都得让对方知道，不知道也要想办法让对方知道，这样才能追上老婆好不好？”

讲砚台故事的男生，喝了一大口酒，然后才开口说：“同样的话，我也问过我朋友，他回了我一句话……”

“什么话？”

“千金难买爷愿意！”

“这是地主家的傻儿子，有钱多得没地方花，炫富来着吧……”

“嘿，还真被你说对了，我那个朋友还真是有钱多得没地方花……我告诉你们，人家是G大的高才生，家底本来就厉害，结果人家就是不愿意安静地当个富二代，非要当个富一代……然后人家大学没毕业，就靠着做项目赚了上亿资产，今年刚注册了个公司，好像运转得很不错……”

听到这里的何田田，再也忍不住拉着时瑶的手，又开了口：“瑶瑶，他这说的就是林学长啊！林学长！”

江月：“是的，是的，就是林学长，G大，家底牛，不愿意当个富二代非要当个富一代，今年开个公司，全都跟林学长对上号了……”

比起江月和何田田的话，冷暖关注的事情比较一针见血：“瑶瑶，你不是说，那个介绍你去买砚台的，是你在游戏里认识的一个网友吗？所以，那个网友，其实就是林学长？”

随着冷暖这句话传入时瑶的耳中，她手中拿着的筷子，“啪”的一下，落在了桌子上。

数字先生介绍她去买的砚台……还说那是他认识的一个朋友，看在他的面子上，会给她优惠的。

后来在林爷爷的生日宴上，那个被她200块钱抱走的砚台，变成了价值200万的古董，她当时真的没觉得有什么问题，只当是自己瞎猫碰上死耗子，走神运了……可现在仔细想想，那天还真是有很多破绽在的……

例如，林嘉歌为什么会请专家来鉴宝？

再例如，林嘉歌在请专家来鉴定之前，让梁暮暮抱好自己的砚台。

再再例如，林嘉歌那天晚上，自始至终都很是胸有成竹……

她当时还在心底骂他坑自己，现在想一想，他之所以会有那样的反应，是因为，一切尽在他掌握之中。他不是在坑她，而是在一开始，他就给梁暮暮挖好了坑，等着梁暮暮往里跳了。

他自始至终都在帮她、护她……让她在什么都不需要做的情况下，就泰然自若地跳过了梁暮暮设下的陷阱。

还有……她在长鸣山，看到的那个零食王国，她还纳闷，林嘉歌是怎么知道她的梦想是拥有那样的一个房子，现在想想，那个时候他就露出马脚了，是她太马虎，没去细细追究……那个梦想，她只告诉过数字先生啊……

所以……所以，真的就像是冷暖说的那样……数字先生 = 林嘉歌，林嘉歌 = 数字先生？

时瑶总觉得这是一场梦，她暗暗地掐了一下自己的大腿，在感觉到疼痛后，就拿起手机，迫不及待地去找了林嘉仪，给林嘉仪发了一条微信：“嘉仪姐……林嘉歌的微信，你有吗？”

林嘉仪可能是在忙，回她的消息，特别干脆直接，就是一个名片分享。

而那个名片，时瑶再熟悉不过……【111111】……那个陪她打了八个月游戏的数字先生……数字先生竟然是林嘉歌，林嘉歌竟然是数字先生！

时瑶大脑蒙了许久，然后忽然想到，最近这段时间，数字先生一直带自己打比赛赚钱，也就是说，是林嘉歌在带着自己打比赛赚钱……林嘉歌为什么忽然间开始带着她打比赛赚钱了？

时瑶在脑海里，将最近这段时间发生的事情，从头到尾过了一遍，然后就扭头看向了冷暖："暖……暖暖，你、你是不是，把……把我的事情告诉他了？"

江月："什么事情？"

何田田："你们之间居然有秘密？宝宝不开心……"

冷暖无视掉江月和何田田，冲着时瑶轻点了点头："是的，瑶瑶。不过瑶瑶，我不是故意出卖你的，我的性格，你是了解的，从不多管闲事，但是那次，我之所以会告诉他，是因为我想帮你……只是因为我想帮你……不过，不管怎样，瑶瑶，我还是欠你一句对不起……"

冷暖说得没错，冷暖是什么样的人，时瑶很清楚，她也知道，冷暖是为她好。时瑶其实问冷暖这个，不是在怪冷暖，而是为了搞明白一件事情，那就是，真的如她想的那样，林嘉歌知道她父母的情况后，知道她在意那一百万的债款，所以就默默地帮她……

他一直都不肯答应她解除婚约的，但那天去长鸣山，却答应了，也是在知道这件事后答应的，他懂她的难处，所以他才放手了……

这段时间，他和她交集很少，她以为他已经离开了她的世界，现在她才发现，他从未离开过她，他一直都在她身边，无时不刻不在默默地陪伴着……

一抹无法言语的感动，夹杂着浓烈的悸动，瞬间充斥满了时瑶的整个心窝。

她想，在这个世界上，最知足的事，莫过于如此了吧，有那么一个人，从认定你的那刻开始，不管你留在他身边，还是离开了他，只要你转身，他始终都还在，未曾离去。

第十五章

吃了我的糖，你就是我的人

没过多久，服务员陆陆续续地上齐了菜，而吵了好久饿坏了的江月，立刻招呼大家赶紧动筷子。

在美食面前，大家很快转了话题，一桌子的人一边欢天喜地地吃着饭，一边不忘记祝愿何田田永远十八岁。

时瑶也在吃，时不时地也会和大家聊两句，可她脑海里的思绪，同样也时不时地就飘到了林嘉歌的身上。

吃过饭，下午没课，宿舍里的四个女孩一同去了附近不远的一家商场逛街。

这是早在半个月前，商量着怎么跟何田田过生日时，就约定好的，但是在逛街的整个过程中，时瑶一直都处于心不在焉的状态，要么走着走着，人就站住不动了；要么就是谁试穿衣服问她好不好看，喊她好多声，她都没反应；抑或是找了好看的衣服给她试，她拿着进了更衣室，过了半天，等她被人喊出来后，身上还穿着原来的衣服，而让她试穿的衣服，原封不动地还拿在她的手里。

这样的情况发生得多了，即便江月最迟钝，也发现了时瑶的不对劲：“瑶瑶，你这到底是怎么了？确切地说，你最近都有点不对劲，就跟丢了魂似的。”

何田田凑过来：“对啊对啊，瑶瑶，老实说，你的魂儿被谁勾走了？”

被说穿心事的时瑶，脸红了一下：“才没有，你们不要乱讲话！”

过了没三秒钟，时瑶自己主动又出了声：“你们说，如果是你们，魂儿被人勾走了，你们怎么办？”

何田田一向嘴快：“还能怎么办？谁把我的魂儿勾走，我就把谁的魂儿拐跑，这叫一魂儿换一魂儿！”

江月：“被你说得可怕死了，你以为你是在演灵异故事啊……”

面对江月的吐槽，时瑶却思考起何田田说的话。

谁把我的魂儿勾走了，我就把谁的魂儿拐跑……对啊，最近因为林嘉歌，她整日魂不守舍，而他却跟他失散多年的旧人，昨晚单独吃了饭，今晚又要不见不散……她不能任由着他这么下去！

更何况，这个旧人，和那些围绕在他身边的莺莺燕燕又不同，要知道这可是他初中时唯一讲过数学题的女生……

再说，冷暖昨晚也说过，女追男隔层纱，梁霄这才回来两天啊，已经连续两天约林嘉歌吃晚饭了。这简直就是赤裸裸地图谋不轨，万一真要是像冷暖说的那样，梁霄动了点手脚，真有个白白软软的“胖萝卜”出现了，那她就真的完了……

早上，她知道他们要一起吃晚饭，心底本就不舒坦了。中午知道数字先生是林嘉歌后，她想，怕是她这一生，只会遇到这样一个对她至好的人了。

想到这里的时瑶，情不自禁地把心底的话说了出来：“对，无论如何，我都不能把他弄丢了！”

何田田：“什么？什么弄丢了？把谁弄丢了？”

时瑶没理会，继续转动着思绪，想自己的事情了。

冷暖还说，人和人之间的缘分有的时候说散就散了，就像是她去年看的一部电影，男女主因为一点小事吵架，女主赌气之下从男主的家里搬出去了，男主一直以为女主自己会回来，女主一直以为男主会挽留，就这样，一个没挽留，一个没回来，然后便错过了……

无论如何，她都不能让自己和林嘉歌走到这样的地步，就这么遗憾收场，真的太让人难受了。

再说，幸福本来就是靠自己争取的，林嘉歌对她告白了那么多次，她主动去留他一次，也是应该的，他和她之间若是隔了一百步，他都走好了那九十九步，她为什么不能迈出最后一步？

“对的，我完全可以迈出最后一步的！”时瑶再次脱口而出了一句话。

江月：“完了完了，瑶瑶一直在说胡话，这该不会是被人勾魂后，变成了傻子吧？”

时瑶气鼓鼓地瞪了江月一眼，在心底回了她一句，你才傻，然后嘴上却没搭理她，而是飞速地丢了一句：“你们三个慢慢逛街吧，我要走了……”

江月：“瑶瑶，你怎么又要走？”

何田田：“对啊，昨天晚上你就是这样，现在又是这样，你给我停下来，别跑……”

时瑶没理会江月和何田田的不满，噔噔噔地往电梯的方向跑，不过她跑了没多久，就忽然像是想到什么一样，停了下来。

她要这样去找林嘉歌吗？

时瑶慢慢地转身，面向了旁边橱窗里的一面镜子。

里面的她，素着一张白净的脸，穿着简单的毛衣、牛仔裤和运动鞋，头发随便扎在脑后，和昨晚她看到的那个精心打扮过的梁霄，简直是天壤之别……

那个梁霄好看是好看，可是她打扮过……

时瑶对着镜子，踮了踮脚尖，佯装出自己穿高跟鞋的样子，然后想着，自己好像也不比那个梁霄矮到哪里去。

所以，她要是打扮一下，未必比那个梁霄差……

想着，时瑶转身，又噔噔噔地跑回到了冷暖、何田田和江月跟前。

江月睁大了眼睛："不是吧，田田，你让她别跑，她竟然真的回来了？她什么时候那么听你话了？"

时瑶冲着江月"呵呵"了一声，下一秒就开口，说了主题："那个，你们陪我买衣服去吧，然后再陪我去做个SPA，头发……"

何田田伸出手，摸了摸时瑶的额头："也没发烧啊，你怎么好端端的要这样了？"

时瑶："哎呀，你不要管啦，反正你们就陪我去嘛。"

江月："那你要把自己打扮成什么风格的？御姐风，还是萝莉风？"

时瑶歪着头想了一会儿："什么风格的不重要，重要的是，要多漂亮就有多漂亮就好！"

就这样，四个女孩从一楼最高档的国际品牌店一家一家地逛起。

现在已差不多进入初冬，但最后，时瑶为了美丽还是选了一条裙子，露出了修长白皙的两条腿，搭了一双同色系的高跟鞋，再披上一件白色的毛绒外套。站在镜前，时瑶打量着自己，都有点被惊艳到了。

买完衣服后，时瑶当然没忘记还选了一款格外搭今天衣服的包包。

服饰都买完后，四个女孩去了楼上的SPA馆，时瑶做了一整套面部的深层护理，然后出来后，又去了同楼层的一家美容美发店，先给头发做了保养，然后由着设计师，做了一个漂亮的造型，最后安排了个美容师，给时瑶上了个精致的妆容。

结束后，时瑶对着镜子，打量了许久打扮之后的自己，总觉得有点没底气，忍不住问了化妆师一句："你觉得，我现在好看吗？"

"小姐，你不化妆就已经很漂亮了，现在这副模样，去参加选美都没问题。"造型师是个温柔的小姐姐，开口的声音都很轻柔。

时瑶听完化妆师半开玩笑的话，这才稍稍定了一下自己的心，对着化妆师道了句"谢谢"，就走出了化妆间。

等在外头的冷暖、江月和何田田看到时瑶，立刻惊喜地站起身，冲着她围了上来。

"哇，瑶瑶，你现在真的好美啊！"

"对呀，平常就已经很美了，现在这样捯饬一下，一点都不比那些荧幕里的明星差好吗？"

"什么叫不比她们差，是胜过她们！瑶瑶，你站着别动，让我拍张照片……这照片拍出来，不需要修就已经有大片的感觉了……"

面对舍友们叽叽喳喳地夸赞，时瑶倒是有些不好意思了起来，她低着头，盯着自己一身的行当打量了一会儿，又问："你们确定我这样没问题？"

江月："没问题，谁要说有问题，那是他眼瞎！"

何田田："瑶瑶，如果你这叫有问题的话，那全世界没有没问题的人了！"

尽管有了江月和何田田的肯定，时瑶还是看向了冷暖。

接触到了她的视线，向来不苟言笑的冷暖，弯了弯唇："一百分！"

听到这个答案，时瑶立刻笑开了，然后她拿出手机看了一眼，这才发现，不知不觉中，已经五点半了。

光顾着臭美了，竟然忘记了看时间，林嘉歌和那个梁霄，约的好像是晚上六点半……这个点，该不会他已经出发去见梁霄了吧？

时瑶在心底暗自叫了好几声“糟糕”，然后就连忙拿着手机开始给林嘉歌拨电话。

不知道林嘉歌手机没在身边，还是静音了，时瑶的电话，拨出去好一会儿，都没人接听。

直到她第三次拨通电话的时候，那头才总算有人接听了。

没等林嘉歌开口，时瑶就抢先出了声：“林嘉歌，你现在人在哪里？”

她的话来得突如其来，林嘉歌大概是一时半会儿没反应过来，没说话。

其实也没多久，就短短的几秒钟，可心急如焚的时瑶，却觉得等了很久，忍不住又催问了一句：“林嘉歌，我在问你话呢，你现在到底在哪里呀？”

“我在开会呀……”林嘉歌纳闷地回完时瑶的话后，察觉到她的语气很焦急，以为她出了什么事，也跟着紧张了起来，“怎么了？发生了什么事吗？”

开会……在哪里开？该不会是和梁霄两个人单独开会吧？

时瑶下意识地捏了一下手机，无视掉林嘉歌问自己的后半段话，直接又丢了一个问题：“在哪里开会呀？”

“还能在哪里，在公司呀……”林嘉歌的语气，都透着一抹“这问的是什么问题”的含义。

时瑶“哦”了一声，终于暗松了一口气。

原来林嘉歌还没出发去见那个不见不散的梁霄啊……看来，她还是来得及去截那个不见不散的和的……

想着，时瑶又问：“那你大概还有多久开完会呀？”

“快的话，估计也要半个小时吧……”林嘉歌回完时瑶的话后，又问了句，“瑶瑶，到底怎么了？”

半个小时……她如果搭乘地铁的话，去他公司，也就三站路，十几分钟的样子，时间绰绰有余……

时瑶一颗心彻底安静了下来：“没什么事呀，我就是问问你，你先开会吧，我就不打扰你了。”

说着，时瑶就要挂电话。

电话那头的林嘉歌，似是意识到她要挂电话一样，快速地开口：“瑶瑶，你是真的没事？”

“真的没有……我保证！我发誓！”

林嘉歌在电话那头沉默了几秒钟，才出了声：“那好吧，我先开会了，回头有事再说。”

时瑶“嗯嗯”了两声，将电话挂了。

因为时间紧迫，她没跟冷暖、何田田还有江月废话，直接匆匆地拜托她们帮自己把换下来的那些衣服鞋子带回宿舍，然后就翻了地铁卡，准备往电梯处走去。

只是她还没来得及迈步，就像是想到什么一样，凑到了冷暖的跟前，小声地问了她一句：“暖暖，你说我这样送上门去，会不会被他看扁了？”

虽然时瑶没说自己这样认真地打扮一番是做什么，但冷暖却能猜到七八分，现在她这么问自己，尽管没提林嘉歌的名字，冷暖也知道时瑶这是要去找林嘉歌。冷暖听完她的话，冲着她摇了摇头，给她吃了一颗定心丸："不会的，你就放心大胆地去吧，他要是真的敢看扁你，你就把他揍扁，揍不过他，我帮你揍！"

"对哦……"时瑶觉得冷暖的话，说得很有道理，"他要是敢看轻了我，我就揍扁他。如果我们打不过他，没关系，我还有嘉仪姐……"

说着，没有后顾之忧的时瑶，就眉眼弯弯地笑了，然后她冲着冷暖挥了挥手，就握着地铁卡，头也不回地冲着电梯奔去。

此时恰好是晚高峰，搭乘地铁的人有些多。

再加上时瑶这一身打扮，在地铁里着实很少见，引了不少人瞩目。

不过还好，只有三站路，十分钟的时间，时瑶故作镇定地站在地铁里，装作没看到那些频繁落在身上的视线，勉强撑到了目的地，然后就飞速地下了地铁。

林嘉歌公司的地址，就在地铁口附近一百米处，时瑶虽没来过，但很容易就找到了地点。

她乘坐电梯，上了 21 楼，出来后，一眼就看到了林嘉歌公司的标识。

前台小姐看到她后，礼貌地问了她一句："找谁？"

时瑶老实地回了林嘉歌的名字。

其实经常有漂亮的女生来找他们老板，但这么漂亮的，还是第一次看到，所以前台小姐忍不住多看了时瑶几眼，才问："见林总，需要先通报一声的，所以，请问您叫什么名字？"

时瑶又老老实实地回了自己的名字。

一般公司招聘前台，怎么都不会被老板亲自面试，但在这里，前台小姐却是被林嘉歌亲自面试过的，而且林嘉歌在面试她的时候，给她强调了一件事，那就是任何女生来找他，她都要问姓名，除了他妈、他姐、他姑姑外，唯一能直接放进来的就是时瑶。

至于其他的女生，合作伙伴可以通报，不是合作伙伴，就直接找个借口搪塞了，让她走就好。

公司都创建了好一段时间了，还真是有不少女生来找他们老板，她一直最好奇的就是被放绿灯的时瑶，但是一直就没见过时瑶，如今，终于见到了……

前台小姐听完时瑶的名字后，又忍不住多看了她几眼，然后拿着座机，象征性地拨了个电话，就放时瑶进去了："林总现在在会议室，您进去，直走就能看到。"

时瑶礼貌地对着前台小姐微笑地道了句"谢谢"，就进了林嘉歌的公司。

前台小姐说的会议室，真的很好找，她往里走了没多少步，就透过玻璃，看到了坐在会议室里的林嘉歌和十多个陌生的面孔。

时瑶只是来截和的，又不是来捣乱的，当然不会打扰林嘉歌的会议，所以她找了个地方坐下后，就开始打量起林嘉歌的公司。

有不少人还没下班，在自己的工位上忙碌着，大多数都是男生，只有少部分女性，年龄也挺大了……

等到这个想法，在时瑶的脑海里落定后，她才发现，自己好像对林嘉歌身边的女性同胞过于敏感了……她这是从小好吃，好吃到现在，连醋都那么喜欢吃了吗？

时瑶坐的地方，距离会议室不远。

一直专注开会的林嘉歌，并没有察觉到她的出现，还是在他发现，有那么两个男员工不断地往外看，他因为纳闷，随便跟着他们扫了一眼，然后才发现了时瑶。

她怎么会出现在这里？

她刚刚给他打电话，那么着急地问他人在哪里，是为了来找他？

还有，今天的她，很特别……特别的漂亮……难怪他的员工看到她后，开会都开得这么心不在焉……不过，话又说回来，她这是专门为了来找他，特意收拾了自己一番？

刚刚在滔滔不绝的产品总监，结束了自己的讲话，看林嘉歌迟迟没给意见，忍不住出声提醒：“林总……”

林嘉歌闻声，立刻将视线从时瑶的身上落到了产品总监的身上。

产品总监前面的那段话，他听得很仔细，后面结尾处的那几分钟，他完全不知所云。不过即便如此，却也没有对他造成多大的困扰，他很是淡定地冲着产品总监点了点头，仿佛刚刚压根就没走过神一般，“哦”了一声，然后就看向了旁边坐着的其他人：“你们呢？还有什么要补充的吗？”

其中有几个，刚刚只顾着看时瑶了，怕是和林嘉歌一样，什么都没听进去，听见他的问话，都低下了头。

最后，林嘉歌将视线落在了市场部总监的身上：“既然没什么要说的，那就市场部继续吧……”

他说完这话，产品总监就回到自己的位置上坐下，市场部总监站起身，走到刚刚产品总监站过的地方，开始了自己的演讲。

不过半分钟，林嘉歌的视线就又飘到了会议室外的时瑶身上。

这么冷的天，她居然穿了一条裙子，露出了两条白皙修长的腿……

林嘉歌盯着时瑶的双腿看了没一会儿，忽然就想起，上半年，他和她还没那么熟悉时，他把她骗回家里，弄坏了他卧室的门，把他们两个人反锁在房间的那一晚，他就和现在一样，同样被她那两条长腿吸引走了所有的注意力。

那晚的他，神思被她搞得一团乱，就连1+1都被他荒唐地算成了等于时瑶的两条大长腿……

想到往事的林嘉歌，忍不住失笑。

不过，很快，他就察觉到有人在纳闷地看自己，然后他便迅速地反应过来，自己在会议上又一次失态了……

他急忙收敛了神情，故作镇定地靠着椅背，目不转睛地盯着抑扬顿挫讲话的市场部总监看。

这次连半分钟都没到，他的思绪就又飘远了。

这次的他，并没任由着自己放纵，而是飞速地拉住了神思，往周围扫了一眼。

他发现那几个偷看时瑶的员工，还在时不时地打量她，心思早就跑得没边了……

看来，这会开不下去了，这一屋子至少一半的人，魂儿都没了，就算是开下去，也毫无意义可言了。

难怪人家都说红颜祸水……看来回头他得给前台加一条规定，软包子如果出现在公司，就第一时间送去他办公室，让她最好不要在公司瞎晃悠……

想着，林嘉歌就清了清嗓音，出了声：“今天的会，就先到这里吧。”

说完，他就起身，无视掉正讲到精彩处，一脸茫然地盯着他看的市场部总监，单手拿了桌子上的电脑和文件夹，率先走出了会议室。

会议室的门一关上，里面的人就立刻炸开了锅。

有人在讨论时瑶到底是谁，有人在说林嘉歌这是怎么了，也有人在看到林嘉歌走向时瑶后，八卦他们到底是什么关系……

比起会议室里的热闹，会议室外倒显得安静了许多。

时瑶来得匆忙，只想着要截和，却没想着要怎么截和，所以等她反应过来后，她整个人的神思就全都放在了等会儿见了林嘉歌要怎么开口上，以至于林嘉歌都走到了她面前，出声喊了她的名字，她都浑然不觉。

“瑶瑶？”林嘉歌又出了声，见时瑶呆呆地盯着脚底，依旧没反应。

林嘉歌以为时瑶是看到了什么好玩的东西才这般入神，便顺着她的视线望去，落入眼底的却是一尘不染的地板。

林嘉歌禁不住微蹙了蹙眉心，然后伸出手，在她面前轻晃了晃，见她还是这副呆呆的模样，眼睛眨都不眨一下，眉心忍不住拧得更紧了。

软包子这是怎么了？是遇到了什么麻烦事，还是心情不好？

想着，林嘉歌再开口的语气，多了一抹担忧之意：“瑶瑶？”

他见她还是没反应，就往前踏了一步，半蹲在她的身前，抓着她的胳膊，又开口问了一句：“瑶瑶，是发生了什么事吗？”

他的碰触，使她猛然回神。

大概是沉浸在自己的思绪里太久了，这般忽然被人叫醒，她浑身轻轻地打了个哆嗦，然后才看向了面前的人。

在林嘉歌的俊脸，清晰地撞入时瑶的眼底后，刚刚一直想着跟他怎么开口的她，忽然变得紧张极了，以至于她开口的话，都有点磕磕绊绊的：“林、林嘉歌……你，你开完会、会了？”

她把自己打扮成这样来公司，还让他怎么开会？

林嘉歌也只敢在心底这般想，嘴上却是“嗯”了一声，随后，他就又开了口：“你怎么忽然来公司了？”

林嘉歌不问还好，一问，原本就很紧张的时瑶，变得更加紧张了：“我、我、我……”

林嘉歌见她半天都说不出一句话来，想到她刚刚发呆的模样，眉宇间的担忧更甚了：“是发生了什么事吗？瑶瑶，你别紧张，慢慢说……”

“不、不是……”时瑶飞快地摇了摇头，然后望着蹲在自己面前，等着自己继续说话的林嘉歌，脑子里跟灌了糨糊一般，糊涂成了一团，完全不知道该说什么了。

“林总好……”

“林总晚上好……”

没等来时瑶讲话，反而等来了会议室里出来的员工打招呼声。

那些员工，看似在跟林嘉歌问好，实则每个经过的人，视线都往时瑶身上瞟一下，甚至有些人在走过后，还不断地往回看。

虽然软包子好看到如此引人注目是件好事，可是林嘉歌还真是有点不愿意接受这样的好事……他见时瑶迟迟不开口说话，想着她怕是一时半会儿也出不了声了，索性便主动开了口：“瑶瑶，我们先去办公室好吗？”

时瑶点了点头，“嗯”了一声。

林嘉歌站起身，看她坐在椅子上没动，便伸出手拉了她的胳膊，将她拽起来，推到自己身前，挡住了那一群员工不断投来的目光，往办公室走去。

进了办公室，林嘉歌关了身后的门，拿了遥控器，将整个办公室的窗帘全都落下后，才看向了时瑶：“瑶瑶，到底怎么了？”

“我、我……”时瑶转着眼珠子，结结巴巴了好一会儿，才冒出了一句，“我想喝水！”

林嘉歌不傻，当然看得出来，时瑶这是在睁着眼睛说瞎话，不过他并没戳穿她，而是走到水吧台前，亲自帮她倒了一杯温水，递到了她的面前：“来吧，边喝边说……”

“我、我、我要喝完再说！”

林嘉歌点头，一副你高兴就好的样子。

时瑶喝得极慢，几乎是一小口一小口地抿。

林嘉歌也不着急，就那么耐心地陪着她耗。

不过，水总有喝光的时候，眼看着杯子见底了，纵使时瑶再不愿意，也只能放下空玻璃杯，然后望了林嘉歌两眼，没等他开口，就又开口嚷了句：“我、我、我要上厕所！”

林嘉歌指了指洗手间，一副你请自便的样子。

时瑶起身，飞速地跑了进去，关上门后，她拍着胸口，大口大口地呼吸了起来。

她、她到底要怎么跟他说啊……都怪她不好，下午只想着跟那个梁霄比美了，却忘记了正事……

时瑶踱着步子，在洗手间里绕了一圈又一圈，越紧张她大脑就越是无法思考。

时间一点一点地流逝而过，洗手间外的林嘉歌，大概是见她迟迟不出来，跑过来敲门了：“瑶瑶？你好了吗？

“瑶瑶，你还好吗？

“瑶瑶，你再不出来，我就踹门了啊……”

知道自己躲不过的时瑶，硬着头皮回了句：“好了。”

然后她走到洗手台前，对着镜中的自己深吸了一口气，不管了，反正都这样了，就临场发挥吧，发挥成什么样子算什么样子……实在拦不住，大不了她就揍扁他！

想着，时瑶就绕着洗手间看了一圈，然后将视线落在了肥皂盒上。

是金属材质的，够重……时瑶掂量了两秒，将肥皂拿出来，丢在一旁，然后把肥皂盒放在水龙头下冲洗了一下，抽了纸巾擦干净，装进包里，就转身走到了洗手间门口。

她闭着眼睛，又用力地深吸了一口气，仿佛风萧萧兮易水寒，一去不复返的壮士般，拉开门就走了出去。

“瑶瑶，你可算出来了，我还以为你在里面……”

林嘉歌的话还没说完，时瑶就出声打断了林嘉歌的话：“我想到了，我来找你，就是截和来的！”

什么截和？截什么和？她以为这是打麻将啊？

林嘉歌一时半会儿没领会时瑶的意思，冲着她不解地“嗯？”一声。

嗯？嗯什么嗯？她的意思表达得还不够明显吗？

为了让自己气场十足，时瑶挺了挺胸，顺着自己刚刚的话，继续往下说："我要说的事已经说完了，现在我饿了，你可以陪我去吃饭了吗？"

这都什么跟什么呀……要不是看她活气十足的样子，他还以为她烧糊涂了呢！

不过，疑惑归疑惑，林嘉歌却没忘记自己今天早上离开家之前，当着她的面精心上演的那通和梁霄打的电话："这个……恐怕不行，早上你也看到了，我跟人约好了晚餐，现在差不多已经要到吃饭的点了，我得出发了。要不，我让秘书给你订餐？"

她都说自己是来截和的了……他怎么还要去吃饭？

时瑶瞪大了眼睛，望着林嘉歌看了一会儿，出声问："你要'不见不散'？"

林嘉歌一头雾水："？？？"

他要不见不散？这是什么意思？

时瑶见林嘉歌不说话，以为他是默认了，顿时更急了："你为什么要'不见不散'？"

这都什么跟什么呀？

林嘉歌完全不知所云："瑶瑶，什么不见不散？我根本没说过我要不见不散啊……"

"你既然不要'不见不散'，那你为什么不陪我吃饭？要去陪'不见不散'吃饭！那你不还是选择要'不见不散'吗？！"

时瑶这话，说得极其绕口。

林嘉歌第一遍完全没听懂，可是等这句话，在他脑海里过了两遍后，他才猛地反应过来，这究竟是怎么一回事。

他早上，和梁霄打电话的时候，说了一句"不见不散"，而她现在口口声声地说"不见不散"，该不会，这个"不见不散"，指的就是梁霄吧？

一股无法言喻的激动和惊喜，瞬间注满了林嘉歌的心窝。

若"不见不散"真的指的是梁霄，那她此时的意思……就是在吃醋？而她最初的那一句，所谓的截和，其实指的是截梁霄的和，不让他和梁霄见面？

林嘉歌努力按捺着心底不断涌起的情绪，盯着时瑶，带着几分不确定地问："瑶瑶，你的不见不散，指的是……梁霄？"

"不然呢？！"时瑶几乎没犹豫，就接了林嘉歌的话，"要不然还有别人吗？难不成还有李霄？林霄？张霄？孙霄？夏霄？"

随着各种姓氏的霄钻入林嘉歌的耳中，他总觉得自己此时此刻仿若做梦般，格外不真实。

真的是他猜的那样，她这是吃醋了呀……她吃醋了，她竟然吃醋了……可她的话，说得模棱两可，到底是她认清了自己的心，还是她只是一时冲动呢？

林嘉歌屏着呼吸，等到心头激动的情绪平息了一些后，才开了口："瑶瑶，我和梁霄早上约好了要吃饭，你当时也听到了，做人要有诚信，答应了别人，不能临时变卦，不是？"

林嘉歌边说，边悄无声息地将手中的手机解锁屏幕，凭借着记忆力，点开通话记录，然后悄悄地低头，扫了一眼屏幕，快速地点了梁霄的名字，拨了个电话出去。

只是响了一声，他就挂断了，然后他当作什么事都没做过的样子，对着时瑶继续说："瑶瑶，其实我很想跟你吃饭……"

他的话还没说完，手机就响了。

梁霄给他回了电话。

林嘉歌特意等到时瑶将视线落到自己手机屏幕上，并且看清来电显示的姓名后，才接听了电话，将手机举到了耳边。

梁霄：“怎么了？刚刚给我打电话有什么事吗？”

林嘉歌答非所问：“没，我有点事耽误了，马上过去……”

说完自己要说的话后，他就挂了电话，然后看向了时瑶：“瑶瑶，回头我再跟你说，现在梁霄已经到了，我不能让她一直等着，太失礼了，我真的得走了……”

说着，林嘉歌就走到衣架前，拎了自己的外套，然后从办公桌上捞了车钥匙，一副要离开的架势。

不是吧？他竟然还想着走？

那个“不见不散”果然不愧是他初中时唯一辅导过的女生，对他来说，还真的挺重要的。既然这样，她就更不能让他走了，万一今晚他们见了面，被那个“不见不散”捷足先登了，那她岂不是要抱憾终身了？

时瑶脑中警铃大作，不行，不行，绝对不行！

既然他敬酒不吃，那她就给他吃罚酒……干脆她就按照在洗手间里想的那样，直接揍扁他！

还好，她提前备了武器……想着，时瑶将手伸进包里。

原本她是想去摸肥皂盒，砸晕林嘉歌的，但是林嘉歌已经迈步冲着办公室门口走去，情急之下，时瑶在他经过自己身边的时候，将手中胡乱抓着的东西从包里掏了出来。

是一块糖。

时瑶盯着那块糖思考了三秒钟，就挡在了林嘉歌的身前：“我、我给你糖吃！”

说着，时瑶就将糖纸撕开，不管不顾地塞进了林嘉歌的嘴里。

糖是棉花糖，入口即化。

林嘉歌只是感到一股浓甜，然后喉结一动，糖就进入了腹中。

看到他吞咽动作的时瑶，仰着头盯着他问了一句：“吞下去了？”

林嘉歌“嗯”了一声，然后又故意开口说：“没什么事的话，我就先走了……”

没等林嘉歌动，时瑶就张开胳膊，拦住了他的去路：“不行，你吃了我的糖，总得有点表示，有个词叫‘礼尚往来’，你听过没有？”

林嘉歌低着头，看了看时瑶拦着自己的左胳膊，又看了看时瑶拦着自己的右胳膊：“那好吧，你说，你要什么表示？”

“我、我、我……”时瑶磕磕绊绊了好一阵儿，想着再不说怕是真的就没机会说了，索性一闭眼睛，带着几分破釜沉舟的气势，吼了一句：“我、我要你！”

办公室里安静了一阵。

那句话说完好久后，时瑶才睁开眼睛，看向了直勾勾地望着自己的林嘉歌。

把该说的重点都已经说出来了，没道理再畏畏缩缩了……

时瑶暗吸了一口气，挺了挺腰板，回视着林嘉歌的眼睛，继续说：“我要的礼尚往来的表示，就是你！

“你不能去见‘不见不散’，我准备了这么多，就是为了截‘不见不散’的胡，让你不要去见她！

“所以，今天无论如何，你都不能去见她！

“总而言之，一句话，吃了我的糖，你就是我的人！”

一股脑将要说的话，全都吼出来的时瑶，憋着气，在林嘉歌跟前站了好一会儿，才发现自己掌心里全都是汗，心脏怦怦怦跳得格外凶猛。

办公室里依旧寂静无声。

林嘉歌……怎么还是没反应？该不会是她的意思，表达得不够清楚吧？

时瑶暗自打量了一会儿面前站着的林嘉歌，男生面色淡定，没有任何情绪起伏。

难道是她刚刚的话，诚意不足？

时瑶思考了一会儿，觉得自己刚刚那些话，可能太嚣张了，不像是表白，于是望着林嘉歌想了想，又开了口：“林嘉歌……”

其实她从没想过自己到底要怎么跟他开口讲这些话，就连刚刚那些反应，也都是临场发挥。

可是此刻，她也不知道自己究竟是怎么了，喊了他的名字后，那些话就这么涌现到了唇边。

“你说过，你喜欢我的……你还说过，没关系，等过段时间，你再来问我……”

时瑶的声音，有一抹细微的抖。

“那个，时间已经差不多了，你可以来问我了……”

林嘉歌依旧没说话。

时瑶急得又催了一句：“你快点问呀，林嘉歌？”

林嘉歌仿佛一尊雕像般，动都没动弹一下。

她的意思都表达得这么清楚了，他怎么还是这副无动于衷的模样？

时瑶微皱了皱眉心，抱着一不做二不休的想法，动了唇。

她想干脆直接告诉他，她喜欢上他了，他们可不可以在一起……

可这些话，她都还没来得及说出口，站在她面前半天都没任何反应的男生，忽然一个转身，仿佛一阵风似的，消失在了洗手间的门口。

伴着门“砰”的一声被甩上，时瑶睁大了眼睛。

他、他什么意思呀？干吗一句话都不理她，就跑去洗手间了？好歹之前，他给她告白的时候，她还会说一句话对不起什么的，再说，就算是他忽然尿急，那他也应该告诉她一声啊，最基本的礼貌，是吧？！

时瑶气得腮鼓了起来，一双乌黑的大眼，死死地盯着洗手间的门，像是恨不得将门盯穿一般。

甩上门的林嘉歌，靠着门板站了好一会儿，才抬起头，看向了面前洗手间镜中的自己。

这眼睛，这鼻子，这嘴巴……真的是他本人哎……也就是说，刚刚时瑶那些话，真的是说给自己听的？

——我、我要你！

——今天无论如何，你都不能去见她！

——总而言之，一句话，吃了我的糖，你就是我的人！

——那个，时间已经差不多了，你可以来问我了……

随着这些话，一句一句地在林嘉歌耳边回荡，他的指尖克制不住地、轻轻地抖动了起来。

软包子这是在跟他表露心迹呀……他等了那么久，终于等到了这一天呀……

林嘉歌瞬间开心得，觉得自己整个人仿佛是被充满气的气球，快要飘出大气层，飘进宇宙太空了。

林嘉歌靠在门板上，咧着嘴，忽然笑了起来。

他的笑容越扩越大，到了最后，嘴边都有着细碎的轻笑声溢了出来。

忽然，身后的门传来了“砰砰砰”的拍打声，还伴随着时瑶的呼喊声：“林嘉歌？林嘉歌！”

林嘉歌这才猛地想起，自己把软包子一个人丢在了外面，他连忙站直了身子，把充斥满整个胸膛的喜悦，用力地往心底最深处藏了藏，才伸出手拉开了门。

时瑶就站在门口，林嘉歌一开门，就看到了她。

碰触到她投来的视线，林嘉歌的嘴角，情不自禁地又扬了起来。

他没跟她说话，而是擦过她的身边，往门口走去。

？？？

他竟然还不肯理她？

时瑶眨了眨眼睛，跟着林嘉歌的步子，转了个身。

他这是准备离开？去哪里？找那个“不见不散”？

时瑶忽然有点后悔自己刚刚跟他浪费口舌了，她就应该干脆点，直接拿着肥皂盒砸晕他……

想着时瑶就将手伸进包里，摸了肥皂盒出来。

她用力地握着肥皂盒，对准林嘉歌的后脑勺，刚想开口喊他，然后毫不留情地冲着他脑门上砸过去的时候，背对着她不紧不慢往前走的林嘉歌，忽然将右手背到了身后，冲着她勾了勾五指。

林嘉歌……这是什么意思？该不会是喊她跟上的意思吧？

时瑶抓着肥皂盒，盯着林嘉歌的手研究了一会儿，大概是因为她没跟上，他的五指招呼得更勤了。

看来还真是她想的那个意思哇……

时瑶没再犹豫，踩着高跟鞋，噔噔噔地小跑了几步，追上林嘉歌。

他听见了她的脚步声，步子放缓了许多，等到她追到身边后，他微低头看了她一眼，然后伸出手，将她挨着他这边的左手里的包接走了。

很快，他就把她的包，换到了另外一只手上拎着。

然后，他抬起拎着她包的那只手，推开了办公室的门，另外一只空出来的手，抓了她的手腕，带着她走出了办公室。

还有不少人没下班，大家虽不敢明目张胆地看林嘉歌和时瑶，但所有人的注意力，全都在他们的身上。

林嘉歌仿佛没看到大家投来的或打量或好奇的目光一般，拉着时瑶一边往前走，掌心一边往下移。

时瑶整个人，蓦地变得有些紧张。

她下意识地往后缩了缩手，却没逃开他的掌控。

他的手还在往下滑，直到他的掌心，将她的小手完全包裹住，他才停了下来，然后紧紧地握着她的手，冲着电梯走去。

他的掌心又大又暖，时瑶的心跳速度，禁不住变得更快了。

他和她，就这么牵手了？

时瑶盯着被他紧紧握住的手看了一会儿，然后悄悄地踮起脚尖，凑到他身边嘟囔了一句：“林嘉歌，我跟你说，牵了我的手，你就是我的狗了……”

“不是你的人吗？”

“鉴于你刚刚不理我，已经从人退化成狗了。”

“那你岂不是变成了小母狗？”

“才不是呢，我是人，你是狗！”

“是是是，我们是美女和野兽……”

时瑶被林嘉歌的回答逗乐了。

电梯停在地下停车场，林嘉歌牵着时瑶出去的时候，时瑶好奇地问了一句：“我们去哪里呀？”

“你不是饿了吗？陪你去吃饭呀……”

“哦……”时瑶应了一声，想到刚刚自己让他陪自己吃饭，被他拒绝的场景，忍不住回，“你都跟人约好了晚餐，而且这都过了六点半了呢，你已经迟到了，现在再不过去，不好吧？”

“有吗？我觉得挺好的呀……”坐上车的林嘉歌，先给时瑶系了安全带，然后才给自己系了安全带。

“不不不，真的不好，你把我送回学校，让秘书给我定个外卖就好了。而且，做人要有诚信，你答应了别人，不能临时变卦！”

这全都是他的原话……软包子这是在秋后算账吗？

林嘉歌一边发动车子，一边毫不犹豫地回：“做人是要有诚信，但是分人的，例如对你，我就必须要有诚信；对外人，那个……就得看情况而定了。”

外人……这两个字成功地取悦了时瑶：“你的意思是，‘不见不散’是外人？那我呢？内人？”

林嘉歌嘴角扬了扬：“求之不得。”

什么求之不得？

没太懂的时瑶，微蹙了蹙眉心，将自己刚刚说的话，在脑海里重新过了一遍。

内人……不就是妻子的意思吗？

时瑶的脸，噌一下变得通红：“林嘉歌，你过分，你套路我！”

“没有。”

“有！”

“真没有！”

“有有有！”

“好吧，有……”林嘉歌没等时瑶开口，就又出了声，“想吃什么？烤鸭？宫保鸡丁？麻辣香锅？”

然后，时瑶成功被带跑偏话题了，歪着脑袋，一门心思地去想吃的了。

最后，林嘉歌带时瑶去了一家烤鸭店。

吃到一半的时候，时瑶想起林嘉歌没去见“不见不散”，而这一路上，他也没给“不见不散”打电话，于是按捺不住地出了声：“你没去见‘不见不散’，也没告诉她一声？”

“没有……”专心致志地帮时瑶卷烤鸭的林嘉歌回。

“那她也没打电话来问你为什么没去？”

林嘉歌没想太多，只当时瑶沉浸在醋缸里还没走出来，将卷好的鸭肉饼递到时瑶面前，回：“没有。”

“哦……”时瑶拉着长腔，应了一声，然后接过卷饼，塞进嘴里，吃掉后，就毫不犹豫地开始嘲讽林嘉歌，“看来，你对‘不见不散’来说，也没那么重要啊……”

一时半会儿没反应过来的林嘉歌，看了时瑶一眼：“嗯？”

“难道我说错了吗？你看，你们约好了六点半不见不散，现在都过去两个小时了，她都没打电话来问你一句，这说明，你对她来说，根本就是无关紧要的……”

敢情兜了这么大个圈子，只是为了踩他一脚啊……林嘉歌毫不在意地冲着时瑶“嗯嗯”了两声，然后用自己喝过汤的碗，盛了一碗汤，放到了时瑶面前。

时瑶没细想，拿着勺子，就喝起了汤。

等到她喝完后，才反应过来，这是林嘉歌用过的碗和勺子…时瑶的脸猛地烧了起来：“这是你的碗和勺子呀……”

林嘉歌很淡定地“嗯”了一声。

时瑶低着头，小声地嘀咕了一句：“我自己有碗和勺子呀……”

林嘉歌没说话，又给时瑶卷了个鸭肉饼，放到了她的盘子里。

等时瑶埋头，将鸭肉饼吃完后，林嘉歌凑到时瑶的耳边，说了一句：“以前又不是没吃过……”

时瑶一时半会儿没反应过来，眨巴着眼睛，冲着林嘉歌“啊？”了一声。

林嘉歌没说话，只是意有所指地往自己的碗和勺上瞟了一眼。

时瑶盯着林嘉歌的碗和勺愣了愣，然后忽地反应过来，他刚刚那句话指的是什么……

他这是在跟她说，她以前和他接过吻，所以用一个碗和勺子吃饭，没关系的……

大庭广众之下，他、他、他怎么可以跟她讲这种话题？

时瑶狠狠地瞪了林嘉歌一眼。

林嘉歌莞尔一笑，凑到她耳边，又低语了一句：“而且，以后经常要吃的，习惯就好。”

啊啊啊！臭流氓！

时瑶脸更烧了，除了埋头吃东西，连瞪林嘉歌的举动都没了。

吃完饭，回到车上，已经晚上九点半了。

林嘉歌问：“要去哪里？”

时瑶理所应当地答：“回学校呀，明天早上还要上课的。”

林嘉歌“哦”了一声，然后心想，自己好像太心急了，虽然他很心急地想把她拐回家……

车子没办法开进学校，林嘉歌在距离学校最近的停车场停好了车后，和从公司离开时一样，紧紧地拉着时瑶的手，往学校走去。

快到学校门口时，时瑶有点不好意思，想要挣脱林嘉歌的手，但没挣掉。她见现在天色已晚，学校也没多少人走动，索性由着他牵着自己一路往宿舍走去。

一路上，林嘉歌和时瑶还有一搭没一搭地聊着天。

“明天你想吃什么呢？”

时瑶想了一会儿，答：“想吃火锅。”

“那后天呢？”

“嗯……粤菜？”

“那大后天呢？大大后天呢？”

时瑶一边想，一边回了林嘉歌的话。

“那大大大后天呢？那……你什么时候考虑吃我呢？”

“什么？”

“没什么。”

“哦。”

眼看着距离女生宿舍楼越来越近，林嘉歌的脚步放慢了许多。

时瑶见他步子慢了下来，也跟着走得慢了一些。

在快到女生宿舍楼前时，时瑶小声地开口，跟林嘉歌道别：“那个，我要到了……”

“嗯……”林嘉歌应了一声，然后停下了脚步，“我还有件事没做……”

时瑶见他停下，也跟着停下：“什么事？”

林嘉歌没说话，而是四处看了一圈。

时瑶忍不住追问出声：“到底是什么事……”

只是她的话还没说完，忽然就被林嘉歌扯进了旁边一棵较隐蔽的树后，然后在她前一秒靠上树干时，后一秒林嘉歌就低头，堵住了她的唇……

时瑶只是感觉嘴上一软，像是有什么东西贴了上来，她都还没弄明白这究竟是怎么一回事，她的气息，就尽数被他夺去了。

她大脑顿时一片空白，丧失了所有的思考能力。

她睁着眼睛，望着近在咫尺的他的发丝，愣怔了许久，直到她的口中、鼻息中，尽数都充斥着他的气息，她才后知后觉地反应过来——他吻了她。

他的唇是温热的、柔软的，还带着一股轻柔的、却让她无法反抗的力道，不断地侵占着她的唇。

在他撬开她唇齿的那一刹那，她浑身猛地一个哆嗦，整个人变得越发紧张了。她四肢僵硬地靠着树，就像是被人点了穴道一般，一动也不敢动弹一下。

他还在吻着她，她胸膛里的气息，被他一点一点地吸干，可她却不觉得难受，甚至她的手，在她自己都没意识到的情况下，揪住了他的衬衣。

兴许是她这样细微的反应取悦了他，他的吻忽然变得温柔又缓慢，使她情不自禁地闭上眼睛，彻底沦陷在其中……

他和她的呼吸，渐渐地都乱了。

在空无一人的大树后，因为过于安静，他和她都听见了彼此不稳的气息声，她的脸更红了，他的体温更烫了，他和她的心跳更快了。

在时瑶觉得自己心脏快要跳出喉咙时，林嘉歌终于放开了她。

他和她维持着刚刚接吻的姿势没动。

她的心还在狂跳着，怦怦怦……

她能听见他胸膛里传来的有力的心跳声，咚咚咚……

到了最后，他和她的心脏跳动声，变成了同一个节拍。

也不知过了多久，林嘉歌忽然伸出手，捧住了她的脸。

他修长的指尖，将她面颊抬高，然后把她散落在眼角的发丝，往旁边挪了挪，他才盯着她的眼睛，出了声："把你那会儿，在我办公室说的话，再说一遍……"

那都是情急之下说出的话，现在她哪里还能再说出口？

时瑶没吭声。

"怎么不说话？"林嘉歌边问，指尖边轻轻地划过时瑶的面颊，"我从来没听过那么另类的表白，你再说一遍给我听听……"

林嘉歌见时瑶红着脸，依旧不出声，便又反问了一声："嗯？"

他的声线格外轻柔，使得时瑶浑身禁不住颤抖了一下，然后她就撇开头，不肯看他，小声地回了句："不要……"

"要。"

"不要。"

"要。"

"不要……"

然后，她的唇，就被他再次堵住了。

比起刚刚的那个吻，这次的吻，来得要凶猛一些。

他似是故意一般，吻到她挣扎，他才放开了她："说不说？"

他看她没开口的迹象，再次冲着她唇靠去，这次他的唇还没碰上她的唇，她就软着声调出了声："我、我来找你，是来截和的……"

"嗯，还有……"

"我、我要说的事已经说完了，现在我饿了，你可以陪我去吃饭了吗？"

"继续……"

"吃了我的糖，你就是我的人……"

"还有呢？"

"没了……"

"确定？"林嘉歌作势，又要冲着时瑶的唇吻去。

"不、不是特别确定……"

林嘉歌忽地轻笑了一声："那快说……"

"我……我……"时瑶磕磕巴巴了好久，都没说出来。

林嘉歌的指尖，落在了时瑶的嘴角，反复地摩挲着她的唇，甚至他脸都在渐渐地向着她靠近。

眼看着他的唇快要贴上她的唇时，时瑶一闭眼，视死如归般，将她半天都说不出的那句话嘟囔了出来：“我、我要……要你……”

她的尾音，消失在了他的唇边。

比起前两次的吻，这次的林嘉歌，力道大得惊人，仿佛恨不得将时瑶整个人拆骨入腹一般。

甚至，他的手，还扣住了她的后脑勺，加重着这个吻。

很快，他和她的呼吸又凌乱了起来。

比之前的那两次吻，来得都要凌乱许多。

尽管是在室外，但时瑶还是从林嘉歌的身上，感受到了危险的气息，她忽然有点怕……她下意识地开始挣扎……他狠狠地钳制着她，不肯放过她，直到他感到自己的理智在逐渐崩塌时，他及时地克制住了自己，然后放开了她的唇，将脸埋在了她的脖颈处，深深地呼吸了起来。

时瑶心跳快得不像话，她靠着树干，依旧动都不敢动。

过了不知道多久，她感觉到林嘉歌的呼吸平稳了许多后，才稍稍动了动身子，小声地说了一句：“我、我该、该回去了……”

林嘉歌“嗯”了一声，却没放开她的意思。

时瑶刚想再开口提醒林嘉歌，林嘉歌忽然站直了身子，微低着头，盯着她的眼睛，毫无征兆地出了声：“瑶瑶，今天在办公室，你不是跟我说，我曾跟你说过一句话——没关系，等过段时间，我再来问你……”

林嘉歌说到这里微停了停，看着时瑶的眼睛，忽然变得有些明亮：“瑶瑶，请问我现在，可以光明正大地喜欢你了吗？”

时瑶听到这话，忽然变得比刚刚被他那么用力深吻时，来得还要紧张，她顶着红扑扑的小脸，轻轻地“嗯”了一声。

林嘉歌忽然笑了，仿佛千树万树梨花开般惊艳：“瑶瑶，这是我这一生中最高兴的时候了。”

时瑶被他这句话，说得心一颤。

林嘉歌伸出手，揉了揉她的长发：“走吧……”说着，他站直了身子，牵了她的手，“再不走，今晚你就走不了了……”

时瑶没反应过来，任由着林嘉歌牵着自己走出大树后，走向女生宿舍楼下。

在快到宿舍楼门口时，时瑶明白过来他那句话是什么意思，她猛地甩开了他的手：“臭流氓！”

林嘉歌一点也不恼火，笑嘻嘻地伸出手又去抓了时瑶的手。

时瑶甩开，他再抓，时瑶再甩开，他继续抓，然后时瑶没再甩开了。

林嘉歌捏了捏时瑶柔软无骨的手，然后在走到女生宿舍楼门口时，忽然一个用力，将她拉到了自己的面前，猝不及防地一个低头，吻上了时瑶的眉心：“晚安，林嘉歌的女朋友。”

他只是蜻蜓点水的一吻，但他干净好闻的气息，还是充斥满了她的呼吸。

时瑶心脏蓦地一阵狂跳，她忽然间仿佛词穷了一般，不知道该怎么回话，只是轻“嗯”了一声，然后就转身噔噔噔地跑进了宿舍楼里。

等到时瑶一口气跑回宿舍后，她靠着宿舍门板，抬起手，摸了摸自己的眉心，又摸了摸自己的唇，想到他那句“林嘉歌的女朋友”，忽然就傻笑了起来。

等她回过神来后，她才发现，何田田和江月像是看二货一样，站在她的面前，正在上上下下打量着她。

“你们干吗围着我？”时瑶一阵局促。

江月：“不应该你来问我们吧，而是应该由我们来问你，请问你刚刚那个春心荡漾的笑，是什么意思？”

时瑶嘴硬：“我哪有春心荡漾？”

何田田：“好吧，你没有，你是想入非非，所以现在可以说重点了吗？”

春心荡漾，想入非非？这有区别吗？

时瑶撇了撇嘴：“我要去洗澡了！”

面对时瑶离去的背影，江月一点也不着急：“没关系，你不说我们也知道……”

何田田配合地点着头：“因为，刚刚我去阳台晾衣服的时候，好巧不巧地往窗户下看了一眼，然后就看到了林学长在亲你……”

时瑶后背僵了僵，然后就加快了步伐，头也不回地钻进洗手间，将门用力地甩上。

林嘉歌并没有回家，而是回了好久都没回过的501宿舍。

推开门，正在吃泡面的夏商周和正在看小说的陆本来，见到林嘉歌，齐刷刷地吃了一惊。

夏商周：“老大，你怎么忽然回宿舍了？”

陆本来：“那还用问吗？老大肯定是想我了……”

夏商周：“呸，你个臭不要脸的！”

陆本来：“你脸皮都厚过天了，还要脸？”

面对久违的两个人互怼的场景，林嘉歌一身悠闲地走到自己的桌前，拉开椅子坐下。他在开电脑的时候，想到今晚和时瑶在一起的那些画面，嘴角忍不住往上扬了扬。

陆本来眼尖地发现了林嘉歌的笑，立刻终止了和夏商周的斗嘴：“老大，你是遇到了什么好事吗？”

夏商周听陆本来这么一说，也转头看向了林嘉歌：“老大，你是最近签了个大合同吗？”

“嗯，签了个终身合同……”林嘉歌单手敲着键盘，输入了电脑密码。

陆本来：“终身合同？这是什么操作？哪个公司啊？”

夏商周：“还是说，有人和我一样，傻乎乎地签了个终身卖身契？”

陆本来：“你还挺有自知之明的，知道自己傻乎乎的……”

在夏商周没开口之前，林嘉歌转身，看向了两个人：“我的终身合同，不是你们想的终身合同……我的终身合同……嗯……怎么说，直接点吧……就是我脱单了。”

夏商周很是淡定地“哦”了一声，然后就“啊？”了一声，再然后就噌一下蹿到了林嘉歌的跟前：“老大，你说什么？你脱单了？你和宋潮汐一样，不再是单身狗了？不过还好，有小来来陪我，我不是一个人……”

陆本来：“不，你就是一个人，我充其量算是半个单身狗。毕竟我有目标了，而你目标都没有，是货真价实的单身狗！”

说着陆本来看向了林嘉歌：“老大，恭喜你和小学妹喜结连理，祝你们百年好合！”

夏商周：“你怎么就知道一定是小学妹？”

陆本来递给夏商周一个看白痴的眼神。

林嘉歌递给夏商周一个活得不耐烦的眼神。

夏商周连忙又开口："我就是开个玩笑，随便一问，我当然知道老大对小学妹情有独钟，除了小学妹，没人可以让老大脱单！"

陆本来将看白痴的眼神切换成鄙视的眼神，然后对着林嘉歌又开了口："老大，你有了小学妹后，还会爱小来来吗？"

夏商周猛点着头："对对对，老大，以后你还会带我们去'金碧辉煌'尽情地浪、尽情地飞吗？"

林嘉歌一边敲键盘，一边回："首先，我从没爱过你们；其次，从现在开始，我们家的财政大权不是我说了算了，所以'金碧辉煌'能不能去，得看瑶瑶……最后，你们两个人为什么要问这个自取其辱的问题？"

陆本来捂着心脏："心痛，窒息，暴击，已亡。"

夏商周："同亡。"

林嘉歌没理会两个人，敲了一会儿键盘后，想到作为501宿舍仅剩的两条单身狗，他们好像真的还挺可怜的，于是就停了敲键盘的动作，想了想，然后开了口："鉴于你们好像挺可怜的……"

陆本来立刻原地复活："老大，我就知道你不是那种喜新厌旧的人，不会抛弃我的！"

夏商周："老大，我就知道，在你心底，我还是很重要的，你是不是决定以后继续带着我们去'金碧辉煌'浪？"

"不是……"林嘉歌几乎没有犹豫，就否决了两个人的话，"我是想告诉你们，看在你们很可怜的分上，你们亡了后，我会带着瑶瑶每年清明节去看你们的。"

陆本来："我去洗澡了。"

夏商周："我就着狗粮继续去吃泡面了。"

林嘉歌淡定地收回视线，继续去敲键盘。

没多久，陆本来洗完澡出来了。

此时已经十一月份了，但北京还没供暖，陆本来忍不住打了个寒战："好冷啊……"

夏商周："嗯嗯，的确不暖和。"

"有吗？"敲键盘的林嘉歌，抬起手揉了揉有些泛酸的脖子，"我觉得春天来了呀……挺暖和的。"

陆本来无语，他就不该嘴贱，又被喂狗粮了。

夏商周翻了个白眼，陆本来那个孙子，没事招惹老大做什么？

两个人沉默了下来，以为可以就此逃过一劫，谁知过了大概十多分钟后，关了电脑的林嘉歌，在去洗手间之前，忽然像是想到什么一样，对着两个人又开了口："哦，对了，有件事忘记了，麻烦你们把你们微信里，瑶瑶的备注名字改一下，改成'林嘉歌的女朋友'。"

夏商周几乎没犹豫，就猛摇起了头："我可以拒绝吗？"

陆本来配合地点了点头："+1，我也想拒绝。"

他们可不想，在现实中被老大狂塞狗粮后，在自己的手机里，还无时不刻不被喂狗粮。

林嘉歌面对两个人的拒绝，特淡定："你们觉得可以拒绝，那就拒绝吧。"

说完，林嘉歌也不去洗手间，就这么站在原地，盯着陆本来和夏商周两个人瞧。

"这……明明是威胁……"夏商周嘀咕了一声，心里开始发虚。

比起夏商周，陆本来很识时务者为俊杰地给自己找了退路："改不是不可以，但是，老大，你得把冷暖的名字，改成'陆本来的小娇妻'。"

陆本来的小娇妻……这名字怎么听得这么引人遐想呢？

林嘉歌暗自抽了抽嘴角，然后点了点高贵的头颅，准了："可以。"

顿了顿，林嘉歌又说："不过，我现在没她微信，等我将来有了，我直接改。"言下之意，你有了我女朋友的微信，你现在就得改。

"好的。"陆本来拿着手机，飞速地将时瑶的备注改成了"林嘉歌的女朋友"。

林嘉歌看过后，似是很满意般，"嗯"了一声，然后就看向了旁边坐着的夏商周。

友军已经叛变，夏商周几乎没挣扎，就投降了。

亲眼看着他改完名字后，林嘉歌终于转身慢悠悠地晃进了洗手间。

夏商周望着自己亲手备注的"林嘉歌的女朋友"，心隐隐泛起了滴血般的痛，他和小来来明明都是单身狗，为什么小来来能和老大谈条件，而他连个谈条件的对象，都没有……大家都是人，他怎么混得这么惨？

洗完澡出来的时瑶，被何田田、江月围着逼问了许久，她们直到把她今晚和林嘉歌在一起的情况，了解了个大概后，才放过了她。

等时瑶爬上床，已是十二点多，她定闹铃的时候，看到了林嘉歌发来的短信。

"睡了没？"

是二十分钟之前发来的，不知道现在他睡了没……时瑶想了想，回："还没。"

林嘉歌："在干吗？"

时瑶："刚刚和江月、田田她们聊天。"

林嘉歌："哦。"

一秒后，林嘉歌打了电话过来。

冷暖她们都还没睡，所以时瑶接听了。

"你们明早不是有课吗？怎么现在还没睡？"

"准备睡了。"

林嘉歌又"哦"了一声，过了一会儿，莫名其妙地问了一句："你吃过狗肉吗？"

"我从来不吃狗肉！"

"那你想不想尝尝狗肉的味道？"

时瑶想都没想，就出口拒绝了："不要！"

"你确定不要吗？很好吃的……"

"那也还是不要，不要，不要，就是不要！"时瑶以为林嘉歌打算带自己去吃狗肉，急忙又补了一句，"你也不许吃！"

电话那头的林嘉歌，似是被她焦急的语气逗乐了一般，低低地轻笑了一声，才出声回："此狗非彼狗。"

“什么？”时瑶一时不解，愣住。

“你自己说的呀，牵了你的手，就是你的狗……”

听完这句话，时瑶猛地回过神来。

她是说了这句话，所以，他的此狗非彼狗，指的是他自己，而他所谓的吃狗肉，指的是……吃、吃、吃他？！

时瑶忽地脸红：“林嘉歌，你流氓！”

她明明是在骂他，可落入他的耳中，却像是夸他一般，他又一次低低地轻笑出声。他的声音很好听，撞在时瑶的耳膜里，让她的心都跟着轻颤了颤。

只是这样美好异样的情绪，并没有维持多久，耳边又传来了林嘉歌的声音：“这就是流氓了？还有更流氓的，你要不要听……”

“你、你、你不许说！”时瑶连忙打断了林嘉歌的话，她生怕他接下来再说出来点什么过火的话，佯装很生气的样子，又威胁出声，“你要是敢说，我就……就再也不理你了！”

“好吧，我不说了……”

时瑶暗暗松了一口气，然而那口气她还没松完，林嘉歌又出了声：“我只做……”

时瑶起先没搞明白，林嘉歌最后的三个字到底是什么意思，她还以为他说的是我制作，她还想着要问他一句，制作什么……

不过，这句话到嘴边的时候，她联系他前面的话，才反应过来，是自己晕了。

他说的哪里是我制作，他说的明明是，我不说，我只做……只做……做……

时瑶的脸烧得更厉害了，她都不让他说了，他口里答应着，可接下来的话更过分了。

他简直是欺人太甚，简直是大流氓，超级宇宙无敌大流氓……

时瑶绞尽脑汁地想了许久，也只是翻来覆去想到了这么两句能骂林嘉歌的话。

这杀伤力显然不够，可她总不能就这么被他占了上风吧？

正当时瑶想着怎么回击林嘉歌时，她忽然想到，中午何田田过生日时，自己无意之间，知道数字先生就是林嘉歌一事……

那个时候，她只顾着感动了，后来见了他，她又怕他真的和那个“不见不散”跑了，只顾着着急了，再后来，他和她吃饭，他送她回宿舍，她又只顾着甜蜜开心了，险些把这件事给忘了。

许是时瑶这边迟迟没开口说话，林嘉歌在电话那头，又出了声：“瑶……”

他只说了一个字，生怕他后面又说出什么过分话的时瑶，猛地就出声打断了他的话：“林嘉歌，你敢加我微信吗？”

林嘉歌一时之间没转过弯来，“嗯？”了一声。

时瑶把刚刚的话，一字一顿地又重复了一遍：“我说，林嘉歌，你敢加我微信吗？”

电话那头没了声音。

时瑶顿时得意扬扬了起来：“林嘉歌，你为什么不说话呀？你该不会是连微信都不肯加我吧？”

林嘉歌：“没……”

时瑶：“你就是不肯加我微信！”

“我……”林嘉歌顿了两秒，“我没微信！”

“是吗？”时瑶在心底呵呵了一声，“那【111111】是谁呀？”

林嘉歌那边静得一塌糊涂。

刚刚不是很能说吗？怎么现在反倒是一个字都说不出来了？

时瑶一点也不介意他的沉默，反而还很有耐心地享受了一会儿这样的沉默，才慢吞吞地开了口："你真不知道这个人吗？不知道也没关系，我跟你说，他好像也叫林嘉歌……和你名字一模一样，是不是好巧？

"而且你知道吗？这个林嘉歌，也是G大数学系的，然后他问过我一个问题，你知道是什么吗？

"他说，你知不知道G大的风云人物林嘉歌？

"哈哈哈，林嘉歌问别人知不知道林嘉歌已经很搞笑，结果他还在前面加了个风云人物，有这样自己夸自己的吗？"

林嘉歌那边更安静了，静得有那么一瞬间，时瑶以为自己根本没在打电话，甚至她还将手机从耳边拿了下来，看了一眼屏幕，确定通话正在继续，这才将手机放回到了耳边。

时瑶在脑海里想象了一下林嘉歌此时此刻吃瘪的模样，忍不住沾沾自喜了一会儿，然后才继续开了口："这不是最搞笑的，最搞笑的是，这个林嘉歌有天问我，有什么遗憾的事？我说，人生中最遗憾的事是，上帝赋予了我吃货的属性，却没有给我土豪的身份！

"然后，你知道他怎么回我的吗？他说，没有土豪的身份不要紧，你可以嫁给土豪……

"再然后，他又补了一句，你不是说你未婚夫家境很好吗？嫁给他，人生中的一大憾事就圆满解决了……哈，就是不知道，这个林嘉歌到底是不是你？如果是你的话，那当时你的操作是……自我推销？

"其实，话又说回来，也有可能，这个林嘉歌，还真不是你……因为我跟他说，我未婚夫心理不健康的时候，他回了我一句，你未婚夫，有可能真的心理不健康……我想，这个世界上，大概没有人会自己黑自己吧？而且还黑得这么彻底……可能是我弄错了……"

时瑶一个人自言自语了良久，然后咬着指尖，歪着脑袋想了一会儿，就皱着眉心，又嘟囔出声："奇怪……如果你不是【111111】的话，那嘉仪姐为什么分享给我的有关你的微信名片，和【111111】的微信名片一模一样呢？

"或者，嘉仪姐有两个弟弟，只是我不知道？那……嘉仪姐的另外一个弟弟，是你哥哥呢，还是你弟弟呢？"

"呵，我就说呢，原来是林嘉仪？！"被时瑶堵得一直都说不出来一句话的林嘉歌，听到最后，终于知道问题出在哪里了，毫不犹豫地出声讽刺了一句林嘉仪。

"你这话的意思，我是不是可以理解为，是嘉仪姐害你掉的马甲？"

意识到自己露馅的林嘉歌又不出声了。

时瑶丝毫没有放过他的意思："可你刚刚不是说，你没有微信吗？"

林嘉歌："瑶瑶，我错了……"

时瑶"哼"了一声："我拒绝原谅你，骗人的都是小狗！"

林嘉歌："汪汪汪。"

时瑶感觉自己就像是被扎破的气球一般，不仅瞬间没了半点不高兴，反而还有些忍不住想笑："林嘉歌，你好没节操哦！"

"好了，好了……"林嘉歌求生欲特强地转了话题，"瑶瑶？"

他的语气一下子变得很认真，让时瑶以为他有什么重要的事情要说，下意识地“嗯”了一声。

“想我没？”

他的声音，本来就动听，此时的他，特意将声音压低了几分，像是被加了特效一般，格外撩人。

时瑶的心忽地猛跳了几下，再开口的声音，还是他的名字，但不是刚刚那种恼火的语气，而是多了一些撒娇害羞的意味：“林嘉歌……”

林嘉歌：“我想你了。”

时瑶这次连话都说不出来了，她只感觉自己心跳厉害得仿佛下一刻就能从嗓子眼里蹦出来。

她以前怎么就没发现，林嘉歌这么会撩人呢？

他和她在一起，才几个小时啊，她发现自己已经快把持不住了……

为了避免林嘉歌继续聊这个话题，时瑶等到心神稍微稳定了一些后，然后就主动转移了话题：“林嘉歌……我能问你一个问题吗？”

“嗯。”

“你……什么时候知道，【瑶兮爱吃冰激凌】是我的？”

“好早了……”顿了下，林嘉歌又说，“上个学期的事了。”

“那你为什么要瞒着我呢？”

“你真想知道？”

时瑶连“嗯”了好几声，无比期待。

“不告诉你。”

“林嘉歌！”

“好吧，好吧……”透过手机，时瑶都能感觉到林嘉歌拿她没办法的无奈。

可就是这种感觉，让她心变得暖暖的。

她想，这大概就是被人宠着的感觉了吧？

“起先不告诉你，是因为那个时候，我刚发现自己喜欢你，但是，你对我印象不怎么好，我就想着，双管齐下，保不准林嘉歌阵亡了，还有游戏里的马甲可以继续上战场……”

双管齐下……时瑶忍不住插了一句话：“林嘉歌，你好心机！”

面对时瑶的吐槽，林嘉歌好脾气地照单全收：“后来，在我答应跟你解除婚约时，我特别庆幸还有这样一个身份，因为即便你不要林嘉歌了，我还能用这个身份陪在你身边……”

前一秒还在吐槽林嘉歌的时瑶，这一刻心底被说不清道不明的复杂情绪充斥满了：“那万一我要是一辈子都不知道，或者说，我一辈子都不喜欢你，你怎么办？该不会，就这样一直默默地陪下去吧？”

后半句话，时瑶真的只是随便说说。

可林嘉歌，却很郑重地“嗯”了一声：“是啊，我就是这么想的，如果我和你真要是没这个缘分，那我就这么一直陪着你守着你。”

时瑶的指尖，蓦地握紧了手机，过了良久，她才小声地说了一句：“林嘉歌，你傻不傻？”

“这不是傻不傻的问题……”林嘉歌的语气，一如既往的清雅，可字里行间却透着一抹情深，“只是单纯地觉得，你的幸福更重要。”

所以，你要自由，我给，即便这自由的背后，是我要放开你的手。

虽然为了和你在一起，我用了很多小心思，可有一个心思却是从始至终唯一没变过，那就是：我真的很喜欢你。

尽管有些话，林嘉歌没说出口，可时瑶却懂。

她懂林嘉歌那些话中，到底藏了怎样的委屈。

她懂林嘉歌是为了成全自己的快乐，才和她提出的解除婚约。

她想，一个人一生最幸福的事，莫过于遇见一个不离不弃之人。

下午时在办公室，他情急之下想说出那句话，却没能说出口，晚上他同样想说出口，却因为害羞转身跑了。可此时此刻，这句话就那么自然流畅地从时瑶嘴边，流淌了出来："林嘉歌……"

"嗯？"

"我喜欢你。"

电话那边安静了良久，又传来了一句和刚刚一模一样的话语，只不过语气从疑问变成了陈述："嗯。"

"我没有对男孩子表白过，所以我不知道怎么表白。下午的时候，有些话，我是想说来着，可我不知道该怎么说出口。其实我下午，不管是说了那么多乱七八糟的话，还是扯着你不肯让你去见'不见不散'，都只有一个原因，那就是我喜欢你……和你一样，喜欢，认真地喜欢。

"我可能反应比较迟钝，也可能是有点不自信和害怕，总而言之，我来迟了，对不起啊，林嘉歌，让你久等了……"

虽然是隔着手机，并不像是下午那样面对面，但将心底的话，全盘托出后，时瑶还是有点不好意思，所以她没等林嘉歌有所反应，就将手机从耳边急急忙忙地拿下来，按了挂断。

很快，林嘉歌将电话又拨了过来。

时瑶没接，红着脸往被子里缩了缩。

下一秒，手机屏幕亮起，林嘉歌不再打电话了，而是换了一条短信："不晚。只要你肯来，何时都不晚。"

时瑶没回林嘉歌的短信，但她将脸埋在被子里后，忍不住吃吃地笑了起来。

何田田睡在时瑶正对面的床上，看到她这副反应，忍不住调侃了一句："现在的瑶瑶，浑身上下都散发着恋爱的酸臭味！"

"才没有！"时瑶猛地抬起头，回击了何田田。

过了一秒钟，时瑶又开口："就算是有，那也是新鲜出炉的味道！"

说完，时瑶揉了揉肚子："提到'新鲜出炉'这四个字，我好想吃面包啊……"

说到这里，时瑶忍不住幽幽地叹了一口气："如果我住在林嘉歌的家里，如果他在家里，听见我刚刚说的那句话，过不了两个小时，我一定会吃到新鲜出炉的面包……"

何田田打了个饱嗝。

江月叹了一句："好撑！"

时瑶不解地看了看何田田，又看了看江月，最后将视线放在了冷暖的身上。

冷暖碰触到时瑶的目光，合上正看的书："她们指的是你撒的狗粮吃撑了。"

听完冷暖的解释，时瑶"哦"了一声，然后对着何田田和江月来了一句："那你们以后要多多习惯了。"

过了几秒钟，时瑶又开口说：“好羡慕你们，有狗粮可以吃。”

然后宿舍的灯，被江月毫不犹豫地关掉了：“睡觉！谁再说话谁是猪！”

时瑶不想当猪，立刻闭紧了嘴巴，然后在心底庆幸，还好不是谁再说话谁是狗……狗？呃……时瑶顿时想到了林嘉歌问她的那句，要不要吃狗肉……时瑶的心，忽然就乱了节拍。

第十六章
是一辈子的那种真心吗

次日，上午十点钟，林嘉歌要出差去上海。

临走之前，他陪时瑶吃了早餐。

他本来是想把时瑶送去她要上课的教室门口的，但是因为行李还没收拾，时瑶担心他赶不上飞机，催促着他赶紧走，于是林嘉歌只好在早餐店和时瑶分开了。

林嘉歌开车先回了家，简单地收拾完东西后，在司机送自己去机场的一路上，因为无聊，他频繁地给正在上课的时瑶发微信。

“瑶瑶？”

“？”可能是因为上课，时瑶的消息回得颇有他的风格。

“在干吗呢？”

“你说呢？”

“上课。”

“那你还问。”

“我就是随便问问。”

“发短信有事吗？”

“没事，就是想告诉你，我想你了。”

然后，时瑶还没来得及回林嘉歌的消息，老师就发现她频繁低头看手机，把她喊起来回答问题了。

等到时瑶坐下后，她看到林嘉歌又给自己发了好几条消息。

“瑶瑶，我不在的这段时间，你要照顾好自己。”

“瑶瑶，我明天早餐要吃包子，你呢？你吃什么？”

“瑶瑶……”

时瑶没再理林嘉歌，直接把手机关机了。

吸取了这次教训，时瑶以后每次再上课，都会先关机，然后每次上完课，她只要开机，就能收到林嘉歌发来的消息。

有的时候很多条，有的时候只有一条。

时瑶知道，发很多条的时候，是他没什么事情可做正闲着，只有一条时就是他在开会。

不过在第二周周三的那天中午，时瑶下课后，第一时间开机。

钻入耳中的是好几声“叮咚”声，等手机安静下来后，她去看消息，发现两条是淘宝广告，一条是移动发来的流量通知……根本没有林嘉歌的消息。

这还是……他出差的这几天来，她第一次下课没有收到他的消息……是忙忘了？

时瑶收拾完课本，跟着冷暖、何田田和江月出了教室后，越想越不放心，最后就给林嘉歌发了一条消息：“喂？”

直到时瑶几个人去了学校附近的米线店，点完餐后，时瑶才收到了林嘉歌的回复：“在做什么？”

“吃米线。”

“除了米线，没了？”

“没了。”

“吃得这么单调？我给你订个菜单吧？”

米线很快送上来了，时瑶看到微信页面显示着“对方正在输入”，知道林嘉歌在打字，便没回他，直接拆了一次性筷子开始吃饭。

没一会儿屏幕亮起，时瑶看到了林嘉歌发来的消息：“明天的菜单如下：早上配菜豆腐脑，主菜林嘉歌；中午配菜麻辣香锅，主菜林嘉歌；晚上配菜麻辣烫，主菜林嘉歌……”

时瑶看完林嘉歌的消息，险些没将嘴里的米线喷出来。

还好没喷出来，如果喷出来了，她就让他把这一碗米线都吃下去……

时瑶想着，给林嘉歌回了一句：“凭什么你是主菜，豆腐脑、麻辣香锅、麻辣烫表示不服！”

林嘉歌：“那好吧，它们是主菜，林嘉歌是配菜。

“只要你肯吃，林嘉歌当饭后甜点都没问题。”

流氓……时瑶边想，边拿起了手机，只是她还没来得及把“流氓”两个字打出来，她就听见了自己的名字。

“那不是时瑶吗？”

闻声，时瑶下意识地转身，往声源处看去。

那一桌坐了三个女生，但是时瑶全都不认识。

“瑶瑶，你在看什么？”坐在时瑶对面的何田田，察觉到时瑶的异样，顺着她的视线望去，然后在看到时瑶看的那三个女生后，悄无声息地在桌下踢了踢时瑶的脚。等到时瑶收回视线，看向自己后，何田田才又动了唇，不过再开口的声音压得很低，低到只有她们这一桌四个人可以听到，“瑶瑶，你看她们做什么？你认识她们吗？”

时瑶摇了摇头：“不认识，但是她们刚刚提我名字了。”

“其实我也不全认识，但是其中一个，我是知道的，她是秦依然的舍友，和秦依然关系特别特别好。秦依然因为上次测谎仪的事情，已经好久没来学校了，而且论坛上有人说，秦依然哭得很厉害，就是她哄的……”何田田往前倾了倾身子，“就是那个穿黄外套的短发女生，据我了解，她男朋友好像不是什么正经人。你还记得秦依然之前跟一群痞里痞气的人混在一起吗？短发女生的男朋友好像跟他们很熟的，那些人都听她男朋友的话，而且那个女生刚刚往我们这边又看了一眼，确认过眼神，是要找碴儿的人。但是，瑶瑶，这种人，能不招惹就不要招惹，你也不要再看她们了，我们快点吃完米线，走人就是了……”

江月颇为不满：“怕她们做什么，我们干吗要快点吃，就要慢慢地吃，你们放心，我一个人可以打她们仨……”

冷暖看了一眼江月：“打架是解决不了问题的，而且，田田也说了，她们认识的人，都是一些不讲道理的人。你真要是现在跟他们打架了，那以后真的没什么安稳的日子过了。他们今天恶心你一次，明天恶心你一次，这学怕是你都上不踏实了……”

时瑶听到这里，配合地点了点头：“是的是的，田田和暖暖说得对，所以月月，你不要冲动，我们不和他们一般见识，快点吃饭，吃完和田田说的一样，赶紧走人！”

米线店里的人不少，大多数都是G大的学生。

大家都是结伴来的，也都在自顾自地聊天，声音或大或小，但刚刚提时瑶的那一桌，声音却是格外大，虽不至于传遍米线店的每一个角落，但是她们的聊天，却足以让她们周围的那几桌全都能听见。

“她就是时瑶呀？”

“你不是说，她被林嘉歌甩了吗？”

和那个黄衣服女生同桌的两个女生，一人开口说了一句话，然后那个黄衣服女生紧接着就出了声：“是啊，被林嘉歌甩了啊。”

“之前林嘉歌不是说，时瑶是他的未婚妻吗？”

“未婚妻怎么了？未婚妻就不能甩了吗？现在哪里还是未婚妻啊，充其量是下堂妻，好早之前，林嘉歌就退婚了……”

“退婚？”

“对啊，怎么了？你觉得退婚不正常吗？用脚指头想想，林嘉歌也看不上她好吗？林嘉歌是什么出身啊，她又是什么出身？根本不是一个世界的人，这有什么好惊讶的，总而言之，退婚的事，千真万确，时瑶就是被林嘉歌甩了。我估计，大概是林嘉歌图个新鲜，追上后，觉得她挺无趣的，就转身不要她了呗……据说当初，住进林嘉歌家里，也是她死皮赖脸送上门的……”

江月低骂了一声，将筷子往碗里一丢。

时瑶生怕暴脾气的江月真的冲上去动手，急忙安抚她：“月月，你淡定，她们说就说吧，反正对我也没影响……”

何田田：“月月，你不能去打人是真的，但是我不得不说一句，她们嘴真贱，了解真相吗？就在这里胡说八道！”

江月：“我是真的气不过，你们看，这里多少学生啊，她们这么说，下午肯定传遍学校。女生本来就爱酸，到时候学校不知道又要怎么议论瑶瑶了！”

随着江月话音的落定，那个黄衣服女生又开了口：“而且还有你们更想不到的事情呢，时瑶被林嘉歌甩了后，她各种哭求林嘉歌，还跑去林嘉歌楼下等了好久，林嘉歌压根就没理她。这不算什么，更搞笑的是，林嘉歌跟一个女生吃饭，她还跟去了那个饭店。结果，林嘉歌也没有理她，你们别不信，她跟去饭店的照片，我都有呢，等我拿出来给你们看……”

说着，那个黄衣服女生开始翻手机，然后将屏幕推到了同桌的两个女生面前。

周围有人好奇此事，也抻长了脖子往她屏幕上看去。

“还真是啊，她还真跟踪了林嘉歌……”

“那个女生看起来还挺漂亮的……”

听到这里，时瑶微蹙了蹙眉心，隐约明白了究竟是怎么一回事。

怕是那些事，是梁暮暮讲给了秦依然听，然后秦依然和这个女生关系好，又讲给了这个女生听吧。

至于照片，自然是梁暮暮拍的，毕竟那晚……告诉她林嘉歌和“不见不散”吃饭地点的人，就是梁暮暮。

黄衣服女生提高了分贝，又饱含讥讽地开了口：“可不是嘛，那个女生当然比时瑶好看，而且这个女生出身背景很强大的，如果我是林嘉歌，我也选择她。我听说啊，时瑶是小三，这个女生才是正主，就是因为她回来了，林嘉歌才甩了时瑶。不过某个人也真是的，别人都不要她了，她还这么死皮赖脸地往上贴，真是够够够下贱恶心的……”

“瑶瑶……”黄衣服女生的话音还没完全落定，米线店门口，就传来了一道清淡悦耳的声音。

那声音不大，却足以让很多人听见。

兴许是有些人觉得耳熟，也许是有些人觉得那声音太过好听，不少人转头，冲着声源处望去。

而这些人中，当然包含了最爱看八卦、吃瓜的何田田。

何田田看到来人，眼睛忽地睁到格外大：“是、是、是……”她磕磕绊绊了好几声，眼底都泛起了一抹亮光，“是林学长！”

林学长……

等到何田田话说完三秒钟后，时瑶才反应过来，林学长指的是谁。

只是……林嘉歌不是在出差，说最快明天才能回来吗？

时瑶想着，才后知后觉地将脸从米线碗里抬了起来，然后她这才发现，整个米线店里的人神色各异、丰富极了。

有的是惊艳，有的是惊讶，有的是兴奋……当然，还有黄衣服女生那一桌三个女生的错愕。

不过，时瑶还没欣赏完黄衣服女生那一桌女生的神情，林嘉歌已经走到了她的身边："瑶瑶……"

闻声，时瑶昂起头看了一眼林嘉歌，随后就想到了刚刚那几个女生难听的话，然后又想到要不是林嘉歌，她也不会被人这么纠缠不休地闹，顿时忍不住在心底骂了林嘉歌一句"红颜祸水"，再然后理都没理林嘉歌，就埋头继续去和米线做好朋友了。

林嘉歌看到时瑶的反应愣了愣，然后就在心底，飞速地回想了一下自己这几天出差的所作所为。

除了开会，其他时间，他都很乖地一个人在酒店里待着啊……他没做错什么事呀？软包子为什么不理他了？

林嘉歌一脸无辜地眨了眨眼睛，又喊了一声："瑶瑶……"

这次的声音，带了些许讨好的意味。

然而，时瑶两耳不闻身边事，一心一意吃米线。

见时瑶始终不理自己，林嘉歌只能求助场外观众，将视线落在了与时瑶同桌的冷暖、何田田和江月的身上。

何田田一向没骨气，林嘉歌的视线都还没碰到她，她就先开了口："林学长，你快坐呀……"

说着，何田田还给林嘉歌搬了张凳子，放在了时瑶的旁边。

"叛徒！"时瑶暗骂了一声何田田，用力地咬米线。

林嘉歌礼貌地对何田田道了声"谢谢"，然后落了座。

江月拿了菜单，递到了林嘉歌的面前："林学长，你吃饭了吗？要不要点东西吃？"

"叛徒 2 号！"时瑶在心底咬牙切齿地骂了一句江月，继续用力地嚼米线。

"谢谢。"林嘉歌依旧很客气地先道了谢，但没去看菜单，而是指着时瑶的米线碗来了一句，"我和瑶瑶一样，她吃什么，我就吃什么……"

"狗腿！"时瑶在心底默默地给林嘉歌打了标签。

何田田听完林嘉歌的话，立刻帮他叫了米线。

"狗腿 2 号！"时瑶在心底，给何田田这个叛徒又加了一个新的形容词。

坐在时瑶旁边的林嘉歌，盯着她看了一会儿，见她还是一副不看自己，也不准备跟自己讲话的模样，只能好声好气地又开了口："瑶瑶，我给你带了礼物，就在车上，是我亲自去挑选的特产，而且我尝过了，很好吃的……"

呃……不是吧？都搬出来吃的了，软包子还是不肯理他？这事情好像有点严重了……该不是他回来没告诉她，所以她才生气的吧？

想了一会儿，林嘉歌又开了口，语气比起刚刚更讨好了，完全没有半点时瑶不理他而透露出来的不悦：“瑶瑶，我是准备明天回来着，但是今天上午，所有的事情我都处理完了，然后我想迫不及待地见到你，所以就改签了……我没告诉你，是因为我想给你一个惊喜……”

咦？还是不肯理他？软包子不是那种斤斤计较、爱耍小脾气的人呀……有问题……

林嘉歌想着，就抬头往周围看了一圈，发现不少人在打量自己和时瑶。

其实，这也不是什么奇怪的事，从初中开始，他只要出现在学校人多的地方，总是会被人偷看……可是，这次大家看他的眼神，好像和以前那种惊艳和激动的眼神不太一样，更像是在看戏，而且那些打量他和软包子的人，还会时不时往他们旁边一桌看去。

那一桌坐了三个女生，那三个女生的表情，看起来有点不太对劲。

看来，在他没来之前，还真是有故事发生啊……

不过，究竟是发生了什么事呢？

林嘉歌想，自己怕是现在问软包子，她也不会告诉自己，于是将视线投在了何田田的脸上。

这个妹子好像很无条件地支持自己……估计她会主动说吧？

碰触到林嘉歌的眼神，何田田略微有些激动：“林学长，你出差这么久，一定很累吧？”

呃……这不是他要的话呀……

不过到底是娘家人，林嘉歌不敢造次，就算是心底不满，面上还是很和善的：“见到瑶瑶就不累了。”

回完何田田的话，林嘉歌看向了江月。

希望这个智商稍微高点……

江月想都没想地就开了口：“林学长对瑶瑶真好！”

林嘉歌压着心底的无奈，依旧是一副好脾气的样子：“这还用说吗？我的女孩，我不对她好，对谁好？”

坐在旁边吃完米线的冷暖，被江月和何田田的智商搞得忍不住抬起手，揉了揉有些泛疼的眉心，然后她眼角的余光，瞄见那三个女生准备结账离开了。

刚刚不是很兴冲冲的吗？怎么，现在被打了脸，就想离开？天下哪有那么如意的事？

想着，冷暖都没等林嘉歌把视线投到自己身上来，就慢条斯理地开了口：“林学长，我听说，前段时间，瑶瑶在饭店里偶遇了你和一个女生用晚餐，而你却没理她？”

这事，他是知道的，那天晚上，他亲眼看到了软包子……所以软包子是因为这事，不高兴？可软包子的不高兴明显和旁边那三个女生有关系啊……难不成是那三个女生知道了这件事，刚刚说出来，嘲讽软包子了？

虽不知具体情况，但林嘉歌觉得，大概事情和自己猜测的差不太多，于是他想都没想，就摸了手机出来：“我先买个东西。”

不是吧？冷暖都说了那样的话，林学长不为瑶瑶说话，反而要先买个东西？

何田田忍不住有点不高兴了：“林学长，你要买什么东西呀，非得现在买？”

林嘉歌一边点手机屏幕，一边回：“买榴梿、方便面、键盘、搓衣板……好回家认错呀！”

听到这话，从林嘉歌出现到现在，一直没任何反应的时瑶，一时之间没忍住，噗地笑了出来。

见时瑶笑了，林嘉歌的心这才定了下来，他看她停下了吃东西的动作，连忙抽了纸巾，递到了时瑶的手边：“瑶瑶，我最近就和一个女生吃过饭，那还是谈工作……”

听着林嘉歌好声好气哄时瑶的声音，冷暖不紧不慢地往旁边那三个女生身上又扫了一眼。

那三个女生脸上的表情都明显有些挂不住了。

也是，怎么可能挂得住？刚刚那么信誓旦旦地嘲讽时瑶，几乎把所有难听的话都往时瑶身上堆，现如今一个转身，林嘉歌来了，还这般哄着宠着时瑶……打脸来得太快，想必这三个人，都有点缓不过神来吧？

这里围着这么多学生，下午，这件事肯定会跟插了翅膀一样，传遍学校每一个学生的耳中，到那个时候，怕是被嘲讽的不再是瑶瑶，而是她们了……

想到这里，冷暖嘴角忍不住勾起了一抹冷笑。

捕捉到冷暖这个反应的林嘉歌，顺着她的视线望去，在看到那三个女生难看的脸色后，他瞬间更加笃定，软包子的不开心，和她们有关了。

不就是看到他和梁霄吃饭，而没理软包子，她们就以为软包子对他来说不重要了吗？

呵，那他就让她们看看，什么叫作重要。

想着，林嘉歌就又开了口：“对了，瑶瑶，前段时间，你不是说想去泡温泉吗？”

泡、泡温泉？时瑶一脸茫然地看向了林嘉歌。

林嘉歌仿佛没看到她的神情一般，自顾自往下说：“正好这个周六我有空，我陪你去……不过，周日早上，我有个会，可能没办法陪你……”

说着，林嘉歌看向了时瑶的三个舍友：“不知道你们有没有时间？如果有的话，一同去吧？我忙的时候，你们好陪着瑶瑶。”

何田田一脸不相信：“啊？我们都去？”

江月迟疑了一下：“那会不会太花钱了？”

“不会，钱哪有瑶瑶重要。”林嘉歌边说，边悄无声息地朝旁边乜斜一眼。

那三个女生，已经迈着步子逃出米线店了。

林嘉歌忍不住在心底呵呵了一声，就凭她们，也想看软包子的笑话？那他就让她们看看，他是怎么宠他家软包子的……带软包子泡温泉算什么宠，就单独一个早会，怕软包子无聊，还特意带她朋友一同过去陪她，这才叫宠！

从米线店出来，林嘉歌下午本想带着时瑶去看电影的。

还挺巧的，时瑶告诉他，她和冷暖、江月还有何田田也约好了下午去看电影。

然后，林嘉歌预计的两人行变成了五人行。

看完电影，已经差不多到了傍晚，五个人又一同吃了个晚饭，然后冷暖、江月还有何田田打着要去逛街买点东西的借口，识趣地跟林嘉歌和时瑶分开了。

时间还早，林嘉歌和时瑶所在的地方离后海不远，于是两个人便沿着湖边散了一圈步，林嘉歌才送时瑶回了学校。

这次林嘉歌将车子停在了学校的北门，他送时瑶回宿舍的路上，恰好穿过操场。

在经过篮球场的时候，林嘉歌忽然停了脚步。

时瑶转身看向了他："怎么了？"

林嘉歌定定地望着时瑶的眼睛看了一会儿，然后动唇，将自己一下午都想问的话，问了出来："说吧，中午到底是怎么一回事？"

时瑶愣了愣，才反应过来林嘉歌指的是什么。不过那三个女生虽然说了很多难听话，但对她也没造成多大的影响，反而她们也没讨到什么好处，更何况她们的话真的很不好听，时瑶也不想重复，便摇了摇头："没什么啦，都过去了。"

"哪有那么容易过去。"林嘉歌不以为然，他见时瑶不肯开口，便主动出了声，"是不是和吃午饭时，右边那一桌的三个女生有关？"

一下午，林嘉歌都没离开过她的身边，所以不可能是冷暖、江月、何田田她们告诉他的……所以，是他自己猜测到的？

时瑶忍不住在心底感叹了一声。

这到底是什么智商和观察力啊，居然这样都没能瞒得住他？

林嘉歌自己已经理清楚了事情的大概，时瑶自然不会再扭扭捏捏，便轻点了点头，"嗯"了一声，说："那个穿黄色衣服的女生，是秦依然的舍友，也是她的好朋友，估计她是为秦依然打抱不平吧，所以看到我后，就说了一些难听的话。"

时瑶都还没说，具体说了些什么难听的话，林嘉歌的眉眼反而先冷了下来："她们说了点什么？"

"一定要说吗？"

"嗯。"

时瑶思考了一会儿，然后才动了唇，拣了一些关键的话，阐述给了林嘉歌听："就是她们说我被你甩了呀，我被退婚了，不是什么未婚妻了，而是下堂妻……

"还说，你跟我在一起，就是图个新鲜，追上后，觉得没趣，就转身不要了，然后就说我死皮赖脸死缠烂打你……

"剩下的，你也知道了，就是暖暖说的那些，她们拿着那天在饭店你跟'不见不散'吃饭，没理我的照片说事。再然后，就各种捧着那个'不见不散'踩我嘛，说我出身没她好，说那个女生才是正……"

时瑶把话快说完的时候，才发现林嘉歌的脸色难看得有些吓人，她急忙收了后面的话，转了话题："反正你后来不也来了吗？她们也没讨到好处，这事就算了……"

"算了？"林嘉歌冷笑了一声，"我可没这么好打发，惹了我的人，就想这么算了，想得美！"

"那你还想怎么样？总不能跑过去再跟她们理论一番吧？再说，有句话，你又不是没听过，狗咬你一口，难不成你还要咬回去呀！”

“当然不！”

时瑶听到林嘉歌的回答，刚想接话。

结果话还没到嘴边，林嘉歌又出了声：“肯定选择打回去呀！”

时瑶一时间哭笑不得。

过了一会儿，她见男生的脸色依旧难看得厉害，便伸出手拉了拉他的小手指：“好了，明明说的是我，你怎么看起来比我还生气……”

林嘉歌的神情松动了一些，但眼底的光，依旧凉得可怕。

时瑶只好又拉着林嘉歌的小手指，轻轻地晃了两下，开口的声音更加软绵了：“虽然我中午也挺不高兴的，甚至还有点怪你红颜祸水，不过后来，我还是挺开心的，所以你看，我现在都没事了，你也不要生气了嘛……好不好嘛……”

林嘉歌终究还是软了神情，天大的怒气也被时瑶搞得烟消云散，最后只是冲着时瑶张开了胳膊：“来，给我抱抱。”

时瑶被林嘉歌突然转变的话锋，说得脸一红，然后四处看了看，见有不少学生在跑步，便小声地说了句：“周围那么多人看着呢……”

“巴不得全世界的人都看着。”林嘉歌边说，边将时瑶拉入了怀中。

他拥着她静静地站了一会儿，脑袋就低了下来，时瑶知道他要做什么，微躲了躲脑袋：“林嘉歌，你不要得寸进尺……”

“好的，我不得寸进尺，我得寸进丈……”林嘉歌说着，就堵上了时瑶的唇。

我不得寸进尺，我得寸进丈……意思是，我不单单要接吻，我还要做更过分的事？

时瑶脸红得更厉害了，她忍不住抬起手，狠狠地掐了一把林嘉歌的腰，男生没躲开她的力道，反而吻得更深了。

半个小时后，林嘉歌送时瑶回到女生宿舍楼下，然后等到她进了女生宿舍楼后，才转身回了男生宿舍楼。

中午，他张口就说去泡温泉后，又将这件事在微信上告诉了陆本来和夏商周，让他们也一同前去。

得到这个消息后，最为激动的，莫过于能和自己口中的未来女朋友见面的陆本来。

所以林嘉歌一进宿舍，陆本来就极其狗腿地又是帮林嘉歌拉椅子，又是帮林嘉歌倒水。

躺在床上的夏商周，看到这一幕“呵呵呵”冷笑了三声。

陆本来丝毫不介意夏商周的嘲讽，等林嘉歌坐稳后，还殷勤地跑到他的身后，帮他揉肩捶背：“老大，你哪里不舒服？尽管说，我保证伺候到你舒舒服服……”

夏商周摆出一副“不忍直视”的表情，然后拉了被子，蒙在了自己的脸上。

林嘉歌没等陆本来揉两下，就摆了摆手：“我去洗个澡。”

陆本来：“老大，我去帮你放热水。”

“谢谢，不用了。”林嘉歌起身，拿了浴巾和睡衣。

“那好吧，老大，你有什么吩咐，尽管说……”陆本来边说，边像是忽然想到什么一样，跑到自己的桌前，拿了一个盒子递给了林嘉歌，“老大，这是我跟老夏凑钱，给你买的脱单礼物……”

盒子被一个纸袋包着，林嘉歌接过后，打开看了一眼，然后就飞速地将袋子合上，丢回到桌子上。

“老大，我和老夏，是不是特别体贴？”

林嘉歌无视掉陆本来的话，往洗手间走。

“老大，你这是什么反应，你别告诉我和老夏，去泡温泉的那两天晚上，你用不着？”

听到这话，林嘉歌顿了脚步，然后丢了一句“一盒不够……”，就进了洗手间。

始终没说话的夏商周也被炸了出来：“老大，就算你很行，但是你要节制！”

林嘉歌懒得理那两货的吱哇乱叫，直接反锁了洗手间的门。

洗澡的时候，林嘉歌还是忍不住想起了陆本来和夏商周凑钱给他买的脱单礼物——一盒计生用品。

坦白来说，中午的时候，他只想着打那三个女生的脸了，并没想太多其他的东西，直到看到陆本来递给自己的东西，他才想到，泡温泉是要在郊区住两晚的，可这两晚，作为已经确定关系的他和软包子，按照常理来说，是要住在一起的……

虽然他很想和她住在一起，但他的确没敢奢望两人的进展会这么快。

更何况，她现在已经是他的女朋友了，若是他们真的住在一起，他还真不敢保证，他对她不会做出什么事来……

原本没什么别的心思的林嘉歌，忽然对这次温泉之行有些莫名地紧张。

紧张中，还夹杂着隐隐的期待……

时瑶回到宿舍，才发现冷暖、何田田和江月三个人居然还没回来。

这都十点多了，商场早关门了……时瑶微皱了皱眉心，由于不放心，她拿起手机，在宿舍的微信群里问了一声。

何田田可能正在玩手机，秒回了她的信息，说已经在学校门口了。

时瑶见她们没事，便放了手机，先去洗澡了。

洗到中途，时瑶听见外面传来了动静，她知道是冷暖她们回来了。

等她洗完澡，从洗手间出来后，冷暖三个人已经换了睡衣，看书的看书，刷剧的刷剧，各自在忙各自的。

时瑶一边擦头发，一边忍不住好奇地问了一句：“你们三个去逛街买什么了，这么久才回来？”

何田田神秘兮兮地问：“你猜？”

“我怎么猜得出来……”时瑶撇撇嘴，拿起吹风机开始吹头发。

江月和何田田没再说话，但两个人却贼眉鼠眼地交流着，时不时还发出阴险的笑声，就连一直不怎么爱跟她们胡闹的冷暖的嘴角都时不时勾起一抹笑。

时瑶当然看得出来，她们三个人肯定是背着自己做了什么事，她又见她们迟迟不说，便将吹风机放下，转身佯装生气的样子瞪向了她们："你们再不告诉我，我要生气了。"

"告诉你，告诉你。"何田田说着，看了江月一眼。

江月立刻从自己床上拿了一个少女粉的袋子，递给了时瑶："其实我们没什么事瞒着你啦，晚上去逛街，就是买了这些。"

冷暖合上书，说道："送你的，脱单礼物。"

脱单礼物？她们逛街是去给她买礼物了？

"是好吃的吗？"时瑶下意识地问。

她见三个人一脸神秘，便纳闷地主动动手去拆包装："我就知道你们三个对我最好啦……"

时瑶的话还没说完，就盯着拆出来的第一件礼物，石化了。

一件粉色小内内……

重点不是小内内，也不是小内内的颜色，重点是，这件小内内的材质很轻薄，轻薄到可以忽略不计。

简单来说，时瑶觉得，穿了这件小内内和没穿这件小内内，估计也没太大的差别……

她、她、她们三个，送她的脱单礼物，就是这个？

时瑶单手拎着小内内，僵硬了好一会儿，才缓过神来，然后下一秒就将小内内甩到了就近的江月的脸上："你、你、你们过分！"

江月将小内内从脸上扒了下来："瑶瑶，你给我说清楚，我们怎么过分了？"

何田田："就是，瑶瑶，这是我们的心意啊，你怎么可以说我们过分，我心好痛啊！"

时瑶被何田田噎得一时之间说不出来话，她红着脸瞪着凑在一起小心翼翼地折叠刚刚被她丢出去的那件小内内的江月和何田田跺了跺脚，最后实在想不出来什么话的她，把刚刚的话又重复了一遍："我不管，你们就是很过分，而且是超过分的！"

江月："好吧好吧，你就算是不喜欢这件，那你看看别的……"

时瑶气鼓鼓地又瞪了江月和何田田一人一眼，然后才低下头，继续去拆别的礼物。

这次拆出来的，是一件黑色蕾丝材质的吊带睡裙……

和刚刚那件小内内一样，依旧是很透的布料，当然，这不是重点，重点是，这件睡裙还搭配了一双网格丝袜……

就算是时瑶，从没关注过这些东西，但或多或少她还是知道的。

这根本不是睡裙，这明明……比刚刚那件小内内还过分！

这都什么跟什么呀！

拆完礼物的时瑶，将那些衣服一股脑地重新塞回袋子里，然后丢到了何田田的床上："宝宝拒绝了你们的好意，并送你们一人一个大白眼！"

何田田将散落了自己一床的衣服，一件一件地捡起："瑶瑶，你怎么能拒绝我们的好意呢？

你知不知道，你知不知道这些牌子很贵的！”

江月：“就是，我们自己都舍不得买这么贵的衣服，结果却给你买了，你这样拒收了，岂不是浪费了我们的钱！”

时瑶：“觉得浪费，你们可以穿啊！”

“那我不是没有可以穿的对象吗？如果有的话，我肯定穿啊！”何田田边说，边拎了护士装，往自己身前比画了一下，“瑶瑶，你看，这衣服多好啊，你穿上，我保证你绝对秀色可餐！”

时瑶“嘁”了一声：“我又不是冰激凌球，我干吗要秀色可餐！”

江月：“不不不，瑶瑶，对于林学长来说，你就是冰激凌球。”

何田田猛点着头，配合出声：“是的是的，瑶瑶，你不是最喜欢吃了吗？我们送你这些东西，就是为了投你所好，给你送大餐啊！”

大餐？

终于听到一个好词的时瑶，眼底微微一亮，来了兴趣：“什么大餐？多少道菜？有没有我最爱吃的哈根达斯冰激凌？”

“呃……”江月被时瑶一口气抛来的三个问题，问得迟疑了一会儿，然后才开了口，“这个嘛，你得问大餐本人了……”

何田田：“对的对的，多少道菜，我们真的不知道，你得看大餐给不给力，能给你吃多少菜了……”

时瑶越听越糊涂，没等何田田把话说完，就出声打断了她：“等等……我有点听不太明白了，你们两个到底在打什么暗语？我怎么觉得后背凉飕飕的，还有，那个大餐本人是什么意思？大餐到底是什么？”

“是林嘉歌。”一直沉默地看着她们三个人聊天的冷暖，忽地插了话。

“什么？大餐是林嘉歌？”

随着这句话从时瑶嘴里脱口而出，她脑海里把“大餐是林嘉歌”这六个字，又过了一遍，然后她才猛地缓过神来。

敢情何田田刚刚说的投她所好，给她送大餐，指的是让她吃林嘉歌……而何田田后面那句，大餐给不给力，能吃多少菜……这、这显然是在暗示，暗示她和林嘉歌那个什么……

一股热度，从时瑶的面颊，瞬间蔓延到她耳边，一路沿着脖颈往锁骨落去。

“江月！何田田！你们、你们太污了！你们、你们……”

时瑶说到一半，实在不知道该说什么了，只能着急地用力跺了跺地板，然后她想到最后接她话的人是冷暖，就转头看向了冷暖：“暖暖，你、你怎么也跟着她们胡闹呀……”

江月插话：“瑶瑶，我和田田忘记告诉你了，这个脱单礼物，就是暖暖的主意！”

何田田：“是的是的，我和月月就是按照她说的做而已！”

时瑶不可思议地盯着冷暖，睁大了眼睛：“暖暖，你……”

比起害羞的时瑶，冷暖淡定多了，她将刚刚看的那本书放回到书架上，然后才缓缓地坐直了身子，回视着时瑶的眼睛，没等她将后面恼火的话说出口，就语气平静地出了声：“瑶瑶，你和林学长在一起，是真心的吗？”

简单的一句话，问得时瑶瞬间如同泄气的气球一般，安静了下来。

她不太明白冷暖为什么忽然问自己这样一个问题，她冲着冷暖眨了眨眼睛，然后想了一会儿，也没想出来冷暖这么问自己的原因，最后只好点着头老实地回答冷暖的问题：“当然啦。”

“是一辈子的那种真心吗？”

（未完待续）